U0742013

清詩話全編

乾隆期三

張寅彭 編纂
劉奕 點校

上海古籍出版社

第三册目次

此木軒論詩彙編

此木軒論詩彙編提要

《此木軒論詩彙編》八卷，據上海圖書館藏《此木軒全書》鈔本點校。按此木軒係焦袁熹齋號。焦袁熹（一六六一—一七三六）字廣期，號南浦，江蘇金山人。康熙三十五年舉人，五十二年詔求實學之士，得旨召見，以親老固辭。後授山陽教諭，仍乞終養，及雍正四年母逝，年已六十六矣。卒後門人私謚孝文。平生著述未遑整理，身後始由再傳弟子吳光緒及徐逵照等輯成《此木軒全書》。據《論詩彙編》卷首例言，此編乃徐逵照輯成於乾隆二十一年丙子。徐逵照字卜田，江蘇金山人。乾隆間諸生。

此木軒篤學有識之士，論詩亦頗有見地。大抵嚴分詩、文兩體之界，故於歷代則尊唐，於人則尊韓、蘇之文而不許其詩，而推王維爲唐詩第一，山谷爲宋詩第一，即李、杜亦有「杜集只可當書讀，李集則只是詩」之分別。然終以杜爲聖，尊爲「詩家孔子」，以孔子「愚不可及」一言説杜，而創爲「愚誠」一辭，遂大優於宋人「每飯不忘君」之類美辭矣，實可取爲杜詩大義之定評專名。論詩體則重古輕律，尤輕七律，以爲「每句是七字」、「凡八句皆七字」，呆板可惡；「若論流傳後代，近體詩必當先滅」。如七言律，雖唐人之作，恐百不能一二存」。故説杜雖有二卷之多，然亦不甚説其七律，《秋興》等名篇皆寥寥數語帶過，不免保守過甚。杜以外，説右丞、太白、昌黎、香山、昌谷亦稍詳，餘子則僅略言數首而已，可窺其去取輕重，較一般説唐詩者亦多有不同。其説頗多別解，如以「香甜軟美」爲韓詩佳處，評《寒食日出遊》謂「韓詩香軟，字字如女兒口中吐出」；又如説香山詩「正而顯者居多」，其不以俚俗爲恥者，「蓋是文外有事，深没其情，不欲使衆人皆得知之，此所以爲厚也」；其解詩老嫗亦專爲一人，「須是經他耳朵一過，解得方是香山詩，解不得便不成爲香山詩」，「天生成有此一付伎倆，他也不自覺，惟香山能用之」。諸如此類，皆人所未發，可謂别出心裁，啓人心智，未嘗不可備一説。又創「細評」一體，於大家名家總評後復詳評其詩作。而唐詩以下至國朝合一卷，至明詩僅取高啓、袁凱二家，詳略懸殊，一如其評唐人。本朝僅取王士禛一家，逐首評其《精華録》，而大貶之，竟半是「扯淡」，半是「無味」，全不體認漁洋上承王右丞、黄山谷之「純詩人」身份也。蓋其論詩尚實，尚自然，餘味須從實處來，故視漁洋爲異類。其論詩及於徐增、黄生等同時前輩，而未及吴喬，亦未及同時之趙執信，實與修齡、秋谷最爲同道也。

此木軒論詩彙編例言

一、先生舊有論詩如干條，晚年又著如干條，皆雜在論文草稿中，未經手謄。今以分論一人、一詩者，各綴本人之下；而總論者，俱列首卷。餘見書札、雜著、贅語中者，咸採入焉。

一、先生論詩，最重聲律，故於雙聲、叠韵辨之極詳，兩次細論，今並録爲一卷。

一、先生詩集中涉及論詩者不下數十首，今另録附入。

一、先生所評閲詩選本則有《十種唐詩》、《三昧集》、阮亭《古詩選》。《唐詩英華集》則有少陵、昌黎、昌谷、元白《長慶》，及明之高季廸、本朝之王阮亭、趙柳介諸部。今不計多寡，並以其人先後爲次。有評者，即標詩題而注評其下。其論一句兩句者，俱摘入詩句。惟杜集評語既多，而詩所共習，止標某某一聯或一句，不全録也。

一、先生所評杜詩，壯年則有錢氏《箋注》本，晚年則有仇氏《詳注》本，而散見選本者亦多。今既彙録，參錯其間，不及分别。有評駁注語者，摘注一二語，附於下。

一、各家詩評語無多者，隨見隨録，不次先後。惟杜集甚繁，舊本雖分古今體，而不别五七言，猶慮翻查未便。今各體分編。韓則依集所次，衹分古律二體。

一、各本一作字，除先生評語論定外，有於字上加圈、加點、加抹者，杜集最多。今不及詳某部優劣，但以所圈者爲正，而抹者爲非，點者爲可，其不加圈抹者置之。

一、評有一兩處重見者，大概相同則存詳删略，大同小異即並存之。間有一人總論，一列本詩下者，以不能割愛，且亦足以見申重之意云。

一、先生論評，先君手抄最多，外間亦頗有流傳，然皆零雜，及分載刻本之上。先生次君心如世叔嘗彙杜、韓評語爲一編，詩文並載，而餘又未及。學詩者未得統觀其全，猶未盡作詩之法，況日久亦易缺逸。今悉彙録，名曰「論詩彙編」。就所見者蒐羅殆遍，或先生於友人處有評本，家中未存副本者，尚俟續搜。第逵照學淺心麤，編中多摘録未當，編次失宜之處，尚祈高明審正云爾。

乾隆丙子閏九月既望，門下後學徐逵照謹識。

此木軒論詩彚編總目

南浦焦袁熹廣期氏著　門下後學徐逵照編輯

此木軒論詩彙編卷一

總論

古人論文章者，撮其大指，則數言可了，循其細節，即更僕難終。以詩言之，若所謂温柔敦厚、比興以托意、怨而不怒、和而不淫者，學詩之士，蓋已講聞有素，且其用力不在乎語言文字之末，今固無假於言也；所得言則存乎聲與辭矣。愚嘗徧觀唐人之作，盛唐以上，意象玄渾，難以跡求，至中、晚而其跡大顯矣。一言以蔽之，其惟「清」乎？清者，研練之極，雖古人亦不能逡巡而至也。故有句云「新詩應漸清」，言工深乃至也。是故不能研練，略成句子，信手填入者，唐人必不爲也。豈故好爲其難？蓋以謂不若是則不成章爾。不然，則何以此人然，彼人亦然，乃至篇篇然，句句皆然耶？夫雄豪藻麗，詩品雜陳，而清之一言，必不可失。譬若吏治之廉，女德之貞也，失之，餘無足觀矣。且清非可以口授而指畫得之者，必其迥然特出乎埃壒之表，知者辨之，不知者不辨也。曰事清，曰境清，曰聲清，曰色清，而聲清爲要矣。字者，公家之物，無清無不清者。連屬成句，而境象聲色具焉。其清者，必其人苦心選擇以致然，非偶然而合也。字音陰爲清，陽爲濁，陰陽又各二。然善連屬者，非醇用陰也；反是者，非必大半用陽也。而清濁分焉者，由所以選擇而使之有精與粗故也。一婦獨處，寂默而已。及二人、三人共語窗牖間，或喃喃如燕，或嚦嚦若鶯，或詬誶勃谿不可暫聽平。夫屬辭之善不善，何以異是乎？聲之清濁，氣之類也。聲氣在人，似有天分。得之清者，所謂天才也，事半而功倍矣。以近世驗之，夏考功不逮陳黄門，王玠右又遠不逮焉。非關學問，由降才異地。然使其人能深辨乎此，加意研練，未必不可變濁而爲清也。唯其天分有限，于此無所用其力，故其所成就僅若是而爾已。且聲之善，非獨聲而已矣，心之哀樂，以是傳焉。所謂言之不盡聲能盡也，必待言語文義而後達其意者，非能詩者也；必觀言語文義以識彼之情者，非知詩者也。誦杜子美憶弟妹詩，不問何語，聽其聲，自然與尋常交友不同。《武衛將軍挽歌》三篇，不問何語，聽其聲，豈可施之他處乎？此子美所以爲詩之聖。蓋非有意爲之，猶所謂盛德之至，動容周旋，自中乎禮爾。凡此用聲之效，各惟其宜，似若不專於清之一言者，則以所謂清者，非必若澗谷檜柏，凄寒肅殺之聲，而乃得題之曰清也。「鳳皇鳴矣，于彼高岡」，清之極也，何有乎凄寒肅殺哉？若夫脩辭之法，請繼此而遂言之。連字爲句，累句成篇，必使字字含飛動之勢。如數十人，然有一人若木偶者，亟易之，爲其害我事也。非甚害事，而了無毗贊于我者，更以能者代之，斯善也。或七字爲句，而所須止五六字，强以一二字足之；或文義須八九字乃足，其一二字不得不裁去之，此成句之難也。一聯之詩，往往下句堅好，而上句不愜寸心，得非此類也歟？七言較難于五字者，以率意爲渾成，以破碎爲綺麗，是皆不成句法者也。欲得成句，須是研練，研練之極，若出天然。天然者，造物之所宜有，而其可貴美者，正亦造物之所不多有。以一人之心力而欲多取之，且易而取之乎？胡得然也？唐人詩，一句爲一實物，故一句具一奇致。而所謂實物者，不從册籍上來，有全篇不使一故事者，是知使事不可當實物，聊表學問而已。唐人自李、杜、元、白諸大家而外，篇什不甚多，而中有不可磨滅者存，彼其一生之心力具在也。其精者如是，則夫精不必如是而聊可以爲詩者，在所唾棄不疑也。拾唐人唾棄之餘而珍之貴之，其尤下者，乃至爲唾棄之所不及而亦汲汲然收之，彼此一貫，竟可定爲誰作。如是而可以云詩，詩之道何太易易哉！雖然，嘗讀陸士衡之《文賦》矣，蓋言有難有易也，謂必得之難而後至者，是未盡然也。天分既優，加之廣學多聞，内外相發，幾非在我，必左右逢其源者。當其感物造端，興與意會，天動神解，乃至一對屬、一叶句之間，亦若有物焉陰相之者，彼自來，而我因得取之，不全關心力也。不臻斯境，則雖篇章句字種種悉如古人，而精神氣韵終墮今人窟穴中。昔賢所嘆，「欲换凡骨無金丹」，良以此也。其得之易者既如此，而得之難者又如彼，要而言之，其致則一。何者？夫能者之所謂難，與夫心識其然而求至焉者之所謂難，則又有間矣。彼能者亦或困於一辭，貧于一字，經旬累月不去於胸，然其意匠慘淡，乃所以爲樂，而非所以爲愁也，豈有結轖瞀亂之患哉？故曰有難有易。第乘風遠舉，必在數飛；用志不紛，乃疑于神。未有粗識門逕，操觚率爾，便以斐然之章，爲深入窔奥者也。

作詩無他法，惟每作一篇，必求句句成句子，歸于穩愜乃已。雖十日半月成一詩，不憂不積而多也。香山草稿改至不存一字；辛稼軒爲詞，或累月始成。古人往往如此，今人但見白詩率易，辛詞粗豪，此自未得其解耳。

昔人云「清畏人知」，此不特作詩爲然，而作詩者尤不得不然。何以言之？孔子曰：「斯民也，三代所以直道而行也。」聖人自是無毀譽，豈直爲民不可枉，故不敢毀譽行之哉？然而必如此説者，所以爲謙厚之至也。高允云「恐負翟黑子故也」，此高允似聖人處。以詩言之，王右丞云「將因卧病解朝衣」，解朝衣尚不敢顯露痕跡，而將因卧病而解之，此是何等樣深厚處。秦公緒云「家中匹婦空相笑，池上群鷗盡欲飛」，見得自家並無半點高隱自命之意，無奈匹婦笑我，鷗鳥猜我，如此光景，不得不敬辭尊命也。此其謙厚爲何如哉？韋蘇州「身多疾病思田里，邑有流亡愧俸錢」，論詩者猶不滿之。然韋意一句疾病，一句流亡，只是伴説帶説，尚未至於直説出自己好處也。最鶩者無若老杜「許身一何愚，自比稷與卨」，此非自誇，正是他自歎自嘲處。一家溝壑不可保，一箇兒子不能教，而乃自比稷契，此所以自嘆其愚之甚也。《茅屋爲秋風所破》云：「安得廣厦千萬間，大庇寒士皆歡顔，風雨不動安如山。眼前突兀見此屋，吾廬獨破受凍死亦足。」夫人住在屋裏，雖遭風雨，也無甚驚皇。緣他是茅蓋底，被風吹去，受盡雨濕底苦，故作此妄想。而必曰「不動安如山」者，所謂又好惱又好笑也。「廣厦萬間」，如叫化子餓之極了，思得百頭熟牛在我面前，自然一口喫不了，少不得請幾箇朋友，大家喫飽，快活更不可言。末乃反其詞而言之耳。必如此看，乃見老杜好處。不然尋常一箇人，動不動學孔子老安少懷底話，此豈詩人之所宜出哉？又「司徒急爲破幽燕」，急爲者，急爲我，五六云云也。破幽燕是國家大事，却似杜先生底私事，更十分要緊，不可不急，爲我做成其事也。此等都是「清畏人知」底道理。

不假苦心而輒得佳句者，從乎天也。必苦心而得佳句者，從乎人也。非不用心，非苦其心而得佳句者，從乎天人之間也。然彼苦心而得之者，妙解其味，所得乃復天然，是皆所謂疑有神助者，非別有神，由自己之神來，而思力有不至者也。不爾者，則是掘井未嘗及泉，而忻忻自謂足也。

古人爲詩，大抵自寫胸中一片真實慚愧之心，令人感嘆不已。今之學者，從語言上摹仿，所以去之轉遠。

禮者自卑而尊人，詩與禮相發也。唐人爲詩，多得此意。明弘、正間詩人，頗有反此者矣。所以聲容雖壯，而感動人心之用爲少也。

有形乃有影，影之修短肥瘠，未有不肖其形者。夫詩者，心之影也。强肖古人之語言以爲工者，折旋俯仰，無所不似，亦他人之影而已，況必不能肖似耶！

或以李、杜不能兼韓、柳之長以爲惜者，非責之所以不能，乃是責之以所不可也。麒麟、鳳凰，各長其族，鳳有麟角，麟生鳳羽，可乎？不可也。

夫耳傾哀激，猶口嗜辛酸也。耽翫既久，則思去之。惟和平淡泊，可以久而不厭。如詩如文，故亦然矣。

歌有聲，舞有節，志意得宣焉，氣體得暢焉，今皆廢矣。以誦詠當歌，以欠伸當舞而已，益人不亦尠乎。

淵明《乞食》詩甚多事。自有此詩，後之作客以有求者，動以飢驅爲辭，遍地皆淵明矣。度其身口所須，未至大空乏也。所求未易饜，所獲亦已饒，曾無冥報相遺之意。淵明有知，能無恨其失言乎？

前輩謂文章須字字有來處，誠述造家之律令也。予意古字之音訓，若《凡將》之類即是來處，其連屬二字以成句者，不必拘于昔有也。杜詩「泓下亦龍吟」，《説文》云：「泓，下深貌。」杜豈誤讀「泓下」爲句者？則「泓下」之字，亦猶杜自爲耳。謂下深之下，潛于九淵也。

顧寧人與人書云：「君詩之病，病于有杜；君文之病，病于有韓、歐。有此蹊徑于胸中，便終身不脱依傍二字，斷不能登峰造極。」然則杜、韓、歐不可有乎？夫三子之所以然者，必其胸中實有物焉爲之根柢，而以其才、其學運之。代興者必有所以爲杜，所以爲韓、歐之根柢，而自以其才、其學運之。不求似也，無不似者，雖大小不可强同，與夫依門傍户，不中作僕隸者異矣。然所謂根柢者，於何成耶？實心而已矣。所好惡，所是非，其心固然，不自誑以誑他，庶幾乎言爲有物之言也。

詩言志而必曰歌永言，歌協韵，其句或促或悠，要須有韵者，諷誦涵濡，聲節柔婉，時或激烈清壯，感發善心，抑止邪思，所助爲多也。若但習其句讀，則何以韵爲哉？如《易》皆有韵，孔子《象傳》亦皆叶韵。康成以後，移易本文，分裂隔越，讀者竟不知有韵矣。此近本之失也。

太平則無所更美，道絶則無所復譏。苟未至于太平，則爲詩歌以申其風刺之義，亦安可以已乎？夫唯温柔敦厚，發于中心之誠，是乃君子之所爲耳。

宋王勉夫喜考訂古今人詩文，謂某詩出古人某句，古某句又有所祖；某文出古某文，古又有所祖。至于三四，如此非一。予謂遞相祖述，略相摹倣，亦誠有之，然古今人情不相遠，事境亦多相似，率爾爲之，不覺暗合，必欲曲避之，道所不曾道，不得暢己胸懷，亦何貴於此？且未必果得避也。但可率情恣意而出之，前此曾有以否，豈足計哉！

杜子美，公孫大娘舞西河劍器渾脱，渾脱是舞名，亦非執劍而舞也。今評文者曰「如公孫舞劍」，又以「渾脱」爲贊美之言。又退之詩「妥貼力排奡」，奡即盪舟之奡也。而評家以「排奡」贊其筆力，不知此奡字作何解？吾謂若此類，主司有犯此者，可罰其俸，以懲不學。近古今言路，無所不摭拾，而顧遺此，何耶？

樂天云：「文章合爲時而著，歌詩合爲事而作。」予按古人文若詩，無不皆然。但其意有微顯，辭有正譎，故或以爲于時事無關。若果無關者，則是苟作而無謂也。如香山詩，正而顯者居多，老嫗能解，其以是夫。

右軍《蘭亭序》，所謂唤奈何者，古今詩人意思所寄，多不出此。雖以右軍此文作古今詩序，可也。

唐人詩云「玉顔不及寒鴉色」，玉顔與寒鴉，了無干涉，看他下句説甚麽。今人詩到第三句，先自破了，到落句，定自無一毫氣力也。柳屯田詞云「算何止，傾國傾城」，延年語已是不可復加，乃云「何止」耶？下云「暫回眸，萬人腸斷」，回眸只暫時，乃至萬人一齊腸斷，則傾國傾城，真有不足言者矣。此之謂千鈞之弩，正得爲鼷鼠發也。

世衰道微，人情涼薄，中懷壹鬱，作詩寄慨，冀得相感動。古詩之意，多出於此也。古樂府歌曲之屬，年世邈遠，流傳失真，或非其本字，偶會今情，妄加咨賞，不重爲地下作者所嗤笑乎？

讀古人之詩，凡其汲汲自明，且不厭再三聒人耳者，必其外有不欲自明者也。若謂言在此，意亦止此，則無是理也。

五言律不難于似古人，正恨其酷似爾。酷似即都無自家意趣。

元明人學唐人《早朝》等詩，其佳者如金塑天尊，端拱殿堂之上，神彩那得流動也？

莊子曰：「熏然慈仁，謂之君子。」唐賢之詩，詩之君子者也，以其熏然慈仁也。

南宋人道理、意思、字句，畢竟不要入詩。

凡聯綴之字，須一一磨礲過，使略無磕擊，然後美聲出矣。如明世徐渭、王衡之詩，非無佳處，然都不解此秘，謂之門外漢也。

詩有風、雅、頌。近世之詩，風之屬居其九，雅、頌之屬居其一。就雅、頌而言，雅之屬又居其九，頌之屬居其一。此固因乎其遇，因乎其事，不可以强爲多少者也。詩有興、比、賦。近世之詩，非賦即比耳，興則百不能一二見。此蓋因乎風氣習尚，有心製作者多，率然吟咏者少，故興幾廢也。

《三百篇》後，論詩當以五言古爲主，若七言律及七言歌易入俗調，難以久傳。正如勃遜之云，菊以黄爲正也。

詩之至者，聲稱其情。不知聲者，不足與言詩。

詩言志，志有不可得言者，以聲達之。其言如彼，其聲如此，君子聽其聲，則知其志矣。

他處用不得，只此處用得，古人何可輕議也。輕議者，自不識許多緣故，但執一方之見，以爲程量耳。

今人作詩，沾沾次韵，叠至數百首乃已。看去全是從韵脚上起意，又無十分才致，此等詩，真可不作。

《三百篇》未有非興非比而詠物爲詩者。

詩欲以多求勝，或咏一物，而累數百首者，不知長平士卒，同日俱盡，亦可悼也。

作詩不解調諧音氣，以娱心睦耳，譬如新户樞，其聲叵耐，雖有高妙議論，豈得成詩？頗見近世所謂名家者，往往犯之。

「辭達而已」，約有二端：有説得出者，以意議勝也；有寫得出者，以聲情勝也。詩之爲道，多用寫，寫出之妙，較勝于説也。

歐陽原功論詩，以不期工者爲上，求工而得工者次之，此篤論也。然所謂不期工者，蓋難言之。竊恐古之作者，如陶、如謝、如李、如杜，亦不能無求工之意，第文字渾成，無斧鑿痕，故其苦心處，後人有不得而窺耳。

有德之言，温厚和平，尤以誠愨爲本。後代作詩者，多是自狀其無德。又古人有非常之才，而今人則更自供其無才也。不惟無才，抑且無學，斯益下矣。

讀其詩，使人愛其詩，未爲至也。讀其詩，使人愛其人，斯至矣。讀其詩，使人想見其人之所與游從，及其風俗，無不可感慕者，斯益至矣。

詩之用，在乎感發人善心。淫泆之詩，實足以感發人不善心，謂之懲創，未見其然。乃若無論善不善，要之皆不能有所感發，則不成爲詩矣。如云蕩心溺志，亦須是會蕩會溺，蕩溺不是好事，況又不能。

讀詩須明句讀，句讀一差，則作者之意盡失。有兩句只是一句者，須連讀急讀，誤認作兩句，則失之。有上句頓住，必不可連下句讀者，急讀即失之。詩格中大約如前者少，如後者多。

詩者，動人之物。能動人善心者，善物也；動人不善心者，不祥物也。以其能動人，故謂之詩。其不能動人者，謂之一種文字則可，要非詩也。宋以下大抵皆此類矣。

唐以詩取士，士子非乞求，罕得登第。于是有投知詩，有下第詩，有賀人及第等詩，囚聲鎖氣，與乞兒何異？唐季此等篇章盡可燒也。

孔子曰：「斯民也，三代所以直道而行，故吾所以無毁譽也。」高允曰：「恐負翟黑子故也。」此言直似聖人。詩家最貴得此意。秦系云：「家中匹婦空相笑，池上群鷗盡欲飛。」是也。好底須是藏却一截，不好底則老實供出也。見得好了，「此去欲何言，窮邊徇微禄」是也。

五言第三字與七言第五字相當，潘邠老言「此二字要響」，蓋並是下半句之頭，故須着力以振發之也。雖不拘一例，而其勢固自如此。

詩本緣情，故往往將無情之物説得有情。「楊柳依依」，自《三百篇》已然也。

唐詩本自厚，説詩者往往自處于薄，其病正坐求深，謂古人用意不苟，然如此不知，適以誣之。

作詩多是感嘆世情，須常存先施未能之意，況可忮懻怒詈，自貽于小人之所爲乎？

絶頂妙詩，並無深意，而真知其妙者，正難其人。是則至淺乃爲至深，此所以爲神妙之物也。

重韵自《三百篇》已然，唐人排律亦多有之，不特古體爲然。重韵非病，而今人以爲病，或將古今原字改易失真，此則可恨也。

取古人之詩而摹擬之，字句皆出于彼，聲節都無自爲，譬如一身衣飾，自頂至足皆他人物也，都除去時，所存者復有何物？故優孟伎倆，有志者之所必不屑也。若果有自所以爲詩者，即全用古人句，亦非所禁，似與不似，無不可者。

有譏議古人者，多是自懲誡之辭，而後人不知其意，則又取而譏議之。

將生新字代習熟事，痕跡宛然，以此炫富，轉見貧儉。夫篇章之美惡，譬若眉頰之妍媸，既不能妍矣，雖愈施粉黛，亦復何益？

宋人解詩，一字一句，皆有比託，如山谷解子美「渭北春天樹，江東日莫雲」之類。錢虞山以老書生儒冠上服本天者親上譬君子，紈袴下服本地者親下譬小人，謂山谷之論無異於此，是誠然矣。然宋人此等見解，亦有所自，蓋本於康成之箋《三百篇》也。唐人爲詩，源出《風》《騷》，而未嘗用康成之例，此唐人所以得詩之意也。必如康成及宋人之説，則豈惟詩道之蠹而已，將使險忮之徒，以語言文字陷人於罪罟，無能免者，則惟喑默不敢作詩。而匹夫之情志無由宣寫，其害又豈可一二道乎？

詩人多説酒，多以醉爲樂者，以其中心了了，欲有所爲，而時不可爲，醒則難爲懷故也。若醒時只是一箇俗漢，要醉何爲？

通篇神味、氣韵都無似古人處，但刺取雜書新僻字參錯其間，以炫人耳目，所謂玉屑滿篋，不成爲寶者也。

唐世多人聯句，合成長篇者，不當以某聯警策，便歎其能，某聯平常，遽嗤其拙。夫詩之排次，各有攸宜，值其只合平常之處，雖有精奥之句，未得施之，即其平常若不措意者，是乃唐人之所以爲工也。

唐詩自子美已前，不甚分古、律二體。有全用對偶以排律，而一兩處律調不諧；或律調諧矣，而不全作對者。作者初不分爲古、爲律，而編詩者强分之，又評論云某聯似律，某聯似古，所謂强作解事，不自知其憒憒也。

詩之題，多在詩句中，又或在詩句外。其以一字、兩字爲題者，竟非題也。今人將八股題一例看，故多錯認。

古體詩又有古今之分。其古而古者，可叶古韵，如老杜「西川有杜鵑」是也。其古而近律者，仍用今韵，或稍通，若庚青之類可也。

詩中使事，用熟者什九，生者什一。古今第一〔第〕〔等〕詩，何嘗不是熟事？用熟者可無着迹之患。唯用熟而苦不能工，于是刺取新僻者以代之，彼其計亦無聊矣。

七言歌行，有只四句者，兩韵兩解，合成一篇，不當與絶句同編。

詩有徒工於句，而工句之外了無餘美者，其去詩道也遠矣。古人所謂佳句者，味在鹹酸之外，今人不能盡知，不必强爲之説。

近世詩學，如以堅燥物暫置水中即出之，其稍久者亦不能滲入。比之于古，功力無萬分一也。如唐之詩及宋之詞、元之曲，直是徹骨徹髓，後代安能及之？

詩家命意，有極陳襲而不厭者。如咏王昭君，言身入虜庭，心懸漢宫，更不得云在漢無寵，不如作閼氏爲愈。蓋咏古所以自寓，若如此説，則爲畔爲逆，無所不至矣。此所以從無一詩作此等翻按語也。其他可以類推。

近人作五言律，聲口似少陵；作七言律，即細靡似宋元已下。吾不卑其似宋元已下，而憎其似少陵也。

詩不可一律論。如云貴含蓄，不極其意，此語大槩得之，然固有大不含蓄而無所不極者，總歸於可興、可觀而已。若不能入妙者，雖與《三百篇》如一板印出，無足取也。

詩有痛快言之，無所顧惜者。如詠秦事，快秦之亡；咏衛、霍等事，快匈奴之敗滅。又如秦宫詩，義取《鶉奔》、《墻有茨》，惡梁家之甚，雖陷輕薄，讀者必不以爲罪也。至如咏楊妃，説壽王不能忘情，不知是何意思？又必説如何與禄山有情，徒爲輕薄，了無新趣，此等直不作爲愈耳。

孔子稱伯玉有道則仕，無道卷懷。伯玉之時，其爲有道，亦復幾何？然則苟值國家無事，君臣游豫賦詩，以附于「賡歌」《天保》之遺，亦未爲過也。諷刺誠見忠愛，然不必定以諷刺爲美，於無所諷刺之中强求其義，曰此諷刺也，是論詩者之失也。

語云：「伏臈合歡必歌，采菱、牽石、柁舟必歌。」嘘嚱！各唯其宜耳。

兩句一連，四句一章，此常體也。然古詩長篇中間有用單句，以三句爲章者，《孔雀東南》是也。古人質極生文，不主故常，後世求工反拙，或有意規倣古體，既已有意，便不得到古人。

七言律雖有若許多束縛，然亦只是我所欲言之幾句耳。一口氣説了四句，略停一歇，又説四句成篇，以此爲質，而文采律吕生焉。能作是解會，則思過半矣。不然，雖字字雕金刻玉，總無是處。

身分高而作低下語者，其詩益厚。身分不高而强作身分語者，詩乃益劣矣。

語極必反，須是説到極處乃轉。試舉一二言之。如長吉《惱公》「心摇如舞鶴，骨出似飛龍」，元微之《遭風》云「閉目唯愁滿空電，冥心真類不然灰」，白《長恨》云「遂令天下父母心，不重生男重生女」，都是至極無去處底話也。原稿《遭風》二句係另增入，旁注云：此本不在此，或當去之也。

物物無毒者不可禁，無害於人故也。毒莫甚於人心，言心之聲也，以有毒之心爲詩，人有不惡之乎？如王維、孟浩然、韋應物、白居易，此數公者，真可謂無毒者也。

人固有好惡矣，安得泊然淡然，又安得遇物皆煦煦然、有愛而無憎乎？孔子稱「不忮不求，何用不臧」，所惡夫有毒者則忮是也。忮求皆小人之心，以詩道言，與其忮也寧求。

子昂、德機諸人論七言律中兩聯，要得字字填滿，此蓋見當時爲詩虚字多者必犯軟弱之病，故特此論以矯之耳，其實不必然也。實字填滿者，一句只是一句，都無生動之趣，此病亦不小也。

《白頭吟》、《梁父吟》之類，不必拘文君、諸葛之事，但取其意與聲而已。

不必奇而故作奇，是爲鼓怒浪于平流，振驚飇于静樹，雖見才力，已愧老成。若實未能奇，而强力作奇者，安得不甚其醜拙乎？戒之，戒之！文筆亦然。

古人詩固多有爲而作，然必欲强求其爲某人某事，旁證史籍，影響依附，多見其失之愚也。

一葉落知天下秋，作詩可苟然乎？

凡酬贈之詩，須如對策相似。

對屬工者，不必勝于不甚工者。至留意小巧，如古風今雨，韓、柳、歐、梅，「君臣藥」、「子母錢」等，以爲能事者，益末矣。

才力有餘，於結二句見之。然有極似輕游率易、不見氣力者，此正有餘之驗。元微之可輕覷乎？

人無俗心，正使作俗語，亦有何傷？所謂俗語者，富貴官爵之類是也。

作詩要占身分，此語亦得亦失。真正詩人，不妨作無志氣底話也。

須是道得人人心頭所有之物，人人口頭欲説之話。

山谷云，能於前輩中擅長，不獨争長時輩也。作詩若只蘄争長流輩，用數年工夫，便可到矣。苟寸心自知，去古人甚遠，雖欲侈然自詡能詩，亦何可得？

或游歷，或詠古之類，題目既多，有長篇大章，淋漓盡意者，即須有寂寞短什，輕輕發付，聊備缺遺者。必篇篇用全副氣力做，雖李、杜亦無此理也。但出大家手筆，不經意處，亦自迥出。所謂見一斑知全豹者也。

詩雖極易曉解之句，若非設身處地，虚心平氣而體味之，必有誤會誤解而不自覺者。誤之既久，以爲固然，忽聞達者之論，反堅距而不信矣，又安望其自能有所省寤乎？此世人之通病。

謝客言：「每對惠連，輒得佳句。」是佳句不可捉得也。

作詩而失詩之意，則雖極力雕飾，似乎秀麗，而相其神氣，寔不免蠢俗矣。

少年學做詩，須從韵脚上做起，雖極寬之韵，亦須先定其韵而後成。宋人所謂「押得韵來如砥柱，動移不得見工夫」，用此法也。若待做到那裏方去本子上尋湊，便不牢緻矣。

韵脚不但實字，如「神都憶帝車」之類，所謂砥柱者是也。如「顔狀老翁爲」，凡極虚之字，其法亦然。

詩句中單字爲難，太琢太新則成詩眼，以渾成自在爲貴。彼非無眼，但不露耳。

偶體謂之四六，制義謂之八股，《三百篇》謂之四言，漢魏以下至唐人之詩，謂之五言，凡此皆就其多者名之耳。近代爲詩者，近體多於古詩，七言又多於五言，所謂沿流而失其源者歟。

昔人喜言飛來句，謂不經構造，忽然而得者，定神物也，然亦顧其人胸坎何如耳。若胸坎間飽貯穢濁者，凡所飛來之句，皆惡物也。

宋以後好作關係世教之詩，一時有名者，亦以關係世教稱之。劇言苦句，了無風雅之味，如何感發得人心？如元人《賓鴻吟》「如賓又復如兄弟，吁嗟人兮不如彼」，此類甚多，取其意可矣，詩原不佳也。

胸中有物，欲言而不盡言者，古之詩也。口頭本無可言而强爲之言，且多言者，今之詩也。詩有真色如雲霞然，何嘗以此片不佳，别尋一片换之，使其鮮妍耶？故凡留意于换字换句者，乃是婦人紉綻伎倆，稍知詩者，必不屑爲，豈況古人？

凡一聯中對屬之字，不論虚實，須得兩相朝應，彼此有情。如兩已相背，即不可也。偶見近人句多犯此病，故論之，解者自得其意，無定法也。

作古詩固可叶韵，須各審其音體何如，有可略通者，有可廣通者，有只合守今韵者。若一切不問，徒據古人已用之字而叶之，詩則唐也，韵則或《騷》、或銘、或《易林》諸種也，多見其昧昧矣。

句極工者，其工不以句。工而止于句者，昔人謂之味短。味短且不可，況無味乎？何以成詩？

花草詩、題畫詩，不必多作。

讀古人詩，失其措言之本指而妄意評歎，明代諸人皆犯此病，真所謂一盲引衆盲也。

詩中説婦人者，什居八九，然實爲婦人而作者，什不一二也。大約是比，而今人誤以爲賦耳。如《三婦艷》，果真詠此三婦，亦何爲乎？至如梁家宫體諸什，乃真爲婦人作，所謂其細已甚矣。

樂府如後世雜劇，借箇故事做成，言句配聲而奏之，其古事或是張三，或李四，不拘一人，意不在張三、李四故也。如《白頭吟》，須知不干卓文君事，其意與《小雅·谷風》一般。君臣朋友之間，倘或得新捐故，一聽此曲，能無猜愧乎？故于宴會奏之，所以相感諷，因相歡樂也。觀鮑照一首，辭意益顯，且幾于怨懟矣。如《白頭吟》末言「今日相對樂，延年萬歲期」，是奏曲者之辭，非文君對相如語也。

人都誤認，所以文理往往不可得通。

若論流傳後代，近體詩必當先滅。如七言律，雖唐人之作，恐百不能一二存。

作詩如何不要句子好？須是款款説去，自然有好處句來。如淵明、摩詰、太白諸人所爲，方是上乘好詩。然所謂好句者，却不止是句子好，就句子而言，亦是好耳。

油然作雲，沛然下雨，風止雨霽，雲無處所。

愚嘗作詩，有「古驛一燈深」之句。及閱明丁起濬詩，已先之矣，牧齋以比「楓落吴江冷」。是知古今人文集皆當遍觀，庶不冒「竊鈇」之嫌。若既知而改之，則或有不可改者矣。

論詩有一聯言景，一聯言情之説，此不必拘也。實則總是言情，但有及景，有不及景耳。混混而出，豈須作分別見也？

唐人詩不避重韵，或乃爲字同義異之説，亦不必然也。字既同矣，同義何害？總之重韵及失粘，皆非詩病，學詩者正不須沾沾留意于此。

三日新婦，楚楚可憐，何其無丈夫氣也。雖然，不賢于武夫悍卒乎？吾未見武夫悍卒之不爲人賤惡也，故曰新婦賢也。

山谷云「隨人作計終後人，自成一家始逼真」，歷代宗匠，無不然者。然豈可助長憑臆而爲之？須是天與我，神助我，始得。天不肯與，神不來助，辛勤一生，終無可望。

楊仲弘曰：「詩當取材于漢魏，而音節則以唐爲宗。」其論是也。然仲弘詩於漢魏無所取材，而音節亦不似唐人，適成其爲元詩之壯健者而已。

看山水，看花草，率爾爲詩，自有遠意，所謂「闌干雖共倚，山色不同觀」也。如盛唐人所謂六韻排律者，分明是三唱成詩篇。今人全不解此，只逐聯讀去，門徑茫然，安能會得作者本意？其六韻以上，並同此例。

大經濟、大學問，雖是杜少陵亦非篇篇有之，其不有者，不須强爲之説。南宋迄明代，詩中説學問、説經濟者甚非難得而轉更不佳，皆由注解杜詩者導之使然。

孔子言「鄭聲淫」，作詩者極諱忌此一字。故名家大手每以琴德自比，謂大雅之音，不逐世好。然觀其詩所以能震耀一世者，竟未必然，蓋正以淫而妙者，此其實也。如白居易、元好問，皆未免此。彼其爲此言者，徒以世人知音者少，又雖知之而不能不好故耳。

學盛唐詩，除却盛唐詩中字，都不能成一句。學昌谷詩，除却昌谷詩中字，都不能成一句。其他蓋莫不然。然則所謂逼真者，果何在耶？

七言律所以爲尤難者，其體格最卑痺也。若安于卑痺，且不必爲唐人之卑痺，則此體乃最易矣。

七言律所以爲惡者，讀之只見每句是七字，凡八句皆七字爲句，不知竟成何物，而命之曰詩。然唐人詩由肉眼觀之，亦只七字一句，若無大差别者，此所以難言之。

詩至中唐，分明是換了一箇世界，拘拘然執前賢之繩矩，以律後來之儁傑，多見其不合也。唯其不合，乃能代興。

白詩云：「法向師邊得，能從意上生。」今之學詩者，既已無師可覓，即古人之作，便是詩師也。若不解從意上生者，依腔按板，盡失其所以然，與夫無師授而自爲之者，相去幾何？

凡曲將畢，皆聲拍促速，唯《霓裳》之末，長引一聲，蓋各有其宜也。《霓裳》亦促速，則不稱其爲《霓裳》，必非漫然者，詩歌之道亦復如之。夫唯國工，乃心喻而神合也。

七言律體最爲難作。作之之法，須知此八句只如説話一般，要令清空明了，低昂旋折，達我所欲言，而止于鏗鏘輝焕，乃是佐助宣暢之具，非專以此爲事也。唐人之詩，無一篇不然者，宋元以後，非無精麗絶特之作，而求其言意所歸，昏昏然竟不可解。世人徒以其精麗絶特而賞之，滔滔不返，敝也久矣。

《李賀傳》言，未始先立題，然後爲詩。不特賀耳，古人爲詩，詩成然後爲題，題所以記其篇目，如此者什有七八。然謂賀篇篇皆不立題，又無此理，蓋以出游時言之耳。

古無僧也，僧詩于《三百篇》無所繫，當繫之隱逸者流。若借詩句説佛法者，是乃别爲一道，非詩家所得收矣。

「宗」字，唐人入「東」；「勤」字入「真」。坊本注云借用，若言借則似他字亦可借矣，勿爲此注所誤。

叙述事情，自有合用底字。若以此字爲熟而用新字替之，纍纍鑲嵌，意思所注，了然可見，如此而望詩之工，安可得耶？

□□□□□□□□□□□□□□□□□□□中四句作此體者，各自是一章故也。排律中長對亦俱是自成一章，未可以三四五六，或七八九十等爲一章者。

讀古人詩，凡親嘗其境者，分外見得他好處，所謂談虎而色變也。下劣詩魔，唐季已不勝言，然皆從窮力追新而出，自非家研户煉，積數百年，此等境界亦不出也。明世制義亦然。

獨詠一極遠事者，必近事也。

其言如此，而其意不如此，與夫其言如此，而其意亦如此者，聲情氣貌自是有別，不難辨耳。

咏此物，則壓捺一切，使皆出其下，期於盡態極妍，而止此爲尊，題格也。

綺靡者患無骨勁，直者患無情。

古人賦詩斷章，有不自做一句，却是自家底。今人儘力做許多詩文，却無一句是自家底。

賦者，舞也。詩者，歌也。

詩文有一字訣乎？曰：有，「活」字是也。

「馬上相逢無紙筆，憑君傳語報平安」。此等情境，人人所同，不知何緣偶然生一箇人，信口吐出，信手寫出，遂定爲此一人之詩。嘗私怪其故，無處討消息來。總之不是甲，便是乙，須還他有一箇人在。更不知這渾淪大器之中，此等詩句還多也無？又無處討消息來。龍宫無盡藏，象罔得玄珠。

詩人之旨，未有羞貧賤而美富貴者。間有之，則決非正言可知。

賭博飲啖酒婦人，皆至穢之物也。有意氣人垂涎而道之，終不揜其本色。

詠懷詩，懷胡可詠也？以不懷情之詠詠之，所謂詠懷者如此。

壓倒元、白之篇，亦有甚出色處，而能令元、白心服，何也？只是立夏之櫻珠梅子也。八珍羅列，不如這箇。此事却有偶然捻着底，不盡關平日本領。其捻不着者，轉求轉遠，所謂擅場者在此。

作詩者有意要説出好話，則其味亦有限矣。古詩有絶不見好話者，好處自有在。韋蘇州此境最多。韋詩最高，令人便學不得。

謝康樂以山水殺其身，今人暫出城市，携酒肉去遊山一回，便要做謝康樂底詩。

譚友夏云：「『心懷心想甚分明』，昭明胸中有此七字，如何愛選板詩、庸詩？」余謂昭明詩纖細已甚，不足言矣。獨其所定《文選》，大有家法，非小子輩所可議。鍾、譚之無識，不可勝言，譚尤不通。

詩有不可强解，而音節之美，令人移情者。如聽黄鸝聲，不知他説何語，却强似鸚鵡了了作人言也。

鍾、譚論詩，如蟲食葉，翻嘆其佳。

忽變常格，不肯多作，只一二見，所謂物之神者善變，所謂賢者固不可測也。淺者乃妄相軒輊，謂某人不能爲某文、某詩全未夢見。在延之《五君詠》，義山《韓碑》，知其解者，雖一生不作此詩，可知其本事自在。

幽憂拂鬱善幻之物，不發之爲詩文，則洩之爲夢，故作一詩，當除一夢。此中消息極微。

人棄我取者，人不知其爲寶而棄之也。若人所棄者糞土，則與衆棄之矣。如詠昭君詩，從無人説做箇閼氏强似幽賓漢宫者，千百年來豈無一人不知取此哉？以其真糞土，决無足取故也。而近人乃始拾之爲詩，得毋不思之甚與？正使昭君之意如此，咏詩者决不可如此。非咏昭君，即是咏自己也。學詩者何可不知此説！

香山老嫗之説，請言之。蓋此老嫗並非知詩，他兩耳聽慣了，他兩耳便是伶倫，白詩便是樂，須是經他耳朵一過，解得方是香山詩，解不得便不成爲香山詩，便失香山妙處矣。此老嫗如犬之能吠，猫之捕鼠，天生成有此一副伎倆，他也不自覺，唯香山能用之，亦唯香山真得詩中三昧，所以必用此老嫗也。若另换一箇老嫗，如何使得？此等事不獨香山一人，古今人儘有這樣得力處，不論彼人學問識見如何，蓋其故有不可解者。張侗初一事與此相類，人道是侗初謙，豈是謙也？

盛唐諸家如一品夫人，自有林下風味。明之七子，容服非不夫人也，林下風味則無之。賈浪仙之徒，又只是山人妻也，然山人妻强似夫人。

郊寒島瘦，元輕白俗，四箇品目俱是作者各擅其至，千古不可有兩處，非薄之也。寒、瘦、輕猶可也，俗則不可醫矣。而白之妙于俗，有所謂動天地、感鬼神者，俗豈易言哉！

昔人謂昌谷詩大半投之溷中，此是故作此語，令人憶殺耳。以爲今人憶其所見，不若憶其所不見之尤爲無可奈何也。古人賺後人者多矣，豈獨此一事。

雞林國相能辨白詩，無他術，識其真精神也。新婦識馬聲，正不足奇耳。

「猶憶去時腰大小，不知今日身短長。」腰大小無定，身短長已定矣，曰不知者，隨口説也，不情不緒也。詩家立言多有如此者。如朝鮮女郎七夕詩：「天上却成朝暮會，人間漫作一年期。」一年作一朝可矣，暮則仍是人間一夕，何其不均乎？作詩正不須稱量到此，翻説得好聽便是詩也。

「平明端笏陪鴛列，薄暮垂鞭信馬歸」，「身多疾病思田里，邑有流亡愧俸錢」，韋是直説，岑要説不説，此詩人之本原。又王維「將因卧病解朝衣」，所謂吃炒米怕響也。如此則謂之可愛，不如此則謂之可惡。

徐、庾並稱，以文則可矣，若以詩，則徐不過幾首宫體詩，何可與庾同年而道？庾如郊廟歌辭，諸作何等雄大，直可横絶古今。

金聖嘆論詩，入情處什得其七，亦有不知興之所至，趁意説一種話，全不管古人肯不肯者。此是當面説謊，欺侮後人，不足疑也。

「夜闌更秉燭」、「心蘇七校前」、「見闢乾坤新定位」、「照壁喜見蝎」，如窮賤老儒登第看榜，定睛細看，還怕是夢境。唐人及第詩「金榜高懸姓氏真，分明折得一枝春」，「真」字、「分明」字，好笑也。

「樂哉何所憂，所憂非我力」，若真箇不憂而樂，則不如此説矣。温岐「夜聞猛雨判花盡，寒戀重衾覺夢多」，若真箇判花盡，則亦可以無夢矣。

詩人貴真率，固也，須論面目如何，胸襟如何。擔糞村夫、燒火老嫗，發言非不真率，然亦不堪玩味矣。

歐陽永叔賦詩「須憐鐵甲」云云，晏元獻「不懌」云云，此正讀李翺文所云「已不自憂，又禁他人使不得憂」者也。韓感恩言志詩用意在落句，勸裴相知幾早退，亦是人所難言。晏謂韓不曾如此作鬧，不知言有所不宜施，要看時勢如何。晏語本不足辨，恐後人不察，故略言之。

明人賦嚴光、秋胡詩，昔人不道，豈昔人智不及此？以其意味淺薄，不足道也。此可以知詩之升降矣。

「千尋鐵鎖沉江底，一片降旗出石頭」，「管樂有才真不忝，關張無命欲何如」，一句九天，一句九淵，如此方是詩中龍象。

唐詩自中晚以降，愈細愈俚，無復風格，然其不肯蹈襲前轍，而必欲自爲，則一也。宋以下亦然。直至明人，始尚摹擬，家家高、岑，户户王、杜，而其實則不中作方干、李洞家奴也。至于摹擬而得大名，後起者又從而摹擬之，重儓下隸，不足責矣。

七絶第三句要喚得起，落句要陡然而出，如紙爆然。若先走漏，便不響了。

孟《登萬歲樓》詩，起「萬歲樓頭望故鄉」，一心只在望鄉，略不于萬歲上粘帶一毫，直不管他是甚麽樓也，讀通首自見。王《萬歲樓》詩，起「江上巍巍萬歲樓」，七字「萬歲樓」三字住，便是注心眼在萬歲樓上，故二三四從「萬歲」二字上寫，至末始説到旅愁。此兩人一時胸頭有切有慢，不可得强也。豈似今人拈着一題，便沾沾向題上掂斤播兩，要做一首詩，算你的詩也得，算我的詩也得。

「乾坤有清氣，散入詩人脾。」唐人詩雖高下不同，皆是清氣所發，然真能得之者，亦千百之一也。乃若明七子之徒，恐于所謂清氣者不復存矣。

七子詩非不清壯，却似自己無舌頭者。于鱗七律畢竟有些本事，但自是于鱗詩，謏之爲盛唐詩則非。

謝客臨刑作詩，自白其志，此誠言也，君子憫之。中散彈琴，其心與謝同。宋代晉，其事已久，故謝得顯言之。晉之篡魏，形勢已成，而事特未成，故嵇終不得言。謝可以全生，嵇必無免理。

束晳與兄粲齊名，是粲之盛名居晳先也。今人皆知有晳，以《報束長生》及《補亡》六詩，故粲名幾于没没矣。

《秦女休行》「刀未下朣朧，擊鼓赦書下」，臨刑人而詔赦之，必擊鼓者，慮事無及，使速得聞之。以陸士衡、鮑明遠兩人言之，愛陸過于鮑者，上也；不能不愛鮑，而猶知陸之優於鮑者，次也；直以鮑爲勝于陸者，斯爲下矣。

古詩多將《毛詩》句添一字，便成五言，如「我行永已久」之類甚多。可知《三百篇》變而蘇、李，相去甚近，如春之變而夏也。試將五言詩省去一字，便成四言，諦觀之，其體製音節原不大差别也。

古詩多零篇殘什，是從類書中編入者，當時但截取數言，見某事有某人作爾。其四句者，非絶句也。六句、八句以上非全篇者，當以其體勢而辨之。

古詩「甘瓜抱苦蒂，美枣生荆棘」，意出于《鶴鳴》。

心實憤悁而作謙退之言者，靈運也。心實分明而作倘蕩之詞者，阮籍也。

杜多大篇，韓亦多長篇，而長篇非便是大篇也。

杜詩韓筆並稱，知言之言也。以韓詩配杜詩，不知言之言也。《南山》、《北征》，山谷之論至矣。今人猶有拾宋人之唾餘者，所謂一言以爲不知，莫斯之甚也。正如談經義者，纔説歸震川、茅鹿門，便知其胸中黑暗如無星之秤也。

好罵是一病，退之是也。好諧亦是一病，樂天是也。

摩詰分明是佛，太白分明是仙，子美分明是儒。

韓退之多可少怪，好獎成後進，故于樊宗師、盧仝皆推許之。樊集，崑山徐氏有之，惜未得見也。唐人以盧仝詩爲奇，直一狂鬼耳，是方相氏之所驅也。陸魯望自號怪魁，亦能安怪也，辭則工矣，而味亦短。陸爲怪之魁首，則夫屑屑然爲其私屬者，又是何等人乎？

姚合詩「一日看除目，終年損道心」，當湖云「何至如此」。愚以爲此二句亦大有味。利祿之損道心，其害乃至如此，況不止于一日，不止于看而已。唐人詩好處只在説真話，説得人情透切也。

李義山作長吉傳云：「豈世所謂才而奇者，天上亦不多得乎？」意謂不然也。然天身虚微，不能運其心思若世間人，即如昌谷之詩，天上人寔亦不能爲也。

《唐語林》云：「韓文公文至高，孟東野長于五言詩，號孟詩韓筆。」按此當時定論，不可易也。自宋歐陽永叔宗韓公，并尊尚其詩格，依風附響，實繁有徒。至于近代，而韓詩之弊，瀾漫至不可救矣。

有唐一代之詩，王維如鳳皇和鳴，第一不待言矣。李、杜兩大家又各占第一，不可以優劣言。王維、李白、杜甫各占第一，不可以優劣言。必欲定其次第者，王分明是箇狀元，杜做榜眼，李便是探花郎也，到第四人，便定不得。

唐初沈、宋諸公並無風諫之意，不過容悦歌頌而已。其鏗金振玉，應律諧吕，後賢莫能及之。此等詩不論人品心術，能者即擅國工之譽。

求工必須煅煉。煅煉之過，日趨卑下，甚且爲怪、爲俚，而風雅之道亡。觀晚唐諸家已可見。

七言律體太諧，氣格愈益卑下，故唐季人好爲拗句，欲以矯之。然此等皆屬形貌，無關神明。卑下之病，不當盡委咎于律體也。

「去年花落顔色改」、「曙後一星孤」、「手從雕扇落」、「一夜緑荷風剪破」，此等竟成詩讖者，唐人之於詩，淪肌膚而浹骨髓，精靈所聚故也。如《左氏》所記預決人死，有若蓍蔡，亦是此理。今人多疑《左氏》爲誣，是不知此理也。若在後世定不能如此靈應，正如空山冷廟，無人燒香，偶然祈祝，神亦不來，所以今日詩人雖做出十層讖語，可不憂耳。

王右丞是正赤色，杜子美是正黄色，李太白是帝青色，李義山是紫色，韓君平是青色，此句最親。黄魯直是沉香色。

白香山、蘇子瞻，皆所謂衣錦尚絅者也。任人看去，總看他這箇不出。他喜歡處在此。

徐仲車云：「元白有餘勢，孟韓無困辭。」所謂有餘勢者，尤是知言。可知後來效矉者，不自量之甚也。

白樂天、楊廷秀集中惡俗詩如此之多，正是他賣弄本事處，可惡處在此，不在惡俗也。若題目它惡俗，却正是被渠瞞過也。

觀元白唱和詩，真是雙龍競戲，對鳳争飛，爲古來未有之盛。而今若看得他奇偉卓鑠，與後人天懸地隔處出，自然不敢作此樣詩，千言次韵便誇能事矣。夫其居然作之者，直謂古人也不過如此，便輸他不較多耳。此孟子所謂不可與有言者。

選唐人詩者，於昌黎公獨取其「天仗宵嚴」一首，徒以其聲容類盛唐諸作耳。此爲不知詩之甚者。皮、陸兩君，如挑菜採藥相似。凡山野間一花一味之美者，俱被它搜拾了去。後來効其體者，却是不揀甚麽物，螫口刺喉亦都不覺，如此宜其爲之易矣。

唐人如吴子華、韓致堯、羅昭諫之徒，靡麗卑下則誠有之，然皆活禽生卉，後人斷不能及。與其爲死李、杜，何如爲生子華、生致堯、生昭諫乎？但恨不能耳。

飛卿、義山、子華、致堯輩是一路，如春花。襲美、魯望輩是一路，如秋花。各極其艷，而艷有不同。一是鮮艷，一是幽艷也。

唐末惡劣之詩，如周曇詠史者，竟得流傳至今，得非一念芹曝之誠，亦有不可盡廢者耶？觀其用意深苦，直欲嘔出心肝，令人失笑也。

唐人如義山輩，詠明皇、貴妃事，指斥調笑，全不似本朝臣子語，豈所謂五世親盡者耶？正其輕薄之罪，流竄可也。

觀退之答元微之書，史筆凛然，當令元心服至死；退之見元詩篇，亦當心服至死。元、白於詩皆專門，如韓之古文也。近世乃盛推韓詩，與少陵並視，元、白若反居其下者，豈非爲盲爲聾者耶？

宋人有記梅聖俞事者，謂寢食游觀，未嘗不吟諷思索，時時于坐上忽引去，奮筆書一小紙，納筭袋中，或半聯，或一字，他日作詩有可用者入之云云。宋之世，大儒輩出，使聖俞移其心力以從事于六經孔孟之書，所得宜何如者？不治道而治藝，此君子之所惜也。雖然，夫人才性所優劣，皆若出于天，而後心力從之，不知所以然也。且使聖俞治六經孔孟之道，精苦如其爲詩，則《道學》、《儒林》中有一聖俞，而竟無聖俞之詩矣。天地生人物，不能使皆大而無小，此聖俞之所以僅能爲聖俞者也。

歐公云：「牡丹花之絶而無甘實，荔枝果之絶而非名花。」余謂二物各擅其絶之一，不可得兼，亦不必兼也。牡丹以飫人之目，荔枝以飫人之口，人得兼而有。至如文章之美，亦有似此者。世人必欲古人之兼之，亦安可得耶？如歐公爲詩，自然不及李、杜遠也，宋人推歐詩于太白之上，是不知詩耳。

宋祖以更鼓多驚寢，易以鐵磬，或謂之鉦，即今之雲板也。史達祖，汴人，有「秋鉦二十五聲長」之句。若在他朝用鉦字，則爲失實。

古體者，其體在前也；今體者，其體後于古也。近人之爲古詩，句法、字法任意爲之，都無所出，是乃更後于唐季之律體也，何得命之爲古體乎？「觚不觚」，此之謂矣。

「猿鳴秋淚缺，雀噪晚庭空」，即子欲居九夷，乘桴浮海之意。

古詩「不意金吾子，娉婷過我廬」，是「娉婷」非獨女子可言之。

「老大徒傷悲」，「徒」一作「乃」，二字皆善，「徒」無及，「乃」言晚，晚則自無所及。

夏侯湛作周詩以示潘岳，岳曰：「非徒溫雅，乃别見孝弟之性。」孫楚除婦服，作詩示王濟，濟曰：「未知文生於情，情生於文？覽之悽然，增伉儷之重。」按潘、王二子讚詠之言絶相類，皆所謂雋永者也。二詩今存者僅各三十餘字，蓋編纂家割截而然，讀者勿以爲止是可也。若止是者，何足示人乎？故知梁昭明之有功于文章不小也。

《尚書疏》引《説文》：「『酷，酒厚味也。』酒味之厚必嚴烈，人之暴虐與酒嚴烈同，故謂之酷。」按許氏解酷字之義，曰「酒厚味也」，酷、酒二字不連。而宋吳君特樂府有「艷陽酷酒」之句，此與杜詩「泓下」二字同，蓋以義皆可通故也。

鮑照詩「閨君婦，閨中孀居獨宿有貞名」，所謂孀居，不必夫死然後稱之。正如「何人不矜」，男子久役于外，亦便稱矜也。如《孀婦吟》亦不是詠嫠婦也，故有「紺黛」、「妝紅」之語。

《公莫舞》是曲名，謂公莫之舞也。耳食者欲將「莫」、「舞」二字連讀矣。

《窮劫曲》云：「吳軍雖去怖不歇」，宋真宗君臣，其情略近之矣。

孔、孟二諱，唐人詩多速用之，未足怪也。至宋時劉屏山輩猶然，此則過矣。不知諸公何乃如此？

子瞻王夫人有云：「春月色勝如秋月色，秋月令人慘凄，春月令人和悦。」子瞻曰：「吾不知子亦能詩，此真詩家語耳。」按子美句云「秋月解傷神」，即令人慘悽之意也。而元微之《春月》詩云：「春月雖至明，終有靄靄光。不似秋冬色，逼人寒帶霜。」是則兒女語言，暗合前人者也。子瞻云其詩人語者，豈亦以爲未嘗入詩耶？蓋心喜其言，不暇尋繹舊什耳。

東坡跋趙雲子畫云：「託于椎陋以戲侮來者，此柳下之不恭，方朔之玩世滑稽之雄乎？」愚觀古人詩文，亦往往有此意思。若非本事絶異于衆，亦决不肯如此，然亦煞是可惡無眼睛者，從而訾之，却正是墮其術中。

堯夫詩曰《伊川擊壤集》，今但稱《擊壤集》者，恐人誤以爲程氏作也。人有夢中得句者，荀子所謂偷則自行也。

凡一詩而兩三人集内並存者，裒集之人唯恐遺脱，又不能别識是非，故不敢去之。至如唐朱仲晦詩，今乃入考亭集中，新舊本皆然，則可謂瞶瞶甚矣。

玩索正文，不輕下意者，所得自然深也。哦吟古詩，如自己出，不必爲詩，而胸中有詩者也。

吴中鄉村唱山歌，多道男女情致而已。惟一歌云：「南山脚下一缸油，姊妹兩箇合梳頭。大箇梳做盤龍髻，小箇梳做楊籃頭。」不知何意。朱廷評樹之嘗以問予，予思之，翼日報云：「此歌得非言人之所業本同，厥初惟其心之趣向稍異，則其成就遂有大不同者。作如是觀可乎？」樹之云：「君穎悟過我矣。作如是觀，此山歌第一曲也。」

《唐詩英華》二十二卷，吴江顧有孝茂倫所編也。有唐一代七言律，大槩具是矣。然于去取之意，有所未喻。不若不論精觕而悉登之，以備觀覽之爲快也。

此木軒論詩彙編卷二

論雙聲疊韻

聲律之説，其來尚已。聲者，字音清濁之屬。以聲爲律，出於自然。若浮聲切響，夫人能辨者，兹可勿論。但以對屬之法，有雙聲，有疊韻，或雙、疊爲對，或雙與雙、疊與疊爲對，此之不可不審也。《三百篇》如「崔嵬」、「虺隤」，此疊韻也；「高岡」、「玄黄」，此雙聲也。漢晉以降，訖於唐人，不直今體詩爲然，而今體特謂之律者，以其用法較嚴故也。少陵云「晚節漸於詩律細」，諦觀全集，洵矣。唐律之細，莫杜公若也。今舉杜詩中數十聯，粗下注脚，以例諸餘。而以元、白二家爲之證明，亦百之一也。自宋迄今，名人製作，似頗不留意于此。此於詩道誠爲末節，然使對屬不工，狙悟錯見，則于聲律之義，其謂何也？若其不足爲聲病者，則誠不必過拘，雖杜公亦然矣。稱詩君子，幸毋毛舉，苦相詰難焉。

詩中如「蕭瑟」、「參差」等字，雖不知聲者，亦多闇合，不足覼縷。今取杜集對聯中雙聲疊韻字，人或忽而不察者，略爲標出。如丹地、白蘋、没馬、藏蛇、「藏」一作「垂」，亦雙聲。接戰、垂成、碎雪、春葱、遠遊、佳句、撥杯、抱被、開口、小心之類，皆雙聲也。如卑枝、接葉、從衆、勉旃之屬，皆疊韻也。如「作者皆殊列，名聲豈浪垂」，「戰連脣齒國，軍急羽毛書」，「鶴下土音鶴如鶚，則非雙聲矣。雲汀近，雞棲草屋同」，皆雙疊對也。又如「靈虬傳夕箭，歸馬散霜蹄」，傳夕、散霜，是雙聲也。「岸風翻夕浪，舟雪灑寒燈」，「細草稱偏坐，香醪懶再沽」，「五聖聯龍衮，千官引雁行」，「聯龍」、「引雁」是雙聲。引或作列者，列雁非雙聲，且犯上聯字，此雖不足爲病，要亦不可不知。「森羅移地軸，妙絶動宮墻」，「移地」、「動宮」是疊韵也。「筋力交凋喪，飄零免戰兢」，「交凋」、「免戰」如上例。「晚泊登汀樹，微馨借渚蘋」，「登汀」、「借渚」，雙疊對也。兩字本不相連，詩律之細，尤衆目所易昧也。其一聯中有兩箇雙疊對者，如「蘋萍泛沈深，菰蒲冒清淺」，謝客詩。《文選》中已間見矣。杜詩如「青冥猶契闊，凌厲不飛翻」，上句兩疊，下句兩雙。「上將盈邊鄙，元勳疊韵通。溢鼎銘」，「幾時回節鉞，戮力掃欃槍」，「聯翩匍匐禮，意氣死生親」，「總戎存大體通，降將飾卑詞」，「事殊迎代邸通，喜異賞朱虛」，「皮乾剥落雜泥滓，毛暗蕭條連雪霜」，皆是也。雙疊之小有通變者，如絶域、清池，上入聲通疊韵，下雙聲清濁通。清秋、别浦，下二字雙聲分陰陽。絶壁、疎松，上二字疊韵通。看客、取錢，守祧、如劉牢之屬皆作疊韵。掌節之類，不可枚舉，皆所謂聲律也。白波、青嶂，上二字雙聲有清濁，下二字雙聲清中分至次。對屬尤精。又「見輕吹鳥毳，隨意數花鬚」，吹毳、數鬚，中隔一字，尤極美巧，非偶合也。至如得罪台州去，時危疊棄碩儒」，二字亦雙聲而對不拘。「移官蓬閣遠，穀貴雙殁潛夫」，此扇對中有雙疊對字也。凡排律中作長對，必四句自爲一解。如八句律詩，未有于三四五六作此體者也。又兩句中各有雙疊字，而其字不必正對者，此非正法，由句勢有通變，亦以救其聲病者也。

元詩如「葉怯穿楊箭，囊藏透穎錐」，「解怪還家晚，長將遠信呈」，皆疊韵在句首二字也。「江郭船添店」，山城木豎郛」，此在句尾也。如「逢鴻澤」、「值賜酺」，此叠在三四字，而字不相連者。如「盤筵叠通饒異味，音樂雙通斥庸工」，「略削荒涼苑，搜求激直詞」，「賓親多謝絶，延薦必英豪」，「布鼓隨椎響，坯泥仰匠圓」，「陰霪煩擾攘，拾粒苦譽諄」，「短簷苦稻草，微俸葑去漁租」，心想雙「夜閒雙唯足夢，眼看叠春盡叠不相逢」，皆一聯中有四箇雙叠也。若「朽刃休銜斗，良弓枉在弢」，與杜「見輕」一聯略同，而斗字亦朽、休韵，不復拘也。至如「邸第過從隔，蓬壺夢寐瞻」，上句叠在一二字，下句雙在三四字，不必准對，此亦「裙拖」、「鬟聳」一聯之流例也。

白詩如漁户、稻田，倚麗、矜能，襦上、鬢邊，孔竅、顔夭，（志）〔赤〕幟，烏號，艷天、條短，一兩弄、二三升，遺簪折、病雀瘡，中樞草、内厩駒，新詩本、舊酒痕，丞相少、太原寒，碧氊帳暖、紅燎爐香，「朝晡頒餅餌，寒暑賜衣裳」之屬，皆雙叠對，如前説。如「倏忽青春度，奔波白日大約入聲多可作叠用者。頽」，「幾聲清淅瀝，一簇緑檀欒」，皆一聯中有四箇雙叠爲對也。且如「帶韡長枝蕙，錢穿短貫榆」，「月橋翹柱鶴，風汎颭檣烏」，「蘢礙潮無信，蛟驚浪不虞」，帶韡、橋翹、鰲礙等字，若不用此法，豈不大爲聲病乎？是知因難見巧，即病成妍，慘澹經營，良工心苦，非虛言也。

唐詩聲對按，此係先生舊著，後因友人問，又書前篇，互有詳略，今並存之。

有叠韵對，謂上下皆叠韵也。叠韵者，平仄同韵亦是也。若龍種、豹韜之類。

杜工部　青冥、蹭蹬　溟涬、霹靂古詩亦雙聲對，但第二字並仄，若此聯是也。它放此。　坡陀、却略　嵂崒、瀅瀯　展轉、青熒　突兀、鋃鐺　艱難、隱遁　招要、崇重上去從平，亦叠韵也。它放此。　狎恰一作匼匜、模糊　龍種、豹韜　晝漏、天顔聲對不必拘今韵。他放此。　艱難、去住此類極多，不具録也。　暄暖、青冥「稍暄暖」或作「候和暖」，可知非也。　潦倒、精靈　點染、零丁　騕褭、娉婷　侏儒、漁父　上將盈邊鄙，元勳溢鼎銘此聯既以上將、元勳作對，而邊鄙、鼎銘則又以叠韵對雙聲耳。　玉燭、青萍　劉表雖遺恨，龐公至死藏不得截録雖遺、至死字樣，讀者可詳之爾。　戮辱、猖狂　師資、鄉黨　聲名、汩没　闃寂、從容　旗尾、樓頭　變轉、潺湲　清省、聯翩　從衆、勉旃　妙教、前愆　交雕喪、免戰兢若不用此法，則交彫等字豈非聲病乎？總戎、降將　潦倒、支持　曠望、霏微　天旋、春近　差池、合沓　徼道、儲胥　平生、少小　垂翅、先鞭　從公、之子聯翩匍匐禮，意氣死生親聯翩、意氣，叠韵也。匍匐、死生，又雙聲對也。與前上將一聯同例。　爛熳、光芒　鍛鍊、提攜　苜蓿、嫖姚　卑枝、接葉　知時、獨宿　縹渺、峥嶸　羊腸、雉尾　蛺蝶、蜻蜓　低地、半天並通韵。　散亂、啁啾　海岱、崆峒　許與、追隨　鄰人、稚子　捕虜、嫖姚　開懷、見面　方丈、崑崙　仳離、想像　出寔、辭枝　石色、雲根　鳥道、人群　魍魎、蝦蟆　欻翕、飄飖　相向、自疑　於菟一作縠於者，非矣。、粔籹　邯鄲、邏些　赤壁、姑蘇

元微之　陰霪煩擾攘，拾粒苦譻嚀此聯上兩字是叠韵對，而擾攘、譻嚀又以雙聲、叠韵對耳。　叫噪、生獰　逡巡、散亂　鮮妍、霏靡　空濛、杳淼　低迷、明浄　霽麗、飄蕭　切烈、温暾　合雜、輪囷　照耀、璘玢　屹崒、嶙峋　古渡、陰燐　眷盼、離披　張王並去聲、治醫　鬼魅、殑殍　霑黏、颭閃　欵段、夢儚　撥剌、騰熳　爛熳、砰轟　敏儁、峥燦　奮迅、羈離　繚繞、詀諵　調笑、論文　偶有、都無　劇敵、羸師　環山雪、運寸珠　短簷苫稻草，微俸封漁租此聯簷苫、俸封叠韵，而稻草、漁租又叠也。封去聲。　暫

淡、屠蘇　逢鴻澤、值賜酺　海岱、皇王　歸美、姤姝　賢苑、伍符　力役、逋誅　利器、剛腸　琤鍧、潛濫　連獻楚、謬遊燕　思鄙、聲情　布鼓隨雷響，坯泥仰匠圓此聯亦有兩對。　濩落、荒涼　欄干、密室　傭工、稚子　散誕、童蒙　在内、封公　曠蕩、瞳矓　鮮妍、晻淡　空洞、畏威　皎晶、瀴溟　喧填争意氣，調笑學娉婷兩對皆叠韵。　咽絶、簫撩　敗壞、丰茸　捷獵、氛氳　激射、入灣環　培塿、都盧葉怯、囊藏　略削荒涼苑，搜求激直詞兩對並叠韵。　懶慢、闌散平　去日漸加餘日少，賀人雖鬧故人稀

此又以去、餘，賀、故相應耳。

白香山　桄榔、橄欖　病停夜食、慵擁朝裘　缺折、燒焦　蒼浪、本分　勾漏、僬僥　菡萏、玫瑰　落魄、殷勤落魄猶落拓耳，非落去魂魄也，故以殷勤作對。附記于此。　幄幙、盤筵　滉瀁、深沉　幾聲清淅瀝，一簇緑檀欒此聯亦有四叠韵。　齷齪、酸寒　清冷、落窞　寵重、恩新

有雙聲對，謂上下皆雙聲也。

杜工部　奮飛、容易　空闊、死生　靈虬傳夕箭，歸馬散霜歸取第三四字。　異域、專征　接戰、垂成　夢寐、迍邅　特達、芳菲　撥盃、抱被　風飊、雪灑　涼冷、淒清　舟楫、形骸　奕葉、芬芳　星霜、身世　遠遊、佳句　細草稱偏坐，香醪懶再沽一作「偏稱坐」者，蓋非矣。此與「岸風」一聯同。　儒術誠難起，家聲庶已存與上一聯同。　羈孤、會合　瀟湘、灧澦　鬱紆、蕭瑟　信宿、清秋　混合、羶腥　亂離、聚集　蟋蟀、蒹葭　猰貐、鯨魚若以鄉音讀魚字則非雙聲矣。　説詩、醉酒　永與奧區固，川原紛眇冥。居然赤縣立，臺榭争岧亭此是長對，今取眇冥、岧亭四字。

元微之　婢僕、錢財　養育、回縈　推遷、疏數　吹噓期指掌，患難許擔簦指掌、擔簦並是雙聲。而患難乃是疊韻，以吹噓對者，二音並次清，相近亦取用之。　夤沿、被病　巾幗、轆轤　巧曲、縈迂　匍匐、揶揄　皎潔、芳菲　迢遞、孤高又以目依對。　院宇、垣墉此則上下四字並同聲，非爲一法，蓋偶然耳。　昏黑、喧豗與上同例。　轉燭、沉財　沙蝨、山魈與「院宇」、「昏黑」二對同。

白香山　鰲礙、蛟驚　烜赫、迍邅　肺腑、形骸　怨咽、踟躕不具録矣。

有雙聲疊韻對，謂上下或雙聲，或疊韻也。

杜工部　傳箭、挂弓上是疊韻，則下是雙聲也。　牢落、周流上是雙聲，下是疊韻也。或作「周旋道術空」者，非也。　主將、崆峒　青冥、陵厲　影靜、心蘇　戮辱、崎嶇　玄冕、白袍　尋常、七十　賜書、壽酒　從容、顛倒　龍種、驌驦　驚急、艱難　飄颻、容易　龍鍾、出處　豈異、俱兼　慘愴、潺湲　蕭瑟、蒼茫此類不具録矣。　容易、商量　灎澦、滄浪　錦里殘丹竈，花溪得釣輪　轗軻、冲融　荏苒、蕭條　悵望、蕭疏　岑寂、婆娑　雲雨、草茅　旅寓、夤緣　崑崙、燥濕　局促、蕭疏　霧雨、馨香　戰連脣齒國，軍急羽毛書　騕褭、蟾蜍　情性、棘矜　崆峒、灎澦　報効、馨香　卜築、爲園　磨滅、平生　縹緲、推遷　嘹唳、蕭條　汁滓、提携　律吕、關山　錯莫、蕭疏　書史、裝囊　臬兀、斯須　陶唐、汗漫　艱難、杼柚　造次、蕭條　蟋蟀、鵂鶹　倉卒、聯綿　冲融、磊落　瘞夭、持危　浩汗、嵚崟　蹴踘、鞦韆　漁父、魯連　道消、心息　酩酊、夤緣　淼茫、硉兀　晚泊登汀樹，微馨借渚蘋「借」作「惜」者，非也。

元微之　干戈、篡亂　會合、騰凌　嬌小、流利　迢遞、提携　金劍、寶刀　洶湧、參差　掉蕩、稜

層　餞筵、隨俗　狥俗、誣吾　鄭重、須臾　纖新、澒洞　響亮、淪漣　蓄縮、迍邅　颭閃、嘔鴉　熠燿、蠨蛸　髣髴、希夷　風飆、雹轉　繳繞、周遮　琉璃、芍藥　火布、木綿　騰凌、坱軋　朱紫、蒼黄　低迷、仿佛　取次梳頭闇淡粧此當句對。

白香山　嘲哳、睢盱　浄盡、都無　沉吟、取次　寂歷、冥濛　偃亞、侵臨　壺漿椒葉氣，歌曲竹枝聲　早接、曾争　龍鍾、清脆　生硬、蕭疏　沉吟、誘引　誘引、勾留　殊俗、舊遊　困苦、丁寧　嘹唳、昂藏　艷曳、徘徊　凛冽、葳蕤　造次、平生　龍鍾、噢咻　傍徨、咿噢　密勿、清明　菡萏、鴛鴦　憤懣、交加　駁落、參差　臺殿、房廊　軟轝圍氈毯，鎗摐束管絃軟轝、鎗摐，雙聲對疊韵。氈毯、管絃，又似疊韵也。　詩書、將相　鑿落、琵仄琶　澄渟、灑掃　巍峩、仄婆娑

題句

《詩者何爲》　詩者何爲？言志而已。志無所可言，曰吾將絶筆于此。況平生千百篇，萬萬不及古人之所爲，欲焚其藁者屢矣。夫何俛仰之間，方寸之裏，恍乎其有思，淒兮其含悲，筆以寫之，又復曼衍而累紙，吾亦不自知其所以。往者不可追，來者亦如是。而今而後，譬之鳥蟲自鳴而自止，若此之爲自怡，既不能將，以貽誰氏之子？

《莫言》　莫言詩到窮時好，此事須論才不才。侮緑嘲紅且休矣，取青媲白可憐哉。笑嬉怒駡夫

何敢，鞚轄噌呟底處來。江上峰青無鬼助，粱間泥落少人精。啾啾唧唧蟲能和，相栩蘧蘧蜨自迴。東野閬仙折輩行，于濆劉駕與追陪。

《賦詩何必多》 古詩必十九，《秋興》必八首。才調自言富，步趨亦可醜。平生千萬篇，千金享敝帚。即時已如無，無言百年後。吾憐孟浩然，吾憐杜陵叟。賦詩何必多，此語落人口。縱心獨孤往，歛袵欽星斗。

《與友人論詩漫題》 作倆都來《三百篇》，騷人清怨不徒然。箇中有物君知否，塊壘須教大似天。塊壘雖然大似天，笑譏怒駡惜前賢。廟中清瑟誰能聽，塞上悲笳也可憐。西子何曾直一錢，誠齋老眼識妖妍。金鎞直是無施手，讀盡唐詩揔枉然。出衆風流事若何，大都細步蹙青蛾。誰知醜拙難當者，賽過西施十倍多。非真醜拙，若唐之白樂天、宋之楊廷秀，集中許多惡詩，極是難看者。終古常新蟲豸情，箇中只要汝惺惺。渭城舊曲休重唱，隨分秧歌正好聽。詩家雜擬太癡生，百舌般般學得成。何似秋風蟬噪好，一聲聲是自家聲。

《與友人論詩》 詩家意氣欲橫秋，句意雖同不是偷。自哭自歌還自笑，不知許事得風流。

《書示學詩者》 景物搜求若箇頑，乾坤清氣得來艱。金丹換骨知何物，只在詩人牙齒間。春松凌亂七條絃，一曲宫商太古前。識得新聲能睦耳，推敲原自出天然。聽取新聲更勿疑，自然哀樂兩心知。無心道出傷心句，不贈知心贈阿誰。

《戲題一絶》 六義懸知比興微，楚騷清絶杳難希。閒花野草從題詠，贏得詩人少是非。

《戲題絶句》 若是胸中無一事，底須辛苦强吟詩。詩情自是從天與，不與教君空爾爲。

一樹秋蟬斷續時，不成曲調却成悲。言之不盡聲能盡，韋蘇州語也。此語詩家可要知。

嗣宗傳得詠懷詩，拉雜難將心事推。自是溺人偏欲笑，大都清者畏人知。

陶謝當年心事齊，陶如阮籍謝如嵇。詩篇流落無真賞，酒思山情肉眼迷。

百賦千篇興未闌，沉冥只怕酒杯乾。天生此物供驅使，好作詩奴一例看。凡詩家，必有所借以爲辭，仙、酒、婦人之屬，皆其所借者爾。

子昂忽作感遇詩，古文乃有韓退之。兩家當時驚突起，可憐學步多小兒。

王維自是詩天子，穆穆垂裳宣王音。好教杜甫作宰相，李白終當入翰林。

王維自是詩天子，天表龍姿衆目驚。人王却拜空王座，一事還將累聖明。

黄鶴樓頭景物奇，偶然崔顥得題詩。青蓮豈是無才思，捉筆翻愁興欲衰。

杜甫經綸比稷卨，李白杯酒作神仙。浩氣一種塞天地，豎儒謌眙終茫然。

任華小子心膽大，狂言相贈不知慚。勸君不用深嘲誚，醉態嵬峩亦可觀。

閑雲出岫自悠悠，千古誰傳第一流。後死獨憐貧到骨，更無金鑄韋蘇州。唐賢詩，韋蘇州最高。考亭亦嘗云爾。

清音吐出借詩人，嶰谷柯亭合有神。莫笑香山真入俗，白頭老嫗是伶倫。

白傅雍容退老身，高官美職口津津。眼中朋黨游雲似，故作津津賺世人。恐負翟黑子故也。古人用意之厚如此。

長恨歌成字字愁，不妨杜老並千秋。何人妄嘆誅褒妲，地下詩人笑不休。指事叙意，各有攸宜。優杜劣白，要非篤論。

最是文人愛説禪，浪誇舌底有青蓮。溪聲山色都饒舌，逐便拈來總可憐。

誰知白俗真成狷，那識元輕絶類狂。若道兩家同調者，請君側耳辨絲篁。

麤豪氣象真傖父，輕靡音情不丈夫。要使元聲諧律吕，洋洋盈耳解聽無？

元輕白俗真能事，島瘦郊寒並絶倫。世上幾多無病者，大都碌碌不堪珍。

玄都觀裏咏桃花，毒口還如蠹草蛇。香山只是憐同調，老子韓非作一家。夢得詩，非求則忮，忮尤可惡，不特「玄都」二詩也。劉、白並稱，是知詩而不知所以詩也。

不栽桃李種薔薇，寒士那知性命微。更有殺人李山甫，夢中頭角浪相譏。賈島亦禹錫之徒，非孟貞曜匹也。至如山甫輩，卑卑不足道。然此一種風氣不絶於後世，要之皆亂民耳。

杜甫篇章繼楚騷，玉溪晚出亦稱豪。微詞漫道詩人體，忠愛何曾有一毫。余最惡義山《龍池》等詩，謂爲微婉得風人之旨容大謬。

早歲輕華偏自喜，晚年頽放苦難禁。直須意匠經營得，始見從來作者心。

天香國色無多種，小草幽花自也佳。却笑隋宫能剪綵，更無雨思與風懷。

温李當時略比肩，後來皮陸更增妍。秋花以比皮陸。不比春花以比温李。艷，一種幽香各自憐。

一曲由來直萬金，弦調燥濕有知音。今人但愛峰青句，那識場中苦用心。此論省試詩也。

四時天道各平分，密换潛移静不聞。初盛之餘有中晚，後來駁難亦紛紜。初盛中晚論，其大都不得不爾。

詩家泛濫别流多，宋後諸公豈溯河。議論縱然能滚滚，不親風雅待如何？

介羽專場觜距交，韓豪端不厭紛呶。伯牙尚有琴絃在，借與今韓作孟郊。歐陽子，今之韓愈也。

煉得金丹一粒真，何妨赤手是貧人。東坡居士原無賴，亂撒泥沙作玉塵。

江西宗匠黄涪翁，細色高品碾春風。撑腸拄肚無一可，解膠滌昏宜策功。以茶比之。

嘉州東川無世無，有人偏愛邵堯夫。金章紫綬渾如戲，草服黄冠好自娱。荆川輩好稱《擊壤集》，亦有激于中，矯枉過直之論。

金陵辟學似孫卿，更使昌黎畏後生。却笑春風爲開了，知伊真是野狐精。介甫學退之乃識退之。

漢廷老吏屬誰家？學士吟詩果自誇。可是吾曹無慧眼，看來却似霧中花。

樂府流傳鐵體新，箏琶一聽一驚神。莫言老婦無情思，魔物當年解惑人。

庚申欲末值明興，人士憂天意不勝。詩卷流傳千百首，今看句句欲霑膺。元末明初諸詩，無一人樂禍喜亂，不以舊國舊君爲念者，可謂得詩之本矣。

吾愛明初袁海叟，不求似古不求工。爲值雄猜稍姦黠，天真終是浣花翁。

苦學唐音似漢儀，九天萬國是耶非？酷無天上九仙骨，劣得人間一品衣。此論高廷禮輩。

枯橋山林陳獻章，雍容廊廟李東陽。風流一種傾人意，遮莫閑人説短長。

懷麓風流略似蘇，神童宰相世間無。新題樂府無人唱，可是空名觚不觚。既無樂府之寔，焉取樂府之名？虞山極推長沙，予以爲長沙不逮國初四傑，視何、李輩，亦魯衛之政爾。

石田先生老畫師，不見其畫觀其詩。揮毫拔俗千萬丈，此事未許松圓知。石田詩愈老愈高，在有明爲大家。如程孟陽亦能畫，亦工詩，然而去之遠矣。

七子聲名走八區，洪音壯節舊來無。自家面目人人有，底事衣冠也不殊？

嘉隆巨子聲輝赫，意氣争看逼盛唐。代興合數雲間體，輸與黄門擅一場。

中原吾輩主文盟，謂歷下。何似後來王彦泓？香匳一卷在人口，九竅香生動七情。七子等似杜，非真杜也。彦泓似韓致堯，乃真韓矣。

年年花柳年年發，日日雲霞日日鮮。底事自抛無盡藏，貪將舊句入新篇。

未許今人學古人，從來形似失天真。數聲鸜鵒如人語，那及流鶯睍睆新。

鼠齧蟲穿翻嘆佳，鍾譚謬種惑提孩。勸君莫便相嘲誚，都大聰明兩秀才。鍾、譚不過時文家見識，攻之太過，適成其名。

蘇州城中老歎賊，他心能通千百億。有時借詩還説禪，公然欺人捉不得。貫華論詩多得其旨，忽復發狂，慎勿與辯，辯即墮其術中。

英靈命代各無儔，叵耐人間學語流。李杜韓蘇今接邇，君看壯繆是獼猴。乞丐之徒，有以獼猴扮關公者。

幽昏李賀真如鬼，狂怪盧仝欲上天。自有性靈忍夭枉，阿誰恕詈阿誰憐。

雖然輕薄是詩家，山有烟雲樹有花。爾輩才情能幾許，浪將崑體向人誇。近代學元白、學温李者，皆重儓爾。

名利薰心萬丈魔，山林朝市總奔波。乾坤豈是無清氣，不值詩脾可奈何。

《讀唐詩》 韓公牙齒白公髮，韓退之、白樂天。歎老嗟衰可奈何。若使朱顏長不變，一生詩卷詎能多？

李白清狂劇可哀，釣鼇海上久裴徊。《清平》一曲君王笑，博得蛾眉捧硯來。

《題唐賢三昧集》 夫子刪詩後，唐賢有雅音。高山與流水，入耳生道心。寄語塵中客，當來聽玉琴。

《讀李白詩作》 雞與雞並食，鸞與鸞同枝。所以白與甫，萬世而一時。相憐若兄弟，相和如壎篪。天不生英豪，安得復見之。於乎奈何，可勝嘆嗟。顧瞻此世，雞何其多耶！雞何其多耶！

《讀太白詩偶題》 玉輦西巡事可憐，浪誇錦水勝秦川。名齊杜甫心肝別，如此詩人不直錢。

蜀都强喚作南京，不信翻成歌頌聲。天子蒙塵資一笑，後來更有玉溪生。

《韋蘇州》 吾愛韋蘇州，作詩不求工。至淡若無味，心與上古同。端居念親串，藹藹春風融。援筆寄真意，意盡篇亦終。世人喜貌相，謂有淵明風。豈知静者流，冥心理自通。效矉與學步，此道如盲聾。

《高達夫》 達夫年五十，乃始工歌詩。意氣所感發，定非雕蟲爲。用以貽朋輩，亦擬報恩私。飛騰事何限，冥冥吁可悲。

《讀杜詩因題數句》 生逢天寶後，大異開元時。胡鹵方凶逆，君臣苦亂離。風塵日奔走，老大劇哀悲。篇什看如此，乾坤足可知。楚騷渾欲作，周雅變于斯。幸值昇平日，遥憐涕泪辭。先生匪得已，異代亦相思。何物矜同調，徒令識者嗤。

《和讀杜詩戲題》 千載詩人窮杜甫，要令寒士盡歡顔。如何堆積金齊斗，問舍求田不暫閒。自家屋漏牀牀濕，争得連雲千萬間。寒士到今知感激，底須身受始開顔。

《讀子美悲陳陶因題數句》 哀樂在人志，聲音定相左。痛極乃無聲，有聲猶尚可。我讀子美悲陳陶，夜深獨暗更起坐。胸氣填咽聲欲無，耳目聞見哀此禍。寄言世上效矉子，爾輩呻吟真屑瑣。

《讀韓孟聯句》 孟生窮愁人，韓公豪傑士。可憐生同時，相得若魚水。角勝翰墨場，百怪互淩紙。欲追作者心，徒驚俗人耳。肝腎愁雕鐫，吁嗟真可已。爲送兩跳丸，安得不爾爾。

《讀昌谷集》 掃恨偏成逕，摧愁早築城。若從心嘔句，一片是秋聲。

《題飛卿集》 庭雲頗塵雜，天才一何奇。文章千古事，竟以側麗爲。鄭衛與紅紫，詎可得廢之？

書生非無眼，不識真龍姿。落魄無所遇，禄命固已而。八叉致猜防，一尉終喧卑。有絲即便彈，有孔即便吹。富貴復何物，風流猶見思。

《閲宋人詩集》　祖述風騷事已訛，流傳衣鉢竟如何。少陵不是村夫子，那有兒孫得許多？如戴石屏之流，乃真粗俗、真村鄙耳。

一變唐音混佛魔，緣情不奈宋聾何。漫誇昭代根經術，爾輩堪登學究科。「本朝詩出于經」，是戴石屏語。

興觀群怨聖師言，餘者都無但可觀。此是宋人真面目，一家文字任君看。總之不是詩也。

磨礲刻琢鬼應驚，目治居然有典刑。山谷、后山諸公高處，雖鄙夫亦知之耳。一種絲絃憑妙指，彈來多恐不中聽。其聲亡也。

欲將大雅變楊劉，事事師韓亦可羞。韓詩已不足學，歐詩乃更不如。何如一管(奉)〔春〕秋筆，《唐書》、《五代史》。百尺高樓踞上頭。

自古天才有絶倫，罪魁功首亦相因。蘇黄已是無餘味，況乃希風接響人。謂二晁之徒。

耳熟孤山處士真，歐黄二九賞清新。而今檢看諸篇什，一箇低檐矮屋人。林詩頗無高韵，「疏影」、「雪後」兩聯外，佳者少矣。

餘事争堪雕玉葉，專門然可刮金鎞，梅家詩力當場見，鬬煞江西一大鷄。

盤空硬語苦安排，此事須教大手裁。争肯低頭拜餘子，辨香敬祝石徂徠。石詩大是自在，貌相者安能知之。

血誠一片出澎湃，與國與民除積瘵。君看節孝大河篇，豈是文章好奇怪。

道義真堪百世師，淵源未覺國風衰。皐比若道多陳腐，請誦屏山集裏詩。朱子詩亦包在裏，不敢置評故也。

一飯思君老病身，劍南真與浣花鄰。詩家若論興王數，五百年間一聖人。

彈丸脱手如兒戲，射的當心是老成。寄語香山教化主，君家恰有好門生。亦謂放翁也。前詩以陸配杜，此更爲白之門生，或頗怪之。不知李、杜、元、白，如齊、晉、陳、楚四大國，未可輕議優劣也。白有「將相門生」語，聊借言之耳。

南渡君臣偷半壁，放翁詩句作長城。中原莫道無英傑，生箇遺山敵也勍。

千家詩裏石湖仙，牧豎聲聲滿巷傳。如此詩翁置何許，好煨榾柮火罏邊。致能在南渡時有大家之目，然其音氣甚低甚俗，又非林和靖之比。

千妖百怪供驅使，頗覺誠齋氣力全。杜叟一燈分自可，若爲更説李青蓮。此辨後村論楊、陸之非。

社稷蒼生一寸心，大篇何用立如林。三詩哀挽虞丞相，秋月華星照古今。

《題宛陵集》　吾讀宛陵詩，蓄意頗嚴密。餘勇自堪賈，師出貴以律。韓豪呼老郊，雲龍不相失。棹鞅苦致師，戰勝恐未必。長短各所施，莒邾齊魯匹。欲以一秃毫，當君史家筆。

《再題宛陵集》　梅老意氣誠倔强，議論筆力也尋常。更清更真更瘦硬，只好屈伏一歐陽。

《黄涪翁》　昔讀涪翁詩，格格不入齒。槎枒突兀當我前，大似黎丘一奇鬼。江西初祖負盛名，私怪其故胡乃爾？懷疑不敢向人論，一事不知鄙夫恥。或云得法杜少陵，優孟衣冠全不似。垂老將渠百通讀，字字穩愜歎具美。風容調態悦我魂，褒女一笑粉黛死。始信尤物能移人，但坐諸君不識耳。

《石徂徠》宋人變綺靡，矗立頗相角。吾敬石徂徠，天骨特卓犖。東魯近聖居，斯人乃先覺。天地正大情，未云散太璞。遭逢慶曆聖，歌詠備雅樂。衮鉞稟陽秋，涇渭辨清濁。欲和鸞噰噰，敢同雞喔喔。鬼邪膽必破，鼠賤皮必剥。邑犬吠所怪，娥眉因謡諑。謗焰欲燎原，蓋棺幾被斲。斲棺亦何傷，七尺一蟬殼。倘能覩生面，爾輩羞齷齪。三復此遺篇，衰懦激末學。慎勿眎婦孺，鵰摶恥蜩鷽。

《書元裕之書集》昌黎韓愈氏，其言誠著明。曰楚大國也，亡以屈原鳴。吾于遺山亦云爾，豈非騷後傳遺聲。嗚呼金源氏，乃得此豪英。商歌出金石，千載心魂驚。琵琶箏笛睦人耳，無取淡泊含淳精。何人校短長，先生畏後生。冥冥百年後，那得無譏評。

《讀兩元才子詩》唐家詩人元微之，金家詩人元裕之。微之裕之不同時，五百年間旦暮期。唐家亦有元才子，金家亦有元才子。才子之才世無比，一石中分定餘幾。我讀微之詩，歎爲真才子，恨其不多耳。我讀裕之詩，歎爲真才子，合併可以無恨矣。一雙斑管兩生花，天雨文章各滿家。殘膏賸馥能沾丐，收拾零星劇可嗟。乃知大名不妄得，作者紛紛復何益。滴粉搓酥弄顔色，爾輩真堪遺巾幗。

《讀倪雲林詩》吾讀雲林詩，如被雲林畫。一丘一壑間，天趣得瀟灑。筆墨何必多，要取心眼快。舉世皆溷濁，此翁特耿介。篇體雖貧寒，恐是陶韋派。世邇居不遐，尚友增感喟。

《題吴日千先生願頷集》　自向籬邊餐落英，不知塵世有浮名。側身天地空遺恨，越俗詩篇在一清。自鄶不勞施月旦，反騷多恐避風聲。諸公廊廟鏘金石，未識當年箕潁情。

《閲近世詩集戲題》　今古風騷豈異源，韓蘇滚滚逼詞門。從他金翅摩天者，我自蟲吟秋草根。藝苑于今頗絶奇，分張旗鼓孰雄雌？步趨前輩非吾事，烏有先生是本師。

此木軒論詩彙編卷三

古

《擊壤歌》 末句是答詞，編者或删其上語，則失之矣。「采采芣苢」，猶不自知和樂，況唐堯之民乎？

甯戚《飯牛歌》 漢人筆，故特高古。○「生不逢堯與舜禪」，謂逢堯舜，便當讓己天下，何至窮阨若是乎？或歌意謂不逢堯舜禪讓之世，義如得天通。請明者擇諸。○「吾當與爾適楚國」，難中國者，楚。

《越人歌》 「山有木兮木有枝，心悦君兮君不知」，若欲强説其義，有何不可通者？然其本意，只是將上句陪唱，下句以枝知爲應和而已，于義初無所取，此所以爲六義之興，自然而合者也。漢魏而下，去古漸遠，興體幾亡，其有存者，乃在鄙俚秧歌之類，蓋亦莫非自然耳。○阮亭選，只摘末二句，何不録其全篇？

《皇蛾歌》 阮亭「明係僞撰，附録末簡」云云，前之僞撰者多矣，何獨此耶？故當以書之先後爲次，不必問其人。

《白帝子歌》　此即所謂感生帝也，不足爲怪。後代史書亦多有之。

漢

武　帝

《秋風辭》　大風蓋代氣，秋風蓋代才。英雄憐景物，一例是悲哀。

《柏梁詩》　《柏梁》以一句爲一解，其後踵而爲之者，乃避重韻不用耳。○《柏梁》蓋是後人擬作，其詞本出一人之手，又不能詳攷漢事，故姓氏多誤。

蘇　武

詩四首　昔人疑未必子卿自作，是也。但不必以「江漢」一句爲硬證，蓋江漢是大水，言則及之，亦何不可？曾子言「江漢以濯之」，此類多矣。

唐山夫人

《安世房中歌》　余讀唐山夫人《房中歌》而嘆曰：「何其義之近古也！」有曰「高賢愉愉民所懷」，誦帝者之盛美，不曰神、曰聖，而曰賢，此後世之所不聞也。秦政得天下，自以爲功冠三代，德高古皇，群下鐫石刻頌，非聖莫以也。高祖以樸茂之姿，承其敝而有之。既滅項氏，群臣請上尊號，高祖曰：「吾聞帝者賢者有也，虚言無實之美，非所取也。」不敢自謂賢，此非徒懲秦之敗而然，蓋天姿樸茂，有足多者，後世何以及之？余於唐山夫人之作，獨有感于斯義者，蓋以爲風氣之所由，率然而出之，不似夫晚近之君臣，驕諂其實，徒假古義，以飾觀聽者也。

張衡

《同聲歌》意本《草蟲》。

蔡琰

《胡笳十八拍》《胡笳拍》真否不可知，其所以妙絶千秋者，字字是胡笳聲也。若嫌其入俗，以古雅爲貴，則謬矣。

無名氏

《陌上桑》「羅敷年幾何」三句爲一韵，《孔雀東南》詩中尤多此體。○「二十」以下三句是言將來官位如此，後人誤讀，故有誤用專城事者。

《相逢行》「中子」，中，丁仲切。

《古詩爲焦仲卿妻作》 仲卿所遇自是古今稀有，一行獨至，亦足扶立人綱，不得以忘親狥色罪之。若餘人以此藉口者，是乃罪之大矣。〇「新婦初來時，小姑始扶床。今日被驅遣，小姑如我長。」前只言三二年，西北男女易長大，不足爲惑。〇「蘭芝仰頭答」，仰頭答者，低頭聽時已思之熟。〇「鬱鬱登郡門。阿母謂阿女」云云，索性敘畢。以下敘彼家事，非直待登門而後云云可知。〇「攬裙脱絲履，舉身赴清池」，所以必脱履者，欲人識其處。

《古詩十九首》 相傳十九首非一人之作，而竟是一種氣味，略無淄澠之别，此何説也？〇《十九首》與蘇李詩氣味如一，後惟曹子桓近之。士衡增華加厲，天然之韵去之已遠，然效矉學舌，故非能者所屑耳。

一 「行行重行行」，與屈子《離騷》同意。

二 伯子詩「豈無膏沐，誰適爲容」，而蕩子婦獨居樓中，乃娥娥紅粧，皎皎自炫于窗牖之間，良由倡家之女，不可以崑玉秋霜之節望之也，故曰「空林難獨守」，其旨微而顯矣。此詩發端以草柳起興，亦取義于不如松柏之貞者焉。〇「空牀難獨守」，言獨守此空牀甚苦，傷良人不念已。猶云貧而無怨難，非謂不能守，有邪思也。

七 「玉衡指孟冬」，注以爲漢之孟冬，夏之七月也，此言得之。秦漢改時，皆因于周，豈有夏時冠周月之理？〇古書「諒」、「良」多通用，「良無磐石固」，即「諒」字也。

八 「過時而不采，將隨秋草萎」，令人起惜才之思。

十二　「東城高且長」至「何爲自結束」當截作一首爲是。然觀士衡所擬「西山何其峻」，後五連準「燕趙多佳人」以下，則是看作一首也。○「馳情整巾帶」，「巾」一作「中」。

十三　「不如飲美酒，被服紈與素」，人之生，豈宜但如是而已乎？然而古詩之言多此類者，夫亦寫其所感而已矣，不必推到説有關係處，然後爲美也。

古詩五首之二　「誰能爲此器？公輸與魯班。」是輸、班二人也。

蜀

諸葛亮

《梁甫吟》　諸葛好此者，蓋其音節激越，性偶好之，因寄所託，無他微意也。不必以其詞義求之。

魏

曹　植

《箜篌引》　「久要不可忘」，「要」，去聲。

《名都篇》　略似鄭國《大叔于田》，若曰所好惟此，惡知其他，此河汾所以有秦伯之褒。

陳琳

《飲馬長城窟行》「内舍多寡婦」，夫出在外，即得目之孀寡。

應璩

《百一詩》或謂此詩亦諷而隱，不知何以遂應焚棄？吾謂古人諷諫之作，今人以爲隱者，乃古人所謂顯也。若如近人之明譏直刺，則豈得爲諷諫乎？然古之世，作者、閲者皆深得詩之用處，故一覩其詩，咸皆怪愕，非必爲諱言之甚而然也。「作詩必此詩，定非知詩人」。

阮籍

《咏懷》步兵《咏懷》，多至八九十篇，評者云「厥旨淵放，歸趣難求」。妙哉爲詩！所謂默足以容者乎？夫默豈三緘之謂哉？如步兵，庶幾善藏其用者也。而見人眼有青白，何也？意者神思流露，有不得自由者歟？至性過人，忍之無容忍者歟？○讀《咏懷》八十二首，識阮公至慎，雖醉吹夢囈，終不漏泄心事。人有以作詩獲罪者，苟如阮公之《咏懷》，雖日作千詩，何害？亦無事懲羹而吹虀也。○阮之《咏懷》，即是其長嘯也。嘯者，無言句之詩也。酒也，仙也，婦人也，直假之以寄情思而發攄其音氣耳。阮公《咏懷》八十二首，直是無所不假，如《易》之象矣。○「用子爲追隨」，猶言「焉用」。○「明達安可能」，能，奴才切。

晉

傅玄

《雜言》意本《長門賦》。

束晳

《補世詩》所謂「厥草油油」、「色思其柔」者，即孔子「色難」之旨也。「養隆敬薄，惟禽之似」者，即「不敬，何以別乎」意也。所謂「終晨三省，匪惰其恪」、「鮮侔晨葩，莫之點辱」者，即詩人之「戰兢臨履」而孟子所謂「守身可以事親」者是也。武加外悠，注武德加于外遠也。若非此注，後人將改加爲功矣。是知古書不可輕改。

陸機

《塘上行》阮亭謂鮑照勝士衡，此等兒童之見，虧他説出來。

劉琨

《重贈盧諶》「西狩涕孔丘」，聖諱讀如牟可。

郭璞

《遊仙詩》郭之遊仙，怕殺也；他人之遊仙，怕死也。後人擬郭者，非知心之言也。

陶淵明

四言詩不摹擬《三百篇》辭句，其序亦不欲似衛敬仲。卓哉斯賢！孔子所稱「小子狂簡，斐然成章」者歟！

《飲酒》《飲酒》詩《序》中固明言之曰：「既醉之後，輒題數句自娱。」今讀其詩，皆微酣之後所發，不得酒，或未必如此説。謂其大醉狂言，則又非也。觀者不解，見題是「飲酒」二字，遂謂作詩咏其飲酒之事，此大是錯認題目之過也。○《飲酒》二十首，謂薄醉餘閑所題詩句，《詩歸》評云云，蓋謂咏飲酒而作也。近代觀詩者，往往爲題目所眩，謂如制科文之有題目，則句句當做此題也。從制科出身者，難可與論詩，此其一事。

二　率意吐胸懷間物。

謝道韞

咏雪聯句　此只是口裏説話，被人寫在册子上，便要筭做詩。○只是他姓謝，故雖涕唾在地，也被人舐去了。若是小户人家此等語言，直得箇甚麽？

宋

顔延之

《車駕幸京口》　顔、謝詩家宗匠，此詩句句腰中一字，可知不足爲病。

《五君詠》　托此五君以自況。山、王顯貴，于己乃無所似，故寘之，非臧否七賢，有所擯斥也。○延之狷狹，故作《五君咏》及《秋胡詩》。

《秋胡詩》　與《五君詠》同意，愈徵狷狹之性矣。○有謂《秋胡行》獨佳，勝他篇者，不足與談顔詩也。此篇是風之流，他篇多是雅之流，六義之不明，何以言詩爲乎？○如雜劇相似，一齣寫外，一齣寫内，其實同此年月，不得不如此寫。○「君子失明義，誰與偕没齒」，一篇之旨，不出乎此，蓋以秋胡妻自況云。

謝靈連

《述祖德詩》「秦趙欣來蘇，燕魏遲文軌」，若不如此立言，則似淮淝之役，便爲極功，而器小之譏難乎免矣。

《九日從宋公》　末四句是謝詩根本。

《登池上樓》　「池塘生春草，園柳變鳴禽」，謂有托喻者非。不知其解者，謂寓意晉宋之際，可謂愚之甚也。○「池塘生春草」，如空中物無模而自成，忽得之，以此爲貴耳。

《送孔令》　「豈伊川途念，宿心愧將别」，此一念是好山水之根也。○《文選》中録二謝《從宋公送孔令詩》，皆有「聖心」字，而「在宥」、「吹萬」等語，直同子雲《美新》。蓋宋將受禪，當時朝士無一人不作此類語言者，二謝于此，固有所不得已也。特所謂「夙心愧將别」者，此則其中心之誠，有令人喟然于千載之下者耳。劉楨《贈五官中郎將》已稱魏武爲元后，又不足論矣。

《歲暮》　可以不録。謂阮亭選本。

《擬鄴中》詩不特肖其聲貌而已，並其心事傳之。如「單民易周章，窘身就羈勒」，此解爲袁氏作檄，辱及曹公祖父也。「相公實勤王，信能定蝥賊」，見前者愚昧，今乃知之心折意悦，慚謝之辭也。

鮑照

《擬行路難》之六　「死生好惡不相置」云云，文種便是榜樣。

《代東門行》鮑詩一於怨。

王僧達

《和瑯琊王依古》結句「抱命復何怨」，非怨即不須作。凡立言之旨，並以此例求之。

齊

謝朓

《江上曲》似一韵而實兩韵，詩中多有此體。

《和登孫權故城》「文物共葳蕤，聲名且葱蒨」一聯，兩雙聲，兩疊韵，此所謂聲律。

梁

武帝

《河中之水歌》《藝文》作古詞，恐當是古詞耳。

昭明太子

昭明《文選》，所收體格略備，其他雖工而篇體不完，或瑕瑜互見者，皆在所舍。昭明所自爲詩，雖輕靡無足言，然身爲儲貳，博覽衆籍，㲉牖書生，安敢輕易與之上下其議論乎？所謂㲉牖書生者，鍾、譚是也。

沈約

《别范安成》「勿言一樽酒，明日難重持」，若將此二句連讀，便不可解。須知上句是歇後語耳，上句只説得半句。妙。須知有箇該説完處，有箇不消説完處，有意爲之，都無是處。

沈詩有尸居餘氣之意。

江淹

《古離别》明季雲間諸子好擬作此等詩，然只將舊人成句割截顛倒以爲己作，實無一字從胸襟流出也。

《休上人怨别》「碧雲」之句本不出湯師，而後人以爲口寔，此所謂詩力也。

何遜

《送韋司馬別》韻兩息字，原不須避，長律亦然，而今人以爲未可。

北周

王褎

《關山篇》恐非完篇，不合入選，以誤盲者。阮亭選本。

庾信

《擬咏懷》子山之爲人，亦無足言，然君子讀其文，猶有取焉者，以其哀怨動人，差比《蓼莪》詩人不勝「鮮民」之悲也。如《擬咏懷》二十七首，可以見其志矣。○尚多好詩，惜阮亭不知選也。

子山廟祀、「元正」等歌辭，筆力雄傑，詞意高古，如椽之筆，冠絶百代。使杜少陵爲之，未之能過也。世人徐、庾並稱，徒以宫體一種言之耳。

唐一

王　績

《古意》三首　漢魏之風。

張九齡

《感遇》　張公詩，微覺過于淺露。

《和王司馬折梅》　八句恐是二首。

《海燕》　寫出一箇君子來，然則彼鷹隼者何物哉？林甫不以爲怒，直丘人也。○「繡户時雙入，雕梁日幾回」，怪不得鷹隼猜。林甫得此，遂不復相猜，尚是可人。

宋之問

《明河篇》　不可遂句求比意。

李　嶠

《汾陰行》　「不見即今汾水上，唯有年年秋雁飛」，妙絶。明皇有才子之嘆，故其宜也。

《送崔主簿赴滄州》 「他鄉有明月，千里照相思」，思之甚幻。

《和趙員外楊桂橋遇佳人》 從縞衣綦巾詩脱出。

杜審言　初之初

《贈蘇綰》 「知君書記本翩翩」云云，説在孟武伯問孝注也。

陳子昂

《感遇詩》 千餘年來無不推服子昂者，余頗疑之。然每一披誦，未嘗不心折，竟不能爲異同之論。名下無虛，信哉！〇唐初承陳、隋之後，華綺過甚，至子昂始還淳古。以其有回復元氣之功，故論詩者皆盛推之，未有置而不道者。

蘇　頲

《扈從鄠杜》云云，「皆美」作「皆異」，「蕭蕭」作「叢叢」，俱可。

《興慶池侍宴》 諷諫。

張説　初之盛

《滬湖山寺》「塵外賞」，「賞」作「雲」、作「霞」，俱非。

《魏齊公元忠》爲子美開先。

《奉和春日幸望春宮》「御筵」作「御舞」，非。「河静」，作「河近」，可。

沈佺期

《古意》此歌行也。末句「使妾明月炤流黄」，齊梁間人多用此句法，後人捉他做七言律，亦無不可。要之，作者之意不似後人定作律體，而後爲之。舉此一篇，餘可例推。○「木葉」作「木末」，可。「不見」作「不語」，非。「使妾」作「更教」，非。

《剪綵》「寒依刀尺盡，春向綺羅生」，不見工巧之痕。

玄宗皇帝　盛之初

張　諤

《岐王美人》「玉盃寒意少，金屋夜情多」，意在何處？情在何處？文無定價，要是虚言。

趙彦昭

《奉和初春幸太平公主南莊》《詩紀》作韋嗣立。○「沁水」作「泌水」，非。

蘇　晉

《過賈六》「主人病且閑，客來情彌適。」礧塊可想。

張子容

《春江花月夜》「此夜江中月，流光花上春。」十字中有本題五字。

張　旭

《山行留客》「縱使晴明無雨色」，不工死句。

盧　象

《送祖詠》「荒村雞共飛」，共者，非一雞。

「澗影生龍蛇，巘端翳樫梓」，龍蛇即樫梓之影。杜詩「松風磵水聲合時，青兕黄熊啼向我」，與此正同。此類甚多，不悉記也。

王維　盛之盛

唐詩之盛，至李、杜兩大家而極，然自是以才力之雄富奇偉論耳。若論正法眼藏，王摩詰不得不居第一。「渭水」「黄山」之作，真詩天子也。千秋絶調，繼之者，獨有王守溪之制義。此理索解人不得，莫妄卜度也。

唐詩人畢竟右丞踞師子座。○句句字字皆禪。

宋子京《草堂》詩云：「安得英才擅品量，當使公居摩詰上。」是當時定論，原以摩詰爲第一也。自宋迄今，乃不復知此段公案。求如子京之鄭重而言者，亦絶不聞之矣。

摩詰所以踞第一座者，尤在《和聖製登降聖觀》、《送不蒙都護》及《春望》、《觀禊》等作。垂裳穆穆，簫韶奏而鳳皇儀，真千秋絶調也。近者見選《三昧集》者多棄不録，不知所謂三昧者，果何味也？又如宋人詞，柳屯田第一，而今人亦復懵然，甚且謂不如白石、梅溪之大雅，豈非門外漢哉？

摩詰詩「無戰是天心，天心同覆載」，此是天聲；「一興微塵念，横有朝露身」，此是佛語。

王新城《三昧集》所選數首，一則矯枉過正，一則因寄所托，若謂右丞集中獨此數首最佳，則失之矣。

《奉寄韋太守陟》　「顧景詠悲翁」，藏思字。

《贈劉藍田》「餘布」用《孟子》。

《贈祖三詠》　凡五章，讀之只如書一通。真率温厚，情意可掬。又温麗。

《戲贈張五弟諲》　戲贈者，規之也。規意在第三首。《三昧集》但録其首篇，故先生之意不見。若只如此，則何戲之有乎？○虎心善即狎鷗之理。○結句用叔度事。

《藍田山石門精舍》　起數語神化已極，前無曹、劉，後無李、杜。○「再尋畏迷誤」，以桃源比之，故作是言。○一結得古人不攘善之義。○一篇全類《桃花源》，至末必須説出，不然則爲盗憎主人矣。曾南豐《聽琴序》：「子曰：『興于詩。』」是其例也。

《丁寓田家有贈》「在朝每爲言，解印果成趣」，高在上句？在下句？明眼人辨取。

《渭川田家》「野老念牧童，倚杖候荆扉」，直如此寫得出。○「即此羡閑逸」二句總結。○「悵然吟式微」，不盡。○欣暮愛樂之至。

《春中田園作》　鳩鳴多雨，多雨故杏花紅而不白也。○凡語不多而貌若平淡者，多是爲骨肉至親而作，此遠行客蓋兄弟也。

《過李揖宅》　若是門多車馬便不可説犬吠，蓋不勝其吠也。○學陶。○如此宅，如此主人，故我今過之而有是詩也。

《送别》「君言不得意」，不用多談。○「不得意」，非憤憤之言，蓋亦謂林甫作相，一切閉抑，非去則别，無良策耳。○「白雲無盡時」，不用多談。○猶孟子言「閉户可也」。聖賢且然，況無才無德者乎。

《齊州送祖三》　「望君猶佇立」，用《燕燕》詩。

《送綦毋潛落第還鄉》一作送別。　「英靈盡來歸」，應詔而來。○「既至金門遠」，爲相國所抑。○「置酒長安道」，送別也。○李林甫所謂野無遺賢者也。

《別弟縉後》云云　《東山》詩，「婦嘆于室」，蓋情至不須多。

《冬日遊覽》　「相如方老病，獨歸茂陵宿。」知非真能遺世者。

《宿鄭州》　與《渭川田家》詩同意。○作詩豈有他法，只要發于至誠，如此等詩，讀之決定知是真心實意也。○「蟲思機杼悲，雀喧禾黍熟」，衣足食足，更何求乎？○「此去欲何言，窮邊狥微禄」，二句不可連讀。○説出「窮邊狥微禄」，情志卑蹙，聲氣低微，如對巢許説應舉求官事。○「窮邊」字、「微禄」字、「狥」字，字字酸苦，自笑自悲。

《西施詠》　未免有顧盼矜炫之色，其《鬱輪袍》之根乎？○時閃一光，宜爲世人所愛。○「香粉」之「香」者，對下「羅衣」，當作「香」字，或作「脂粉」，非。

《送孟六歸襄陽》　細玩之，亦傷于薄。

《隴頭吟》　吟者，其聲悲咽而不涉叫號，謂之吟也。○結句激烈。

《老將行》　凡三章，章五韵，最整之格。○每一韵爲一章，一章之中又各兩小章，而意則各于末句見之。前二章之末韵，猶所謂過文。○「衛青」二句渡下。○「李廣」句自謂也。○「誓令」二句又渡下。○結二句勿連讀。

又細評：少年十五二十時，步行奪取胡馬騎。要寫他壯健了得，豈可以千言萬語而説之？只寫他一事兩事是何等樣壯健了得，此是立言要法，一切都是如此。射殺山中白額虎，虎之最猛者。肯數鄴下黄鬚兒？黄鬚兒有名前代，尚是不肯數之。一身轉戰三千里，一劍曾當百萬師。漢兵奮迅猶霹靂，虜騎崩騰畏蒺藜。少壯之日，何其盛也。衛青不敗由天幸，李廣無功緣數奇。此句是主。此聯是轉關。自從棄置便衰朽，以下正寫老將。世事蹉跎成白首。昔時飛箭無全目，今日垂楊生左肘。肘所以射，故對言之。柳者，楊也。楊者，瘍也。曰垂楊者，訛也。訛亦是從來文字中一法。路傍時賣故侯瓜，門前學種先生柳。本是一員飛將，今乃作此寂寂，可悲甚也。學種先生柳者，如俗言「關大王賣水豆腐」矣。蒼茫古木連窮巷，遼落寒山對虛牖。住窮巷，蔭古木，倚虛牖，對寒山，葬送此中，更無出頭日子。烈士暮年，壯心不已，能無髀裏肉生之感乎？誓令疏勒出飛泉，不似潁川空使酒。此聯又是轉關也。賀蘭山下陣如雲，羽檄交馳日夕聞。節使三河募年少，詔書五道出將軍。試拂鐵衣如雪色，聊持寶劍動星文。句句字字精神奮迅，不可具説。「願得燕弓射天將，恥令越甲鳴吾君。一作「吴軍」。莫嫌舊日雲中守，猶堪一戰立功勳。老將雖衰而未衰，有廉頗據鞍之意焉。

此詩述老將之情，作三段寫。第一段言其少壯之時，非常勇氣，横行沙塞，所向無前，李廣數奇，封侯無分。第二段言其閑廢以來，便爾衰朽，窮老牖下，壯志難銷一片血，誠非關技癢。第三段言方今邊境未靖，羽書沓來，當國家急人之際，正英雄致命之秋。老將聞之，不覺耳後生風，鼻端出火，求自試于疆場，不以賊遺君父。惟天子毋以老而棄之，是所望也。此詩之志，所以教人臣盡忠爲國，又所以告有國有家者毋貴少而賤老也。三段各五韵。第一段末聯轉入第二段，第二段末聯又起下第三段，章法最爲清明整肅者也。○夫詩人述將帥之事，必以塞外爲言者，何也？天子有道，守在四夷。中國之與塞外，盛衰强弱不兩立。此詩人立言之法，所以不厭其陳陳相襲者，其中皆有不得不然之故焉，不可不察也。周人嗟其「孔棘」，漢世恥其嫚書，敵王所愾，惟殄殲之爲快，故衛、霍之勳，千載以爲美談。然而邊境熄其烽烟，武臣束之高閣，太平無事，翻以爲恨，風飈欲起，意思飛揚，豈非所謂不祥之金者哉？今所以云然者，正爲時無恒泰，國有外憂，天子聞鼓鼙則思將帥之臣，正在此時故也。此又立言之體，不可不慎焉。讀此詩者，宜知其意云。○詩所以言志也，寫老將便是寫自己。寫得此老將不好，分明是自己不好。若所謂老將者，子虛烏有之物耳，看摩詰寫此老將，何等有志氣，有身分，不但本事絶人而已。如「李廣無功」云云，實命不猶，悲而不怨，詩人之致也。「誓令疏勒」云云，赤心報主，説禮敦詩，名將之風也。推此類可見，不能一一具言之。

《桃源行》　真千秋絶調。○如無圈點文字，今人解否？○此詩亦作三停看，中三章是正面。○「不疑」三韵與「山口」一章相準，當時二韵對首章。○結二句，老僧只管看觀之不足，贊之不盡，所以只如此寫，如此住。此言外意也，若曰吾老是鄉耳。

又細評：漁舟逐水愛山春，見山。兩岸桃花夾去津。見桃花。坐看紅樹不知遠，但見桃花。行盡青溪不見人。不見一人。山口潛行始隈隩，入山口。山開曠望旋平陸。行盡此洞，乃平陸矣。遥看一處攢雲樹，近入千家散花竹。見人家。樵客初傳漢姓名，居人未改秦衣服。始見居人，通言語。「居人共住武陵源，以下叙山中情事。還從物外起田園。月明松下房櫳静，日出雲中鷄犬喧。驚聞俗客爭來集，競引還家問都邑。平明閭巷掃花開，薄暮漁舟乘水入。初因避地去人間，及至成仙遂不還。峽裏誰知有人事，世中遥望空雲山。以上三章是正寫。殺雞煮酒，道古傷懷，俱在其中。不疑靈境難聞見，自「逐水愛山春」至留連日夜，一向不疑。塵心未盡思鄉縣。出洞無論隔山水，出洞以下，只消略叙。辭家終擬長遊衍。自謂經過舊不迷，安知峰壑今來變。此一章與前山口一章相准。當時只記入山深，青谿幾曲到雲林。春來遍是桃花水，不辨仙源何處尋。桃花起，桃花結，非不欲更下語致意也。此何境，何人，何事也，而可别下一語，致我意乎？

淵明作記，重在避秦。上以身是晉人，恥仕二姓，思得此山，栖遁其中。故其詩以「嬴氏亂紀」發端，而所云「伊人云逝」者，則陶所寄意之人也。摩詰作詩，與陶相似而不同。相傳有此靈境，不勝欣羡，不勝神往，故從而寫之。若避秦之云，欲何所指乎？禄山醜鹵僭逆，一時豈得以秦擬之？況此詩亦未必是凝碧以後之作也。故詩中全不重避秦事。然則摩詰所寄意之人何乎？漁人是矣。漁人乘舟得山，入山洞，見山中人，與山中人留連信宿，又從山洞而出。凡此皆摩詰神魂所至，不自知莊周之爲胡蝶也，故其詩以「漁舟逐水」起。〇當日者，漁人乘其小舟，沿溪前進，不知休已。所以然者，愛山春也。山是亂山，而桃源與焉。身未至而遥見之，愛其春花滿山，故逐水而進。舟行兩岸，盡是桃花，坐看紅樹，那復知遠。無窮無盡，不知過了幾許紅樹也。已而行盡此青谿矣，不見一人也。坐看者，身在船上，輕橈徐動，眼注紅樹，不知有别事也。行盡者，其船自行，行不去時，乃知其盡也。不見人者，本非覓人，自然不見，只道終無一人焉者也。然而一山在前矣。山則有小口，引人入勝地矣。始而潛行，猶然隈隩，俄而瞻望，一何坦夷。遥看一處攢雲樹，即住山之人所種之，若花若竹也。本非一處，遥而看之，但見攢作一處而已。迤邐行來，漸近漸分，身入其處，則約有千家，散布花竹矣。散花竹者，即向所見之攢雲樹也。至此，則見人矣。彼有問于我，我有語于彼矣。漁、樵，一類也，捨舟而徒，故呼樵客矣。初傳漢姓名者，彼未聞此姓名也。不改秦衣服者，我未見此衣服也。夫居人之住此山也，自有田園之樂，不知歲序之更。夜而月明，松下之房櫳寂寂；朝而日出，雲中之雞犬熙熙。夜復夜兮朝復朝，朝復朝兮夜復夜。如此月明，如此日出，如此松下房櫳，如此雲中雞犬，祖父子孫，幾何世矣，從未有過而問焉者也。忽來生客，驚動此間，競引還家，争相問訊。此客非從天降，非從地出也。「平明閭巷掃花開」，無心遲客；「薄暮漁舟乘水入」，有緣相會也。于是叙世事之滄桑，乃相與而惋歎。初因避地，始離塵寰，及至成仙，竟忘鄉里。「峽裏誰知有人事」乎？「世中遥望空雲山」耳。身在峽裏，作世中遥望之想，大約雲山一所，若滅若没者，即今所止宿之峽裏耶，〔一〕而豈知其中之固有若是也哉？夫此仙靈之境，難逢難值，然而無意得之，不疑此境希有，一見不可再見。心念歸家，與妻子商之，然後重入此間，與彼居人同其物外之樂。作如是計，此心了然。自人家而平陸，自平陸而山口，自山口而青谿，而小舟在焉。則乘此舟，循此谿，而兩岸之桃花依然無恙也。及乎再到此間，則已迷其故處。經過之地，處處誌之，豈有忘也？而峰壑之形，倏焉已變，誰爲爲之？不可解也。乃復綜其始末而言之，「當時只記」云云，入之亦已深矣，誠不知此溪之幾曲矣。一自峰移壑變，終然塵斷雲封，春水無情，桃花不言，不辨仙源，從何問津乎？則惟有夢遊而已，心切嚮往而已。蓋吾聞之脩淨土者，精虔之極，終得往生西方，此摩詰作《桃源行》之意歟？○七言古詩，此爲第一。○大概作三停寫，首尾相等，腹稍肥耳。○「樵客」一聯是脱卸，「不疑」一聯亦是脱卸。文章之法，界畫不可過明，要犬牙相錯。節節寸寸，如夢相似。○陶所眼熟者，是桑竹菽稷之類。陶原不要做神仙，只雞酒足矣。王所眼熟者，是松下房櫳、雲中雞犬之事。王學道人希風出世事。陶言「秋熟靡王税」，欲逃于王土王臣之外，以劉裕故也。不爾，欲何爲乎？趙威后謂於陵子仲何爲至今不殺者即當之矣。王無此事，故詩中不及之也。

【校勘記】

〔一〕「止宿」下，抄本原衍「之宿」二字，今删。

《酬張少府》　不及韋蘇州遠甚。○「自顧無長策，空知返舊林」，無一毫作僞，無一毫詭秘。

《喜祖三至留宿》　「不枉故人駕，平生多掩扉」，十字作一句讀。

《酬虞部蘇員外》云云　「石路枉迴駕，山家誰候門」，如聞「阿㘗」之聲。「惟有」者，無一有也。此詩家三昧也。

《寄荆州張丞相》　「舉世無相識，終身思舊恩」，人人心田裏事。

《終南别業》　觀其意，若不欲爲詩者，其詩之絶境乎？○「勝事空自知」，正不容他人知。○詩有兩字訣，曰：無心。

《送元中丞轉運江淮》 人言應酬詩不能佳，此自不會摇船耳，能，如何此得不佳？

《送平淡然判官》 結聯須令外國使知。「飲月支頭」即退之「先斷腰膂」之意。

《送楊長史赴果州》 「鳥道一千里，猿聲十二時」，自然。

《送丘爲落弟歸江東》 「知禰不能薦，羞稱獻納臣」，汎愛不救溝壑辱，吾最恨空口作好語向人者。

《漢江臨汎》 「山翁」一作「公」，非。

《登裴迪小臺作》 「遥知遠林際，不見此簷間」，用倩女離魂之法。

《晚春閨思》 玉臺氣。

《秋夜獨坐》 生死事大，莫作怕死會。○「獨坐悲雙鬢」，非悲老也。○「雨中山果落」，一驚；「燈下草蟲鳴」，又一驚。所謂時不待人。○「白髮終難變」，着急。○「唯有學無生」，投降全首，只注此句。○五六從來不留頓，學者須一眼注定下文。識此，則知五六之不求甚工者，乃所以爲工，而求工者多不成詩也。○雙鬢、白髮、老病，似乎言之複矣，須知是心口俱忙，不覺其然。悠悠生死海中者，何以知之？

《曉行巴峽》 「衆禽」作「衆雞」爲是。○「故國」作「舊國」，「多諳」作「賴諳」，是。

《奉和聖製從蓬萊》云云 字字冠冕，字字輕雋，此應制中第一乘也。○真詩天子也，伏倒李、杜矣。

《勑賜百官櫻桃》　初讀之，祇覺其穩切耳。觀崔君子和章，乃嘆摩詰真天人矣。〇結聯味外有味。

《勑借岐王九成宮避暑》　不須説着無暑，無暑不足言也。

《和太常韋主簿温湯寓目》　詩不苟作，須有諷諫，固也。切忌認真求之，唯更上一層者方識此意。

《酬郭給事》　結句輕輕説出「解朝衣」三字。

《酌酒與裴廸》　此等人情，詩家獨不嫌痛駡。觀公叔文子、臧文仲二章書，知聖人猶不免也。

《輞川集》　小畫有遠景。

《宮槐陌》　「畏有」，若今言恐怕矣。

《崔九弟欲往南山》云云　「幾日還相見」，問之也。

《班婕妤》　人知其怨，不知其厚。孔子曰：「其惟鄉原乎？」〇「門外度金輿」，好在「門外」字。

《九月九日憶山東兄弟》　「遥知兄弟登高處，遍插茱萸少一人」，詩人多用此法。

《送元二使安西》　古今絶調。〇「渭城朝雨裛輕塵」，原稿作「江雨朝飛裛細塵」，不審另有一首否，姑附此再查。下面決不是遇着箇高僧、遇着箇處士，此鈎魂攝魄之説。〇第三第四句不可連讀，落句冷水一澆，却只是衝口道出，不費尋思。

丘　爲

《題農舍》「東風何時至」，何時至者，是問此東風是幾時到底，非未至之謂。

崔　顥

《黄鶴樓》 結聯詩家原無甚深意，只要説得心頭口頭忍不住底話，便是好詩。「十五嫁王昌」，以少婦自比，猶朱慶餘之「低聲問夫婿」也，而其意近傲，故爲李所叱耳。 李賀之《雁門太守行》意若言若，有知我者，則以死報之也。 卷首托寄之旨，顯然易見。

祖詠　盛之中

《終南望餘雪》 如此不拘，詩安得不高？○意盡即不須續，更難在舉場中作如此事。

《家園夜坐》 盛唐以上，除子美外，古詩即是排律，排律即是古詩，初不分別。 編詩者多失其本真。

李　頎

《放歌行》「舉頭遥望魯陽山，木葉紛紛向人落」，髀裏肉生之意。

《愛敬寺古藤歌》「密葉吹香飯僧遍」，可知禮也。○「相與年年老霜霰」，至今無消息。○原它不入話頭處。

《送魏萬之京》作者本自從喉中唱出，奈學舌頭者多何？

《寄韓鵬》詩家説到理人，必以黄老爲宗，非經歷世事者不解此意。

《百花原》有漢魏之味。

綦毋潛

《題鶴林寺》「暫令身心調」，「暫」字下得真。

儲光羲

《游茅山》之三　儲詩頗尚理寔，然未可爲南宋人藉口。

《登戲馬臺》「日暮蕭條登古臺」，不盡。

《題陸山人樓》起用鈎魂攝魄之法。

《寄孫山人》「時時來往在人間」，「來」應作「還」。

儲詩上承陳伯玉，下啓孟東野。

王昌齡

《緱氏尉沈興宗置酒南谿》　「久之風榛寂，遠聞樵聲至」，詩人愛寫静境。

《同從弟南齋玩月》　美人惜春。

《答武陵田太守》　好在「微軀敢一言」句。

《從軍行》《小戎》之意。○「已報生擒吐谷渾」，屠門大嚼。

《出塞》　好在第二句。「秦時明月漢時關」，不可通。○「但使龍城飛將在，不教胡馬渡陰山」，令人起長城之嘆。○詩人之詞，凡百皆不忍盡、不敢盡，只有此一節無不盡者，此《春秋》繼《詩》之旨也。如不信者，試遍覓唐人詩讀之。

《四宫春怨》　怨之一字，豈易言哉！

《長信秋詞》　「玉顔不及寒鴉色，猶帶朝陽日影來。」玉顔如何比到寒鴉，已是絶奇語，至更不及，益奇矣。看下句，則真不及也。奇之又奇，而字字是女人眼底口頭語，不煩鈎索而出。怨而不怒，所以爲絶調也。又須知此與退之「羨二鳥光榮」之類一般意思，與宫人無干也。文士自謀之不暇，彼其幽閉深宫者，何豫吾事哉？○賈吟薔薇，劉咏桃樹，宜爲朝士所怒。稱詩者，亦可以悟立言之有體矣。

常建

《江上琴》　自爲古音，亦爲東野開先。

《西山》　起落日，次日入，次至夜，次夜深。

《弔王將軍墓》　白日晝陰。

《題破山寺後院》　此境殊難到，所謂非青非黄者。

李嶷

《淮南秋夜》　「天浄河漢高，夜闌砧杵發」，寫第三句「清秋忽如此」，「忽」字也。

萬楚

《河上逢落花》　如夢如癡，詩家三昧。

《五日觀妓》　此等詩更無深意。看六朝人此類甚多，凡强爲之説者，皆緣不識詩之源流故也。既自誤，又以惑後生，豈不可恨？〇萬之傾倒于此妓，何若此之甚？然固非詩之所禁也。「何事世人偏重色，真娘墓上獨題詩」，豈非良箴？然入詩則煞盡風景矣。

陶翰

《乘潮至漁浦作》「崩騰心爲失，浩蕩目無主」，工于形似。

劉長卿

《楊州雨中觀妓》「夜色帶春烟，燈花拂更燃。」起好，寫「觀」字也，雨中觀也。○「掩笑頻欹扇」，厭。○有何可愛，而觀之咏之？

《銅雀臺歌》此詩有三空一唯，唯亦空之替身也。

崔曙

《奉試明堂火珠》試讖非人所爲也，故多妙句。

孟雲卿

《傷懷贈故人》效《十九首》。

《傷時二首》似陳拾遺。

楊志堅

《送妻詩》 「山妻不信出身遲」，不如作「蹉跎甘道出身遲」爲厚也。

孟浩然

《夏日南亭懷辛大》 「荷風送香氣，竹露滴清響」，韋詩多似此。

《耶谿泛舟》 高潔。

《萬山潭作》 此即五律。○「求之不可得，沿月棹歌還」，就罷。○讀至「求之不可得」，試掩下句，看他如何發放。須知纔有意便失之「吾與點也」之意。

《宿永嘉江》 自在之極，不是着意爲自在。「未知一生着幾兩屐。」

《澗南即事貽皎上人》 如不爲詩者。○當一小札。

《與諸子登峴山作》 前半首似汎而寔切，此起法之高也。「羊公碑尚在」，推門落臼矣。○「人事有代謝」云云，直是恰好不知者道是，遇山便可如此起。

《夜渡湘水》 「露氣聞芳杜，歌聲識采蓮」，句句是闇裏。○不言不笑。

《峴潭作》 別無深意，而有深味。

《登鹿門山》 「乘流越江峴」，舟行。○「沙禽近方識，浦樹遥莫辨」，寫舟行漸漸近前。○「山明翠微淺」，山近也。○「舟檝屢回轉」，未得至。○「昔聞龐德公，采藥遂不返」，寄意在此。○「紛吾感耆舊」，以上俱在舟中。○「結纜事攀踐」，登。○「迴艫丹陽晚」，仍入舟。

《早發漁浦潭》別無深意，只是如此性情，如此行止，如此境界，如此吟咏，無一毫作爲在其間。

《聽鄭五彈琴》只如一句。

《裴司士員司户見尋》「誰道山公醉，猶能騎馬回」，是主人語。

李白

李白詩真所謂「俯拾即是，著手成春」者也。看他何嘗崎嶇詰曲，苦心搜索來？

李白詩並無深意，以深意求之，即非。

李白詩不曾變古，變古自杜始也。今人不曾通前徹後去看，乃竟以變爲正。至變得不成模樣，亦不覺其非。

太白全不識羞，真天人也。

李白真學詩家聖藥也。塞詩之竅者，杜也。此誠不善讀者之過，然其勢必至如此。

李白以才，杜甫以學。杜非無才也，才由學生；李亦非無學也，學爲才使。才必天授，學可以人力積也。自宋以下宗杜者多，似李者幾於絶響，詩道之亡，實由于此。

太白之于仙，非苟言之而已，其心誠好之也。身受道籙，妻宗亦往廬山尋女道士李騰空。刑于之化，居然可知。

讀太白詩，須識得他骨髓都是詩處，古今一人而已。

讀太白詩，想見都是狂草。此語可爲知者道耳。

讀太白詩，須識得他句句字字是詩人魂氣，可以意會，不可以言傳也。

杜有《贈李白二十韵》詩，若在後人，定須亦以二十韵報之矣。白集中無此也，須如此便好。

李白《求白鷳詩序》云：「援筆三叫，文不加點以贈之。」何故叫止于三？蓋此詩凡六韵，每四句爲一解，疾書一解成則一叫也。此可見古人作詩之法矣。

《蜀道難》《蜀道難》舊題也，太白爲之，加奇肆耳。自杜公有詩史之目，愚者遂謂李詩亦然，于是穿鑿訛謬之説興矣。○舊題而太白賦之，非寫當時事也，諸説皆失之。彼謂不如此解不見李詩之高深，不知李意何曾如此。○此千古絶調也，後人妄意學步，何其不知量也。○「噫吁嚱危乎高哉」，七字五句。○「連峰去天不盈尺」，無理之極；俗本作「連峰入烟幾千尺」，有理之極。無理之妙，妙不可言；有理之不妙，其不妙亦不可勝言。舉此一隅，即是學詩家萬金良藥也。

《戰城南》「乃知兵者是凶器，聖人不得已而用之」，要説破便説破，説破不害爲佳。

《遠别離》太白得意之筆，直欲與屈宋争坐。○「君失臣」、「權歸臣」云云，不必映時事，李與杜原不同。

《酬東郡小吏》云云「醉著金鞍上馬歸」，妙。

《答俗人問》俗人非輕侮之詞，猶云俗姓、俗書。

《古意》俗子不可學，亦不可讀，凡詩皆然，而李、杜爲甚。

《將進酒》「惟有飲者留其名」，亂道故妙。○一學便俗。

《長干行》寫他貞信處，極其妖邪，句句小家氣，方是此題神理。○「八月蝴蝶來」，「來」字是黄字。蝴蝶豈俟八月始來耶？○「坐見紅顔老」，「見」應作「愁」。○「相迎不道遠，直至長風沙」，何似《西洲曲》。〔一〕

【校勘記】

〔一〕「相迎」，原抄作「相近」，據原詩改。「風沙何似」，原抄作「風河似」，今據原詩補正。

《短歌行》「麻姑垂兩鬢，一半已成霜」，誰見之？○「大笑億千場」，粗豪。

《妾薄命》「今成斷根草」，「根」應作「腸」。○「以色事他人，能得幾時好」，婀娜。○非文昌、夢得輩所及。

《醉後贈從孫高鎮》「盤劍換酒」云云，李白寔是此等人，曾做此等事，故其言如此。總之，自古無浪説詩人。

《贈汪倫》「桃花潭水深千尺」，掩下句看是甚麽，却云「不及汪倫送我情」，何等氣力，何等筋兩！抵過多少長篇大章，又只是眼前口頭語，何曾待安排雕鉥而出之？此所以爲千秋絶調也。學詩須如此尋求，非神到不可下筆。

《寄東魯二稚子》 細評：吴地桑葉緑，吴蠶已三眠。客中春晚。我家寄東魯，誰種龜陰田？吴蠶作繭，東作方興，身不在家，誰爲耕種？春事已不及，江行復茫然。歸期未卜。南風吹歸心，飛墮酒樓前。一片歸心，因風吹去，直飛墮于我飲酒之樓之面前而已。歸心豈待風吹？風豈能吹心使歸？心是何物而飛墮樓頭？詩家神境，正在于此。學者從此悟其三昧可也。樓東一株桃，桑葉緑時思此桃樹，今當盛矣。枝葉拂青烟。此樹我所種，别來向三年。「有敦瓜苦，烝在栗薪。自我不見，于今三年。」詩意本此。桃今與樓齊，我行尚未旋。嬌女字平陽，折花倚桃邊。折花不見我，泪下如流泉。小兒名伯禽，與姊亦齊肩。雙行桃樹下，專注此桃，思心有所。撫背復誰憐？自「樓東一株桃」至此皆閉目沉思，如身至之然。念此失次第，心緒亂矣。肝腸日憂煎。裂素寫遠意，因之汶陽川。思家之情，浩蕩無主，必借家中之一境一物以繫其心。沉酣之至，如身歷其境，手撫其物，自言自語，不復覺此身之在客中也，如此詩「樓東一株桃」以下是也。所思者，二稚子耳，於桃何與？而二稚子之在家，其情景難可憑空想像而得之。于是苦憶家中之酒樓，樓之東有桃，是我所手種者，今已越三年，桃應長與樓齊矣，而我尚未得歸。嬌女稍長，心憶其父，必且折花倚樹，掩面而啼。幼子亦當隨其姊行此桃下，誰爲撫其背而憐惜之者乎？此與子美「鄜州」一詩同一神理，但彼是憶其妻，此是念其子耳。「念此失次第」云云，至此如夢初醒，始覺此身之在客中。其魂倏然而返，百憂交集，殊不可堪也。「静言思之，不能奮飛」，則惟寄此一行，寫我遠意而已。

《江上吟》 細評：木蘭之枻沙棠舟，題是《江上吟》，故須先具此舟。玉簫金管一切樂器都有。坐兩頭。

奏此樂器之妓人，或坐舡頭，或坐舡尾。美酒樽中此一物足以釋西伯。置千斛，貪。載妓補妓字。隨波任去留。醉人之樂，樂何極。仙人有待乘黄鵠，我以此舟當黄鵠矣。海客無心隨白鷗。隨波任去留之人，更無機事入其胸中。屈平詞賦懸日月，太白詩仙，以屈平自擬。楚王臺榭空山丘。猶言生王之頭，不如死士之壟。齊景公有馬千駟云云，伯夷、叔齊餓于首陽云云，意思略同也。興酣一斗詩百篇。落筆摇五嶽，詩成嘯傲凌滄洲。豪于酒，豪于詩，故作是言。然則美酒千斛，斷不可少也。而玉簫金管，所以佐酒之具者，亦斷不可少也。「屈平詞賦懸日月」，便堪尚友千載。功名富貴若長在，漢水亦應西北流。「楚王臺榭空山丘」，然則功名富貴，必無長在之理，安得不視之如浮雲哉？題是《江上吟》，故借漢水以爲喻焉。○此詩之志，不過是「人生行樂耳，須富貴何時」。向來説慣底舊話，而太白詩酒自豪，興寄不出乎此，故作此滿心滿意之語，以謂苟得如此，足了一生也。凡爲滿心滿意之語，大都是不能如此而故言之也。孔子曰：「老者安之，少者懷之。」老者安能安乎？少者安能懷乎？宋玉之《招魂》，仲長統之《樂志》，陶潛之《桃花源》，一切快活文字，皆作如是觀可焉。今請説此詩大意。苟得一絶勝之舟，爲浮家泛宅之計，兩頭羅列簫管，令妓坐而奏之，中間是己身所坐。第一要置美酒千斛，使樽中更不空。吹竹彈絲，吟風邀月，欲行即行，欲住即住，黄鵠不可希，白鷗可相親，江上之樂，醉中之趣，固無窮也。且照耀千古，獨有文章；人世繁華，轉眼即盡。屈平詞賦，日月争光；楚王臺榭，而今安在哉？故我今興酣落筆，咳唾成詩，足以摇五岳而凌滄洲，功名富貴于我何有？試看漢水滔滔，日夜東南流，安有還向西北流者？而世顧耽耽逐逐，如以功名富貴爲可以長據之物，可不謂下愚者乎？此太白自言其志然也。挾妓飛觴，淫荒無度，正如聖門狂士，亦無日日浴沂之理。讀者勿以辭害意焉。○莊生有言：「其嗜欲深者，其天機淺。」太白之所以卓絶千古者，豈有他哉？不過與此言相反而已。惟其胸次如此，故率爾爲詩，自然爛熳可愛。不然則爲顛爲狂，爲險詐譎詭，使人更不可耐矣。○最忌求之過深，最忌曲爲之説。如而庵説此詩云「有待不如無待，太白進乎道矣」等語，愚意不必然。太白之于神仙，慕之至矣。以其不可得致，故思其次而云然爾，豈有玩弄神仙之意哉？要之，而庵亦一時興到之言，不足多怪。他多類此，不具言之。○正使漢水西北流，而富貴長在，亦何不可？今曰「功名富貴若長在，漢水亦應西北流」，似粗暴人發語：「我若如何若何，我便決不姓張。」似有義路，却不甚有義路，此所以爲絶妙好詩，而非今人之所能知其故也。吾亦不願爲門外漢道之。○古之所謂妓者，能歌舞即是。字或爲「伎」。其從女者，女人也，不是如今娼婦乃謂之妓。此等亦須知之。

《草書歌行》　此真所謂「彼醉不臧，不醉反恥」者，太白何曾如此顛狂來？是何俗物，作此惡詩？世傳李赤入厠，意者此輩爲之乎？愚謂李白《草書歌》贈懷素，杜甫《狂歌行贈四兄》，此真所謂一雙勍敵也。

《答王十二寒夜獨酌有懷》　不必選。謂阮亭選本。

阮亭選李青蓮《古風》二十七首。○若但觀此數詩，頗疑太白浪得大名于唐代。選家之能爲祟于作者如此。

韋應物

韋蘇州鮮食寡欲，掃地焚香。觀其《逢楊開府》詩，乃所謂一變至道者，可謂豪傑之士也。「把筆學題詩」，詩便如此高。固知天分有限者，苦吟一生，徒自苦耳。

韋詩冲素真至，庶幾所謂「樂而不淫，哀而不傷」者。陶、韋向並稱，其實韋何嘗學陶？何嘗一句一字襲陶？無論貌似，即神似亦不消説得。吾謂陶只似陶，韋只似韋耳。

詩境高者曰冲淡，曰真率，曰敦厚。然有有意爲冲淡者、真率者、敦厚者，其神固不可掩也。韋則真是無意，所謂平常心是道者，殆近之矣。

《郡齋雨中與諸文士讌集》居然有唐第一手。○起「兵衛」云云，誰知公意在自慚居處之崇？又細評：兵衛森畫戟，燕寢凝清香。刺史郡齋如此。海上風雨至，逍遥池閣涼。好與文士燕集于此。煩痾近消散，風雨至，暑氣除故。嘉賓復滿堂。自慚居處崇，畫戟清香，吾何德以堪之。未覩斯民康。燕飲宜喜樂，而刺史心常歉然，故其言如此也。理會是非遣，性達形迹忘。時諸文士以刺史在坐，必且肅恭執禮，有不忘其形迹者，故言此以開導其意。若云「以吾一日長乎爾，毋吾以矣」。是非皆可遣，何形跡不可忘乎？」鮮肥屬時禁，以旱祈雨，新得雨，斷屠禁未弛故。蔬果幸見嘗。以諸文士執禮過甚，故語之。鮮肥既不得真具，只此蔬果，何不一見嘗乎？欲其忘形之甚也。如此刺史，可謂「終温且惠」矣。俯飲一杯酒，仰聆金玉章。以刺史温言欵語，曲相啓發，故諸文士亦于時言言矣。所謂金玉之章也矣。神歡體自輕，意欲凌風翔。此句甚言其歡適，無別意。吴中盛文史，群彦今汪洋。方知大藩地，豈曰財賦疆。」人才之藪，豈曰財賦之疆乎？財賦疆而已，則所急在催科，所輕在養教，詩中云云，亦無從而發之矣。○《小雅》「呦呦鹿鳴」即是此詩來處。然《鹿鳴》所燕之賓，乃天下賢人君子，道德博聞，言爲蓍蔡者寔在焉，故有「視民不恌」之頌，有「示我周行」之望。今此吴中文士燕集于刺史之堂，雖復彬彬爾雅，質有其文，蓋亦如師長之于弟子已耳，固未必其爲師事、爲友事者也。則刺史所以待之，亦只須如此而已。刺史視民如傷，深愧爲民父母，不能使時和歲豐，郡人康樂，而晏然處此尊優之地，不覺喟然而嘆也。然孟子有言：「君子平其政，行辟人可也。」豈便十分愁蹙，如坐針氈，然後乃爲民之父母乎？則亦只須如此而已。讀此詩者，稍識道理，未有不知刺史之固當恤民，固當優賢者。只怕不識得只消如此之意，認真太過，便不見前賢風致矣。○宋玉《風賦》有云：「大王之風，庶人安得共之？」此畫戟清香，居處之崇，爲刺史者不可不念也。樂天深取此句，其意亦然。柳誠懸賦「薰風自南來，殿閣生微涼」，其意亦然。但其言皆在有意無意之間，所以爲妙。

《端居感懷》 細評：沉沉積素抱，五字已寫盡滯情。婉婉屬之子。永日獨無言，所謂沉沉者。「忽驚振衣起」。人見其有時忽然振衣而起耳，孰知其沉沉之至，忽若迷旋，復悟如下文所云，而故若此乎？此可謂寫盡神理者也。方如在幃室，復悟永終已。不特初死時光景，如此雖閲歲踰年，獨復然也。先生作此詩時，悼亡久矣。稚子傷恩絶，盛時若流水。暄涼同寡趣，朗晦俱無理。上句重在暄字，下句重在朗字。暄似較勝于涼，孰知暄涼異氣，寡趣則同。朗似差減于晦，孰知朗晦殊候，無理則一。無理者，無聊賴也。寂性常喻人，滯情今在己。莊生猶云不能無慨，然固知此滯情，直是無可醫治。空房欲云暮，巢燕亦來止。日暮歸巢，雙棲並宿，自嘆不如此鳥。夏木遽成陰，緑苔誰復履。感至竟何方，幽獨常如此。○余生四十有四，妻以瘵疾，先驅窅冥。長簟生塵，孑焉獨處。傷於虎者，知虎之情。凡遇昔賢悼亡之作，無不取而讀之。粉香脂澤，酸辛之味獨多；綦跡珮聲，怊悵之懷不極。然而歷選篇什，辨厥淄澠，無有逾于韋先生者。先生掃地焚香，鮮食寡慾，殆無塵世間想，而伉儷之情重至如此，是知漆園鼓缶，太上難希，奉倩尚色，非云篤論，哀而不傷，惟先生爲庶幾焉。若夫微之之徒，海水巫雲，終傷輕薄。飄風不崇朝，驟雨不終日，歲晏之期，蓋可知矣。

《寄李儋元錫》「邑有流亡」句，高在閑放在第六句，只與上下文一般，隨口説，不是特地説，如云我之用心如此如此也。此不是爲作詩者説法，乃是看詩之法。聞其樂而知其德也。

《答王卿送别》「元知數日别，要使兩情傷」，冲淡有深味。

《寒食寄諸弟》比右丞似高一格。

《送别覃孝廉》「家住青山下，門前芳草多」，或評云「誰家門前無此」，是不知西北之地，芳草非隨地而有，所謂夏蟲不可語冰也。且芳草亦非雜穢之草，皆得名之。

張　謂

《杜侍御送貢物戲贈》此戲亦太虐矣。

《湖中對酒行》第一聯與第二聯急讀。

岑参

《秋夜宿仙遊寺》「昨夜山北時，星星聞此鐘」，此又一法。

《送王昌齡赴江寧》愛友愛才，須是如此。○「明時不得用」云云，隱然有箇竊位人在朝端，大家吞聲而已。○「抱被肯同宿」，人非同宿，與隔千里何異？○「湖上多新詩」，賦詩抒鬱陶，尚毋以憂憤自傷也。

《因假歸白閣西草堂》有中心達于面目之意，無此便不成詩人。

《與獨孤漸道別》嬌歌妙舞。

《衛節度赤驃馬歌》「待君歸去掃胡塵，爲君一日行千里」，要取快意。

《滻水東店送唐子》「歸夢愁能作，鄉書醉懶題」，有明前後七子有此風味否？

《寄左省杜拾遺》「聖朝無闕事，自覺諫書稀」，豈真無一事可言耶？蓋有不得其言者，自傷尸素而高飛遠舉之思生焉。故人當知我耳。

《送張子尉南海》「不擇南州尉，高堂有老親」，倒裝。○「此鄉多寶玉，慎莫厭清貧」，愛人以德。

《和賈至早朝大明宮》「春色」作「春欲」，非。

《漢上題韋氏莊》「調笑提筐婦，春來蠶幾眠」，《國風》之意。

《西掖省即事》「平明」二句，今日如此，明日復然，冉冉老至，無補明時，此所以自悲也。

《逢入京使》《三昧集》不收此詩，何也？

梁鍠

《觀美人卧》似梁簡文。○「落釵仍罥鬢，微汗欲消黄」，要算真贜。○捕快見白日睡于寺院中，有異于人人者，即知其爲盜也。

李嘉祐

《送王牧吉州謁使君叔》「年華初冠帶」，「冠帶」字虚用，宜讀若「貫」，今人皆誤。

《和苗員外秋夜省直》翰苑氣。

《聞逝者自驚》「願將從樂看真訣，又欲休官就本師」，忙了。

皇甫曾

《張芬見訪郊居》「君若罷官携手去，尋山莫計白雲程」，入山惟恐不深。

《送陸鴻漸》落句相思，磬一聲極静極微，却開晚唐一路，而鍾、譚亦用以興。

高適

《舊唐書》：「天寶中，海内事干進者注意文詞。高適年過五十，始留意篇什。」明前此不甚留意也。世人耳學，謂達夫五十始學爲詩，殆不然矣。

《登慈恩寺浮圖》「輸效獨無因，斯焉可遊放」，高公用世人，故其言如此。

《同薛司直諸公》云云「若臨瑶池前」，「前」應作「間」。○「深沉俯崢嶸」，「俯」應作「俄」。

《邯鄲少年行》風流豪邁，是達夫面目。

《人日寄杜二拾遺》高、杜二詩，雖是各臻至極，畢竟先高後杜，乃爲明于詩之正變源流者。○高詩只如此，杜答詩乃淋漓盡致，二者孰優？○「今年人日空相憶」云云，只是不説出來。

《哭單父梁少府》《三昧集》只録「開篋」四句，此是達夫自截作絶句耶？抑他人耶？○不極其情，不盡其聲，乃更濃至凄咽，令人不忍多讀。

此木軒論詩彙編卷四

唐二

杜　甫上

杜甫，詩家孔子。蓋孔子以天下爲一家，中國爲一人，其心自不能已。杜在當年，安危治亂，風吹草動，夢寐驚心，亦自有不能已者，其詩雖欲不如是而不能也。孔子曰「其愚不可及」，正子美之謂也。杜子美一片愚誠，填塞腸胃，作詩數千篇，無一字不可□□告天者，奈何輕言似杜詩也。杜之憂國愛民，直是至誠積中，遇事觸發。□□□□□□□顛沛必於是者，豈固以是爲美，而數□□□□□□□人爲詩，皆不相効，其志在一名一職者，所□□□□□□□不似近世，不論何人集中，必有一二十篇哀嘆涕□□□之所爲者，吾是以皆有取焉。

得陶之性情神理者無如杜。然杜頗躁、頗淺露。要之，各見其本色，初無效顰學步之意。

杜集正可當書讀，李集則只是詩也。

韓詩非不大也，較之於杜，則空與實不可同日而語矣。後之効韓詩者空益甚，亦韓作俑之過也。若杜，則雖欲貌似之，必不能也。其一副寔物，固無從那借耳。

韓詩欲以多勝人，有驅詞就韵之迹。杜雖千言，並不見此意。以韓筆配杜詩，此是千秋定論。自宋迄今，欲推高韓詩，使若與杜抗行者，惑之甚也。

韓退之云：「古人於詞必己出。」論杜詩者，則曰句句有來處，某句出古某人句，歷歷可證也。二説似若相戾矣。大約胸中自有其物，雖全用古人句可也；實無其物，而曰必己出，則是杜撰而已。

東坡云：「遇事可尊主澤民者，便忘軀爲之。禍福得喪，付與造物。」杜、韓、蘇諸公，真不媿此語也。澤民易見，尊主難知。□□能一一指出耳。

讀石巃老之文，字字發於愚誠如此，而謂□□□□□□□寓諷，豈有是哉？○石巃老之説，豈不可笑。□□□□□□及也。吾愛之慕之，嘆息不能已也。世之説杜詩□□□□□惡之，不欲與辨，又不能不發憤一言之。

山谷云：「彼喜穿鑿者，棄其大旨，取其發興，於所遇林泉、人物、草木、魚蟲，以爲物物皆有所托，如世間商度隱語者，則子美之詩委地矣。」至哉此論！不惟足糾説杜之謬，亦可上訂康成箋《詩》之非。然山谷具此高識，而「渭北春樹，江東日暮雲」，何以復有地寒少實，水鄉蜃氣之説耶？世之喜穿鑿者，恐不過是也。

鄭箋迂僻不通，宋人假其故智以釋杜詩，此詩之蟊賊。涪翁「彼喜穿鑿」云云，豈非此輩之藥石哉？然涪翁猶自不免于此。

宋景濂有言：「注杜者稱其一飯不忘君，至率爾咏懷之作，亦必遷就而爲之説。」按景濂之論，讀詩者不可不知。杜之忠君憂國，每飯不忘，固誠然也。然亦曷嘗篇篇寓此意哉？必欲篇篇寓意，則非自然發見之實矣。且微詞隱語，使人百方穿鑿，以爲此忠君也，此憂國也，自古無此立言之體。以此説詩，其不爲高叟之固者幾希矣。

注詩最忌株連。如用「錦纜」，不必謂指隋煬也。軒□飛鶴，□□謂以懿公諷明皇，然則莫倚善題鸚鵡賦，□□□□□□居可乎？

注杜諸家，當以錢本爲善。且據錢吳若本爲主，不□舊□□詩之先後，應依錢本次第。諸家之得罪于杜詩者小，錢箋之得罪者大。若《玄元皇帝廟》、《洗兵馬》、《秋興》、《諸將》諸箋。後人輕改字句，只爲不認得本意耳。然亦何難認？非至愚極陋者不至是也。如杜詩「尸寢驚敝裘」，正是説極懶惰中，陡然發興。「尸寢」字用《論語》，何苦改「方」字、「晏」字？「鼓迎非祭鬼」，謂迎非祭之鬼，亦用《論語》，何苦改「非」爲「芳」？「諸峰羅立如兒孫」，「如」者，藐之也，改作「似」字，便失其意。「空山立鬼神」，謂象設也，何得改「立」爲「泣」？「驚定還拭泪」，猶云痛定也，何得作「驚走」？「問法看詩忘」，猶云不知肉味也，何得改作「妄」？「引頸嗔船逼」，逼故嗔，俗所謂鶩氣也，或改作「過」，過則何嗔之有？「遥空秋雁没」，遥則不見，故言滅，或作「滿空秋雁過」，豈成語乎？「書成無信將」，信即人也，不知故改作「使」。其他聲律對屬之工，改之則不合者，不可勝數。如「明日蕭條醉盡醒」，醉者，盡醉也，對「開何益」，何得作「盡醉醒」？「釣竿欲拂珊瑚樹」，改作「三株樹」，與「天地」字不對。「伶俜卧疾頻」，若作「卧病」，則犯聲病。

少陵「朱門酒肉臭，路有凍死骨」，「廣厦萬間，大庇寒士」等語□字字從赤心中流出。雖欲不說，而不能不說。□□無此心，而効此等語言，徒令人厭，反不如嘲風弄月□□□□鳴自止，爲不失其真也。不然唐之詩人□□□□□□□杜此等語，夫非其胸中所寔有者，昔之人固□□□爲有也。如「經書滿腹中」、「富貴必從勤苦得」等語，在杜何所不可，後人效之，覺蒙館師氣逼人矣。作驚心動魄之句，陡然而止，不用多言，如「嵇康養生遭殺戮」、「開示化爲血」、「哀今徵斂無」之類是也。

任華有《雜言寄杜拾遺》。任君之才甚庸，乃敢作詩贈李、杜，吾服其膽。

富平李天生云：「凡五七言近體，唐賢落韵共一紐者不連用，夫人而然。至于一三五七句用仄字，上去入三聲，少陵必隔別用之，莫有叠出者。他人不爾也。」朱竹垞與李武曾在京師，曾共攷之，信然。

仇本載宛丘《明道雜志》論老杜篤於忠孝，宜諱閑字。得王仲至家寫本，數閑字皆訛。如《寒食》詩「田父邀皆去，鄰家閑不違」，「閑」作「問」。《諸將》詩「見愁汗馬西戎逼，曾閃朱旗北斗閑」，「閑」作「殷」。又「娟娟戲蝶過閑幔，片片輕鷗下急湍」，「閑」作「開」。惟韓幹《畫馬贊》有「御者閑敏」，仲至寫本無異。雖容是「開敏」，而禮卒哭乃諱，《馬贊》或父在時所爲耳。

射洪陸使君廟以杜少陵詩爲籤，占之極有驗。余謂可倣而行之，使兒曹口熟杜詩若干首，亦一益也。

子美詩自天寶十四載十月以前，直是無甚題目可做。故知無禄山之禍，杜詩必不如此之多。豈非所□不得已而作者？

近人如錢牧齋輩，尊杜太甚，故其箋注往往失之□。將子美説成一箇輕薄險惡人，斷不可爲其所惑。且如上鮮于長律，欲因鮮于以通于楊國忠，又何用説以周旋之耶？不知子美好處儘好，此等營求，亦自不免。只可憐如此奔波，而卒無所濟，爲命苦耳。至于文章，乃本分事，果能抗行班、馬，方駕曹、劉，正使自讚，豈曰非宜？若夫臯夔稷契云者，子美仰視明皇，即是堯舜，自家老實村氣，便算稷契，此是他絶可笑絶可愛處，非若今之儒者所見之堯舜稷契也。唐人多以孔子自比，以其門人分配四科顔淵等。若今人爲之，可乎？不可乎？此亦時代不同之故，無足多怪者。「殘杯冷炙」云云，若非此老自言，後人何緣知之？當時與他一頓飯喫，感激不盡，作長詩以贈之。豈知到死後，千金買不得他一句，可嘆可嘆。

當湖讀杜詩，以「居諸」爲時文不通之字。然古詩用此二字多矣，不始于杜也。

《遊龍門奉先寺》「靈籟」作「虚籟」，「天闕」作「天閲」、「天闚」，俱非。

《贈李白》「所歷厭機巧」，厭，足也。二年則飽經矣。○「青精飯」，「精」作「粇」、作「餓」俱可。○「金閨」作「深閨」，「亦有」作「未有」，俱非。

《同李太守登歷下》云云　「時具」作「時俱」，「北林」作「密林」，俱非。

《奉贈韋左丞丈》「少年」作「妙年」，「卜鄰」作「爲鄰」，「挺出」作「挺生」，「没浩蕩」作「波浩蕩」，俱非。

《前出塞》　聲情似《十九首》。蓋杜公壯歲之作如此。後來乃□復似古人處，此中境界，殆非後人所得窺也。○《出塞》是古題，杜因之耳，何云爲國諱乎？胡夏客曰：「不言出師，而言出塞，師出無名，爲國諱也。」其詩只如咏古，未嘗叙時事也。○九章皆代軍士之詞，此用《采薇》等詩體也。○不得入漢已後事。○王嗣奭曰：「《出塞》九首，是公借以自抒所蘊。讀其詩，而思親之孝，敵愾之勇，恤士之仁，制勝之略，不尚武，不矜功，不諱窮，聖賢豪傑兼而有之。詩人乎哉！」此論甚是。

三　「嗚咽」作「嗚呼」，非。○「丈夫誓許國」云云，忠義之士，可以興矣。

四　「同苦辛」作「問苦辛」，非。

五　「萬里餘」應作「萬餘里」。○「我始」二句，不堪打算。

六　此承上章而言之。「倏忽數百群」，胡虜之衆盛如此，其可盡滅乎？要在擒其魁首，使彼不得用其衆以侵陵我，斯可矣。○「擒賊先擒王」，殲厥渠魁之意。「先」作「當」，非。

七　「指落曾冰」，須信是真境。○「已去漢月遠」，月如何去之遠？此句不減李青蓮妙舌也。○「何時築城還」，注：此章序軍中事，□□因望南雲以寄嘆也。何時當築城而還乎？築城以保塞，既築，則軍還矣，非爲謂築城而嘆也。上下章相連説，讀□自知其非。

八　「繫頸授轅門」，錢箋引燕將張守珪誘殺奚契丹事以寔之。唐時雖有此事，而杜所詠並不指此也。不然如詩所言，極有學問之軍士，亦寔有其姓名乎？○結可謂不驕。

九　「衆人」二句，令人思大樹將軍。○「固窮」作「困窮」，非。

《同諸公登慈恩寺塔》　説者謂譏切時事。　後生輩學詩，往往爲此種説數教壞了。　須是有意無意間，見得作者胸懷。○「曠士」作「壯士」，「始出」作「始驚」，「北户」作「户北」，「秦山」作「泰山」，「瑶池飲」作「瑶池燕」，俱非。

《送高三十五書記》　「且願」作「吾願」，「幽并」作「并州」，非。○「脱身」二句，元微之集：「觀察使韓臯封杖決烏程令孫澥臀，杖十下，四日死。　韓但罰俸料一月。」「更須」作「尤須」，「其儀」作「其宜」，「旌麾」作「旌旗」，「足以」作「亦足」，俱非。

《九日寄岑參》　「雨脚」作「兩脚」，「活活」作「浩浩」，「沉吟坐西軒」作「吟卧軒窗下」，「滿衣」作「灑衣」，俱非。

《示從孫濟》　此詩聲情，似《詩》所謂「虺虺其雷」者，不知有解此者否？聲氣大是含愠。○「萱草」，比也。○「所來」作「所求」，「利口實」作「實利口」，俱非。

《夜聽許十一誦詩》云云　觀此詩可見杜皈心南宗，煞做工夫來。「渾遊衍」，「渾」當平讀，渾猶全也。○「紫燕自超詣」耳，「翠駁誰剪剔」者，起下「人莫知」意。仇注言無俟改削者，失之。

《戲簡鄭廣文》云云　「醉則」作「醉即」，非。○「三十年」作「□十年」，可。

《夏日李公見訪》　似陶詩。○句句留客，惟恐其欲去也。○「所須」作「所願」，可。

《自京赴奉先詠懷》　此詩五字俱平者凡六句，五字俱仄者凡十三句，讀者以此擇取異同字可也。

○此詩第十四解多一聯，又第二十解亦六句。○子美詩聖，此等真可比孔子也。○「竊比稷與契」，視明皇直如堯舜，故竊自比稷契矣，何所怪乎？一生忠樸，無一毫用智自私之意，真可比稷契也。○杜叟欲比稷卨，自謂許身何愚，其愚不可及也。攷王義方，時人比之稷卨，鄭公每云「王生太直」，觀義方坐彈李義府見貶，坎坷以終，可謂不愧此品題也。人能滿腹皆誠樸，無一毫瞻顧利害私心，便覺稷卨去人不遠，何必奇材異能哉？由此言之，人言杜叟狂誕，吾不信矣。○「苦契闊」作「甘契闊」，「腹内熱」作「腸内熱」，俱非。○「非無江海志」，公自言非無此志。「當今廊廟具」，謂朝廷非無人。不必云誚其尸位。○「送日月」作「迭日月」，「堯舜君」作「堯爲君」，「莫奪」作「難奪」，「不得」作「不能」，俱非。○「君臣留歡娱」一段，禍若發機，而方晏然，心之憂矣，如何可言。○「與宴」作「與謀」，非。長短字對，「短褐」作「裋褐」，非。○「舞神仙」作「有神仙」，「散玉質」作「蒙玉質」，「煖客」作「煖蒙」，俱非。○「北轅」句遥接。○「群冰」作「群水」，仇注此□「冰凌未解」。以下四聯，皆是説冰勢，此時雖未解凍，然常有之，豈得如此□□？「枝撑」、「窸窣」，非冰而何？○「寄異縣」作「既異縣」，「餓已卒」作「飢已卒」，「亦嗚咽」作「猶嗚咽」，「秋未登」作「秋禾登」，「生常」作「生當」，俱非。○「猶酸辛」者，承上免租税不隸征伐而言。言己勝平人甚多，猶且如此，彼失業之徒，遠戍之卒，其苦可知也。作「獨酸辛」、「失業途」者，非。○「默思」四句，聖賢心腸。○「齊終南」作「際終南」，非。

《晦日尋崔戢李封》　詩須一口氣讀去，見得古人胸腹間事，不必于一言半句中尋他好處。○「尸寢」用《論語》，何得改别字？「徒步」作「徙步」，非。○對上古葛天言，則阮籍等爲今矣。「黄屋」作「黄綺」，非。○「威鳳」數句，與乘桴浮海同意。○「庶用」作「庶與」，非。

《送率府程録事還鄉》　「意鍾」作「意中」，非。

《白水崔少府》云云　「知是相公軍」，謂哥舒翰也。翰加同平章，加銜得稱相公。

《三川觀水漲二十韵》　二十三韵也。

《大雲寺贊公房》一　「罘罳」作「芳菲」，非。○「愚意」四句，《杜臆》：意適行遲，詩興動矣，微笑索題，知已會心也。此條最爲得之。○索題詩搔着癢處。

二　「細軟」二句，見公韈履垢汙，故出新者易之。○「春井」作「青井」，可。

三　「迴斷絶」作「迴斷絶」，非。

四　「慣捷」作「慣健」，非。○「明霞」四句是雨後。

《雨過蘇端》　「風雨」作「風雲」，雲亦好，作雨亦好。「一飯」作「一飽」，「跡便掃」作「迹更掃」，「也復」作「復也」，俱非。○具棃棗以下酒，知有酒，故可憐耳。○「碧委」作「碧秀」，「縱談」作「絶談」，俱非。○「喧鬧畏衰老」，豈有衰老更喜喧鬧者？「畏」作「慰」，非也。

《喜晴》　「我饑豈無涯」，苦語。

《述懷》　草木長乃可潛身，非飽經喪亂者不知。○「露兩肘」作「見兩肘」，「授拾遺」作「受拾遺」，俱非。○「寄書」以下，句句字字要低聲讀。○「恐作窮獨叟」，恐妻子俱被殺戮，而身作窮獨叟也。錢惟善詩「寂寞當年窮獨叟」，竟以窮獨叟呼少陵，誤矣。「獨」作「塗」，非。

《送樊二十三侍御》云云　「此例」作「比例」，非。○「補闕暮徵入，柱史晨征憇」作「補闕入柱史，晨征固多憇」，可。

《送韋十六評事》云云　「豬靴」作「豬帽」，「羌兒青兕裘」作「漢兵黑貂裘」，俱非。

《送長孫九侍御》云云　「天子」二句是答詞。○「失詩流」、「得國寶」，失、得二字相合，況「失詩」、「得國」，雙聲疊韵對，「得」作「多」，非。

《玉華宮》　「不知何王殿」，謂自永徽已來，荒涼如許，直不知爲何王殿矣，非杜自謂不知也。

《北征》　「中自誅褒妲」，魏泰六軍不發逼迫明皇云云。在《長恨》自應如彼，固矣夫某子之論詩也。

《羌村》一　「驚定」如昌黎云「痛定」，若作「驚走」，豈真認爲鬼耶？○「生還偶然遂」，見死於喪亂者多。○「夢寐」作「寤寐」，非。

二　「畏我復却去」，畏，嗔喝也。蕭蕭，樹聲。

三　「正亂叫」作「忽亂叫」，「鬬争」作「正生」，俱非。○兒童雖大，在父老口中，亦得言兒童矣，何足多怪，而易爲「兒郎」乎？

《彭衙行》　「豁達露心肝」以上皆憶昔。

《送李校書》　「流輩」作「時輩」，非。

《義鶻行》　「痛憤」作「冤憤」、作「憤懣」，皆非。○「物情」二句，天網疏而不漏，人猶有憾。

《畫鶻行》　「生鶻」若作「老鶻」，則成死句。○「烏鵲」二句，死諸葛走生仲達。

《留花門》「曙幽咽」作「曉幽咽」，「曉」、「鳥」相犯，非。○「撇烈」作「撇捩」，可。

《贈衛八處士》「共此燈燭光」作「共宿此燈光」，非。○「訪舊」作「訪問」，非。「驚呼熱中腸」，錢箋：胡儼于内閣見子美親書，「驚呼」作「嗚呼」。正使是其親筆，或當時誤書，或更定某字，未可便據依也。

○「兒女」作「軀兒」，「新炊」作「晨炊」，「十觴」作「百觴」，俱非。○「不辭」作「不醉」，可。

《新安吏》「瘦男獨伶俜」，無母故瘦。○「僕射如父兄」，安慰其心，若《詩》言「孔邇父母」矣。

《潼關吏》錢箋：潼關失守，豈翰之罪云云。若料其必敗，不受君命可也。豈得以百萬之師，付之一擲乎？哥舒之懼罪，乃所以爲罪之大也。

《石壕吏》有孫故母未去，去謂適人也。此婦在室，以出入無完裙，故難見吏。○「天明登前途」，王嗣奭：具此智謀膽略云云。萬無奈何故如此，何言智謀膽略也？失旨甚矣。

《新婚别》首二句興也。○「子妻」作「君妻」，「雖不遠」作「既不遠」，「日夜」作「月夜」，「得將」作「相將」，「君今往死地」作「君今死生地」，又作「君生往死地」，「君去」作「君往」，「勿爲」作「勿改」，俱非。○「勿爲新婚念」，强作硬心腸話。○「婦人」二句，絶其念頭。

《垂老别》「老妻卧路啼」，追攀罷極，故中路卧而啼耳。

《無家别》「百餘家」作「萬餘家」，「空巷」作「空室」，俱非。

《立秋後題》「罷官亦由人」，使假作乞歸疏者羞殺。

《貽阮隱居》起聯古今同慨。○「白益」作「自益」，非。

《赤谷西崦人家》「自喧」作「自安」，非。

《佳人》「已如玉」作「美如玉」，非。

《夢李白》一「故人」四句，幽微極矣。〇「明我長相憶」，自信。〇「恐非平生魂」，疑。〇「楓林」作「楓葉」，「魂返」作「夢返」，俱非。

二「三夜頻夢君」，信。〇「情親見君意」，信人。〇「苦道」句似從「夢中不識路」翻出。〇「若負」作「共負」，非。結二句人以爲悲之，吾以爲慰之。

《遣興三首》一「朽骨」二句，于無層次中尋出層次來。〇「今人尚開邊」，真是不識天昏地慘。〇「勝負」作「失約」，可。

二「上有行雲愁」，奇句。

《遣興五首》一「不得死」用《論語》，何改「爲」？

二愛古人之極者，即以古人爲自己，或讚或罵，都忘其爲古人。愛之極，故罵也來，笑也來。「陶潛避俗翁」，雖不是罵，亦可以證我之説也。杜驥子諸詩，正是掛懷抱之甚耳。〇他人不敢開口。

《遣興五首》四「足以勸元惡」，快語不必微詞。「勸」作「戒」，非。

《別贊上人》「贊公釋門老」，固超然世外者，而亦不免放逐。

《發秦州》「無食」二句，真有此境。

《鐵堂峽》「積鐵」作「精鐵」，「無垠」作「無根」，「徒旅慘不悦」作「徒懷松柏悦」，俱非。

《寒峽》「我實」作「我貧」，非。

《青陽峽》「天窄」作「天穿」，非。

《鳳凰臺》「恐有」以下，以鳳比賢人。

《萬丈潭》趙鴻《題杜甫同谷茅茨》：「工部棲遲後，鄰家大半無。」趙詩淺淡無味。○「崖絶」作「岸絶」，「澹瀩」作「澹賴」，「累旌」作「壘旌」，又作「疊旌」，「何當炎」作「何事暑」，「風雨」作「風雲」，俱非。○「黑如」作「黑知」，可。

《發同谷縣》「喜地」作「嘉地」，「交情無舊深」作「雖無舊深知」，又作「雖舊情深知」，俱非。

《木皮嶺》「别有他山尊」，不必謂有所指斥。○「仰干」、「俯入」，「干」、「入」皆山也。「干」作「看」，非。

《五盤》此中好鳥，絶不妄飛，非謂是好鳥則不妄飛，劣鳥即妄飛也。誤解便入鍾、譚窟裏，某亦至今夜始知之也。○懷弟妹，不于飛仙閣而於五盤，非飽歷夷險者不知其故。

《劍門》自張載有《劍閣銘》，李、杜皆有詩，義山亦有詩，皆祖張意。

《贈蜀僧閭丘師兄》詳于閭丘而略于吾祖，此是贈閭丘之詩，非自叙之作也。○「霄募」作「霄穴」，「龍去」作「龍出」，俱非。○「而無車馬喧」，入陶句似恰好爲得意，即同己出也。○「夜闌接軟語」作「夜言詞柔軟」，非。○「世界黑」，「黑」字與下二句相關，别本作「空穴冥」，皆非。

《病柏》杜公拜杜鵑，與此再拜同，皆長揖也。古人多有之，不足爲怪。○仇云：「忽無憑」，翻

《論語》「歲寒後凋」。「柯葉改」，翻《禮記》「不改柯易葉」，此條是。

《病橘》「實小」作「實少」，非。

《枯柟》 葉石林：棟梁二句，當爲房次律作。漢魏以來詩人用意深遠，惟此公爲然。贊杜公是也，不應將魏晉以下諸人一筆抹摋耳。

《屏跡》一 上言酒價乏，故酌泉當酒耳。園蔬亦自少他不得，何須又説换錢沽酒也。見仇注。

《遭田父泥飲》 杜詩音氣頗近村鄙，此正是渠勝場。○寫村氣如生，杜老亦是此副面孔，但不自知耳。看進賦表及三司推問等篇，是何等樣村氣？嗚呼，世安得有此人哉！○「迴頭指大男」，侍立背後，故迴頭耳。

《大雨》「朱夏」作「清夏」，非。○「四鄰」二句，聖賢胸次。

《溪漲》「白石」作「白日」，非。

《陳拾遺故宅》「超玉」作「趙玉」，非。○子昂上《周受命頌》，乃《劇秦》之流，于忠義二字，不能無愧。

《早發射洪縣》「乃侵」作「復侵」，「難屢」作「皆空」，俱非。

《通泉驛》云云 「蚊蚋在」或作「集」。「在」字視「集」字，相去多少？

《過郭代公宅》「精魄」一聯，在「横落」下爲得之。一本在「噴薄」下，文理殊戾也。

《寄題江外草堂》「雅欲」作「難欲」，非。○「風竹」對「林泉」，作「修竹」，非。○醉後喜涼，故愛之。○「必林」作「此林」，「方連」作「必連」，「雖有」作「惟有」，「易拘」作「已拘」，俱非。○「勢堅」作「勢賢」，「不堪」作「不甚」，俱可。

《述古》二　坡老云「秦時用商鞅，法令如牛毛」，是稷契輩人語。此亦是爲荆公而發。

《將適吴楚留别》云云　「波濤未足畏」，言我不畏波濤，憂盗賊耳。「畏」作「慰」，非。

《草堂》　「焉知」二句，足褫亂賊之魄。○「談笑」二句，盗賊行徑，千古一揆。○「步屧」作「步堞」，「衣裾」作「我裾」，「置老夫」作「致老夫」，「見疣贅」作「是疣贅」，俱非。

《四松》　「根蒂」作「根帶」，可。

《送韋諷上閬州》　「當令」作「因循」，非。

《除草》　唯仁人能惡人。○「芒刺」二句開韓派。○「霜露一霑凝」，謂霑凝諸草上，作「霑衣」，非。

《三韵》二　「自非風動天，莫置大水中」，孟子所云天民。

三　仇云：語多諷刺。直罵耳，何云諷刺？

《水閣朝霽》云云　「書卷」作「輕幔」，非。

《杜鵑》　一起四叶杜鵑，妙甚。若作題下注，則雖兒童無此拙筆，論者何不思之甚？此詩音節，固詩之倫，何足疑也。○「西川」者，昔所嘗拜；「雲安」者，今病不能拜是也。○「雲安」是現在，故放在第四句。○「生子百鳥巢」，百鳥飼之，杜公親見其然，不勝感嘆。○拜杜鵑，蓋深深揖之。○詩明言「古帝魂」，而或以目刺史，此何説也？《志林》云：譏刺史。杜公只自寫其一片愚誠爾，豈專爲譏世而作哉？

《客居》「覆八溟」，「覆」音福。

《客堂》「衰年得無足」，言衰年得無止此乎？何妄改也。作「弱無足」，又作「得弱足」，俱非。○「頭白免短促」，猶言五十不稱夭也。「南雁」句轉出本意來。○「前輩」四句，心腸之厚，觸處可見，又所謂欲比于下。

《課伐木》「不示知禁情」二句，言萬一虎得入而人爲所傷，則豈惟干戈哭而已，非謂虎害甚于兵也。

《七月三日亭午以後》云云 「終衰」作「經衰」，非。

《牽牛織女》「嗟來未嫁」云云，香山《井底銀瓶》命意與此同也。杜公則如父母訓教兒女一般，故爲詩家孔子矣。○丈夫英雄，謂終見棄絶。

《催宗文樹雞柵》「籠柵」云云，口氣略本《僮約》。○「則凡鳥」作「見凡鳥」，可。

《雨》「風吹」二句，「蒼」字、「石」字不對，則此聯乃似對非對之句耳。作「樹」字甚佳。朱子改作「去」。

《楊監又出畫鷹》「有向」作「有尚」，非。

《贈李十五丈別》「意氣合」作「意頗合」，可。○「主要月再圓」，主，李十五也，要杜以月再圓即還相見。「主要」作「亦思」，非。

《八哀詩序》「終于張相國公前後存殁」，究竟不知是國字句住，公字句住？今定國字住，公連前。按他本「國」下〔下〕〔有〕「八」字。「遂不銓次」，謂不復銓次其殁之先後。

《贈司空王公思禮》「復領」云者，承金城而言。○「昔觀」一解，謂景山文吏，不可任以將帥之事，所以深痛惜之，猶《論語》之言孟公綽也。或乃以謂思禮云云，嘻，可謂不通文理者也。或者趙姓，未知其名號。「復領太原役」，以謂王當兩次在太原，而史不記，亦此人之説。不知將「復」字輕讀，便無此疑矣。

《故司徒李公光弼》「直筆」二句，若無先生此詩，恐後之狗鼠輩，尚有疑李不如郭者。

《贈左僕射鄭國嚴公武》「華岳」句張嚴巨公，故以二岳言之，本《大雅》降神之義。○「百紙盡」言其敏，而不究精義亦在其中矣。○「紙」作「氏」，非。「相視」作「相見」，非。○「忠臣氣不平」，「不」、「未」本相近，而此處用未字，即是不通。○「酒再」雙聲，「青明」叠韵，作「酒至」亦雙聲，而「再」字爲勝。○「白馬休橫行」，「橫」平聲。○「諸葛」二句，古昔人物，有一二事相近者，便可取以相況，不謂全誣也。仇比諸葛、文翁，譽浮其實。「豈無成都酒」二聯似是扇對，然上下乃各自爲一章。長篇中容有此，終當以四句一章爲正，讀者其無惑焉。○「虚無」、「悵望」字對，「無」字作「爲」、「橫」，皆非。

《贈太子太師汝陽郡王璡》「眉宇真天人」，注引《新書》「眉宇秀整」。《新書》本杜此詩，引之何爲？○「袖中」一解入正論。○「聖聰」作「聖慈」，非。○「貞烈」作「正烈」者，宋人避諱。

《贈秘書監江夏李公邕》　多藏厚亡，今邕能擺落此穢也。「藏」作「臟」，非。○「江夏姿」，姿者，目其面顔。○「掩袂」句、「魂斷」句，皆非指言李公死時事。「坡陀」云云，則是起下哀贈蕭條之意，未見其言之重複也，評者自誤解耳。王嗣奭有不覺其言之複云云。「小臣斃」作「小臣敝」，「關楗」作「鍵捷」，俱可。

《故秘書少監武功蘇公源明》　葉石林「八篇本非高作，李、蘇篇中多累句」云云。近世王貽上又拾葉氏吐餘，真所謂一言以爲不知者。○「劬勞顯」作「劬勞願」，「乳贙」作「亂贙」，俱非。

《故著作郎貶台州司户滎陽鄭公虔》　「不識鐘鼓饗」，比賊强授官爵。○「寄官」作「記官」，非。○「泛泛」作「遐泛」，可。

《故右僕射相國張公九齡》　稱情。○「矯然」一解，鵷雛腐鼠之意，具見言外。又孟子言「或遠或近，或去或不去，歸潔其身而已」，此詩正得此意。○「天地」作「天池」，可。○「鬢變」作「鬚變」，非。○「詩罷」一解，亦見窘邊幅，所謂稱其長，所短不言可知。「罷地」作「地能」，非。○杜是文章人，所謂奴耕婢織，小人有專長也。故于張公詩文，鋪陳頗多。此詩亦是杜自述其情志，豈爲張公作傳乎？詳略之論，蓋失之矣。又退之云農馬智專，稱贊大君子不爲僭越，知此則可無詳記文翰之譏矣。仇注有頗失輕重云云。

《壯遊》　清廟注孫和廟。若是孫和廟，則下「每趨吴太伯」句，更不成文理。「萬民」作「蒼生」，非。

《聽楊氏歌》　「佳人絶代歌」，此詩亦絶代矣。○「況乃清夜起」，「況乃」字只如在「江城帶素月」

之上。○傑出之士，無所待于知己一人，如虞翻云云也。虞：「得一知己，可以不恨。」觀上下文意自明。「豈待」作「豈特」，非。○「清虛」作「浮雲」，「出士」作「出事」，俱非。

《園人送瓜》「兹一掃」作「資一掃」，「溪老」作「窮老」，「小童」作「小兒」，「東陵」作「東溪」，俱非。

《槐葉冷陶》「路遠思恐泥」，朱子：「好用經句，亦一病。」東坡：「此句不足爲法。」蘇説不必從。○「比珠」作「此珠」，非。

《上後園山脚》「飄飄」作「飄飄」，非。

《秋行官張望督促》云云「提絜」作「提携」，可。

《奉酬薛十二丈判官見贈》「誰重斷蛇劍」作「國重斬邪劍」，非。以斬蛇神劍比薛，用劍者則君，疑非人臣所用，而紛紛改换，何諸君之不識文理也？○讀者亦知「豪家朱門扃」之意乎？諺所云「此處無銀」者近之也。○「令威丁」作「冷如冰」，「冰」字非韵，且「冷如冰」不成語。又作「冷如丁」，亦非。

《同元使君春陵行》序：「得結輩十數公，落落然參錯天下爲邦伯，天下可少安。」嗚呼！不敢望多得其人，但云十數公，又偏聚一兩處，即不均之嘆難免也，而禍亂之發，未可知也，故覬其落落然參錯，無甚疏密焉。此之用心，與孔子思「善人爲邦百年，亦可以勝殘去殺」者，夫何遠乎？惜乎唐有如此之人，竟使之困踣道途以殁也。嗚呼！生民之不幸，可勝言哉！○「秋月」作「秋水」，「偕華」作「皆華」，非。○元遺山自注詩云：「遠祖次山《春陵行》：『思欲委符節，引竿自刺船。』子美有『興含滄浪清』之句。」作「滄溟」，非。○「庶幾知者聽」，所以不必寄元。見序。

《鄭典設自施州歸》　懸根之木，入天之石，入天猶參天、到天，作「矢石」，非。○「青山自一川」，猶言別一洞天也，注不得其意。《杜臆》：「南荒山水粗惡，青山一川，便足賞心。」

《寫懷二首》　開孟郊一宗。

二　「忽中人」作「惑中人」，非。○「禍首燧人」二句，有激而言：爾古人之著書，亦何獨不然？○「終契如往還」，暗用《列子》語耳。作「終然契真如」，非。○「得匪合仙術」作「歸匪金仙術」，非。

《別李義》　「小襦」作「小儒」，非。

《送顧八分文學適洪吉州》　「形骸」作「形體」，可。

《宿鑿石浦》　「敢不」作「不敢」，非。

《次楓靈岸》　「楓栝」作「楓枯」，非。

《早發》　「豈侵」猶言「得無」。○「未醒」作「還醒」，「暮顔」作「暮未」，俱非。

《蘇大侍御涣》云云　容齋以涣少喜剽盜，號白跖，後又與哥舒晃反，疑詩非實録。　此所謂君子之過，何用曲爲之説乎？又當時涣一種音氣，亦自有過人者，其能令杜公傾倒，如校人之欺子産，不足爲杜公病也。

《奉贈李八丈判官》　「時英特」作「特英特」，可。

《幽人》　錢解「在瑕疵」，謬。箋煩不引。

《入衡州》　「蟠城隍」作「卧城隍」，非。○「劇孟」四句，自爲一解，舊注失之。舊注以劇孟、馬卿比刺史。

《逃難》　此等惡俗詩，奈何嫁名老杜？可恨之甚！○「疎布纏枯骨」，是死杜甫也。奔走者乃其魂耶？○「乾坤萬里内」云云，淺俗非杜，何疑？

《題衡山縣文宣王廟》云云　與夫子武城一笑心事相仿佛。

《聶耒陽以僕阻水》云云　「用矜少」，言不貴多也。受賂而還，事在後耳。注：時楊子琳已受臧玠之賂，故其卒矜少。

以上五言古詩。

《送孔巢父謝病歸》云云　「珊瑚樹」作「三珠樹」，非。凡對句不可依一作某字，不對故也。○「惜君」二句，惜而留之者，非子美自謂，承上世人而言。起云「掉頭不肯住」，是世人苦死留之也。又凡言死者，至極之謂也，如死不休、死恨之類。又一作「我欲共留君富貴，何如草頭易晞露」，不成句。

《今夕行》　「博塞」作「賭博」，非。

《兵車行》　「武皇」作「我皇」，「敢伸恨」作「心益憤」，「且如今年冬，未休關西卒」作「如今且得休，還爲隴西卒」，俱非。

《飲中八仙歌》　譬如嘉靖間七子，其人亦或出或入，前後不必同，蓋亦無所怪。駁錢「八仙」注。

《玄都壇歌寄元逸人》　「獨並」作「獨在」，非。「並」音傍。○「白茅屋」，「白」與「蒼」對，不應作「結」。○「成長往」，成此長往之計，不應作「誠」。一作「真」，亦非。

《麗人行》　此等正如采唐詩諸「見衛爲狄所滅之因」，蓋未有若此而不危且亂者也。○楊慎謂古本有「足下何所著，紅蕖羅襪穿鐙銀」。用倡詩詞，道女人弓足甚多，故知此爲用倡所造矣。○「槐葉冷淘，思獻天子，白酒牛肉，拚死一飽，而乃有「犀筯厭飫久未下，鸞刀縷切空紛綸」者，饞眼飽看，久之久之，如此情事，非慣餓者恐終不會也。○「慎莫近前丞相嗔」，指斥至丞相而止。○此是非常淫冶，非常晏遊，得杜公極筆寫之，令千載之下如將見之，可以差肩宋玉，平睨長卿。墨重之譏，豈非失言？陸時雍：「點染處墨氣太重。」

《樂遊園歌》 響遏行雲。○「公子華筵勢最高」，公子貴，故據地之最勝。○「亦不辭」，對句也。作「辭不辭」者，非。○「亦知」作「已知」，非。賤士之賤，豈不足比于一物？「一物自荷皇天慈」，所謂天無私覆也。仇以爲指酒，一何謬乎。

《投簡咸華兩縣諸子》 當時只惹人厭耳。○「空墻日色晚」，無衣人苦處，五字寫盡。

《歎庭前甘菊花》 「醉盡醒」對「開何益」，蓋謂醉者盡醒也。作「盡醉醒」，非。○以此二言激之使開。

《貧交行》 詩只四句，須知「翻手作雲覆手雨」，包却無數態狀。如退之《子厚墓志》所云，皆在其内。此一句當作數句讀，頓歇一會，然後讀下句，又頓歇一會。「君不見管鮑貧時交」，此句包史公一傳，亦如上讀法，方見得只此四句，竟似是一篇歌行也。蓋此事不直得多寫，多寫則污我齒，污我筆也。

《白絲行》 「金粟尺」，仇：富貴家之物。尺無星，何以量物？且銅亦金也，豈必言銅粟尺，然後爲貧家物耶？○「美人細意熨貼平」，多苦心也。○「汙顏色」作「污不着」，非。○何許，何處也。作「相許」，非。

《渼陂行》「鼉作鯨吞」二句，言天色黯淡如此，倘風濤忽起，則嗟何及乎。此所謂憂思集也。注以爲實事者失之。○「湘妃漢女」，亦想像之詞耳，不必説美人在舟。

《醉時歌》此詩頗似叫化子。○「華省」與「粱肉」不對，作「臺省」爲是。○「過屈宋」作「或屈宋」，見者以屈宋不可更過，故改之。不知詩人之言，不可爲典要也。○「人更嗤」，更者，言又甚于鄭，作「見」，非。○「真吾師」作「直吾師」，非。○「有鬼神」，有作「感鬼神」者，則一聯中五犯雙聲矣。又若作「高歌感鬼」者，乃是刮鑊之聲，衆耳之所不能堪也。

《醉歌行》士衡《文賦》，本傳不言二十歲作，杜詩恐不實也。○「總角草書又神速」，注：趙曰：「草書以遲爲功，所謂『匆匆不及草書』。」所謂「匆匆不及草書」者，當時競尚草書，恐未入妙，故須遲乃成，非以遲爲工也。總角便能神速，見其草書已成熟。○「詞源」□「筆陣」字，源與陣對，由源得水，即陣名軍，一作「詞賦」，非是。○「倒流」作「倒傾」，非。○「十六七」，未及二十也。○「真自知」作「只是知」，非。○「春光淡沱」至末，真所謂黯然銷魂者。○「酒盡」句，餞別也。○「皆醉」作「已醉」，非。○「乃知貧賤別更苦」，先生自苦。

《秋雨嘆》二「闌風伏雨」作「東風細雨」，「禾頭」作「木頭」，俱非。○「斗米換衾裯」，言斗米貴甚，以衾裯換之，只求見許，不復論直也。「換」作「抱」，非。○「斗」亦作「㪷」。

三「后土」作「厚土」，非。〇三詩氣味大似《九辯》，杜自云「風流儒雅亦吾師」，豈欺我哉！

《天育驃圖歌》「矯然龍性」作「矯矯龍性」，又作「矯龍性逸」，此對句也，作「矯然」者是也。

《沙苑行》明皇養馬如此其多，而幸蜀時乃至乘騾。信乎天子之富，不可長保矣。〇此等蓋皆爲憂亂之詩矣。〇「攻駒」作「收駒」，又作「牧駒」，皆非。

《奉先劉少府新畫山水障歌》與《韓幹》同。〇此詩當在初至奉先，禄山亂未發時，玩其聲可知也。

《蘇端薛復筵簡薛華醉歌》憂心如擣，急觴可以緩之，作「羽觴」非。〇「海内爲長句」者，惟汝與李白最好，薛所作歌辭是七言也，「爲」作「無」，非。〇「添金杯」之「添」一作「注」，非是。此字固宜用平，又不惟第五字不可用仄，而改「添」作「注」，亦苦未安。蓋添金盃者，謂化水爲酒也，若云吹水注之，則是真水而已矣。夫真水豈足願哉？

《哀王孫》此詩作于九月。〇「頭白烏」作「多白烏」，可。〇「斷折」作「折斷」，非。〇「已經百日」二句，王孫所道。〇「高帝」下數句，俱是附耳低語，讀者亦須如是語讀。〇「高帝」二句，言易識認也。正是説他最苦處，蔡伯喈之不免，亦坐此也。〇「長語」之長，去聲。謂冗長之言，若今人言多稗話矣。〇「東風」作「春風」，非，九月那有春風？〇「勿疎」作「莫疎」，非。

《悲陳陶》聲泪俱盡，在此題必當如此，讀者宜深思之。至渝開三絶句，則又甚矣。〇若能作抑揚婉轉之聲，必悲痛未爲極至也。杜公所以爲詩聖者，全在此等處。〇縱有會看詩者，到此却恐看不出。○仇注：張無盡《孤憤吟》云云。無盡此詩，深詆房琯，并及子美，以嗟咨爲過，似謂不當疏救者，此非公論，何足採録。

《悲青坂》「蕭颸」作「蕭颼」，非。

《哀江頭》父母之所愛亦愛之，杜公之所以爲厚也，故此詩刺譏之意少，哀痛之情多。○才人者，宫人也，故行在輩前。一作「詞人」，謬。○「一笑」作「一發」，可。○「忘南北」作「望城北」，可。此間人亦以望爲向，如云望前行，不特北人也。朱注：北人謂向爲望。

《題李尊詩松樹障子歌》「握髮」作「握手」，正爲方梳頭，故自握其髮，而呼兒延此道士入户耳。若已握道士手，又何用呼兒爲也？謬甚矣。「忽若無丹青」，疑于真也。

《瘦馬行》爲房琯作，舊注未必然。○「六印」作「火印」，可。「三軍」作「官軍」，「雜泥滓」作「盡泥滓」，「能周防」作「難周防」，俱非。

《湖城東遇孟雲卿》云云「休語艱難尚酣戰」，正是一飯不忘處。凡言休語者，皆作是觀，即得之矣。○「終今夕」作「經今冬」，「秋練」作「文練」，俱非。○「天開地裂長安陌，寒盡春生洛陽殿」，對句也。不宜如他本「陌」作「春」，「寒盡春生」作「紫陌春寒」。

《閿鄉姜七少府設鱠戲贈長歌》只第一句用冬字，律詩且然，以下何曾通用。《杜臆》東冬通用云云。○《月令》言漁師始漁，故此言未漁耳。味魚之説，傅會可厭。○「鑿冰恐侵河伯宫」，見戲意。○「香飯」作「香粳」，「貪路」作「貧路」，俱非。

《洗兵馬》　整整四章，章十二句。○《悲陳陶》聲氣俱盡，何得更作一好語？《洗兵馬》便有獻表進頌之體，此所謂詩之聖也。徒以其文詞而有所棄取者，是人終不可與言詩。○「日報」，日日有報也。或者疑犯「清晝」字，因改「夕夜」耳。○「三年笛裏」二句，若值喪敗，自不得作爾許語，故知《洗兵馬》與《陳陶》、《青坂》諸作，文質不同，稱情則一。○「龍樓」作「龍蛇」，「蒙帝」作「象帝」，俱非。○「解撰」，善本作「角撰」，是。○史才、史學，錢氏皆有之，徒以心術不正，故議論多偏陂，不爲人所心服。潘耒此論出，而錢氏之霧市掃蕩一空，厥功偉矣。《詳注》載吴江潘耒云云。

《乾元中寓居同谷縣作歌七首》　阮亭選本録七歌而不收《十八拍》，是豐禰而祧其祖也，且亦最無見識，其意欲使笳拍爲琴操，以爲古雅云爾。

一　「亂髮」作「短髮」，「無書」作「無主」，俱非。○「歌已哀」，「已」對下「始」，不當作「獨」也。

二　不得黄精，故言「空歸來」也。「空」作「回」，非。○呻吟者，餒而病也。

三　同氣之情，真至如許。○「收骨」本《左氏傳》，「收」作「取」，非。

四　「林猿」作「竹林」，只須作「林猿」，何必用竹林鳥以見奇也？吴注：竹林，蜀鳥。

六　吴注：此篇爲明皇而作。王道俊駁云：古人取喻于龍者，未嘗專指爲九五之象。必以龍喻九五者，如孔明之屬，不免霍原之禍矣。

七　「富貴應須致身早」，此自是憤激之言耳。朱子嘗譏此語，然作詩不得如朱子之説也。又以朱子觀之，杜誠未聞道矣。若論詩之本旨，則仇爲得之。仇「長安」二句：是嘆當時棄老成而用新進，初非羡慕朝官也。

《杜鵑行》　比喻之作，原無句句字字貼合之理。指末數句。

又一首　「衆鳥安肯相尊崇」，鳥亦知勢利耶？○「穿皮砯朽」二句，苦到極處。○「似欲」作「欲以」，非。

《戲韋偃爲雙松圖歌》　「古松」作「古樹」，「東絹」作「素絹」，俱非。○杜以詩代畫，即如此結，便是畫松，便是放手爲直幹神理也。凡題畫之詩，須通種種法，不可具言。

《戲題王宰畫山水圖歌》　「赤岸」作「南岸」，「論萬」作「千萬」，俱非。

《柟樹爲風雨所拔歌》　「幹」、「根」字對，「幹」作「榦」者，非。○「滄波」作「蒼茫」，非。「榛棘」作「荆棘」，下句「胸臆」非雙聲，作「榛」爲是。○結句却似天意要奪去此樹，不勝悲歎。

《茅屋爲秋風所破歌》　吹還風，乃復捲去其茅。或問：何以知是還風？曰：細看兩詩自見。○「灑江郊」，灑者分散也，下二句申明。作「滿」非。○「安得廣厦」五句，子美自是好人，亦何待言。然此乃愁苦無擺畫，而作此滿心滿意之言以收場云爾，語自略帶玩戲，此所以爲詩人之作也。論者嘖嘖稱嘆，直欲教人箇箇做周、程、張、朱方可做詩，失其旨矣。○只是怕屋倒，故再加「風雨不動安如山」一句。○末句何故駡人做盜賊？

《石笋行》　仇：此下三首，詞格相同，恐俱是上元二年所作。　詞格相同，是一時之作，此説得之。

《石犀行》　末三字皆三平。「三犀牛」作「五犀牛」，「須東流」作「向東流」，俱非。

《百憂集行》　十五志學之年，故云尚孩。○「倏忽已五十」作「年纔五六十」，不通之甚。十六七可得言纔耳，五六十則多坐卧少行立，亦其宜矣。且自家年紀，非五十則六十，若五十二三，亦可言五十，或言逾五十，若五十七八，亦得言六十，或云近六十，胡乃朦朧而言五六十也？

《戲作花卿歌》　正猶駕馭梟雄者，録功爲急。○「絶代」作「絶世」，非。仇引晉《白石郎曲》「郎艷獨絶世無」。「郎艷獨絶」句，「世無其二」句，胡乃割中三字以注此詩？

《梅椶行》　注「混迹」二句與詩意不合。仇：惜乎混迹群木，無從自見其奇。○「自是」作「俱是」，非。

《姜楚公畫角鷹歌》　「貪愁」二字不平。貪者欲多得之之意，猶云只顧愁他飛去也，與貪看等一例，作「徒驚」非。

《光禄坂行》　「萬山」作「萬水」，非。○「鳥亂鳴」寫出怕人，作「亂棲」却無義也。○「歸客」作「行客」，非。○「馬驚不憂深谷墜」，言所憂不在此。○「多擁隔」作「何擁隔」，非。

《入奏行》　「政用」作「整用」，非。○庭闈趨下，各本不同，俱互存之。

《冬狩行》　元遺山似之。○「侯得同」作「候得用」，非。用字叶平謬，想以同字重韵而易之，不知重韵並非詩家所禁。○末句詩人尚諷諭，而杜乃直言極諫矣。

《憶昔》一　皇帝怕老婆，唐肅宗先令人氣盡。

二　以周宣比肅宗，不嫌以流彘比上皇也。自言之事，無株連之法。

《閬山歌》　「閬州」作「閬中」，非。

《丹青引》　曹是開元皇帝之舊人，故先生贈詩，不勝感嘆。○「猶尚存」作「今尚存」，「衛夫人」作「魏夫人」，俱非。○「無過」，無容過矣，非未至之謂，作「未過」，非。又「無過」者，不可過也，猶吾執御矣，言丹青可以前無古人。又右軍不可過，故不竟學而以丹青擅場。施耐庵、馬東籬輩，猶此志也。《杜臆》此注最得之。《杜臆》：「其舍書而工畫，同能不如獨勝也。」○丹青是主。○「開元」云云，主。「先帝」云云，主。○「來酣戰」作「猶酣戰」，非。○「斯須」作「須臾」，非。○「幹惟畫肉」云云，意在歎曹之美，故爲抑韓之詞，以了畫馬之事。杜自有韓幹畫馬贊，乃極嘆其妙矣。○「世上未有如公貧」，作「他富至今我獨貧」，非。

《韋諷録事宅》云云　「内府」二句，索此盤也。「盤」作「盌」，可。

《莫相疑行》　注家欲求其人以實之，亦愚矣。此等么魔，若蚊蠅之薨然于厠溷間，夫安得有姓氏流傳于後世哉？鶴曰：「此與《赤霄行》皆爲郭英乂作。」「生無所成」作「一生無成」，「不争」作「莫争」，俱非。○末句鴛雛腐鼠之意。

《赤霄行》　杜公實未能如顔生之犯而不校也，顧以爲若輩祇堪一笑，不足深怒，亦懲前篇之稍過云爾。

《狂歌行贈四兄》　僞作。○自欲作此等詩可矣，□□托之杜公乎？○杜子美至此，遂成惡俗可厭之物矣。○一個杜子美，變成真正第一等俗人。妄造者何人？當以毛延壽之罪罪之。○如此惡札，諸公不言其僞，何耶？○「竊功名好權勢」，子美夢中囈語，亦無此六箇字也。○「樓頭」句真不成語也，甚矣此詩之似乞兒也。又成何説話？○「日斜」句更無可説，只得再寫他睡而已。諺云：「自在不成人。」其此四兄之謂乎？○村俗人學杜詩，如《狂歌行》及「逃難」等作，極不堪寓目，乃竄入杜集中以傳于世，可怪也。

《青絲》「麄豪」二字之意，曾有解得否？「麤豪」句見非故欲反叛，中有兩層出脱。○十月虀粉，是萬無一倖也。面縛而待以不死，雖有明詔，而曰萬一者，所以著無將之大戒，示三面之弘慈。立言之體如此。又在朝廷必當赦宥，而立言之體，不容便爾許之，故曰「未如」、曰「萬一」。讀者不解，故妄改耳。○「未如」作「未知」，非。錢箋「代宗任用中人」云云。冤殺杜先生，甚矣老錢之儉薄也。錢蓋以代宗比思陵耳。

《負薪行》「應當」作「男當」，非。○「野花山葉」，猶銀釵矣，言無釵也。

《最能行》「行最能」作「與最能」，非。

《古柏行》圍在下須質言，參天則在上矣。過浮何害，斤斤校算者，亦好事之類乎。

《秋風》二 要算拗體律詩即是矣，何必曰似？胡夏客：此首似拗體律詩。

《寄韓諫議注》凡言濯足者，志不更踏軟紅塵土也。○如何割半首作一段，集中不可勝正。仇於「不在旁」句截。

《李潮八分小篆歌》承鳥跡茫昧言，故曰「又已訛」也。「又」作「文」，非。○古之百金，其價重矣，不必改作「千」字。且此字固當用仄，看下句可知。○「草書非古」云云，趙壹有《非草書》篇，杜公之言，出於趙也。

《縛雞行》　結語之妙，誠如昔賢所云。洪邁：「結語之妙，非思議所及。」然在此處，偶一用之爲佳。近日漁洋王君，乃欲篇篇效矉，可謂愚矣。

《折檻行》　「婁公不語宋公語，尚憶先皇容直臣。」《容齋二筆》：「疑婁公既無一語，何得爲直臣？」宋公異於婁公，是直臣也。先皇能容之，今安可復得也？又老友吴綏眉亦疑此句，此乃爲容齋所誤也。詩意甚明，何爲憒憒若是？

《醉爲馬墜諸公携酒相看》　「朋知」作「明知」，是。○予向疑「來爲問」句，今見阮亭選本「不爲身」三字，乃知是也。不審虞山何以不注此三字？○「被殺戮」作「遭殺戮」，是。

《别李秘書始興寺所居》　待米是家中至急事，故□待不歸耳。「米」作「我」，非。○「他日」作「明日」，非。○仇：「起結似宋人率筆。」結極佳，胡乃言似宋人率筆？

《寄狄明府博濟》　昌黎七古所自出。○裂土而食，得宜有爵土。「土」作「鼎」，非。○「歷抵」作「歷詆」，非。

《久雨期王將軍不至》　「安得突騎」云云，便有此想頭。

《錦樹行》　「一生」作「生女」，非。若作「生女」，下二句如何接得？又四句一解，若攙入「生女」字，文理不可通。

《寄裴施州》　《英華》本結處多「遥憶書樓碧池映」句，可從。

《觀公孫大娘弟子舞劍器行》序　「夔州」作「府」，是。○「供奉」下有「舞女」二字，可從。○如舊犬見主家一重僮奴子，猶不勝其依戀。嗟乎，亦可憐矣。○「渾脱」句。○「書帖」句。

詩　「劍器」是舞曲名，非持劍而舞也。其舞容當象劍舞，故謂之公孫舞劍，亦無不可。世有辨此者，又未免過拘也。即我亦無奈之何。○先帝是主。又先帝是主中主。○「澒動」作「傾動」，可。○「草蕭瑟」，「草」作「暮」，非。○「樂極哀來」，爲先帝而哀。○「愁寂」作「愁疾」，是。王嗣奭曰：「此詩見劍器而傷往事，所謂撫事慷慨也。故詠李氏却思公孫，詠公孫却思先帝，全是爲開元、天寶五十年治亂興衰而發。不然一舞女耳，何足搖其筆端哉？」此論最爲得之，《丹青引》亦是此意。此見杜公之惓惓于明皇，觸事感懷，有若所謂「見于羹見于墻」者也。

《寄柏學士林居》　「依山阿」作「向山阿」，「萬重」作「萬里」，「予到此」作「餘到此」，俱非。○「古人成敗子如何」，學士博綜典籍，孰知古人成敗當如何也，謂今日撥亂安人，宜自有□。○「雲雨」作「風雨」，非。

《夜歸》　起句若作夜半，則下句已字説不去。本作「夜來歸來」，蓋黄昏後也。若作夜半，則不須云已眠卧矣。詩句中每喜用重字，如「吾丈特英特」亦是也。後人輒易之。○錢引顧況閩俗呼父爲郎罷，此云老罷，戲用閩語。杜詩用「老罷」字多矣，不曾作此解。

《憶昔行》　「巾拂」二句，仇：「或云巾以拂塵階上除灰，非也。」此説是。「階」作「前」非。○「松風」句實，「青兕」句虛。○「更討」作「更覓」，討，尋也，不知而妄易之。

《發劉郎浦》「十日」二句，雨風雨晚，下「晚」作「尤」字，非。○「厭伴漁人宿」，厭，久也，足也。

《夜聞觱篥》「塞曲」當即是悲栗所吹，如角聲之有《摩訶兜勒》，非别有歌塞曲者。「急管」亦即指悲栗，不必言又佐以急管也。仇：夜吹觱栗復，歌塞曲，而又佐以急管云云。○「天地」、「江湖」字對，或作「天下」，非。

《暮秋枉裴道州手札》云云　「黑白髮」，變白爲黑也。「黑白」叠韵，以「吹青」雙聲對，改作「動」，又作「理」，皆非。又「黑白」猶言肉骨。○「須人扶」謂哀病。○結，杜自失于知人，何用曲爲之説？《杜臆》、《詳注》云云。

《清明》「離居」作「難居」，非。

《風雨看舟前落花》　首句當作「桃樹枝」，觀末「紅花」可見。「樹」作「李」，非。○「入懷」作「人懷」，「來接」作「來折」，「情性」作「情住」，俱非。○「欲商」作「日高」，可。

以上七言古詩。

此木軒論詩彙編卷五

唐三

杜　甫下

《登兖州城樓》　此詩每句第一字皆平，可知昔賢亦不甚檢點到此等處也。○律詩上下分截是定格，不須説耳。仇上下四句分截。

《題張氏隱居》二　「杜酒」、「張梨」，亦自弄巧。○仇引金大鏞注：「《莊子》：『醉者之墜車，得全于酒。』末句暗用其意。」是。

《劉九法曹鄭瑕丘石門晏集》　許氏謂泓者，下深之貌，非泓下二字連也。杜乃如此用，蓋前人已有之乎？○下半首一云：「尊酒宜如此，人生復至今。白頭逢晚歲，相顧一悲吟。」亦可。

《巳上人茅齋》　首句唤起。○「夢青絲」，佛書云：「終南長□入定，夢天帝賜以青棘之絲。」「夢」作「蔓」，非。

《房兵曹胡馬》　上半首實寫。○結二句總頂。

《畫鷹》　起句便是畫鷹。○結用不着小不忍。○仇：三四承上五六，語氣緊注末聯。唐人五七言律，篇篇都是如此。

《過宋員外之問舊莊》　之問之爲人，具在唐史，在今日不容無疾惡之心。而子美在爾時，全從通家交契上生情，更不起鄙薄其人之念，不但不作譏諷之詞而已。作詩便想譏諷，此最薄惡之習，況杜之於宋而有是哉？趙汸詩無譏詞云云。○「耆老」作「耆舊」，「山河」非叠韵、非雙聲，則不當作「耆舊」可知。

《天寶初南曹小司寇舅》云云　序老人以焚修爲事。○詩和氣婉容，洋溢紙上。○「氤氳」作「氛氳」，上有「分」字，作「氤」爲是。

《夜晏左氏莊》　月落，故水暗星明。

《春日憶李白》　「白也詩無敵」，謂庾、鮑即是其敵，欲改「無敵」爲「無數」，又謂兼庾、鮑二人之長乃爲無敵，此等皆拘滯之論，無敵謂當世無其敵耳。後人眼孔小，不敢以庾、鮑方太白，不知古人推重前賢，用心並不如此。○「俊逸」作「豪邁」，可。樽酒論文，自是友朋之樂，豈有望其竿頭更進之意哉？仇：「望其竿頭更進。」○眼中着不得「論文」二字，苦苦從此二字上生見解者，真秀才器識也。○「細論文」作「話斯文」，可。○仇：王荆公編杜、歐、韓、李詩。韓、歐之詩，非李、杜匹也，歐更不逮韓，荆公此編，無謂之甚。

《杜位宅守歲》　列炬代燭，故樹鴉欲散，若□□客之□□矣。○「誰能更拘束」，顧注：「公目擊附勢之徒，見位而不勝拘束。」顧注强爲之説。杜只是説不能更拘束耳，明己一向亦多拘束也。拘束非附勢之謂。

《李監宅》二首　兩篇蓋非同時之作，且李監、李鹽鐵，尚未知果是一人否，當依舊本分别。

《奉賠鄭駙馬韋曲》一　「禁春」作「傷春」，「藤枝」作「藤梢」，又作「蘿」，俱非。

《陪鄭廣文遊何將軍山林》　杜公此時題目也少。

二　「千重」作「千章」，可。

三　諸篇都無深意，趙汸以爲異花種中國，比玄宗寵禄山者，此最吠聲吠影之見。説杜詩者此病極多，總爲胸中横着「詩史」二字耳。○「來絶域」作「開絶域」，可。○「徒空到」作「慚空到」，非。若作「慚」字，即與「竟」字不對。

四　「藏虵」、「垂虵」並雙聲，然以義言，作「藏」爲是。

五　「緑垂」二句，仇引陳簡齋「暖日薰楊柳，濃陰醉海棠」。簡齋此二句，朱子云：「是甚麽句法？」○「金魚」，鄭所稱解，非謂將軍也。作「金盤」，非。○「無灑掃」，言所至潔浄。

七　三承二，四承一，茵蔯之脆，添生菜之美，棘樹之陰，益食單之凉，二句一樣文義。仇云：「添生菜之美而加美。」則豈益食單而倍凉乎？不可通也。○園中之鶴，晨出夜歸，「出」作「至」，非。

八　明明有箇「憶」字，仇説不可通。仇：以上六句爲追叙舊遊。

九　昌黎言武人請亦時往，可知將軍近文墨，自是風流之事，杜以此美將軍，將軍未有不喜者。豈意千載下有劉會孟之流，强作解事，作此不通之論哉？劉：將軍好文，亦見世變。《杜臆》：明皇好大喜功云云。○「能文」，仇引《賈誼傳》「諸生于是以爲能，文帝悦之」云云。文帝悦之，奈何破句讀以注此能文二字？

十　「回首」句是預言之。

《重過何氏》二　「犬迎曾宿客」作「犬憎閑宿客」，好主人偏説他犬惡，此雖今人之詩，亦不爲也。○「幽興」是口頭熟字，既各自一首，重用何妨？觀者默尾其後，以爲杜意在此。又有欲去之者，真可一笑也。仇：幽興兩章照應。《杜臆》欲改「游興」。

三　五六即狎鷗之意。

四　仇：幽意與前遊末章相應。捉他兩箇「幽意」，謂之相應，噫！

五　五六十字作一句讀，言得霑微禄，則可以歸山而買薄田也。蓋不霑禄，即買田貲無從得辨耳。

《陪李金吾花下飲》　吹、毳，數、須，隔一字叠韵。草、稱，醪、嬾，皆雙聲也。今人不講究及此，雖作律詩，寔非律也。「稱偏」作「偏稱」，誤。

《陪諸貴公子丈八溝》云云　王嗣奭：杜公賦詩，二三首至數首，氣脉大都聯絡照應。何必杜公，苟能成章者，皆若此也。

一　落日輕風，並無雨意。○此夏日也，若非當頭黑雲，雖雨猶落别處。今片雲忽起，恰在頭上，故知必雨來也。曰催詩者，雨是敗興之事，故解之曰此番急雨，應是催人賦詩矣。杜自技癢，故作此語，何得有調笑之意乎？胡夏客有調笑公子云云。

二　遊晏而值風雨，自然要愁。況女兒小膽，翠蛾頻蹙，殆必然矣。何問南人北人，越女燕姬，是口頭熟語，舉以褒奬云耳，何必當時舟中果有越伎，又有燕伎乎？趙汸：北人不慣乘舟，故愁。○結微寓樂不可極之意。○涼甚如秋，何用引《月令》語？仇：引仲夏行秋令云云。

《送裴二虬尉永嘉》「興誰同」作「與誰同」，非。

《九日曲江》「百年秋已半」作「季秋時欲半」，可。

《贈陳二補闕》首聯可怕。

《故武衛將軍挽詞》或曰是裴旻，然無佳證。

一　「壯夫思敢决」，言欲從死如田横客也。○「王者今無戰」二句，爲此故不得封侯。

二　「射獸能」，獸即虎字。○「銛鋒」，劍。「猛噬」，虎。○「横行」之「横」平聲。

《送靈州李判官》不成詩。○亦是八句，而枵然無有□之代爲作者忸怩，不知出何人手也。

《月夜》此時小兒女在其母側，何知母之心事乎？○此夜之幌，虛幌也。歸爲倚此虛幌，則不虛矣。○先生煞自會温存。

《對雪》仇：房琯、殷浩，皆以宿望僨軍，故用書空事。因「書空」二字，遂以殷浩擬房琯，杜公必無此意。此等曲説，最爲可惡。

《憶幼子》「聰慧」作「聰惠」，可。

《春望》「城春草木深」，無人也。

《喜達行在所》二　「愁思」作「秋思」，非。

《晚行口號》　口號之號，唐人皆作去聲讀。不知仇何所據，乃以爲平聲也。○結聯錢駁劉會孟江總入隋尚黑頭，不知年已七十餘。無論年已七十，若言入隋歸家，則將以寇賊比隋文乎？

《獨酌成詩》　「苦被」作「共被」，可。

《奉贈王中允維》　維雖有《凝碧》一詩，然已授僞署，豈得不謂之失節？還其冠冕，亦云厚矣。豈更以失刑譏肅宗乎？「白頭」句亦詩家常語，不須深文也。錢箋：末句譏肅宗失刑。

《奉答岑參補闕見贈》　若爲弗解也者而答之。○「我往」作「我住」，「獨贈」作「猶贈」，俱非。

《寄高三十五詹事》　「如官達」作「知官達」，非。

《贈高式顔》　因式顔而思達夫也。

《得舍弟消息》　「久念與存亡」，念與之俱存亡也。「念」作「得」，非。○「汝妾」作「汝室」，非。

《秦州雜詩》四　「歸山」作「歸來」，可。

十一　「書生耳」作「書生眼」，「厭鼓鞞」作「見鼓鞞」，非。若眼見鼓鞞，所見幾何耶？耳聞乃多耳。二本相去，豈止霄淵！

十二　「颯然」作「肅然」，非。

十六　「養片雲」作「卷片雲」，非。

十七　「蚯蚓上深堂」，想無欺人語。

十八「邊日少光輝」，即荒荒與瘦字意。○「西戎」二句，若曰何可恃也。

《從人覓小胡孫許寄》　「若駭」作「共愛」，非。

《寓目》　結有我生不辰之感。

《山寺》　「山園細路高」，惟山園，所以高。

《天河》　「縱被微雲掩，終能永夜清」，真人品亦然。

《初月》　光細，仇引「光細見德有餘」。如此推説，於杜意益遠矣。○「豈上」作「欲上」、「初上」，「豈」字得之。豈者，疑詞也，句法與五六同□。

《擣衣》　「苦寒」作「暮寒」，非。

《歸鷰》　結語依依可憐。

《螢火》　結句警之，亦哀之。

《蒹葭》　「幾處」作「墮水」，非。

《苦竹》　先生蓋以苦竹自況也。

《除架》　「轉蕭疏」作「卷相疎」，非。○結句語彼二蟲云。

《夕烽》　「來不近」作「明照灼」，「近」又作「止」，「每日」作「了了」，「光小」作「聲小」，「落點」作「數點」，俱非。○五六別本作「燄銷仍再滅，烟迴不勝寒」，何不通也！既殘又銷又滅，何言之不憚煩也？○七八作「恐照蓬萊殿，城中幾道看」，可。

《空囊》 仇：栢苦猶堪食乎？霞高尚可餐乎？即《詩》「維南有箕，不可以簸揚。維北有斗，不可以挹酒漿」意。吴論：世人貴苟得，多鹵莽而獲。吾道守困窮，故值此艱難也。此二條可取。○末句「看」字，看財之看。

《病馬》 起聯仁哉，推此一念，便非漢高輩所有。○「馴良猶至今」，夫子所謂德也。○仇：或以傷心屬馬，非也。盡其力者由人，則見病傷心者亦當屬人。或以意不淺指人，亦非也。惟馬有戀人之意，故人對之而不勝感動。此條甚是。○筋駑肉緩，是不相束也，故爲馬之下矣。仇引《相馬經》：毛束皮，皮束筋，筋束肉，肉束骨。

《銅瓶》 百丈是器物，故以對銅瓶，不必字面對也。

《天末懷李白》 便似李詩。

《所思》 所以知鄭老身仍竄者，乃台州之信所傳也。「所」作「始」，非。

《酬高使君相贈》 「客」與「僧」對，作「得」，非。○子美之重《太玄》如此。

《賓至》 應作「有客」。

《遣興》 此詩除却五六，且無論用意，但聽其聲，便是弟妹詩，非友朋詩也。杜之爲詩聖以此。

《出郭》 「亦鼓鼙」作「正鼓鼙」，非。

《散愁》一 仇三四承首，五六承次之説謬甚，詩家從無此法。

《奉簡高三十五使君》 起聯率意，今人習用之。然達夫寔是才子，而當代亦不能多也，則杜此語原有斤兩，而今人之隨口應付者，自不可同日而論耳。

《邨夜》 「風色蕭蕭」作「蕭蕭風色」，可。

《寄贈王十將軍承俊》　此詩並作非律詩。

《奉酬李都督表丈早春作》　凡書札詩歌之類，自此之彼爲往，自彼至此爲來。此來詩接李所寄詩也。○觀花柳動鄉思，此人之情，六七間不須轉也。《杜臆》：但以四海猶亂云云。

《遣意》一　「更移」作「夜移」，夜字不識物理，且不曉屬對。此等宜去之。

《漫成》一　「野日」作「野月」，非。○「荒荒」，苦淡之色，作「茫茫」，非。

二　「仰面貪看鳥，回頭錯認人」，朱子解心不在焉，引此二句，微有不恭之意。

《春夜喜雨》　言及發生之時，《詩》所謂「靈雨」也。「乃」作「及」，非。

《江亭》　每至結句便率意，此老亦有此病耶？

《落日》　「一酌」作「酌罷」，「散千」作「罷人」，俱非。

《石鏡》　唐人五六全是起下不停頓，只《石鏡》、《琴臺》二詩，了然可見。又五六七八一滚説，何等了了。注之謬不辨可知。

《琴臺》　野花艷艷，依稀寶靨之容，蔓草萋萋，仿佛羅裙之色。所留所見者，此而已矣。當年琴心相挑，托意求皇，今不可得聞矣。

《晚晴》　仇引本傳，公在成都，與田夫野老相狎蕩云云。本傳是據杜詩而作此語，今又以傳證詩，所謂獐邊鹿、鹿邊獐。

《高枏》　「近根」、「卑枝」，俱以叠韵對「接葉」。

《惡樹》　的博、列宿、惡木，此等兩入聲，皆可爲叠韻矣。

《聞斛斯六官未歸》　三四耕也餒在其中矣。○詩意是傷老儒之窮困，所謂「文籍雖滿腹，不如一囊錢」者，非譏之也。

《敬簡王明府》　「偏秫」言豐其芻粟，偏猶獨也，與「漁父忌偏醒」同。　仇注謂偏思秫，文理不順，非也。

《范二員外邈》云云　羅大經引陳後山未易優劣云云。　陳詩有何足取，而與杜較優劣耶？○二十五家爲鄰，暫往比鄰，非間壁可知。○末聯猶云樵蘇不爨，清淡而已，豈以論文自負哉？將論文二字看得重大，真秀才眼孔耳。　此等説數，極是害人，□使人家子弟，都變作獐頭鼠目。　王嗣奭：公以文自□，故不輕與人論文。

《王竟携酒高亦同過》　寒韵易得虚字多，如杜此詩，亦只一「鞍」字實也。○頭白髮少，故恐畏寒，須飲酒以禦之。

《贈别鄭鍊赴襄陽》　此别作别意，非。「意驚神」不成語。

《梔子》　「傷和」作「相和」，非。

《鸂鶒》　「卒未高」，如言究竟不得高也。「卒」作「只」，非。○有自咎之意。

《畏人》　「待馬蹄」，「待」作「走」，非。　馬蹄謂客來相過者，承上畏人褊性而言，當作「待」也。

《奉濟驛重送嚴公》　若無五六，竟似送平等之人矣。

《寄高適》不必細辨，但看其八句扭捏無聊，即知非真。○只消第三句，便知是妄男子所爲，又恃己爲重耶？

《悲秋》「待書」作「傳書」，下句「爲」字平，作「待」字爲是。言待家中書來也。

《客亭》「落木」作「木落」，非。○「天風」作「高風」，可。○「衰病已成翁」作「多病已衰翁」，恐本是多病，因下句重見而改之。○劉貢父：人多取佳句爲句圖，特小巧美麗可喜，皆取咏風景影似百物者耳，不得見雄才遠思之人也。貢父此論甚高。句圖如張爲《主客》是也。

《戲題寄上漢中王》索人吃酒，自不得不題曰戲耳。非戲漢中王也。○百年雙鬢，自是常語，此句杜自謂耳。仇注以爲兩人皆五十，合成百年，何其騃也！

《翫月呈漢中王》「同一照」，猶所謂隔千里共明月耳。何用改作「點」字？

《送司馬入京》拾杜涕唾爲之。

《柳邊》《花底》二詩極無謂，不知何人見杜有「退朝花底」一聯，而摘其字以爲題耳。竟不切本意，殊爲鹵莽，可笑可恨。

《望兜率寺》仇：五六非推尊釋道之大，正言其所見之小耳。固是儒者之論，然以爲佛所見之小者，非杜意也。且程朱道理，總不可入詩，除是不做詩而講學，乃可耳。

《甘園》羞葉密避花繁，仇：江淹《蓮花賦》「青梧羞烈」，此羞字所本。王績《春日詩》「雪避南軒梅」，此避字所本。此注得之。○筒大竹爲之，何不可以盛柑乎？王君欲改作「筐」，但見江浙之筒耳。

《數陪李梓州》云云二　「使君自有婦，莫學野鴛鴦」，戲之也，規之也。又善戲謔兮。○黄生寔所以規之云云。以此贊杜，何其臭腐不通也。

《江亭送眉州辛别駕》云云　「雲幕」作「雲重」，非。

《舟前小鵞兒》　「嗔船逼」作「嗔船過」，過則何嗔之有？○「無行亂眼多」，數不得。

《送韋郎司直歸成都》　「春日鬢俱蒼」作「春鬢色俱蒼」，非。

《客舊館》　「寒砧昨夜聲」，聲字恐是聽字。

《薄遊》　「淅淅」作「漸漸」，非。○「遥空秋雁滅」，「滅」字作「過」字，非。「遥」作「滿」、「滅」作「過」，俱非。○「雲長」作「雲張」，非。

《贈韋贊善别》　又費許多老淚也。

《城上》　「空城」作「城空」，可。○「春動」作「春蕩」，非。

《江亭王閬州筵餞蕭遂州》　歌聲又繼聽不得，使我鼻涕長一尺，老態如是，所以畏耳。「繼」作「斷」，非。

《玉臺觀》　「北山頭」作「此山頭」爲是。

《渡江》　「斜疾」作「斜甚」，非。

《過故斛斯校書莊》一　「亦休」作「未休」，非。

二　卧柳生枝，畫出寂寞之況，不須引《五行志》上林苑中云云。

《嚴鄭公階下新松》 顯然自寓之言。

《嚴鄭公宅同詠竹》 新竹自有香氣。

《送舍弟潁赴齊州》一 似《琵琶記》。

二 不容作曲折語。

三 如聞叮嚀聲。

《懷舊》 結有絶絃之意。

《正月三日歸溪上》云云 「仍臘味」，顧：酒造于臘月。不當言造于臘月，始造則酒味太惡矣。仍者，仍然昨日之味。〇末句承上五六而言，不要添出立朝素志語。王嗣奭：老趨幕府，不得遂其立朝素志，故云深負。

《春日江邨》二 「有六年」作「又六年」，可。

《去蜀》 結，爲大臣者宜聽此言。〇「不必」作「何必」，非。

《承聞故房相國靈櫬》云云一 錢云：亦寓意于玄、肅父子間也。□是錢之深文。

二 「親身」作「新身」，可。

《題忠州龍興寺所居院壁》 「空看」雙聲，作「豈」者失之。

《旅夜書懷》 「星垂」作「星隨」，非。

《放船》 「獨鳥怪人看」，「色斯舉矣」之神。

《不寐》「恨容」之「容」作「多」、作「知」，皆非。「不知心大小，容得許多憐」，是此容字，諸本皆妄改耳。○「多壘」作「叠恨」，非。

《月》梁陳詩之諧律者。

《洞房》「龍池」作「龍虵」，非。

《歷歷》三四不成詩。

《覆舟》二詩舊説得之。舟覆物沉，使者溺而不死，篙工則幸而不溺也。若使者果死，杜公不應如此作詩。仇：次序羈使之亡。○「空斜影」者，貢物皆喪也。「闕積流」者，貢物爲龍王取去也。

二　結聯《杜臆》：帝未必昇天，而使者已上天矣。子美乃如此惡薄耶？

《不離西閣》「任老身」作「住老身」，可。

二　接上篇。

《瞿唐懷古》非杜筆。○一結令人讀之而慙恧不出口，杜甫乃爾不濟耶？

《鸚鵡》詩中並無咏開元舊事之意。仇言□□□詩固當如是。仇：《明皇雜録》云云，今詳詩意，乃泛咏鸚鵡，與彼無涉。

《白小》一鳥斃而群鳥驚，良以此也。

《王十五前閣會》公有肺氣之疾，故虛此俊味，而兒童得以一飽。俊味指鮮鱠也。

《熟食日示宗文宗武》結自己曾催父母過來。

《得舍弟觀書》云云　不必記憶常棣語，而情事自然如此。○「聚集病應瘳」，真語。

《聞惠二過東溪特一送》　此與《狂歌行贈四兄》是一人所作，而此詩差勝。

《吾宗》　此詩亦極其質樸，蓋因其人而付之，若春蠶之作繭矣。○盧注憂國句謬。盧崇簡爲倉曹，故願年豐。

《八月十五夜月》　白兔指月中兔，不當言地下兔。仇：因月中之兔，想見地下之兔。

《孟氏》　「夕葵」作「力葵」，字訛而新，故有取之以爲草堂名者。作「寒」字亦非。

《孟倉曹步趾》云云　結聯，無心免俗，自然不俗。

《秋野》一　「井絡」作「井路」，「從人」作「行人」，「自鉏」作「且鉏」，俱非。

二　三四深達物之性情。

《季秋蘇五弟》云云三　「暫遮」之「暫」與「長」對，若作「漸」，恐非。

《秋峽》　結聯譏靈武諸臣也。

《耳聾》　「眼復幾時暗」，未暗也。「耳從前月聾」，初聾時猶意其暫塞，逾月乃知果聾矣，于是乎作詩。○「黄落驚山樹」，□□眼未暗也。

《孟冬》　「破甘霜落瓜」，以瓜破之。

《獨坐》　「更青」作「更清」，非。○「煖」，老者得人而煖。

《向夕》　「鶴下」是雙聲。吴音鶴如鴞，非也。○「雞群棲屋上」，今北方皆然。○自非「琴書散明燭」，即長夜何時得終，愁人苦夜長，冬尤甚也。

《晚》　首句巷與墻對，作「晚巷」，非。

《謁真諦寺禪師》　「問法看詩忘」，猶云不知肉味也。作「妄」，非。○詩酒猶可，獨妻子難割去耳。

《玉腕騮》　「駗驔」作「頓駗」，可。

《有歎》　「怯關山」，「怯」作「泣」、作「望」，俱非。

《人日》　首二句，申涵光云：紀實也。舊注引《東方占書》，以正天寶亂離，人物俱灾，鑿之極。果爾，則八日爲穀，較餘日尤要，獨不言陰，何耶？舊注不是，申言紀實者得之。八日不言陰，駁得不通。八日是明日，那知陰不陰也？且穀豈反重于人，比餘日尤要？此言亦爲不了。

《暮春陪李尚書》云云　應酬體。

《重題》　「餘白頭」，即「小臣餘此生」之餘字。作「余」，非。○「銘旌」、「井徑」皆叠韵也，而上下皆同，作詩不犯此□□□。

《哭李常侍嶧》一　有天喪之感。

二　五六説盡悼友情事。

《宴王使君宅》二　第二句當從卞集作「上夜關」爲是。若作「下夜閑」，閑字對不過鬢字，故知非也。

《冬深》「類影」作「泪影」，「依痕」作「流痕」，俱非。

《泊岳陽城》下「僅百城」，僅是多義，古語皆然。如云僅數萬人，非若今人嫌其少也。作近字非。此等皆緣近人不知而改耳。○「舟雪」句，如聞淅瀝之聲。

《纜船苦風戲題四韵》云云　討酒吃故云戲耳。○鄭莊好客，君其苗裔，不能爲我覓酒家盧耶？所以爲戲。

《登岳陽樓》「匹夫而爲百世師」，若孔子則不須説也，故以贊昌黎爲允當。「乾坤日夜浮」，若海則亦不須説也，故以賦洞庭爲逼真也。○唐庚《子西文録》：嘗過岳陽樓，觀子美詩，不過四十字耳，其氣象閎放，涵蓄深遠，殆與洞庭争雄，所謂富哉言乎者。太白、退之輩，率爲大篇，極其筆力，終不逮也。杜詩雖小而大，餘詩雖大而小。子西此論最高。如退之《南山》，所謂雖大亦小者。宋人欲以當杜《北征》，此與兒童之見何異？

《湘夫人祠》屈子之詞，極爲媟嫚，讀者但當取其意耳。□論瀆神，不應復作此語。黄生：首用「肅肅」二字，令人凜然而起敬，較「三女明粧，九疑如黛」，幾于瀆神。○「借渚」以雙聲對上叠韵。「馨借」作「香惜」，□非。

《發潭州》「未有」作「何有」，非。○褚公書絶□□□□□□□才耳，豈以自方其書哉？賈褚之遇，皆可傷感，故云然耳。□以自況，則誠有之。沾沾從書法上起見，一何眼孔之小。仇：褚公書法云云。

《衢州送李大夫七丈赴廣州》胡元瑞壯語云云。元瑞七子之儓隷，論詩專取壯，此等語儘可删却。

《樓上》　此等詩俱不堪。○湊成八句，形模略具，而空無所有，贋作何疑。

《舟中夜雪》云云　「朔雪」作「大雪」，兩用「朔」字爲是。

《對雪》　「從罄」作「垂罄」，「從」字爲是。言雖罄且不須愁，以酒易賒故也。

《歸雁》一　「元浪語」作「无浪語」，非。

以上五言律。

《題張氏隱居》二　「冰雪」對「林丘」，不當讀爲冰去，又讀「歷」爲平也。仇：冰讀去聲。○山路兩傍皆石如門，便得稱石門矣，作汎言爲是。不然「澗道」亦地名乎？崔云：石門屬齊州。

《鄭駙馬宅晏洞中》　古人心地渾樸，故寫首句四字，全不以爲嫌。○「青琅玕」，「青」對「細」字，當作「清」耳。○「江底」作「江麓」，只緣不見「誤」字，不識江底底字之義，因而妄改。今又欲□□字，則依舊疑殺底字也。　過江底即林屋洞之□，何難解乎？

《奉和賈至舍人早朝大明宫》　「九重」作「九天」，天□對夜□□工。○「于今」作「如今」，非。

《臘日》　「常年」作「年年」，非。○「有柳條」作「是柳條」，可。

《曲江》　「花邊」作「苑邊」，非。

二　「深深見」作「深深舞」，「欵欵」作「緩緩」，俱非。

《曲江對酒》　「細逐楊花落」作「欲共梨花語」，可。

《望岳》　「如兒孫」，「如」作「似」，非。藐之也，非似也。

《早秋苦熱堆案相仍》　此詩絶無佳處。○杜集中自有此一種，誠不爲佳，然非贋也。韓退之似此聲口者極多，而今人苦苦摹倣之，何哉？朱瀚以爲贋作。○「自足」作「皆是」，非。蝎雖多，不得云皆是。

《九日藍田崔氏莊》　「今」作「終」，「誰健」作「誰在」，「終」字、「在」字俱勝。知誰在者，謂身或死也。若但不健而已，何須仔細看乎？

《卜居》　鶴謂主人指裴冕，顧宸公欲萬里而至山陰，則冕之爲人可知。顧説最爲害事。果爾，則片唇纔動，便成微詞，詩真做不得也。

《蜀相》　題但可云蜀相，若云丞相，則不知是何人矣。詩因題，題因詩，「蜀相祠堂」，此原文也。書生爭餓氣，改作「丞相」耳。○王叔文臨敗誦末二句，人皆笑之。然其意亦自有可憐□者，不容一概抹却也。○宋郭倪自謂卧龍復生，酒後□用此詩五六一聯。及兵潰，對客涕泣。先是王叔文得幸順宗用事，及將敗，常吟此詩末一聯，因欷歔□□。□子美題詩以後，吟風感喟不自禁者何限，而二人□□□皆□□□□于世，則詩豈可以非其人而漫詠之哉？所謂以糞丸而擬迹隋珠者也。其幸而泯泯無聞于人者，内反之心，其□可愧也已。○作「未用」自勝「捷」字。

《有客》　草堂本作「賓至」，是。○大曰賓，小曰客，此詩有「車馬駐江干」句，自當爲「賓至」。而後五言詩之爲有客，摘句中字爲題，可不辨而明也。○此賓是貴客也，讀其詩句句分明。○杜自獻三賦後，聲價光赫，故有「豈有文章」之句，猶孔子云聖仁吾豈敢耳。今人文章不曾驚得一小兒者，不須作此等語也。○七八當作一句讀，言「不嫌」云云，則「乘興」云云，有不敢必之意焉，賓之貴重亦可知矣。別本作莫字，是禁止之詞，失之遠矣。○「乘興」言非特地也。「看藥欄」，此外無長物，見非爲己來也。學詩者即此求之，思過半矣。孔子曰：「以禮讓爲國乎何有？」孔子曰：「堯舜之道，孝弟而已。」

《江邨》「多病所須惟藥物」作「但有故人供禄米」，可從。「但」作「賴」，「供」作「分」，亦可。仇：禄米分給，包得妻子在内。包得妻子在内句，説得好，甚得詩法。

《恨別》末聯十四字，何字爲妙？識得此一字之妙，則詩□關捩子已得之矣。奈紛紛評者皆蛉窮何？或云望胡騎早平。或云惜搗巢之計不行。○爲者何？爲我家也，爲我弟也，免得□□□□□也。□屠羊返肆之説，「雨我公田，遂及我私」，□□□□□□□□字，寫得眼睛火出，是爲真忠愛耳。先公後□私，他何嘗□分義該是如此。

《南鄰》「芋栗」作「芋粟」，可。○「賓客」原本當是「門户」，對「階除」爲工，而「看」字亦切也。因下有「柴門」字，故別本易之以避重耳。

《客至》三四青眼之意。

《江上値水如海勢聊短述》「漫興」作「漫與」，竹垞先生自云，晚所作詩集，以漫與爲名，即老杜此句二字也。○仇：上聯有句字，次聯又用興字，不宜叠見去聲。叠見去聲之説，不必拘也，惟叠韵宜稍避之，如「句與」亦叠韵也。杜公此句，恐原是興字，後人喜新，未有不以與爲美，而以興爲失真矣。

《進艇》 此詩詞意雜亂，蓋後人擬《江村》一詩而失之者。○南京，成都也。○浴清江必是夏日，茗飲蔗漿，夏日所須也。○蛺蝶、芙蓉，俱比夫妻。 注頂分妻子者，非通論也。 看稚子浴，即是與老妻同看，未有妻之所在，而稚子不從者也。

《寄杜位》 「寛法」，顧注：同是貶竄，鄭曰「嚴譴」，杜曰「寛法」，見輕重失宜。陳廷敬駁之曰：鄭初貶，故用「嚴譴」，杜離貶所，故用「寛法」，非欲翻兩人罪案。 顧注强作解事，是中宋人之毒。 陳駁之是也。

《王十七侍御掄》云云 「鄰雞」句絶妙，不得訾爲淺易，繡衣□向來如此用，何獨杜公不可？仇：「鄰雞」語近淺易，「繡衣」、「皂蓋」又近拙鈍。

《嚴中丞枉駕見過》 看他第二句措言，□□□□迴□□□敢當，若因問柳尋花，取次遂到野亭也。 此句立言最好，一不敢當杜公枉駕，一不以嚴公枉駕爲重。

《野人送朱櫻》 擎者尊君賜。

《嚴公仲夏枉駕草堂》云云 注以使者爲中丞，不通之甚。 注：仲夏得寒字殊難押，必先成此句。三聯失粘，想亦由此耳。 他人或有之，此老未必如此。 失粘不是詩病，余最不喜人説着失粘。

《又送》 注引魯訔年譜云云。 魯據此詩爲説耳，注語贅得無謂。

《滕王亭子》 傷心滿目，即王子安詩意耳。○留連勝境，此詩人本旨。 若滕王之驕佚，何預人事，而特作一詩以譏之乎？正使譏滕王，則直譏之可矣，何用作此謎語？不通甚矣。 仇：不知還，譏滕王佚遊無度。 ○末句原指滕王，「不知還」者，以其名勝非常。

《奉寄别馬巴州》「非復」作「無復」，非。○錢引《西溪叢語》：曹參未嘗爲功曹。于曹參甚事？宋人語如在夢中，類此非一。

《將赴成都草堂》云云　「松竹」作「松菊」，可。

二　「荆州」作「荆山」，非。

三　「橘刺」作「菱刺」，過客出入，不兼水中，菱字謬也。○「棗熟從人打」，「從」誤作「行」。「書籤藥裹從蛛網」，誤作「封」，「從」字字法有何可疑，而訛若是。

四　「高千尺」作「長千尺」，非。

五　「甘息機」作「且息機」，非。

《登樓》　「春色來」作「春水流」，非。

《諸將》之四　消字犯本韵。

《秋興》一　孤舟萬不能捨，思故園而不見，其心全繫乎此也。

八　「昆吾」作「昆明」，「白頭吟」作「白頭今」，俱非。

《咏懷古跡》二　「到今」作「至今」，非。

三　「明妃」作「昭君」，兩用明字何害？若改昭君，即與長字同聲，其病不小。

四　「蜀主窺吴」，仇：若論書法，當云漢主征吴。　先主嗣漢，名正言順，自不待言，然其實則但能割據一州而已，今必欲易「蜀主」爲「漢主」，改「窺吴」爲「征吴」，不亦書生争餓氣之甚乎？

《冬至》　「天涯」作「天邊」，邊字得之，此是叠韵對。○「相親」，謂己與土人，注不了。仇：風俗自親，于爲客無與。

《崔評事弟許相迎不到》云云　前詩病不欲往，而肩輿强之，此許馬迎不到，而又以詩趣之。仇本上連王十五前閣會，故有前詩之云。○雨細故不孤耳，意義豈難求哉？他亦類此。朱瀚便無意義云云。○「過花間」，雖霑濕而亦好。「在馬上」，覺往來之甚輕。

《遣悶戲呈路十九曹長》　並坐不飛，是交愁濕也。群飛不坐，是全不怕濕也。若言羅韈生塵矣。○此詩第五句于上下意了無當，最爲無謂。○仇：清狂客云云，公自命甚高。「清狂客」作何解，乃曰自命甚高，豈未見《漢書》耶？

《暮春》　柳色初濃，故云「新暗」。朱瀚云云，極爲亂道。且峽中與上海不同，三月而蓮已欲紅，上海人豈嘗見之耶？

《即事》　看上「晶晶」字、下「雷聲」句，則知決是「浮日光」，而非「無日光」矣。

《送李八秘書赴相公幕》　「背指」作「皆指」，非。

《又呈吴郎》　吴是生客，恐其有所不知，故呈此詩。苟非天資惡薄人，定然如此。評家張皇太過，非杜公所喜聞。評見《詳注》。○以詩當書札，以詩當説話，豈有意爲此等詩，以此爲好耶？上下二首總只一般，評者强作分别，切忌聽他亂道。仇：此章流逸，前章枯拙。

《登高》　杜老登高，賦詩即目，氣吞江湖，響振林木。王李代興，遺聲嗣續，萬里、百年，連篇累牘。一倡百和，庸音足曲，殃及祖師，作俑誰贖？

《覃山人隱居》「帶傾覆」，「帶」作「常」，「帶」字佳。此字固當用仄。

《題柏學士茅屋》「焚銀魚」，謂自焚其銀魚，猶云裂棄冕裳，不必實焚之也。仇：銀魚見焚，白馬却走，遭禄山之亂也。○晴雲滿户，秋水浮堦，此中大好讀書也。○山雲度墻，晴雲滿户，安得便謂無是理？當由生長吴下，限于耳目所不聞見耳。朱瀚抵斥□□□無此理。○結鄙甚。

《舍弟觀赴藍田》云云　末聯對屬弄巧□□□□□□□□寄故作此句法，不然便不通矣。

三　「比年病」作「因年斷」，非。

《宇文晁尚書之甥》云云　「樽當」二句，上二下五，申自誤讀，乃敢妄詆之！申涵光：「樽當」句補綴不成語，「棹拂」句景真而近俗矣。

《江陵節度使》云云　正是杜本色，黄生妄論誤人，芟之。

《暮歸》　李空同詩「野寺霜黄鎖碧梧」，蓋誤認霜黄爲霜色黄也。霜豈有變成黄色者？其不通如此。○有所思有所望而不得去，故看雲也。杖藜者，久立也。謂爲安時處順，所謂知貌不知心者。○黄生注：朝出于斯，暮歸于斯，南渡不可，北歸不能，年老客居，失意可勝道哉？起一復字，結一還字，見日日如是，皆無可奈何之詞。毛奇齡：杜律拗體較他人獨合聲律，即諸詩皆然，始知通人必知音也。此二條可取。

《曉發公安》　拗體音節自妙，如蕭之説，乃是削圓方竹杖手耳，然正當存之以備參考。蕭云從：杜律細，改云云。

《贈韋七贊善》「同歸」作「因侵」，緣草書而誤。○「范蠡」作「萬里」，可。

《小寒食舟中作》「强飲」之强，其兩切。○仇：篇中看字兩見，亦無他字可代。無可代，即重用亦可，唯省試以此爲病。然仲文詩亦兩用□字。○唐人最重家諱，元微之集中不用寬字，唯韓退之不避卿字，亦以不偏諱，且難避故也。杜詩不用「開」字，作「閑幔」爲是，若作「開」，即與急字不對，非也。

以上七言律。

《臨邑舍弟書至》云云「螺蚌滿近郭」，蕭氏云滿讀平。「乘」九皋作「横」，可。「失萬艘」，「失」作「矢」，失字平常，然是也；矢字新，然非也。「賴倚」作「却倚」，可。

《與李十二白同尋范十隱居》此日因與李同行而尋范十，非特地爲尋范而出，詩題不得不如此寫爾。○范實不值，而題不言者，從略可知。○首聯十字，只是一句。○日同行，故相携至范處，而落景屯雲，漸欲向暮矣。一作「月」者非。○主人不在，則須問此小童，何所往，可早歸否。若范在家，不須着眼此小童矣。○「惟欲」作「誰與」，可。作「誰欲」，非。

《贈特進汝陽王二十韵》宜作二十二韵。○「惟忠」作「推忠」，非。○「朝退」句詩有馮有翼，汝陽不在側，即如無憑矣。

《奉寄河南韋尹丈人》「章甫尚西東」，唐人以孔子擬人，或以自況，特取其事迹相近而已，初不爲怪。

《冬日洛城北謁玄元皇帝廟》此及贈張卿，錢箋皆大謬，欲尊杜而適以誣之，所謂强作解事者，多見其輕薄也。○「憑虛禁籞長」，「虛」作「空」，非。「籞」作「禦」，可。○「遺舊史」「遺」作「隨」，「付今王」「付」作「冠」，俱非。○「移地」、「動宮」，皆叠韵也。「聯龍」、「引雁」，皆雙聲也。「引」作「列」，蓋非本字矣，「列」又犯聯聲。○「涷銀床」「涷」作「動」，非。

《贈翰林張四學士垍》「高鳳」謂張也，即上□□□□者是也。而已則無復隨君而騫翥，「空餘泣聚螢」，□□□□□□語氣，便知四句一解之説，而刻本横分之，非是矣。注引顔延之詩最是，謂是人名者謬也。○「任春」與「逼華」二字□耳，此類甚多，不必改讀。

《奉留贈集賢院崔于二學士》「青冥」、「契闊」皆叠韵，「陵厲」、「飛翻」皆雙聲，作「青雲」者，誠大謬也。

《奉贈鮮于京兆》等是五等之等，「知何等」者，言不難至，下「奮飛」云云承明之。校書者見重用等字，故改之，重字固不害也。作「何算」，非是，侯伯不當言何足算也。○「自逡巡」，「自」作「久」，非。○逡巡者，正以敗績，故望龍門而不敢輕進也。下乃述敗績事。○學詩是孺子事，今不廢此業，故云「猶孺子」，非年少之謂也。念《鹿鳴》之晏嘉賓，故欲充鄉賦耳。「計疎疑翰墨」者，不中第則爲失計矣。疑己所作詩賦不中程度，非不善干謁之謂也。「念」作「忝」，非。○相君忌刻，一箇窮賤杜甫，亦復霑着，霑字下得好。○結句欲鮮于以己情聞于國忠也。○錢箋：不及其武略，古人不輕諛人。若諛其武略，乃是明譏之，諺所謂揭痛瘡黶也，今人亦豈爲之哉？○仇：少陵之投詩京兆，鄰于餓死，昌黎之上書宰相，迫于飢寒，當時不得已而姑爲權宜之計，後世宜諒其苦心，不可以宋人出處，深責唐人也。此論得之。

《投贈哥舒開府翰》　「君王自神武」，善歸君。「略地」作「妙略」，非。○「軍事」二句，作「鄉曲知周處，將軍拔吕蒙」，□。○「防身」句作「腰間有長劍，聊欲倚崆峒」，並存之。

《承沈八丈東美》云云　古人最重家學，詩律其細也。然家□授受，必有獨得其傳者，故群公就問之。○以列宿兩□對上雙聲。星宿以止宿爲義，音秀者誤，應作入聲讀。○上「宴」字仄，下「空」字平，上「事」字仄，下「霖」字平，不必改讀。「晏」作「安」，非。「所比」作「所托」，非。○「默悽傷」者，自嘆貧賤失職，不能繼其祖。○「鬢毛」句因彈冠生出，此詩法也。

《奉贈太常張卿均》　贈詩求援，有頌揚，無譏刺，杜甫亦猶人耳。○「氣得神仙迴」，錢：玄宗使張均求妙寶真符于寶仙洞。　此是錢箋之謬，讀者勿爲所惑。又錢以秦皇漢武喻明皇之求仙，亦諷均之以求仙得幸。相門以下，言均門第聞望，自可坐致公輔，不當以求仙倖進也。　夫此四句，非篇中之一章乎？錢箋云云，豈復成文理？錢非不知詩家格律，而爲此説者，徒欲自伸其臆，而他有不暇恤耳。若夫今之後生，章段之不知，則固無怪其爲所誑惑也。○「傳夕」、「散霜」，皆雙聲。

《上韋左相》　「霖雨」自用《説命》耳，錢箋以爲時霖雨六十餘日，故有此句，是知史而不知詩也。蒙叟之爲蒙也甚矣哉！○「舊臣」作「老臣」、「直臣」，並非。○范叔句，錢：見素雖爲國忠引薦，公深望其秉公以去國忠云云。　此自是錢之見耳，杜公無此意。○「餘波德照鄰」若作「餘陰照北鄰」，不惟無謂，亦與上不對。其□□□□鮮于仲通亦吾道契合者乎，説杜詩正不必如□□□□□。張綖：公雖急于求進，必吾道契合者，然後望其汲引。

《送蔡希魯都尉》云云　「身輕一鳥過」，歐引得杜集舊本，缺「過」字，與客用一字補之，或云「疾」；或云「落」，或云「下」。若作「疾」字，則于「輕」字犯複；作「落」字、「下」字，則鳥從上而下，烏知其爲輕而非重也？

○「赴上都」，「赴」作「入」，「雪山」作「雲山」，「猶寵」作「獨寵」，俱非。

《橋陵詩》　「晚知曙」，「晚」作「曉」，非。○此詩無句不對，作「日相繼」爲是，「相」作「夜」，非。

○「容秋螢」，「容」作「客」，非。

《奉送郭中丞》云云　「山西」作「西山」，可。○「笳吟」作「笳吹」，「袖泣」作「袖短」，「王子」作「公子」，俱非。○「毁廟」一解，激其出死力以報國，故極言無諱。○「圭竇」作「蓬户」，「漏刻」作「刻漏」，「還疑」作「能無」，又作「還須」，俱非。「還疑」句，郭是麤暴人可知。

《送楊六判官使西番》　「草輕」作「草肥」，非。雪重時，草安得肥也？

《行次昭陵》　「問獨夫」，問罪之問。○「直詞寧戮辱」，指魏徵。○「暝途」作「暗途」，非。

《喜聞官軍已臨賊境》　「路失」作「路濕」，「握豹」作「擁豹」，俱非。

《重經昭陵》　煌煌太宗業，「再窺松柏路」，周德雖衰，天命未改之意。國祚之脩短，畢竟靠開創一箇人。○結是重經。○「還見」作「還有」，非。

《送許八拾遺》云云　「詔許」作「天語」，「慈顔」作「承慈」，□□。○「祖席倍輝光」作「行子倍恩光」，可。「春隔」四句作「竹引趨庭曙，山添扇枕涼。十年過父老，幾日賽城隍」，亦可。

《寄李十二白》　「狂客」品題不錯。○「未負」作「未遂」，非。○「獨泣向」作「不獨泣」，「泣」又作

「立」，俱非。

《秦州見勑目》云云　「典刑」作「典型」，「忽杳冥」作「遂杳冥」，「俱議」作「但議」，「上將」作「小將」，俱非。

《寄彭州高三十五使君》云云　「難盡」作「雖盡」，非。○舉天、近代互見。「無信」作「無使」，「鬪身」作「問身」，「不銷」作「未銷」，俱非。

《寄岳州賈司馬》云云　「不利」作「不別」，「坤正」作「坤大」，「吹秦晉」作「歃秦塞」，俱非。○「宮莎」，足所履，以軟爲美，作「宮花」，非。○「出入」作「出處」，「鎩翮」作「羽翮」，非。○「受戮」作「就戮」，「就」犯「誰」，非。○「何先」作「推先」，「新愁」作「新秋」，俱非。

《寄張十二山人彪》　「多妙」作「多好」，「酸辛」作「愁辛」，又作「悲辛」，俱非。

《奉和嚴中丞西城晚眺》　「動如神」作「用如神」，非。○唯政簡，故得于此晚睡。而臨野景，望餘春，容當有所賦咏也。有將第六句截斷作一段者，總由不識古人一定之章法耳。

《奉送嚴公入朝》　錦城人，公自謂，觀江潭句自明。○《豳風》「衮衣」之意。○「台輔」作「台地」，非。○「臨危」句言已當□□報嚴。盧世㴶法言忠告云云。某二十年前亦作是解，既而□□□□章之法求之，覺文理有不可通，乃知末句杜公□□□□對嚴公而撫心自盟，故言莫耳。

《送嚴侍郎到緜州》云云　「燈光徹」作「燈花散」，燈有花則燈不明，作「花」誤也。「徹」作「散」，亦非。○「橫參」，是處皆同，不必指益州言。

《江陵望幸》　連用國號。

《傷春》一　「春光」作「青春」，非。

三　「烟塵」一聯，作「因無牽白馬，幾至着青衣」，非。

《贈王二十四侍御契》　「恐懼行裝數」，卒不行也。○「卧疾」作「卧病」，非。○「曉鸎工迸淚」，只覺其老；「秋月解傷神」，尤爲真境。○「殘丹」叠韵，「得釣」雙聲，今人于此等句法，尤不解也。○「消中」作「宵中」，可。○「客則」作「客即」，非。○「女長」二句，父母之責備子女，如是其輕。「褐」作「葛」，非。○「時邀」作「時逢」，「參席」作「忝席」，俱非。○石鏡、琴臺，另有二詩。○「送終」二句承上。○「長歌」作「慨歌」，非。○「筋」、「勤」二字，唐人入真韵，非所謂借韵也。

《奉觀嚴鄭公廳事》云云　《杜臆》：題加「奉觀」二字，致敬嚴公至此，安得有登床笑傲之失乎？登床笑傲事，誠不可知，但以「奉觀」二字證杜之無此失，則過甚也。禰正平《鸚鵡賦》，何嘗不謙謹，而其爲人乃如彼。○「此堂」作「北堂」，不應分列二所，作「此堂」爲是。

《哭台州鄭司户蘇少監》　「何人」作「人誰」，非。□□□□□□雙聲，長對中亦謹細如此。

《敝廬遺興奉寄嚴公》　「暇日」承「酌酒」，「詞源」承「論詩」，仇誤□□論分上下段，失之甚矣。

《謁先主廟》　「復漢」云云斷定。○「劍閣」作「劍道」，非。○「泣鬼神」，「泣」作「立」，言神象也。○「鳥道」作「鳥過」，非。○「苔移」句，一「移」字生下「换」字、「新」字。○「絶域」以下自叙。○「孰與」作「勢與」，「得士」作「得土」，俱非。

《贈李八秘書別》「漢闕」作「漢殿」，「抗士卒」作「抗士卒」，俱非。

《哭王彭州掄》凡是篇章，必兼比興，但自晉宋以下，則比多而興少耳。何獨于杜詩，歎其得《三百篇》遺意乎？仇：公詩得《三百篇》遺意，賦中必兼比興。

《偶題》起一解斷人名心。○「堂構惜仍虧」，「惜」作「肯」，非。此句非喻詩。○「隱黃陂」作「憶皇陂」，非。

《南極》「蛇常」、「虎忽」皆雙聲也。「忽」作「或」，非是。

《奉送王信州崟北歸》「典信」作「能典」爲是。○上句多一仄字，下句必多一平字。此詩凡五聯皆然，他詩亦無不然者。

《秋日夔府詠懷》云云「雄劍」二句，作「所向皆窮轍，餘生且繫船」，可。○東、排、霾、蹴，連用險字。○「南内」一解，四句一□□話。○「乘威」作「秉威」，非。○「置驛」句古人亦有此。○「兒去」句作「俗異鄰鮫室」，可。○「朋來」作「人來」，可。○「坐馬鞴」□□□□「服虔」作「伏虔」，「離詮」作「離銓」，誤。

《寄峽州劉伯華使君》長篇重韵，唐人多不避，此詩亦然。用增矜字。○「壺酒」作「壺滿」，可。○「月繼」作「月窟」、「月峽」，非。○「行魚罾」作「待魚罾」，「伐數」作「伐叛」，俱非。

《天池》「誅茅」作「誅勞」，可。

《東屯月夜》「抱病」作「抱疾」，可。

《傷秋》「來人」作「人來」，非。○「收晝」作「藏羽」，秋、收犯叠，作藏爲是。○「天子尚戎衣」，何況我輩？如此看，方得四句一解語氣。

《奉賀陽城郡王太夫人》云云　結聯接上兩句。

《續得觀書》云云　負罪遷謫，是以無北歸之望，悲之甚也，胡得如此判斷？陳輔之：柳遷南荒云云，李白云云，非畎畝惓惓之義。杜詩云云，其乃心王室可知。○俗薄而江山自好，時危而草木仍蘇。

《元日示宗武》　三四作一句讀，謂處處正月，皆滯遠方也。

《又示宗武》　胡夏客以此詩證宗武有才，以樹雞柵注宗文不才。何得如此判斷？夏客何人？

《送大理封主簿五郎親事》云云　題内平章，即媒是也。

《將別巫峽》云云　「雜燊」，黃云當作雜菓。何故不當作燊，却要作雜菓？斯言謬矣。此時未有雜蘂，故言他時錦不如也。○「鶯未」作「鶯末」，仇謂鶯喧正月之末，是。○趙次公：有一段美事云云。□□云□□贈人將何爲乎？四十畝之菓園，直得□□□□□美談。

《大曆三年春白帝城放船》云云　怨惜□□□□□□□非。○「納曉晡」者，所謂日月若出没其中。

《奉送蘇州李二十五長史之任》　公、終，經、竟，隔一字叠韵爲對。若作「昔相」，則「終必」又非雙聲，故知非也。

《夏夜李尚書筵送宇文石首赴縣聯句》　雙起。○或以第三聯爲不工，此説非也。平常與精鍊，各有處所，豈得句句字字編珠而綴玉乎？

《秋日荊南述懷》 「秋水漫湘竹」作「秋雨漫湘水」，可。

《過南岳入洞庭湖》 「衰蔣」作「裛槳」，可。

《哭韋大夫之晉》 「瑕色」作「蝦邑」、作「瑕地」，「丈人」作「士人」，「疾病」作「病疾」，「疑風」作「旋風」，「簫急」作「簫咽」，俱可。○「漢道」句重提振起。

《迴棹》 「薄俗」亦叠韵，或作「舊俗」，非。

《湖中送敬十使君適廣陵》 此詩一三五七聯，第三字俱用仄，又俱用入聲，下句第三字必用平，此則他篇皆然。

《送盧十四弟侍御》云云 「失涕萬人揮」，如何練得此句出？○末一解景中情。

《送覃二判官》 「先帝」作「先皇」，非。

《奉贈蕭十二使君》 「鹵莽」是叠韵。

《送魏（十二）（二十四）司直》云云 「斯共遠」謂魏君佐崔，佳聲□□□矣。「斯」作「期」，非。

○「雅節在因防」、「嫌疑陸賈裝」，□□□□□□□此。

《風疾舟中伏枕書懷》云云 鼓迎非祭之鬼，彈落似鴞之禽。非祭本《論語》，謂非所祭而祭者，後人誤改爲「方」耳。○「走終」、「才謝」，聲律之細如此。○「持危」作「時危」，非。○「書信」、「干戈」皆雙聲，俗讀戈如科者失之。

以上五言排律。

《釋悶》「江邊老翁錯料事」，好心田，即此是孔孟之心。

《清明》一　火與烟分明是二物，何得以重複譏之？朱瀚：新火、新烟重複。

《嶽麓山道林二寺行》「佛骨」作「拂骨」，「身奚適」作「將奚適」，「謝客」作「野客」，俱非。謝客，靈運也。○此詩原在古律之間，不編入七排爲是。

以上七言排律。

《因崔五侍御寄高彭州》「急難」原是平去二音，不必言叶。

《復愁》二　四句是一種説話，「稀」若作「歸」，便失之遠矣。

以上五言絶句。

《贈李白》仇：自歎失意浪遊，而惜白之不遇也。謂爲含諷者，未見其然。○胡應麟：有自少陵絶句對結云云。初唐人大抵對句，何獨歸之少陵？○胡應麟：古人作詩，各成己調，未嘗互相師襲。以太白之才就聲律，即不能爲杜，何至遽減嘉州？以少陵之才攻絶句，即不能爲李，詎謂不若摩詰？彼自有不可磨滅者，無事更屑屑也。李杜皆當北面□□。□□□軒輊乃爾，然此條議論最高，自是特識。

《虢國夫人》決非杜作。「涴」字仄，則「朝」□□□□□□□。朱注作張祜詩。仇：祜乃中唐人，去天寶已遠，作追憶虢國之詞亦當微帶亂後事，詩意不及，還是譏諷見在，應屬少陵作也。唐人詩興寄甚遠，豈得如此執一而論？

《詒徐卿覓果栽》只當小札。

《絶句漫興》三　隨時逐節，興到便成，不必拘相承相應之説。

五　三月盡故春欲盡頭耳。「江春」作「春江」，「盡頭」作「白頭」，俱非。

七　「稚子」作「雉子」，極是。

《春水生》二　一夜已高二尺餘，若更數日則二丈有餘矣，故曰「不可更禁當」，猶言争禁得、争當得也。若作「二丈强」，則是非常水災，豈得作此聲口哉？玩此聲口，非憂可知。

《少年行二首》之一　老杜意極粗淺，何須申重推説耶？羅大經由是推之云云。

《少年行》　坐人床之人，乃壚頭人也。《少年行》是舊題，詩代此人口氣，字字神理，思得即之，與杜少陵無干涉，胡評憒憒。胡夏客：貴介子弟恃其豪貴云云。○觀者只道是詠少年，不知是寫這一箇人也。○《長門賦》飲食樂而忘人，人謂已也，今人語皆然。○「薄媚郎」作「白面郎」，非。

《贈花卿》　歌妓之説得之。花卿字或偶同前作未可知。胡元瑞因李群玉有贈歌妓相同，因以花卿爲歌妓。

《江畔獨步尋花》一　老杜亦復時時發□□□□□如太白風流本色，自然可愛也。後來效之者□□□□□床是客主所坐者，非寢室之床。

三　「多事」就花開言，是詩家妙語。謂種花多事者，不伶俐到二十分也。

五　正以不倫不類爲佳。存歿云云，何關許事？仇：師墻黄家殁存雖異但看云云。此三章聯絡法也。古人只是趁興寫去，信筆揮成，必拘拘于聯絡照應之云者，非吾所聞也。吾輩爲詩，便不曾如此，何況老杜？○「愛淺紅」，「愛」作「映」、作「與」，並非。

七　章法變化，是門外語，癡人語。遠注：每首尋花，章法變化。

《中丞嚴公雨中垂寄》云云　「先無泥」，「先」作「洗」，□。

《謝嚴中丞送青城山道士乳酒》　末句用《論語》意耳。他注暗用羊祜飲陸抗酒事，不通。杜豈疑嚴要藥殺耶？

《三絶句》一　「斬新」若今言簇新矣。○下二句對，「風吹」作「春風」，非，且文理不通。

三　仇注對時育物云云，論詩正不須如此説得太深太大。

《戲爲六絶句》一　「老更成」者，謂庾在北周時所作，更成一家風格，不止綺麗而已。今人并以老字屬文章説，是不□文義也。

三　「盧王操翰墨」，「漢魏近風騷」十字□□。□□□□□□□字，又作一轉者非也。

《專義寺園送辛員外》　一二不成句。

《得房公池鶩》　用鵝故事，何必善書？《杜臆》：公素善書，故自比王右軍。

《投簡梓州幕府》云云　律詩首句通韵，此例至今相沿。《杜臆》：無字出韵。

《絶句四首》之三　升庵：即是律中四句。律詩何曾板定起結不對，而中二聯對乎？起結皆對可也，起對結不對、起不對結對可也，三四不對亦可也。知此則知再加一絶，即成律詩，無上下之可言。至如截起結、截中二聯之説，更爲不通之極。此説宋人所無。

《三絶句》　惟其記此樣事，故遂有此樣詩。憤痛之極，何暇爲美聲乎？

《存殁口號二首》　「玉局」即彈琴碁局也，言他年得與席對彈，則有無限歡笑。降仙之云，可謂無當。仇：席尚存，故望其玉局降仙。

二　「山水」、「驊騮」，以二人所畫言之，語意甚明。

《夔州歌》之九　「不可忘」，意只下文所説是也，非謂忠義難忘。仇：武侯忠義，千古難忘。

《解悶》一　吾鄉亦女賣魚，謂之賣魚孃也。「女」作「友」，非。

五　「李陵」句即雲卿論文語也。别本將二字到者，非。○□□不論。○此與「熟知茅齋絶低小」同法。

八　仇引李東陽謂孟勝于王。　觀此段評論，則知西□眼□□□□□□猶一俗士耳。

十二　前已兩見荔枝，此只蒙上而言，又用左賦側生字，語意明白，何庾辭隱語之有乎？楊之曲説，差可給孩子耳。升庵云云。

《江南逢李龜年》　黄生：此與《劍器行》同意，今昔盛衰之感，言外黯然欲絶。　黄生黄生，可謂知言。

以上七言絶句。

此木軒論詩彙編卷六

唐四

元結

《賊退示官吏》序蓋蒙其傷憐而已，權以示官吏，實不嫌其毒。○香山所自出。

韓翃

《送太常元博士歸江東》漸近晚唐。

《寒食》「日暮漢宫傳蠟燭，青烟散入五侯家」，寒士不遜之言，而天子乃更愛好之，豈非尤物移人之謂耶？

郎士元

《别鄭礒》「暮蟬不可聽」云云，意在筆前。

皇甫冉

《送元晟歸灊山》「裛露收新稼，迎霜葺舊廬」，《豳風》。

《宿淮陰南樓》「初入户」作「吹入户」，非。

劉方平

《秋夜泛舟》「萬影皆因月，千聲各爲秋」，太工乃爲病矣。

劉昚虚

《登廬山峰頂寺》自退之以前，未有不低頭佛前者。若欲學退之，有許□事在。

柳中庸

《幽院早春》「多情識異香」，不經人道。

沈千運

《感懷示弟妹》韋詩似此。○衰年真境。

王季友

《觀于舍人壁畫山水》　題畫要説來似真，真底要説來似畫，此三昧也，可思之。

于邈

《憶舍弟》　「安知無他因」，非兄弟不至于此。

嚴武

《寄題杜二錦江野亭》　看古人使事，不要株連。如株連者，嚴將以黄祖自待乎？〇不著拾遺冠，若今不具公服，未必脱帽而出。《續世説》未解此也。〇五六是嚴心眼中想像他如此，思而不見，故興發欲馳馬一來矣。駿馬取其速，若不如此看，第七句又説自己，成何語脉也？

郭受

《杜員外兄垂示詩因作此寄上》　杜示詩蓋近作耳，非贈郭詩也。〇「海内」、「朝中」，字本相對，作「中朝」非。〇花葉字對，作松醪非。

竇叔向

《夏夜宿表兄話舊》「愁見」作「愁對」，可。

竇　鞏

《寄南遊兄弟》「寒鳴飛去日銜山」，以無言代有言。

朱長文

《送李司直歸浙東幕》「將軍」，《品彙》作「參軍」，恐是。

戴叔倫

《廣陵送趙主簿歸蜀》「漸向庭闈近，留君醉一杯」，有無數言語在內。

盧　綸

《塞下曲》「林暗草驚風」，疑有虎也。

《古艷詞》極寫其憨，而淫在其中。○牛潑皮。

李　益

《題太原落漠驛西堠》可救不上望京樓之過。

《立秋前一日覽鏡》「惟將滿鬢雪，明日對秋風」，到明日不須説矣。

司空曙

《玩花》「今朝與君醉，忘却在長沙」，忘則不説。

張南史

《陸勝宅秋雨》「旅服徒霑九日霜」，「徒」當作「從」。「蕭條幾處有垂楊」，「幾」當作「是」。

王　建

《宮中三臺詞》仲初一生本領在宮詞，一切章句皆宮詞也。

《早春午門西望》「黄帕蓋頭呈過馬，紅羅纏頸鬭回雞」，句法穩健，「過」字、「回」字下添一「之」字讀便明。與「鼓迎非祭鬼，彈落似鴞禽」同。晏元獻改作「呈馬了」、「鬭雞回」，真不成句法也。

《從軍後寄山中友人》有恥過作非之意。

《送宫人入道》 末聯求必見王母而後已也。

《歲晚自感》 失之東隅，收之桑榆，不猶愈于終身不得者乎？

李 觀

《宿裴有書齋》 「卧君山窗下，山鳥與我言」，被元賓拾得。

劉 商

《秋夜聽巴童唱竹枝詞》 須識得他當行處。

韓 愈

山谷《北征》、《南山》之論，最爲不易。杜以詩，韓以筆，愛韓者并其詩而倒置之，可謂不知韓者也。

香甜軟美，是韓詩佳處。

《元和聖德詩》 詩賦之類有序者，每于序末總括三四語，明所以作之本指，班固《兩都賦》是其例也。○少游以《元和聖德詩》爲韓文之下者，非也。當以伯長之論爲允。○周室衰微，威德不振，諸侯有輕王室之心，故《大雅·江漢》詩□，極力鋪張，所以警告當世，使知王室之尊，此詩人之意也。退之

《元和聖德詩序》云「所以警動百姓耳目」；正得此意。而□□言則殆有□焉者矣。所謂牽頭曳足，先斷腰膂云云，如畫地獄變相，此最退之用意處。以文字爲職業，固當如此。南軒之説甚好。○《送董邵南序》云：「明天子在上，可以出而仕矣。」微言之也。《元和聖德詩》，顯言之也。末章以吉甫自比，正是以周宣比憲宗。○「出師征之，其衆十旅」，見以順討逆，師不在衆之意。蓋誅叛討逆，當出師之初，其功之未成，則極言其盛，所爲先聲奪人也。功既成則不必言其盛矣，所以厚其威也。○「血人於牙，不肯吐口」，闢之凶狠若此。按闢字太初，擢進士宏詞科，有《登樓望月詩》二首。其末二句云：「不堪三五夕，夫婿在邊州。」又何其婉孌也。○「事始上聞，在列咸怒」，此見朝廷清明也。○「怛威赧德」云云，正是懲一警百之意，所謂「豈在多殺傷」也。○「帝車回來，日正當午」，文意謂帝車回即于是日日午，幸丹鳳門而班詔書。此是叙其寔事，不得不言帝車之回，非謂回時正當午也。或所疑者得之，而改作「日始東吐」，則不顧下文，失之甚矣。注疑郊祀回車不應至午也。○留甫字韵作結，古人長篇，蓋亦留意於此。

《琴操》十首　《猗蘭》，古《琴操》云：「世人闇蔽，不知賢者。」退之則云：「不採而佩，于蘭何傷。」《拘幽操》古詞「殷道溷溷」云云，退之則云：「臣罪當誅，天王聖明。」《履霜》，古考「不明其心」云云，韓「兒罪當笞」云云。皆特地爲古人洗刷一番，不爲徒作。又公□□意而更爲之，所以争强于前作也。然命意之高，夫人能知，而去古漸遠，正在于此，則自宋以來，知其解者蓋鮮也。○懷麓堂樂府用意之佳，不減退之，而辭則愈流于淺易，畢竟去古益遠。

《龜山操》「龜之氛兮」，「氛」或作「氣」，作「氛」爲是。○「周公有鬼兮」，嗟余歸輔，夢見周公，志未衰也。○天地神示人鬼，鬼字原不害尊崇之義。

《越裳操》急内治。○孰有荒于門而治于田者？惟四海之内既均，而越裳是臣，不求自至也。《唐詩解》以爲荒遊力作，我祖實鑒臨之，竊所未喻。又有謂荒亦訓治，以治内治外爲説者，恐亦非韓意也。

《拘幽操》命意高于原詞，然原詞亦未嘗不是，讀者勿爲高子之固可也。○「臣罪當誅」云云，爲人臣止於敬。

《岐山操》「我圂于家」，文雖不順，而公或好作此句法，未可知耳。○「民爲我戰，誰使死傷」，不以養人者害人。○「我往獨處。爾莫余追」，二三子何患無君，從來如此解，近有作太王自認爲君者，真不讀書之見也。

《雉朝飛操》「意氣横出」，即子瞻所謂「雄姿英發」也。○「無一妾與妃」，妃字平讀。公詩中有之，别本語啞而促，非是。别本「曾不如彼雉鷄」删去雞字。妃音媲，與雉下。

《别鵠操》「雄鵠銜枝來，雌鵠啄泥歸」，雄者强，能口斷樹枝，雌者弱，啄泥而已。

《殘形操》「巫咸上天」云云，義無推求，歸諸窅漠。○海底泥牛。

《秋懷詩》「天明視顔色，與故不相似」，視樹之顔色，非復向蕤蕤然。

五 「歸愚識夷塗」，「愚」或作「儒」。「歸儒」乃孟子語，公故儒，何云歸也？作「歸愚」爲是。

七　「我無汲汲志，何以有此憾」，我苟無汲汲志，胡爲有此憾乎？勤心汲古，常惜分陰。

《夜歌》　歎有力者不憂所當憂。

《此日足可惜贈張籍》　以今韻言之，則爲雜矣。注雜用韻云云。「捨酒去相語」，捨酒去而相語也。或讀「去」字連下，故妄改耳。注或作須。與後「子又捨我去」正同。○「轅馬蹢躅鳴」，蹢躅鳴在舟中。○「上船拜吾兄」，或謂張籍。前後皆稱籍爲子，安得獨以叶韻故而忽稱吾兄耶？不然明矣。○「誰云經艱難」，誰云猶言豈料，深自慶之辭。○「窗户」句，或作「清風窗户涼」，或作「窗户忽已涼」，或作「窗户清風涼」。以句法論，無若「窗户忽已涼」之佳。

《落葉送陳羽》　宜入今體律詩。

《醉贈張秘書》　「軒鶴避雞群」，猶避俗之避。○「阿買不識字」，謂古文奇字，非能多識。○「固無蕕與薰」，言無有若富兒□雜別之。○「至寶不雕琢」，若作「瑑」則一聯中有三字同聲相犯，作「琢」爲是。

《送惠師》　「飛步遺蹤塵」，遺蹤塵於飛義爲切，不應改「飛」作「孤」。若下篇「高步凌雲烟」，于義亦切也。○「日携青雲客」，《史記》「附青雲之士」，王勃「不墜青雲之志」，皆非指富貴通顯之士而言。今人所謂青雲者，正韓公所謂邀不去請徒頻者耳。如王弘中爲司户，可謂卑且賤矣，然其人豈非青雲客哉？

《送靈師》　「開囊乞繒錢」，乞，與也。

《縣齋有懷》「求官」云云，詩主自叙，故汴徐之亂，略過不道。○「詎縱青冥靶」，以疊韵對上雙聲，作「青雲」非是。○「嗣皇新繼明」，此詩除末二句，皆耦對精工，方作「帝繼明」者，不惟不成句，亦亂其例矣。

《陪杜侍御遊湘西兩寺》云云　「朋息棄拘檢」，「朋息」與「群行」爲對，不當作「困息」也。「棄拘檢」，謂相與岸幘披衿，不復攝以威儀。

《送文暢師北遊》　「少小學城闕，已窮佛根源」，言初學於儒，已而又學佛之道也。

《答張徹》　「乘枯摘野艷」，謂百卉凋悴，而野花可摘也。「沈細抽潛腥」，謂□□也。○「失路麻冥冥」，「麻冥冥」，不見徑路也。○淫潦二連，不得云之樂。注：肝膽至此，皆言唯岸連居，與徹相從之樂。○「微誠慕横草」，「横草」對下「撞筳」，亦譬喻之言耳。○「刺史肅蓍蔡」，言上奉刺史敬謹之甚，此並言非所堪，注語不了。注言刺史爲人所信如蓍蔡。○「趨蹌閤前鈴」，蝗螟飛聲。○「紫樹雕斐亹」，雕刻之雕。

《薦士》　周詩三百篇，至今各臻閫奥，論詩流源升降之故殆盡。

《喜侯喜至》云云　「逢神多所祝」，若後來貶揭陽，禱于湘神之類。○「見語藝天燄」，猶言燭天之燄，即所謂「光燄萬丈長」者。○「比疎語徒妍」，「比疎」猶言擬非倫。○「朱紫安足僭」，謂紆朱拖紫之樂，不足奪之。

《古風》　一篇，篇有四解爾。注或作二首。

《嗟哉董生行》　家有狗乳出求食，雞來哺其兒，此與猫相乳皆非人力所爲，故歸之德感。

《汴州亂》　「諸侯咫尺不能救，孤士何者自興哀」，言鄰疆諸重鎮且不能救，孤士何者而自興哀乎？徒興哀耳。何能爲力，哀之甚也。

二　「大夫夫人留後兒」，互言之。〇「昨日乘車騎大馬」，夫人乘車，兒騎大馬。〇「廟堂不肯用干戈」，「肯」或作「敢」。曰「不肯」，則雖姑息養亂，而威命猶在朝廷。若曰「不敢」，則喪氣甚矣，正使寔不敢，亦不得如此立言。

《齪齪》　古人以曲包餘味爲美，而退之乃引吭長號，若唯恐人弗聞之，其子温柔敦厚之意，得之蓋少。

《河之水寄子姪老成》　「我徂京師，不遠其還」，慰之。

《山石》　元裕之詩云：「有情芍藥含春淚，無力薔薇卧晚枝。拈出退之山石句，始知渠是女郎詩。」引此以譏少游無丈夫氣也。

《汴泗交流贈張僕射》　諫擊毬見忠愛，此更以大義責之杜、韓二公而外，絶不多見也。

《忽忽》　公在徐幕，意多不快，欲去之志，形于篇詠者非一。

《鳴雁》　此詩每句用韵。「去寒就暖識所依」，作「依」爲是。或作「處」。

《雉帶箭》　此詩言外之意，則以將軍之職，尊且重矣，而唯射雉之爲樂，可謂翫細娱而忘大計也。

《贈鄭兵曹》　「君何爲乎亦遑遑」，「亦」或作「獨」，上有「戢鱗委翅」之云，作「亦」爲是。

《桃源圖》 桃源亦《列子》終北之類耳，以其近在人世，故或以爲寔有，或以爲神仙。○起句，退之要做孟子，故作此語。然已謂之煞風景矣，豈況么麿而欲効之哉？○「深岩」云云，退之不經亂離，故作此不滿之言。○結首尾皆言無此事，而中間摹寫，又何津津也？畫中既所不該，豈文中宜有之耶？韓于詩非本色當家，宜其病孔百出也。○附細評：神仙有亡何眇芒，桃源之説誠荒唐。起結是主意，而起得尤蠢。流水盤回山百轉，圖上所畫如此。生綃數幅垂中堂。武陵太守好事者，題封遠寄南宮下。叙此圖所自來。南宮先生忻得之，波濤入筆驅文辭。某先生爲之題詠，必是極言桃源之美，□靈之事，如在目前。文工畫妙各臻極，細玩其畫，朗誦其文。異境恍惚移于斯。以上是引子，以下正寫。架岩鑿谷開宮室，接屋連墻此是圖上所有。千萬日。「架岩鑿谷開宮室」，有接屋連墻之勢，言生兒育種之多也，住此者幾千萬日矣。然亦竟不成言語。嬴顛劉蹶了不聞，地坼天分非所恤。謂此中居人如此也，其諸楊朱之徒歟。此二語非是歎其高逸可知。種桃處處惟開花，川原遠近蒸紅霞。此亦圖上景也。此中之人，既百不關慮，則惟種桃處處開花耳。「惟」字置「處處」之下，「開花」之上者，所謂顛倒錯亂之句法也。洞中多畫桃花，是居人所種可知。豈洞外滿山，及緣溪一路無窮之桃樹，皆其手種耶？蓋仙人種桃，年又一年，其桃自然布滿山谷，一望如霞矣。近者山中，遠者山外，沿溪一路，謂自近而遠也。初來猶自念鄉邑，此則爲想當然之詞。念念與不念，於意云何？「歲久此地還成家。」以上四聯，先寫住山之人，情事如此。漁舟之子來何所，至此寫漁人入山。物色相猜生客故猜。更問語。一人問，語之，又一人問，語之，故曰更問語也。大蛇中斷喪前王，彼未知秦亡，故語之漢高亡秦。群馬南渡開新主。漢祖、晉元，舉兩頭言之。太元去元帝之立七十年矣，以其是東晉之始，故云新主也。聽終辭絶共悽然，此等摹寫，如擊其狀，如聞其聲矣。公以爲真有之乎？否乎？必不以爲真有之也。然則此等意思，公之必代爲摹寫者，何也？「自説經今六百年。」蓋須句句見得是荒唐者，是乃作詩之法也。當時萬境皆眼見，此句更不可解，記中説先世，今此詩豈謂六百年前舊人猶在耶？不知幾許猶流傳。此聯未詳其意。争持酒食來相饋，禮數不同罇俎異。六百年前，風氣迂古，有如此也。月明伴宿玉堂空，原記所寫者，桑麻雞犬，竹籬茆舍風景。今乃題其所宿之家曰玉堂，以其是神仙之宅，故玉堂之矣。宿曰伴宿，凡此皆公自爲之説，若身到然。骨冷魂清無夢寐。極寫仙境又如此。夫此漁人之有夢寐、無夢寐，公又何自得知之耶？言有，於意云何？言無，于意云何？蓋亦率爾下筆，姑作此語已爾，非有脉理可尋也。夜半金雞啁哳鳴，火輪飛出客心驚。原記云：「停數日，辭去。」此似只過得一宿矣。人間有累不可住，依然離别難爲情。聽終辭絶及此等語，所爲出力與他寫者。船開棹進一回顧，萬里蒼蒼烟水暮。此言漁人出洞而返，回首之間，便覺咫尺萬里，不復更叙其重來迷路之事，亦與原記之意不盡符合矣。世俗寧知僞與真，至今傳者武陵人。與起處相應，不過言其眇芒，言其荒唐耳。此其意味，固亦有限矣。夫此猶之可爾，愚所怪者，上文如此摹寫，而忽以此二言結之，情意不相浹洽，非作詩之法也。

夫桃源之事，有亡誠不足論，正使未必實有，獨不許人説之乎？獨不許人愛之慕之而傳之乎？其事如此，謂之神仙，何不可也？以其種穀畜雞，娶妻育子，悉同世人，而嘵嘵然辨其非神仙者，癡人也。退之闢二氏，不喜神仙，因而亦不信桃源之説，此自是其本色，餘子豈得效矉？然而退之必欲以此話柄而入詩，在於詩家，則亦可謂之傖父矣。愚更取此詩反覆讀之，深有所不安者，非特如上所説而已。退之此詩，本于摩詰，然而工拙之相懸，豈特天壤而已乎？退之文章，渾然天成，爲孟子以後一人。至于餘事爲詩，已失初、盛詩人之傳，措言置詞，不中理解多矣。姑著其説，用告耳食之徒焉。〇起云

「神仙有亡何眇芒」，即漢武盡妖妄耳之意也。桃源之説誠荒唐，傳而道之者過也。結云云，世俗之人不辨僞真，宜其然矣。由君子觀之，誠荒唐也、眇芒也，凡世俗所傳道神仙之事，皆若是而已也。此一詩之大指，無可疑者。然則中間所叙之若干情景，欲人信其有乎？亡乎？固不欲人信其有也，而退之之津津然于其間者，抑何仍類摩詰之爲也？曰世俗所傳道如是，正欲摹寫逼真，如即乎其人，而見乎其事者也。然而語氣誰之語氣？固退之之語氣也。且不惟傳舊，而以意增飾焉，非退之之爲之，誰爲之者？兩頭語言如此，而中間則又如彼，是非有金針藏諸其中也，直不善繡鴛鴦而已。此其去摩詰，豈可道里計哉？此中消息，退之自知之，他人不知爾。〇摩詰亦有增飾之辭，如「辭家終擬長游衍」，亦是以意爲説，然此漁人心事，即是摩詰自言心事，所謂清空一氣如話者也。退之安能如是乎？

《東方半明》「嗟爾殘月勿相疑」，韋王相疑，是自剥其廬也，詠此者哀其愚甚。

《古意》公詩云「悔狂已咋指，垂誡仍鐫銘」，公意不過爾爾，從而爲之辭，蓋尊之太過，非公所圖也。注：公憤趨榮貪位者，若陟懸崖險不能止，至顛危踣蹶，然後嘆不知稅駕之行云云。

《八月十五夜贈張功曹》「十生九死到官所」，「十生九死」，猶言十去九不還，謂十人生，死者九也。〇「赦書一日行萬里」作「赦書日行千百里」。〇自「洞庭連天」至「天路幽險」云云，皆張歌以自訴，聲辭酸苦者也。公則謂是皆由命，寧當怨尤。蓋古之君子，遭罹患難，未有不以義命自安者，與《送孟東野序》意正同，蓋舍此即無可爲悦也。

《謁衡嶽廟遂宿嶽寺題門樓》「豈非正直能感通」，「非」，方作「即」。方所以讀作豈即者，蓋以自言正直爲嫌耳。不知詩意欲明衡岳神靈，有感必應，詩人之云，信而有徵耳。且正直者不爲憸夫之邪曲耳，以此自居，亦復何嫌而不可也？又正直指神言，《左傳》有之，見者誤解，故改「非」爲「即」矣。○「廟令老人識神意」，廟令者，廟祝。廟令言最吉者，謂將來官爵崇大，不但此去無憂，故下有王侯將相句，明已願不豐，「竄逐蠻荒幸不死」云云，廟令所云最吉者，必以官爵崇峻不可限量爲説，故以此語答之。

《永貞行》　退之脩《順宗實録》甚公，而此詩叙伾文事，一何舛也？是蓋以做詩爲游戲，直賢于博簺已耳。後之人宜識此意，勿將詩與文筆，一例而尊信之。○「君不見太皇亮陰未出令」，順宗以病不能言，而曰「諒闇未出令」，此立言之體。○「天子自將非他師」，兵權在中人，而曰「天子自將」者，所謂惟名與器，不以假人。○「夜作詔書」云云，此等是實事。○「侯景九錫行可嘆」，叔文既敗，下流之人，衆惡所歸，必有以人臣無將之罪加之者，然固未至于此也。公亦不稍矜亮，而以侯景爲比，噫嘻過矣。

《李花贈張十一署》　此篇所賦李花，非常繁盛，題云李有花，乃似纔見有花矣。注或作「李有花」。

《杏花》　「若在京國情何窮」，「若」猶「如」也。○曰明年更發云，則其無汲汲求脱去之意，亦自可見。

《感春四首》　感春長句三篇，其卒章皆一意，亦《三百篇》中重致意之例。蓋無可奈何，而欲以一醉銷憂，不當以言重詞複而議之也。○「春氣漫誕最可悲」，按陸士衡已有「節運同可悲，莫若春氣甚」之句。

《寒食日出遊》　韓詩香軟，字字如女兒口中吐出，効之者直卷舌作胡語，可憎之甚而不自知。

○「李花初發君始病」，下篇所云「青天白日花草麗，宿酲未解舊痁作」，是其始病時也。公以一月不相見，故作詩寄張，望其能强起爲樂。蓋痁疾雖甚，而不作之日，則固可以强起耳。○「不忍千株雪相映」，「忍」作「見」，非。○「有月莫愁當火令」，坡書作「燈火冷」，坡書此詩，以書爲主，故適興易之，不足爲據。書家往往如此，亦大害事也。

《憶昨行》　近人七古，悉效此體，爲其摇筆即成長篇，可以藏拙故也。○「伾文未揃崖州熾」，韋貶崖州，此叙未貶時事，即以崖州爲其官號。○「一善自足禳千災」，一善對千災，非謂一事善。「勝事不假須穿栽」，謂不須更穿池栽木。

《劉生詩》　「瞥然一餉成十秋」，惑溺如此。○「回望萬里還家羞」，必至于此。○結劉溺情青眸，流浪忘歸，昌黎蓋惜之也，故言「往取將相酧恩讎」，所以爲相激勸之辭耳，固不謂丈夫志趨，止于是而已也。又或嫌酧恩讎非大丈夫，不當以此勸之。不知劉生一蕩子，將死爲蠻荒之鬼，復何用作聖賢言語？且詩家亦取叶韵，何足深病耶？若退之之自處，則自然不止於此矣。○退之忠告如此。

《鄭群贈簟》　結句「無時」作「時無」，非。

《豐陵行》　注：當時之禮必有不合于古者。　詩已明言之。○「墓藏廟祭不可亂」，墓所以藏，廟所以祭，言陵祭非古，如上言設官置衛，皆可以禮裁之。自是正議，然而必不可行。

《遊青龍寺贈崔大補闕》　「忽驚顔色變韶稚，却信靈山非怪誕」，詩人之言，容有過實，由來久矣。

如此二句，退之倔强，豈忽信神仙果有之耶？○「躑躅成山開不算」，「不算」，猶言不當開。

《贈崔立之評事》　人驚其怪偉百出，不知只爲叶韵而然，不足奇也。李、杜、元、白則渾然天成，不復可窺尋矣。○「可憐無益費精神」，謂投詩句于不能推薦之人也。而介甫即用此句以譏公所爲，則又非公詩本意矣。○「枚皐即召窮且忍」，枚皐是捷敏者。

《送區弘南歸》　韓詩以多砌韵脚爲能，其餘亦無他長。○「分散百寶人士稀」，即送廖道士序意，作「人事」者非。○觀以彝訓，不能皆從，蓋排二氏之説。○「落以斧引以纆徽」，上三下四句法，篇中兩見。○「嗟我道不能自肥」，「道不」作「不道」，謬。○「雖不勑還」謂母，「幽房無人」謂妻。

《陸渾山火》　「有聲夜中驚莫原」，「莫原」猶言不知何來。○「祝融告休酌卑尊」，焚燒之功既畢，于是祝融告休，而酌卑尊，大讌樂也。卑尊皆祝融之屬，助行火効力者，故酌之，注謬。注：火行于冬，猶祝融告休而歸云云。「豆登五山瀛四罇」，當句對，又顛錯之。○「女丁婦壬傳世婚」。注：女之丁者，爲婦于壬，以見水火相配，今術家亦言丁與壬合。術家所謂淫佚合。○「月及申酉利復怨」。復，反也。怨，冤也。言及秋令，則火衰退而利于復怨矣。注：水至申而利，火至酉而怨。恐非是。「要余和增怪又煩，雖欲悔舌不可捫。」用諧語作收，連用上三下四句法，諧之甚。

《哭楊兵部陸歙州》　「人皆期七十」，七十古來稀，是人生恒期于七十也。

《苦寒》　歷觀韓長篇，大約以驅使韵脚，寡所遺棄爲能，一説破時，殆不直一文錢也。今之愚子，猶苦效之，重儓之醜，真叵耐也。○「纊與縑」、「傲與儉」、「艾與兼」，句法凡三見，押韵之弊，固所必至爾。○落句「吾死意亦厭」，蓋從杜詩偷得也，然不如子美樸誠遠甚。

《崔十六少府攝伊陽》云云　「又言致猪鹿，此語乃善幻」，崔詩蓋謂山縣多虎，啣民家所畜猪鹿置其處，可來共噉食之。○「何由覿清盼」，作「盻」爲是。若作「眄」，即與韵不合也。

《送侯参謀赴河中幕》　凡作長篇，收拾韵脚略盡者，不免多用如字、若字，及與字。此詩四用如字，又二若字，而與字亦三見焉。檢勘他什，大略如然。○「洲沙厭晚坐」，厭，足。○「送君出門歸」云云，既與侯别而歸，不能爲情之甚，乃賦此詩寄送。

《東都遇春》　此詩差可肩隨少陵。○「川原曉服鮮」，謂川原色蒨，粲若炫服也。○「朝曦入牖來，鳥唤昏不醒」，公詩「唤起窗全曙」。○「懷歸苦不果」，言無人獨游。

《感春五首》之四　杜尹，杜兼也。兼字處弘。○「音容不接祗隔夜」，與杜不接祗隔夜，孔亦然；兩人各一時。

《酬裴十六功曹》云云　「多才自勞苦，無用祗因循」，言如裴者以多才而自勞苦，知己則以無用而祗因循也。

《送石處士赴河陽幕》　《序》所云歌詩六韵，蓋分韵爲之，而公得「起」字也。○此詩三韵爲一章，不得如常格，每四句作一章讀。○「常山險猶恃」，即《序》所云「寇聚于垣，師環其疆」也。

《醉留東野》　昔年因讀李白、杜甫詩，長恨二人不相從，謂相從時少。○「吾願身爲雲」云云，以詩家氣力言，固當推孟爲兄，韓子自知明也。

《寄盧仝》　「一奴長鬚」云云，長鬚赤脚，了無軒輊。後來長鬚連被驅使，而赤脚無聞焉。文字中此類極多，蓋皆以無意而能工。

《酬司門盧四兄》云云　「樓頭完月不共宿」，「完」或作「見」，或作「皎」，「完」、「缺」相應，別字非。

《誰氏子》　「聖君賢相安可欺，乾死窮山竟何俟」，「前箭猶輕後箭深」。

《送無本師歸范陽》　「注視首不頷」，注視天日不低頭，許氏訓可據，無用更疑。頷作頷，《説文》：低頭也。○「未識氣先感」，謂於我同氣，自相求也。

《石鼓歌》　退之性寬裕嗜古，樂善如不及，所謂寧受百欺，冀遇一真者，豈惟一《石鼓》爲然哉？觀其《讀墨》等篇可見也。○自是詩中之狂，而近人多效之，豈以其易學故耶？○「少陵無人謫仙死」，少陵是地名，故云無人。○作詩與議論文字不同，詩容有抑揚過甚之言，不當泥之，便謂作者定論如此，如陋儒編詩云云是也。蓋方欲大褒顯此鼓文，故不覺其言之過矣。○索性亂道，如酗酒人，豈可與争辨哉？○「薦諸太廟比郜鼎」，以郜鼎爲比，蓋但取其古物可尊矣。○「安置妥帖平不頗」，既妥帖，又平又不頗，此正古詩句法，知者自不怪。○或疑「羲之俗書」云云，曲爲之解，不知退之此詩，十分亂道，何在乎一羲之哉？○唐人尚未知尊聖諱，故公詩多用「丘」、「軻」及「孔丘」字，今不得復用，亦不合如字高聲誦之。

《雙鳥詩》　《雙鳥詩》凡三説，以爲爲釋老作者，惟「大結失九疇」數言，差可傅會，而全篇大意，都無一相似者，固不待辨而知其謬矣。以爲李、杜，亦非也。惟朱子之説爲得之，而九疇周孔之云，又不免相戾者。蓋此爲雷公譏間之詞，所謂以白爲黑也，則亦無庸獻疑矣。然所謂爲己與孟郊者，正以聯句言之耳。「各捉一處囚」，則不得聯句，而無以爲樂矣，故有此詩爾。所謂「三千秋」者，如《詩》「一日三秋」之比，甚言別日之多爾。詩中言百蟲百鳥，傷害他人特甚，故隱之爾。要之，此等自是惡習，後生効之，重增其過。○「周公不爲公，孔丘不爲丘」，譏戲太過，怪詭不合典訓，當時如裴公、張文昌輩，亦頗不滿之矣。○「朝食千頭龍」云云，謂蓄儲愈富。

《題炭谷湫祠堂》　退之此詩，成夫人有靈，其將慄慄不寧者久之。

《聽潁師彈琴》　李賀詩「竺僧前立當吾門，梵宫真相眉棱尊」，則此潁師是僧可知。然謂之竺僧者，以佛出天竺故耳，未必潁是天竺人也。○「起坐在一旁」，按劉熙《釋名》：「弦，月半之名。其形一旁曲，一旁直。」一旁，蓋時俗語也。

《送陸暢歸江南》　「名以能詩聞」，注：內人嘲暢詩，見《雲溪友議》，有「莫使吴歈入漢宫」之句。○「受恩不即報」，力薄故不能即報，若云即不，則豈公所以自命乎？此等必當言非是。

《贈張籍》　小兒了了，止於瑟僩，後來不多讀書，苟足取科名則已，「金根」誤改，正使即是此子，亦何多怪。注引《蔡寬夫詩話》：「退之子不慧，讀金根車爲金銀。」不知詩之所稱，乃此子乎。○「粹美無可揀」，猶《詩》云「不可選也」。

《調張籍》　「不知群兒愚，那用故謗傷」，所謂群兒者，當時自有一種無名子，正如老杜所云「汝曹身與名俱滅，不廢江河萬古流」者耳，其姓氏復何有哉？而魏道輔乃云此詩爲微之發，殆非也。微之於詩家，亦是齊魯大邦，其論李、杜優劣，亦自非苟然者。韓公於人有一長，皆奬歎如不及，而況于微之之才，乃譏詆之若是，豈其然哉？元詩爲後人所輕特甚，往往有妄爲之説者。如李賀于韓、元爲晚出，而云元以詩謁賀，賀曰「明經擢第，何事來看」，元怒以父諱事沮其進。夫所謂與賀争名者，乃當日與賀同舉進士者爾，于元何涉哉？爲此説者，亦猶夫道輔之意歟。○「剪翎送籠中，使看百鳥翔」，後人以《雙鳥詩》謂爲李、杜作者，緣此二語，意頗相近也，然恐未必然。○「流落人間者，太山一毫芒」，豈真謂李、杜篇什，果若此其多，而不傳于後哉？此可爲知者道耳。

《盧郎中雲夫寄示》云云　此詩劣及杜陵，昔賢推服是也，末數行仍是韓腔耳。

《病中贈張十八》　「雌聲吐款要」，高亢則語壯，降下則聲雌。○「從此識歸處，東流水淙淙」，若言朝宗于海矣。○於張不爲無益，而公乃徒自矜高，以道勝爲樂，孟子所謂好爲人師，人之大患者歟。

《寄崔二十六立之》　「佳句喧衆口，考官敢瑕疵」，崔蓋以捷敏驚其座人，雖有瑕疵，而主司已爲之氣奪也。公詩意如此。○「童稚見稱説」云云，公詩多調笑，此數句固極寫世情可笑處，用以爲戲也。○「約不論財貲」，「約不」作「不約」，非。「貲」作「資」。注：亦避重韵之誤。此詩用二疵字、二斯字，不獨此也。又二羈字、二披字。○「別來就十年，君馬記騧驪」，謂臨當別時，君所乘之馬，今猶能憶其騧驪之色，若在眼前也。○「燕席謝不詣，游鞍懸莫騎」，謝燕席，齒病不良食也。懸游鞍，眼昏畏蹉跌也。○「不能前死罷」，前死罷即死前休也。○「其銀得朱提」，得自朱提，言精良。

《月蝕詩效玉川子》　删盧詩而曰效者，蓋謙退之義，不敢言删耳。○「油燈不照席」，是夕吐餤如長虹，月被蝕昏黑，甚覺油燈明矣。

《孟生詩》 退之作詩送東野謁張徐州，必且持此詩呈示張也，故題與詩皆曰孟生者，以卑承尊之體也。而詩句亦平顯，不作詰屈聱牙體，蓋預爲之地也。○「求觀衆流細，必泛滄溟深」，注宜引孟子「觀於海者」句。

《射訓狐》 「誰謂停姦計尤劇」，猶云停囚長智。

《符讀書城南》 東野喜符郎詩有天縱，稱曰符郎，其爲小字可知。○《長安志》，韓莊在韋曲之東。注：東野有遊城南韓氏莊之作。○「馬牛而襟裾」，訓子之詞，不嫌嚴切，若孔子言正墻面而立矣。

《病鴟》 篇中所詠，是實有此鴟，非假言之以譏世人也。

《華山女》 「洗粧拭面著冠帔，白咽紅頰長眉青」，寫女道士姣好，如在目前。其所以召致聽衆若彼之盛者，徒以「白咽紅頰長眉青」也。○「天門貴人傳詔召」，天門貴人，中官也。

《瀧吏》 「比聞此州囚，亦有生還儂。」曰亦有者，姑以此言慰之，然九死一生之意顯然矣。

《贈別元十八協律》二 裴行立之爲人，至爲不肖，于公所論黄家賊事宜狀，及孔戣誌中具見之。此詩及子厚誌，則又不没其好處。

四 「窮途致感激」，明裴于己厚，非望報而然，所以尤致感激。

《宿曾江口示姪孫湘》二 「舟行亡故道」，水淼漫，故亡其舟行故道。「亡」作「止」，非也。

《答柳柳州食蝦蟇》 蝦蟇即科斗也，初生水中，漸成形，能跳躍，上岸四散而去，故云「水特變形貌」，謂特于水中變其形貌，不常居水也。○「常懼染蠻夷，失平生好樂」，謂恐南食習慣，失平生之所好樂，不甘爲甘，竟同夷人也。

《雪後寄崔二十六丞公》　「幾欲犯嚴出薦口」，「幾」上聲，謂數次欲之。○「大弨挂壁無由彎」，用「挂」字自佳，何必用「擐」字，擐與彎聲相犯也。

《送僧澄觀》　「丁丁啄門疑啄木」，上句兩窮字，此句兩啄字，不應作「打門」。

《晚寄張十八助教周郎博士》　此詩當編入今體，下篇《題張十八所居》同。

《題十八所居》　「蛙讙橋未掃」，蛙多跳蹲橋上。

《記夢》　公蓋得此夢異之，作詩以記，因有托諷云爾，非假言夢境以示意也。○「側身上視溪谷盲」，上視，則下之溪谷無所見。○「六字常語一字難」，一字難者，即「讀書難字過」之難字也。口哦而云難字者，以聲而言也。魯直之云，與本意了無干涉。魯直：前句哦字便是所難。

《雜詩》一　「涼風九月到，掃不見蹤跡」，猶杜詩「十月清霜重，飄零何處歸」耳。

《翫月喜張十八員外以王六秘書至》　張是熟人，王乃生客，生客得熟人，乃得至前。以字不當作與，詩中亦云「又以嘉客隨」。

《和李相公攝事南郊》云云　「顧瞻想岩谷，興歎倦塵囂」，李詩中有此意，可謂彼此皆不情。

《城南聯句》　山谷此論爲公，孟於詩是專門巧手故也。山谷：退之安能潤色東野。○「竹影金瑣碎，泉音玉淙琤」，此起用濫觴之法。洪慶美謂日光在竹影中。然則泉音中亦藏石聲也。○「窗綃疑閟艷」，本

《左氏》孟任事。樂府「空牀低徊，誰知無人」，與此句意絶相近也。○「嶽力雷車轟」，蓋謂雷聲、車聲並轟然。○「樟裁浪登丁」，登登、丁丁皆見《詩》。

《鬬鷄聯句》「大雞昂然來，小雞竦而待。」韓孟聯句，亦何異大雞小雞之死鬬乎。○「高行若矜豪，側睨如伺殆。」高行謂大雞，側睨蓋小雞矣。王子淵賦：「魚瞰雞睨。」○「磔毛各噤瘮」，噤瘮，今人言抖也。且與「磈磊」皆叠韵對，别本作瘁、作瘴、作瘮，俱謬甚。○「怯貧愁看賄」，「看」一作「肩」。今人以錢置肩上，知作「肩賄」爲是。由不解，故誤改耳。○「事爪深難解」，事作争、作、傳、作剚。劉楨詩：「利爪探玉除，瞋目含火光。」若論對屬，恐只須作利爪耳。○「清厲比歸凱」，鬬勝先鳴，如唱凱歌。○「君看鬬雞篇」，《鬬雞篇》，古有此題目。○「短韵有可採」，所謂有可採者，謂選俊英心兩連，借物喻人者也。

《秋雨聯句》「因思征蜀士，未免濕戎旆」，王師征蜀，小醜就擒，直指顧間，非若行役過時，有不勝其愁苦者，故但言未免濕戎旆而已。使夫戰場一乾，賊肉可膾，則尤快也。○「搜心」、「抽策」，雙聲對屬甚工。此類今不具説。

《征蜀聯句》「血漂騰足滑」，「血漂」字本《書·武成》。

《同宿聯句》「霽曙」、「鑠宵」皆雙聲。

《雨中寄孟刑部幾道聯句》「一晨長隔歲，百步遠殊界。」一晨長于隔歲，猶言一日三秋也。百步遠于殊界，猶言咫尺千里也。「界」作「還」，非。○「愜興劇爬疥」，注引《文選》「把搔無已」，把，蒲庖切。今人言把搔把去，亦作蒲包音。

《遠遊聯句》「繫石沉靳尚，開弓射鴅吺」，假已經以寄憤懣。〇汨羅之冤，由于靳尚，故欲繫石而沉之，出乎爾者反乎爾。

《晚秋郾城夜會聯句》　憲皇英武，將相得人，元濟小醜，禽戮在指顧間，故公與正封有此詩也。〇「末暮不輕諾」，「末暮」字以雙聲對上疊韵，「末」作「未」，非。〇「人怨童聚謠，天殃鬼行瘧。」人怨天殃，皆謂吴元濟。〇「桃塞興錢鏄」，猶《詩》云「三事就緒」。

以上古詩。

《叉魚招張功曹》「競多心轉細，得雋語時囂」，李所舉必此聯矣。公祭李郴州文：「投叉魚之短韵，愧韜瑕而舉秀。」

《答張十一功曹》「躑躅閑開艶艶花」，「閑」或作「初」。閑開者，彼自開耳，不管人事也。且詩言炎瘴物色，不當取初開爲義也。〇「知死」是疊韵，「送生」是雙聲，韓詩于聲律，亦煞精細。

《郴州祈雨》　此必李使君祈雨，公在郴州，作詩以美之。〇「神降越巫言」，巫言約何日雨。

《早春雪中聞鶯》「寄謝幽棲友」，用《伐木》詩語。

《咏雪贈張籍》「只見縱橫落，寧知遠近來」，只如此起，玩其音氣，便知爲譏戲之作矣。〇「坳中初蓋底，垤處遂成堆」，退之特爲惡詩導其先路，而永叔偏以爲佳。歐以「隨車」聯爲不工，而此聯爲勝。〇「真是屑瓊瑰」，謝莊詩「疊雪翻瓊藻」，任昉詩「騷人貶瓊樹」，承襲已久，未知起何人耳。《塵史》、《説文》以瓊爲赤玉云云。〇「威貪陵布被」，所謂「專繩困約災」也。「光肯離金罍」，言不離也，所謂「巧借奢豪便」也。退之好駡，而雪遭其毒如此。「離」作「雜」非。〇「莫煩相屬和，傳示及提孩」，諺云：「若要勿知，除是勿爲。」何復丁寧爲也。

《奉和庫部盧四兄》云云　結句歎二毛，蓋盧詩中語意。

《送李六協律歸荆南》　此詩飛、非、菲三韵相犯，是退之不屑意處。

《戲題牡丹》　此蓋爲二妓而作，特寄意于牡丹耳，不然不須言戲題也。

《奉和虢州劉給事三堂新題》　序「職修人治」云云，凡脩治園林等一切娛翫之事，必須説職脩人治，然後爲之。其不能然者，則是不足書也。

《北樓》　「晚色將秋至」，「將」亦送也。

《方橋》　「方橋如此作」，作音佐。前公作送春詩，亦當去聲讀。

《送李尚書赴襄陽》　「千里地還方」，減去唐、鄧、隨三州，故云地還方，言控制自遠。〇「風流峴首客」一解，以孫吴比元濟，而勉之成功。

《和席八》　韓與席同知制誥時相酬之作。元微之有詩云「喜聞韓古調」至「須饒紫禁仙」，正謂此等詩也。元是詩家專門，其道韓佳處，可謂知言。〇「謀猷」、「步武」叠韵對，作「謀」爲得。或作「謨」。〇結「坐慙空自老，江海未還身」，十字只一句，而分作二句，詩家多有此格。〇五字句有於第四字下添一之字，則意自明者，如老杜「鼓迎非祭鬼，彈落似鴞禽」，及此「江海未還身」之類是也。

《大行皇太后挽歌詞》一　「武帳虛中禁」，「虛」或作「空」，觀下句「掩太」二字，既非叠韵，又非雙聲，則知此句决不作空字也。

二　「劍化會相從」，荆公所譏，此非君臣所宜言，近于黷也。退之復起，亦當心折也。

《廣宣上人頻見過》　「三百六旬長擾擾」，三百日又六旬也。騃者嫌誤，謂三百六箇旬，遂改百爲十耳。

《和侯協律咏笋》　「乍出真堪賞，初多未覺煩」，賞、煩皆主人言。煩即「增怪又煩」之煩也。若作繁即犯多字，不特重韵而已。○「持籌」、「羅列」並雙聲，「以理」、「縱横」並叠韵。○「狂劇」、「群强」，上下雙聲相犯，亦一病乎。○「始訝訪人路，還驚入藥園」，所謂漸不可耐。○「先後竟誰論」，如云後來居上。○「婦懦咨料揀，兒癡謁盡髡。」咨，問于我也。謁，來告也。曲肖兒女情狀。○「屬和才將竭，呻吟至日暾。」以全篇多譏戲，故須略作諢語結之。

《秋字》　此詩叠用悲傷憂愁，是其病矣。

《次鄧州界》　「心訝愁來惟貯火」，「惟」若作「誰」，犯上下「愁」、「貯」二字矣。

《題臨瀧寺》　「不覺離家已五千。」《論語》「方六七十，如五六十」，亦不言里字。注或以歇後誚之。

「海氣昏昏水拍天」，「水」或作「浪」，海水自是拍天，不須言浪。

《韶州留别張端公》　「自嘆虞翻骨相屯」，公以直言謫官，不召還而量移袁州，未離南方之地，故以仲翔自比焉。

《遊西林寺題蕭二兄郎中舊堂》　記事云：潁士子存，字伯誠，爲金部員外郎。　韓文公少時，受存之知，自袁州入爲祭酒，經廬山，過其山居，知諸子凋謝，惟二女在，乃爲詩云云。

《酒中留上襄陽李相公》　公與逢吉相好無猜嫌，集中詩可見也。　而子瞻以鎮州之行，歸罪于李，亦李之爲人，有以取之，要之失人之過，蘇不得辭也。　○「濁水汙泥清路塵」，比也。　○「耳熱何辭數爵頻」，爵是鳥，與魚對。　注酒後云云。　○「金釵半醉座添春」，退之溺情聲色，何乃怪此語爲不類耶？　注許彦周云云。　○「知公不久歸鈞軸，應許閑官寄病身」，公與李逢吉語，須是如此。　知他毛病是《秦誓》云云故也。

《賀張十八秘得裴司空馬》　籍有《謝裴寄馬》詩云：「乍離華厩移蹄澁，初到貧家舉眼驚。」此只是咏其顧主之意。　而劉攽《詩話》謂此馬却是遲鈍多驚者，詩詞微而顯云云，其殆不然乎？　司空贈馬，馬果不良，豈得便含辭托諷，如劉所云哉。　吾謂此却是詩句之病，極意求工而近似云爾。　宋人論詩，極多害事者，其于温柔敦厚之教，失之遠矣。

《雨中寄張博士籍侯主簿喜》　「放朝還不報，半路蹋泥歸」，注疑以雨放朝，而有司失于關報，行至半路，乃得報而歸也。　以雨放朝云云得之，文意甚明，不必疑也。　蹋泥，馬也。　○「憂麥作蛾飛」，溼則麥變爲蛾。

《奉和兵部張侍郎》云云　「須句」、「少皞」，疊韵對甚工。

《奉使常山》云云　「無事涕垂頤」，非懼禍。

《鎮州初歸》　注引詩石跋云：退之有倩桃、風柳二妓，歸途聞風柳已去，故云云。　後張籍祭公詩，乃出二侍女，非此二人耶。　云出二侍女，是公自出之也，如跋所云，則風柳已去矣，何得言是此二人。

《奉和杜相公太清宫紀事》云云　退之大儒，生平不喜釋老，然此詩未嘗一言含諷刺者，莊敬之心，不容不爾。況杜子美又非退之比，其《冬日玄元廟》及《上太常張卿》等詩，安得如錢蒙叟、金聖嘆輩之説乎？徒欲推高子美，而不知其陷于輕薄，爲失之甚也。○「四真皆齒列，二聖亦肩差」，此退之酧應公卿之作，故恭慎如此。

《石鼎聯句》　唐人喜爲小説，石鼎聯句，直退之自作一則小説耳。洪興祖云：「聯句若以爲公作，則若出一口矣。今讀其劉侯句，不及彌明遠甚，何説之陋也。」退之代張籍書，文便似張。又云作俗下文字，下筆令人慚，一日之内，一宫之間，而氣候不齊，退之固優爲之，何足疑也。○「全勝瑚璉貴」四聯，皆玩世不恭之語。注：軒轅反切近韓字。軒轅萱。○注或者所謂寓公姓名者，其言近是。洪氏所疑容貌聲音之陋，乃故爲幻語以資笑謔，又以亂其事實，使讀者不之覺耳云云，甚是。

附細評：昌黎公與劉、侯二子談諧無間，瞋目切齒於當時執政貴人，因借石鼎爲題，以發其憤。而劉、侯初未喻其意，劉賦云云，蓋略無感慨于中者。侯則適欲自鳴其胸中之所欲出，遂借鼎自喻，所謂爬着癢處也。公乃奮然不顧，陡作奇怪語。以下劉侯云云，公云云，各自爲説，不相承接，此聯句之變體也。及至十餘韵之後，公言益厲，而劉侯胸中所欲出者幾盡，乃稍稍附和爲嘲誚之詞，此則聯句之法，不得不然也。劉、侯之不敢與公敵，其無所譏戲，固不待言。而公之所謂穎脱含譏諷，詩旨有似譏喜者，此語亦豈誠然乎哉？其再唱云：「謬當鼎鼐間，妄使水火争。」嗟乎劉、侯皆流落不偶之人，曾不得片刻立白玉階上，而謂以此譏之乎，雖至愚亦知其不然矣。劉、侯既喻公意，稍稍附和，爲嘲誚之詞，而公詩復有雙耳孤髻之語、蚓竅蠅鳴之言，何也？紘急則絶，策馬不已則敗，操筆之家，未嘗不知此意也。令貿貿者讀之，真若有一道士然者，真若譏其苦吟然者，知我希則我貴矣，然卒不欲自呑其氣，鬱鬱作病，而曾莫之知也，故于篇終高戛而深曉之，其所瞋目切齒于彼一人者，至是亦可以已矣。世之君子，讀是詩者，有不惜其言之有罪者乎？萬一彼一人者，得而讀之，有不抱刺骨之恨，而思有以中之者乎？嫁名彌明，托之道士，免乎未也。如公平日之序他文者序此詩，免乎未也。然則此序之所以曲謬百端，荒詭無寔，至于此極而後止者，蓋亦非所得已者矣。文人相輕，自古而然，劉、侯又公門弟子，肆意譏嘲，理宜有之，作序云云者，所以亂之，而使人不疑石鼎之爲彼一人也，於石鼎何與哉？於道士何與哉？於劉侯二子何與哉？疑者曰：二子與公歡好無間，固矣。雖喻公此指，而摹畫之間，狎侮已甚，得毋不堪而有慊于心乎？曰：此所以全二子也。公進《佛骨表》，宰相尚疑馮宿所爲，出宿歙州，其忮且愚如此。今二子與公唱酬，語涉訕謗，互相矜高，豈不重二子身名之累乎。夫彌明之爲子虛大夫，而寓公姓名也，非公所深諱，而當世亦必知之矣。獨有譏評文章，狎侮儕輩，疑若出于本情，而公之狂疎之態，不過争勝于五字之間，謂可不足深忌，而二子者，雖姓名顯顯在卷中，而固已脱然于罾繳罦罿之外矣。擇害莫若輕，二子何慊矣哉。有一譬于此，甲與乙丙爲友，甲有所怒，末由發，語乙丙：我請爲官，若等爲訴人，爲隸役，語不當意，則榜笞加焉。乙與丙祖背受之者，以其戲也。甲非有怒于乙與丙也，乙與丙又何怒焉。謂劉、侯之不堪而有慊于心者，是欲使乙丙拂衣而起，忘其所以戲者，而與甲鬪，然後可也。後之讀公序者，其毋以乙丙之所不怒而代之怒哉。「巧匠斵山骨，刳中事煎烹劉」。賦。起。「直柄未當權，塞口且吞聲侯」。比。自傷卑賤，憫默無憀。「龍頭縮菌蠢，豕腹漲彭亨彌」。賤之。彼何爲耶？豈此朝廟間物哉？「外苞乾蘚文，中有暗浪驚劉」。賦。煎烹故有暗浪耳，無他説。「在冷足自安，遭焚意彌貞侯」。比。志節如此。「謬當鼎鼐間，妄使水火争彌」。菌蠢彭亨者，竟以黄耳玉鉉相待矣，誰使然也？天下從此多事矣。必然之勢。「大似烈士膽，圓如戰馬纓劉」，「上比香爐尖，下與鏡面平侯」。賦。大圓上下，各言其貌，無他説。「秋瓜未落蒂，凍芋强抽萌彌」。眼中釘。手無斧柯。勇于自進如此。「一塊元氣閉，細泉幽竇傾劉」。賦。煎烹告成。「不值輸寫處，焉知懷抱清侯」。比。惟憐察焉。「方當洪爐然，益見小器盈彌」。斗筲之人，何足算也。何如。果然。「晥晥無刃迹，團團類天成劉」。「遥疑龜負圖，出曝曉正晴侯」。賦。「旁有雙耳穿，上爲孤髻撑彌」。亂之。似自嘲也。疑。「或訝短尾銚，又似無足鐺劉」，「可惜寒食毬，擲此傍路坑侯」。以上三韵，皆兒童嬉戲之詞。賦石鼎也，無心人語也。「何當出灰炧，無計離餅罌彌」。怒未息。末如之何。「陋質荷斟酌，狹中愧提擎劉」。比。劉亦從而嘲之。薄嘲之。「豈能煮仙藥，但未污羊羹侯」，「形模婦女笑，度量兒童輕彌」。痛罵之。奈何乎聖王而獨不知。「徒示堅重性，不過升合盛劉」。猶嘲之，附而和之。「傍似廢轂仰，側見折軸横侯」。賦石鼎也。無人心語也。「時於蚯蚓竅，微作蒼蠅鳴彌」。又亂之。以嘲作詩者。「以兹當作滋。翻溢愆，寔負任使誠劉」。「鼎折足，覆公餗」，隨聲附和，非毒口也。「常居顧眄地，敢有漏泄情侯」。終無意嘲之。飛鳥依人。「寧依煖熱敝，不與寒涼并彌」。鄙大可與事君也與哉，吾未如之何也已矣。「區區徒自效，瑣瑣不足呈侯」。倦矣，且休矣。嘲誚非其本心，宜其倦也。「迴旋但兀兀，開闔惟鏗鏗。劉」仝上。

「全勝瑚璉質，空有口傳名。豈必俎豆古，不爲手所撜。磨礱去圭角，浸潤著光精。願君莫嘲誚，此物方施行彌」。諸君乃亦知此物之可賤可鄙，而相與嘲誚之耶？雖然，諸君過也。夫瑚璉俎豆，豈非清廟之彝器，三代之法物哉？而此物者居然勝之，古之道無所施于今，蓋已久矣。黄鐘毁棄，瓦缶雷鳴，曷足怪乎。且此物之所以得有今日者，亦談何容易。磨礱之至，圭角都無，瑚璉能之乎，不能也。浸潤之久，光精自發，俎豆能諸乎，不能也。如是則安得不讓其施行一時，儼然鼎鼐之重，而與炎炎者相終始哉。而一二坎壈失志之徒，乃相與嘲笑之，不亦悲乎。雖然，聖皇在上，豈無天下之賓，可膺斯任，而使此物者施行一時，謂之何哉？此非某等所敢誦言也。此四韵乃是一篇之意，非劉侯所及，故彌明唱畢，而章已就也。

以上律詩。

《春雪》　轍車雙聲。

《贈族姪》　「自云有奇術，探妙知天工。」或以爲湘也。按湘，老成子，公姪孫也，豈有稱爲族姪之理？此詩亦不類公作，恐因傳會而失之。

《嘲鼾睡》　鬬雞嘲鼾睡，形容酷似處，令人如見如聞。

《辭唱歌》　此恐亦是在徐幕中作。

《讀杜子美詩》見杜集後　大約年代近者，多得之傳説，而易以失真。及其既久，則諸書出而有所攷證。今人多以年代近者爲必可信，此甚不然。此詩之僞，當以聲氣蠢俗，定其非退之作，不必以漂水一節爲斷也。

以上遺詩。

此木軒論詩彙編卷七

唐五

陳羽

《夜别温商梓州》「舊登龍」應作「並登龍」。

歐陽詹

《初發太原》「流萍與繫匏」云云，欠古。

柳宗元

《南澗中題》「誰爲後來者，當與此心期」，包盡一切作者之意。

《田家三首》之二　《小雅》之義。

劉禹錫

《臺城詩》　無味。

《石頭城》「夜深還過女墻來」，不過將奈何？此詩之妙于無謂者也。
《竹枝詞》竹枝與詩不同，須得山歌之意，故推夢得爲當行。
《團扇歌》怨之可者。
《百舌吟》劉、白相似，而白可愛、劉可惡。劉、柳同失足，而柳可憐、劉可惡。
《詠史》「賈生明王道」云云，輕薄可惡。

孟郊

孟東野滿腹是三代淳厚之氣，先民忠信之心，其詩有佳有惡，皆心聲也，安得以語言文字間求之？昌黎最敬東野，誠知人也。如賈島便是末世人，詩雖精工，不可與東野同日道。
《古樂府三首》之一　上半首逼古，下半首是孟體。
《湘絃怨》東野詩大約少含蓄。
《列女操》「波瀾誓不起，妾心井中水」，井中水未嘗不動，東野老不曉事耳。
《送豆盧策歸別墅》句句刻削。
《贈韓愈》「常恐百蟲秋，使我芳草歇」，妙于咽。

張　籍

《古意》「願爲雙車輪，一夜生四角」，二句逼古。
《謝裴司空寄馬》「乍離華厩移蹄澁」，只是顧主之意。
《楚宮行》　明艷。
《將軍行》　瞎老翁真箇會唱。
《送盧處士遊吳越》「風滿驛樓潮欲來」，《丁卯集》從此偷去。

盧　仝

《有所思》　勝許多鬼怪詩。
《直鈎吟》　無足取者。

李　賀

李賀、盧仝，並稱鬼怪，盧只有《月蝕詩》，奇偉如懷素草書，餘無足取者，非李匹也。又有任華者，作贈李杜詩，乃盧之流亞，皆詩中邪魔外道，然不能廢也。長吉自是從《離騷》得來，後來效之者，皆失其真。

長吉詩雖今體不用唐韻，亦不作七言律詩，孟東野亦無七律。

《李憑箜篌引》第四句點題。○「中國彈箜篌」，曾云中國猶國中，是也。吳西泉云李憑疑外國人，誤甚。○「吳質不眠倚桂樹」。丘云：曹子建《箜篌引》有「親交從我遊」句。吳季重，子建客也。不眠者，知音心醉也。此説可從。○「露脚斜飛濕寒兔」，董云：結處説李憑是月宫《霓裳》之樂，寒兔即月露，濕即零露溥。方是。

《殘絲曲》「緑鬢年少金釵客，縹粉壺中沉琥珀」。送春也。○「落花起作迴風舞」，落花似有情也。

《還自會稽歌》序僕意其必有遺文，今無得焉。此等不知下落之事，古今不少。○「脈脈辭金魚，羈臣守迍賤」。曾云：則惟永辭榮禄，以守此臣節而不移耳。此詩只是代庾作，曾説是也。姚辱庵説不可從。

《始爲奉禮憶昌谷山居》「當簾閲角巾」，歸思濃也。

《七夕》「錢唐蘇小小，又值一年秋」，所以愁耳。

《過華清宫》「蜀王無近信」，若詩言汾王矣。○丘云：此禄山陷長安後作。久矣久矣。

《送沈亞之歌》「家住錢塘東復東」，念家山之遠也。○「短策齊裁如梵夾」，即「挈囊秋卷重」之意。○「雄光寶礦獻春卿，烟底驀波乘一葉」，是皆秦之罪也。○「春卿拾材白日下，擲置黄金解龍馬」。白日之下，何至目迷如此？

《詠懷》「唯留一簡書，金泥泰山頂」。不朽者文也。○長吉分明以相如自況，未必有譏諷之意。

姚佺、黄震有此謬論。

《春坊正字劍子歌》「練帶平鋪吹不起」。姚云：劍術，劍可藏腦後云云。事有無吾不論，但長吉此語，並不及此意。

《雁門太守行》絶似屈子《國殤》。○士爲知己死，此行卷之通辭，故作壓卷。○若曰世有知我者，願以死報之也。

《唐兒歌》「濃笑書空作唐字」，曲盡兒女之情。「書空」作「畫空」，非。「眼大心雄知所以」，愛之甚，故爲此言耳。桃云麤鄙之甚云云。

《正月》「早晚菖蒲勝綰結」，蕭五雲引儲光羲詩云云，一結知詞人未嘗不留心民事也。無此意。

《閏月》丘云：今歲何長，以閏月言也。來歲何遲，以再閏言也。今歲閏，故來歲遲耳，豈有兩年連閏之理？○「羲氏和氏迂龍轡」。丘云：天官司曆者。姚云以王母、羲和並用，所謂補袖而舞。所謂來歲遲也。羲和指日馭而言，則與王母一例耳。

《浩歌》便是浩歌。○「南風吹山作平地」，即桑田滄海之説。必言南風者，海在東南，山居西北，定須南風吹之。○「王母桃花千遍紅，彭祖巫咸幾回死」。人生其間，何啻一瞬，而不及時行樂乎。○「買絲繡作平原君，有酒唯澆趙州土」。曾云：無論都護，即好客如平原，而今安在哉？吾但買絲繡之，以酒澆之而已。曾説得之，姚説不通。○「衛娘髮薄不勝梳」，姚引衛夫人云云。皇后何云夫人。○衛娘髮最美，然旦夕衰矣。

《南園十三首》之三　「竹裹繰絲挑網車，青蟬獨噪日光斜」。姚：繰挑膠屢犯疊韵云云。挑，徒了切。姚若識此字，則何不舉噪字乎？

五　「男兒何不帶吳鈎」，此承上長老之言。

十　「邊讓今朝憶蔡邕」。吳：長吉必感憶韓公、皇甫之相知，而今有寥落之感，假邊蔡以爲況也。此注是。

十三　李豆腐。

《金銅仙人辭漢歌》　以仙人視漢天子，正可稱爲劉郎，蓋嘆其生時愛仙道而無仙才，早夭之甚。○呼武帝曰劉郎，撰得最妙。仙人之壽，不知前此幾千年矣，視漢武直一早夭郎君耳，如曰劉家官人也。評者顧云不審何意義，彼直不知此詩通首是銅仙口氣，尚何足與辨哉？又鉛水從金銅生來，如女人則言粉泪也。今人或將鉛泪用在別處，亦已失其旨矣。又「天若有情天亦老」，石曼卿對「月如無恨月常圓」，世以爲勍敵。不知天惟無情，故古今只是此天，不見其老，老則須墮壞也；月自不長圓，然則謂月有恨也，而天與月一種是無情之物，何得作兩様看。若謂天亦有情，故今亦老矣，則若之與如同義耳，豈得云月惟無恨，故今月長圓耶？字對而意實相戾，人都夢夢。○「三十六宮土花碧」，已可悲也。○「空將漢月出宮門」。陳云：金仙泣則留而不去，故空將漢月出耳。大謬。「衰蘭送客咸陽道」。客，銅仙自謂。曾解謬。

《申胡子觱栗歌》　序「自稱學長調短調，久未知名」，言不能工。「吾聞所疑，稱善平弄」，「聞」恐是「問」字。

《傷心行》　鬼境鬼語。

《湖中曲》　「長眉越沙採蘭若」。「越」非超越之越，即越王之越也。吴云：越沙渚，採芳草。

《黄家洞》　「官軍自殺容州槎」，此陽行立陽旻之罪。

《酒罷張大徹索贈詩》　「水行青草上白衫」，董：春候也。言衫色與草同，恐非春候之謂也。○「酒闌感覺中區窄」，不知天地寬也。

《勉愛行二首》之二　「别柳當馬頭」，欲折也。○「欲將千里别，持我易斗粟」，因斗粟而輕千里之别也。○「庭南拱柳生蠐螬」，不堪折也。○「江干幼客真可念」，指小季也。

《公莫舞歌》　序「會中壯士，灼灼于人，故無復書」，可知作文之體。○「刺豹淋血成銀罌」，「成」恐當作「盛」。

《昌谷北園新笋四首》之二　「露壓烟啼千萬枝」，亦似咏柳。

《惱公》　《惱公》猶微之《夢遊春》耳。傖父以爲皆夢中境也，然則微之亦説夢乎？所以托之於夢者，猶言此一枝華，如夢相似，猶言覺今是而昨非也。其不能不以詩記之者，所謂有情癡人所不見免也。董：按末句意，通篇豈紀夢耶？果爾，則惱公當作惱天公。○「絢綃辨五總」，作「驄」誤。○「峽雨濺輕容」，紗之至輕薄者曰輕容。○「魚生玉藕下，人在石蓮中」。藕者，偶也。蓮者，憐也。○「含水彎蛾翠，登樓潠馬鬃」。姚疑此聯不屬下，爲一解。豈有不屬下句，直昏鬼也。○「月明中婦覺，應笑畫堂空」。楚人一炬，可憐焦土。

《感諷五首》之一　「獰色虯紫鬚」，猛于虎也。

《江南弄》　「渚暝蒲帆猶一幅」，徐云因暝故如一幅，此説是。　邱説非。

《神絃》　「神兮長在有無間」，所謂是耶非耶。

《追和何謝銅雀妓》　「石馬卧新烟」。丘引陸士龍別牋云云，今乃獨存一石馬，則凄凉復不似士龍時矣。　即指當時説，原不道僅存一石馬也。

《送秦光禄北征》　「桃花連馬發」。吴云桃花本紙甲。　此説非。

《畫角東城》　「壁冷挂吴刀」。曾云：刀劍同壁壘也，舟行無着，遥望如懸于壁也。　只怕不是。

《追賦畫江潭苑》之二　「重帶剪刀錢」。丘：刀錢二字連讀，上句澤葉亦連讀。　何苦要如此解。　○「靴長上馬難」，容有此態耳，何嘵嘵爲哉。　○「淚痕沾寢帳」。姚：上方幸襄，而今夕遂泣耶？且沾寢帳，又何其多也。　豈必一人哉，是周無遺民也。

《賈公閭貴壻曲》　「滿腦黄金重」，即金絡馬頭也。　丘解非。　文長不録。

《王濬墓下作》　「墳科馬鬣封」，「科」作「斜」者非。

《客遊》　「歸問時裂帛」，猶《詩》云「歸聘」。

《答贈》　「本是張公子，曾名蕚緑華」。姚云：當是狹邪之客，能副粉墨弄假婦人者。　自有似婦人處。　○「琴堂沽酒客，新買後園花」，即玉樹後庭之謂也，豈置妾之謂哉。姚置妾云云。　○此詩本明白。

《秦宫詩》　陳古刺今之流。　○「十夜銅盤膩燭黄」，人間自白日，樓頭自長夜。　「十夜」二字，兼白日在内，語意甚明。

《古鄴城童子謡》「獻何人，奉相公」。「獻」即奉字義。

《昌谷詩》「昌谷五月稻」，五月稻非五月仲夏時稻也。

《送韋仁實兄弟入關》　此詩極似詞。

《江樓曲》「竿頭酒旗換青苧」，爲雨所洗，故换青苧也。

《染絲上春機》「美人嬾態燕脂愁」，爲郎愁耳。注愁織之難，非。

《苦晝短》「飛光飛光」，陳：飛光，星也。飛光猶言光陰，恐不必指長星也。

《自昌谷到洛後門》「襄王與武帝，各自留青春」。丘：秦武王云云。武帝自指漢武，漢都長安，即秦地故也。

《秋涼詩》「花光變涼節」，花光，春光也。

《苦篁調嘯引》　非長吉筆。

《榮華樂》「將迴日月先反掌，欲作江河唯畫地」。將移漢祚也。

《相勸酒》「堯舜至今萬萬歲，數子將爲傾蓋間」。終古一瞬之意。○「會須鍾飲北海」，北海爲樽之意，不必指孔北海也。

《美人梳頭歌》「春風爛熳惱嬌慵」，嬌慵者，美人也。春風爛熳惱之，轉更少氣力矣，弄妝遲可知。

《許公子鄭姬歌》「轉角含商破碧雲」，作「碧空」，誤。

《出城別張又新酬李漢》又新號「張三頭」。○「趙壹賦命薄。」姚引《窮鳥賦》云云。「賦命」二字，斷非《窮鳥賦》「賦」字。○極摹杜詩。批「今將」二句。

《感調六首》之三「誰能分粉墨」，言不能辨其爲婦人也。

《白虎行》劉須溪謂叙事淺直，殊異長吉。誠未必真，然猶可冒，不似《有所思》、《嘲少年》等篇之鄙俚也。

《有所思》「臺前泪滴千行竹」。姚：臺疑燈，竹未詳。臺，妝臺也。竹，斑竹也。○「西風未起悲龍梭，年年織素攢雙蛾」，二句指天孫也，借以自況。邱説非。○「自從孤館」云云，長吉豈爲此哉。

《嘲少年》詩極醜，然亦有體，豈可删末二言而止也？破姚説。

《將進酒》「桃花亂落如紅雨」，詩餘之漸。「酒不到劉伶墳上土」，則幾于曲矣。

《艾如張》淺露。

元稹

按近刻《元氏長慶集》，訛字至不可讀。先生從崑山徐氏借錢虞山所得宋本，校正甚多，兹不具載。

《思歸樂》思歸樂，鳥名也。○若非宋本，則此等詩錯謬不可讀矣。

《周先生》四十字俱平聲，「月」字恐誤。

《代曲江老人百韵》「匝地轂轔轔」以上，言開元致治之盛。○「沃土心愈熾」以下，言天寶衰亂之由。○「思王賦感甄」，思王謂壽王也。「竟蓄朱公産」，「竟」恐是「競」。○「共謂長之泰」，之，卦也。

此下言禄山作逆，明皇幸蜀，而長安傾覆，不勝桑海之悲。

《度門寺》　武后爲北祖造。

《日高睡》　此題詩缺，此詩題缺，集中誤併爲一。

《哀病驄呈致用》　「何事牽牛下碧霄」，輕薄。

《第三歲日詠春風》　正月三日也。

《連昌宮詞》　宮邊老翁以下，隱然以漢宮呂彊待崔。○微之乃谷子雲一流人，非樂天比也。

《夢遊春詞》　長吉《惱公》，傖父以爲記夢也，然則微之亦夢而非真乎？

《雜憶詩五首》　五首皆觸目前光景，宛似當年，故憶之爾。○第二首末句，送者，推送也。

「嘉陵江岸驛樓中」一律，格致極爲輕佻，其一滚而下，有起有伏，直如説話相似。須知唐人莊嚴富麗，堆金砌玉之詩，其清空一氣，亦如是也。不然則七字一句，叠做八句，豈成詩哉！

白居易

《中庸》稱「『衣錦尚絅』，惡其文之著也」，其白樂天之謂乎。卑陋之談，俚俗之調，朝夕吟咏，累千百首，非狂非愚，不以爲恥，蓋是文外有事，深没其情，不欲使衆人皆得知之，此所以爲厚也。有村童師者，効其體而爲之，乃是别無餘事，如貧子披蓑，或者指之爲古者得道之流，而此貧子，亦遂欣然自謂吾殆其人，豈不可爲一笑。

樂天云「千首惡詩吟過日」，是他自要如此。看去甚淺甚率，甚不苟，然視彼刻意求工者，用心或過之。原不許人學，到此更學不得也。

樂天爲詩，必令老嫗解之，此老嫗自是可人。其解者必上乘好詩，不解者樂天亦必是不甚稱意。蓋偶然得一嫗，恰好與樂天作師，世間固亦有此事也。聞吾鄉張世調先生爲文，必就正于一族兄。此族兄終身不能補弟子員，初無學問，而先生顧惟其言是聽，有所指摘立改之，此與樂天事頗相類。世人不察，謂天下老嫗皆可就之問其解否，則不爲彈唱盲詞，固不止矣。

樂天詩説着美官，津津涎出，可愛哉樂天也！東野「一日看遍長安花」，相見古人真率。

朱子譏白樂天説詩，到官爵津津涎出，此戲言耳。如樂天正所謂善藏其用者也。

香山詩云：「功名富貴須待命，命若不來知奈何。」集中此等言語甚多。須知白在當年，若肯通融附勢，平章亦自可得，他自不肯如此，却只以命言之，此便與孔子同意。後人不知其高處，則但見其俚俗而已。不知白之俚俗，非後人所得効也。

白詩「預恐耄及時，貪榮不能退」，今人肯如此老實説否？不肯老實説，便不是詩人也。

樂天「何處難忘酒」諸作，須句句設身處地而得其神理，真是肉飛眉舞，骨戰心驚，非冠世才筆，不能爲也。後來効之者，徒見淺俗，奚啻天淵？而論者以爲此白體，豈不冤煞前人。

詩「真寢無夢寐」，蓋静時之心如止水，夢者心之自動也。可知雜擾之極，雖寢猶不寢，其動有甚于覺也。

香山詩「煖酒火重生」，按今俗語以火燒炭令熾，謂之生火。

香山云：「早潮才落晚潮來，一月周流六十回。」然其實不及六十之數，中間有兩借故也。此事村農知之，而文士多不察。然則耳目所遺者多矣。

詩與史不必同。《長恨歌》「楊家有女初長成，養在深閨人未識」，所謂諱莫如深，作詩不必皆實録也。至陳鴻作傳，則云得之壽邸。雖不直言壽王妃，然叙事之文，固不容失實，異于詩者也。

言之緩急先後，皆有故焉，不可不察也。樂天寄賀微之詩：「憐君不久在通川，知已新提造化權。」開口先賀一句，然後報以喜信，言李尚書已入相也。今人遇此等事，亦必似此光景。若先報尚書入朝，次作賀語，是爲順説，便緩慢了。又此詩言外之意，乃是十分從臾李公，此或人人知之耳。

《七德舞》「亡卒遺骸散帛收」，看他第一句是説甚麽。○結二句應。

《江南喜逢蕭九徹》云云「暗嬌妝靨笑」，輕輕遞過。

《楊柳枝》不盡致不快。

《五絃琴》以詩論，如元、白亦趙璧之弦也。

《自覺二首》之二「但受過去報，不結將來因。」至言。

《琵琶引》「唯見江心秋月白」，賺人。

《路上寄銀匙與阿龜》 真樸似杜詩。

《得湖州崔十八使君書》云云 「越國封疆吞碧海」，大。○「杭城樓閣入青烟」，高。

《太和戊申歲大有年》 是歲史不書有年。

《九年十一月二十一日感事而作》 甘露之變。

《訓皇甫十早春對雪見贈》 「忍心三兩日，莫作破齋人」，即今巴廿七之説。

《感舊》 「人生莫羡苦長命」，「羡苦」二字疑倒。

《井底引銀瓶》 將《氓》蚩演成一篇通俗歌詩，妙手妙舌，古今無二。「爲君一日恩，誤妾百年身」，勸戒深矣。此所謂全章之比也。

《放言》 「一生真僞誰復知」，自有知者。

牟融

《送羅約》 此詩絶類盛唐人筆。

李廓

《雞鳴曲》 「星稀月没入五更」，已前不説。○「辭妾欲向安西行」，只一字兩字，又不説。○「夫婿不聞遥哭聲」，烏知不聞？○「長恨雞鳴别時苦，不遣雞栖近窗户」，遂命覆醢。○苦之極矣。

《鏡聽詞》「匣中取鏡辭竈王」，沐浴而朝。〇「無人錯道朝夕歸」，好在錯字。〇「更深弱體冷如銕」，待之久也。「繡帶菱花懷裏熱」，久之久也。

《落第詩》最不耐煩，是勸人散誕散誕的話。

李　伸

《過鍾陵》「丹霄」應作「單霄」。

王　叡

《咏松》「丁固夢時還有意，秦皇封日豈無心。」醜極。

韋楚老

《祖龍行》述秦事可無所顧惜。

顧非熊

《秋日峽州道中作》落句「來往自栖栖」，弱。

杜牧

《早雁》「須知胡馬紛紛在」，胡虜字嫌犯。

《題宣州開元寺水閣》此詩未免詠氣，去温、李尚遠。

《爲人題贈》「我乏凌雲稱」。唐宋人尚識字，如凌雲稱、徽稱之類，無有作平聲者，明人乃始誤讀耳。○「文園終病渴」，「終」字妙。「曹洞云寒時」，寒煞闍黎。○真鄭衛紅紫之聲色，善能蕩摇心魂者也。

《長安送人》「子性極弘和，愚衷深褊狷。相捨囂譊中，吾過何由鮮」。百世之師。

《南陵道中》落句「誰家紅袖倚江樓」，所謂仁者見之謂之仁，智者見之謂之智。

《赤壁詩》秀才本色。

《贈宣州元處士》「寬于一天下」云云，晚唐乃有此。

《隋苑》「却笑丘墟隋煬帝」，「丘墟」二字誤。

《泊秦淮》小杜詩出于曹子建，而俗氣入喉嚨間，定爲郢中所嗤。「東風不與周郎便，銅雀春深鎖二喬」。許彦因詆之爲措大不識好惡，吾謂作詩與史論不同，風情所寄，故應爾爾。且二喬入曹氏，則江東大事之去，不言可知。

《爲人題贈》「燈挑皓腕肥」，言挑燈見壁上腕影肥也，正明臂瘦，或訛作「肌」字，不惟失韵，亦且不成句子。

《聞慶州趙縱使君》云云　「誰知我亦輕生者，不得君王丈二殳」。雖閉户可也。

許渾

《塞下曲》「朝來有鄉信，猶自寄征衣」。與「無定河邊」同意，而此較含蓄。

《重遊練湖懷舊》「一聲鄰笛舊山川」，作「一聲蟬續一聲蟬」，可從。

《凌歊臺》「三千歌舞宿層臺」，昔人譏其失實。○「百年便作萬年計」，淺鄙。

《咸陽城西樓晚眺》「溪雲初起日沉閣，山雨欲來風滿樓」。可匹「殘星」「長笛」一聯。○「故國東來渭水流」，作「渭水寒聲晝夜流」，可從。

許渾詩豈不精工，正以其留意全在句字間，但覺言盡而意亦止矣。如「一樽酒盡青山暮，千里書來碧樹秋」，何至集中三用之？分明教人做成好句，逐便凑入也。唐人之卑陋者，殆將無所不至，後人不盡知之耳。良工不示人以樸，此之謂也。

《訪别韋隱居不值》「漁火」作「漁父」，非。

李商隱

《韓碑》「豺狼生貙貙生羆」，句可議。貙勝狼，羆又勝貙也，元濟不如少誠、少陽遠甚，以此爲比，失其實矣。○「腰懸相印作都統」，都統，韓弘也。此句亦爲失實。○「入蔡縛賊」云云，韓碑未嘗不直書其事，如此詩乃真不公耳。○「句奇語重喻者少，讒之天子言其私。」易碑畢竟出憲皇之命，故須如此説。又若必寔序當日易碑之故，則將百言不得了矣，故以句奇語重爲辭，而以「言其私」三字括之，此處非好手不辦。又二句省多少筆墨，只如此讚歎，則不辨而深于辨矣。

《飲席代官妓贈兩從事》「許教雙鳳一時銜」，用意在「一時」二字。

《燈詩》「煎熬亦自求」，用經。

《可嘆詩》可惡如此，何名詩人？韋氏録之已過，而新城亦復不删，何哉？

《追代盧家人嘲堂内》「長短入淮流」。淮，懷也。閨閣中語多用此體，婦人識别字故也。

《龍池詩》音節之美，自不須言。○明皇事已章章史册，爲唐臣子，亦可以不咏矣。或以爲微婉得風人體者，非也。○「薛王沉醉壽王醒」。代壽邸作感憶，此其不可爲訓也，抑又甚矣。

《馬嵬詩》「海外徒聞更九州」，起勢大筆大墨。○「空聞」字犯複。「如何四紀爲天子，不及盧家有莫愁」。雖曰聞者足戒，然亦太傷輕薄矣。又商隱去明皇已遠，故可爾耶，然亦薄矣。此詩起勢甚奇，中二韵筆力甚健，晚唐人無敢與之抗者。○非温八叉所及。

《過故府中武威公交城舊莊》「感能羆」，「感」作「撼」，非。

《垂柳》「小蘭花盡蝶，静院醉醒蛩」。謂小蘭花盡之蝶，静院醉醒之蛩也。或疑「醒」當作「聞」者，非也。不言聞，聞在其中矣。

義山詩不好處在輕薄。今人但知用意微婉，爲得老杜遺法，豈知如此詩，今人無感戀意，安得與少陵比?

薛　逢

《宫詞》「雲髻能梳」,「能」當作「罷」。

趙　嘏

《悼古》「細推今古」云云,香山一派。

《長安秋望》「殘星幾點雁横塞,長笛一聲人倚樓。」名不虚傳。

《自遣》「回首」作「回音」,誤。

《吴門夢故山》「心熟家山夢不迷」,一「熟」字最妙,所謂熟處難忘也。

劉　耕

《贈王僕射起》詩有讀之令人慚者,此類是也。

王　鐸

《謁梓潼張惡子廟》結語諷諸將莫肯用命也。

薛能

《晚春詩》聲格卑靡。

裴休

《贈黄蘗山僧希運》臨濟本師。

韓琮

《暮春滻水送别》音節甚卑。

韋蟾

《送盧潘尚書之靈武》「鐵衣明」作「鐵衣鳴」，是。

賈島

《代舊將》「舊事説如夢，誰當信老夫」。你説你説。○起用未尿出先屎出之法。

《朝饑詩》郊、島正可稱匹。○杜、賈兩詩翁，皆以啖牛肉得疾卒。

《上杜駙馬》　三四可作杜家門聯。

《寄遠學孟郊》　此詩不合收入《才調集》。

温庭筠

《送人東遊》　學襄陽。

《西州詞》　宛爾齊梁人聲口。

《碌碌古詞》　古意。

劉　滄

《秋日寓懷》　「故國幾多人白頭」，刻本誤作「幾人多白頭」。

皮日休

《七愛詩》　盧徵君亦易落套。

陸龜蒙

《迎潮詩》　去《騷》遠矣。○「既充其大兮又充其細」，似宋人語矣。

司空圖

《秋思》力追古風。

張喬

《送友人歸宜春》在唐季爲高格。

魏樸

《和皮襲美悼鶴》「沙島烟愁似藴情」，作「烟深已盡情」者，是。

方干

《寄靈武胡常侍》「九有」、「東宫」同韵對。

羅鄴

《曲江春望》「雖然未得陪鴛鷺」二句，莫非王臣。

羅隱

《登夏州城樓》「萬里山川唐土地，千年魂魄晉英雄。」似壯而實俗。

温憲

《春鳩》「村南微雨新，平緑淨無塵。」起法與「江雨朝飛」同。

唐彦謙

《春雨》「遠容迎燕戲」，不成句。○「梢簷潤繡題」，不成句。○學義山而才情有限，支湊之迹宛然。

韓偓

《香奩集》非偓，誰能爲之？或云和凝作，非也。凝所作小詞，與此大不同，當于情味濃至不濃至處辨之。而《筆叢》反以爲與韓不類，亦可謂不知子都之姣矣。

《寄鄰莊道侶》畫意。

致堯詩「照獸金塗爪」，照是鏡也。又「眉如半照雲如鬟」，半照即破鏡也。後人不解此字，乃改爲半月。

盧　弼

《和邊庭四時怨》　不減盛唐。○「夜半火來知有敵，一時齊保賀蘭山」。如見。所謂千載下有生氣者。

杜荀鶴

《春宮怨》　「風煖鳥聲碎」，正恨太工耳。

孫　郃

《古意二首》　存其議論而已，詩意則亡。

吴　筠

《覽古十四首》　多道家言。

韋　莊

《延奥門外作》　「緑奔穿内水，紅落過墻花」。句法。○句句字字工，以工爲事。

《憶昔》「西園公子名無忌，南國佳人字莫愁」。無忌、莫愁，只如稱皇帝作堯舜相似，不必以西園二字訾之。○「今日亂離俱是夢，夕陽唯見水東流」。其聲哀，其調卑。

《謁巫山廟》「山色未能忘宋玉，水聲猶似哭襄王」。山色、水聲，襄王、宋玉，太易太平。「爲雨爲雲楚國亡」。孩子句。○「春來空鬭畫眉長」。亦何必神女。

李洞

李洞詩無一字不經刻琢。

《終南山二十韵》似松陵。○不忝作浪仙法嗣。

《贈曹郎中崇賢所居》「春斷」作「春斷」，誤。

《懷張喬張霞》此首以濤字入二蕭，恐誤。

嚴郾

《望夫山》結傷温厚。

鄭鏦

《婕妤怨》欠柔厚。

釋清江

《贈賈兵馬使》無一點僧氣。

釋靈一

《宿靈洞觀》所謂不見有爲心也。〇「中宵自入定」。饒舌。

《静林寺》中二聯一病。

釋齊己

《中秋月》「東林莫礙」云云，分明寓意。

釋齊曇域

《懷齊己上人》「病後身心俱寂寞」，作「淡泊」，非。

李季蘭

《寄校書七兄》婦人中如季蘭者絶少。

魚玄機

《賦得江邊樹》「根老藏魚窟」。無味。○「驚夢復添愁」。率且弱。○此道士殊無足取。○略解吟弄，竟得流傳，不知是奉承他甚底？

無名氏

《雜調》「莫待無花空折枝」。古詩意味。

五代

馮道

馮道有詩云：「但教方寸無諸惡，狼虎叢中也立身。」此老可謂不愧其言也。處道之地，行道之事，其所以能然者，亦自有本原，有學術，非徒一頑鈍無恥足以盡之。不然小人而無恥者衆矣，何以不能爲道也？道又有句云：「已落地花方遺掃，未經霜草莫教鋤。」興寄甚遠，與《擊壤集》何異乎？以其出于道也而糞土視之，噫，亦過矣。

此木軒論詩彙編卷八

宋

蘇舜欽

《及第後與同年宴李丞相宅》　「拔身泥滓底」至「榮若凱旋將」，王阮亭論之曰：「一第常事，而津津道之如此，子美之卑靡不達，已略可見矣。」愚謂阮亭此言，略似朱子譏白香山，説著官職，即津津涎出之意。然以是而論詩，則未可謂知言也。夫詩人之旨，莫善於自謙處下，深没其志行之美，而顯露其不甚美者于文詞之間，有其言如是，而其情不必如是甚者，此其所以爲厚也，不可不察也。子美豪邁拔俗之士，果若是滿志於一第而已耶？殆不然也。其所以窮極寫狀，出新意於陳篇之表，使人讀之，神思爽健而不知其他者，此作者之自鳴得意，而人自以爲弗及也。若曰此辭人之習氣，莊靖之士不肯出此，則子美心折矣。若乃志污而貌潔，行濁而言清，魂戀魏闕而託興江湖，心營田宅而寄詠魚鳥，是子美之所必不屑也。故曰以阮亭之説而論詩者，未可謂爲知言也。

歐陽脩

《讀張李二生文贈石先生》「刻琢珉石得天璞」。「瑑」訛作「琢」耳。

《鎮陽殘杏》歐詩一味不做力。

《葛氏鼎歌》如此等詩，所謂要奇不能奇，不如不作之爲愈。「馬圖出河龜負疇，自古怪説何悠悠」。歐公不信《圖》、《書》，亦是一見，此自是其持論如此，非作詩戲言之例，總之不好。

《贈沈遵》「花間百鳥喚不覺，日落山風吹自醒」。此聯若不是箇「自」字，説來竟似死底樣子。下筆最要點檢此等處。此詩好，而一結恨淺弱。

《盤車圖》「詩梅咏物無隱情」。謂聖俞。詩梅如琴張、奕秋。○「樂能自足乃爲富」，宋氣可厭。○「朝看畫，暮讀詩」。六字亦孩氣。○「楊生得此可不飢」。《衡門》詩原自活潑，而此結語意頗説煞了，則是豈有此理也。

《謝王尚書惠牡丹》「肯慰白髮將花插」。宋代丈夫皆插花。

《明妃曲》「不識黄雲出塞路，豈知此聲能斷腸」。類如此矣。

《再和明妃曲》「萬里安能制夷狄」云云，詩中下如此議論，不如仍去做你底古文。○結句「莫怨春風當自嗟」，以意勝。

《答謝景山贈古瓦》光武中興及蜀踞一州，皆文、景子孫，武、宣之後，盡哀、平而止。宋祚延長，由仁宗德澤深厚，故有「慶曆春風一萬年」之句。然英宗以後，實非仁宗子孫，而女直之禍，至爲慘酷，此正皇天默佑之理，非人意所測。

《寄聖俞》「風餘花蕊飛回旋」。「回」字乃「面」字之誤。蓋不知而改耳。

《琴僧知白》句法多拙。

《送吴照鄰還江南》「五斗歸來婦應喜」。何消説。

王安石

荆詩句有句法，字有字法，功力至深。如老樹着花，妖妍非常。乃其選四家詩，駕歐公于太白之上。荆豈不知歐詩之平平無足數哉，其亦過相崇奉，以答其延譽之意云爾。○歐本不長于詩而喜爲詩，不譽其文而譽其詩者，諺所謂抽趣已爾。

《明妃曲》「明妃初出漢宫時，淚溼春風鬢脚垂。低徊顧影無顔色，尚得君王不自持」。纔寫得四句，決知是昭君，決不是飛燕輩，此所以爲神筆也。

《和王微之登高齋》「龍騰九天跨四海，一水欲阻爲可咍」。亦復談何容易。

《吴長文新得顔公壞碑》「但疑技巧有天得，不必勉强方通神」。此論自高。然觀顔所記受長史筆意，則顔之苦心于書可知。○「但疑」二句，此達理之言也。無得于天而辛勤効古人以求其至，鮮有能至者也。

蘇軾

《王維吴道子畫》　摩詰得之於象外云云，作此物非此物，乃爲至矣。一切如是，故曰藝成而下，正爲其藝成耳。

《出潁口見淮山》　此等是拗律，編詩者入之古詩耳。

《孫莘老求墨妙亭詩》　屋裏人説屋裏事。

《寄劉孝叔》　憂思中俱帶嘲戲，子瞻之異于少陵以此。

《和蔣夔寄茶》　「我生百事常隨緣」，子瞻一生得力處。

《寄吴德純》　四句一章，故首句皆韵。

《送戴蒙赴成都》云云　此詩佳。

《軾在潁州與趙德麟同治西湖》云云　「大堤士女争昌丰」，治湖灌田，却説士女昌丰，此等處人多不知，作者正不要人知。

《荔枝歎》注永叔聞君謨進小龍團驚歎云云　君謨以得罪英廟，故墮餓鬼道五百年。即此進茶一事，亦當不免。

《西山詩和者》云云　「往與屈賈澗餘哀」。子瞻得力在此。

山谷言：「文章妙一世，而詩句不逮古人。」意指子瞻，此最公論，可謂不阿所好者也。子瞻詩佳者，獨有《獄中寄子由》「聖主如天萬物春」二首耳。世人憒憒，惡足與語此。

子瞻如天公玉戲，豈人間所能雕刻而爲者，奈何妄欲效之。

東坡不喜寒儉咿嚘聲態，雖重遭困厄，而嬉戲自如，才藻彌復艷發，然只成東坡一種文章耳，要之不可爲詩。

東坡所謂街談巷語，皆可入詩者，他原善于持擇，非一槩攔入也。然此等詩在東坡已自了無餘味，何況効而爲之，豈有一毫可觀。

黄庭堅

宋詩恐當推涪翁第一。

《戲呈孔毅父》　疊韵多則句法變，不必以過巧議之。

《戲書秦少游壁》　此詩未詳所謂。

《送劉季展從軍》　七言律。○《題落星寺》亦是拗律。

《長句謝惠紙》　「小時雙鈎學楷法」云云，古人下語，必從真實心地中出。

《送曹子芳福建路運判》云云　「回波一醉嘲榜桅，山驛官梅初破寒」。發諢出場，是詩家律令。

《李君貺借示其祖草聖》云云　「新春一聲雷未聞」，一作「曾未聞雷聲」，看此便知成句不成句之説。

《觀劉永年畫角鷹》　此篇不見筆力。

晁冲之

《夷門行》　「慷慨直詞猶諫獵」，諫獵是必不怒者。

《送一上人還滁州》　只管如此寫，亦覺少味否。

晁補之

《酬李唐臣》云云　「大山宫，小山霍」。《爾雅》：「大山宫小山者名霍。」宫猶繞也。此詩誤讀各三字爲句。

《秋夜古風》　落句「杲杲已上扶桑東」，偷韓。

陸　游

《上巳臨川道中》　首句用杜「二月六夜春水生」，第五句又用「三月三日天氣新」，創格。○「龜息無聲惟默數」。息息自覺之謂數。

《石首縣雨中繫舟》　「欺負六國囚侯王」。欺負最甚者，受禍亦最酷，大小皆然。

《瞿塘行》　抗行少陵，良非虚譽。

《風雨中望峽口諸山》「安得朱樓高百尺，看此疾雨吹横風」。大筆大墨。

《九月十六日夜夢》云云　「太行北岳元無恙」。山豈有恙？故爲詩家句中法力。

《蒸暑思梁州述懷》「老生衰病畏暑溼，思卜鄠杜開柴荆」。却只説自己受用，若老杜，言「急爲破幽燕」矣。

《觀小孤山圖》結句「俊鶻横江東北去」，不如此，便語不可了，非有他意。

《龍眠畫馬》「嗚呼，安得毛骨若此三千疋，銜枚夜渡桑乾磧」。故是務觀本懷，然句法太襲少陵矣。

《九月一日夜讀詩藁》自道所得，最爲深妙。落句「《廣陵散》絶還堪惜」，誠哉是言也。

《山中得長句》云云　此篇亦嫌似韓太甚。

《遊萬州岑公洞》作詩要恰好，如此題合付此詩，更多亦不必。

金

元好問

《赤壁圖》似集句非集句，大手無不可。

《鄧州城樓》此即黄鶴鸚鵡之類。

《南湖先生雪景乘騾圖》「風流耆舊今誰似，惆悵相看是畫中。」須如此收拾。

裕之七言長歌，大似琵琶箏笛，雜然並奏，令人骨肉都飛。酷似李太白《憶舊遊寄元參軍》之作，雖非大雅之音，自是真正當行才子。

劉　迎

劉詩畢竟平。

元

虞　集

《題黃都事山居溪閣》結句「我欲芳蘭寄遠者，日暮天際多輕陰」，用程子詩寄意。

劉　因

《登荆軻山》意既亂道，筆又粗莽，非佳作也。

静脩詩似亦老健，而實則獰劣，所謂得杜之粗俗者。學詩者纔知腕中用力，則必墮此坑塹。要之如静脩輩，在此道中都屬門外漢。譬如劉後村之樂府，以視稼軒，固天地懸隔也。

吴　萊

《觀唐明皇羯鼓録後賦歌》　議論可爲勸誡，而詩不高。

楊仲弘

《寄陳生》　此等不過叶得幾箇險韵，更無别伎倆，今之學韓者多類此。

《太古雪》　「粤自開闢初，雲氣所凝結。已經六萬歲，變化同巀嶪。」此用康節之説也。

明

高　啓

《上之回》　紀元事。

《悲歌》　「貧少不如富老」，一本作「富老不如貧少」。

《江南意》　全學太白。

《寓感》一　視陳子昂何如？古今相去之遠如此。

六　愈欠古矣。

《三賢堂》「無由厠賓筵」。賓筵豈宜輕厠？

《題帶經漂麥二圖》之二　不好。

《緑水園宴集》　全是效矉韋蘇州。

《贈薛相士》　結「願生毋多言，妄念吾已忘」，可嘆可悲。

《看刈禾》　意味甚薄。

《真氏女》　此題不必作。

袁　凱

明詩以袁海叟爲冠，此不待言。其高絶處，恐當與陶淵明配也。海叟詩最爲難看，無識者以其學杜而美之，謂爲北地、信陽開先，其稍知詩者，或當以其學杜而心易之，謂叟所優者止是爾，不知學杜者，叟所以寄其跡也。叟故自有天然之才，讀舊人詩本不必多，其似杜處，皆非所屑意，雖似杜不以爲病也。由肉眼觀之，全然似杜，由真正法眼觀之，並非杜也。故曰海叟詩最爲難看。

杜愚而袁黠，那得似也？

以海叟比國初四杰，此不知詩之甚也。如高季廸百首，何能敵叟一字，餘不待言。

本朝

王士禛

《漁洋山人精華録》　新城王先生，由乙未進士，歷官至尚書。見其雜著内一條，論朱子《詩傳》不用《小序》之非，爲愚且愎。子貢謂君子一言以爲知，王先生于是失言矣。近從文五處借得所謂《精華録》者觀之，然後知《詩傳》之横遭譏議，蓋亦無足多怪云。

錢序　余觀漁洋之詩，蹉跌甚多，借力虞山，遂以代興自命，不亦傎乎。

《白紵詞三首》　紙上不見有一字，做之何爲？◯「阿誰公子淮南王。」公子矣，何云淮南王？◯「上爲舞衣下舞裳」。不消説，真孩子話。

《擬美女篇》　雲間體。「寄語盛年子，顧義慎自防。」以此作結，蓋自謂取「南有喬木」之義。夫既顯顯然矣，亦有何遺味餘音？

《復雨》　「颸颸涼颸」三句，只説雨落。◯「掘冢鑄幣既不能」，不可爲訓。「長官鞭撲那敢避」，不知是那一箇口氣？看去直是渾渾然。

《和窟室畫松歌》　「我來盛憂變冬序」，即上「盛陰五月凛霜雪」云云。「江南吴生昔爲此」，句無氣力。◯結句不可解，總之不可解。

《蠡勺亭觀海》「擊我劍，聽君歌」。正是自歌，何忽云聽君歌也？此君是何人，不可解也。○結處纔説求仙無踪影，又要避世，要垂釣，又只爲人生易老，此等感喟激昂，真令人摸頭不着也。蓋王君所處，自當不至于此耳。

《周文矩莊子説劍圖》「古今人物畫手誰第一？晉有衛協吳曹興」。誰第一？○凡筆底無神者，只得對畫呆寫，滿紙是「一人」、「二人」等字。此等伎倆，不直一文者也。○此種詩如村俗人持竹槍而舞，舞來舞去，終無好勢，轉見不堪耳。

《冬日偶然作》之三　衛將軍亦自有功業，不應埋没他如此。

《春不雨》　起處除「游絲」句，倒大有雨意。古人鈎魂攝魄之法，此乃反而用之乎？「鳴鳩乳燕春將晚」，非雨而何？○「春田龜坼苗不滋」，不似父老聲口。○「猶賴立春三日雪」，此句好。○「瘠土年年事耕織」，耕織那得不年年？此等大老官，不及周公多矣。○「不見飢烏啄遺粒」，不可解。○「即今土亢不可耕」，無味。○結「吁嗟荆益方用兵」，只一句，自謂妙矣，醜甚。○略無足感動人者，無才無筆人，不可作詩如此。

《蠶租行十解》　音旨逼真古樂府。○「何」、「襦」不可通韵，不知何所本也。○末章「阿夫還入門，不復見故妻」。不見其魂耶？生既爲同衾，死當携手歸。夫之死以窮逼，非若仲卿之癡也。此結只圖詩好，然失其旨矣。作詩要歸併一路。

《轅固里》　只將故事述得一遍。

子詩。

《苦寒行》「俛眎飛蓬根」云云，飛蓬倒好麽？

《梁曰緝爲言輞川雪中之游》「憶昔維摩詰」，從無此稱法。○不信王新城直如此不濟。

《慈仁寺雙松歌贈許天玉》「千秋萬歲知者誰，閩海奇人許夫子」。最可厭者，是不説出來。○啞子詩。

《題趙澄仿王右丞群峰飛雪圖》詩中有畫，昔人以爲佳境，由今言之，凡詩句小能作畫意者，甚易而不難，安得自詡右丞家數乎？○「即教唐宋多能手，未必常逢如此人」。結無味，何以成詩？

《夜經古城作》末二句「疎星耿不明，白楊夜深語」，本説人，却似鬼矣。

《南園》落句「既然念終古」，此藏拙之法，實無可説耳。○正如學雲林畫者，只省墨耳。

《夜登燕子磯》「大江森欲動」，豈有千里大江而不動者，乃但云「欲」乎？○「把炬石燕飛」，不相干。○「此意誰當識」，實無他意，且圖作結語耳。

《宿弘濟寺》只「伯圖烟冷」四字，起下「學無生」意，固是包舉諸餘，然語意不倫，恐只是隨手湊集耳。○除「伯圖」句略不見「學無生」意，古人何曾如此做。

《半山愛予寒江落潮》云云 「捫蘿附葛不知險」。謂登燕子磯。此句不確。我嘗登之，甚容易也。然此乃詩人之常，不爲病也。

《吴季子祠下作》以議論爲古詩，正使高出，猶未足貴，況多謬誤如此乎？○「書札理當晰」，此説不是，王君固不能知也。

《林皐和尚塔院》　「惟有林公泉」，都無所有，乃以「惟有」爲言，此已有桂花矣。上句岩桂花猶發。

《丹徒行吊宋武帝》　好似彈詞一段。○「王氣銷殘帝宅荒」，此直指今日而言，益知結句之不妥。○結句「天命還歸蕭建康」，篡耳，何足言天命？○只是說宋亡而齊代之，何人不知，何所寄意乎？○末句所以少氣力者，此之天命，固不似漢、唐之興故也。文中於此都不入眼，可知此句立言之卑陋。

《五人墓》　結句「寒鴉自來去」，只須如此發付。

《還元閣聽雨》　先生不當學園綺。

《登光福塔望穹窿靈岩諸山懷古》　「自米堆山下」云云，亂道何足與辨，彼特要做一首詩，胸中擾擾然，不得不如此亂道耳。○「大千俯微塵」。那得這樣高。○「悟彼解脱義，得此清淨身」。如此一箇人，下又說「荒徑含蘼」等語，從古已來，亦有之乎？○「千載爲沾巾。」扯淡。○「落日悲孤臣」。扯淡。

《葉訒庵自吴中寄予長歌》云云　「九疑緜邈」云云，此謂章皇賓天也，不合用九疑、南巡等字。○「飛蓬落葉愁春心」，上四字非春。「調羹未罷夜郎謫」，指李青蓮。語太失實。○「至今青山采石垂千年」，此物又何千年之有，此所謂語病。

《九日與某某集平山堂》云云　「今我不樂出行邁」，少陵亦復晦氣。○「已黄土」、「已陳跡」，兩用「已」字，又非章法。○「流湯湯」、「雲茫茫」，作者以此爲章法，直技窮耳。○「從來王伯已如此」，讀之慚殺。又用「已」字。○「何激昂」，前有「何飛揚」。又犯重。○結「欲趁桓公作急裝」，此聲更不耐聽。○

如在一小屋中使刀槍，只管磕撞作響耳，何苦而爲之。

《登文游臺》「錦繡詩篇照天地，與臺光景常鮮新」。臺是天成底否？若天成底，則可作如此結耳。○「人民城郭半遷改。」人民半遷改，不知作何解？○「至今洮額塹安民」，不可解。

《過汜光湖懷古》「勢異北平順」，謂宸濠。是何言與？○「如何萬乘尊，南巡來建康。」宣宗之於樂安，亦親征也。「如何」云云，稚口可嗤。○「膠舟古所戒，遺恨憐昭王」。此二句小歇，竟似毅皇不生還矣，況有「豫且」以佐之。○「至今泰陵樹，松柏無斧折」。泰陵，孝宗也，一結搭不上，「豫且」云云，直是啞兒欲語，不勝其苦也。○明諸帝陵，愚末之見，以意度之，決不獨斬伐康陵松柏也。

《甓湖舟夜讀渭南集》此是不識高低，矮人觀場底話。

《陸放翁心太平庵硯歌》誤識「搴」爲平。

《卞忠貞公墓下作》「惟公執鄙吝」，是卞自道耳。胡乃作如此語，又以茂弘語配之。

《宿長干寺》「跏趺寂無言。下簾啓北牖」。佛像如何要他言？若指和尚，則下簾又不能趺坐。○「中夜微風作」。直如日記，何云詩也。○「枕簟生夕涼」，後半夜也，又似黄昏光景。○「勞生疲津梁，聊息應對煩」。結須説自己，不宜説僧。如「勞生」二字，説不得僧，而「疲津梁」又説不得自己，不知何意。看他直是全不在行，不用深求，如通首平鋪者，全于末聯看其歸宿，此定法也。而亂竄如此，尚何足深求哉。○末句有甚意味。

《陳生行》「爾既不能入淵斬長蛟，又不能登山射猛虎，復不能亡賴作横苦鄉里」。多一「又不能」。○「昨日渡江來，今復渡江歸」。成何語耶？

《蕭尺木楚詞圖畫歌》　所謂雜亂無章者。

《家兄信宿焦山有寄》　豈不謂學右丞耶？觀右丞《别弟》一詩，何等神理，所謂情至無文者。此只似寄尋常朋友之作耳，得其貌而遺其心，昔人所以嗤効顰也。

《雨夜懷其年園居》　「暗蛩吟幽草」，似秋。首句有「春暮」字。○三韵連用覿、荻、笛，太犯。

《咏史小樂府二十四首》抹「小樂府」三字。　音節如聲。○「將相江東美」云云，左袒東吴，獨詈曹氏，此兒童之見。無孫氏則曹遂盗有天物，所以江東諸公，後世猶津津焉。然壞蜀後事者，孫也，而非曹也。○「魯國真男子，關西社稷臣。阿瞞渾自可，滿寵爾何人」。文舉、文若俱屬寵勿考掠楊公，今云似融、彪並爲寵所挫辱矣。且寵之加考掠，乃所以生楊公也。此詩之意，亦世期之舊論耳，裴史家奴也，此更爲重儓耳。○「何人工賈國，老竊博平封」。「工賣國」改「貪佐命」，歆早歸曹氏，其於漢家非有毫毛勢力也，何國之可賣乎？所謂賣國者，如褚淵、王儉之徒是也。○「何如綿竹戰，父子死堂堂」。結得好。

《登天闕望金陵懷古》　「我登牛首山，天闕何厜㕒」。天闕宜於望，不宜於登，起便殺風景，題如此，故如此起，可無論耳。○「五馬浮渡江，一馬獨權奇」。曰權奇則仍是馬矣。且以權奇目瑯琊，反爲不似，蓋只圖趁耳韵。○「大江環四垂」，扭揑。○「俯仰自生悲」，扯淡。○「時清易偏安，憑弔將奚爲」。自嘆自落。○「壯心不可已，泪下如綆縻」。欲何爲耶？徒集舊句耳。○無謂之甚，如此作詩，徒欲以瞞兒童耶。○何不閣筆，何苦無病而呻吟也。

《淮北晚行》 似集句又非全集句，不知何説。

《昭陽顧符稹畫棧道圖歌》 只一厭字盡之。○通首音節如是，只中間兩處長句，又一句極長，皆屬亂句做。七言廿六句，九言一句，十一言一句。○「譙周罍國謀非臧」。何干譙允南事，真耳學也。○結「如聽鈴聲替戾岡」，此句亦宜一例，如此無味之句，何用留作結。

《送陶季之潞州》 「坐笑曾孫生白髭」。陶君果有之乎？

《傳經堂歌送卓永瞻歸浙西》 「巢傾卵破悔不平」。巢傾卵破，不得不指卓家，而悔不早，又何説也。○「深山大澤藏蛇龍」，用此句可疑。○「昭氏鼓琴有妙理」。濁醪不過一醉，故云有妙理。至于鼓琴，則又何消説「有妙理」耶？○「雅歌殿上何雍容」。似真了。

《世祖畫渡水牛戲以指上螺紋成之》 「彈指九牛毛」，亦非彈也。所畫果九牛耶？抑貪用此三字也？

《送米紫來令建昌》 隔句用韵，此體亦不足喜。一三鶺、窟，五七敵、客。

《晨起爲錢宫聲題長橋烟雨圖》 「自郊徂宫空告虔」，用得莽鹵。○「昨有新涼生枕簟」，簟即桃笙也。前言眠不得，此言眠得耳。前有「桃笙火出晝不眠」句。○「簷前細雨銜洄漩」，前無「五更」句，「五更簷溜聲奔泉。」則此結猶可，若云再應一筆，是真嚼蠟耳。

《愁霖行》 「此事毋乃非休徵。」真令讀者慙耳。○「吁嗟盛世詎有此。」扯淡。○「何時扶桑日東升」。只是望日出耳，成何説話。

《雪中寄宗定九》云云　七古學韓家腔口者，正如填詞作《水調歌頭》，雖有好手，亦難乎爲工矣。

《題施愚山賣船詩後》　豈非仁人之言，然其聲惡，故不足以感人。○「魯山與陽城，斯人竟難招」。「陽城」改「道州」可矣。

《初春四月》云云　「遠水魚鱗波」。魚鱗波即非遠水。

《香山寺月夜》　「宵分猶未眠」。未眠奈何，以此爲冲淡，非所聞也。

《晚望翠微寺》　「似有微鐘起」。又何似之有，正可騙鍾、譚耳。

《碧雲寺魏閹葬衣冠墓》　「嗟哉陽司隷」。攻閹而死者非一人也，豈獨以陽君比大洪耶？則楊陽異氏，亦無所當矣。

《卧佛寺》　「寂寥無可説，請君張玉琴」。王、孟之冲寂，豈如是乎？

《故明景帝陵懷古》　所引故實皆近之，而措言不能達意，所謂小兒學語者。○「紛紛南渡議和戰，乃知計左非良圖」。此處大有話説，非此二句可以朦朧蓋過者，除是瞎子方可瞞耳。○「功罪千秋有特筆」。謂禁錮南宫，景皇不爲無罪，而功在社稷，不得更以避位責望之。語意含胡雜亂，何其不濟之甚也。○「君臣一代盡宿草」，豈但宿草。

《過金魚池》云云　欲寄意，渾無所有，此之謂矣。

《計甫草至》云云　「芳序竟荏苒，别離年歲多」。緑陰散林樾，首夏氣清和」。三四與一二不相粘連，是甚格律。四句乃一小首也，請看此四句，做得一小首否？○「步屧一來過」。計從吴門至，此句乃似鄰近一來耳。學舌頭而不得其法者，大約如此矣。

《雨中懷彭羡門》結「何當一樽酒，共對成斟酌」。是無味之淡，非唐賢之淡也。

《壽陽驛題韓文公詩後》「韓愈真可惜，朝廷乃大錯」。遣韓往不爲大錯，微之愛韓，故有可惜之言耳。若遣辱命之人以往，豈不害事乎？庭凑不到得如希烈輩之兇虐，韓往自可不死也。若謂不須遣者，則原有詔毋必入也。○「誰與秉國成」，王播、崔植、裴度，非逢吉也。

《首陽山》此却是他識高低處。

《鳳嶺》「鳳鳥此來集，世遠事悠謬」。似言無此事矣。

《觀音碥》如「雄長」作去聲，與狀嶂叶。未知何據，料此公不誤，未能究也。若今韵中此字，乃冗長之長，音如仗，非長幼之長也。

《定軍山諸葛公墓下作》叶韵而已，此類詩是也。○「赤伏更典午」，不成句，且失實。○「譙侯寧足誅」，不降亦無支持法，譙之勸降，原無足深恨者。

《天柱山》「雲垂雨忽凍」。與洞、鳳叶。此字平。○結「出險忽如夢」，用韵老。

《通州水月庵》云云「安得十洲縱汗漫，排空一氣凌雲霞」。結法幾于千篇一律，只是一丢而已。

《與曹升六食蠏》使字着迹，除却幾箇故事，即無復有佳處。

《和鈎弋夫人歌》「容華未老君恩歇」。鈎弋之死，爲欲立其子也，「容華」句不是。

《題昌黎詩後》落句「但取將相酬恩讐」，不知所謂。

《曹升六謝千仞携酒過飲》云云　「子路百榼堯千鍾，黄土誰能别愚智」。上句説子路、堯，下句説愚智，子路雖不敢望堯，然愚智之目，非所施于此也。詩意不如此，我亦知之耳。

《宣和打馬圖》　「漫言稱德不稱力」。是誰人所説，顧曰「漫言」。

《秦鏡詞》　杜詩中多用「憶昔」，故王君亦喜用之。然杜所憶者近事也，此則數千年矣。詩用收兵鑄金人十二事。

《張晴峰員外圓亭聽琴》云云　結「主客無一言，露坐攬衣起」，如將空拳要人猜，可惜多了，不值錢了。

《送浦潛夫》　「在昔洪丞相」。自明祖革丞相，此官久不置矣，王君做夢耶？○「足爲王伯資」。王伯之伯，君以爲等，何事耶？

《文姬歸漢圖》　「後有數馬鳴相呼」。畫上安得相呼？○「君獨何爲苦嗟吁」。此句駭甚。○「獨能千金歸蔡妹，吁嗟高義今已無」。「千金」二字可嗤。魏公出千金，直一毛耳。○上面纔説「破壁牽后」，末又歎其「高義今已無」，何其語之謬耶？若要今有，須是一齊有而可乎？

《答徐勝力二首》　都不成章。

《其年檢討見和》云云　押韻老成，無牽扭鑲嵌惡習。

《送湯荆峴使浙江》　典試大事也，豈有全不提起，而但講游翫者。此是不識輕重，非脱俗也。

《摩崖碑》　「平生不識顔真卿」，用明皇語，作詩者自可滅去「顔真卿」三字，做成一句。○「功成不死神扶持」。賊斫不死神扶持，斫其首宜死，以帽厚，得不死，是神扶持也。豈得點竄竊爲己物耶？

《雪後懷家兄》　不似懷兄詩。

《紀事》「君王泪灑思陵樹，玉盌金鳧感侍臣」。思陵不曾被發。

《瓜洲渡江》「楊子橋頭鷄未鳴，瓜洲城外日東生」。鷄鳴可目其處，日生何以獨言瓜洲城外？

《吕城雪霽》之二　許、侶犯，兼犯本韵。六魚韵，三五許、侶。

《姑蘇懷古》　蠡字唐人皆作仄聲，不知何據而讀作平也。叶入四支韵。

《春申澗上》　詠數千年前事，却似不甚遠者，可謂酷無靈性也。

《董公祠》「董公祠廟已荒涼」。已字是何義。◯「我自愛傳《繁露》學，玉盃曾問廣川鄉。」我自二字殊無文理。一則《春秋》那可説不愛，一則《繁露》之書，正是説《春秋》也。第八句尤不可解，直是難通。

《淮陰雪夜》　一六俱不成句。「昨歲釣臺大風雪」、「俛仰古今可太息」。

《二月五日淮陰作》「半」、「岸」、「遠」何乃相犯如此。一、三、五。

《環溪觀玉蘭》　聲多相犯。

《寄陳伯璣》「緑到蕪城第幾橋」。言楊柳。緑則一齊緑。

《贈蔣虎臣》「盧橘已垂實，楊柳初滿林」。此等起聯，也要算詩？

《紅橋》　新秋柳綿，必有所謂，然未能説也。

《戲倣元遺山論詩絶句三十二首》　小兒學語，也敢題倣遺山，真不自知耶？○「風流濁世佳公子，復有才名壓建安」。若無才名，即不佳矣。○「杜家箋傳」云云，無見識。○「詩名遠播雞林遠，獨有文章替左司」。文章即詩也，如此説竟似別有一種文章，不可通矣。且白之與韋，豈容議優劣耶？

《冶春絶句》之八　只三箇韵，偏用「脂」、「姿」、「枝」。

《答朱錫鬯過廣陵》云云　「曹公横槊」云云，何得以曹公比秋岳？

《送董樵歸成山》　「鐘」字出韵。叶一東韵。

《送孫古喤赴南靖》　以吴大皇比之，非所宜也。然唐人不忌。

《寄李鄴園二首》　好詩。

《和徐健庵》云云　此詩自好，不忝盛名。

《與袁生》　拉拉雜雜，如雞啼鳥啄。○安期、琴高，是差不多底人，一箇説不見，一箇却借他鯉，真令人疑不可解也。

《陳思王墓下作》　自以爲自然，而不知其削淡。

《少陵臺》　八句前後都不相管攝，所謂玉合子蓋底者，直虚言矣。○「不見杜陵叟，猶存杜甫臺」。少陵臺當是彼處臺名，然則杜甫臺，是王君詩中名也。上句杜陵叟，非即杜甫乎？請以此思之。○「岱宗青未了，仿佛六龍迴」。直是難通。○説來不似活六龍，此由不善措詞故耳。○「浮雲故故來」。第六句。論詩律定是起六龍四句，而「故故」二字，語意又何不恭也。當亦由亂做而然。

《早發黄梅過東禪寺》六祖舂米處。結「明朝穩把江頭櫓，水到潯陽九派分」。無謂之至。

《泰和縣夜泊雷雨》說了八句，如不曾説一句。〇「忽聞鳴雨懸」，懸字可耳，獨鳴雨下不可用。

《攸鎮雨泊》句句無眼，是甚麽句法。

《瓶中桃花》疑是息夫人未起，若供在瓶中，不當以此相況矣。

《太白祠》「白也」二字，老杜則可。

《趙北口》第六句説萬乘，豈有上下文略無關照之理，何藐之甚。

《過臯陶廟感范滂事》「大名齊李杜，幽憤祭臯陶」。范不祭臯陶，而詩偏要説祭，且以一人對二人，亦失也。

《茂陵懷古》堆垛八句以爲詩，詩如是乎？〇「紅顔鈎弋盡」。秀才見漢武殺一鈎弋，不勝惋痛，宜其事老婆如天尊也。

《惠持》「如何去陳留，一往無消息」。慧持，慧遠弟也。出樹之後，想不久死了。

《落鳳坡弔龐士元》「何如但作鴻冥計，采藥相攜去鹿門」。牽兩龐作一處，弄巧成拙。孩子之所不屑爲。〇與諸葛成何事一般話頭。龐之死，命也，安能預知早死，便作鴻冥計乎？

《千佛岩》「莫遣丹霞聞，木石總燒却」。丹霞不燒石佛。

《利州皇澤寺則天后像》「曾聞奪婿瑶光寺，持較金輪恐未工」。此乃則天小過，書生但解以此相嘲誚耳。后讀駱義烏檄，嬉笑自如，書生亦知之乎？

《湖城》「如何病已爲天子，惡謚重蒙到戾園」。太子得罪武帝，有司議謚，孝宣安得而私之？此所以尊武帝也。且戾乃事與心違之義，表太子本意無惡，亦所以尊太子也。王君聾聵人，乃妄議之。

《渡洛水》「脉脉中流望，盈盈羅襪塵。凌波何處問，秋水正魚鱗」。七八。起結相犯。又只留意那脚上。

《王輔嗣冢》「鍾會齊名果是非。」鍾會者，狗奴賊奴也，曰「齊名果是非」，定然是替輔嗣洗刷之意，看通首却似輔嗣反不足當此品題者，抑何所好惡與人相去之遠也？殆亦隨口亂唱，不知利害故耳。○「如何一夕談名理，不救河橋誤陸機」。談名理者士龍，非士衡也。○不知如何樣救法，某思之竟夕不得其解，直萬萬難通也。

《夕陽樓》「野塘菡萏正新秋，紅藕香中過鄭州」。唐人「紅藕香中萬點珠」，正謂藕花，省却花字耳。今既有菡萏字，則重複而不成章矣。豈謂泥中之藕耶？那得紅且香也。

《官渡》「袁家新婦應惆悵，賸與陳王詠宓妃。」不可通。

《曹南渡河》「鄭圃還過禦寇家」。禦寇家尚存耶？

《春城堆》「風流猶自憶僧施」。施誤□。

趙　和

《自述》「聖代有窮士，窮士實可憐。寄語後世人，字字無虛言。」忒煞學陶。

《鉼空嘆》　怨而不怒。○「虚腹方待食」，准備之意。

《客中宁采出家人所餉蟹》云云　「彼美秋思深」，本之《雄雉》。

《懷蟹》　屋裏人説屋裏事。

《瑱奐抱疴連句》云云　題亦如新脱淵明手也。○「惟此二老人，焉得不相慕」。逼真陶、韋。

《瑱奐餉餅》　「兹餅雖區區，要是情所將。在昔裹飯者，所以感子桑」。趙蔡之交如此，令人感慕。

《連日與燕席上書情》　「我懷日蹙憂，奈此良夜酌」。如在圍城中。○「此時家正寒」云云，先生所念者妻兒也，故屢見諸篇什。若有重于妻兒者，即不得如此矣。知言豈易事哉。

《旅思》　「家人艱饔飧，旅食我有魚」。順説便不妙。上聯「客居我擁爐，家人寒無襦」。

《除夕即事》　「一片猪肝過除夕」，不知者，只道用仲叔之猪肝耳，豈知先生此除夕，乃是真箇一片猪肝，並不管古人事也。不知者又道是冷澹之極耳，豈知此一片猪肝，特爲除夕而設，乃亦算殺雞打鳥也。先生原是要喫的，其知無得喫？何人道先生高，冤屈殺人也。

二　「經旬風雨貧民急」。「急」字佳。

《題鍾馗圖》　壯。

《積雨困極》云云　「繁星早燦陳」，獨不知明星照爛地乎？此喜亦虚喜也。○「喜深不能寐，得句捷如神」。真境。

《同姜表兄爾翼甥飲豹文三兄家》　韋。

《寄懷漢襄蔣子》　渾厚。○「嚶嚶枝上鳥，求友作春聲」。高山流水。

《雪中貸米》　「昨日籌生事，窺瓶僅晚餐。」是昨日不是今日，蓋必至一粒也無，方去貸也。○「朝來滿地雪，轉覺一門寒」。饑寒饑寒，饑則寒也。有飯喫人，那裏得知。

《對雪言懷》　一滚流出，句句低昂上下，所謂曲而有真體。

《貸米已遂對雪舒情》　「已假旬餘粟」，何其多也。○「殘雪猶堪對」，即前首之滿地雪也，今便想受用了。○「梅花相已放，矯首望山頭」。得隴望蜀，真所謂性不改的。

《再簡丁漢功》　「久視我無期」，豈可料哉。

《中秋前二日飲忝緒齊》　「羈人欲白頭」，欲白之頭。

《向三兄貸米》　好小簡。

《咏雪之富》　「一夜織成萬里布」。奇。

《咏雪之力》　奇氣逼人，自不可廢。

《追咏潘子御陳記夢詩》　「而今惡夢真難耐，安得如君一夢空」。真實話。

《客庭海棠昨歲始花》云云　方是詩。

《山行閒咏》　「一任東君晴不晴」。第一句佳，可取作主客圖。○只如此一句，亦可謂老妖精也。

《寒夜吴玉山爲余鼓圯橋曲》　「黄石授書密」，「密」字老。○「有客奕方酣，下子必敲拍」。彼奕者亦厭琴聲之亂人思也，彼方以敲拍爲羯鼓。○花溪詩實爲本朝我郡第一手。

《送四兒出繼馬氏》 人之生也，生我者父，我生者子也。長我者兄，我長者弟也。我可以爲人子，亦可以爲人父。我可以爲人弟，亦可以爲人兄。推而至於甥、舅、師、弟、主、臣之間，無不可更爲者。其所不能更爲者，則有之矣。我既爲人父，必不可以復爲母。我既爲人夫，必不可以復爲妻。定之於天，無如何也。我既爲人父，可以知爲母者之情，然而非真爲母也。我既爲人夫，可以知爲妻者之情，然而非真爲妻也。必欲真爲母、真爲妻，則易其身而可矣，更其胎而可矣。身既易矣，胎既更矣，我且真爲母矣，我且真爲妻矣，而爲父者之情果如何也，而爲夫者之情果如何也，我又不能知也。然則及我之身，當我之世，而既爲人父者之不能知爲母果如何也，既爲人夫者之不能知爲妻果如何也，決也無疑也。高寒野人者，花溪趙先生也，是爲人父者也。先生之爲人父，能知爲母者之情者也。然而謂先生真爲人母，不可也。爲母者之情，宜先生之不能知也。吾讀其送兒出繼馬氏詩，喟然嘆曰：此夫女之嫁而其母送之，而命之之辭云爾，爲母者之情，必若是斯已焉。不若是而已者，非母也。夫趙先生之子，非女子也。夫先生非母也，而其言若是，何哉？先生之不能爲母，猶夫人也。然而彼蒼者天，不知何故，欲先生不惟爲父，而且爲母；欲先生不惟知爲母，而且真爲母。于是乎先生之遇，爲舉世之不恒有，而先生之情，爲舉世之所不能知。何以言之？馬繼遠者，先生之石交也，吾嘗見之矣，惇篤樸至，有誼人也。馬之愛先生，甚於先生之自愛，馬之愛先生之子，甚於先生之自愛其子。如是而以我之餘子，爲彼之育子，在先生萬萬可以無念。然而先生之遇，爲舉世之所不恒有，先生之情，然此固爲舉世之所不能知，正在乎此。假令先生貧不啻若兹，而鬻其子爲人奴隸，其情亦更不啻也。然此固溥天下之所累累而有者也，何足爲先生異？今也馬之待先生，既已若彼，先生之無間于馬，又亦若此，先生宜如何其爲情哉。先生之情，非爲父者之情，而爲母者之情也。非攝爲母者之情，而身爲母者之情也。夫身爲母者，趙先生也。天之所欲，先生不能違也。惟先生聞吾之言，亦必喟然嘆曰：吾今而後知男女，知夫婦之無不可以更爲也，而向者曾未知也。

先生有句云：「窺竈無餘桂，傾瓶不見珠。」柴之貴而爲桂也，米之貴而爲珠也，自昔然矣。今天下固多窮人，夫誰不知柴之有時而桂，米之有時而珠也者。然而名者實之賓也，雖貴之而曰桂，而固貴之而曰桂也，雖貴之而曰珠，而固貴之而曰珠也。貴之而曰桂、曰珠云者，我之心目中，固依然見其是柴、是米，而特以貴之之甚，而不免云云也，則柴與米之名未亡也，則柴與米之實固在也。獨花溪趙先生者不然。其生平與人人同飢渴、同飲食也，其不能不求米而食之，求柴而炊之也。其心之智，固知世人之曰柴、曰米，而我亦因而柴之、米之也。其不能不柴之、米之，而以其少之也，不能不桂之、珠之，如昔人之云云也。此亦一趙先生也。而先生之所以爲先生者，不如是而已也。先生之有此竈也，爲燒桂設也。先生之有此瓶也，爲貯珠設也。先生朝而起，取珠于瓶，傾珠于釜，漬之以圓折方流之水。舉桂而付諸火，火未發，桂氣鬱然熏眼，眼爲盲。美哉，桂之幾盲我眼也。起視釜中珠，珠則既熟矣。盛珠于碗，列珠于几，先生與其妻子共飽珠之味，藏珠于腹，珠之精神，爛然見于顔面。美哉，珠之能充我腹，益我顔也。先生雖窮家子，朋友之饋，諸弟子之脡以時至，蓋嘗有日焉。桂積于庭，珠流於地，竈雖寬，尚不足以容我桂，瓶雖深，尚不足以容我珠。若是乎，桂亦安用多也，珠亦安用多也。不知彼朱頓之家，其爲積桂之竈，何如其大也，其爲受珠之瓶，何如其大也。而先生且喜且戚，幾爲多桂多珠困矣。而及其桂之減也，珠之將盡也，桂燼之間，有爛然黄者，則桂尚有存也；珠瓶之底，有鏗然響者，珠尚有存也。如前用水火法，而剩桂遺珠，舉入吾腹中矣。既而腹中之珠，化爲異物，其求珠無厭也。嗚聲不休，則不免復求諸瓶，遂不免復求諸竈。而先生乃窺竈矣，乃傾瓶矣，竈之窺，桂不我遺，撥灰而覓之，無有也。嘻，無餘桂矣。瓶之傾，珠不我生，舉瓶而覆之，無聲也。嘻，不見我珠矣。有一枝之桂，一顆之珠，尚可以一枝之桂，燒一顆之珠，令熟之，而先生與其妻子共嘗焉。有一枝之桂，而無一顆之珠，先生將食其桂焉？而有呼先生爲牛者焉，猶之可也。有一顆之珠，而無一枝之桂，先生將吞其珠焉，而復見太古之遺風焉，亦愈可也。然若此者，寓言可也，躬行不可也。況乎一枝之桂，既掃地而無餘，一顆之珠，又傾瓶而不見，若是而三日焉，五日焉，七日焉，先生其不復爲今之人矣。而此竈亦遂成古人之竈，此瓶亦遂成古人之瓶矣，是則可哀也。先生雖欲不爲詩以告哀，其將能乎。夫是故幽幽然、咽咽然而吟之曰：「窺竈無餘桂，傾瓶不見珠」也。夫若此者，先生之心目中，知有桂而已矣，知有珠而已矣。至於桂之爲何物耶，珠之爲何物耶，其諸世人之所號爲柴米者耶，先生非不知也，而先生固不知也。曰桂、曰珠云者，先生之所熟也。曰柴而桂、曰米而珠云者，先生之所不熟也。熟與不熟之間，其相去也則大有間矣。夫能知先生之熟于桂而曰桂，熟于珠而曰珠者，斯可以讀先生之詩，知先生之所以爲先生者也。

通韵谱说

通韵譜説提要

《通韵譜説》一卷，據乾隆間濼源書院刊《詩説二種》本點校。撰者宋弼（一七〇三—一七六八），字仲良，號蒙泉，山東德州人。乾隆十年進士，授編修，官至甘肅按察使。有《蒙泉學詩草》。宋弼從黄叔琳受詩學，乃王士禛再傳弟子，其手訂漁洋《律詩定體》頗可采信，《全編》前已收入。此篇乃另就李光地《韵譜》説之，有乾隆二十二年丁丑冬日自序，即成於是時。取平水韵一百零七部，按四聲排列，一一辨析古詩何者可通，何者不可通，以唐韵爲準，而不取宋人之變。平、上、去聲可通者，入聲亦可通，反之亦然。又從發聲法論通韵，有舐嘐音、閉口音、合口音、齊齒音、穿鼻音等歸納，説甚精確簡明。其訂漁洋《律詩定體》與趙秋谷《聲調譜》亦在同時，皆爲其古、近體聲調研究之心得，除得自師傳，亦承自家學，《彙説》自序固已言之，非爲此年重開之科舉試詩而作也。

通韻譜説序

四聲始於沈約，《切韻》成於陸法言。唐宋之間雖有增加，而部分無改，凡分韵二百有六部，宋本《廣韵》具在也。淳祐中，平水劉淵始併爲一百七部，則今所用者是。律詩專用本韵無論已，一涉古作，依據坊間本子，謬戾茫昧，令人齒冷。可乎？兹者雅道昌明，詩教蓋廣，士之翺藝圃而游詞林者，固當有所宗法。予既掇漁洋、飴山兩先生之言聲病者，以示諸門人，其説詳於古體，則學者當知古韵。顧亭林先生著作精詳，安溪李文貞公嘗掇其韵譜，分析論辨，犁然當於人心。因本其説，列以爲譜，而撮其義例，著於每部之後，俾覽者了然心目，既知其所以通，又知其不可通而誤通者，庶幾有所遵循，而不惑於時説之謬。其於音韵之學，亦以發其端而正其趨爾。又嘗以此求之古人，間亦有一二出入者，殆古人之偶誤，或别有説而不可據也。又其三二字之相涉，而全部則不可通也。苟或博通《騷》賦，縱横詞場，則如譜内所論，併三十韵爲六部亦可矣。不然者，則須約於規矩之中，而不可軼而出也。若夫外論之不同者亦多矣，彼此是非，吾誰適從？信其所主而篤守之，其亦可也。乾隆丁丑冬日蒙泉居士宋弼書。

通韻譜説

蒙泉宋弼手訂

平聲	上聲	去聲	入聲
一東	一董	一送	一屋
二冬	二腫	二宋	二沃
三江	三講	三絳	三覺

右三韻，律皆獨用，古詩通用。○俗通庚、青、蒸者非。古韻有與蒸相出入者。昌黎詩用東、冬、江、陽、庚、青六韻，今不必遵。○説見十蒸。○韻有獨用、通用，而無所謂轉用者。後人以江音與東、冬不類，故稱轉用，不知古音絶近，不煩轉也。考江韻中字皆从工，从龍，从匆、丰、空等，皆東、冬韻中字，無一陽韻内偏傍，可知其音之所近矣。唐以前無與陽通者，不知何時讀「江」如「姜」。元人作曲，遂釐爲江、陽韻。今宜遵古韻，決不可從俗也。按《音韻闡微》云：「《説文》云：江，从水，工聲。吴棫《韻補》：江，沽紅切。」此古音工之證也。本韻字可以類推。

四支	四紙	四寘	入聲無
五微	五尾	五未	
八齊	八薺	八霽	

九佳　九蟹　九泰十卦

十灰　十賄　十一隊

右五韻，律皆獨用，古詩通用。○俗通魚、虞、歌、麻者非。○按《廣韻》上、去部分皆與平韻相準，平韻既併上、去，以類相從，「皆」韻併入九佳，卦、怪、夬三韻，實爲「皆」之去聲，應併入泰，不當別爲一韻。相沿既久，姑仍其次。○凡平韻通者，仄韻亦通；平韻不通者，仄韻亦不通。不更注。

六魚　六語　六御　入聲無

七虞　七麌　七遇

右二韻，律皆獨用，古詩通用。○俗通歌、麻者非。南音讀歌、麻韻中字，略如魚、虞韻字音，故謂其可通，非古法也。

十一真　十一軫　十二震　四質

十二文　十二吻　十三問　五物

十三元　十三阮　十四願　六月

十四寒　十四旱　十五翰　七曷

十五刪　十五潸　十六諫　八黠

一先　十六銑　十七霰　九屑

右六韵，律皆獨用，古詩通用。○俗以真、文通庚、青、蒸、侵者非，以元、寒、删、先通覃、鹽、咸者亦非。○按：《廣韵》文韵下有殷韵，注云：「獨用。」而字少韵窄，無獨用成篇者，往往於真韵中間一用之。如杜甫《崔氏東山草堂》詩用「芹」字，獨孤及《送韋明府》《答李滁州》二詩用「勤」字，不可枚舉，然絶無通「文」者。合「殷」於「文」，始自宋景祐中，非唐之舊。今自「殷」字以下則殷韵也，不可不知。

二蕭	十七篠	十八嘯	入聲無
三肴	十八巧	十九效	
四豪	十九晧	二十號	
十一尤	二十六有	二十六宥	

右四韵，律皆獨用，古詩通用。

五歌	二十哿	二十一箇	入聲無
六麻	二十一馬	二十二禡	

右二韵，律皆獨用，古詩通用。○俗通魚、虞者非。○按麻韵古本與歌通，不與魚、虞通。然因韵中字有古在魚、虞部，而後世音譌，誤收於此者，但見古韵與魚、虞叶，遂以爲可通，而不知其爲今音之譌於古也。

七陽	二十二養	二十三漾	十藥

右一韵，律、古皆獨用。俗通江者非。

八庚　二十三梗　二十四敬　十一陌

九青　二十四迥　二十五徑　十二錫

右二韵，律皆獨用，古詩通用。○俗通真、文、侵者非。

十蒸　二十五拯　去聲併入徑　十三職

右一韵，律、古皆獨用。○俗通真、文、侵者非。○按：《廣韵》以徑韵獨用，蓋青之去聲也。其下證、嶝二韵同用，乃蒸登去聲。夫青、蒸二韵在平聲，界分極嚴，故上、去之部亦不相溷。宋人以韵窄而合之，非唐韵應通者也。去聲既混青、蒸矣，入又離之，直以韵字寬窄之故，殊無義例。然亦以見穿鼻音之本同類，雖强區之，而又不覺其混之也。○又按真、文六韵所以通用者，以其皆收舐腭音也。侵、覃、鹽、咸所以通用者，以其皆收閉口音也。蕭、肴、豪、尤所以通用者，以其皆收合口音也。支、微五韵所以通用者，以其皆收齊齒音也。然則東、冬、江、陽、庚、青、蒸皆收穿鼻音，宜亦可以通用矣。顧寧人《五音表》於諸部皆通，獨於此部則別爲四。又魚、虞正收合口音，其於蕭、肴、豪、尤，亦猶支、微、齊之於佳、灰也，法亦可通，而寧人皆不及焉。蓋寧人但據經傳古書用韵多者以爲證據區別，未暇乎樂府聲音之事也。故譏韓退之《此日足可惜》詩用東、冬、江、陽、庚、青韵，《元和聖德詩》用歌、麻、魚、虞、尤上聲之類，則其意不欲相通可知。夫以歌、麻通魚、虞，固微爲吴音所溷，然其以東、冬等六韵通，魚、虞、尤三韵通，則甚合樂府收聲之法，疑其學必有傳也。如此則顧表分十部者，直可以六部括之。然修文者考古則有明徵，多助則無疑殆，故著論於此，而用韵者第當以顧表爲據云。愚按：《音韵闡微》凡例：「按收聲分爲六部，歌、麻、支、微、齊、魚、虞爲一部，皆直收本字之喉音。佳、灰與支、微、齊爲一部，同收聲於衣字。蕭、肴、豪、尤與魚、虞爲一部，同收聲於烏字。東、冬、江、陽、庚、青、蒸爲一部，收鼻音。真、文、元、寒、删、先爲一部，收舌齒音。侵、覃、鹽、咸爲一部，收脣音，皆與國書部分相對。上、去與平聲同。入聲以屋、沃、覺、藥、陌、錫、職爲一部，收鼻音也。質、物、月、曷、黠、屑爲一部，收舌齒也。緝、合、葉、洽爲一部，收脣音也。分六部收聲，而三部有入。此古韵、唐韵之要訣，講究樂府之秘法。」文貞所論，實本於此。學者雖不能究析，亦知其几如此也。

十二侵	二十七寢	二十七沁	十四緝
十三覃	二十八感	二十八勘	十五合
十四鹽	二十九琰	二十九艷	十六葉
十五咸	三十豏	三十陷	十七洽

右四韵，律皆獨用，古詩通用。○俗以侵通真、文、庚、青、蒸者非，以覃、鹽、咸通元、寒、删、先者亦非。○以上古韵東、冬、江爲一部，支、微、齊、佳、灰爲一部，魚、虞爲一部，真、文、元、寒、删、先爲一部，蕭、肴、豪、尤爲一部，歌、麻爲一部，陽爲一部，庚、青爲一部，蒸爲一部，侵、覃、鹽、咸爲一部，凡十類。其同類者，古音皆可通也。唐人作古詩亦通用。若如今世俗所謂通轉者，則古人、唐人俱無此法也。學者且遵唐人榘矱，作古作律，準此足矣。○入聲之分，皆依唐人律令，

凡平、上、去三聲可通者，入亦可通；三聲不可通者，入亦不可通。所以注通某某非者，非古有是通法而今無之。蓋南北方言之譌，見爲音若相近，則疑其可通，又不稽古，而以意爲斷，即承襲舛謬，竟取而通之矣。故注之所以辨俗誤云爾。

蘭叢詩話

蘭叢詩話提要

《蘭叢詩話》一卷，據乾隆間刊《春及堂詩鈔》本點校。撰者方世舉（一六七五—一七五九），字扶南，號息翁，安徽桐城人。乾隆元年舉博學鴻詞，不就。有《昌黎詩集編年箋注》、《春及堂集》等。此編前三則述寫作緣起甚詳，以方氏前有《梁園詩話》等作，皆亡佚，此則由其侄方觀承（宜田）私録談詩之語，晚年整理而成，末署八十五歲，即逝世之年也。桐城方氏，世習杜詩，作者承家法，所言用韵、章句等法，大都取義于老杜，固非泛泛之論。如以「白香山之疏以達，劉夢得之圜以閎，李義山之刻至，温飛卿之輕俊」爲老杜七律之「四科」「四輔」，指示門徑，頗爲切實，蓋以七律爲最難，老杜七律尤難也。然亦有不確者，如老杜七古不通韵、東坡始通之説，汪師韓《詩學纂聞》駁之甚詳。

序

晉謝太傅問兄子玄：「《詩》以何句爲佳？」玄舉「昔我往矣，楊柳依依」四語，太傅舉「訏謨定命，遠猷辰告」二語，蓋各道其將相襟懷也。然已開詩話之端。詩之有話，自趙宋始，幾於家有一書。余少學朱竹垞先生家，見《草堂詩話》之專言杜者，凡五十家，他可知也。然可取者少，又僅以字句爲言，其於學詩之大端，體格異同，宗派正變，音韵是非，絶未之及，詩話雖多奚爲乎？余聊以所聞於師授及與群從所往復者，舉示兒輩，二兒可之，録之成編。其詮次頗有條貫，老於詩者自所已知，姑以爲初咏《崑崙奴》之蘇頲一輩道也。息翁書。

蘭叢詩話

桐城方世舉扶南著

詩話屢作而屢失，今老矣，復何心哉！惟是工匪良而心獨苦，薄有甘苦得失，無以質之當世，鼠璞終未分，鷄肋又可惜也。初從朱竹垞先生遊，值友人顧俠君《箋注昌黎詩集》新出，凡宋人有説皆收之，用力勤矣。而諸説於昌黎身世，多有不合。少年率爾，遂貿貿指摘於先生前，先生不責而喜之，且慫恿通考，以爲異日成書。此余爲《韓詩編年箋注》所自始也。既而泛覽唐詩，又有詩話，未及成而以事入都，先生亦歸道山矣。無所就正，蒼黄行李中，遂棄去不遑顧。

康熙末，留都下者十年，諸翰苑之初爲布衣交者，不時過從，談詩爲事。汪武曹、何屺瞻不甚爲詩，而特許語有根柢。末契少年舒編修子展一一録之，以爲《梁園詩話》。梁園者，水木清華，余寓居也。及雍正初南歸，汪、何已先歿，舒亦旋以訃聞，不復知所録猶在人間否也？

南歸舟過揚州，表弟程編修午橋留箋注李義山集。一日，宜田姪來自金陵，一見而立成《晤言》一律，已覺老成，又出其古近體十數篇，尤佳。余驚喜過望，深談數日，辭歸，遂於江舟中記一小册，余不知也。歷久爲兒子所有，始見之。王武子竟以癡叔爲不癡耶？門内箇中，文望溪而詩此子矣。後以徵辟起，從相國鄂公視河，又一遇之，爲誦前軍中五律十數首。時余卧矣，聞至「馬嚼冰連鐵，狼奔雪帶沙」，「辨面戈攢火，開關鑰墜霜」等句，不覺決然起，拍其肩背：「子欲抗高、岑塞上作，直入杜《秦州雜詩》耶！」久之累官直臬，奉使閱兵，便道故鄉，悤悤一宿去，不及言詩。官直藩，余送兒子入監肄業，道病熱，迂折至保定休養，適得家書，以事而返，遂無商略風雅事。逮其秉節鉞，撫浙江，督直隸，凡通顯者故學多廢，而書來省問外，輒復言詩。其《次京口不得拜先隴》七律，有云：「舟邊鶴過山沉月，江上烏啼夜有霜。」情致獨絕。後又寄《三世詩刻》、《述本堂集》屬余筆讀，余方有《漢書辨注》、《世説考義》、《家塾恒言》諸小著述，兼盧雅雨使君爲刻《韓詩箋注》垂成，零星樣本，寄來正訛，未遑答也。今雜著已成，而詩話之屢作屢失者，猶有宜田小册子在。見獵心喜，程子且不免，而況小子，因復理而出之。凡前人所有者，不敢勦説，不敢雷同，惟吐胸中之片知隻解，而宜田之有當余心者，入之以爲一家言。

詩屢變而至唐，變止矣，格局備，音節諧，界畫定，時俗準。今日學詩，惟有學唐。唐詩亦有變，今日學唐，惟當學杜；元微之斷之於前，王半山言之於後，不易之論矣。然其規模鴻遠，如周公之建置六官，體國經野；又如大禹之會同四海，則壤成賦，後學能驟窺耶？登高自卑，宜先求其次者，以爲日漸之德。五古五律先求王、孟、韋、柳，七古歌行先求元、白、張、王，庶有次第。王荆公以爲先從李義山入，似祇謂七律，然亦初學所不易求。其文太繁縟，反恐五色亂目，五聲亂聰也。

余家傳詩法多宗老杜。明初，先斷事公殉建文之難，有絕命詞五律二首，所謂「死豈論官卑」者，已是杜《初達行在》之沉痛。至先太僕公好爲七律，全得《秋興八首》之鴻音壯采。先宫詹公又集學杜之大成，晚而批杜，章法、句法、字法皆有指授。小子才薄力弱，不能專宗，老而自傷，終莫能一。望溪兄、宜田姪實確守之，兄以文勝而詩居功半，今藏於家；姪則表見於世矣。

古體皆有平仄，但非律體一定，無譜可言，惟熟讀深思，乃自得之。趙秋谷宫坊笑人古詩不諧，不諧則讀不便串，古有此謇澀無宫商之古詩乎？一篇之中，又當間用對句，李天生太史言之。對乃健舉，如《古詩十九首》中「胡馬嘶北風，越鳥巢南枝」是也。余推而求之，七古亦多，歌行尤甚。至若杜、韓二家，有通篇對待者，益見力量。

七古音節，李承六朝，杜遡漢、魏，韓旁取《栢梁》、《黄庭》。譬之曲子，李南曲，杜、韓北曲。元、白又轉而爲南曲，日趨於熟，亦宜略變。然歌行終以此爲圓美，吹竹彈絲，嬌喉宛轉，畢竟勝雷大使舞。

换韵，老杜甚少，往往一韵到底。太白則多，句數必匀，匀則不緩不迫，讀之流利。元、白歌行，或一韵即换，未免氣促，今讀熟不覺耳。吾輩終當布置均平。

叶韵必不可用。不得其脣吻喉舌清濁高下，而惟韵書之附見者是從，徒見窘迫。於本韵中不得已而撏撦以便棘手，曾何合於自然之古音乎？李間有之，杜則絶無，昌黎惟用之於四言。四言宜也，是仿《三百篇》。若他體用之，則龜兹王驢非驢、馬非馬矣。

通韵亦不可依。今韵注者，如一東通二冬，祇冬之半耳，鐘字以下則不通。《廣韵》依古另爲三鐘，後每部一一分署；今上下平各十五部，乃後人所并耳。作古詩當以《廣韵》爲主。

通祇五古耳，七古不通。昔在京言之，館閣諸君問所依據，余舉杜以例其餘。徧尋杜集，果然惟《憶昔》七古二首中通一二字，或偶誤耳。七古之通自東坡始，人利其寬而託鉅公以自便耳。

昌黎五古通韵有泛濫常格之外者，歐陽子不求其故而臆説之，不可爲讀書法也。余考得《史記·龜筴傳》「乃刑白牲，及與驪羊」一段，凡二十六韵，雜用東、江、陽、庚、青、元、寒、先、真諸部，此韓之所本也。詳在《韓箋》，不復具。

古樂府必不可仿。李太白雖用其題，已自用意。杜則自爲新題，自爲新語；元、白、張、王因之。明末好襲之以爲復古，腐爛不堪，臭厥載矣。李西涯雖間有可取，亦可不必。杜句「衣冠與世同」，可作詩訣。

唐之創律詩也，五言猶承齊、梁格詩而整飭其音調，七言則沈、宋新裁。其體最時，其格最下，然却最難，尺幅窄而束縛緊也。能不受其畫地濕薪者，惟有老杜，法度整嚴而又寬舒，音容郁麗而又大雅，律之全體大用，金科玉律也。但初學不能驟得，且求唐人之次者以爲導引。如白香山之疏以達，劉夢得之圜以閎，李義山之刻至，温飛卿之輕俊，此亦杜之四科也。宜田册子中未舉香山，而言二劉，一長卿也。然長卿起結多有不逮。

大曆十子一派，言律者推爲極則。然名上駟而實下乘，狀貌端嚴似且勝杜，究之枯木朽株，裝壞佛、老耳。望之儼然，即之無氣，安得如杜之千秋下猶凛凛有生氣耶！

五排六韵八韵，試帖功令耳。廣而數十韵百韵，老杜作而元、白述。然老杜以五古之法行之，有峰巒，有波磔，如長江萬里，鼓行中流，未幾而九子出矣，又未幾而五老來矣。元、白但平流徐進，案之不過拓開八句之起結項腹以爲功，寸有所長，尺有所短耳。其長處鋪陳足，而氣亦足以副之，初學爲宜。李義山五排在集中爲第一，是乃學杜，雖峰巒波磔亦少，而非百韵長篇，其亦可也。七排似起自老杜，此體尤難，過勁蕩又不是律，過軟欸又不是排，與五排不同，句長氣難貫也。王新城教人少作長篇，恐其傷氣，是也。然杜、韓二家獨好長篇，學者誠熟誦上口，如懸河洩水，久之理足乎中而氣昌於外，亦莫能自禁。余與望溪兄五古所謂「大兒李杜韓，小兒王孟柳」，言氣勢也。

韓昌黎受劉貢父「以文爲詩」之謗，所見亦是。但長篇大作，不知不覺，自入文體。漢之《廬江小吏》已傳體矣，杜之《北征》序體，《八哀》狀體，白之《遊悟真寺》記體，張籍《祭退之》竟祭文體，而韓之《南山》又賦體，《與崔立之》又書體。他家尚多，不及偏舉，安得同短篇結構乎？長篇以杜爲最，案之祇是讀得《風》之《東山》、《七月》、「氓之蚩蚩」、「習習谷風」以及《雅》之「厥初生民」、「皇矣上帝」諸篇爛熟，得其遠近兼收，鉅細畢集。韓祇得其細碎以求逸致，如《史》之射虎、牧羝而止。

韓詩不可專學。東坡云：「退之仙人也，游戲於斯文。」游戲三昧，何可易言？香山寄韓詩云：「户大嫌甜酒，才高笑小詩。」畢竟是高才而後能戲，亦始可戲。要之還要博學，博學不是獺祭，獺祭終有痕迹。手不釋卷，日就月將，不待招呼而百靈奔赴矣。余家不蓄類書，不蓄《韵府》，剛制於己，使無可以望救，亦是一法。

《陆渾山火》詩不過秋燒耳，遂曼衍詭譎，説得上九霄而下九幽。玩結句自爲一炙手可熱之權門以爲取舍。

之爲翰林者，選《玉堂詩膾》一書，又取《董生行》一首，而此詩亦不遺，却不加點，似默喻以審乎才學，發，然終未考得其人。以詩而言，亦遊戲已甚矣，但藝苑中亦不可少此一種瑰寶。先宫詹爲門生子姪

徐文長有云：「高、岑、王、孟固布帛菽粟，韓愈、孟郊、盧仝、李賀却是龍肝鳳髓，能舍之耶？」此言當王、李盛行之時，真如清夜聞晨鐘矣。余嘗因此言，而效梁人鍾嶸《詩品》，爲四家品藻：韓如出土鼎彝，土花剥蝕，青緑斑斕；孟如海外奇南，枯槁根株，幽香緣結；盧如脱砂靈璧，不假追琢，秀潤天成；李如起網珊瑚，臨風欲老，映日澄鮮。此無關於專論大端之詩話，聊及之以資談柄。

七律八句，五六最難，此腹耳。腹怕枵，一枵則《孟》之陳仲子，《莊》之子桑户，有匍匐耳，尚何助於四體之手舞足蹈哉！何以充之？要跳出局外，以求理足，又斂入局中，以使氣昌，是在熟誦工夫。

第七句又難，此尾耳。尾要掉，不掉則如棄甲曳兵而走，安能使落句善刀而藏，爲之四顧，爲之躊躇滿志哉！何以掉之？要思鷹鸇轉尾，翔而後集。八句是集，七句要翔。

宫詹公嘗問人：「汝輩作詩，今從何句作起？」此佛門棒喝。蓋料皆先有項聯，而後裝頭，此則非頭矣。内而血脈，外而肢骸，全係乎首以領之，可不貫冒，可不自然耶？故必先得起句，却又非下筆即得之滑句。

押韻未有不取易者，如東韻之「中」，支韻之「時」，灰韻之「來」，庚韻之「情」，皆似易而實難，往往如柳絮漂池，風又引去，須當如春人下杵，脚脚著實。宜田嘗舉杜「江從灌口來」，晚唐人「巴蜀雪消春

水來」，以一「來」字見萬里險急排蕩之勢。太白「落日故人情」，老杜「因見古人情」，以實字寫虚神，有點睛欲飛之妙。又如義山「却話巴山夜雨時」，東坡「春在先生杖履中」，「時」字、「中」字皆有力。引證甚當，足解人頤。

古人用韵之不可解者，唐李賀，元薩都剌，近體皆古韵，今昔無議之者，特記之邂逅解人。

比興率依《國風》之花木草蟲，《楚詞》之美人香草止耳。愚意兼之以《周易》彖爻，《太玄》離測，尤足以廣人思路。

余嘗覺文格前一代高一代，文心後一代進一代。香山云：「詩到元和體變新。」豈元和前腐臭耶？但日益求新耳。老杜自喜有云：「每於百僚上，猥誦佳句新。」然又云：「賦詩新句穩，不覺自長吟。」則新必須穩。宜田册子中有言不可求冷癖事，不可用作態句，此便隱射著求新而不穩者。

宜田又云：「意有專注，迹涉趨逗，亦見醜態。」旨哉言乎！衹就無學無才而好和險韵者觀之，每於上文早謀安頓，便是趨逗，便是醜態。

宜田册子中，又有其别後自記者云：「詩有不必言悲而自悲者，如『天清木葉聞』，『秋磧醒更聞』之類，覺填注之爲贅。有不必言景而景自呈者，如『江山有巴蜀』，『花下復清晨』之類，覺刻畫之爲勞。」

又云：「《三百篇》之五言，如『艷妻煽方處』，句眼在『煽』字，此少陵字法之祖。」余嘗喜《考工記》每有一字而曲盡物理物情者，安得與宜田覿面縷指而共論之。

又云：「少陵《夢李白》詩，童而習之矣。及自作夢友詩，始益恍然於少陵語語是夢，非憶非懷。乃知讀古人詩文以爲能解，尚有欠體認者在。」

又云：「句法要分律絶。余嘗爲舟行詩，起句『幾層輕浪幾層風』，自謂是絶句語，不合入律。」宜田此見，鞭心入微。

又云：「余嘗舉宫詹公批杜有云：『是排句，不是律句。』分别安在？質諸息翁先生，先生曰：『排句稍勁蕩耳。』余曰：『匪惟是，音節承遞間讀之，自不可易。』先生曰：『子論更細。』」

又云：「『習習谷風，以陰以雨』。婦值風雨而愁嘆，衹是觸感生情耳。注云：『陰陽和而後雨澤降，猶之夫婦和而家道成。』婦人之見，豈暇出此？朱子釋經，自應依理立論耳。」其讀書得間如此。余亦有經史之探微索隱者，惜不能與之印正。今載在《家塾恒言》中。宜田别論甚多，往往附札子後，再撿續。

老杜晚年七律，有自注時體、吴體、俳諧體。俳諧易知，時體、吴體不解。案之不過稍稍野樸，以「老樹著花無醜枝」博趣，而辭氣無所分别。當時皆未有此，何自而立名目？又杜所稱賞之蘇涣，據《唐書》有爲「白賊」者，不知即此人否？其詩有古律二十餘首，不知即杜所稱殷殷几席者否？其事其人皆不足以深究，其詩非古非律，不知何所據而創之？

晚唐體裁愈廣，如杜牧之有五律，結而又結成十句；如義山又有七古似七律音調者，《偶成轉韵七十二句》是也。

香山有半格詩，分卷著明。昔問之竹垞先生，亦未了了。意其半是古詩，半是格詩，以詩考之，又不然也。今吴下汪氏新刻本，不得其解，竟削之。然陸放翁七律，以「莊子七篇論，香山半格詩」爲對，又必實有其體。

余於七律，取爲杜氏四輔者分之，却皆不可專學。四人中劉夢得差可耳，伐毛洗髓不如白，鏤金錯采不如李，風流自賞不如温，却抄撮三家之長，骨肉亦停匀矣，中邊亦俱到矣，不知者幾以爲可專學矣。然其氣浮，其音靡，其熨貼近俗，其圓美近時，猶之子莫執中，執中無杜之權，亦與如白如李如温之各偏一長者何異。

五七絶句，唐亦多變。李青蓮、王龍標尚矣，杜獨變巧而爲拙，變俊而爲傖，後惟孟郊法之。然傖中之俊，拙中之巧，亦非王、李輩所有。元、白清宛，賓客同之，小杜飄蕭，義山刻至，皆自闢一宗。李賀又闢一宗。惟義山用力過深，似以律爲絶，不能學，亦不必學。退之又創新，然而啓宋矣。宋七絶多有獨勝，王新城《池北偶談》略采之，又由東坡開導也。

東坡亦未必逼真古人，却是妙絶時人。王荆公、歐陽子、梅都官工夫皆深於坡，而坡亭亭獨上。

詩之有齊名者，幸也，亦不幸也。凡事與其同能，不如獨勝。若元、白，若張、王，若温、李，若皮、陸，一見如伯諧、仲諧之不可辨，令子産「不同如面」之言或爽然；久對亦自有異，讀者不可循名而不責實。張、王、皮、陸，其辨也微，在顰笑動静之間。元、白、温、李，則有顯著，如元之《騅馬歌》，白或未能；温之《蘇武廟》，李恐不及。其無和，亦或不能和耶！

懷古五七律，全首實做，自杜始，劉和州與温、李宗之，遂當爲定格。凡祇項聯者，不足觀。温之《蘇武廟》結句「空向秋波哭逝川」，「波」字誤。既「川」復「波」，涉於侵複。且「波」專言「秋」，亦覺不穩，上有何來路乎？老杜云「賦詩新句穩」，名手有不穩耶？當是「風」字，用漢武帝《秋風辭》，乃非泛設湊句，乃與通篇之用事實者稱。從無推敲及之者，負古人苦心矣。又有詩題《過孔北海墓》，案之是其本朝先輩李北海也，與孔融何與乎？當作「李」。凡唐詩誤句、誤字、誤先後次第者，余辨之批於各集甚多，老而倦勤，不能一一拈出。惟辨義山、辨昌黎已刻全集，世可見之。又批有人從不置喙者，如太白《上雲樂》，微之《競渡》詩，玉川《與馬異結交》詩，皆非游談無根。已載之《家塾恒言》，不重出。

唐詩大集之有後人補遺者，固多誤收，正集亦有，如杜之《洗兵馬行》，王荆公以爲僞是也。愚見并《杜鵑行》亦僞，平拖曼衍，中才所能。若「西南有杜鵑」一首，則是中有波致。又如韓之《和李相公兩事》兩篇皆僞，以李漢之爲諸壻者，尚且誤編；而《嘲僧睡》之五言兩篇，又不知其真而不編。各集多有，往往批在本書。新刻《施注蘇詩》，顧俠君補遺，其誤收者不可枚舉，多在北宋人集，何以竟未經目？

李賀集固是教外別傳，即其集而觀之，却體體皆佳。第四卷多誤收。大抵學長吉而不得其幽深孤秀者，所爲遂墮惡道。義山多學之，亦皆惡；宋、元學者，又無不惡。長吉之才，佶然以生，瞿然以清，謂之爲鬼不必辭，襲之以人却不得，直是造物異撰。余恒思玉樓之召，初非謾語，不然科名試帖中無處著，塵寰唱和中亦無處著，杜牧一序，義山一傳，長爪生可凌雲一笑矣。杜牧序中引昌黎諸比擬語，足以爲嘔出心肝者慰。

孟郊集截然兩格：未第以前，單抽一絲，裊繞成章，《太玄經》所謂「紅蠶緣於枯桑，其繭不黄」，是其評品。及第後，變而入於昌黎一派，乃妙。且有昌黎所不及，比兩人《秋懷》可知也。東坡全目之爲苦蟲風味，誠苦矣，得毋有橄欖回味耶？余少不知，老乃咀嚼之。昔聞竹垞先生稱其略去皮毛，孤清骨立。余漫戲云：「宋人説部有妓瘦而不堪，人謂之風流骸骨，孟詩是也。」今媿悔之。

李賀、孟郊五言，造語有似子書者，有似《漢書·律曆志》者，皆安石碎金。

韓、孟聯句，是六朝以來聯句所無者，無篇不奇，無韵不險，無出不扼抑人，無對不抵當住，真是國手對局。然而難，若鄖城軍中與李正對聯者，則平正可法。李賀有《昌谷》五古長篇，獨作也，而造句與韓、孟《城南聯句》同其險阻，無怪退之早已愛之訪之矣。然萬不可學。

長排隔句對者多，杜有隔兩句者尤趣，局易版，聯宜變也。又有起對而承接轉不對者更活，然祇有杜，杜亦惟末年有之，總是功夫熟而後可。

杜五七律多有八句全對者，後學興會所至，偶一爲之，不可有心學，恐才小力薄，領襘不清，收煞不住。

案《飲中八仙歌》是學謝混品目子弟五字韵語，又學《栢梁》七字音調，學古變化當如此。其命題亦自安穩，《新唐書》乃改爲《飲八仙人》，語拙。宋祁好變舊文，而不成語者甚多，何怪乎歐公之於列傳推之，名爲讓能而實畏同過也。

偶值春暖花開，思及宋子京得名詞句「紅杏枝頭春意鬧」，「鬧」字亦佳。但詞則可用，字太尖。若詩，如老杜「九重春色醉仙桃」，略迹而會神，又追琢，又混成。「醉仙桃」不可解，亦正不必求解。晉人謂王導能作無理事，此亦無理詩也。

宜田論詩，獨不喜怪。怪如盧仝，想所屏棄，然未嘗怪也。《月蝕詩》，退之小減字句，以爲效作而入己集，豈漫然耶！王弇洲斥之爲醉人説夢，特弇洲醉夢耳。其詩爲元和六年討王承宗軍，政句句有所指，段段有所謂，余詳注之於韓集矣。《與馬異結交詩》則誠似怪，然耐心求之，大有理在。如《易》之爻詞，無所不奇而終歸於法。乃慨世風不古，元氣不存也。余有細批於其集額。大抵胸有經術而貌爲詭詞，不然，何至方正如退之，而津津稱道一異端之玉川先生哉！

此番詩話，衹梗概大端，又老多遺忘，缺漏難想。然至末乃有心泛濫及於盧仝、李賀，豈雅終轉奏曲耶？亦奉杜「轉益多師是汝師」之指點耳。

詩有似浮泛而勝精切者，如劉和州《先主廟》，精切矣；劉隨州《漂母祠》，無所爲切，而神理自不泛，是爲上乘。比之禪，和州北宗，隨州南宗。但不可驟得，宜先法精切者，理學家所謂脚踏實地。

有似淺薄而勝刻至者，如《馬嵬》，李義山刻至矣；温飛卿淺淺結構，而從容閒雅過之。比之試帖，温是元，李是魁。用力過猛，畢竟耳紅面赤，倘遇趙州和上，必儆醒歇歇去。

感懷詩必有點眼處，然有點眼不覺者。如白香山《故衫》七律，點眼在「吴郡」、「杭州」兩地名。故衫本不足以作詩，作故衫詩，非古人裘敝履穿之意，蓋慨身世耳。斥外以來，已遷忠州，苟邀眷顧，可以召還，乃忠州不已，又轉杭州，杭州不已，又轉蘇州，是則衫爲故物，而人亦故物矣。如此推求，乃得詩之神理。

有同一訪人不遇而詩格高下迥别者，太白有兩五律，前六句全揭起不遇之情以入景，至結祇一點。一云「語來江色暮，獨自下寒烟」，一云「無人知處所，愁倚兩三松」，真是天馬行空，羚羊挂角，驟學如何能得？若白香山項聯「看院祇留雙白鶴，入門惟見一青松」，温飛卿項聯「隔竹見籠疑有鶴，捲簾看畫静無人」，是則雖平，却易知易能矣。

施諸廊廟之詩，尤宜平易。如《早朝大明宫》，杜之「九重春色醉仙桃」，仙語也，却不如賈至、王維之穩。《敕賜百官櫻桃》，亦惟王維合局。後來韓昌黎、張文昌亦有此題七律，則寒儉粗疎，似爲長裙高屐，不屑循行逐隊者，而宗廟會同，有此五服五章哉！

七律章法，宜田尤善言之。祇就一首，如劉夢得《西塞山懷古》，白香山所讓能，其妙安在？宜田云：「前半專叙孫吴，五句以七字總括東晉、宋、齊、梁、陳五代，局陣開拓，乃不緊迫。六句始落到西塞山，『依舊』二字有高峰墮石之捷速。七句落到懷古，『今逢』二字有居安思危之遥深。八句『蘆荻』是即時景，仍用『故壘』，終不脱題。此摶結一片之法也。至於前半一氣呵成，具有山川形勢，制勝謀略，因前驗後，興廢皆然，下祇以『幾回』二字輕輕兜滿，何其神妙！」

宜田又言：「七律八句，要摶結完固，宛轉玲瓏，句中寓有層叠，乃妙。若祇是四層，未見圓活，俗語所謂『死版貨』。」

宜田札至：「數年前偶得句云：『破寺門前野水多。』祇此七字。」因記贈公有「人烟補斷山」之句，亦祇此五字。所謂好句本在世間，爲宜田橋梓拾得，正不必湊泊成篇也。

詩要有理，不是「萬物静觀皆自得，四時佳興與人同」纔爲理。一事一物皆有理，祇看《左傳》臧孫達之言「先王昭德塞違者，如昭其文也」之類，皆是説理，可以省悟於詩。杜牧之叙李賀集，種種言其奇妙，而要終之言曰：「稍加以理，奴僕命《騷》可也。」可見詞雖有餘而理或不足是大病。

詩話總説不盡，杜有絶句多首，元遺山又有多首，皆是説詩，學者當尋繹其中。二公之大言炎炎，勝後人之小言閒閒，天壤也。余小言亦且有誤，或誤人，或誤題，直抒胸次而未遑檢對。老不耐煩，又無胥鈔，一氣疾書，擲筆而止。時年八十五矣。

定泉詩話

定泉詩話提要

《定泉詩話》五卷，據民國二十四年刊林集虚《藜照廬叢書》本點校。撰者陳梓（一六八三—一七五九），字俯恭，一字古銘，號一齋，又號客星山人，浙江餘姚人。雍正二年舉孝廉方正，不就。有《濮川詩鈔》、《删後詩存》等。此書漫録古今人詩，評其工拙，雖似無所詮次，實則不無眼識。如主唐音，而亦不廢宋調；論詩藝甚細，而以人品爲詩品之本等，故摘句頗以宋、元人詩及近人詩之詠生活者爲主。於同時前輩則最重屈大均，而稍不滿王士禛、朱彝尊。又多論浙人浙詩，稱賞許恂如《秀水百詠》備詠合郡名勝，至謂其中《冷仙居》一絶「用夏變夷」，爲朱竹垞《鴛湖棹歌》吞聲不敢道者，時在雍、乾之際，其膽識可見一斑。此書陶元藻《全浙詩話》有徵引者，名「山居詩話」，實即此書之異稱也。

定泉詩話卷一

客星山人陳梓頫恭氏

辛亥五月不雨，蒔秧者方岌岌，忽連雨十餘日，復虞其害秧，因作《祈晴》詩。蔣子東湖因吟《始學齋遠游草》云：「久晴對日恒思雨，得雨看天又祝晴。農圃較量晴雨慣，客中無事也關情。」真名句也。

梅里盛孝廉嵩畫小照，旁有姬吹簫，一姬秉燭入梅花下。鴛水張秀才敬業題云：「鳳簫不是江城笛，分付梅花莫浪飛。」一時無出其右。

晚涼，偶把酒池上。東湖因舉黄陶庵先生句云：「家計總輸漁具穩，侯封那敵醉鄉寬。」三復吟咏，爲之慨然。

静愉齋前古梅絶佳，適齋先生東湖尊人詩云：「清標迥出豈尋常，閲歷凝寒薄艷粧。本以蕭疏成傲骨，不因寂寞減幽香。瓶中偶插□書幌，笛裏空吹繞畫梁。莫羨揚州何水部，柴門也是佔春光。」

適齋有《硤山十二景》詩，其《南湖夜月》尤佳：「一湖水色連天色，萬頃清光照眼明。笑指銀蟾隨水去，坐看漁艇上天行。」余嘗於秋夜泛月，親涉此境，胸次曠然。

適齋工畫，其《題折竹》云：「欲寫此君意萬重，曲非其性直難容。不如畫个垂空樣，仿佛天邊掛籜龍。」又《咏蠶叢》云：「鼎烹却在功成後，縱有經綸不若無。」《題自鳴鐘》云：「人情果肯隨時省，何事晨鐘報五更？」皆醒世語也。

仲秋適患痎，半月乃瘳。慕迂借閱宋人小集，得之東莊抄本中，有佳句可摘。如葉紹翁《賦栽葦》詩：「所憐如許節，不耐雪霜寒。」張弋云：「歲窮風力緊，江闊雁聲寒。」杜旃云：「結交莫厭初年淡，晚節相看味始長。」羅與之《秋林》云：「細看搖落風霜意，已見發生天地心。」劉翰云：「欲與嫦娥移桂樹，月中先合種梅花。」趙希櫓《秋夕》云：「月淡鐘聲曉，燈青劍影寒。」《咏梅》云：「若使牡丹開得早，有誰風雪看梅花。」毛珝《秋日即事》七古絶云：「花搖蜂醒我亦覺，斜陽一片秋茫茫。」《儀真絶句》：「總是中原舊風物，不堪今日是邊城。」鄧林《緑珠詞》結云：「到頭不負齊奴約，猶勝識字空投閣。」朱繼芳《太極圖》云：「日光漏得先春意，鑽入書窗個個圓。」《題月林》云：「和根都斫却，還我舊山河。」陳必復《梅花》云：「天下有花皆北面，歲寒唯雪可同盟。」陳允平云：「葉落風千樹，鐘殘月半樓。」施樞《雪詩》：「大是梅花饒一出，蕩於柳絮更多情。」陶弼《兵器》一首，全篇可傳。五律如「月天高寺影，春雨一橋聲」，幾幾中唐矣。至黄文雷《西域圖》尤切時變，感慨極深。姚鏞：「道外無營偏愛畫，静中有趣只吟詩。」沈説：「落照收殘雨，寒烟出寸岑。山帶孤城起，雲歸古殿深。」吴仲孚：「百拙難隨今日巧，一貧方識古人心。」余觀復《梅花引》：「譙樓角動霜初飛，蕭寺鐘鳴天欲白。」又：「天邊有雪差堪亞，世上更無花敢清。」居然和靖、東坡。葛天民「一段孤明雪亦羞」，瞠乎後矣。郁登龍《寄劉後村》「如開元可二三子，自晚唐來數百年」，庶幾不愧。高九萬《孤山雪後》云：「近來行輩無和靖，見説梅花不要詩。」説得極暢，然太露，非唐音也。

宋伯仁七絶殊可詠。如《無事》云：「梅花未必能如我，花謝花開未得閒。」《紙鷂》云：「惟慚尺五天將近，猶在兒童掌握中。」「據見定時俱是足，苦思量處便成癡。」大是醒世語。《醜女歌》尤今好色者下頂門針：「醜妻惡妾壽乃翁，何須能勸羔羊酒。」薛師石：「空攜痛哭能言策，不遇勤求下詔時。」（薛美）（趙師秀）嘗贈之詩：「禽翻竹葉霜初下，人立梅花月正高。」可以見其概矣。

詩有出人意表者，如林希逸「可是人間清氣少，却疑大半在梅花」，極有味。

周（伯弜）名弼，五律可愛，如「竹深春寺磬，灘急午溪舂」、「雨銜尋屋燕，雲背立檣烏」、「冷霜粘破屐，落月帶殘鐘」。七律如「春淡野橋孤艇遠，暮寒溪寺一鐘閒」、「雪消晴嶂沉孤壘，風打寒潮入廢城」，亦佳。

葉茵《咏蟬》：「不須過有螳螂慮，黄雀從旁冷眼看。」極有含蓄，前人所未道，可謂用古入化。

戴石屏《琵琶亭》：「不尋黄菊伴淵明，忍泣青衫對商婦。」足使香山喪氣，故作詩貴有識。

劉過「佛燈明老屋，秋日淡疏林」，雜唐人集中何辨耶？七言七物叠用者，唯古風有之，鄧林却入七律。其《賦江郊漁弋》有云：「青楓翠竹春屏葉，白藕紅菱曉鏡花。鴻鵠鵾鵬鵰鶚鶻，鱒魴鰷鯉鰋鱨魦。」詞人無所不可，然不可爲訓。

詩貴立意別，如陳鑒之《蠟燭》絶句：「畢竟蜂鬚膏馥在，酒邊依舊十分春。」從「蠟」字著想，新穎極矣。七夕話多舊，林希逸絶句云：「世態如今機巧遍，堪將餘技獻天孫。」是天孫當向人乞巧，善用對照法。

慕迂許公告歸後，日坐宗魯居，手一編，寒暑不輟。東湖爲誦沈石田句「讀書已足功名事，更讀人間未讀書」，洵不愧也。公好書，至蓄五十餘橱，或評點不及，輒分倩朋儕，丹黄品題，雖善本，不惜也。嘗見藏書家置之高閣，曾未觸手。或借閲，誤加甲乙句讀，則忿見顔色。噫，可哀已。

元人《三集》，雖不及《初》、《二》，亦儘多佳處。如白雲子房皡《寄呈岳陽諸友》一作，説「爲官近卑俗」、「爲官窘邊幅」，數語大可唤醒沉溺富貴中者。又「狗俗到頭終是病，耽書自古不名貪」，亦妙。《春日觀菜》云：「手種蕪菁亦療飢，春來頗怪發生遲。東風貪長新桃李，未有功夫到菜畦。」何等心思。

曹子謙《雁》詩：「日落秋聲急，江空暮影寒。」杜仁傑：「一川花氣午，萬壑水聲春。」「十年種竹翻嫌密，一日栽松恨不高。」陳普：「柴門無鑰見同物，竹帛有名終累人。」《漢宣帝》云：「甘露三年造新室，不關飛燕入宫時。」《晉武帝》云：「紛紛羔羯趨河洛，爲見深宫竹葉青。」皆出人意表。

王虎臣《繅絲行》全首可采。盧摯《題歸去圖》「門前五柳春濛濛，落絮不與江波東」，亦新。

李序《嗽金鳥》是有關係文字，宛如香山樂府。其和友白玉心《黄金淚》二歌佳絶。彭炳「明河夜無聲，茆亭四檐月。露寒鶴夢醒，山花落香雪」，飄飄欲仙也。

張天英「酒星入水化爲石，寒玉夜語天冷冷」，直逼昌谷。岳王詩甚多，唯高明「孤臣猶有埋身地，二帝遊魂更可悲」爲第一。

周棐：「花明古戍春停騎，月上春江夜放舡。」許恕：「江雨春帆重，城雲暮鼓低。」

陸仁《續絃曲》「麟角煮爲膠」五絶，疑是甫里詩誤入耳。于立「孰知青天上，年年葬神仙」，郊、島所不到。

好奇之弊，至鄭東七絶《題秋山》、《對月》連用㬎朤𡴭𣟅𥲤𪈿等字，詭極矣，何可入選？

鐵牛翁《詠柳絮》：「繡床漸覺香毬滿，漁艇初疑雪片多。」居然晚唐。

元人《二集》勝《三集》，如《二妙集》「飄零身世風頭絮，淡薄人情春後花」、「拙計每爲妻子笑，病多還覺友朋疏」，淡而有味。仇遠《題松雪迷禽竹石圖》「百年花鳥春風夢，不是錢塘是汴梁」，劉清叟《梅詩》「三弄直須琴對越，一寒安用酒温存」、「參横屋角霜初下，人倚闌干月欲斜」，趙文《梅詩》「當於色香外觀韵，可怪冰雪裏有春」，皆佳句也。

劉壎《十忠詩·陳公文龍》一首結云：「不有二忠存，千古笑科目。」劉麟瑞咏文丞相云：「六籍一時光日月，孤忠萬里立剛常。」力量絶佳。

楊奐《讀通鑑》云：「欲起温公問書法，武侯入寇寇誰家？」《管寧濯足圖》云：「好留一掬黄泥水，壜却曹瞞受禪碑。」極有心思。鮮于樞：「樹古蟲書葉，沙平鳥篆汀。」陳孚：「江空雙雁落，天闊一星流。」又《范增墓》云：「平生奇計無他事，只勸鴻門殺漢王。」《博浪沙》云：「如何十二金人外，猶有民間鐵未銷？」《讀開元天寶遺事》云：「紅塵一騎君休笑，中有漁陽萬騎塵。」皆卓卓可傳。

小雲石海崖《蘆花被》：「西風刮夢秋無際，夜月生香雪滿身。」又《題扇》：「清曉山中三尺雪，道人神氣是梅花。」不意蒙古有此奇才。

何中「江山歸釣影，天地入笳聲」，感慨在言外。只一「笳」字，令人泣然，是學杜而有得者。七古云：「我狂絶叫天何聰，乾坤如此何匆匆。」則盡露不平矣。

詩有極平易却極難學者，如任士林「青天庭樹在，白髮鏡塵深」、「家鄉荒政日，客路獨醒年」，有明七子，悉力摹唐，安能到此？即于石「鵓鳩夫婦孤邨雨，杜宇君臣故國春」、「飄零風絮如行客，冷煖厨烟見世情」，亦豈易及？于石宋亡不仕，故其詩有清剛之氣。五古如「讀書貴有用，豈徒資筆舌。立身一勿謹，萬事皆瓦裂」，七絶如「倚樹恐驚殘雪墮，起來不敢嗅梅花」，又《詠柳子厚》「半生巧宦翻成拙，何用區區更乞靈」，元人中僅見者。何失名公交薦，親老不就，亦石之亞也，當與劉銑并存。

傅與礪「海紅秋樹遠，江黑暮鐘深」，的是唐調。

李孝光《墨梅》七古「銀蟾呵春墨花碧」一首，全璧也，雜之昌谷，何辨？又：「原上脊令古兄弟，山中鷄犬秦桃花。」五律如「晴虹生遠樹，過雁帶平沙」、「乾坤鷄屢旦，霜露菊猶花」、「江永魚龍夕，風高鴻雁秋」、「春風吹白髮，山雨隔青燈」，七律如「繞驛水聲殘雪夜，半橋山影夕陽天」，七絶如「無端畫角連雲起，鐵鑄梅花亦斷魂」，元人中巨擘也。

成廷珪《岳忠武詩》七古云：「誰人肯道莫須無，嗟爾張公作何語」、「兩宫萬里尚龍沙，泉下臣飛心獨苦」，何等聲調，何等骨格，讀之得不下淚？

袁石山農王冕古體絶佳，篇篇可誦。如「沙漚夢老蘋雨殘，濕雲不動天如醉」、「致令驕氣吹腥腥，干霄上食天眼睛」，雖李賀、孟郊無以過之。七律如「離思厭聽孤燕語，客情無奈亂山青」、「青苔蝕盡床頭劍，白日消磨鏡裏霜」，近時詩人，安能望其肩背？

曹文晦《倣老杜出塞九首》，所謂東施捧心也。唯《咏瓊臺夜月》云：「清氣逼人凡骨换，孤光入酒醉魂消。」差强人意。

舒頔《題李謫仙》云：「醉骨生疑蜕，詩名死更香。」二語最好。

郯韶《伐桂辭》極古樂府之神韵，又「青山對雨雲連屋，春水到門船在天」，化「春水船如天上坐」而無痕可尋，是善脱胎者。至「一篷秋色斜陽外，半夜雨聲春夢中」，則更純矣。

謝應芳「客來爲説紅巾苦，牕下榴花亦怕看」，得風人《隰有萇楚》之旨，可以驗亂世生民之苦。范少伯爲吴之仇讐，謝《吴江三高祀》七古論吴民不當祀，極有理。結云：「靈胥怒抉海潮起，駁若雷鳴過雪灘。」讀之生氣凛凛。

老叟心自憐，或謂詩骨清極，善占地步。《方竹杖詩》「聱叟性惡圓，爲爾重激昂」一段，極老鍊。《題少陵像》云：「胡羯長安滿，騎驢短褐穿。」通首全學杜，與昌黎同孟郊聯句即學孟郊相類。

金涓「人澹琴心苦，林幽鶴夢長」，上五字尤勝。「鬢毛詩白盡，山色雨青多」、「風帘茆店酒，晴日柳橋鶯」、「孤林欲暮鵶争樹，一雨及時人種田」、「山厨度臘貧無肉，茅屋逢春富有梅」，真可駕宋而上之。

趙汸「劇談無可諱，信筆不相猜」，極友朋相聚之樂，世之既締交而動輒猜嫌者，可愧矣。「有酒何曾留俗客，無錢猶自買梅花」，世之沾沾以作家爲急務者，可愧矣。

釋行端詩「榮來終有辱，樂去可無哀。富塚草還出，貧門花亦開」，最足醒世。與師益云：「虚名終日雪填井，幻境百年繩繫風。」「黄河定是有清日，曲木其如無直年。」「甜到盡時忘蜜味，酸從回處見梅心。」皆得比興之妙。

律詩絶句，當避熟韵，如一東、四支、十灰，及真、文、陽、庚、先、尤等韵。自唐、宋來作者不少，出語雷同，令人生厭。若古體長排則不拘，初學不可不知。

作詩當從五古入手，後便展拓得開。若起頭便講近體，見古體便戰慄，縱使律絶工穩，不過小家數，無當大雅也。余平生看古人詩集，遇近體則欠伸欲睡，讀古風則精神百倍，亦是癖處。

陳子天行，苕人，寓硤。偶携青羊翁詩《九哀》五古，儘可傳。即近體中亦間有佳語，如《題廢翁春風草廬》云：「不怨春風到日遲，人間已是臘殘時。翁廬自有春風滿，借與東皇遍地吹。」寓意深遠，但「翁」當作「吾」耳。《瓶中海棠》云：「老來不作繁華夢，猶向瓶中惜海棠。」又：「匹似一般瓶裏供，畫堂未必有清吟。」七律云：「僧扉無路花自發，樵擔下山我正來。」「詩句清於桑落酒，交情淡若雨前茶」。却是宋調。蓋詩門家法也。《友人遊風雨庵病足不及陪》七絶結云：「寄君雙眼穿雲去，猶及横枝正好時。」氣格清老。中有《自桐鄉至濮院尋朱望之》一首，平平無奇。《聞冰蘧訃》：「報我回亡無幾日，忽驚鯉也亦肩隨。」是直孔子其師矣。阿私所好，令人解頤，即以詩論，復成何語？若「山到雲收全體露，樹經霜煆衆材呈」、「寒風生計溪漁占，斜日光陰嶺雁争」、「生計浮沉鷗不定，愁心浩蕩水無邊」、「天低牢落參旗白，山冷淒涼佛火青」、「偶隨齋鉢聞清磬，會倚巖花弄短橈」，猶不失宋格也。此翁詩不從古體入手，故成就甚隘，然他日當以人傳也。

桑田號韜甫《遊虞山詩》：「山莊紅豆已成塵，猶話尚書老病身。當日魂消一株柳，露條風縷不勝春。」雙關語，令人尋味無窮。尚書詩文實佳，而大節有虧，反不如燕子樓殉節，亦可哀也。

王雅宜山人名寵，《遊包山詩》五古極峭潔，如：「鷄犬自甲子，衣冠乃秦民。鵬霄邇靈嶽，鳳野開短襟。」古律如「磴危尋蘚迹，風引曳雲衣」，七言如「山河錦繡千年觀，歌舞風塵萬壑哀。澤國魚龍吟落日，荆蠻雲物悵登臺」，居然唐音。竹垞《明詩綜》惜未搜録。然不意其書法乃爾秀逸。蓋出入二王，不求形似，而思以神省者，雖未臻化境，可謂得烟霞之趣，不染些子俗塵者矣。壬子秋，過葭溪，裳吉李子出示此刻，反覆不厭，攜歸山齋，與東湖共玩之。時在虎林道中，望半山紅葉，濃麗可愛，直與此卷争艷，遂洗硯書其尾。

《中州集》，元好問微顯闡幽之意可嘉，其詩亦多可傳者。余最喜董文甫《題審是堂》句「飛蛾可是無分别，直道油燈是太陽」。鐵厓作《老婦謡》，不仕明代，不免飛蛾之見。若遺山又當别論。

集後詞一本，大概不足觀，直可删去。

宇文虚中「散步雙扶老，棲身一養和」，裕之注：「『養和』，几名」。非也。蓋治背癢者，起於李泌。吴激「天氣乍晴花滿樹，人家久住燕雙飛」，張斛《題武陵春雪》「洞裏仙人貪種玉，豈知人世有春寒」，皆唐句也。

馬定國「新月高城三百雉，角聲吹澈小單于」，極合時令。末三字最用得好。蕭貢詩亦云：「月轉譙樓天未曉，角聲吹澈小單于。」不約而同，蓋同時有感耳。

施宜生「小溪烟重偏宜樹，平野雲垂不礙花」、「樓影不摇溪水淨，春聲相答暮雲空」，七律之佳者。劉迎《題歸去來圖》「餘子風流空魏晉，上人談笑自羲皇」。「上人」二字拆用奇，然不可爲訓。至「却掃欲安無事貴，累人猶屬有錐貧」，對句極巧，不知何法，并無此錐也。

趙秉文和陶諸詩肖甚，不愧「閒閒」之號。

五律如玉礀「新雪添哀鬢，寒灰死壯心」、路鐸「雲迴暑天影，雨進夜窗聲」，非宋人不能及。「有意候君門外柳，無機還我醉中天」，亦得靖節胸襟。「病知居士安心處，貧是詩人换骨時」，尤妙。「閒雲欹枕裏，飛鳥捲簾中。風定天還水，烟虚月度松」，亦高渾。集中如路公者，不多得也。史蕭「詩書作我閒中地，風月知人醉裏天」，東湖甚愛之。適華亭張次亭過來雨軒，遂屬書室聯。慕迂亦歎賞二語。

七言蕭貢最長，《漢》、《楚》二歌，有古致。

集中七絶多佳者，如王良臣：「粥魚敲落簷頭月，猶在梅花醉夢間。」密璹《題留侯》云：「君方避溺猶居水，忍使餘波及四翁。」《馬伏波》云：「明珠薏苡猶難辨，萬里争教論杜龍。」《八景亭》云：「誰知剥落亭中石，曾聽宣和玉樹花。」讀之令人心爽。

高廷玉「和風三逕雪，微雨一池萍」《柳絮》，趙元「菊花雨似人情冷，梨葉霜如酒力濃」、「夢裏紙衾三丈日，話延雪屋一龕燈」、「乾坤萬里雲無迹，冰雪三冬柏有心」、「瓶儲看客常年慣，家具爲農近日新」，密璹「驚夢故人風動竹，催春羯鼓雨敲窗」，何等聲調。

王若虚《贈王士衡》五古結云：「古來哭者多，其哭非無名。生其偶然歟，何苦催形神。如其果有爲，爲爾同發聲。」蓋自傷生不逢辰，令讀者亦欲放聲長慟耳。

若虚《論詩》云：「已覺祖師低一著，紛紛嗣法更何人？」極有識。蓋言東坡已不及李、杜，况山谷耶？

麻九疇古詩，集中白眉也。其《食蒿醬》叠韵，尤目無全牛。《梁山宫》、《楚山圖》七古，語語珠璣，不勝録也。又七絶《題俳優》云：「施能賣晉移君貳，旃解譏秦救陛郎。多少諫臣翻獲罪，却教若輩管興亡。」感慨深長。

王琢《春陰》「庭淡黎花月，樓寒燕子風」，酷似宛陵。《雪》詩「花多不入貧家眼，歲好方知造物心」，古今絶唱，視東坡「也知不作堅牢玉，無奈能開頃刻花」，覺小樣矣。

段繼昌「消得太真吹玉笛，小庭人散月如霜」、「幾片野雲飛不去，晚風吹作雨纖纖」，有飄飄欲仙之致。

李節《題漁父》「半篙春水世情遠，一笛晚風山雨晴」，劉勳《題嵩陽歸隱圖》「百錢便掛青藜杖，不看先生集上山」，幾不食烟火者。

李澥《題墨梅》絶句：「眼中只有梅千樹，不掛世間蜂蝶花。十載江南春夢斷，至今清影在君家。」瀟灑絶塵，百讀不厭也。

荒塋在五百里，每逢寒食，不得歸掃松葉。讀侯册「燕子不來寒食過，滿城風雨落紅多」，爲之慨然。「芳草成樓天不盡，異鄉寒食故鄉心」，李獻可句也，亦佳。

王元粹《避世》五古，得少陵遺意。

孟宗獻《柳塘》詩：「不似隋家堤岸上，亂鴉殘照管興亡。」有義山風度。

李獻甫《秋風怨》，昌谷後身也。

滕茂實，宋人，使金不屈，大節挺然。詩亦如其人。如《詠蔬》：「干戈萬里風塵晦，慚愧平生食肉人。」《天寧節》：「松柏滿山聊獻壽，小臣孤操亦青青。」三復慘然，臨終五古，尤不堪多讀也。

何宏中「困病久懲耽酒癖，愛閒猶有和詩忙」，對句意新。「標名不挂金銀榜，涉世空堅鐵石心」，氣骨壁立千仞。即五言「衰年花近眼，久客夢還家」，亦不易學也。

李弁高節不可攀，《黄精酒》、《蔓菁虀》古詩亦老鍊，《炕寢》一作簡奥，在杜、韓間。七律如「元會明朝定何處，羈臣揮淚節旄前」，蘇屬國不得專美矣。「詩窮莫寫愁如海，酒薄難將夢到家」、「紙錢灰入松楸夢，餳粥香隨楡柳烟」，又何穩也。

裕之五絶，真後勁也。「若從華實評詩品，未便吴儂得錦袍」，「華實」二字，極可思。第恐裕之所謂「實」，尚只是華耳。《過逯野書門聯》「竹逕有時風爲掃，柴門無事日長關」，唐朱餘慶句也。客云：「當改作『車馬不來風掃逕，塵囂難入户常關』。」却有火氣，不似元語渾融。學詩者參之。

或曰性喜作詩，而苦無題。余笑曰：只患不成詩耳。果能詩，則以古樂府而通之今，如少陵之自立一題，雖活百歲，只恐題目太多，吾詩不足以盡之，如放翁述懷、即事、書所見、閒中偶成、花前月下等題皆是。詩成而强以加題，其病在近體多，而古風少。如此六十歲間萬首詩，其關係於人心世道者幾何哉？

單學七律，雖成不高。要使七古、歌行、五古、諸長短樂府熟後，乃縱筆小心爲之，七律乃造精細純化處，非老年不能也。

「沈鬱頓挫」四字盡律之妙，然五律此境界易，而七律極難。功夫火候到，自然得之，非可强也。炳也在舟中與余談，出渠從兄詩曰：「使人讀之不可解，淵博固如是耶？」余曰：「此所謂以艱深文其淺陋也。讀少陵、香山作，越平易，越不可及耳。」

從叔遲白公大治，壬寅客陝西，殁於鳳翔，詩稿無存者。先君子嘗爲伯兄誦其平昔得意之句，如《墨牡丹》云：「怕成酩酊疏紅友，不染胭脂襲素王。」《題趙子昂蘭花》云：「可惜風霜支不住，國香非復舊王孫。」《索友人劍》云：「世無大故群疏爾，我有不平君躍然。」《秋晚》云：「雲出鐘聲寺，天歸月色湖。」《宿山家》云：「鷄爲漁人宰，牛隨牧子眠。」《雜咏》云：「囊雲思贈客，琢月未成仙。」皆傑作也。

從叔觀濤公《夏日朝霽》五古云：「晨起開北窗，好風送清穆。烏鵲噪芙蓉，寥天漸鴻鵠。蒔蘭香若飴，養蓮潤如玉。呼童煮新泉，芳嫩頗越俗。讀書準經史，一□聽所欲。怡情在陶謝，窮理揖姬虞。曠懷横古今，發揮應空谷。劍佩鏘然鳴，有友快心曲。」此詩曾刻箋分贈，後署曰「石樓存稿」，而他無有存焉者矣。

先君幼能文，長值亂，遂棄去。游維揚，後寓濮水，家焉。乙未間，故鄉舊宅售戚氏，改佛寺，作

《感懷》十絶，中叶「看」韵，極有意。「但聽山寺功成日，回首明堂茂草看」、「歌哭欲來無聚處，荒基留與故人看」、「千古廢興元有恨，域中今日請誰看」。五律如「蟬鳴泣高閣，蝸徙篆虚窗」、「疏星窺漏屋，殘月倚危樓」，何等沉鬱。至「詩書雖賈禍，天地本知人」，七古如「刮日去膜月洗垢，鑿山作杯海爲釃」，膽欲上天矣。

孫烈婦祠，先君鳩里人所建，有四律，如「彈丸不是勤王地，勺水翻成靖難波」、「竪儒戲作封侯事，直使馮夷泣楚娥」，亦亭嘗爲之擊節。

先君《六十一初度》律詩叶「羶」字韵云：「荆棘滿前竹絆絆，青繩是處逐羶羶」、「酒爲醇醪忘却醉，茶逢酥酪自知羶」、「蓼藿有時難繼續，肥甘早已謝腥羶」，皆有爲也。閲三年，以隔症謝世。病中有《口占示次兒梓》詩，後半云：「叫醒癡迷纔十二，與他責任已三推。天心曲曲潛移奪，百尺樓高望有歸。」嗚呼，豈料今日白髮頹唐，一至此哉？三推之任已辜，百尺之望何歸？可爲慟哭也。

定泉詩話卷二

客星山人陳梓頫恭氏

戊午二月朔，道虎林赴故山館。過關，邏者檢書篦，無長物，唯一青氊。作色曰：「此稅頗重。」余笑曰：「看墨痕蛀孔，非故物耶？」審視良久，乃放關。因作《青氈嘆》七古，中有「諦視四角不放手，顛倒尚疑新舊間」之句。煩苛若此，宜挾貨者冒險航海，毆之爲魚鱉矣。

硤川許慕迂走書屬題其姪淵谷開基小影，歲暮鹿鹿，因携稿至卧雪軒，改竄成七古一首，圖名「鳶飛魚躍」，極板腐，混拈悟道語不得，乃以因病罷官，從出處籓籬上説入堂奥，差免膚泛。起云：「鳶有天，魚有淵，我何所有心憬然。」令人自揣生平所學何事。結云：「我有天淵方寸間，會心豈獨魚與鳶。」則在在鳶魚矣。

《過費氏瓶廬》五律，余與沈子南谷各有和詩，然皆不及厲子雲程切「瓶」字而聲調自然。「有客驅車入，無人索酒嘗」一聯，可稱絶調。

余赴硤館在戊申春，五古《别同學》有「生麻幸爲蓬，踰淮怕成橘」之句。張子漢木曰：「典不可誤用，踰淮怕成枳，則有之矣。」余門下施生森解之曰：「先生久居濮，故濮人稔知先生素志，不强之應試。今新到硤，則硤之不知己者必以不入耳之言來相勸勉，故先生雖自保其不化枳，又恐凡爲枳者不樂其仍爲橘也，故下一『怕』字，此翻案用典法。張君不長於詩，故未解耳。」

縫人顧某愛余書，且必得余新作。余書《玉蘭花》五律，作中幅贈之，寶之數十年。及病卒，謂其婿曰：「吾無子，此紙恐飽蠹魚，以殉吾棺可也。」其友鄭開九往弔曰：「棺中不可污先生書，如釋氏法，焚以與之方行。」金子爲之惋惜。

表姪鄭炳也虎變在京師和少陵《秋興》八首，頗可觀。如「北地雲寒連絶漢，西風日暮起悲笳」、「四百年中耆舊盡，十三陵外劫灰飛」、「腐螢吐焰知長夜，寒蝶尋香已後時」、「擊筑狂歌悲易水，封泥壯志壓函關」、「籠中鸚鵡皆能語，冠下獼猴可汗顔」、「曉露池塘芙浥淚，暮烟籬落菊含愁」、「客淚欲飛黄雀雨，歸魂思御鯉魚風」、「千里驥嘶荒草路，幾群鴉宿上林枝」、「乾坤有恨江山老，天地無情歲月移」，在人海中能作此感慨淋漓，詩膽不愧乃翁矣。耕餘有子，爲之快忭。

己未九月前夕，汪子津夫、謝子南明過卧雪軒。余作五律，南明和云：「黯淡山城裏，陽和失御車。相逢逃海客，暫賞拒霜花。別思濃於酒，愁腸曲似巴。不堪來便去，贏得鬢毛賒。」勝余原作十倍。南明蓋得力於少陵者。

佛眉上人《五鶴堂》詩「已見人間無地落，特從佛國傍雲高」，殊有故國之思。只此一聯可取，餘皆粗鄙。

吴東籬先生《六十辭壽》詩有「飢寒每惜三餐玉，負戴誰憐兩鬢銀」之句，蓋其子不善事親也。

德蕴盆桂，金銀連理，題甚俗。余曰：「此可比兄弟，以警世之不友者。」因作二絶，其一曰：「不貪何用識金銀，高隱休污折桂名。傳與圃師黄白術，抵他田氏一株荆。」周子虞封見之曰：「可謂頂門一針。」

故友謝子敬修《與黄岐周》詩中一聯云：「聰明幼女能傳業，飄蕩癡兒可憶家？」蓋諷其寵後妻之女，而逐前妻之子也。然只責爲子者不知憶父，對照却是父不憶兒。含蓄藴藉，深得風人之旨。惜中道早殁，不竟其學業也。

謝子南明《咏重臺紅梅》七律起句云：「豈緣冷淡少人看，玉骨層層與换丹。」只七字中「梅」、字「重」字、「紅」字，無意不到。又《題趙孟頫松雲讀書圖》：「不知曾讀離騷未，錯認王孫是恨人。」何等風致，言外却使孟頫通身汗下。又《題汪津夫梅津罾月圖》：「皓月一輪罾底在，暝烟宿霧幾時收。」蓋諷其良知之學也，亦含蓄不露。

昔與宋魯培、鄭亦亭於盛湖舟次論詩，一友舉「日烘幽徑緑烟暖，風定曉枝紅雨稀」爲何代詩，湖村曰：「此晚唐無疑。」亦亭曰：「宋人亦能之。」余獨斷其爲元。叩之，果元德明句也。蓋晚唐尚有含蓄，宋人帶硬氣，惟元人纖巧而薄，近於詩餘，氣味迥不同耳。

卜人木先生極贊元詩《馬嵬》絶句云：「垂柳陰陰水拍堤，春晴茆屋燕争泥。海棠正好東風惡，狼籍殘紅襯馬蹄。」爲古今咏貴妃第一作手。蓋純用比體，愈疏愈合，此雜之晚唐，何分上下床哉？

余作《冷仙亭》詩涉議論，鈕子賡若曰：「此不免叫號，不若曹侍郎一律融渾矣。」世風尚面諛腹誹，賡若能直言見規，今思之何可得哉！

先君子草書《千字文》題跋甚富，范子巨川七古尤妙，云：「陳示我草聖光赫赫，云自高堂五十年前新手澤。終朝披玩雙眼明，恍若公孫大娘擊劍聲鏦錚。落紙烟雲鬼神泣，筆藏風雨龍蛇驚。嗚呼陳公家學如江河，岷山一脈何迢遥，星宿百穴成洪波。從來有本會不竭，支流亦復通溟渤。敬哉我友急砥礪，白髪朱顔疾如駛。熟仁精義如此書，英華千載同璠璵。吾聞歐陽大小雙垂名，區區一藝猶光榮。君家志節邁千古，前人遺業後人補。君不見曹娥江水空沄沄，鳳皇城邊落日曛，山頭松柏長望君。」

梁蕭驎「纖腰非學楚，寬帶爲思君」，情頗濃至。然以王僧孺「是妾愁成瘦，非君重細腰」方之，則王更進一層矣。於此可悟翻案之法，在深厚不纖巧也。

余向與亦亭、分佩、倫表即席吟咏，亦亭操筆立就，目無險韵，余亦步武無難色。分佩則稿數更而後就。倫表笑曰：「但飲酒，勿作冷淡生活。」明日始脱稿，亦頗有佳句。亦亭嘗曰：「梁武帝云：『詩多而能者沈約，少而能者謝朓。』雖有多少遲速之不同，不害其俱工也。謝靈運久而後就，顔延之受詔即成，豈以是分優劣哉？」

在故山，一友以「梅邊白雲」爲題，却無佳句。余戲作一絶：「溪上南枝照鏡新，曉粧初畫遠山春。白雲也有桑中喜，占斷羅浮窈窕人。」

馮孝廉養吾浩寄近作，頗有佳句。如《咏鶴卵》云：「九轉功深玉兩丸，瑶池月色印團團。」雅切不移。又《在燕寄内》詩一絶：「支離瘦骨怯征鞍，直比吹簫乞食看。休信皇都春色麗，東風猶似北風寒。」以會試比乞食，其志大矣。《呈友人》云：「已令白璧仍還楚，未有丹梯可上天。」《咏古》云：「諫草有香終不朽，唐家陵闕已成塵。隴上王孫非不貴，尚懷兩事走駸駸。」其他如「性情留卷帙，得失付鷄蟲」、「叢書著到丙丁集，官舍仍呼庚癸生」、「鶯弄翠簾消日午，蟬嘶金縷遶池塘」、「幾寺鐘聲通碧落，數峰雲氣出松杉」，皆可誦也。《挽陸陸堂》云：「心期終未了，筋力早無餘。」亦淡而老。又「寒聲庭攬樹，淡影夜流天」、「秋深江漢歸程疾，霜老蒹葭别緒饒」、「鋤月栽松竹，清風便肯吹」、「山中閒甲子，物外小神仙」、「天帝未全醉，世人誰獨醒」、「園林静處花饒笑，儔侶稀時鳥獨鳴」、「孤情欲赴蛟龍窟，夢裏頻呼虎豹關」、「千古文章徒覆甕，一時憂憤若連環」、「坐閲流光雙眼冷，養成仙骨一身頑」、「狗屠從古埋奇士，龍劍何年逐大風」，尤洪亮雄勁也。七古如《猛雨行》：「媧皇不破銀漢翻，玉輪墮地雲樓昏。」《呈叔枯堂》云：「晶瑩胸次羅列宿，墨花點滴呈繁星。」亦老。

辛酉江南解元龔錫純「飯疏食飲水」三句題文，開講並提「明心見性」，主考大喜。余因戲作一絶云：「武弁居然冠八閩，是歲福建解元武生。濂溪浙水也迷津。浙江姓周。江南畢竟良知炯，拔得明心見性人。」

查他山慎行有《賦得雨中荷葉終不濕》詩，因己出處解嘲也，不知是真荷葉則然，否則沁骨久矣。元微之詩「玉英唯向火中冷，蓮葉原來水上乾」，豈易言哉？元一代惟金仁山、許白雲、謝皐羽、鄭所南諸人足以當之。他山詩文雖佳，歐陽玄、虞集一流而已。「雨中荷葉終不濕」，東坡句也。

辛酉小春孤坐，得雪漁詩，喜作一律云：「積潦初晴應小春，古牆竹色照窗新。臨碑琢得鈎雙玉，把鏡貧餘兩鬢銀。學術轉關天漸醒，世風趨壑海生塵。重江人隔詩偏到，煖酒孤吟浩氣伸。」雪漁詩近益長，如答余從子欽陶五律：「霜路來鴻老，秋燈結夢多。」「海蒸秋露白，草戴夕陽紅。」「松崖薇長翠，鷗岸蓼收紅。」《周行竹枝煤山》一絶結云：「底事杖藜來故老，數行情淚話崇禎。」《見懷》七律：「茆舍半檐留日脚，鐵燈一盞養天心。」「拒霜未萼秋先遠，摧曉無聲夜氣深。」「百年高蹈需公在，一卷離騷寄我深。」何等悲壯。又《題秋山霜林畫卷》七古：「牖落晴虹飲泉緑，檐燒野火烘遥青。」又《解嘲》一絶：「一二寒温忝暫陪，野人舌底少風雷。清談亦自曾霏屑，爲對寒山片石來。」「人海歸來理綗目，可能完璧似相如。」「却憶紫陽留直筆，衮榮曾到絶裾人。」爲桑主事也。幽湖唯事八股呫唔，安得有如雪漁者與之唱和哉？

余作《鶴雛》詩，起云：「中宵破殼漏初陽。」或云「破殼」二字俗不入詩。不知東坡《和陶》「淮老如鶴雛，破殼已能鳴」，非無本也。四咏之中，余因謂佳句唯《鶴巢》「蕭疏松葉仙人宅，零落梅花處士窩。多少乘軒供一噱，如今城郭問誰何」四語，有鶴身分。

梅津、雪漁各有《竹枝詞》，三復不覺鄉思勃然，欲棄此數椽，仍守丘壟，何可得哉？翹首家山，爲之隕涕。

來雨軒寄臯如詩，係戊午作，頗多佳句。如「旅夢投鄉樹，春雲入縣城」、「十里炊烟籠晚黛，一天星火浸秋星」，《咏僧鞋菊》「一夜西風吹解落，不隨行脚踏空林」、「面壁經年無個事，雲趺散作眼前花」，又「墨沼有情仍泛緑，燭花無賴故摇紅」、「山月初晴夜，溪梅欲笑風」，《咏水中雁字》「澄江如練秋飛白，遠水如烟暮草玄」，皆名作也。

《來雨軒稿》，姓蔣名弘任，字擔斯。余館硤時所點定。如「功名風外絮，骨肉夢中人」、「關河疏舊友，風雨斷歸人」，皆沉鬱。又《紙鳶》云：「機關常在手，升墮總由人。暗風吹雨急，天際好抽身。」寓譏亦佳。「無竹可删剛剩此，有鵝許換或籠之」，贈王受明，妙在切姓而無跡。又「日烘山黛緑，風洗樹痕青」、「蠶事方休農事起，入囊無幾解官多」。又簡余婿鄭清渠云：「句聽楓葉落，茶報菊花秋。」又《答僧》云：「風力正酣回海燕，片雲不曉誤鄰鷄。」「殘書酣飽蝨，獨影苦吟秋。」《見懷》云：「高人骨格風霜在，薄俗炎涼草木知。」《紅梅》云：「不知丹骨何時換，直使冰心對客羞。」「暗熏詩夢醒，清逼酒魔來。」「燈蕊剔殘幽結夢，嶺梅飄盡冷同心。」《弔孤山》云：「日落兩峰雲起處，月明獨鶴夜歸時。」《贈友》云：「細雨剪桑繅繭後，晚霞烘樹摸螢天。」《觀潮》云：「信無逾子午，功可溯辛壬。」《山行》云：「山行遺藍本，吟哦得素秋。」「簾密亂篩晴月細，楝高閒看曙雲忙。」《秋燕》云：「戲蹴壞絃憐絶響，故穿疏柳尚多情。」「打疊離愁雙剪在，泪痕空剩舞時衣。」「休言戊己知趨避，只爲聰明恨轉長。」何等工艷。《九日與客飲》云：「老眼幾經興廢事，剛腸羞逐轉移人。」尤有骨力。

半山道中，余有五律，擔斯見次云：「吟鼉風出樹，戲鴨浪成花。」又送余還遁野云：「收拾烟嵐籠短袖，滿裝詩句壓空船。」又《柬許慕迂》：「臺閣風流歸伴鶴，山林月旦衹評花。」《輓節孝胡母》云：「迴腸似之水，愁緒寫心香。人閒烟雨幻，松柏自蒼蒼。」何等高老。余在來雨軒兩載，擔斯始學詩便如此，可敬也。

白香山句：「乞錢羈客面，落第舉人心。月下低眉立，燈前抱膝吟。」以舉人比乞錢客、低眉婢，極低極肖，有志者可悟矣。李廓又有《落第詩》云：「榜前潛制泪，衆裏自嫌身。氣味如中酒，情懷似別人。煖風張樂席，晴日看花塵。盡是添愁處，深居乞過春。」益寫得陋態曲折可憐，有耻者不更可鑒哉！

香山樂府有關世道人心，如《杜陵叟》一首，中云：「長官明知不申破，急斂暴征求考課。典桑賣地納官租，明年衣食將何如。」「昨日里胥方到門，手持勅牒牓鄉村。十家租稅九家畢，虛受吾君蠲免恩」。當與聶夷中詩並傳也。

王安石《送潮州吕使君》詩：「有若大顛者，高材能動人。亦勿與爲禮，聽之汨彝倫。」借來諷昌黎，見識極高，調亦古勁。

雪漁《調梅津》絶句：「硯池乾徹爐烟斷，少個香東與墨西。」自注：「屈翁山有二婢司香墨，名香東、墨西。梅津嘗云：『吾當置二美婢。』故戲之。」余和云：「藥爐茶竈傍檐低，窗紙新糊壁砑泥。一個瓦盆堪送老，不勞持贈玉東西。」

幽湖八股生，不喜學詩，戲作一絶《東南谷》云：「清氣乾坤剩幾何，孤吟月底影婆娑。近來溪上詩人少，却怪梅花占得多。」

余向有《題釣臺》詩：「竿下無魚君莫怪，羊裘不上漢王鈎。」及讀宋詩，杜範作已有「握手故人留不住，有魚那肯上鈎來」之句，而顛倒用之，尤覺味長。畢竟前人不可及也。

嘉平下浣日將睡，養吾扣扉，因秉燭談詩。出近稿，如《舟次》云：「浪痕微蹙搖重碧，雲脚斜拖落遠山。」《寄同年王陰棠》云：「歲晚江湖闊，天高雨露偏。」又見寄六斷句，其三云：「倦翁遺跡久塵封，草色花顏枉自濃。一十二章詩史在，中宵風雨泣司農。」余有《倦圃》十二章。

許慕迂女聯姻山東孔氏，孔衍聖公娶德清徐夫人，多行俗禮，戲作一絶：「年庚冲犯須迴避，玉箸金盤慶發丁。新郎親迎，荼後取杯箸入襪箭，主快生子。月旦從今添話柄，孔門傳得阿婆經。」

余最愛宋范茂明浚五古一首：「高蟬蔭嘉木，未省螗斧危。勇蟲一何愚，不顧黄雀飢。癡癡挾彈子，已復露沾衣。世事無不然，古今同一悲。」嘗令諸生書一通於座右，以當弦韋。

莊溪金子士吉去疾嘗作《花友堂記》，時茆塔王楚公家莳鷄冠花極盛，名流題咏甚富。計默詩云：「分明馬錦排幽砌，彷彿朱櫻傍曲欄。豈有宵聲驚祖逖，渾疑羽化逐劉安。」朱逢源云：「照眼奇光錦彩攢，駢頭岸幘鬥環觀。不知誰把文犀火，駭作陳倉百寶欄。」「細頂春雲曬玉纓，會稽今已化陽精。日光遮斷文身影，只許人聽天上聲。」黄鶴田云：「赤幘黄冠色未齊，閒庭一片彩雲低。賈昌坊裏依稀見，鬭取紅羅五色鷄。」「冷雨秋雲化綵霞，疏籬掩映錦横斜。分明幾尺珊瑚樹，不是王家是石家。」「亞字闌干緑竹笆，秋光占斷野人家。鷄人絳幘無消息，幻作人間一院花。」「五色紛披映日曛，名葩何事在鷄群。曹騰醉眼遥看處，一朵嫣紅一朵雲。」黄字芝九，與耕餘倡和，古風尤擅長，惜俱散亡。白下人也。

朱竹垞《鴛湖棹歌》「自從湖有鴛鴦目，水鳥飛來定是雙」，「定」字坐煞得妙。「一葉舟穿妝閣底，傾脂河畔落花多」，「兩岸新苗纔過雨，夕陽溝水響溪田」，真逼肖元人絶句。「郎舟愛向斜塘去，妾意終憐長水長」，從「斜」字、「長」字着想，便覺雋永。坊名百福，圩號千金，俗矣，乃出之小婦之口，與論家計云：「勸移百福坊南宅，多買千金圩上田。」即化俗爲雅，反增韵致。「半邏」僞爲「半路」，「隨郎盡日鹽官去，莫漫將儂半邏抛」，即劉賓客「道是無情却有情」，樂府隱語，本來遺法也。「桃花落後蠶齊浴，竹筍抽時燕便來」、「青粉墻低望裏遥，紅泥亭子柳千條」、「三過堂東開夕照，滿村黄葉一僧歸」、「當暑黄鸝鳴灌木，經冬紅葉映斜曛」、「不須合路尋魚鮓，但向分湖問蟹胥」，對偶極工緻，著色極雅麗。至「都緣世上錢神少，地下劉伶改姓金」，則神巧不可言喻矣。所少者東莊詩云「雪片降書下，嘉禾獨出師」。百首中故國山河之感缺焉弗紀，則以出處失足，轉喉忌諱，雖號風人，何足傳千古哉？余因題一絶於後云：「文恪當年受主知，兒孫應有故園思。如何百首風人調，不説滿城流血時。」

許恂如字恭伯作《秀水百咏》，一題一絶，合郡名勝備矣。《女陽亭》云：「軍中有女氣難降，制勝如何仗女陽。巾幗吴兒應見怯，非關君子六千强。」《涇橋》云：「回首闔閭遺恨處，半規新月似純鈎。」純鈎傷指，借用新月，是雙關法。《辟塞》云：「清夷王路無分土，鷄犬桑麻自一村。」《飲馬川》云：「莫向川原問興廢，荻花楓葉不勝愁。」《河内亭》云：「千秋哀怨遺河水，每到亭前咽不流。」《陸瑁池》云：「十里荻蒲秋色淨，萬家烟火夕陽多。」《裴島》云：「絲管繁華無處覓，數聲漁笛起滄洲。」《炒麩庵》云：「沽名不舉齊眉案，苦行甘爲辟穀人。休笑於陵陳仲矯，炒麩咽李總非情。」《漱芳亭》云：「文采不隨流水盡，於今猶得漱餘芳。」《烟雨樓》云：「笑倚東風問海鷗，錢王歌舞幾時休。重湖烟雨依然在，水滿蒹葭月滿樓。」《曹王廟》云：「但解兒曹提印好，不知誣却濟陽王。」廟本祀監鎮珪及父信也。俗意珪爲太子，遂有豎子像。不知信未封王，珪偉丈夫，而俗子泥提印事，指爲曹彬。陸應陽《廣輿記》亦作武惠，誤矣。《趙大夫宅》云：「汴杭宮闕消沉盡，莫向雲堂獨斷魂。」《落帆亭》云：「領略亭名應善息，莫教使盡一帆風。」《旌烈楊將軍井》即古井庵云：「露華今但供行脚，誰記將軍斬蜃功。」百咏中最佳者唯《不花莊》一絶，云：「腥膻驅後總消亡，何似牛丞尚有莊。錯喚非關人瞶瞶，不花那有百花香。」蓋此莊出於元丞相不花，在郡城北里許。俗訛「百花」，虜言「不花」，華言「牛」也。《烈女河》云：「柔腸閨閣自來多，慷慨同心羨烈娥。川後橋邊東逝水，流將芳譽挽頹波。」元至正末，紅巾賊至錢子頻家，犯其妻俞氏及二妹，不受辱，結裙裾投河而死。此詩不勁，其節可千古也。《烏豆莊張士誠種豆飼馬處》詩云：「那知龍種生郊甸，凡馬空肥十二閑。」《冷仙居》云：「聖朝雅樂蕩胡笳，協律功勞績可誇。」自來頌冷仙者無此卓見。仙本異端，爲協律於龍興之會，用夏變夷，則不當以仙外之。此竹垞《棹歌》所吞聲不敢道者，許能昌言之，不亦偉哉！

東莊詩如「古姓聚爲邨，樵採多叔伯」、「午後始開門，槐花深一尺」、「天地且縱橫，聖賢已無權」、「老樵不謀隱，所居本自高。名士矯清節，恐無松柏操」、「獨樹不求伴，月輪浩孤竹」、「寥寥亘今古，天地無柔情」，五言中最有氣魄者。又如《亂後過嘉興》云：「路穿臺榭礎，井沒髑髏泥。生面頻驚看，鄉音易受欺。雪片降書下，嘉禾獨出師。」頗爲由拳生色也。《同友山堂不寐》云：「矮屋霜濃透骨寒，擁衣起坐話問關。年年但覺去年好，處處無如此處閒。難過短天長似歲，不堪細事大於山。野烏啼罷窗櫺白，照見疏簾古淚斑。」亦亭評云：「千古得未曾有，此老真不可及。」不知者以宋目之，悲夫！閲高旦中近書云：「重讀兄書，猶咄咄徒存意欲」云云。妙在含蓄，不説出所以然。

東莊五律如《歲除》一首，亦亭贊歎不置：「少時懷獻節，屈指算寒天。老怕逢除夕，窮思罷過年。兒號買花鼓，婦促贈芳鈿。我看渾閒事，渠愁復可憐。」以爲一氣渾成，居然老杜。然愚獨不滿其第四句，終不免誠齋習氣也。又如「閒看忙可羨，窮算醜難遮」對句，情何嘗不真，却是誠齋耳。如《元旦》云：「受拜漸多行輩少，稱呼驟老汝曹催。可惜耗磨閒歲月，圍爐倚醉撥殘灰。」真老氣無敵矣。「經紀窮方學，鋒鋩老漸收」、「舉頭天外驚吾子，撐脚人間愧老傖」、「經過風濤回想惡，未來草稿做成難」、「洗我庾腸傾汝酒，帶君飽眼看我梅」、「腹貯好書無處寫，老多奇計只輸飢」、「遊魂終恐埋荒嶂，餓氣猶能吐怪雲」、「天下幾家忘主客，此身今日係存亡」、「苔徑曲來深竹勢，板橋壞處淡荷情」、「只合樹爲梅擇偶，何妨我當鶴來歸」、「止矣吾今真止矣，思之君且更思之」、「寒潭老鐵啼秋雨，古廟叢鴉哭夕陽」、「村名附會憑僧撰，碑記荒唐費客猜」、「筍怪人過當路出，苔欺僧少滿磚生」，皆宋詩之佳者，要在誠齋之上。若「一慙依舊終身忍，要熟須從這裏過」、「年年合璧無消息，夜夜寒潮入夢魂」、「陰碑出火牛磨角，壞壁生香麝脱臍」、「畫橋倒影懸孤艇，絶壁微陽冷一郵」、「山更嬌嬈吾更老，烟鬟白髮兩消魂」，真可與東坡抗衡矣。

《耦耕》詩云：「古人不死吾猶在，秋氣無情物亦生。」「苟全始信談何易，餓死今知事最難。」「纔説尋貲去耦耕，定知不是耦耕人。」「一秋雨漲茆塘發，力盡柔篙逆水舡。」皆卓卓可傳。若「新釘尖頭小統棚，晴天除脱雨天裝」、「繫門鄰借村農具，出港人從寫藥方」、「諸子盡能划短槳，兩醫時共坐中艙」，則純乎誠齋矣，烏乎可？《劍客行》云：「幼子精靈碧鞘中，老妻粉黛紅爐裏。」「仇讎誠爲匹夫謀，生殺不由天子出。」集中七古甚少，似此作老勁，不可多得也。《送晦木之金華》：「但令吾盎儲餘粟，豈使君舡到遠州。」句極自然。若「舉杯且算裏牽綿，詩非好作因無寐」、「白花細沸穿心礶，天老癡呆炒雪時」、「弔喪吃菜爲名耳，尼女僧坊一證之」、「打鳳擒龍云底事，擊拳撐脚欲何之」、「松老髯疑蘇學士，竹輕身學管夫人」、「莫如白髮新相好，只有青山熟益佳」、「大擔子頭看崛强，小車兒上試徜徉」，此等惡派，斷不可學也。

汪子津夫寄詞一首云：「碧梧疏雨，每滴響寒窗，離情獨苦。記得當年，對酒豪談心素。江山如此何堪賦，誓將碧血、共埋黄土。嚴陵臺下，謝翺墓側，高風千古。　忽遥訂武林桂圃，一樽清酌，相思再訴。絲管紛紛，不破六橋昏霧。潮來鯨逞鴟夷怒，有誰人、敢加强弩。驚心衷朽，天南地北，夢遊無據。」悲壯淋漓，每把盞讀之，擊節流涕也。

《拜梅花道人墓》，馮養吾浩詩，云：「春風曾記舊仙家，零落千秋話斷霞。繞逕苔痕虚夜月，隔窗雪影動梅花。吟魂應署庵中士，過客來煎竹裏茶。閴寂墓門呼不起，石床隨意聽鳴鴉。」其二云：「流傳藝苑大方家，醉墨淋漓拂素霞。浩劫不侵三尺土，孤踪長護一庭花。好文仙令頻招鶴，懷古騷人競供茶。武水迢迢縈午夢，遥聞天外噪群鴉。」二作亦工穩，唯「窗」、「庭」等字，不似墓耳。

香山詩：「陋巷乘籃入，朱門挂印迴。」籃輿何可單用「籃」字？此亦失檢處。然本淵明，亦無害。《自題詩集》云：「身是鄧伯道，世無王仲宣。只應分付女，留與外孫傳。」與余同病，讀之不禁涕洟。又「爐温先煖酒，手冷未梳頭」。

晚村詩：「泥塗行竈晴繅繭，帟褙熏籠夜焙茶。」或疑「行竈」二字俗不入詩，不知白香山蚤有「船頭有行竈」之句，未可遽議也。唯「老怕逢除夕，窮思罷過年」，「罷過年」三字似俗。然通首氣旺，耕餘數稱此律，謂得老杜氣魄。

定泉詩話卷三

客星山人陳梓頫恭氏

元顧阿瑛有《玉山名勝集》，載一時文酒之會，記、序、詩、詞，共二十六卷。其亭館二十四，客至，美人行酒，豪華極矣。當黄楊厄閏之秋，思與桃李争榮，儼若承平無事，風流跌宕，懵不知《春秋》大義。其時主騷壇者鐵崖尚爲《老婦吟》，其他可知矣。然詩亦間有可録者，如：「虹光貫月夜將半，江影涵秋涼有餘。」黄玠。「銀瓶細瀉深杯酒，羅扇新題小字詩。」于立。「滿谷風聲秋不去，隔林雲氣雨偏多。」陳聚。「歲事暗隨殘雪去，歸心似逐晚潮東。」陳讓。「君不見山川極目楚囚悲，北望神州泪滿衣。又不見昆明一夜飛劫灰，漢代衣冠委草萊。」袁華。「春雨夜將至，緑波地上生。」陸仁。「露粘蝶粉生珠汗，日炙猩紅上紫綿。」海棠佳咏也。顧瑛。《讀書舍春聯》：「學時時習，德日日新。」瑛。雖空言，句極切實。鄭元祐記論讀書法，亦得程、朱遺意。「落日聞征雁，空江生暮潮。」劉西村。「夕陽明野寺，遠樹落霜楓。」郯韶。兩聯不相上下。「寒落雲泉摇暝影，晴光石鏡見秋痕。」沈明遠。「好風開雪霽，春水匝城流。」陸仁。「夜寒月黑鬼賦詩，白日清風人寫影。」瑛。「要共論風雅，先須識性情。」「秋清群木見，春静百花明。」秦約。「竹聲繞屋風如水，梅萼吹香雪滿襟。」「世間甲子今爲晉，户裏庚申不到龐。」聶鏞。「竹間馴鶴明於雪，石上穉桐長似人。」馬琬。「出簷百尺擁高蓋，覆地六月生清秋。」顧達。「窗户墮疏影，簾帷捲秋色。」「天青露葉淨如洗，月出照見新題詩。」聶鏞。「涼陰滿地散如水，清氣有時吹作風。」

黄玠。「意閒雲與泊，心在物之初。」于立。「象田耕玉烟，龍氣生珠雨。」「鳳麟遠水接空濛，小瀛夜折蓬萊股。」維楨。「手板時看雲氣好，吹簫無奈月明何。」吕恂。「幽人倚樓看過雨，山童隔竹煮新茶。」瑛。「有客倚蘭成獨嘯，白蘋洲上起漁歌。」于立。「薄暮鈎簾對涼雨，一時秋思在梧桐。」釋良琦。「山光晴挹翠，玉氣煖爲雲。」陳聚。「樹涼停野騎，花送渡江舩。」秦約。「疏雨落高林，淺渚生春水。」陸仁。「定巢新燕渾如客，泛渚輕鷗不避人。」陳基。「溪涵山氣緑如酒，幽禽啼破松烟青。」張天英。「水晶簾箔圍晴晝，艾納爐熏逗夕霏。」陳基。「酒尊花底分秋露，茶竈竹間生白烟。」「溪樹積雲疑雨過，水花流影若雲移。」文質。「常時把筆題江竹，最憶看山立釣舟。」聶鏞。「巢安翡翠春雲暖，窗近芭蕉夜雨深。」「寶篆焚香留睡鴨，彩牋行墨寫來禽。」陳基。皆雅調也。

章八元不得嚴維指授，不能成名。余每遇美質，於詩法必竭兩端而告，或以爲太濫，不惜也。虞世南隋臣仕唐，亦不足取。然太宗作宫體詩令和，世南曰：「體非雅正，上有所好，下必有甚焉。恐此詩一傳，天下風靡，不敢奉詔。」此甚得大臣體。余嘗遇知交間喜作《無題》詩者，必舉此段示之。

鄭子亦亭贈楊友詩，用「狗監」二字。友大怒曰：「吾方新入成均，乃以狗見呼耶？」唐宣宗時，裴迪進詩，有「太康」字，帝怒曰：「太康失邦，奈何比朕！」韋涣曰：「晉平吴，改號太康，雖有失邦之言，乃見歸美之文。」帝曰：「天子大須博覽，不然幾錯渾罪。」故凡讀書不博，不可輕作詩倡和，枉坐人罪也。李泌賦「青青東門柳」，楊國忠訴之明皇。上曰：「賦柳爲譏卿，則賦李爲譏朕乎？」可謂大度。

帖中嘗見武則天草書絶佳，恐是倩筆。后詩文皆假之元萬頃、崔融輩，安見書之非僞？《鬱輪袍》新曲，王維爲伶人進之公主。主乃召試官諭之，作解頭登第。其初出身便低，故人品不足稱。以「萬户傷心」一絶免罪，亦僥倖也。王昌齡不護細行，温飛卿士行有玷，皆有文無行，何足尚乎！

今人書札往還，數百里外，皆題某月封；若數千里外，則必記某年。暗合唐人李約詩二句：「路長唯算月，書遠每題年。」昨接故山謝子雪漁書，乃是去臘所寄，故有感書此。羅鄴句：「相見或因中夜夢，寄來多是隔年書。」

聶夷中《公子行》云：「種花滿西園，花發青樓道。花下一禾生，去之爲惡草。」此即「其不善者惡之」之説。今人放談詭僻，一見規翔矩步之子，疾如之仇。古今亡國之君，納佞斥忠，往往如是，不足怪也。

張林言毁佛寺時，御史蘇監察檢天下廢寺，銀佛尺以下多捏歸，時號「蘇捏佛」。温庭筠曰：「好對『密陀僧』。」或嫌上二字不工，余曰：「此所謂聲對也，『蘇』作『酥』，故對『密』；『陀』作『馱』，故對『捏』耳。」

《全唐詩話》載皮日休嘲歸氏子，以「龜」爲戲，歸亦以皮姓答嘲。此等最長澆薄，不必附記。

世間佳子弟不少，多埋没八股中。嘗讀鄭谷詩：「禾黍不陽艷，競栽桃李春。翻令力耕者，半作賣花人。」爲之浩歎。

周繇有絶句，以人葠遺段成式云：「人形上品傳方志，我得真英自紫團。」即今上黨紫團葠也，一名防風黨葠。

「耆年無一善，何殊食乳兒」，聶夷中句也。頭白人大須警省。

方干「平時疏磬白雲寺，遥夜孤碪紅葉村」，佳句也。又《桐廬江閣》亦化此二句：「白雲野寺清晨磬，紅葉孤村遥夜砧。」不過一顛倒間，而豐神大減。于此可悟錬句之法。又《途中言事》一聯：「白雲曉濕寒山寺，紅葉夜飛明月村。」亦不離故轍，不免一蟹不如一蟹矣。

虎林翟載清《方鏡和項太宗韵》二律，唯「亭亭午日當松檻，片片春冰拆柳塘」、「開窗月納三更影，燒燭簾浮一幅光」、「背篆宛如鐫玉印，紐龍猶似卧銀塘」三聯可取，而「玉印」一句尤切題。聞天台侯嘉繙有百律，皆用此韵，未及索觀也。多則必複，亦奚以爲？

凡「令」字入詩，多作平聲用，如「誰令」、「空令」、「衹令」等。「教」字亦然。唯羅隱：「草濃延蝶舞，花密教鶯啼。」「教」作去聲，終不可爲訓。何不易以「恣」字？隱《咏春風》：「但是秕糠微細物，等閒擡舉到青雲。」似下第後譏及第人，非忿激真切，無此佳句。隱《咏鷺鷥》：「不要向人誇素白，也知常有羨魚心。」高自期許者，可以斯言自鏡。

變體詩起於章碣七律，每上句四韵仄，每下句四韵平，隔句互叶。可偶一爲之，非常例也。

一富翁以壽母節孝，懸額於堂，兄弟熙熙舞彩，頗以孝友聞。一日以外侮鬩牆，批兄頰齒落。時年六十，或祝以七律，中一聯云：「留匾可能留屋棟，杖兄應在杖鄉年。」里中傳爲話柄。上句因弟欲賣屋，兄執以有母旌額不可，遂大懟耳。

余與分佩《過菜畦看新竹》七古限韵，末押「簌簌」，雷同可厭。唯韓偓有「暝鳥影連翩，驚狐尾纛簌」，《五車韵府》俱不及載也。又徐光溥「長汀蘆荻花蔌蔌」，入卄部，作蔌。

「耕地誠侵連塚土，伐薪教護帶巢枝」，杜荀鶴句也，豈非藹然仁者之言？然大順二年第一人擢第，乃受朱全忠僞學士，人品何在乎？所謂姑息之仁也。

「夜照路岐山店火，曉通消息戍瓶烟」，呼戍烟爲瓶，新而雅，乃韓昭句也。

詹敦仁《復留侯從效問南漢劉巖改名龑字音義》，中一段云：「孫休命子名，吴國尊王意。𩅦莔𩃙弄僻，𧾷昷𡸗𤼵異。梁復踵已非，時亦迹舊事。龑杰自其一，蜀闖是其二。鄙哉仈𣍰名，陋哉數䴇義。大唐有天下，武后擁神器。私制迄無取，古音實相類。𠀑𠑊乚囝星，𠘨悳𡈼西埊。击圀及曌𠁥，作史難詳備。唐祚值傾危，劉龑懷僭僞。吁嗟毒蛟輩，睥睨飛龍位。龑巖雖同音，形體殊乖致。」此段奇字，可録以備考。

《鴛湖棹歌》，余婿清渠有二首云：「鏟破瓶山種牡丹，剪開長水泛紅蘭。月中戲采鮮蓮子，夜半隨風過鶴灘。」「廣種湖田嬾買牛，一家車水十家偷。唱將竹垞新詞熟，真個嘉興烟雨樓。」爲一時絶唱。又《雄黄杯》云：「雄黄鏟作牡丹鍾，午日偏吹榖雨風。釀處蕊同仙掌露，洗時雲染鶴頂紅。影蛇頓釋胸中弩，浮螺潛消膈下蟲。莫道陽秋成毒口，石精常與太和通。」又《限韵艾人》云：「薄言采采錦裝成，病草難聞叱鬼聲。綬染銀青煩素手，珠穿金紫點雙睛。摩孩若見應爲偶，彩女相逢定有情。作戲不愁暄爇帽，身焚博得國醫名。」「百葉爲旌慶可招，何緣屈蓋向風摇。芻靈飽腹終朽腹，木偆盈腰枉折腰。虎跨作威蒲削劍，牛牽空想鵲填橋。紅莚刻畫榴花下，爲爾傳神達短宵。」皆足壓倒時輩。「阿魏」，「阿」字入聲，亦有作平聲用者。貫休詩：「茶和阿魏煖，火種柏根馨。」貫休詩：「若惑神仙謎，難收日月精。」「謎」字是俗字，當作「謎」，因草書而誤耳。

朱生樞字秉鈞工八股，忽問詩於余，下筆即可觀。《咏浮漚》云：「幻形無忽有，繪影假還真。雨過拋珠浪，風生沫沸津。掠回勞戲蝶，啖取誑游鱗。何異浮名客，年年逐軟塵。」

盧延讓《寒食》詩：「五陵年少粗於事，栲栳量金買斷春。」「兩三條電欲爲雨，七八個星猶在天。」豈非宋派？此風氣之先已兆於晚唐，非人之所能爲也。

韵有上、下、平之分，辨之須的。如胡曾《戲妻族語不正》詩云：「呼十却爲石，唤鍼將作真。忽然雲雨至，總道是天因。」可見唐詩聲韵了不容混。今人不犯此者鮮矣。

李廷珪《藏墨訣》云：「贈爾烏玉玦，泉清研須潔。避暑懸葛囊，臨風度梅月。」墨惡濕藏、不固，受潮脱膠則書字無光。江南唯黄梅月，諸物皆黴，故當用葛囊懸之。然愚以爲梅雨盛時，即風亦生潮，唯以錫瓶包石灰，相間叠其中；出梅後去灰包，以防太燥，乃萬全耳。

皇甫松《竹枝》：「檳榔花發竹枝。鷓鴣啼，女兒。雄飛烟瘴竹枝。雌亦飛。女兒。」如此六段。又《采蓮子》：「菡萏香連十頃陂，舉擢。小姑貪戲采蓮遲。年少。晚來弄水船頭濕，舉擢。更脱紅裙裹鴨兒。年少。」分注未詳，姑識以俟明者。

方爾止詩：「萬劫不消唯富貴，五倫最假是君臣。」蓋目擊甲申後從賊者，有激而言耳。

施翼聖名元勛，幽湖人，倜儻好義，詩亦可觀。壬戌夏，其猶子旦明出示八卷，因摘其佳句。如《訪徐昭法》：「藕花虛晝漏，香雪滿山村。」《鴛湖竹枝詞》：「上襦下袴總完全，苧布涼時有木棉。軋軋弄機新婦織，裁將襖子奉高年。」《簡沈吉人》云：「口常薄世情知激，謗到微吟犯亦輕。」《遊放鶴洲》：「水清消日氣，荷靜過風香。古樹荒苔蔽，新篁落影涼。」《讀夏存古遺稿序》云：「存古先生，年十四從父文忠公圖恢復，十七舉義旗，甫半載而敗，至身俘殉節，時十八歲也。」其第四絶云：「遺編展讀嘆峥嶸，囹圄三書志更明。忻慕執鞭從底處，塞垣風雨出精英。」《北窗》云：「學道不因貧始篤，吟詩或爲病能工。」《與友夜話夏古丹山人》：「飢寒終守西山節，木石無忘東海情。春到不時班草泣，雪中嘗自觸寒行。」《石晉》一絶云：「半朝天子真堪做，十六州民何罪而。拋擲冰天四百載，纔能十載契丹兒。」《孫武子》云：「粉黛名姬衍陣圖，灌園老子正窮途。從兹楚越還成隙，却道興吴是滅吴。」《陸放翁病起》云：「酒濃鴻出醇風厚，餅大形摹明月圓。」《渡太湖》云：「一雁送哀天不夜，兩峰遥峙翠無多。」《宿山樓》：「醒夢初晴鳥，惺心未雨茶。」《弔劉龍洲墓》云：「踰淮橘性誰無變，向日葵心老益丹。」《答金復庵先生》云：「貧交舊雨見情態，遺老秋花尚典型。但得此心長炳燿，終知歷劫不沉淪。」《壽周勁齋八十》云：「晚歲談經猶皂帽，少年學問半朱輪。」《同徐孝先先生訪黄山許氏隱居》：「千章古木撑寒骨，三面好峰呈巧鬟。倘共隱居連宇住，斷無魚鳥笑人頑。」《寄燕中友》云：「識時俊傑多圓芡，玩世狂迂自角輪。」《冬日偶吟》云：「有錢不隔宿，得病動經年。」《遺意》云：「鵶沸寒塘月，雲昏野火天。」《辛巳元日》云：「閒於忙極後，晴值雨多時。得一便生快，能兼合有詩。」《自題東荒田舍》云：「且搭閒房安酒甕，未愁疲地欠漁租。」「冬蔬未盡春蔬發，漁父歌殘田父來。小鳥一聲沿圃去，老梅幾樹傍籬開。」《答祝任安》云：「固窮天試我，久病鬼欺人。」《送陳元上之任高上》云：「當言豈顧旁人忌，救弊無如未事時。」《瓊花觀》云：「帝召兩不至，胡入寧死之。」宋大内移種二次未活，至元花忽絶。《謁孝陵》云：「春鳥依然舊國音，迴思世運已成今。望江每嘆山峰秀，瞻像空嗟殿角陰。胡橋馬嘶靈草盡，故宫埋没塞塵深。亡秦功業高千古，不道神州竟陸沉。」《哭潘稼堂》云：「宏博五十人，先生固無愧。唯傷節士心，謂兄聖木。常啓賢者議。」《病中》云：「覽鏡如逢疏面客，看書重類嬾兒形。」《寄屈翁山》云：「舉矢射狼徒有意，登天撫彗敢忘情。飲蘭餐菊嗤皆醉，衣芰裳蓉負獨清。」《金陵懷古》一律，尤爲激昂感慨：「澄江如練露華妍，六代風流曉日懸。一劍竟成濠右業，五雲長護秣陵烟。燕闕虎嘯皇孫遁，遼海龍驤王步遷。極目山川傷往事，大河北望一凄然。」獨惜逐逐聲氣，集中如崑山三徐、高澹人、朱竹垞輩，莫不獻詩納結，未免俗念難遣耳。

梁武帝《清暑殿柏梁體》用物韵，而末句司徒左西屬江葺獨云：「鼎味參和臣多匱。」「匱」亦有入聲耶？俟考。

「漲」字作平聲用，見江文通詩《望荆山》七陽韵：「悲風撓重林，雲霞肅川漲。」

耕餘季子虎文字炳也《和老杜秋興》，有「一群鴉宿上林枝」之句，蓋寓諷也。壬戌成進士，入玉堂。沈南谷句曰：「如何也入群鴉隊，錯認卑枝是上林。」一時爲之絶倒。

盛湖奇士卜孟碩，工詩文，嘗自畫小照立日上，題云：「殘星數串拂眉端，赤日一輪烘脚底。」與董思白同時，嘗偕遊西湖，句云：「丁家一鶴，林家一鶴。兩鶴冲霄，對語寥廓。」惜未見其全集。

吴克軒先生，名希淵，字元復。哀仲先生子也。潛究性命之學，兼涉岐黄。題畫絶句有「溪流自放出山去，不管魚罾魚有無」之句，余幼時甚嘗賞之。

岑參「舟移城入樹」，天然妙句，對乃曰「岸闊水浮村」，庸矣。然「暗飛螢自照」，即老杜亦不能對，僅曰「水宿鳥相呼」，況其他乎？

宋趙汝燧《咏明皇》一聯勝於唐人：「一曲羽衣妃子進，三朝錦褓禄兒生。」直書其事，而諷意在言外，神筆也。

古今題釣臺詩，余極喜宋杜範二語：「握手故人留不住，有魚乃肯上鈎來。」他作無以過之，唯元揭斯「一出聊爲天子重，諸公莫道故人疏」可匹。唐張繼《釣臺》五律結云：「古來芳餌下，誰是不吞鈎。」

來鵠《金錢花》詩：「青帝若教花裏用，牡丹應是得錢人。」宋趙希棫句云：「若使牡丹開得早，有誰風雪看梅花。」諷天下趨炎士子，二詩可匹休。

宋薛嵎句：「清節苦於爲士日，歸裝輕似到官初。」今士人中科第，才得一鹽課官，便錙銖嗜利，讀此能無顔甲？

宋高宗畫自題云：「萬木雲深隱，連山陰未開。」元人鄭東題云：「總被浮雲能障斷，龍沙不見翠華回。」以雲比賊檜，所謂子矛刺子盾也。然宋無詩「戀著銷金鍋子煖，龍沙忘了兩宫寒」更勝一籌。鄭詩未必不本此脱化也。

梅花道人云：「與可畫竹不見竹，東坡作詩忘此詩。」得力此二句，道人之畫宜其入化矣。道人《題墨梅》云：「相逢京洛還依舊，却恨緇塵染素衣。」蓋諷同時仕虜者，極有餘味。

海寧朱一是字近修《爲可堂詩集》，大可觀。如《懊儂歌》云：「縱有順流船，不如板屋好，懊惱使儂老。」《望夫石》云：「爾石何不化爲灰，天涯飛去隨夫回。」《牧牛詞》：「明日軍書下鄉落，一群肥牛多截角，牧童驚心卧不著。」《白頭吟》云：「在馬莫作鞭，在船須作舵。作舵思後梢，作鞭棄道左。」《春日書感》：「一歲無兼春，終日不兩旦。」又：「蒼羽豐林鶯，乳音改梁燕。」又：「時衰遏壯心，境轉尋初願。」《攜家還通德里》：「繁花照人明，鳥聲出花裏。」《秋夜》：「疏簾獨多情，玲瓏受秋月。」《初歸濬溪》：「盜出先愁暮，兵驕又避晨。」又：「從兹生事艱，飄畏妻帑至。」《一丘田暮眺》：「樹杪一聲鐘，落葉滿山洞。」《易水弔荆軻》：「腐儒謂卿負燕死，非卿孰傳燕太子。」《昭君怨》：「推手前爲琵，引手却爲琶。父母生女不炙面，可憐顔色嬌如花。」五律如「秋高三楚水，瘴老百蠻天」、「乾坤容數子，歌哭在蕪城」、「醉歸明夜月，何處玉人簫」、「餘生同志少，老眼異聞多」、「塔影依天近，鐘聲出寺匀」、「星光微雨出，鬼火隔溪攜」、「舟平湖水白，騎入楚烟青」、「浮雲先鳥去，孤曠欲何之」、「有天初似醉，見日即如醒」《喜晴》、「逢子嫌序齒，熟面錯呼名」《吾老》、「山容初過雨，水氣忽生秋」、「遭世初離亂，生身不後先」、「此日家書至，顰眉未忍聞」、「大都聞凍餒，或者報兵灾」、「棄田仍有税，勞織更無衣」、「我猶難識汝，人且錯呼誰」《題自像》、「客過難索坐，月出恨無庭」、「隻手開靈武，同心答上皇」《雙忠廟》、「大地容我獨，孤燈與客兼」、「天地容漁父，君王重釣竿」《子陵臺》、「雲開水受月，霜落葉爭風」、「風語一林葉，烟維兩岸舟」《烟雨樓》、「瑣尾歸何地，回頭欲問天」、「松上鼠窺子，竹邊鷄啄孫」、「客淚懸秋水，浮生逐曉雲」、「死亡無日月，寂寞此乾坤」《哭友》、「乾坤存爾我，面目愧英雄」、「浪雲鋪岸没，山雨掛江來」、「城郭無兵甲，乾坤有釣屠」、「是非真史案，感慨盡詩題」。七律如「秋色淨如吴地練，暮烟寒上楚臣衣」、「宫聲律轉黄鐘正，兵氣星懸太白高」、「飲酒病留殘夜醉，著書嬾道暮年窮」、「經綸一釣殊姜望，慟哭千年配謝翺」《子陵祠》、「一從處士星光散，空憶王孫草色青」、「春風楊柳興亡後，宵月樓臺隱見中」、「天涯風雪愁中鬢，海内交遊夢裏顔」、「小渚晴絲牽荇股，斷垣月影動梅魂」、「宋陵夜雨冬青樹，禹穴春風楊白花」《越中懷古》、「妻對牛衣同泣路，子如鳥語亂牽衣」「子」當改「兒」，便老。「細柳多情低結帶，好花無語暗交枝」、「雲邊豐沛蟠龍氣，樹裏彭城戲馬臺」《淮望》、「百戰伯圖開鉅鹿，千秋王氣接盧龍」、「漢禪有書金簡秘，秦碑無字碧霞寒」《泰山》、「功成百戰歸真主，計失三齊乞假王」《釣臺》、「萬里朝廷聞慟哭，百年雲水寄行藏」、「野泥初折未開筍，溪雨欲流將盡花」、「渡邊月出鳴榔急，戍裏風生畫角愁」、「月黑窗燈窺虎豹，雨猩硯水起蛟龍」《黄山》、「慷慨唾壺燈慘夜，淒涼蘆管月明秋」、「紅對山楓分客醉，黄看籬菊傲人香」、「白首笑簪雙鬢菊，青山夢對六朝松」、「背郭閭閻烟似幔，照人歌哭月如鈎」、「田園江漢千程外，兵火乾坤一夢中」、「眼底干戈人已厭，劫中花甲歷重過」《六十初度》、「花下偏盲全著霧，鏡中短鬢半成霜」、「啼哭兒孫家似夢，癡頑童僕旅尤親」、「暫息田廬總是客，偶逃羅網不爲官」、「巢棲鳥託神仙境，穴處僧憐虎豹家」《天台》、「春湍崩岸舟牽樹，夜哭移燐鬼渡河」、「天地即今皆是鬼，壘荼應愧漫爲神」《己丑元旦》、「初地偶逢新白社，夕陽重過舊青山」、「吴山血食銷吴恨，漢壽威儀見漢官」《吴山關帝廟》、「鼎革大都同一轍，死生自爾別多門」、「禹甸山川龍虎地，越中花草鷓鴣天」《春警》、「避亂人多争隙地，投閒事少即高僧」、「幾見清流沉白馬，獨憐碧浪隕紅粧」《哀五妹赴水死》、「沙渚飛來明月雁，茆岡歸去夕陽樵」、「未眠先待還家夢，掩户猶懸絶塞愁」、「一死姓名高北斗，千年豪傑恥西州」《廣化寺忠烈樓》、「不隨禮俗當今世，自有鬚眉太古民」《贈查伊璜》。五言排律如「汙邪盈乙地，牲醴祀天田」、「朝隱還山隱，龍門更鹿門」。五言絶《子夜歌》：「願得縮地法，千里如一鏡。中容兩人面，笑語時時並。」是真古樂府矣。《題湧蓮庵》：「看花眼影下，聽鳥坐聲中。」七言絶如《邊詞》：「可憐少婦閨中月，遠逐征夫照隴頭。」「麟閣千年無信史，龍城萬里少婦人。」《明妃曲》：「當時出塞明妃外，還有何人怨畫工？」《宫怨》：「祇今欲借毛延壽，盡遣良家出漢宫。」《題畫》：「茫茫極望溪流闊，不種桃源惹事花。」其聲調氣度，摹唐不學宋，明季之傑出也。又《讀靖康遺事》云：「一時婦女成群去，幾個鬚眉李若冰。」自注云：「《宋史》誤李若水，若水即若冰弟，寔二人。」亦詩史考證之一。

定泉詩話卷四

客星山人陳梓頫恭氏

唐明皇《鶺令頌》：「伊我軒宫，奇樹青葱，藹周廬兮。冒霜停雪，以茂以悦，恣卷舒兮。」每三句一段，凡十一段，上二句换韵，下一句統用魚韵，此《騷》之變體。顧況《琴歌》四句倣此。

唐女學士宋若華、若昭、若倫、若憲、若荀姊妹五人，雖能詩，不足尚也。夫婦居室，人之大倫，欲以學名家，不顧歸人，反常之道，不可爲訓。並召入宫，倘遇昏主，能無污玷？

白樂天《昭君怨》：「自是君恩薄如紙，不須一向怨丹青。」自謂翻案。然比薛道衡「轉由妾命薄，誤使君恩輕」，則穹壤矣。

劉禹錫「便被春風長請挼」，「挼」字不入灰韵。其《楊柳枝》如何押上「來」、「臺」？疑當從小注作「猜」爲是。

許圉師爲刺史，吏犯贓，賜《清白》詩激之，遂改節爲廉士。此詩之效捷於刑賞也。

郭震作《雲》詩：「不知身是無根物，蔽月遮星作萬端。」喻權勢欺罔君上作威福一流，亦説得痛快。

吾友鄭子亦亭名世元有《耕餘居士集》，《菊花》一律中名句如「半年辛苦緣花使，兩月顛狂得酒降」、「繁華似電誰經久，憔悴因風肯亂飛」、「肯教名字污妖雨，定有精光吐怪雲」、「唯將白墮澆寒膈，自續離騷哭古魂」、「一片好尋乾淨土，幾生纔到散閒仙」、「一段冷香陶骨化，五更疏雨屈魂號」、「仙城未許芙蓉主，金帶從將宰相誇」、「此外諒來無好種，人間那復有重陽」、「真教桃李無顏色，況有冰霜寫性靈」、「發洩太奇真宰泣，挼挲不舍睡摩醒」、「不因人熱然乎否，未合時宜可也曾」、「平常好事隨年減，耐久交情比水甜」，是菊是人，不即不離，工緻自然。言外一種牢騷，有壁立千仞之概。

耕餘詩如「我是怪魁甘此老，君看名士古來非」、「芳草路旁都是恨，暮山樓上對誰青」、「幽獨所知常自負，生平孤立本無媒」，俱妙。又《咏梅》「江鄉明月常相憶，海國腥風莫浪吹」、「相逢淡處何如我，有約開時許跨鞍」，不減和靖也。

海寧葛向高，奇士也。耕餘贈詩云：「一日見君百日思，自君之外没相知。無端欲笑還歌處，正是如飢似渴時。」其顛倒至矣。年甫三十一，蹈海而死，惜哉。

耕餘《哀哉行》，爲王惕齋一案作也。「寶裝壓馬黄金解，直使人頭可錢買。不是察察諸將軍，街頭狼吏横捉人」，可謂實録。

耕餘見題拙集七律云：「江南江北棗梨災，蔓草桑中處處來。孰是雅音追正始，君能元氣保胚胎。微之偷格人知否，東野低頭我亦該。三百篇詩常在手，更何不見古人哀。」詞似過譽，自愧無以副之，然當時倡和，唯此公足稱知己。今没十餘年矣，手閲遺編，爲之隕涕。

耕餘《蘭亭》五律：「水香花底蟻，墨意雨中鵝。」得老杜句法。又如《蘇州旅感》：「身健同詩格，家貧富酒巵。」亦非宋、元人口吻也。「見鴻愁朔雪，騎馬想胡塵。老信文章命，生偕鳥獸群」，幾幾少陵矣。《咏雪》：「寒聲不到地，朔氣欲沉村。」亦似岑參。若「只要無愁便是福，未能寡過乃爲憂」，却是宋人腐語。《佛手柑》：「色借秋橙金起粟，香柔春筍玉爲漿。」則後宋可能之矣。「九日黄花熏酒面，兩峰紅葉亂鄉心」，耕餘《别春薦》句也，何等醖藉！「繞樹夜烏棲不定，隔花秋燕夢同驚」，格律少遜矣。

耕餘亦有學宋人處，却下筆老辣，如「於今負背多芒刺，以後甜頭望蔗漿」，畢竟與宋人不同也。若「樹底煖鶯初調舌，客中寒食最銷魂」，則晚唐高調，元人所不能彷矣。

先兄夔一歸自故鄉，時庚寅端午也。耕餘贈五律二，如「貧老鄉關恨，艱虞道路殊」、「土牆蜂釀蜜，茆屋燕携雛」，宛然老杜風格。先兄答詩，遠不逮也。

詩有極淡處，却不可强學。如耕餘《晤韓映碧》「便當見日相安慰，猶恐來時不易容」，是也。「天地有身真大累，文章無口更何辭」，氣魄極壯。「殘雨一城雲在樹，疏烟幾處月籠沙」，却又齒細。才人無所不可。

耕餘《贈周敬》詩：「人皆欲殺今之白，我醉須埋昔者伶。」可稱絶對。然敬非狂士，吴克軒先生云：「今之狂也，『蕩軻雲』之謂也。」過㴻齋云：「仰頭誰是千秋我，屈指君爲一個人。」期許之厚，今猶慙悚。「千古一肩真重擔，百年諸老有長城」，尤不敢當也。就詩論，却雄勁無比。至《哭姪女阿五》十三首，學白香山，未免失之鄙俚。如「無復窗前呼伯伯，不聞堂後唤耶耶」、「拜佛擎拳學外婆，拍手呵呵叫阿金」、「可憐氣絶無聲處，猶唤親娘口不停」，斷不當存稿也。

耕餘《肇慶閱江樓》七律結：「自從孝肅爲邦後，搜到新坑好石頭。」似宋口吻，而神韻則唐矣。《枕易》一聯：「十年蕉鹿空諸像，百兆蓍龜總幻形。」「蓍」對「蕉」、「龜」對「鹿」，工極而不傷巧。見和一首：「要與風騷常作主，除非爾我互爲師」，不勝知己之感。

又《湖心亭》：「螺髻亂堆南渡恨，魚罾斜掛夕陽鯹。」上句尤妙。

先吾集，集名因梓而題，序中述講「君子素位」《中庸》一章書義，蓋微詞也。耕餘聰明天授，每聞鄙論，爲之拊掌。故其詩立言高卓，多出人意外。如「是賀方爲鬼，除迂不見人」、「團圞頭聚庸夫婦，餓殺心甘好弟兄」，此豈尋常撚髭者比。

余作《養蠶詞》，耕餘見和，序中推許太過。即以詩論，亦耕餘作較勝一籌也。《養鶴》詩：「雲路騰騰望鷄犬，烟江渺渺隔鳧鷖。」「鷄犬」用劉安事，暗指同學少年登臺閣者，却無痕迹。托出鶴之身分，何等高卓。《寄江岷源》：「龍眼花飛梅子緑，猫頭筍過荔兒紅。」「日逐可憎忙似鹿，春來無奈嬾如蠶。」《遊廣州西山》：「周旋只我我，飄泊愧人人。」皆佳構也。至七古尤擅長，篇冗不及録。

屈翁山名大均，嶺南三大家之一。梁藥亭固不敢抗衡，即陳元孝亦非其匹。大抵明季甲申以來，詩人惟此君爲冠。王阮亭世雖盛稱之，終不逮於屈也。五律如「林烏飛落月，山鬼嘯寒鐘」、「野飯芝泉洌，秋衣竹翠濃」、「古木撐崖墜，驚流挾石趨」、「鳥聲多在水，人迹半生苔」、「窗外雲争入，林深雪已迷」、「舊遊稀白髮，獨往易斜曛」、「木落諸峰見，山空一葉聞」、「光生無月處，香在未花初」《咏梅》、「彎弓窺漢月，吹笛作秦聲」、「天入群峰小，泉歸一壑深」、「烟火含春樹，人家逐暮潮」《閶門》、「湖吞三郡白，水落半山紅」、「雲疑飛髻女，月是弄珠人」、「玉珮捐湘浦，羅衣絶塞塵」《李六烈女》、「舟與雷霆門，人爲魚鱉歸」、「催客蟲聲亂，依人鳥影奔」、「戍鼓傳雙峽，漁燈繞一邨」、「水螢當晝亂，山鳥及秋寒」、「新潮隨月滿，落葉帶螢飛」、「孤村陰雨外，古道白雲西」、「水積春前氣，山添雨後姿」、「流螢知客冷，宿鳥似人孤」、「虎過風葉亂，蟬立露枝低」、「葉落驚山鳥，林香識夜蘭」、「老欲慵耕硯，貧猶貴買書」、「衝寒花有力，催曙鳥無心」、「年衰無煖日，命薄只秋霜」《梅花》、「山雪争初日，河冰亂白雲」、「一水穿雲直，孤花吐日明」、「嘯聲空外答，心影月中看」、「草草齊梁代，興亡總可哀」《焦山》、「一笑雄圖失，長歌故國回」《馬陵》、「最是關中月，能銷塞外人」、「雷破江門出，風吹地岫回」《浙江潮》、「豈敢爲高尚，孤雲無所求」、「六朝春草裏，萬井落花中」、「訪求烏衣少，聽歌玉樹空」《秣陵》、「馬頭懸日落，鷹眼射高天」《惡少》、「孤鶴先知曙，神龍善處陰」、「先朝鐘鼓在，草莽最驚心」《遊王臺》、「紫塞難障漢，黄河不限胡」、「日月相吞吐，乾坤自混浮」《望海》、「剖心懸日月，披髮上星辰」、「故國浮雲暝，荒亭古木春」《許劍亭》、「青草餘春瘴，疏花隱暮鐘」、「渡口鳴蟬亂，人家落木寒」、「天入清霜苦，人過白草空」、「莫心生寂寞，春氣破鴻蒙」《黄河舟中作》、「六帝攢宫没，孤臣抔土留」《謝臯羽墓》、「君王曾有計，深井抱芙蓉」《弔陳宫》、「徒然書甲子，詎足當春秋」、「竹影宜明月，松身厭女蘿」、「羅浮憐合體，江漢恨分流」、「遊鹿非吾土，啼鵑是故人」、「花過三月市，草失六朝茵」、「歲月添黄土，英雄聚白楊」《寒食》、「天教兒女月，長在掌中圓」、「衛卒虚分戍，邊人苦賣關」《河套》、「榆柳迷青海，牛羊下黑雲」、「今年高太白，努力漢將軍」、「未敢求知己，猶然愧古人」，氣魄大，琢鍊熟，幾幾兼李、杜而有之矣。

「山光全在水，秋色欲來鴻」，下字俱活。至《懷嘉興周青士繆天目》次首，可稱全璧：「往日招尋處，春波與月波。桃花西子里，錦帶大夫河。玉乳秋梨好，霜螯凍蟹多。落帆亭咫尺，清夜亦相過。」又：「世事餘明月，天心但碧峰。微言因酒發，薄夢與花通。」尤淡遠不可端倪。如《吴樓》：「三分先帝淚，六出武侯心。漢月光猶昨，江濤怒至今。」高渾極矣。馮養吾謂翁山是太白後身，不其然乎？《夷齊廟》結云：「可憐頑懦者，終古不聞風。」爲同時從賊諸公慨也。《于忠肅墓》：「玉門歸日月，金券賜山河。」《秋郊宴集》：「龍蛇無四海，日月在孤臣。」皆敲金戛玉之作也。

七律如《謁老杜祠》：「一代悲歌成國史，二南風化在騷人。」非子美不足當之。《與友談淮陰事》：「一飯自應求婦女，千金誰肯易屠沽。」《吴門作》：「一代風流餘屧響，千秋怨毒是簫聲。」《舊京感懷》：「文章總爲先朝作，涕泪私從舊内揮。」「三月風光愁裏度，六朝花柳夢中看。」《度梅嶺》：「無多骨肉貧猶别，不盡關山老更遊。」《叠滘舟中》結云：「江山如此無人恨，歲歲花開獨愴然。」《九日》：「紅葉有霜終日醉，黄花多露一秋肥。」《發大同》：「髡鉗昔日圖成事，溝壑今朝欲殉名。」《荆南歸興》：「英雄不是爲人子，處處沙場作首丘。」《蓮葉》：「魚戲不驚珠亂瀉，人擎最愛月多圓。」《珠江》：「黄魚日作三江雨，白鷺天留一片霜。」《和澹翁》：「夢爲蝴蝶元非我，生作蜉蝣亦是仙。」《鐘山》：「千秋龍虎歸真主，六代烟花送狡童。」《大同作》：「事失英雄羞一劍，時來游俠喜三邊。」《漢口》：「古屋龍虵趨夏后，大江烟雨隔娥皇。」《吴閶卧病》：「思將爪髪爲神劍，未有精誠與白虹。」《太白祠》：「才人自古蛟龍得，太白三間兩水仙。詞賦已同雙日月，精靈還作一山川。」《寄金精山魏叔子季子》：「秋氣驚來江上蚤，雪花吹到嶺頭無。」《度梅關》：「天下侯王須漂母，先朝臣妾盡明妃。」《寄魏處士》：「王蠋自能存社稷，許衡那解讀春秋。」《清明》：「龍蛇四海無歸所，寒食年年愴客心。」《墨胎》：「千秋書弒堪爲法，一代無臣更可哀。黄農虞夏歸無處，多事天生十亂才。」《燕昭王》：「七雄獨爾爲宗國，一戰還堪振有邰。湯武仁聲雖未洽，春秋義戰誰爲雄。」《荆軻》：「從容不俟蘭池客，慷慨空偕竪子行。」《李廣》：「長臂雙如猿有勢，大黄一發虎無聲。」《鄂王墓》：「松楸亦向黄龍指，風雨難將白馬招。」《登岱》：「萬物盡從青帝出，諸峰都讓丈人尊。」《魯頌》：「詩在諸侯偏有頌，史書正月獨知王。」《漢關》：「空將春色歸龍塞，豈有長城在玉顔。」《北固山》：「花草有情先白下，江山有恨首南徐。」《木末亭》：「九原未肯成黄土，十族猶然吐白虹。自古以來無此死，教人不忍作愚忠。」「無多書種難留汝，恨絶興王不愛名。」《粤雪山房》：「芙蓉秋到唯知醉，楊柳春來只解眠。」《韶陽道中》：「多羡無家唯白露，絶憐如故是黄牛。」亦不減五律之雄勁，絶無一語入宋、元派，又非膚廓摹唐者比。誰謂翁山非明季一大人品乎！惜其身經患難，獨不免風流業障，香東、墨西，多此好事耳。卧薪嘗膽之秋，而偎紅倚玉，不如億翁、臯羽多矣。

五絶如《對梅》：「南國雖無雪，紛紛在鬢絲。梅花我與汝，同是白頭時。」《寒食》：「可憐三月草，看盡六朝人。」《媚花》：「不種忘憂花，但栽懷夢草。夢長在君旁，何惜憂終老。」七絶如《武昌江上》：「黄鶴晴川枕翠微，一樓高挾大江飛。天生瑜亮雙年少，一片雄風在石磯。」《今歲》一絶，寓意尤深：「今歲鶯花倍覺稀，春寒不肯作芳菲。萋萋但長天山草，只恐邊人馬不肥。」所謂天方授楚也。《咏羅浮》云：「笑他玉女峰娟妙，長伴雲邊一老人。」「老人」，峰名，語巧而纖。又一絶居然以太白自任：「最蚤知名是阮亭，青蓮不得擅仙靈。九天咳唾分珠玉，亂作飛泉下杳冥。」出自阮亭口則可。若「絶代文章多妬忌，自來人欲殺青蓮」，則太自誇矣。「誰復光芒真萬丈，謫仙猶讓浣花翁」，此公論也。翁山期許在青蓮，而爲斯語，此其所以爲翁山歟？

余友沈子俠庵名莘士自徐州歸，示余近稿，中有《秋懷》八首，頗有可觀。如「到處何多蠻觸氏，無人覺憶葛懷民」、「墮地已憐屯骨相，問天徒自擾心胸」、「空懷父老衣冠古，猶憶閭閻揖讓存」、「醉鄉我欲封侯老，木落空山寫我心」。又《吕梁洪》五絶云：「懸水設天險，臨流心自寒。一從開鑿後，險不在波瀾。」又見答次韵二律：「待放桐川棹，來看禹穴書。」「葉落秋風勁，更長遠夢多。」「何時對書幌，看泛墨池鵝。」皆佳構也。

楊志堅妻告離，與朱買臣婦何異？此人倫大變。志堅詩《送妻》云：「平生志業在琴書，頭上如今有二絲。漁父尚知溪谷暗，山妻不信出身遲。荆釵任意撩新鬢，明鏡從他别畫眉。今日便同行路客，相逢即是下山時。」其辭氣雍容如此，志堅亦非常人也。魯公所以笞妻而不責及於其夫之不足，刑家與？

五律中四句俱不對，如孟浩然《永嘉别張子容》：「羨君從此去，朝夕見鄉中。予亦離家久，南歸恨不同。」第五、六句不對，如孟浩然《都下送辛大之鄂》：「予亦忘機者，田園在漢陰。」此體屈翁山常效之，終不可爲訓也。

「顆」，上聲，無平韵。余在故山曾與汪、謝二公正之。及觀唐喬琳《牡丹》絶句：「近來無奈牡丹何，數十千錢買一顆。今朝始得分明見，也共我葵不校多。」已有誤入五歌用者。

李嘉祐《送鄭正則漢陽迎婦》頷聯：「遥想雙眉待人畫，行看五馬送潮歸。」頸聯却接「望夫山上花猶發」，可見古人使事，不嫌忌諱。包何《相里使君第七男生日》：「他時幹蠱聲名著，今日懸弧宴樂酣。」「幹蠱」二字，亦俗眼所忌。

唐張繼《咏鏡》零句云：「漢月經時掩，胡塵與歲深。」傳作固不在多，較「楓落吴江冷」百倍矣。

余《望夫石》五絶：「石榴相傍發，猶是嫁時裙。」及讀唐劉方平五絶亦云：「猶有春山杏，枝枝似薄妝。」意頗相似。

戎昱，荆南人，《咏史》五律云：「漢家青史上，計拙是和親。社稷依明主，安危託婦人。社稷當依明主，安危乃託婦人，加二字，解便明。豈能持玉貌，便擬静胡塵。地下千年骨，誰爲輔佐臣。」首二句提明和親，第三句、末句責漢君臣。「豈能」、「便擬」，發「計拙」二字，何等沉鬱頓挫，從來咏明妃者，無出其右矣。

崔峒，大曆十才〔子〕之一，其《喜逢妻弟鄭損》五律，首句「亂後自江城」，末復云「紙貴在江城」，粗率至此，非虚有其表耶？

許恂如《秀州百咏》中有數絶不朽者，遠出朱竹垞《櫂歌》之右，第詞采不逮耳。使竹垞終身高尚，非許所能匹矣。

陳子分佩六十四而歿，沈南谷祭而哭之，有五古四首，結云：「我哭人日多，人哭我日少。吁嗟乎穹蒼，漠漠不可考。」爲之擊節嘆賞。

程載韓哭亦亭詩：「兩兒未是成家日，三女猶爲待字年。」余爲更「成家」爲「成名」。載韓喜曰：「以『名』對『字』，真我一字師也。」又云：「空遺聞風師後世，不教作雨潤當時。」「欲試驢鳴先哽咽，□逢鶴化轉疑猜。」皆可傳也。

詩敏捷不足誇，要在立品。幽湖兩年前有遠來乞丐，沿門乞錢，隨所命題，立成七律，頗清通。彼何嘗不敏捷哉？「對客揮毫秦少游」，畢竟不如「閉門覓句陳無己」也。

偶檢書篋，得鄭子亦亭札，係乙巳春杪從燕都寄幽湖，云許純也《送高安朱冢宰軾》詩二首，其二專爲薦賢也。其起一語忘之矣。尚記六句云：「俗吏豈能知國士，徵書却訝靳名賢。東南孝友推張仲，謂莘皋。吾道津梁屬潁川。謂古民。公去可曾攜夾袋，下車一榻莫常懸。」純也囑勿相聞，幸勿作札咎之也。

元詩中有《倒騎驢觀梅圖詩》，余亦戲作五律云：「回味元無盡，回頭正好看。灞橋殊率意，果老耐尋歡。世路先驅躓，浮生退步寬。名花愁背我，細細傍吟鞍。」吳子昂千和七律，予因更作七言云：「幻出浮羅夢外身，自行自止任天真。眼前步步皆陳迹，過後枝枝是好春。熟境轉成迷路客，多情翻似背恩人。莫教貪入花深處，疏影斜斜礙角巾。」

正月望，過逯野觀老梅，作五古，歸舟失其稿，僅憶四語云：「梅花久寂寞，索我集吟稿。回頭語主人，月落波浩浩。」此梅相傳南渡時金氏祖手植，一根雙起，如虯龍，花實特大。明季錢牧齋、吳東籬昆季及甲申後遺老，無不坐樹下歔欷吟咏。余亦與亦亭各和十斷句。嘗與外父晨村先生輯《老梅倡和集》而久不就。今外父没已數載，老梅一枝偏枯，亦偃蹇寥落。念余自己酉與老梅結鄰七載，復還於幽湖，盛衰聚散之感，其何能已於懷乎？

沈南谷云：杭友黄穀《詠錢》一聯絶佳：「呼兄不至還呼母，使鬼猶靈況使人。」真可壓倒一切。吾友謝文若《完糧謡》云：「完糧去，更躊躇。新有令，要如珠。今年租米十分劣，九粒細碎一粒粗。完糧吏不納，何計爲良圖？唯有賣田糶米輸官租。賣田人不買，此事終何如。十年水旱長八九，江南積困無時蘇。我欲問田主，謀生有策無？計田一畝剩一斗，明年那得無追呼。」文若名洲，號散木，又號載月船漁。長於近體，是作殆摹樂府而未肖者歟？

余嘗題美人蕉云：「舞覺纏頭爛，勞應帶尾頳。」或曰下句不切題，旁一客曰：「君不聞有美人魚乎？」可謂以意逆志。

九日詩每苦落套，唯元張養浩一聯絶佳：「詩有少陵難著語，菊無元亮不成秋。」以後直須閣筆。元人題趙子昂畫詩，都不寓規諷，便失旨。唯陳高五絶，唐音也。《題子昂折枝竹》云：「帝子啼痕濕，湘江暮雨寒。絶憐樵采後，留得一枝看。」亡國之感，失身之罪，盡在言外，却不露痕迹，是第一高手。如張雨《題趙仲穆畫蘭》：「近日國香零落盡，王孫芳草遍天涯。」終不免太露矣。

峽州陳臯如名遇堯，擔斯蔣子之甥。嘗寄余近稿，《題蜂》云：「辛苦分甘後，年華嚼蠟中。」下句極老。《燈蛾》云：「不是青藜焰，君何殢玉堂。」亦佳。《酬友》云：「鴻爪頻年隔，欣逢返舊林。同來江口望，轉憶别愁深。」居然唐音。年少加以學力，何可量哉！

楊止垣父字若木，禾中名士也。其次子爲僧，即含輝璞師。《紙鳶》詩云：「一綫能通漠漠天，不飛而翼竟高騫。年來收放童兒手，離却春風事杳然。」《鶴臞和尚山居》，如「池寬多著月，園小遍栽蔬」、「鶴骨同時瘦，秋鐘入夜疏」，俱可誦也。

從子欽陶寄《題墨菊》詩，有「遊蜂蘸得些兒去，滿口逢人翰墨香」之句，諷學詩自詡者，詼諧絶倒。又《蚤起見雪》絶句，下二語云：「天心不似人趨熱，偏向陰崖分外濃。」格調尤高老。又和謝雪漁韵，五古如發端語：「重雲障北極，獨立生離愁。」又如「雄鷄夜正半，仰視星辰稠。倒挽銀河水，冰輪洗清秋」等句，皆迥超流俗之表。吾宗可與言詩，唯此子耳。

定泉詩話卷五

客星山人陳梓頫恭氏

一友述雲間袁氏女五律云：「『簾捲倚高樓，青山相對愁。夕陽摇酒旆，野渡繫漁舟。樹密烟光亂，江空水氣浮。斂眉無限恨，身世兩悠悠。』此等聲調，雜之唐人何辨！然却是失節女子，何也？」余笑曰：「牧齋、梅村、秋谷諸公何嘗不是唐調？」座客爲之浩嘆。

余館故山七載，與汪子津夫、謝子南明倡和。二公多佳句，汪如「消息千秋在，纖微獨夜澌」，五律中勁句也。五古如「共談大化機，數消終不滅」，七律如「李潮向爲工書絆，謝朓新將爽氣分」，亦佳。至謝名篇尤不勝載，如「手把東籬枝，欲拂滄海塵」、「山容依日淡，菊意遲霜開」、「鷄聲一城急，帆影半江寒」、「詩成百感後，事集一身閒」、「柴扉深竹影，藜杖老梅花」、「日月塵中活，天應悔自今」。《梅》五律：「一枝回地煖，獨力破天荒。淡泊依籬落，精神表雪霜。」《題鄂王墨蹟卷後》：「一片墨雲起，千盤筆陣雄。」《錢塘懷古》：「三春花柳宫門暗，十里笙歌輦道長。北望冰天愁未了，南來澤國樂何荒。星河半壁金湯固，不道寒烟鎖鳳皇。」《曉望》：「淡蕩疏林外，風吹月半邨。」《西湖竹枝》：「蓮心恰似郎心苦，蓮葉蓮花都不知。」又一首：「願郎心作湖水平，儂是湖山一點青。儂在郎懷山在水，任他風浪自亭亭。」居然中晚。又：「梅開春意小，葉盡樹聲閒。斜日明湖上，遥峰出竹間。」七絶：「百尺玉虹天半落，蒼涼初日亂峰開。」《錢牧齋遺墨》：「那堪失足落荆榛，微物重看尚帶塵。一炬絳雲燒不盡，賸遺殘燼待磨人。」阮亭、悔庵見之，得不退舍耶？

津夫作草堂，謝南明爲題四言八章，中如「清琴月上，殘花雨餘」，「江濤山來，河流天瀉。慟絶窮途，一壺誰假」，「雞犬村通，參辰星各。慨言成詩，屋梁月落」。即陶公《停雲》且當避之。

津夫在滇南時，《龍門澗》五絶云：「頭角守區區，雲雷聲勢孤。碧濤傳夜怒，抱月未成珠。」《過陡亹》：「魚龍趨逆浪，日月漾浮萍。」《辰州溪》：「伏波金鼓陰雲在，善養衣毛古木秋。」《晉寧城春望》：「幾陌行歌如鴂舌，滿城春色是梨花。」《賣鞍》云：「永別青絲纏騕褭，空沾紅汗薄風霜。」皆雄偉可誦。

梅里王翊介人詩，《子夜歌》：「風池聚萍草，知向一邊多。裁衫不裁裙，下體古所薄。」《猛虎行》：「山中日久麞鹿窮，猛虎已死深山空。」《擬古謡》：「掃星狼，射天狗，金華山頭石羊走。」五古起云：「水竹清淡影，秋氣生空山。涼月委靜炤，白雲體高閒。」《寄弟庭》云：「我今在陋巷，弟不堪其憂。」諷之也。邁人，明進士而失節，愧其兄多矣。五言律如「去國輕生死，依人略是非」、「風塵孤劍在，天地一身多」、「前路夕陽外，行人春草中」、「法紀葭莩外，朝廷水火中」、「江山雄白下，人物近黄初」、「歲時仍漢臘，風物自秦餘」、「文章身後事，丘壠夢中山」。七律《哭陳黄門子龍》云：「天柱西崩日氣衰，漢臣飲血死無辭。全身自托江魚腹，作厲寧忘博浪椎。新穀不留孤子食，故人空賦八哀詩。華亭鶴唳知何處，入夢猶驚下榻時。」《金山寺》：「西蜀諭通司馬檄，山中謗滿樂羊書。」「周道秋風行黍稷，漢宫春雨長葡萄。」皆沉雄悲壯。五言絶如「小雨落藤花，移時鳥銜去」，七言絶如「關山不改秦時月，留與征人夜夜看」、「皇孫去後齋宫冷，藤樹朱門二百年」、「空宫一閉無年月，到處冬春積雪多」。

《維揚懷古》云：「芳草離宮三十六，春風吹斷玉鈎斜。」《鐘山》云：「一自鐘山樵采後，更無人爲哭冬青。」《越中竹枝》：「若耶溪上多游女，誇道西施是越人。」《賦舊明月》：「關山別有征人泪，不是秦家是漢家。」皆黯然有故國之思。

新溪鈕子膺若詩得風人之旨，七言絶如：「漂母祠前烟樹曉，露筋廟口野流春。自來江北無相識，輒欲低頭兩婦人。」較王价人「平生自歎無知己，千里來尋漂母祠」，格調尤老。《過天妃閘》：「如此急流宜勇退，逐人車馬却西來。」《過蠡宅村》：「可憐越國黄金盡，遺像如何鑄得來。」《虎丘》：「怪底亂鴉無管束，冷烟古木盡情啼。」五古如：「甲子編詩籤，亥時紀歲籥。薜皮磨爛銅，柯幹挺直鐵。」《寄鄭悦山六十韵》結云：「朗月照孤松，清風拂翠篠。大江流滚滚，長空日杲杲。高歌望吾子，白雲正縹緲。」何等氣魄。又《同俠安作》：「琴響無知音，酒徒復何有。茫茫天地間，夕陽空搔首。」五律佳者尤多，如「野衲拖雲重，枯棋戰雨酣」、「旅雁苦於客，黄花淡似吾」、「易安茆舍下，肯屈貴人前」、「竹色三秋雨，書聲半夜燈」、「酒幔高於屋，茶檣直到門」、「花木詩多氣，風泉畫有聲」。《渡楊子》：「百端愁已集，三日醉初醒。」友人評云：「使事無痕。」信然。唯《毘陵驛》「大江横落日，孤戍接殘春」二語，却藍本「大江流漢水，孤艇接殘春」，未免勦襲，決當删汰耳。

膺若七律：「典却春衣非爲酒，移來新柳不聞鶯。」《牡丹》云：「細雨裝成珠髻滑，春風高並玉樓寒。」亦大稱題。《題遯野》云：「先生不種門前柳，漁父常尋洞口花。」外舅金晨村先生屢誦之，爲擊節。

膺若族兄汝騏字仙駕爲余作《老女祠》六絕，其四云：「拂鏡簪花兩鬢皤，上陽誰認老宮娥。西家少婦勤相訪，爲識開元舊事多。」其五云：「二八韶陽一指彈，施朱傅白向誰看。孟家擇對真癡絕，那有賢如梁伯鸞。」余笑曰：「世無湯、文，則終焉而已。」然詩却可與元人頡頏也。

雪漁《與翰澄詩》一聯：「柳邊霜月秋村白，雁外晴峰海岸青。」唐句也。《懷東白樓主人》絕句：「白露一庭梧影淡，風吹殘月過村西。」皆妙。

《幽湖竹枝詞》，如張子倫表「東手接來西手去，果然梭子兩頭尖」，亦可傳也。蓋幽湖人業紬機，今夕賣紬，則明晨買絲，苦無餘資。二句類樂府隱語。

周草亭篆字籀書隱居不仕，本籍雲間，後寓震澤，著有《漢書》八十卷。歿，謂其子曰：「祖述《春秋》，憲章《綱目》，吾生經濟學問，盡在此書矣。」嘗讀其《福州》一律云：「乘槎應爲路多窮，浮海寧知道便通。彭夏島回天在北，女牛星外地無東。能披若木真樵叟，未掣鰲魚豈釣翁。祇好待乾清淺水，遍從仙老問農功。」深寓感慨。又《讀史》二首云：「孔孟生秦代，出處當何如。坐待漢主出，帷幄成訏謨。行藏定大節，心與天爲徒。博浪逞一擊，殊非誅獨夫。晚年始聞道，脱屣成平初。」「東周無管仲，并不成東周。仲也用齊桓，功始高山丘。子糾未君國，射利非射鈎。太子名既正，唐復混九州。豈必藉鄭魏，相與安金甌。」

草亭子名勉，今改南，字今圖，館新溪之能仁寺。一日攜生平著作訪余定泉書舍。其古作頗淵博，而自視太高。每一詩必加注，不特典故，并開合照應、伸縮變化之法，一一疏明。自言處處宗老杜家法，無一字可增損，所謂訑訑之聲音顔色，拒人於千里之外也。何足與言詩哉。

硤川吴子芑君名嗣廣詩頗雅淨，一日寄余丙辰以來雜稿，中如「名心幾杵鐘，道念一泓水」、「返照疏籬屋，寒聲遠寺鐘」《梅花》。又五律「老悟爲農樂，窮諳養拙尊」。又五古「闔眼照今古，曠焉神遐赴」、「斜陽歛深林，舄底亂歸鳥」、「六時變明晦，無日不空青」、「山谷答嚶鳴，境奥鳥亦獨」、「返景蒼然來，青紅帶西嶺」、「林竹風颼颼，衆山響逾静」《遊東山》、「我意不勝秋，一蟲堦下領」。又七律「金錢砂礫同抛擲，冠蓋魚龍互合并」《游海堤》、「啼殘紅緑鶯將澁，流盡興亡潮易回」《上紫陽山》。《題許敦兮秋原射獵照》云：「磊落心應四海雄，笑他帖首注魚蟲。閒抛三尺珊瑚筆，便拓秋膠百石弓。」《看獨松》五律云：「秋淨多來雁，山空納遠鐘。偶攜三尺杖，拄看百年松。偃蓋藏雲氣，長根走蟄龍。時時風過頂，濤落最高峰。」又《題王五石梁觀瀑圖卷》云：「丰容秀狀三秋肅，滿眼空青不可觸。袖中無筆寫晴寒，但見蒼烟截崖腹。須臾山雲滃欲來，溟濛一氣浮樓臺。狂飈吹雨倒江海，澗底森沉猿嘯哀。前坡迅溜奔溪口，後嶺懸流怒聲吼。衝林激石雹橫飛，珠濺簾旌汞穿牖。對此忽憶開先之峽泉，劈破雙玉龍騰挻，蘇公摹寫何雄妍。又如置我黄華水簾下，絶壑洶洶馳警湍，遺山曉夢猶蹁躚。平生遊屐絶少緣，荒渺未暇窮躋攀。天台瀑布無千里，還向王郎畫裏看。」皆可傳也。

膺若没，其族兄駕仙挽之云：「已看詩若彈丸脱，更疑文如翻水成。」「別恨衣冠蕭子國，斷魂風雨茂陵居。沈詩任筆千年事，秋蟀春鶊一夢餘。」「坐知此事成孤掌，天使斯人不永年。重過新塍應腹痛，隻鷄歲歲草亭前。」「斷雁有徒添舊雨，汗牛無力益遺文。人間結恨餘紅豆，天上緘愁付白雲。」李子裳吉云：「丹鉛脱手故依然，珍重珠璣托舊編。業在千秋知己事，爲君綴拾爲君憐。」「鑑湖一老仰平生，逯野梅花品絶清。此去高人誰共訪，歲寒孤棹月三更。」江浩然萬源云：「愛注南華十載心，頗忘虚牝擲黄金。良朋似爾真相憶，却爲亡書憶轉深。」

世以李、杜、韓並稱，唯宋孔平仲句云：「吏部徒能歎光焰，翰林何敢望藩籬。」所見極卓。

余婿鄭炎字清粱詩才極捷，余偶有古今體十餘作，渠見之，盡一炷香畢和。如《女貞酒》七排：「釀花爲□心苗潤，漬乳成漿舌本粘。臂金乍壓雲英遍，釵玉頻挑竹葉尖。」切「女」字極艷麗。又《蠶日集吾廬咏乍開梅》五律云：「一繭容身地，冰花似可親。那知雕玉手，竟作弄珠人。薄帶三分酒，虚懸半席春。比來何水部，竟碾麯爲塵。」又七律結句：「尚惜幽香深自護，近牆不放鶴閒行。」皆敏而工，美不勝録也。

張倫表弘範《梅花禁體詩》一聯絶佳：「山中紀曆王正月，野外忘年太古春。」至《題明妃》：「當時不向龍沙去，祇是昭陽一寵人。」前人道過，未爲工也。王叡云：「當時若不嫁胡虜，祇是昭陽一舞人。」

小瀛洲十老會：朱朴字元素，號西村，工詩畫，與文徵仲、孫太初倡酬。錢琦字公良，號東畬，正德戊辰進士，授盱眙令。徐泰號豐厓，字子元，弘治甲子孝廉，爲光澤令。吴昂字德翼，號南溪，弘治甲子孝廉，明年成進士，授宜城令，官終方伯。陳鑑字用明，號勾溪，工詩，與朱元素齊名。徐咸字子正，號東濱，正德辛未進士，守沔陽，遷襄陽，罷官後與兄豐厓、邑中耆碩飲酒賦詩，名小瀛洲社。劉鋭字蓄之，號海村，以世曹襲海寧衛指揮使。鍾粱字彥村，號西皐，正德甲戌進士，爲刑曹郎官，終南昌守。石林上人名永英，詩宗敏一、皎然。陳瀛號古厓，由宛平主簿遷龍巖令。五言古如：「相逢但無語，含笑如有待。」西村。「一言涉華要，自覺汗滿背。」西皐。「江鷗只馴水，野鶴不受籠。」石林。七古如《秋夜吟》四首，俱朗朗可誦。西村。「故溪百年刀割水，新歡如花何易腓。」「城南七十六高峰，一年一作登高處。」勾溪。「悽烟慘雨時暝濛，倏焉變態春爲冬。」「夫君莫學楊花性，隨風飄泊還東流。」「顧得楊花化爲樹，門前繫馬維歸舟。」海村。「江頭日出孤嶼明，白鷗點破春烟緑。」《漁父圖》，石林。五言律尤多佳句，如：「海門朝日近，沙市暮帆多。」西村。「貧嫌妻子問，老愛故交深。」「天意別有主，人心獨在公。」《祀練子寧》，東畬。「微露幽花濕，輕風小蝶寒。」「世事蟲相弔，年光草半枯。」勾溪。「飛瀑秋垂練，澄湖晝躍金。」「春寒翻勝臘，山色只宜秋。」東濱。「簾虛通燕壘，花盡實蜂脾。」「掃苔憐杖跡，吹壁落詩塵。」「朱顔不可買，何以鍊黄金。」海村。「熨衣防夜冷，儲粟慮年貧。」「竹深群雀下，波静一魚翻。」西皐。「鉤簾飛白露，洗硯落紅蓮。」「未晚歸禽集，先秋病葉黄。」「多病便高枕，餘生了敝廬。」石林。七律如：「塘水漸添魚亦喜，杏花將破蝶先知。」「未經霜樹多黄落，不出山僧老更蒼。」西村。「白酒黄鷄茆舍月，落花啼鳥竹籬風。」東畬。「萬事無心從白髮，百年有夢只青山。」南溪。「貧能到骨心方逸，嬾得成癡事盡忘。」「避地衣冠天下士，傍湖樽俎水邊樓。」勾溪。「風雨有詩聯洛社，溪山無夢到長安。」東濱。「友道只應山色好，親情惟覺海杯真。」「花殘錦地鶯慵織，雨結愁城酒破圍。」「木落山如詩骨瘦，天空雲似客身輕。」「舊壘夜和明月冷，歸程秋共白雲長。」《咏白燕》，海村。「鶯花正好客初過，池館無人日漸長。」「百年悲笑清光裏，一代風流白髮前。」西臯。「春草不關人事長，野雲渾傍小窗虛。」「鷄口從人論世事，馬蹄吾自學全生。」石林。「長空露下秋無際，落木風寒首獨搔。」「知止便成終老計，習閒真得養生方。」古厓。五言絶如：「此意同一閒，青山白雲我。」西村。「十家九懸釜，縣官知不知。」《觀稼亭》，東畲。「江邊雁無數，不帶故鄉書。」豐厓。「舟横人不見，一雁下寒沙。」西臯。七絶如：「教兒莫掃堦前葉，留與蒼苔護曉霜。」西村。「零落舊巢人不見，一簾疏雨話春愁。」《雙燕》，西村。「夕陽滿地鳥飛盡，人在亂山深處行。」東畲。「似欲長鳴報秋曙，西風立盡滿庭霜。」《鷄冠花》，東畲。「老夫只道無心物，丞相門前却作堆。」《紅塵》，勾溪。「扁舟穩繫柴門静，人在湖南罷釣歸。」東濱。「半蓬落日無餘事，醉枕蓑衣夢白鷗。」海村。「山僧不刻蓮花漏，潮白江門報午時。」石林。壬戌春，徐子郎行舉六子真率會作詩，沈子南谷因檢此書出示，美不勝收。姑摘其尤雅者如右。

海昌施謙自勗以詩集呈馮子養吾，馮答詩云：「不求甚解無如我，忽漫相逢得此君。」施大恚。施能詩而無品，輿論素所不滿也。

養吾佩服翁山，謂青蓮再生，因作《謫仙行》云：「羅浮兩山閟靈氣，梅花零落鳳斂翅。日精月華何處凝，仙人下降天開瑞。海南歲長紅珊瑚，清江夜吐萬顆珠。光芒盡入五色筆，驅役神鬼供鍾鑪。」結云：「朱書再召還上清，匣藏雄劍久不鳴。滮潮梅里舊遊地，流傳諸派成典型。春陰日暮猛虎吼，蒼螭玄豹撼户牖。乍疑風雨召百怪，乃是遺編剛入手。欲排閶闔試問天，九門杳杳迷紫烟。半空孤鶴振玉宇，告我仙人歸去路。」余讀之，拍案叫絶。又《上天竺》五古：「嵐光朝雨後，人語松濤中。爐香迎鼻觀，深林聞午鐘。」《冷泉亭》云：「我身願化石，永託寒波路。」《吼山》云：「參差交鹿角，峻削長鶴爪。其凸也若疣，其凹也若窨。」「他年荷鍤復茲土，一枝鐵笛吹裂千仞崗」等句，皆可傳也。

余作《鄧州竹燭》一絶云：「一縑不具家如罄，念母曾經大慟來。怪道鄧州花蠟燭，溷間流淚尚成堆。」寇萊公聞乳媪之言，既散金帛，終身不蓄財産，而所至猶復豪華自逞。公因質美，而未學者歟？

唐自成一代之詩，宋亦自成一代之詩。唐詩自有優劣，宋詩亦自有優劣，本不必較量高下。但平心論之，唐詩出於史，而含蓄不盡處，深合於經；宋詩出於經，而尚議論，不留餘地，徒類於史體而已。四靈、七子，乃不善學唐之弊，與唐詩無罪。猶之誠齋之鄙俚，亦不善學宋之弊，豈宋詩之罪耶？

詩言志，本無取於富麗。子曰：「辭達而已。」格律聲調，何爲哉？然言以足志，文以足言，言之無文，行而不遠。《擊壤》之歌，堯以德勝，不當作詩觀。若楊誠齋之鄙俚，流弊無窮矣。東莊主張太過，蓋疾世之爲僞唐詩，如七子之膚廓，不覺其矯枉過正耳。平心而論，詩有三要：一性情，二義理，三文詞。廢其一，非詩也。少陵詩所以謂之聖者，情真、理正、詞工耳。

宋人詩所以不及唐人，理勝於情，動立議論，徹底説完，絶無含蓄耳。詩必有關於世道人心，豈當以風雲月露，誇多鬪靡？然須有温柔敦厚之度，言之者無罪，聞之者可戒，音調鏗鏘，使人可歌可泣，乃爲極則。若據理直説，不假文飾，此之謂有韵之論，非詩也。

余寓揚州，閲郡志載韓翃過揚詩：「有地皆栽竹，無家不養鵝。」當日之揚州也。今養鵝者絶少，此句反似我越中人家。

王士禄「□客清夕盌，鄉夢妥宵杯」一聯頗細淨。士禛「月明生水際，積雪滿空林。人語烟初暝，鷄鳴雪漸深」，尤覺超曠。鄧漢儀「吾儕尊九日，天地老斜陽」、「遠波千葉下，微雨一蓬行」、「獨夢連江色，千帆動海聲」，汪楫「崩石秋如馬，危檣夜遶烏」，皆佳。丁倬「朝推盧杞相，疆老武侯師」，悲史閣部也，可謂扼腕。程潮「貧交離别老，僻地雪霜侵」，鄧從諫「粉黛三千女，雲山六一堂」，煬帝何存，歐公尚在，良可慨也。

蘇頴濱「尚有花畦春雨後，不妨水調月明中」，「月明」、「春雨」，終不對也。楊誠齋「怪來萬頃不生浪，凍合五湖都是冰」，佳句也，然下聯「碧玉湖寬應我到，白銀池滑没人行」，不特「湖」字重上，又從水上摹寫，無味，亦是率筆。楊基《召伯》詩「鷄豚籬落茅簷雨，鳧鴨池塘菡萏風」，頗有畫景。李賀「十千一斗金盤露，二八雙鬟玉樹歌」，極形揚州繁華，今則如王維「先留連野唯殘蝶，應答江聲有亂蛙」矣。「鷺渚櫓摇歸夢客，柳汀舟渡夕陽僧」，郭登句，點綴亦佳，但不切高郵。「萬古乾坤此江水，百年風月幾重陽」，李夢陽一聯，聲調却高。沈應「百年一半長爲客，兩鬢無多易著霜」，亦自然，然不如吴國倫「樹裏鐘聲山寺午，簷前雨色海門秋」，情景兼到也。

朱曰藩《清明》詩「客厨未乞龍蛇火，旅食頻催犬馬年」，袁宏道「江烟一擔充行李，流水三叉各路歧」，非不工，而程嘉燧「殘魂如夢聞鶯斷，舊恨隨潮立馬生」，得工部遺法矣。

龔鼎孳「身孤盜賊忘覊旅，俗薄公卿諱醒狂」，聲調高於「花外秋衾香不散，笛中風柳雁偏横」矣。

王阮亭「風迴津鼓沉鄉夢，人醉樓簫憶往年」，下句不及。《瓜步道中》云：「春雨蕪城寒浪静，夕陽京口暮山多。」下句尤勝。冒辟疆送阮亭句：「夜月書聲摇畫艇，春晴吟屐響紅樓。」著色頗佳。與越闓「曲岸花深歌舫慢，小橋風定酒旗明」並傳。

陳其年《廣陵雜感》中，唯《明武宗巡幸》、《史相國殉節》二首可觀。宗觀「若使有樓迷化及，至今無夢醒邗關」，對得變化。

王仲儒「海氣漸開殘月正，江峰初出亂帆斜」，亦佳。顧樵《緑蕚梅》一首是全璧，「蕊疑新葉發春前」，前人未道。

廿四橋，一橋也。宗元鼎詩云：「一橋遺迹水沉沉，避客還存廿四心。」唐張喬絶句：「月明記得相尋處，城鎖東風十五橋。」則廿四之外，又有十五矣。

影園黄牡丹詩，以黎遂球爲冠，錢牧齋所品也。黎遂拜錢爲門生，一時傳爲佳話。此庚辰夏事也。不四五年，而燕都失，廣陵陷，百年以來，夷爲丘陵。余有七律弔之。黎，南海人也，詩不過温、李一派，而失之淫艶，亡國之音也。故余詩云：「百年影亦歸烏有，四韵詩猶似鳥鳴。」喻之以鳥，豈爲過乎？

李頎「瓜步蚤潮吞建業，蒜山晴雪照揚州」，「瓜」、「蒜」對工，是小巧，而格獨雄。

楊誠齋《題露筋異娼二廟》詩云：「文章試中諸君子，忠義猶存兩艷姬。」毛惜惜雖不從賊，妓也，何可與貞姑作合傳哉？此誠齋大失檢點處。譬如文丞相與余闕合爲雙忠祠，可乎？董子祠，余有二律，結云：「不窺園是無雙士，何必瓊花始建亭。」孔融臺不足述也，平山堂抑又其次矣。

余嘗題倪雲林畫，結云：「尚病淵明題甲子，只書月日不書年。」自謂翻進一層，及觀吳雯「豈但穠華後桃李，空林黄葉亦無多」，何等含蓄藴藉。詩學亦何可自足耶？

硤山劉瑞星，字北夢。著《癸甲之際草》，兄廣胤爲之序。如「西風馬耳立，淚與酒争觴」、「正值憂時會，猶聞清夜樽」、「河山臣子夢，風雪聖人心」、「三千水箭迷冰漏，萬丈松花落羽翰」、「學成西漢春蟲股，夢到羲皇野馬標」、「猿笛梅花千曲碧，鶴觴竹葉一尊青」、「交情亂裏唯相感，花事春來只解忙」、「亂峰如宿草，命將屢宣麻」、「青山侵練碧，殘月壁檣明」、「臺草經兵馬，厨烟冷食禽。唯餘高塔上，不住振鈴音」、「浪黏廣寒天無壁，風送斜陽日有繩」、「艱虞千里藹，衰謝九霄鵬」、「三韓斥堠狼烟絶，四海車書鷀首同」、「但調心氣還天地，莫把興亡繙史書」、「十年湖海粗豪盡，江月涼生晚霽初」、「陰陽尚見龍蛇鬬，川陸唯聞虎豹腥」、「妖蜃千尋摇海立，神鰲一柱正天經」、「湖口斜開揚子面，潮痕剛畫小姑眉」、「漢禽終不投西止，胡馬猶知向北悲」、「經函静養長廊日，松帶冷寒老岫烟」、「僧歸中食常侵晚，城角風吹夕照蟬」、「山深日落歸鴻急，酒滿燈寒送客時」、「隔岸下春燈漸出，傍城古木鳥能回」、「高樓萬里三人醉，叢桂雙江九月開」，皆警句也。又《喜逢彭木軒賦别》起二句云：「寒日照江水，北風送歸舟。」又：「寒日到山依鳥下，孤雲無路逐龍遊。」格律亦高，但苦全璧少耳。唯《忽聽》一絶極佳：「水激舡鳴馬齕萁，中原陸海旅人思。江南觸處愁腸斷，不獨山窮水起時。」

杜少陵《何將軍山林》諸作，清雅可誦。趙子常《類選杜詩》，只取「戎王子」一首，大有寓意。此詩蓋爲安禄山發也，想當時遊覽，偶見此花，有感於戎王子之名，遂通首借喻「開絶域」，宜矣。誰實滋蔓之，使當中國而匝清池乎？「滋」字責有所歸。漢使空到，神農不知，外之之詞，《春秋》之旨也。露批雨打，祝之之詞，「漸」字喜其勢將離披耳。

鷹青山人詩，五古極得《十九首》遺意，當全録，不可摘也。其五律之佳者，非徒世所傳「鬭禽雙墮地，交蔓各升籬」、「日午陽和足，山深造化全」也。如：「老淚無端下，秋風薄暮來。」《聞雁》。「碧色初晴樹，微風欲曙天。」《新鶯》。「關河愁絶處，天地酒醒時。」《所思》。「山鬼來争席，溪禽不亂行。」《築室石塘》。「雲陰冥屈蠖，風勢側盤雕。俗物毋相亂，秋山肯見招。」《登樓》。「落花幽籟細，苦竹夕陽深。寂以會衆妙，淡然聞至今。」《鬯庵》。「徒有千秋意，無由質古人。此生良可惜，他日得誰論。」《可惜》。「清秋天地肅，寒翠入支頤。」《杖》。可謂得少陵之神矣。又如「乾坤幽夢破，風雨夜鐘深。」《寄懷一水上人》。「亂山秋去久，一雪夜來深。」《山村對雪》。「碧山今日好，芳草一春遲。」《喜雨》。亦中唐絶調也。

聞山人自謂獨不長於七律，不免知難而退。然《題生壙》「固應無物還天地，幸不將身玷水雲」，故自絶唱。他如：「島門失勢魚龍震，亭障乘秋虎豹驕。」《山海關》。「秋風中客吟芳草，老態侵人看落暉。」《差喜》。「晚色關山疲馬在，清秋天氣斷鴻多。」《晚眺》。「猗儺此生輪草木，逶迤吾道付龍蛇。」《偪側》。亦非時調可跂。

山人七絶，聲調儼然。「黄沙百戰穿金甲，不破樓蘭終不還」，「但使龍城飛將在，不教胡馬度陰山」，「洗兵魚海雲迎陣，秣馬龍堆月照營」，「已收滴博雲間戍，欲奪蓬婆雪外城」，「天涯静處無征戰，兵氣銷爲日月光」。語語不襲，而神自肖，故佳。〔一〕

【校勘記】

〔一〕本則論李鍇詩，所引皆唐人名句，疑有奪漏。

《睫巢》五卷，《不信》一首云：「不信勾吴祀，千秋以仲傳。將何酬至德，直欲問皇天。蠻貊求仁易，神明忌道全。請看嬴博恨，宿草亦芊眠。」老而無子，寄慨特深，讀之令我沉痛。然道理却未足。使泰伯有子，天即可酬至德耶？天生至德於泰伯，乃所以酬之也。有子無子，何足道哉！

《睫巢後集》，不及《前集》，然亦有佳處。如五古「管樂豈不貴，不如閔與曾」、「酒人忘其天，甲子聊復知」、「太白蒙其污，死魄臨高秋」，非氣骨語乎？七律如「霜零衰鬢心情在，門對寒山疾疹消」、「邃古衣冠猶及見，明堂鐘鼓未須移」，五律如「大江下秋水，遊子似歸雲」、「碧水清湘坼，黄雲絶塞樓」，七絶《白溝河》「可憐一綫中原水，辛苦多時限契丹」、「衣冠獨向沙前拜，一祭當時絶吭人」，寄慨極遠，令我低徊欲絶也。

山人樂府，唯少陵、香山自立新題者，非所長。至摹古《怨詩行》：「白玉爲我齒，黄金爲我骨。我則長不死，直與元氣結。」《滿歌行》：「鑽火苦甑熟，伐冰憎竈寒。厭薄生心芒，美好徒萬端。」「雙槳蕩驚風，佳人晚無力。」與前集風度不遠。

見贈五古：「南國有儒士，潛光照幽阻。振俗懷憂端，千秋理微緒。」雖過其實，亦知音矣。結云：「報君以自修，毋令滋後言。」尤得古人勸勉意，惜不令我耕餘一誦耳。

（吴忱、楊君、劉奕點校）

薇水亭詩話

薇水亭詩話提要

《薇水亭詩話》一卷，據清刊本點校。撰者王澐（一六九四——一七七二後），字勇濤，一作涌濤，浙江海鹽人。有詩稿《薇水亭》《白鳳亭》《曲水亭》等。按王氏諸詩集皆編年，三集收其雍正二年甲辰三十一歲至乾隆三十七年壬辰之詩，詩話附於諸詩集後，未知寫作時間。篇幅無多，除開首一、二則外，下皆論杜詩，或析作法，或説詩旨，約三十餘題五十餘首。王氏早歲即穎悟，得與仇兆鰲等人遊，《薇水亭詩稿》中即有《仇滄柱偕同邑周魯觀會稽陳太士枉過》等詩。而此卷説杜，多與仇注不同。如《題張氏隱居二首》之一，「不貪夜識金銀氣，遠害朝看麋鹿遊」二句，仇解爲「切張氏之廉静」，王氏以爲「大謬」，乃應爲「言我不貪夜識金銀之氣，故不晚來；但來之太早，驚散麋鹿，則有害於『看麋鹿』矣」。又如《諸將》第一首「曾閃朱旗北斗殷」，「殷」諸本作「閒」，仇偏用「殷」，注雖引趙次公等主「閒暇」之意，仍不免猶疑，王氏則斷然解作「閒」；第二、三、四首解詩旨皆有不同，惟第五首稍合。故其詩話或爲補仇注之不逮而作也。惜此本册末多爲蟲蛀破損，《秋興》等篇不能盡得其義耳。

薇水亭詩話

「蒔藥閒庭延國老，開樽虛室值賢人。」此柳子厚集中句也。國老，甘艸也。賢人，酒也。魏明帝時禁酒，因清者謂聖，濁者謂賢。

李青蓮《鳳凰臺》詩，僅知其摹擬《黃鶴樓》也，豈知清空一氣，超絕諸家耶？「鳳凰臺上」四字讀斷，言今日也。「鳳凰遊」，言昔日也。次句「鳳去」讀斷，言此時鳳已去矣。「臺空」又一斷，言臺亦空矣。「江自流」，言僅見此江耳。次聯追思吴宫晉代，當時花草衣冠，豈不照耀一時，今尋踪跡，無一存者，曰「埋幽徑」矣，「成古丘」矣。目今所見，惟三山耳，二水耳。山之高，看來不是地上生成，似天上落下來；水之廣，看來本是一水，因洲在水中横亘，遂分二水。妙在「落」字、「分」字。落天外，非僅插天接天而已。曰「中分」，則本是一水，爲洲横截，則其廣殆不可量，不徒蒼茫，不徒浩瀚也。此豈等閒才子所能涉筆？又急轉筆曰吾今登臺悵望者，豈在三山二水乎？乃在天際。長安奈何爲浮雲所蔽，迷離不見，可勝恨哉！隱而不露，殊得風人之旨。如此説臺、説鳳凰、説吴宫、説晉代、説三山、説二水、説長安，終歸無有，所謂胸有萬卷，筆無點塵也。詩文有生有掃，生出許多，終一筆掃盡，乃爲奇文。

山谷云：詩貴鍊字。拾遺詩句中有眼，眼即鍊字也。如《放船》詩「青惜峰巒過，黄知橘柚來」，

「惜」字、「知」字，眼也。《登岳陽樓》詩「吴楚東南坼，乾坤日夜浮」，「坼」與「浮」，眼也。《奉酬李都督》詩，「轉」字、「更」字、「入」字、「歸」字，皆眼也。《滕王亭子》詩「古墻猶竹色，虚閣自松聲」，「古」字、「虚」字，皆是眼，上一字下四字句法。

温公云：「詩貴意在言外，使人思而得之。」老杜最得詩人之體，如《春望》詩：「國破山河在，城春草木深。感時花濺淚，恨别鳥驚心。」云「山河在」，則無餘物矣；「草木深」，則無人矣。花鳥平時可愛之物，見之而泣，聞之而悲，則時可知矣。他皆類此。

凡一題賦數首者，須首尾布置，有起有結。觀《何將軍山林》十首，各有主意，無繁複不倫之失，乃是家數。觀此及《重遊》諸篇可見。

「醒酒微風入，聽詩静夜分」，乃倒裝句法。前《遊何將軍》第九首。

「水落魚龍夜，山空鳥鼠秋」，「魚龍」，川名；「鳥鼠」，山名。《秦州雜詩》。

《晚行》詩：「遠愧梁江總，還家尚黑頭。」公以救房琯獲罪，「江總」或有所指。江令仕梁時已顯達矣，自梁而陳、隋，歸尚黑頭，其人物可知。着一「梁」字，不勝可愧。

《脩覺寺》前遊、後遊二詩，乃前實後虚之法也。「野寺」、「山扉」、「逕石」、「川雲」，寫寺景也。「神助」于詩，「春遊」可及，宿鳥歸愁，寫境也。「曾遊」、「再渡」、「野潤」、「沙暄」，只虚寫景象。「有待」、「無私」，此虚寫之情也。悟得虚實法，章法便不雷同矣。

《有客》詩前四句不見題，至第五句方出「有客」二字，此爲先緩後急之法。

《范二員外》詩起處即點題面，曰「空聞二妙歸」，即云「幽棲誠簡略，衰白已光輝」，意致寫盡。乃云「野外貧家遠，村中好客稀」，極跌頓之妙，後落「重肯」二字，望其復來，此爲前急後緩之法。

《聞官軍收河南河北》詩上半言其志喜，下半擬欲還鄉。然志喜而先言「涕淚」，奇莫奇於此矣。欲還鄉而云「即從」、「便下」，快莫快于此矣。究竟言「涕淚」前一層法也，言「即從」、「便下」後一層法也。

《江上值水》詩起句突兀，非老杜不能道。蓋胸中流出者，無非驚人之句，而接用頓宕之筆，此乃逆承之法也。妙絶妙絶。

《愁》詩，草長水流，無非惡境，鷺浴花發，了不關人，真令人觸緒生愁也。以久亂之候，當遠客之地，此情此境，即欲不愁，而何可得也。故鄉既不能見，而民病吏酷，他鄉又不獲安，其愁益劇耳。

《即事》詩因事起興，神情蕭瑟，孑立之草亭，而高山環之，大江臨之，其岑寂爲何如耶？魚不受釣，柑不可食，其景象又不可言矣。即事如此，而我窮途多病，同于馬卿、阮籍，又遭逢離亂，兵甲不散，能不對秦川而腸斷耶？

《蜀相》詩首句是呼，次句是應。頷聯寫其寂寞之狀，然碧草春色、黄鸝好音，原是美景，着一「空」字、「自」字，便覽淒涼，此謂一字斡旋法也。頸聯極用頓跌之法。如此妙計，如此忠心，宜乎一出而定魏平吴矣。奈何天不佑漢，未捷而身亡，使後之英雄思之而淚下也。「三顧」一聯用一賓一主之法，上句言先主，次句方謂武侯。然又每句上半用呼，下半用應，一句中而頓挫如此，豈非詩中之聖乎？

《堂成》詩前半因堂成而遡其所以成堂之故，下半堂成以後事也。言我背郭而成堂于此者，何故？一則江路熟，一則俯青郊而得野景，有吟風之茂林，有滴露之翛竹。今草堂既成，烏將雛而止，燕定巢而居，我也休息于此。人比我爲草《玄》，而我則何心哉？

《曲江對酒》詩前四句坐江頭不歸者，爲移情花鳥故耳。頸聯寫無情無緒光景，是宜放浪滄洲間矣。況我之流落已非一日，故宦情淡漠如此，更覺滄洲之遠耳。乃我之留滯未去者，將有所爲，今老大徒悲，一無所就，而又未能拂衣去也，何哉？

《詠懷古跡》第三首爲明妃村而作。前半説明妃村，不急寫明妃，先説「群山萬壑」，得形家尋龍之法。「尚有村」者，但有村而已。追思當日，入漢宫、連朔漠，則生之日不復爲村有矣。且留青塚向黄昏，則死之後不復爲村有矣。前半將明妃村盡情做完，不復可着筆墨，若再演二句，便爲俗筆。而説者謂惟其去紫臺，故春風之面不可見，記而識之者，圖畫之容耳。惟其獨留青塚，故環珮之歸，空有月下之英靈耳。若是，則與「一去紫臺」一聯有何分别？不知「畫圖」一句正指延壽事，言明妃失寵而遣胡者，由畫工奸生房闥，貌妍爲醜，故元帝不得進御，遂少識春風之面。「省」字乃「省少」之「省」，故終身殞于胡地，魂歸月下耳。若後人不識其怨恨，試聽出塞之時，琵琶一調，强作胡語以寄恨，千載下猶將見之也。

《奉和賈至舍人早朝大明宫》詩前四句單説早朝大明宫，後四句單説和賈舍人。起聯用前一層法，本詠早朝，而先之以五夜，深得「早」字之神。「日煖」、「風微」二句，卻是早朝正面，「旌旗」、「宫殿」，爲大明宮設色耳。第三聯轉筆用後一層法，觀「朝罷」二句，可見從早朝卸到朝罷也。「攜滿袖」，舍人攜之也，「在揮毫」，舍人揮之也，故曰「和賈至舍人」。結聯歸美舍人，便可直接不煩爐竈矣。美舍人而兼美其父，筆力直可扛鼎。

《閣夜》詩前兩聯言閣夜之景，後兩聯言情也。首聯是夜，次聯是閣。「霽寒宵」，題之正面，「催短景」，追前一層。「鼓角」、「星河」，閣夜之景。「夷歌」、「野哭」，則觸緒傷心，憂從中來，誰能堪此，即轉筆自慰之，曰「卧龍躍馬」，雖有賢否，而同歸於盡，則我之人事違而音書絶，亦人生適然耳，何用憂歎爲哉？妙在「終」字、「漫」字，自慰自解。

《曉發公安數月憩息此縣》詩前四句是發公安，後四句是已發公安也。「擊柝欲罷」、「明星不遲」，正寫曉意，插入「復」字、「亦」字，便是「數月憩息此縣」也。次聯用流水承法題境，已盡「舟楫」、「江河」二句，極其頓跌悲悼。言一去公安，前期無定，能不戀戀于此縣乎？雖然轉盼，忽成陳迹，身世虛假，了無可據，豈獨公安爲然？但資藥力身健，隨在可止，又何必舊遊挂念爲也。結用暮鼓晨鐘自提自醒之法，妙極妙極。

《見王監兵馬使說近山有黑白二鷹》詩，前首詠白鷹也。前半言羽毛之奇，超逸不群，後半言健捷之極，莫能控制。「雲飛玉立」，其白可知。恃其羽毛，故恣意遠遊。次聯作一句讀，言徒破心力，終不能得，網羅可以不施。第三聯深贊其能，「知」字、「恥」字，有淮陰羞與噲等爲伍之意。鵰避、兔窟，不過形容其猛鷙耳。後首詠黑鷹也。前半言其來，以「北極」、「紫塞」、「玄冬」、「陽臺」諸地映帶，巧於詠黑矣。後半言其歸，虞羅施巧、春雁見猜，杳然一去，無跡可尋，有范蠡扁舟五湖之意。鷹詩二首，人但見其賦物之工，不着迹象，豈知全爲王監兵馬使而發？借物比興，令人神遠。前首賞其材氣，同于淮陰；後首諷其避跡，擬于少伯。

《諸將》第一首警關中諸將也。言關中遭禄山發陵之慘，有不忍言者，故隱言「漢朝」耳。因遂轉筆，曰昔日禍變不可逭矣，見今西戎相逼，北斗城邊，朱旗閃爍，如入無人之境，故曰「閑」也。戎之驕横如此，而多少材官，徒守涇渭，不能驅逐，爲將軍者豈容破顔自樂，使此輩憑陵，羯胡之慘，將復見矣。第二首警朔方諸將也。言韓國公張仁愿築受降城以絶胡騎，不謂今日反藉回紇以退敵。然此輩一入中國，得窺形勢，雖有潼關之固，不覺其險阻矣。幸龍奮靈武，使晉水肅清，至今聞之者，猶足寒不臣之膽。然而至尊獨憂社稷之未寧爾，朔方將佐能如韓公之遠猷以答昇平乎？第三首責諸將不能恢復河北也。蓋安史之亂起於漁陽，奄有河北，遂破兩京，洛陽烽火，秦關失守矣。今幸而兩京恢復，而滄海未歸，薊門難覓，其餘黨未平可知。蓋不能盡恢復者，由於兵餉不足，而足兵餉莫急于屯田，奈何闕焉不講，袞職將誰補哉，惟望相國王縉銷甲務農，兵需稍備，則恢復之事庶可慰耳。第四首責嶺海諸將不復朝貢也。言粤海未平，强臣跋扈，翡翠明珠不達於上方爾。諸將夙受朝廷寵眷，或錫以「大司馬」，或插以「侍中貂」，奈何濫冒主恩，不思報效，尚得謂之忠良乎？「炎風朔雪」，莫非王土，只在忠良之翼戴而已。第五首期蜀中將帥必如嚴武者鎮之而後可也。此時嚴公已殁，清秋春色，觸目傷心。因憶往時同僕射共迎中使，幕府周旋，宛然如昨。更憶前後三鎮蜀中，軍令分明，故得于閒暇之日觴詠自如。又歎蜀中形勝，天下所無，必如嚴公者方能靖亂，否則奸人竊據，爲患不淺耳。

《題張氏隱居》詩從來誤解。首言「春山相求」、「伐木丁丁」，求友之詩也。一路迤邐而來，「澗道」、「石門」，已至山人之所。「不貪」、「遠害」，從來着贊山人，固爲大謬，即稍有解者，「不貪夜識」一氣貫下，非貪夜識金銀之氣，偶來得太晚故耳。而「遠害」句又解□□□行，非到之遲，正言其來訪之早也。言我不貪夜識金銀之氣，故不晚來，但來之太早，驚散麋鹿，則有害于「看麋鹿」矣。凡我所以來之早者，爲乘興而來，專訪山人。「杳然迷出處」，意欲留而不歸耳。所以然者，一對吾君，如虛舟觸人，相忘形骸之外，傾倒至矣。

《早起》詩，「一丘」、「緩步」，非復幽事，乃寂莫無聊。而曲折中「躋攀」，適得酒而還，以解寂莫耳。解者以尾句別換意，誤矣。杜詩豈易讀哉。

《遣懷》詩第三句下因上，第四句上因下。「隨」、「墮」二字，倒挑法。第五句下因上，第六句上因下。前四句景物之可感者，後四句景物之□□□。

《春日登樓》二詩，一句之内用兩虛字，抑揚見意，惟老杜能之。如「如此」、「無卻」、「有但」、「今始」、「更能」、「應須」是也。

《王宰山水歌》，淋漓頓挫，不可名言。點題之後，更以「洞庭」、「日本」、「赤岸」、「銀河」宕漾搖曳，不寫「崑崙」、「方壺」一筆，何其透脱乃爾。至末幅吴松□□□有遠神，方知大作手決不循墻捫壁也。又如《擣衣》一律出奇無窮，題曰「擣衣」，上四句偏不作擣衣，反于前一層描寫慘淡心事，至第五句方入「擣衣」二字，真空靈絶世也。《子規》詩第四句點題，已覺奇横之極。此竟至第五句出題，猶如神龍變化，豈同凡鱗甲乎？庾開府《擣衣》詩洋洋纚纚，已爲古今絶調，然較少陵作，瞠乎後矣。

《秋興》第一首詠白帝城也。前四句峽中之秋景，後四句情境之寥落。「氣蕭森」三字，最要着眼。「波浪」、「風雲」，總狀其蕭森也。前寫秋氣已盡，曰「淚」、曰「心」，方轉到自己身上。因言留寓于此，忽逾二載，菊雖開而懷不開者，已兩度矣。舟雖繫而心不繫者□一日也。菊開宜快賞而反淚下，舟繫宜濡滯而反心馳。其流離之苦，正不堪回首，況砧聲入耳，又何以爲情耶？第二首詠夔府也。身在西蜀而心戀京華，次聯妙在「實」字、「虚」字，聽猿而淚下，實有之事，奉使而乘槎，虚傳之語，嘆其不得歸也。後聯不得歸者□□□省香爐，因伏枕而相違，言其病也，山樓粉堞□□□□隱痛，言其亂也。病且亂如此，故阻絶而不歸，甚至月映而不覺其徘徊，暮景無聊極矣。第三首因江樓起興，前四句□樓所見，後四句自言心事(缺十字)之飄泊也。言我(缺十四字)心事(缺十八字)信乎福命之不同也。第四首(缺八字)悲昔，後半思今。首聯不勝悲，末聯有所思。六□□□第宅皆新，衣冠異昔，豈非重可悲乎？奈此則金鼓驟振，西則羽書告馳，而予也□□□□一籌莫展，此其有所思而不能已也。第五首□蓬萊宮而起興。蓬萊仙山，故用露盤仙掌引漢武事蹟，瑶池紫氣承之，亦神仙事也。予自蓬萊獻賦轉到左拾遺，當是時，同群臣入朝，因雉扇開而識聖顔，乃流水聯法，此正點朝班之時。今一卧滄江，不復睹矣。第六首詠曲江也。言瞿塘與曲江相接，「風烟」、「夾城」、「小苑」，俱蕭索可傷，無如御氣僅通，邊愁竟入矣。轉筆追思盛時華麗，總言歌舞地也。「可憐」是極言可愛，不是可傷。昔言□□，與前半複説矣。第七首（缺十字）功仿佛（缺十七字）所有（缺十八字）極天（缺十八字）女石鯨（缺十七字）四句憶同遊，頷聯陂上（缺十一字）人陪，出「仙侶」、「春相問」、「晚更移」，反擊，秋興白□□□□指作秋興而言。

《十二月一日》末首上四句言春景之即至，後四句言懷抱之難開。「親知」非親戚，乃親曉得花鳥春色，老人不多見也。故須及時行樂，而猶慮其不能歸耳。

（竇瑞敏點校）

漁洋杜詩話

漁洋杜詩話提要

《漁洋杜詩話》一卷，據乾隆三十二年石洲草堂刊本點校。輯者翁方綱（一七三三——一八一八），字正三，號覃溪、蘇齋，順天大興人。乾隆十七年進士，授翰林院編修，官至内閣學士、鴻臚寺卿。有《復初齋集》。《清史稿》卷四八五有傳。此書據乾隆二十二年自序，即編成於此年歲末；又據卷末自識，歷十年而仍未及增訂，乃付梓行。覃溪詩學致力於評杜、評漁洋，故此書雖爲早年所輯，然聚焦兩家，關係實非淺。漁洋由於宗王、孟，故其於杜詩之立場，始終爲人所議，其杜詩評本爲人輾轉傳抄，而真贋莫辨。覃溪爲釐清此點，轉從漁洋諸種著作入手，輯其評杜之語，以爲較傳抄評本爲可信。不二年張宗柟《帶經堂詩話》出，所附「評杜類」録存者，即此種傳抄本。覃溪曾細加甄别，斷其多非漁洋之筆，即漁洋之見亦贊否不一，評駁之處，幾無完膚。又以「漁洋評杜摘記」爲題，嘉慶十七年增入《石洲詩話》，爲卷六。《摘記》未知作於何年，其中已提及《杜詩附記》二十卷，《附記》成於嘉慶初，則至早不應作於嘉慶前，較《漁洋杜詩話》之輯，何其晚也。然玩其跋語，則謂「所稱漁洋評本者，大約非西樵之評本，即漁洋早年述西樵之評本」，惟於「同里趙香祖齋」得見一親筆評本。然又未見其用，而仍就張宗柟本評校。《摘記》跋語又謂勘其真僞，所據仍爲「漁洋平日論杜語」，則似乃以本書爲憑矣。故以覃溪此兩書合觀，實可盡漁洋之杜詩學。而漁洋杜詩學之實質，亦以覃溪之評爲中肯綮，其《摘記》

跋語云：「漁洋於三唐雖通徹妙悟，而其精詣實專在右丞、龍標間，若於杜則尚未敢以瓣香妄擬也。惟是詩理古今無二，既知詩，豈有不知杜者？是以漁洋評杜之本，於詩理確亦得所津逮，非他家輕易下筆者比也。」此語甚正，一舉可息漁洋杜詩觀兩造之紛争。本書體例亦善，擇材詳明，分類除總論、分體外，又有「學人」、「評家」、「語資」等，已頗見其持論條辨之才。

序

古今論杜翔矣，顧意指往往相左者，豈以識定則不惑，心平則不争，繇斯道者或尠與？新城王阮亭先生扶樹雅道，爲詩人師百餘年矣。近日操觚家或頗肆議，要其平心卓識，以雅以南，故當坐讓其江河萬古耳。所評點杜集，秋毫神妙，期于親見古人。而是書無刻本，學人轉相過録，或贋焉，抑未嘗坐立帶經信古之側，取一二緒論爲之質也。方綱之生既晚，加又愚惑貧困，不足以私淑于先生，況敢抗追先生之學杜哉？顧事亦有所逮甚博，而中人以下亦得僭聞者。爰讀先生遺書，次其談杜者，得百四十餘條，録而志之。昔吾邑宫詹黄先生嘗刻《漁洋詩話》三卷。方綱亦嘗欲博取先生言詩之語，彙爲詩話一編以繼之。方逐逐衣食，日不給，兹蓋尚未之暇也。乾隆二十二年十二月廿一日，大興後學翁方綱述。

初自總論，摘論古今體暨雜論，次論學人及評家，而殿以語資。

漁洋杜詩話

大興後學翁方綱録

總論九條

嘗戲論唐人詩：王維佛語，孟浩然菩薩語，劉脊虛、韋應物祖師語，柳宗元聲聞辟支語，李白、常建飛仙語，杜甫聖語，陳子昂真靈語，張九齡典午名士語，岑參劍仙語，韓愈英雄語，李賀才鬼語，盧仝巫覡語，李商隱、韓偓兒女語。蘇軾有菩薩語，有劍仙語，有英雄語，獨不能作佛語、聖語耳。《居易録》。

《墨客揮犀》云：「李格非善論文章，嘗曰：『文章以氣爲主，氣以誠爲主。故老杜謂之詩史者，其大過人在誠實耳。』」《香祖筆記》。

陳后山云：「韓文、黄詩有意故有工，若左、杜則無工矣。然學左、杜，先由韓、黄。」此語可爲解人道。《居易録》。

鍾退谷惺論高、岑云：「唐人如沈宋、王孟、李、杜、錢劉，雖兩人並稱，皆有不能强同處。惟高、岑心手如出一人。」此語謬矣。所舉數家，惟李、杜門庭判然，其他皆不甚相遠，獨高、岑迥不相似。同上。

元嘉間，謝康樂始創爲刻畫山水之詞，務窮幽極渺，抉山谷水泉之情狀，昔人所云「莊老告退，而山水方滋」者也。宋、齊以下，率以康樂爲宗。至唐，王摩詰、孟浩然、杜子美、韓退之、皮日休、陸龜蒙之流，正變互出，而山水之奇怪靈閟，刻露殆盡。《雙江唱和詩序》。

杜子美、蘇子瞻詩，無一字無來歷。善押强韵，莫如韓退之，却無一字無出處也。《古夫于亭問答》。詩以言志。古之作者，如陶靖節、謝康樂、王右丞、杜工部、韋蘇州之屬，其詩具在，嘗試以平生出處考之，莫不各肖其爲人。《梅厓詩意序》。

才之不能相兼，自古然矣。謝之不能爲陶，顔之不能爲謝，以迨李、杜、韓、孟之徒，莫不皆然。《蒙木集序》。

給事自攜所作雜畫八幀過余，因極論畫理久之。大略以爲，畫家自董、巨以來，謂之南宗，亦如禪教之有南宗云。得其傳者，元人四家而倪、黄爲之冠。明二百七十年擅名者，唐、沈諸人稱具體，而董尚書爲之冠。非是則旁門魔外而已。又曰：「凡爲畫者，始貴能入，繼貴能出，要以沈著痛快爲極致。」予難之曰：「吾子於元推雲林，於明推文敏，彼二家者，畫家所謂逸品也。所云『沈著痛快』者安在？」給事笑曰：「否否。見以爲古澹閒遠，而中實沈著痛快，此非流俗所能知也。」予聞給事之論，嗒然而思，涣然而興，謂之曰：「子之論畫也至矣。雖然，非獨畫也。古今風騷流别之道，固不越此。請因子言而引伸之，可乎？唐宋以還，自右丞以逮華原、營丘、洪谷、河陽之流，其詩之陶、謝、沈、宋、射洪、李、杜乎？董、巨，其開元之王、孟、高、岑乎？降而倪、黄四家，以逮近世董尚書，其大曆、元和乎？非是則旁出，其詩家之有嫡子正宗乎？入之出之，其詩家之捨筏登岸乎？沈著痛快，非惟李、杜、昌黎有之，乃陶、謝、王、孟而下，莫不有之。子之論，論畫也，而通於詩，詩也而幾於道矣。」《芝廛集序》。

論古體三十六條

樂府之名始于漢初，如高帝之《三侯》，唐山夫人之《房中》是也。《郊祀》類《頌》，《鐃歌鼓吹》類《雅》，琴曲雜詩類《國風》，故樂府者，繼《三百篇》而起者也。唐人惟韓之《琴操》最爲高古，李之《遠别離》、《蜀道難》、《烏夜啼》，杜之《新婚》、《無家》諸《别》，《石壕》、《新安》諸《吏》，《哀江頭》、《兵車行》諸篇，皆樂府之變也。降而元、白、張、王，變極矣。元次山、皮襲美補古樂章，志則高矣，顧其離合，未可知也。唐人絶句，如「渭城朝雨」、「黄河遠上」諸作，多被樂府，正得風之一體耳。元楊廉夫、明李賓之各成一家，又變之變也。李滄溟詩名冠代，祇以樂府摹擬割裂，遂生後人詆毁，則樂府寧爲其變，而不可以字句比擬也明矣。來教必具懸解，另有風神，無蹊徑之可尋，乃入其室，數語盡之。《漁洋定論》。

有唐李、杜、韓、柳、元、白、張、王、李賀、孟郊之輩，皆有冠古之才，不沿齊梁，不襲漢魏，因事立題，號稱樂府之變。《古鉢集序》。

「風雅之後有樂府，如唐詩之後有詞曲，聲聽之變，有所必趨，情辭之遷，有所必至，古樂之不可復久矣。後人之不能漢魏，猶漢魏之不能風雅，勢使然也。後世文士，如李太白則沿其目而革其詞，杜子美、白樂天之倫則創爲意而不襲其目，皆卓然作者，後世有述焉。近乃有擬古樂府者，遂顓以擬名其説，但取漢魏所傳之詞，句櫽而字合之。中間豈無陶陰之誤、夏五之脱？悉所不較，或假借以附益，或因文而增損，踢踏牀屋之下，探胠縢篋之間，乃藝林之根蝨，學人之路阱矣。」右蒙陰公文介公孝與𪇆樂府自叙也。予嘗見一江南士人擬古樂府，有「妃來呼豨豨知之」之句。蓋樂府妃、呼、豨皆聲而無字，今誤以妃爲女，呼爲唤，豨爲豕，凑泊成句，是何文理？因於《論詩絶句》著其説云：「草堂樂府擅驚奇，杜老哀時託興微。元白張王皆古意，不曾辛苦學妃豨。」《池北偶談》。

嘗論五言感興宜阮、陳，山水閑適宜王、韋，亂離行役鋪張叙述宜老杜，未可限以一格。同上。

嚴儀卿所謂如鏡中花、如水中月，如水中鹽味，如羚羊掛角，無跡可求，皆以禪喻詩。内典所云「不即不離、不粘不脱」，曹洞宗所云「参活句」是也。熟看拙選《唐詩三昧集》自知之矣。至於議論、叙事，自别是一體。故僕嘗云：五七言詩有二體，田園丘壑當學陶、韋，鋪叙感慨當學杜子美《北征》等篇也。《古夫于亭問答》。

唐五言詩，開元、天寶間大匠同時並出。王右丞而下，如孟浩然、王昌齡、岑參、常建、劉昚虚、李頎、綦毋潛、祖詠、盧象、陶翰，之數公者，皆與摩詰相頡頏。獨儲光羲詩多龍虎鉛汞之氣，田園樵牧諸篇又迂闊不切事情，而古今稱儲、王，何也？高適質樸，不免笨伯。杜甫沉鬱，多出變調。李白、韋應物超然復古，然李詩有古調，有唐調，要須分别觀之。《居易録》。

唐人尚《文選》學。李善注《文選》最善，其學本於曹憲，此其昉也。杜詩云云，亦是爾時風氣。至韓退之出，則風氣大變矣。蘇子瞻極斥昭明，至以爲小兒强作解事，亦風氣遞嬗使然。然《文選》學終不可廢，而五言詩尤爲正始，猶方圓之規矩也。「理」字似不必深求其解。《漁洋定論》。

七言古詩，諸公一調，唯杜甫横絶古今，同時大匠，無敢抗行。李白、岑參二家别出機杼，語羞雷同，亦稱奇特。《居易録》。

七言古若李太白、杜子美、韓退之三家，横絶萬古。厥後追風躡景，惟蘇長公一人耳。《漁洋定論》。

七言歌行，杜子美似《史記》，李太白、蘇子瞻似《莊子》，黄魯直似《維摩詰經》。《漁洋詩話》。

余偶論唐宋大家七言歌行，譬之宗門，李、杜如來禪，蘇、黄祖師禪也。《香祖筆記》。

詩至杜工部，集古今之大成，百代而下無異詞。七言大篇，尤爲前所未有，後所不逮。蓋萬古元氣之奥，至杜而始發之。《七言詩凡例》。

愚鈔諸家七言長句，大旨以杜爲宗。唐宋以來善學杜者則取之。同上。

問蕭亭先生曰：「所云以音節爲頓挫者，此爲第三、第五等句而言耳。蓋字有抑有揚，如平聲爲揚，入聲爲抑，去聲爲揚，上聲爲抑。凡單句住脚字，必錯綜用之，方有音節。如以入聲爲韵，第三句或用平聲，第五句或用上聲，第七句或用去聲，大約用平聲者多。然亦不可泥，須相其音節，變换用之，但不可於入聲韵單句中再用入聲字住脚耳。此説是盡音節頓挫之旨否？」答：「此説是也。然其義不盡于此，此亦其一端耳。且此語專爲七言古詩而發，當取唐杜、岑、韓三家，宋歐、蘇、黄、陸四家七古諸大篇，日吟諷之，自得其解。」《古夫于亭問答》。

一韵到底，第五字須平聲者，恐句弱似律句耳。大抵七古句法、字法皆須撑得住，拓得開。熟看杜、韓、蘇三家自得之。同上。

問：「古詩以音節爲頓挫，此語屢聞命矣，終未得其解。」答：「此須神會。以粗迹求之，如一連二句皆用韵，則文勢排宕，即此可以類推。熟讀子美、子瞻二家，自了然矣。專爲七言而發。」同上。

五言换韵，如「折梅下西洲」一篇可以爲法。李太白最長於此。七古則初唐王、楊、盧、駱是一體，杜子美又是一體。若仿初唐體，則用排偶律句不妨也。同上。

唐詩號稱極備，樂府所載，自七朝五十五曲之外，不概見。而梨園弟子所歌，率當時詩人之作。如王之渙之《涼州》、白居易之《柳枝》，王維「渭城」一曲，流傳尤盛。此外雖以李白、杜甫、李紳、張籍之流，因事創調，篇什繁富，要其音節，皆不可歌。《倚聲集序》。

明何大復《明月篇序》，謂初唐四子之作，往往可歌，其調反在少陵之上，韙矣。然遂以此概七言之正變，則非也。二十年來，學詩者但取王、楊、盧、駱數篇，轉相仿傚，膚詞剩語，一唱百和，是豈何氏之旨哉？《七言詩凡例》。

宋淳熙間，孫紹遠稽仲纂古今人題畫詩八卷，爲《聲畫集》。因念六朝以來，題畫詩絶罕見。盛唐如李太白輩間一爲之，拙劣不工。王季友一篇，雖小有致，不能佳也。杜子美始創爲畫松、畫馬、畫鷹、畫山水諸大篇，搜奇抉奥，筆補造化。嗣是蘇、黄二公，極妍盡態，物無遁形。虞伯生尤專工於此，《學古録》中歌行佳者，皆題畫之作也。入明劉槎軒、李西崖、沈石田輩，以迨空同、大復，皆擬少陵。子美創始之功偉矣。如有好事廣而續之，亦佳事也。《跋聲畫集》。

或問：詩工于發端如何？應之曰：如謝宣城「大江流日夜，客心悲未央」，杜工部「帶甲滿天地，胡爲君遠行」，王右丞「風勁角弓鳴，將軍獵渭城」、「萬壑樹參天，千山響杜鵑」，高常侍「將軍族貴兵且强，漢家已是渾邪王」，老杜「將軍魏武之子孫，於今爲庶爲清門」是也。《漁洋詩話》。

七言五句起于杜子美之「曲江蕭條秋氣高」也。昔人謂貴詞明意盡，愚謂貴矯健，有短兵相接之勢乃佳。《漁洋定論》。

唐人章八元《題慈恩寺塔》詩云：「迴梯暗踏如穿洞，絶頂初攀似出籠。」俚鄙極矣。乃元、白激贊之不容口，且曰：「不意嚴維出此弟子。」論詩至此，亦一刼也。盛唐諸大家，有同登慈恩寺塔詩，如杜工部云：「七星在北户，河漢聲西流。」又：「秦山忽破碎，涇渭不可求。俯視但一氣，焉能辨皇州。」高常侍云：「秋風昨夜至，秦塞多清曠。千里何蒼蒼，五陵鬱相望。」岑嘉州云：「下窺指高鳥，俯聽聞驚風。」又：「秋色從西來，蒼然滿關中。五陵北原上，萬古青濛濛。」已上諸公，如大將旗鼓相當，皆萬人敵，視八元詩，真鬼窟中作活計，殆奴僕儓隸之不如矣。元、白豈未覩此耶？《居易録》。

每思高、岑、杜輩同登慈恩塔，高、李、杜輩同登吹臺，一時大敵旗鼓相當，恨不厠身其間，爲執鞭弭之役。《池北偶談》。

問：少陵詩以經中全句爲詩，如《病橘》云：「雖多亦奚爲。」《遣悶》云：「致遠思恐泥。」又如「丹青不知老將至，富貴於我如浮雲」之句。在少陵無可無不可，或且歎爲妙絶，若效不休，恐易流于腐，何如？答：以《莊》《易》等語入詩，始謝康樂。昔東坡先生寫杜詩，至「致遠思恐泥」句，停筆語人曰：

「此不足學。」故前輩謂詩用史語易，用經語難。若「丹青」二句，筆勢排宕，亦自不覺耳。《古夫于亭問答》。

漢桓帝時童謠云：「小麥青青大麥枯，誰當穫者婦與姑，丈夫何在西擊胡。吏買馬，君具車，請爲諸君鼓嚨胡。」杜《大麥行》全襲其語，《兵車行》句調亦本此。《池北偶談》。

西樵《脽上后土祠》詩：「千秋脽上尚遺祠，武帝雄風自一時。法駕逶迤齋殿啓，靈壇颯沓羽旂披。禮成侍從隨遊盛，情極君王感物悲。陳跡祇今誰髣髴，白雲南雁望參差。」三復《秋風辭》，益見第六句之妙。少陵詩「向來哀樂何其多」足以相發。《考功集評》。

循渭北行六七里，始得舟。返照初霽，亂雲乍歸。南望白閣、紫閣諸峰，紫翠萬狀。渼陂、高冠潭諸勝，皆在咫尺。杜詩「錯磨終南翠，顛倒白閣影」，岑詩「遙看白閣雲，半入紫閣松」，形容酷肖。《蜀道驛程記》。

杜《八哀詩》最冗雜不成章，亦多啽囈語，而古今稱之，不可解也。《漁洋詩話》。

杜甫《八哀詩》鈍滯冗長，絶少剪裁，而前輩多推之，崔鶠至謂可「表裏雅頌」，過矣。試摘其累句，如《汝陽王》云：「愛其謹潔極」、「上又回翠麐」、「天笑不爲新」、「手自與金銀」、「匪唯帝老大，皆是王忠勤」。《李邕》云：「眄睞已皆虚，跋涉曾不泥」、「衆歸賙給美，擺落多藏穢」、「是非張相國，相扼一危脆」。《蘇源明》云：「秘書茂松意，溟漲本末淺。」《文苑英華》本異，亦不可曉。《鄭虔》云：「地崇士大夫，況乃氣精爽」、「方朔諧太枉」、「寡鶴誤一響」。《張公九齡》云：「骨驚畏曩哲，鬒變負人境」、「諷詠在務屏」、「用才文章境」、「散帙起翠螭」、「未缺隻字警」云云，率不可曉。披沙揀金，在慧眼自能辨之，未可爲群瞽語白黑也。《居易録》。

予嘗議子美《八哀詩》，《後村詩話》先已言之曰：「如《鄭虔》之類，每篇多蕪詞累句，或爲韵拘，殊欠條鬯，不如《飲中八仙》之警策。蓋《八仙歌》每人止三兩句，《八哀詩》或累押二、三十韵，以此知繁不如簡，大手筆亦然。」又云：「《八哀詩》，崔德符以爲『表裏雅頌，中古作者莫及』。韓子蒼謂其『筆力變化，與太史公諸贊方駕』。惟葉石林謂：『長篇最難，魏晉已前，不過十韵，常使人以意逆志，初不以叙事傾倒爲工。此八篇本非集中高作，而世多尊稱，不敢議其病，蓋傷於多。如《李北海》、《蘇源明》篇中多累句，刮去其半方善。』石林之評累句之病，爲長篇者不可不知。」右皆確論，與予意脗合。同上。

陸冰脩絶句云：「科跣到門衣不船。」船，襟紐，蓋方言也。若杜子美「天子呼來不上船」自紀實事，《冷齋夜話》以爲用方言，則鑿矣。《香祖筆記》。

或以杜子美《飲中八仙歌》「天子呼來不上船」亦作襟紐解，謬甚。《菽園雜記》已言之矣。《居易録》。

問：詩有平仄字一句純用，而音節自諧者，如「桃花梨花參差間，有客有客字子美」，此遵何法？

答：五平五仄體，自昔有之，頗近游戲。《古夫于亭問答》。

今人但貴宋槧本，顧宋板亦多訛舛，但從善本可耳。如《九日寄岑參》詩，宋刻作「兩脚但如舊」，或注其下云：「陳本作雨。」此甚可笑。《冷齋夜話》云：「老杜詩『雨脚泥滑滑』，世俗乃從『兩脚泥滑滑』。」此類當時已辨之，然猶不如前句之必不可通也。《居易録》。

杜詩《少年行》「黄衫年少來宜數」，姚寬引《霍小玉傳》「有一豪士，衣輕黄衫，挾朱筋彈」云云，更爲無稽。同上。

論近體十七條

同年劉吏部公㦸云：「七律較五律多二字耳，其難什倍。譬開硬弩，衹到七分，若到十分滿，古今亦罕矣。」予最喜其語。因思唐宋以來，爲此體者何翅千百人，求其十分滿者，唯杜甫、李頎、李商隱、陸游及明之空同、滄溟二李數家耳。《居易録》。

唐人七言律，以李東川、王右丞爲正宗，杜工部爲大家，劉文房爲接武。高廷禮之論，確不可易。宋初學西崑，於唐却近。歐、蘇、豫章始變西崑，去唐却遠。元如趙松雪雅意復古，而有俗氣。餘可類推。《漁洋定論》。

七言律詩，五古八句之變也。唐初始專此體，沈、宋精巧相尚，然六朝餘氣猶存。至盛唐，聲調始遠，品格始高。如賈至、王維、岑參早朝倡和諸作，各臻其妙。李頎、高適，皆足爲萬世法程。杜甫渾雄富麗，允集大成。天寶以還，錢、劉並鳴。中唐作者尤多，韋應物、皇甫伯仲以及大曆才子，接跡而起，敷詞益工，而氣或不逮。元和以後，律體屢變，其造意幽深，律切精密，有出常情之外，雖不足鳴大雅之林，亦可爲一倡三歎。至有宋律詩，則又晚唐之濫觴矣。雖梅、歐、蘇、黄，卓然名家，較之唐人，氣象終别。至於元人品格愈下，雖有虞、楊、揭、范，亦不能力挽頹波。蓋風氣使然，不可强也。況詩家此體最難，求其神合氣完，代不數人，人不數首。雖不敢妄分優劣，而優劣自見矣。同上。

律詩貴工於發端，承接二句，尤貴得勢，如懶殘履衡岳之石，旋轉而下，此非有伯昏無人之氣者不能也。如「萬壑樹參天，千山響杜鵑」，下即云「山中一夜雨，樹杪百重泉」。「昔聞洞庭水，今上岳陽樓」，下云「吴楚東南坼，乾坤日夜浮」。「古戍落黄葉，浩然離故關」，下云「高風漢陽渡，初日郢門山」。「錦瑟怨遥夜，遶絃風雨哀」，下云「孤燈聞楚角，殘月下章臺」。此皆轉石萬仞手也。《分甘餘話》。

古人謂玄暉工於發端，如《宣城集》中「大江流日夜，客心悲未央」，是何等氣魄。唐人起句尤多警策，如王摩詰「風勁角弓鳴，將軍獵渭城」之類，未易枚舉。杜子美尤多。《古夫于亭問答》。

孔博士東塘言曲阜縣東北有石門山，即杜子美詩《題張氏隱居》所謂「春山無伴獨相求」、《劉九法曹鄭瑕丘石門宴集》所謂「秋水清無底」者是也。李太白有《石門送杜二甫》詩「何言石門路，復有金尊開」，亦其地。山麓今尚有張氏莊，相傳爲唐隱士張叔明一作卿舊居。張蓋與李太白、孔巢父輩同隱徂徠，稱「竹溪六逸」者也。山不甚高大，石峽對峙如門，故名。中有石門寺，寺後曰涵峰，峰頂有泉，流入溪澗，往往成瀑布。孔於寺前水匯處作亭，曰「秋水」，又於其左起館，曰「春山」，皆取杜句也。山南有兩小阜，俗稱金耙齒、銀耙齒者。子美詩「不貪夜識金銀氣」之句，蓋偶然即目耳，非身歷其處，固不知也。又故魯城北有范氏莊，即太白訪范居士失道落蒼耳中者。孔亦將修復其址，仍取李詩「閑園養幽姿」之句，名以「閑園」。予喜其好事，諾爲其作記，而先書於此。注家引

《水經注》，謂石門在臨邑，非是。《居易録》。

秀水朱竹垞簡討彝尊云：杜詩「老去詩篇渾漫與」，今本皆訛作「漫興」，非也。予考舊刻劉會孟本、千家注本，果皆作「與」字。趙云：「耽佳句而語驚人，言其平昔如此。今老矣，所爲詩則漫與而已，無復著意於驚人也。」《劉後村集・跋陳教授杜詩補注》亦云：「或信筆漫與」云云。然近日刻本仍作「興」字，略無辨證。《池北偶談》。

常愛杜詩「兩邊山木合，終日子規啼。」又明初人詩「數家茅屋臨江水，一路松風響杜鵑」，寫蜀江風景宛然在目。予曾擬作一聯，送同年張仲誠沐知資縣云：「子規聲斷處，山木雨來時。」又：「嘉陵驛路千餘里，處處春山叫畫眉。」皆眼前實景也。《香祖筆記》。

老杜詩：「白鳥去邊明。」坡公詩：「貪看白鳥横秋浦，不覺青林没晚潮。」余少登京口北固山多景樓，亦有句云：「高飛白鳥過江明。」一時即目，不覺暗合。《分甘餘話》。

二十二日達松滋縣，過松滋渡雀兒尾，江面益闊，四望莽蕩，了無一山，與西陵以上迥不侔矣。孟松滋詩云：「獵響驚雲夢，漁歌激楚詞。」杜詩云：「紗帽隨鷗鳥，扁舟繫此亭。」欲賦一詩，憶此二篇，遂閣筆。《蜀道驛程記》。

何遜詩「白雲巖際出，初月波中上」，佳句也。杜甫偷其語，止改四字云：「薄雲巖際宿，孤月浪中翻。」便有傖氣。論者乃謂青出于藍，瞽人道黑白，聾者辨宫徵，可笑也。《居易録》。

杜詩《從人覓小胡孫》一首第三句云：「舉家聞若駭。」下云：「爲寄小如拳。」結云：「許求聰慧者，童稚捧應顛。」殊不貫。宋劉昌詩《蘆浦筆記》云：「合移『童稚』句作第四，移『爲寄小如拳』作結，則一篇意義渾全，亦成對偶。」甚有理。然此詩殊不成語。同上。

凡粗字、纖字、俗字皆不可用，詞、曲字面尤忌。即如杜子美詩「紅綻雨肥梅」一句中，便有三字纖、俗，不可以其大家而概法之。《漁洋定論》。

唐人省試應制排律率六韻，載諸《英華》者可考。至杜子美、元、白諸人始增益至數十韻，或百韻，非古也。其法則「首尾開合，波瀾頓挫」八字約略盡之。《池北偶談》《古夫于亭問答》。

唐人拗體律詩有二種。其一蒼莽歷落中自成音節，如老杜「城尖徑仄旌旆愁，獨立縹緲之飛樓」諸篇是也。其一單句拗第幾字，則偶句亦拗第幾字，抑揚抗墜，讀之如一片宮商，如趙嘏之「溪雲初起日沉閣，山雨欲來風滿樓」、許渾之「湘潭雲盡暮山出，巴蜀雪消春水來」是也。《分甘餘話》。

予嘗厭古今注杜詩者，而深服陸務觀不敢注蘇詩之説。如劉會孟本須溪與其子將孫二序，深契言外之意，自謂如郭象注《莊》。偶看至「己(巳)公茅屋下」一首，引歐陽公云：「己公，齊己也。」按，齊己唐末人，客荆南高氏，豈得與子美同時？此注不知果出永叔否。以此例之，古今注家訛謬可勝道耶。《居易録》。

「村歌聒耳烏鹽角，社酒柔情玉練槌。」宋末《月泉吟社》中佳句也。《山居雜志》載杭人徐炬《酒譜》，乃引作少陵詩。不辨格調之類否，而妄稱子美，則《虢國夫人》、《杜鵑行》、黄鶴、陳浩然二本。《狂歌行》裴煜所收。諸篇，妄人皆雜入杜集，又何怪乎。同上。

雜論二十條

《丹浦款言》云：「杜詩『千人何事網羅求』，當作『干人』。杜牧之詩：『自滴堦前大梧葉，干君何事動哀吟。』」按，此説則南唐元宗戲馮延巳云：「『吹皺一池春水』，干卿何事？」語固有本，然千家注劉會孟本只作「千」字，一本注云：「晉作干，或作于。」「于」字恐無義，「千」字對上句「在」字亦未切，子田之説是也。《池北偶談》。

杜子美《黑白二鷹》詩「干人何事網羅求」，南唐元宗謂馮延巳云：「『吹皺一池春水』，干卿何事？」《舊唐書》明皇爲楚王叱金吾將軍武懿宗曰：「吾家朝堂，干汝何事？敢迫吾騎從。」此語在前，見本紀。《香祖筆記》。

朱昂、梁周翰與楊億同爲翰林學士。時梁、朱二公年老，而楊甚少，每輕侮之。然考二公皆宋初最有文譽者，而楊以後進，乃敢輕侮。杜詩「晚將末契託年少，當面輸心背面笑」，則子美亦嘗受惡少年之侮矣。同上。

杜詩：「户外昭容紫袖垂。」蓋唐制，天子臨朝則用宫人引至殿上，至天祐二年始詔罷之。宋、明以來乃爲嚴重矣。同上。

以歐、梅、蘇、黄四公深相知，而世言蘇、黄相訾毁，又言梅詩歐陽公去其尤者，忌能名之壓己。則謂子美贈李詩「李侯有佳句，往往似陰鏗」，太白贈杜詩「飯顆山頭」云云，皆爲譏誚者，又何足怪乎。《居易録》。

「中興」、「中酒」二「中」字音，予嘗言之。適讀王敬美集一段，附著於後云：「『中酒』二字始見《徐邈傳》『中聖人』，義如『中著』之『中』，而音反從平聲。《樊噲傳》：『項羽既饗軍士，中酒。』顔注云：『飲酒之中也，不醉不醒，故謂之中。』義宜從平聲，而音乃竹仲切，何也？然古人詩如『氣味如中酒』之，類皆從平聲，無竹仲一讀。」又宋王觀國《學林》云：「老杜『新數中興年』、『百年垂死中興時』，『中』并去聲。《烝民》詩序曰：『任賢使能，周室中興焉。』陸德明《音義》曰：『中，丁仲反。』觀國按：『中』字有鐘、衆二音。音鐘者，當二者之中，首尾均也。音衆者，首尾不必均，但在二者之間耳。此『中興』之『中』，所以音衆。又如中年、中葉、中天、中塗、中詘之類，皆當從衆。」《池北偶談》。

「中興」「中」字去聲，杜詩「漢家新數中興年」、楊仲弘詩「一代人才頗中衰」，此字概無平聲。「中酒」「中」字平聲，如「氣味如中酒」、「濁賢清聖時中之」，皆平聲，此字概無去聲。近人用二字，往往交誤。同上。

吾鄉公文介公鼐《望金華山水》云：「新安水色括蒼烟，煜煜金華婺女連。靈異果應仙路近，始知此是蔚藍天。」杜子美《梓州金華山》詩「上有蔚藍天」，謂潼川之金華山，此乃借用。同上。

杜詩：「舞馬既登牀。」《珊瑚鉤詩話》云：「舞馬藉之以榻也。」朱翌引《樂府雜録》云：「有馬舞者，攏馬人著綵衣，執鞭，於牀上舞，馬蹀躞，蹄皆應節。」是登牀而舞乃馭者，而馬應節於下也。二説未知孰是。同上。

杜詩：「自平宫中吕太一。」黄鶴注云：「當作中官吕太一。」或引《舊書》廣德元年，宦官市舶使吕太一逐廣南節度使張休。又《韋倫傳》代宗即位，中官吕太一於嶺南矯詔募兵爲亂。按劉肅《唐世説》，吕太一拜監察御史裏行，詠院中叢竹以寄意曰：「擢擢當軒竹，青青重歲寒。心貞徒見賞，籜小未成竿。」後遷户部員外，牒吏部云：「當須簡要清通，何必竪籬插棘。」又按《唐會要》，魏知古嘗薦洹水縣令吕太一。又張嘉貞薦吕太一及苗延嗣等，時號「令君四雋」。此又一吕太一也，皆與中官無涉。同上。

杜甫《進封西岳賦表》有云：「維岳授陛下元弼，克生司空。」按《舊書・紀》，天寶九載正月，群臣請封西岳，從之。二月辛亥，西岳廟災，制停封。二月，右相楊國忠守司空，天雨黄土，霑於朝服。杜所謂「元弼」、「司空」，謂國忠也。國忠以椒房進，夤緣三公，天下知其非據。而甫獨引《大雅》甫申之詞以諛之，可謂無耻。他日，作《麗人行》，又云：「慎莫近前丞相嗔。」乃自爲矛盾。杜固詩史，其人品未可知。顧自許稷契，亦妄矣。同上。

杜詩《公孫大娘弟子舞劍器行》序云：「開元五載，余尚童稚，記於郾城觀公孫氏舞劍器渾脱。瀏灕頓挫，獨出冠時。」按，陳暘《樂書》云：「樂府諸曲，自古不用犯聲。唐自則天末年，《劍器》入《渾脱》，爲犯聲之始。《劍器》宫調，《渾脱》商調，以臣犯君，故爲犯聲。」又：「唐多解曲，如《柘枝》用《渾脱解》之類。」觀此，則《劍器》、《渾脱》自各爲舞曲之名。今人誤讀杜詩序，以「劍器」爲句，而以「渾脱瀏灕頓挫」爲句，以爲皆極贊舞劍器之妙。譌謬沿襲，文字中往往以「渾脱瀏灕」四字連綴用之，可笑也。《居易録》。

樂府有《渾脱舞》，《明皇雜録》、《歷代名畫記》皆云公孫大娘善舞西河劍器、渾脱，故杜詩云云。注家多不詳「渾脱」之義。朱中丞《浣水續談》云：「唐長孫無忌以烏羊毛爲渾脱氊帽，時人效之，號『趙公渾脱』。予于役三關，次太子灘。隔岸群彝來見，彝流而渡。見有騎一物浮水面者，問之，曰渾脱也。蓋取羊皮去其骨肉，令不透水，以氣管吹之，宛然羊也。彝人乘以渡水，若壺然。蓋渾脱其肉骨而製之，故以爲名。趙公之帽，義亦應爾。」愚因憶南卓《羯鼓録》載杜鴻漸嘗于嘉陵江樓，月夜以柘枝擊羯鼓，見岸上群羊皆低昂盤旋，舞應節奏，則舞名渾脱，亦當以羊取義。頃聞奮威將軍王進寶，自河西恢復蘭州時，賊盡拘船于河東，王乃縫羊皮爲囊以濟師，須臾飛渡。蓋中丞所見，即此製也。《皇華紀聞》。

渾脱之義，予向詳之《皇華紀聞》。閱李中麓開先太僕《塞上曲》一首云：「黄河萬里障邊隅，黠鹵年來謀計殊。不用輕帆并短棹，渾脱飛渡只須臾。」與朱秉器中丞《河上楮談》所記略同。李自注云：「脱音駝。」然後知《渾脱舞》、渾脱帽皆當作平聲也。《居易録》。

《唐賢三昧集》釐爲三卷，不録李、杜二公者，仿王介甫《百家》例也。《唐賢三昧集序》。

王介甫《唐詩百家選》，余按其去取，多不可曉者。如李、杜、韓三大家不入選，尚自有説。然沈、宋、陳子昂、張曲江、王右丞、韋蘇州、劉眘虛、劉文房、柳子厚、劉夢得、孟東野概不入選，下及元、白、温、李、皮、陸諸家，不存一字。而高、岑、皇甫冉、王建數子，每人所録，幾贏百篇。介甫自序，謂「欲觀唐詩者，觀此足矣」。然乎否耶？《跋王介甫唐百家詩全本》。

唐人詩之多者，除李白、杜甫外，惟退之、樂天爲最。而白與甫之詩，人人童而讀之習之，至老而不倦。其全篇累帙，重刊疊箋，轉相注述，罕有遺之者。是不必更爲搜取矣。《韓白蘇陸四家詩選序》。

王介甫昔選《唐百家詩》，不入李、杜、韓三家，以篇目繁多，集有單行故耳。《古夫于亭問答》。

王稚欽目空一世，而能推重何仲默，愛薛君采、鄭繼之。古人作青白眼，故當如是。今人不知視夢澤何如，而妄詆前輩一錢不直。少陵云：「爾曹身與名俱滅，不廢江河萬古流。」昌黎云：「李杜文章在，光焰萬丈長。不知群兒愚，那用故謗傷。蚍蜉撼大樹，可笑不自量。」諒哉！《分甘餘話》。

偶與學子言：詩用字不可臆爲杜撰。即如古人名字，司馬長卿「長」字無平聲，相如「相」字無仄聲，「如」字或作上聲，馬援「援」字無平聲，曹操「操」字無平聲之類，今人率通融以就己便，非也。又如樂毅稱「樂生」，賈誼稱「賈生」，司馬長卿稱「馬卿」，李膺稱「李君」，阮籍稱「阮公」，嵇康稱「嵇生」，山濤稱「山公」，王導稱「王公」，郗愔稱「郗公」，謝安石、謝靈運、謝朓皆稱「謝公」，庾亮稱「庾公」，王凝之稱「王郎」，袁粲稱「袁公」，江淹稱「江郎」，徐陵自稱「徐君」，杜甫稱「杜公」，李白稱「李生」，孟浩然稱「孟公」，韓愈稱「韓公」，韋應物稱「韋公」，白居易稱「白公」，歐陽修稱「歐公」，蘇軾稱「蘇公」，又謝惠連、謝朓皆稱「小謝」，宋祁稱「小宋」，蘇轍稱「小蘇」，杜牧稱「小杜」之類，皆有所本，即是出處，不可假借。若杜甫稱「杜生」，李白稱「李公」，知復爲誰耶？《居易録》。

論學人 三十二條

宋明以來，詩人學杜子美者多矣。予謂退之得杜神，子瞻得杜氣，魯直得杜意，獻吉得杜體，鄭繼之得杜骨，它如李義山、陳無己、陸務觀、袁海叟輩，又其次也。陳簡齋最下。《池北偶談》。

杜七言千古標準，自錢、劉、元、白以來，無能步趨者。貞元、元和間，能學杜者，惟韓文公一人。《七言詩凡例》。

《筆墨閑録》云：「退之《石鼓歌》全學子美《李潮八分小篆歌》。」此論非是。杜此歌尚有敗筆，韓《石鼓詩》雄奇怪偉，不啻倍蓰過之，豈可謂後人不及前人也？後子瞻作《鳳翔八觀詩》，中《石鼓》一篇，別自出奇，乃是韓公勍敵。《池北偶談》。

許彦周謂張籍、王建樂府、宫詞皆傑出，所不能追蹤李、杜者，氣不勝耳。余以爲非也，正坐格不高耳。不但李、杜，盛唐諸詩人所以超出初唐、中、晚者，只是格韵高妙。《分甘餘話》。

宗姪茂京原祁雨中携畫見過，因極論畫理曰：劉松年、仇英之畫，正如温、李之詩，彼亦自有沉着痛快處。昔人謂義山善學杜子美，亦此意也。《居易録》。

兖公之後，學杜、韓者，王文公爲巨擘。《七言詩凡例》。

蘇文忠公七言長句之妙，自子美、退之後，一人而已。同上。

余嘗謂東坡《鳳翔八觀詩》不減杜子美。《分甘餘話》。

山谷雖脱胎於杜，顧其天姿之高，筆力之雄，自闢門庭。宋人作《江西宗派圖》極尊之，以配食子美，要亦非山谷意也。《七言詩凡例》。

朱少章詩話云：「黄魯直獨用崑體工夫，而造老杜渾成之地，禪家所謂更高一著也。」此語入微，可與知者道，難爲俗人言。《香祖筆記》。

張嵲巨山評山谷云：「魯直古律詩酷學少陵，雄健太過，遂流而入于險怪。要其病在太著意，欲道古今人所未道語爾。」此論極公。《居易録》。

宋安岳馮山允南《瞿唐峽二十四韵》寫夔州山川，字字逼肖。起云：「勝絶瞿唐險，西陵古地形。巴江深洞穴，蜀主舊門庭。王氣吞三峽，神功出五丁。」繼云：「衆流趨灩滪，遠意會滄溟。顧盼疑無地，幽陰似有靈。白鹽懸日月，黑石鼓雷霆。鑱鑿餘痕在，高深巨勢停。魚龍憑險怪，烟霧鎖沉冥。念昔窮探索，嘗言駭觀聽。觀作去聲。波濤真激箭，舟楫劇奔星。」殆欲頡頏老杜。同上。

徐敦立記陳去非語：「本朝之詩，慎不可讀者，梅聖俞也；不可不讀者，陳無己也。」此意殊不可解。去非之學杜，亦予所未解也。《香祖筆記》。

陸務觀七言遜杜、韓、蘇、黄諸大家，正坐沉鬱頓挫少耳。《七言詩凡例》。

金李汾長源詩：「烟波蒼蒼孟津成，旌旗歷歷河陽城。」不減少陵、東坡。《分甘餘話》。

傅汝礪若金歌行頗得子美一鱗片甲。《居易録》。

袁海叟近體學杜，具體而微耳。予謂從來學杜者，無如山谷。山谷語必己出，不屑裨販杜語。後山、簡齋之屬，都未夢見，況其下如海叟者乎？《香祖筆記》。

胡元瑞論明人歌行，極尊空同，而略於大復。不知何《聽琴》、《獵圖》、《送徐少參》、《津市打魚》諸篇，深得少陵之髓，特以秀色掩之耳。胡專舉《明月》、《帝京》，陋矣。《分甘餘話》。

有明一代，作者衆多。七言長句，在明初則高季迪、劉子高爲最，後則李賓之。至何、李學杜，厭諸家之坦迤，獨於沉鬱頓挫處用意。雖一變前人，號稱復古，而同源異派，實皆以杜氏爲崑崙墟。《七言詩凡例》。

東癡《訪黄戲寰不果》詩，似唐人《贈李龜年》、《米嘉榮》諸作。三復黯然。徐詩評。

張蕭亭實居《詠鷹》：「草枯雪盡碧天高，不向鵾鵬借羽毛。萬里摶風來海外，幾番斷索入雲濤。偏宜俠客三騣馬，喜伴王孫八尺獒。一擊平原狐兔盡，教人意氣爲君豪。」不減老杜黑白二鷹之作。《蕭亭集》評。

萊陽宋琬荔裳，五古歌行時闖杜、韓之奥。《池北偶談》。

富平李天生因篤，年三十，棄諸生，博學强記，《十三經注疏》尤極貫穿。長律得少陵家法，常以四十韵詩贈曹秋岳，曹歎曰：「數百年無此作矣。」李有句云：「林谷關音本，乾坤老象才。」予謂理語、經語最不易下，坡公寫杜詩至「致遠恐終泥」，停筆謂學人云：「此句不足爲法。」王敬美云：「曹子建後作者多能入史語，不能入經語。謝康樂出而《易》辭《莊》語無不爲用。」然則用經固以康樂爲宗也。

同上。

上海葉忠節公圍城詩百篇，音節尤近子美前、後《出塞》。《梅厓詩意序》。

喻武功總制成龍，余嘗定其《塞上集》，前、後《出塞》諸篇酷擬少陵。《漁洋詩話》。

先兄考功詩，孫豹人以爲取法少陵，稍出入於康樂、東坡之間。《考功集序》。

西樵《讀杜集作》云：「故人紛旌麾，一老颯飄寓。」「一老颯飄寓」便似杜語。《考功集》評。

西樵《閒居》詩：「草堂雪盡日初杲，屋脊鳩鳴春復深。花覆晴光如静女，人懷好夢似幽林。龍蛇歲往愁堪逝，斥鷃枌榛樂不禁。況是鹿門朋舊在，褰裳時復答高吟。」起妙，亦從杜出。同上。

西樵《題緑玉堂》云：「何令大書此堂額，曾傳映户千琅玕。我來不復聽疏響，遠思空然懷暮寒。員丘一節杳莫致，由衙累尺殊非難。斸蘚會須種萬箇，抽梢看過青雲端。」三四可擬杜陵「幸不折來」、「若爲看去」一聯。同上。

西樵《湖心亭大風雨歌》本杜《渼陂行》來。同上。

曹頌嘉禾祭酒常語余曰：「杜、李、韓、蘇四家歌行，千古絶調，然語句時有利鈍。先生長句乃句句用意，無瑕可攻。擬之前人，殆無不及。」余曰：「惟句句作意，此其所以不及前人也。四公之詩，如萬斛泉源，不擇地而出，行乎其所不得不行，止乎其所不得不止。余詩如鑑湖一曲。若放翁、遺山已下，或庶幾耳。」《分甘餘話》。

雲間董錢法，孝廉俞之弟也。自京師寄余書，略曰：「先生具不世出之才，悟最上乘之道，光焰萬丈，仙佛一身。天下學人，如百川之赴海。不肖幼侍先伯父得仲、從兄蒼水，論詩必首推先生，全體學杜，而鎔化諸家。敝鄉吴日千、何次張、張洮侯、袁价人、張慧曉諸君子，時時過舍，亦必稱先生昆仲之詩，爲人天手眼。後養疾吴門，得見堯峰汪先生，屈指海内詩人，惟新城爲大家。若某某，但可稱名家，未能比肩也。」云云。《分甘餘話》。

論評家七條

高廷禮《唐詩品彙》，七言古詩以李太白爲正宗，杜子美爲大家，王摩詰、高達夫、李東川爲名家，非是。三家者皆當爲正宗，李、杜均之爲大家。岑嘉州而下爲名家，則確然不可易矣。《香祖筆記》。

千家注杜，如五臣注《選》，須溪評杜，如郭象注《莊》，此高識定論也。有訾之者，余所未解。《分甘餘話》。

宋時士大夫爲王氏之學者，務爲穿鑿。有稱杜子美《禹廟》詩「空庭垂橘柚」，謂「厥包橘柚錫貢」也。「古屋畫龍蛇」，謂「驅龍蛇而放之菹」也。予童時見此説，即知笑之，語諸兄曰：「信如此，則杜公之詩何殊今佛寺壁畫觀音救八難、善財五十三參，關侯廟壁畫五關斬將、水淹七軍耶？」諸兄爲之軒渠。《香祖筆記》。

山谷云：「『氣蒸雲夢澤，波撼岳陽城』不如『雲中下蔡邑，林際春申君』，『疏影横斜水清淺，暗香浮動月黄昏』不如『雪後園林纔半樹，水邊籬落忽横枝』。」此論最有神解。《後山詩話》别記云：「魯直謂『笙歌歸院落，燈火下樓臺』不如『落花遊絲白日静，鳴鳩乳燕青春深』，『氣蒸雲夢澤』云云不如『光涵太虚室，波動岳陽樓』。」此語大減。上二聯雅俗判然，不煩秤量。下一聯孟句雄渾天成，若「光涵太虚室」，是何等語？必記者之誤，非黄論也。《居易録》。

祝允明作《罪知録》，論唐詩人則尊太白爲冠，而力斥子美。謂其以村野爲蒼古，稚魯爲典雅，麤獷爲豪雄，而總評之曰「外道」。李則《鳳皇臺》一篇亦推絶唱。狂誖至于如此，醉人駡坐，令人掩耳不欲聞。《香祖筆記》。

蕪湖蕭尺木雲從以畫擅名江左，常作《杜律細》一卷，以爲杜律無拗體，穿鑿可笑。《池北偶談》。

南宋朱舍人翌，字新仲，著《猗覺寮雜記》凡四百餘條，言甚博辨。劉後村嘗稱其《讀杜詩》云：「縱之逼説劍，收之入檀弓。」二句未經他人道過。同上。

語資 二十六條

《草堂詩話》二卷，凡二百餘條，建安蔡夢弼集也。《居易録》。

嘉興魯訔《杜工部詩年譜》一卷，謂甫生於先天元年壬子，卒于大曆五年庚戌。趙子櫟《杜年譜》一卷，謂生于開元元年癸丑，鈔本作「二年」，非。没于大曆六年辛亥。先是吕汲公始創爲年譜，訔書成于紹興癸酉，《譜》説蓋沿汲公之舊。而趙則謂汲公之譜生歿所值紀年，與紀年所值甲子，皆有一歲之差。同上。

宋雲林子黃伯思長睿《東觀餘論》上下卷，秀水項氏較刻大字本，仿佛宋槧。後附李忠定公撰《墓誌銘》，末有子訒紹興丁卯後序、嘉定中樓攻媿序。訒云：「紹興初，寓居福唐，以先人秘閣學士校定《杜子美集》二十二卷，槧本流傳。」忠定稱其有《東觀文集》一百卷。又序其《校定杜工部集》云：「武陽黃長睿父博雅好古，尤篤喜工部詩。用東坡之説，隨年編纂，以古律相參，先後始末皆有次第。然後子美之出處，及少壯老成之作，粲然可觀。自開元全盛之時，迄于至德、大曆干戈亂離之際，詩凡千四百四十餘篇。長睿父官洛下，與名士大夫遊，又得逸詩數十篇，參于卷中。及在秘閣，得御府定本校讎，益號精密，非世所行者比。」忠定此序作于紹興六年丙辰，距長睿之歿十有七年。雲林博雅擅宋代，編校必精。今其書不知尚傳否。今注杜詩者，駁梁權道、魯訔、黃鶴之徒，而獨取樊晃、吳若本，當是未覩長睿之書。吳若本《自序》雜引樊晃開運二年官書、王介甫、宋景文、黃魯直、陳無已、晁以道諸家，亦無一語及長睿。按：若序作于紹興三年，而長睿書刊于紹興六年，則未見此書明矣。唯胡仔所見八本，有長睿《校定杜工部集》。記之，俟訪于藏書者。同上。

德尹云：「上清宮在北邙絶頂，今所存僅鐵殿三楹，即唐玄元皇帝廟。」按：《劇談録》云：「神仙像皆開元中楊惠之所塑。又有吳道子畫壁，杜子美詩所謂『五聖聯龍衮，千官列雁行』者也。」同上。

二十四日，午次鹽亭縣。杜詩：「雲溪花淡淡，春郭水泠泠。全蜀多名士，嚴家聚德星。」縣有德星、春郭二橋。出南門，渡梓潼江，緣光禄山行，即杜《光禄坂》詩所謂「山行落日下絶壁」者也。《蜀道驛程記》。

二十六日，雨，止州西門外。跬步即牛頭山，杜詩「青山意不盡，衮衮上牛頭」者也。上有亭，即所謂牛頭山亭子。同上。

自閏七月朔入棧，時逾旬月，途歷二千，至二十八日始出山。杜詩：「連山西南斷，始見千里豁。」信爲實録。同上。

由山麓出白帝城西門，門去江岸直下數十丈，余震掉，下馬徐步。舉少陵「白帝城門水雲白，低身直下八千尺」之句，宛然目中。同上。

二十日，早過黄牛山。自入峽七百里，重巒叠嶂，虧蔽霄漢，至此始覺天日清朗。杜詩云：「始知雲雨峽，忽盡下牢邊。」同上。

抵夔州府治奉節縣，入城，訪永安宫，故址今爲府學。季漢治白帝城，在瞿塘峽口，永安宫乃在城西。《三國志》云：「先主改魚復爲永安，仍於州西七里築永安宫。」《水經注》謂：「宫前距平地可二里許，江山迥闊，入峽所無。」放翁《入蜀記》：「州在山麓沙上，所謂魚復永安宫。景德中，轉運使丁謂、薛顔所徙，比白帝頗平曠者是也。」按：周移信州治永安宫南，則徙城在隋之前。然唐故夔州，放翁謂與白帝城相連，引杜詩「白帝夔州各異城」爲據。《方輿勝覽》亦云唐時州理白帝，而武侯廟在城西卧龍山上，故少陵詩云「猶有西郊諸葛廟」云云。蓋周隋間曾移城于此，唐又還治白帝，宋景德中又移今治，遂沿至今耳。同上。

夔州府太守留飲詩史堂。堂本王龜齡先生守郡時因少陵建。十六日晨，以小舟同往魚復，至少陵祠。有石碣，題「唐杜工部子美游寓處」。堂三楹，祠中有沔陽陳文燭修祠舊碑。宋治平中，知州賈昌言常刻少陵夔府詩爲十二碑。建中靖國元年，運判王蘧又刻十碑于瀼西果園。今「昆明池水」一篇獨完，蓋後人别刻《秋興》八碑，非宋之舊矣。此地在宋爲漕司，即少陵瀼西宅址。連騎而東，折而南，即白帝城。有三功祠，祠北即麝香山。杜詩注引《寰宇記》謂在秭歸縣東南者，非。同上。

落鳳坡上有諸葛公、龐靖侯祠。祠東鹿頭關，即士元墓。杜詩所謂「鹿頭何亭亭」者也。《秦蜀驛程後記》。

禹祠榱桷陋甚，舊有少陵詩碣。《登忠州屏風山記》。

踰神禾原，過鄭、韓二莊。鄭莊相傳是鄭谷居，韓即退之别業。宋人詩：「韓莊連鄭里，相望樹交枝。」按：鄭莊近瓜州村，宋張禮《遊城南記》：「濟潏水，涉神禾原，西望香積寺。下原，過瓜州村。」注：「瓜州村與鄭莊近。莊，虔郊居也。」杜詩：「今日南湖采薇蕨，何人爲覓鄭瓜州。」自注：「今鄭祕監審。審，虔之姪。」則鄭莊非谷居明矣。志傳譌也。《遊樊川諸勝記》。

濟寧州太白酒樓，下俯漕河，憑高眺遠，據一州之勝。其左爲二賢祠，祀太白、賀監。由夾城出小東門，至南池，池上有亭、有堂。西爲御碑亭，有橋通之。沿岸東行百步許，復有一亭，亭南有碑，刻杜詩，明嘉靖間都御史詹瀚所置也。唐詩人首李、杜，遊跡皆萃于此。樓與池又咫尺相望，遊人不出跬步，而兼有之，亦一奇也。其東有太白浣筆泉，亦勝地。同上。

古歷下亭即李北海、杜子美賦詩處。《泛明湖記》。

費著撰《蜀杜氏族譜》云：「杜翊世，以死節顯。其世祖甫來蜀，依嚴武。家青城者，實宗文裔。世孫準，皇祐五年第進士，宰綿竹以卒。子翊世，徙成都，紹聖元年第進士，官至朝議大夫，通判懷德軍。靖康元年死節，特贈正議大夫，命官其後十人。五子慥、忱以賞得官，孫逸老、俊老、廷老，曾孫光祖、大臨，以忠義遺澤得官。今猶稱『忠義杜』云。」著此説不知何據。坡詩云：「聞道華陽版籍中，至今尚有城南杜。」則子美有後于蜀，其信然耶？《跋杜詩》。

《懷麓堂詩話》云：「《杜律》乃張注，非虞注。宣德初有刊本。」按：張性字伯誠，江西金谿人，元進士，嘗著《尚書補傳》。獨足翁吴伯慶有輓詩云：「箋疏空令傳杜律，志銘誰與繼唐碑。」予在京師，曾得張注舊本。《池北偶談》。

蜀鹽亭縣有鵝溪，縣出絹謂之鵞溪絹，亦名東絹，子美詩「我有一疋好東絹」是也。周紫芝詩：「百尺寒松老幹枯，韋郎筆妙古今無。何如莫掃鵝溪絹，留取天吴紫鳳圖。」此雖諧謔，然《北征》自作於赴行在時，而《題韋偃畫松》則在入蜀之後，固不可同日語也。同上。

樓攻媿《答杜仲高書》曰：「杜《留花門》『連雲屯左輔，百里見積雪』，以趙次公之詳且博，略不注釋。蓋花門即回鶻。嘗考回鶻之俗，衣冠皆白，故連屯左輔，百里如積雪然。」又：「嘗與蜀士黄文叔裳食花椑，因問：『蜀有此乎？』黄曰：『此物甚多，正出閬州。杜詩「黄知橘柚來」，誤矣。嘗至蒼溪，順流而下，兩岸黃色照耀，直似橘柚，其實乃此椑耳。有好事者欲爲子美解嘲，於其處大種橘柚，終以非其土宜，無一活者。』」此二條頗新異可喜。《居易録》。

余爲總憲掌内臺時，蒙恩賜御書「帶經堂」三大字，蓋用漢御史大夫兒寬故事也。余因取杜子美「細雨荷鉏立，江猿吟翠屏」句意，作《荷鉏圖》。《分甘餘話》。

嘗共晳次讀杜詩，至「分減」二字，諸家注皆不之及。先生謂出《華嚴經》，其淹博皆此類。《御史梁晳次先生傳》。

合肥龔大宗伯鼎孳，往往酒酣賦詩，輒用杜韵，歌行亦然。予常舉以爲問，公笑曰：「無他，只是細了好打耳。」《香祖筆記》。

康熙辛酉六月，在慈仁寺市見趙松雪手書杜詩一部。用朱絲欄，字作行楷。末有新鄭高文襄公跋云：「趙文敏書，前人以爲上下三千年，縱横十萬里，都無此書。」云云。又有管志道跋。《池北偶談》。

阮通參于岳爾詢示趙松雪畫《杜子美戴笠圖》，深衣烏帽，加竹笠其上，足躡芒鞋，昂首袖手，若行吟之狀。下方有「趙子昂氏」及「松雪齋」二印。上有劉崧子高題絶句云：「杜陵憔悴鬢如絲，飯顆凄涼日午時。」云云。自跋云：「古草堂杜拾遺戴笠小像，吴興趙文敏公所畫。往年余得之高安劉氏。它日，與缺三字。徵士觀畫于桃源山中，因持以歸之，併題識其上云。洪武庚申秋仲珠林生劉崧書。」解春雨又題七言長歌一篇，書法精勁，類邢太僕。云：「碧雞坊裏春風顛，浣花溪邊晴日暄。浩歌缺二字。花弄影，慷慨缺二字。開元前。飯顆山頭憶相見，歷下新詩舊時面。吟詩未遣髭鬢愁，愁絶胡塵暗河縣。平生落筆五嶽摇，調笑不作兒女嬌。錦袍仙人伯仲耳，誰謂有作徒相嘲。詩卷長留兩不滅，玉顔癯骨俱清絶。萬古詩人照膽寒，松栢蒼然傲冰雪。吴興公子真天人，缺一字。影自與韓衆親。新圖古色照秋水，如此子美方逼真。槎翁老仙我所敬，十年寤寐遊珠林。新詩妙墨聚片紙，令我觀之諧夙心。嗟余豈是諸公徒，青天空行一事無。紛紛餘子風斯下，獨立惟見明星孤，吁嗟杜陵焉可呼。」「前翰林解縉書。」右詩不見本集。予平生所見，惟故友宋荔裳琬所刻秦州像，何宇度所刻成都浣花草堂像，皆石本，蓋皆臨松雪畫，而風神不及遠矣。阮云是故友施愚山家藏物。《居易録》。

宋紹興吴若季海本《自序》云：「凡稱樊者，樊晃《小集》也。稱晉者，開運二年官書也。稱荆者，王介甫四選也。稱宋者，宋景文也。稱陳者，陳無己也。稱刊及一作者，黄魯直、晁以道諸本也。」又宋胡仔《苕溪漁隱》云：「子美集，予所見者凡八家。《杜工部小集》則潤州刺史樊晃所序也。《注杜工部集》則内翰王原叔洙所注也。吴彦高集云：是元祐間祕閣校對黄本鄧忠臣慎思所注，託名原叔。《改正王内翰注》則王寧祖也。《補注杜工部集》則學士薛夢符也。《校定杜工部集》則黄長睿伯思也。《重編少陵先生集》并《正異》則東萊蔡興宗也。《注杜詩補遺正謬集》則城南杜田也。《少陵詩譜》則縉雲鮑彪也。」《池北偶談》。

右凡一百四十七條，丁丑冬在蠡縣所輯。此外尚有應補收者，心計稍暇，當重訂之。爾時自跋云爾，至今十年矣。偶撿繹先生所評杜本，而各種書未在案頭，輒取此稿付剛，以資印證。丁亥秋日，石洲艸堂識。

石洲詩話

石洲詩話提要

《石洲詩話》八卷，據嘉慶二十年蔣氏刻本點校。附録卷九、卷十，據國家圖書館藏鈔本點校。撰者翁方綱，生平見《漁洋杜詩話》提要。此書有乾隆三十三年自序，謂乾隆三十年乙酉至三十三年戊子視學粤東諸郡時，與幕中同僚論詩，積久得五百餘條；是年秋間任滿銷職，與諸生續談，又補益至八百餘條，令各抄一部云云。此指前五卷。又據翁氏嘉慶十七年跋語，稿久失去，偶由葉繼雯（雲素）得之書肆，因謄存一本，增附《漁洋評杜》一卷。嘉慶二十年張維屏跋語云又增元遺山、王漁洋論詩絶句二卷，凡八卷，並於是年由翁氏門人蔣攸銛在兩廣總督節署開雕，時距稿初成已逾四十年矣。其後又作卷九、卷十，然已未及增補刊出矣。此書論詩甚精悍，雖云成於早年，然經晚年增訂，前五卷復可驗之於後五卷，故足當定論。覃溪一生詩學，可謂從漁洋入，又從漁洋出，曾各作《格調論》、《神韻論》專文，揭櫫神韻猶格調之秘，即爲漁洋而發。本書亦始終視漁洋爲第一對手，評唐以下詩人，和盤托出，進而可窺覃溪如何轉神韻爲「肌理」之形跡。實兩家論詩，皆爲清人中之極精深者，故能相承相敵如此。此書已屢用「肌理」一辭，如謂元好問較之東坡「肌理稍粗」、楊維楨擬杜《秋興八首》「肌理頗粗」等；然其正面之樹立，乃主要在評説老杜、香山、山谷等大家中完成，尤以説杜爲最關鍵。如卷一論元稹《杜公墓係》「鋪陳」、「排比」一段，竟以漁洋所許之盛唐「妙悟」一義，抉發遺山論詩絶句「少陵自有連城璧」之「璧」，姑不論其是否合乎遺山本意，然以「妙悟」濟「鋪陳排比」，轉較微之原論爲豐；繼而又横插香山之「鋪陳排比」，所謂「尺土寸木，經營締構」者，以重抑妙悟，正説反説，創爲新論，既合二元説杜爲一，又别於漁洋之神韵矣。又如論宋詩，覃溪雖尊東坡，卻斷然以山谷爲「總萃處」，爲之「提挈」，推衍劉克莊「本朝詩家宗祖」之説，以爲此論不特深切豫章，抑且深切宋詩三昧，其自用語則是「刻抉入裏」、「益加細密」云云，皆所謂「杜法」、所謂「肌理」説之用武地也。此覃溪詩學精詣所在，故必不以漁洋之推山谷爲然，而辨之甚力，出語亦重，以致屢有「予不得已」之表白。蓋漁洋詩學從辨體入手，故五言推王孟，老杜僅屬七言名家；而自家興味實又偏在五言一體，遂熱衷於「神韵」，以致論山谷亦祗落在所謂「掉臂自清新」上，宜招來覃溪之駁難。卷六辨析所傳漁洋評杜語不遺餘力，除分清真贋外，於二王斥杜處一一反駁之，亦此意。卷七、卷八評説遺山、漁洋之論詩絶句，所著意者仍在老杜、香山、義山、山谷諸家上，大抵申遺山而不許漁洋，與前五卷保持貫一。其前五卷除説大家外，唐、宋、金、元中小詩人皆有論析，與吴之振《宋詩鈔》、顧嗣立《元詩選》等新出選本頗多商榷，於吴鈔尤致不滿。覃溪論詩切實著明，「不似《説詩晬語》多公家語」（崔旭《念堂詩話》），此是其長處，宜與後人論其作詩語「如博士解經，苦無心得」（洪亮吉《北江詩話》）分别觀之。然其論過實而失當者亦復不少，如太白「七言又其靡也」一語，被坐實爲「專指七律言耳，故其七律不工」。即如不喜孟郊亦有説，乃從不服歐陽修「窮而後工」説來，以爲「未有窮工而達轉不工者」。又嘗持此論編選黄仲則遺詩，而竟削其半。諸如此類，雖不失爲一家言，終嫌不穩。稍後潘德輿《養一齋詩話》駁之甚峻厲。覃溪於宋人則不喜楊萬里，此固詩學不同，然或借斥併時之袁隨園也。又卷七、卷八兩記當日同在四庫館校詩集，紀曉嵐有勇改之失，或亦不無微意。此二卷北京大學圖書館藏有稿本。又八卷本於嘉慶二十年刊出後，覃溪復作卷九、卷十，接卷八之附説漁洋論詩絶句，繼續就漁洋之諸種《詩問》著論。漁洋此數種詩答問，皆出自問者記録，非由手定；當時就問者回答，問既不能盡愜本心，（覃溪所謂「本不必問」者。）答語亦非如文字之可以字斟句酌，（覃溪所謂「先生隨口偶舉之語，不必筆諸簡」。）宜招來糾駁。然如「古詩萬不可入律句」之類，漁洋原就一般情形而言，並無不妥，故覃溪之駁，亦每有「非可一概而論」等轉語。其駁漁洋者大端有二，一是釐清與明人尤其是滄溟詩學之曖昧關係，至有「白雲樓鄉後進」之誚；一爲端正其七律「蘇、黄必不可學」而由「熟玩劉文房」入的前後倒置論。此皆覃溪數十年間商榷漁洋之老話題，惟此時已是晚年最後之論，義理透闢，語更圓融。其中尤可關注者，乃借駁神韵、格調而大暢其肌理之説至於定論矣。如集韓愈「周詩三百篇，雅麗理訓誥」、杜甫「熟精文選理」、杜牧謂李賀詩「加之以理，可以奴僕命騷」三語之「理」字，謂即《三百篇》之理、漢魏六朝詩之理、唐詩之理也。又以爲「非必研析義理而後謂之理」，「詩言志，志即理也」，「心即理也」，「文理之理即肌理之理也」，而總歸於老杜「肌理細膩骨肉勻」一語。至此其「肌理」之「理」字出處，乃真可謂「徹上徹下之語」，較其曩年《杜詩「熟精文選理」理字説》、《韓詩「雅麗理訓誥」理字説》等文又有進焉。又進而以「細肌密理」一詞，析出右丞、東川七律與老杜七律之肌理不同處，前者内藴於「格韵」中而難尋，後者則「於氣骨筋節出之，於章法頓宕出之」，「出」則雖運轉深微亦能得也。從而確立蘇、黄、陸及遺山、道園諸家爲七律乃至學杜之正宗，必先知此宋、金、元七律，而後可以語唐七律。即使唐人七律，也非漁洋所示之右丞、東川、文房一路，杜之外，必以香山、義山、樊川爲正宗。此誠能糾補漁洋詩學諸體弱於七律之弊，七律與七古，亦最是「肌理」用武之地，遂至其能大放厥詞也。至於五古，覃溪亦非議滄溟、漁洋之「唐無五言古詩」說，轉而支持張篤慶之論，此固從其維護老杜五古之立場來，然終不如漁洋之識精微，反落其後矣。此二卷久湮無聞，卷十手稿載上海圖書館藏《蘇齋存稿》，題記有云：「此卷是端簡公所撰，方綱全録於此，附以管見，非若前卷偶節録也。」知兩卷相繼而作。又《復初齋詩集》卷六八有《跋然燈記聞六首》，系在嘉慶乙亥八月至丙子十二月，全爲此卷所論之詩語改寫，可窺其逝世前用心之篤於此也。

自序

自乙酉春迨戊子夏，巡試諸郡，每與幕中二三同學，隔船窗論詩，有所剖析，隨手劄小條相付，積日既久，彙合遂得五百餘條。秋間諸君皆散歸，又屆報滿受代之時，坐小洲石畔，日與粤諸生申論諸家諸體，因取前所劄記散見者，又補益之，得八百餘條。令諸生各鈔一本，以省口講，而備遺忘，本非詩話也。時乾隆三十三年九月二十四日，覃谿。

石洲詩話卷一

大興翁方綱

入唐之初，永興、鉅鹿並起，而鉅鹿骨氣尤高。

王無功以真率疎淺之格，入初唐諸家中，如鸞鳳群飛，忽逢野鹿，正是不可多得也。然非入唐之正脈。

劉汝州希夷詩，格雖不高，而神情清鬱，亦自奇才。

李巨山《汾陰行》末四句，明皇聞而掩泣，曰：「李嶠真才子也。」此事互見《明皇傳信記》及鄭嵎《津陽門詩》注。而一以爲將幸蜀登花萼樓，使樓前善《水調》者登而歌之。一以爲過劍閣下，望山川，忽憶《水調辭》。二條小異。○漢武《秋風辭》，此結四句脱胎所自也。用其意而不用其詞，特爲妙麗。至老杜《渼陂行》竟用其辭而並不相犯，乃尤妙也。此即詞場祖述，可覘古人之變化。

李巨山咏物百二十首，雖極工切，而聲律時有未調，猶帶齊、梁遺習，未可遽以唐人試帖例視。

薛少保「驅車越陝郊」一篇，即杜詩所謂「少保有古風，得之陝郊篇」者也。「古風」，蓋指擬古咏懷之體。今觀此詩，依然阮公遺意也。可見唐初諸公原有此一種，直至陳拾遺乃獨用此格，直接古調耳。此可見少陵之於唐賢，處處尋求古人門户。

詩有可以不必分古今體者，如《劉生》、《驄馬》、《芳樹》、《上之回》等題，後人即以平仄黏聯之體爲之，豈應別作律詩乎？在初唐人，則平仄又未盡黏聯者，尤可以不必分也。

伯玉《感遇》詩「朝發宜都渚」一章，乃正合古樂府《巫山高》之本旨。後人作《巫山高》詩，皆不如此。

唐初群雅競奏，然尚沿六代餘波。獨至陳伯玉，崷兀英奇，風骨峻上，蓋其詣力畢見於《與東方左史》一書。

伯玉《薊丘覽古》諸作，鬱勃淋漓，不減劉越石。而李滄溟止選其《燕昭王》一首，蓋徒以格調賞之而已。

伯玉《峴山懷古》云：「丘陵徒自出，賢聖幾凋枯。」《感遇》諸作，亦多慨慕古聖賢語。杜公《陳拾遺故宅》詩云：「位下何足傷，所貴者聖賢。」正謂此也。今之解杜者，乃謂以「聖賢」指伯玉，或又怪「聖賢」字太過，何歟？

杜必簡於初唐流麗中，別具沉摯，此家學所由啓也。

沈雲卿《龍池篇》，大而拙，其勢開啓三唐，而非七律之盡善者。「盧家少婦」一篇，斯其佳作。

沈、宋律句匀整，格自不高。杼山目以「射雕手」，當指字句精巧勝人耳。

沈、宋應制諸作，精麗不待言，而尤在運以流宕之氣。此元自六朝風度變來，所以非後來試帖所能幾及也。

盧鴻一《嵩山十志》詩，似是《騷》裔，而去《騷》却遠，此不過自適其適而已。

張燕公「秋風樹不静，君子嘆何深」，即杜之「涼風起天末，君子意如何」所本也；「洞房懸月影，高枕聽江流」，即「入簾殘月影，高枕遠江聲」所本也。杜於唐初前哲，大都攬其菁英，不獨原本家學。

曲江公委婉深秀，遠出燕、許諸公之上，阮、陳而後，實推一人，不得以初唐論。

明順德薛岡生序南海陳喬生詩，謂：「粤中自孫典籍以降，代有哲匠，未改曲江流風，庶幾才術化爲性情，無愧作者。」然有明一代，嶺南作者雖衆，而性情才氣，自成一格，謂其仰企曲江則可，謂曲江僅開粤中流風則不然也。曲江在唐初，渾然復古，不得以方隅論。

近時粤中所刻曲江公集，頗未精校，即如開卷載蘇子瞻一詩，其詞之俚，不知出誰附會。其《金鑑録》之僞，則阮亭《皇華記聞》已辨之。

王尉灣詩句，張燕公手題政事堂。殷璠謂「詩人已來，少有此句」。至其《終南山》一篇，亦自超雋，非復唐初諸公平迤之製。

崔侍郎湜《白鹿觀》詩「捧藥芝童下，焚香桂女留」，即杜《金華觀》詩「焚香玉女跪，霧裹仙人來」所本也。「芝童」、「桂女」、「仙人」、「玉女」，皆以仙靈之類爲辭，不必確有所指。近時解杜者，頗穿鑿可笑。

讀孟公詩，且毋論懷抱，毋論格調，只其清空幽冷，如月中聞磬，石上聽泉，舉唐初以來諸人筆虚筆實，一洗而空之，真一快也。

崔司勳票疾，有似俠客一流。

崔司馬國輔詩，最有古意。如「悵矣秋風時，余臨石頭瀨」，更何必以工於發端目古人乎？齊、梁遺音在唐初者，長篇則煩而易濫，短篇則婉而多風，如崔國輔五言小樂府是也。崔司馬樂府，殷璠以爲「古人不及」，然「下簾彈箜篌，不忍見秋月」，不如「爲舞春風多，秋來不堪著」；「故侵珠履跡，不使玉階行」，不如「畫眉猶未竟，魏帝使人催」也。其故難以言詮。○「故侵珠履跡」二句，阮亭以爲直用庾詩，然視庾尤巧矣。

盛唐之初，若獨孤常州及薛侍郎據，皆遒勁雄渾，少陵之嚆矢也。侍郎曾與少陵同登慈恩寺塔，今其詩不傳。○丘庶子爲、祖員外咏，則右丞之先聲也。

右丞五言，神超象外，不必言矣。至如「故人不可見，寂寞平陵東」，未嘗不取樂府語以見意也。豈獨《唐子西語録》始以樂府取給詩材乎？

今之選右丞五古者，必取「下馬飲君酒」一篇，七古則必取「終南有茅屋」一篇，大約皆自李滄溟啓之。此元遺山所謂「少陵自有連城璧，争奈微之識碔砆」者也。

古今咏桃源事者，至右丞而造極，固不必言矣。然此題咏者，唐、宋諸賢略有不同，右丞及韓文公、劉賓客之作，則直謂成仙，而蘇文忠之論，則以爲是其子孫，非即避秦之人至晉尚在也。此説似近理。蓋唐人之詩，但取興象超妙，至後人乃益研核情事耳。不必以此爲分别也。王荆公詩亦如蘇説。而崇寧中汪彦章藻一詩亦佳，乃曰「花下山川長一身」，則亦以爲避秦人得仙也。○劉賓客之作，雖自有寄託，然遜諸公詩多矣。郭茂倩並取入《樂府》，似未當。

昔人稱李嘉祐詩「水田飛白鷺，夏木囀黄鸝」，右丞加「漠漠」、「陰陰」字，精彩數倍。此説阮亭先生以爲夢囈。蓋李嘉祐中唐時人，右丞何由預知，而加以「漠漠」、「陰陰」耶？此大可笑者也。然右丞此句，精神全在「漠漠」、「陰陰」字上，不得以前説之謬而概斥之。

岑嘉州詩「忽思湘川老，欲訪雲中君」，此乃後人用雲中君之所本也，與《九歌》原旨不同。

嘉州之奇峭，入唐以來所未有。又加以邊塞之作，奇氣益出。風會所感，豪傑挺生，遂不得不變出杜公矣。

高常侍與岑嘉州不同，鍾退谷之論，阮亭已早辨之。然高之渾樸老成，亦杜陵之先鞭也。直至杜陵，遂合諸公爲一手耳。

李東川《王母歌》云：「若能鍊魄去三尸，後當見我天皇所。」此二語前人已言其寓意。然篇中「複道歌鐘杳將暮，深宫桃李飛成雪」二句，復不讓少陵《麗人行》「楊花」、「青鳥」一聯也。東川句法之妙，在高、岑二家上。

高之渾厚，岑之奇峭，雖各自成家，然俱在少陵籠罩之中。至李東川，則不盡爾也。學者欲從精密中推宕伸縮，其必問津於東川乎？

東川七律，自杜公而外，有唐詩人，莫之與京。徒以李滄溟揣摹格調，幾嫌太熟。然東川之妙，自非滄溟所能襲也。

古人唱和，自生感激。若《早朝大明宫》之作，並出壯麗；《慈恩寺塔》之咏，並見雄宕，率由興象互相感發。至於裴蜀州之才詣，未遽齊武右丞，而輞川唱和之作，超詣不減于王。此亦可見。

龍標精深可敵李東川，而秀色乃更掩出其上。若以有明弘、正之間，徐迪功尚與李、何鼎峙，則有唐開、寶諸公，太白、少陵之外，舍斯人其誰與歸？○司空表聖之論曰：「傑出於江寧，宏肆於李、杜。」

信古人不我欺也。

常建《第三峰》詩：「願與黄麒麟，欲飛而莫從。」此亦是順口急氣之故。可以取證歐公《菱溪大石》詩。○常較王、孟諸公，頗有急疾之意，此所以爲飛仙也。又多仙氣語。

儲侍御《張谷田舍》詩：「碓喧春澗滿，梯倚緑桑斜。」雖只小小格致，然此等詩，却是儲詩本色。竊謂一人自有一人神理，須略存其本相，不必盡以一概論也。阮亭《三昧》之旨，則以盛唐諸家，全入一片空澄澹濘中，而諸家各指其所之之處，轉有不暇深究者。學人固當善會先生之意，而亦要細觀古人之分寸，乃爲兩得耳。

常尉以玄妙得之，儲侍御以淺淡得之。儲近王，常近孟，而常勝於儲多矣。

元次山《别何員外》詩結句：「不然且相送，醉歡於坐餘」，與韓文公《送王含序》結句同旨，而韓尤妙矣。次山稱文章之弊，煩雜過多，欲變淫靡，以系風雅。然其詩樸拙處過甚。此乃棘子成疾周末文勝，等虎豹、犬羊爲一鞟者也。天寶、至德之際，英哲相望，似未可盡以文勝抹之。君家遺山所云：「風雲若恨張華少，温李新聲奈爾何？」未必次山之詩，遂爲有唐風雅正宗也。獨其詩序，則稍有致。○觀《篋中集》所録，其意以枯淡爲高，如以孟東野詩投之，想必愜意也。

盛唐諸公之妙，自在氣體醇厚，興象超遠。然但講格調，則必以臨摹字句爲主，無惑乎一爲李、何，再爲王、李矣。愚意拈出龍標、東川，正不在乎格調耳。

漁洋先生云：「李詩有古調，有唐調，當分别觀之。」所録止《古風》二十八首，蓋以爲此皆古調也。然此内如「秦皇掃六合」、「天津三月時」、「鄭客西入關」諸篇，皆出没縱横，非斤斤於踐跡者。即此可悟古調不在規摹字句，如後人之貌爲選體，拘拘如臨帖者。所謂古者，乃不古耳。

子昂、太白，蓋皆疾梁、陳之艶薄，而思復古道者。然子昂以精深復古，太白以豪放復古。必如此，乃能復古耳。若其揣摹於形迹以求合，奚足言復古乎？

漁洋云：「韓、蘇七言詩，學《急就篇》句法，如『鴉鴟鷹鵰鴙鵠鵾』、『騅駓駰駱驪騮騵』等句。近又得五言數語，韓詩『蚌螺魚鼈蟲』，盧仝『鰻鱣鮎鯉鰌』」云云。然此種句法，閒作七言可耳，五言即非所宜，解人當自知之。蓋漁洋先生所謂五古者，專指《唐賢三昧》一種淡遠之體而言。此體幽閒貞静，何可雜以急管繁絃？他日先生又謂「東坡效韋蘇州之作，是《生查子》詞」者，即此旨也。至於五言詩，則初不限以一例。先生又嘗云：「感興宜阮、陳，山水閒適宜王、韋，鋪張叙述宜老杜。」若是則格由意生，自當句由格生也。如太白云：「天上白玉京，十二樓五城。」若以「十二樓五城」之句入韋蘇州詩中，豈不可怪哉？不必至昌黎、玉川方爲盡變也。

魏程曉詩云：「今世褦襶子，觸熱到人家。」字書：「褦襶，不曉事也，音耐戴。」而太白詩云：「五月造我語，知非佁儗人。」字書：「佁，夷在切，癡貌。儗，海愛切。儓儗，癡貌。」「儓」字下又注云：「又他代切。儓儗，癡貌。」按「佁儗」音義並與「褦襶」相似，太白詩當即用程詩也。然「儓」字恐不當與「儗」字相連，此是字書因「佁」誤「儓」耳。

敖器之評太白，謂「如劉安鷄犬，遺響白雲，覈其歸存，恍無定處」。愚謂須知太白又自有十分着實處耳，然器之語自妙。

太白咏古諸作，各有奇思。滄溟只取《懷張子房》一篇，乃僅以「豈曰非智勇」、「懷古欽英風」等句，得贊嘆之旨乎？此可謂僅拾糟粕者也。○入手「虎嘯」二字，空中發越，不知其勢到何等矣，乃却以「未」字縮住，下三句又皆實事，無一字裝他門面，及至説破「報韓」，又用「雖」字一勒，真乃逼到無可奈何，然後發洩出「天地皆震動」五個字來，所以其聲大而遠也。不然，而但講虚讚空喝，如「懷古欽英風」之類，使後人爲之，尚不值錢，而況在太白乎？

太白《遠别離》一篇，極盡迷離，不獨以玄、肅父子事難顯言，蓋詩家變幻至此，若一説煞，反無歸着處也。惟其極盡迷離，乃即其歸着處。○「緑雲」謂竹。

太白《秋思》云：「海上碧雲斷，單于秋色來。」「單于」當指臺。

太白云：「山隨平野盡，江入大荒流。」少陵云：「星垂平野闊，月湧大江流。」此等句皆適與手會，無意相合，固不必謂相爲倚傍，亦不容區分優劣也。

太白五律之妙，總是一氣不斷，自然入化，所以爲難能。蘇長公「横翠峩嵋」一聯，前人比于杜陵《峽中覽物》之句。然太白作《上皇西巡南京歌》云：「地轉錦江成渭水，天迴玉壘作長安」，則更大不可及矣。○《西巡》之歌，殊于風雅之旨不類。安、史之亂，豈得云「輕拂邊塵」？不觀杜公直書「仙仗離丹極，妖星帶玉除」乎？甚且鋪張蜀中濃麗，尤爲非體。若反言之則不必，若正言之則不宜，即不能作《北征》之篇，亦何必有《西巡》之頌也。此事在唐，自非細故，而李、杜二家爲有唐一代詩人冠冕，若此之類，何以立詩教乎？

大，可爲也；化，不可爲也。其李詩之謂乎？太白之論曰：「寄興深微，五言不如四言，七言又其靡也。」若斯以談，將類于襄陽孟公以簡遠爲旨乎？而又不然。蓋太白在唐人中，別有舉頭天外之意，至於七言，則更迷離渾化，不可思議，以此爲寄興深微，非大而化者，其烏乎能之？所謂七言之靡，殆專指七律言耳，故其七律不工。

《李詩補注》一書，頗未修整。即如「中間小謝又清發」，乃以惠連作注，竟若不知題爲「宣城謝朓樓」者。此猶蘇詩之王注，未經淘洗故耳。如有識力者取而刪補訂正之，亦快事也。

元相作《杜公墓係》，有「鋪陳」、「排比」、「藩翰」、「堂奧」之説，蓋以「鋪陳終始，排比聲韵」之中，有「藩籬」焉，有「堂奧」焉。語本極明。至元遺山作《論詩絶句》，乃曰：「排比鋪張特一途，藩籬如此亦區區。少陵自有連城璧，争奈微之識碔砆。」則以爲非特「堂奧」，即「藩翰」亦不止此。所謂「連城璧」者，蓋即杜詩學所謂參苓桂朮、君臣佐使之説，是固然矣。然而微之之論，有未可厚非者。詩家之難，轉不難於妙悟，而實難於「鋪陳終始，排比聲律」，此非有兼人之力，萬夫之勇者，弗能當也。但元、白以下，何嘗非鋪陳、排比？而杜公所以爲高曾規矩者，又別有在耳。此仍是妙悟之説也。遺山之妙悟，不減杜、蘇，而所作或轉未能肩視元、白，則「鋪陳」、「排比」之論，未易輕視矣。即如白之《和夢遊春》五言長篇以及《遊悟真寺》等作，皆尺土寸木，經營締構而爲之，初不學開、寶諸公之妙悟也。看之似平易，而爲之實艱難。元、白之鋪陳、排比，尚不可躋攀若此，而況杜之鋪陳、排比乎？微之之語，乃真閲歷之言也。自司空表聖造二十四品，抉盡秘妙，直以元、白爲屠沽之輩。漁洋先生踵之，每戒後賢勿輕看《長慶集》。蓋漁洋之教人，以妙悟爲主者，故其言如此。當時宣城施氏已有頓、漸二義之論，韓文公所謂「及之而後知，履之而後難」耳。

《墓係》又舉「夏、殷、周千餘年，仲尼緝拾選練，取三百篇。至子美之作，使仲尼鍛其旨要，尚不知貴其多乎哉」。此亦究極波瀾之言。竹垞先生有言：「《王制》九州千七百七十三國，得列于《詩》者，僅十有一而已。殆所操類鄰國之音，所沿者前人體製，則膠固不知變，變而不能成方。司馬遷謂古詩三千餘篇，孔子去其重複，信矣。聖人固未嘗盡以少爲貴，顧其多者，篇體何如耳。」然漁洋先生謂「少陵晚年五律，後半往往重複」，《墓係》所舉，則但以諸大篇全局論之。南宋金華杜仲高旃讀杜詩，有「仲尼不容删」之句，可作此注脚。

自初唐至開、寶諸公，非無古調。但諸家既自爲體段，而紹古之作，遂特自成家，如射洪、曲江是也。獨至杜公，迺以紹古之緒，雜入隨常酧酢布置中，吞吐萬古，沐浴百寶，竟莫測其端倪所在。《奉先咏懷》一篇，《羌村》三篇，皆與《北征》相爲表裏。此自周《雅》降《風》以後，所未有也。跡熄《詩》亡，所以有《春秋》之作。若《詩》不亡，則聖人何爲獨憂耶？李唐之代，乃有如此大製作，可以直接《六經》矣。○滄溟首先選次唐詩，而此等皆所不取，乃獨取《玉華宫》一篇，蓋以「萬籟笙竽」、「秋色瀟灑」，爲便於掇拾裝門面耳。

《垂老别》一首，「土門壁甚堅」二句，接上「加餐」，通是述其老妻代慮之詞。「勢異鄴城下」以下，則行者答慰其妻也。注家多未之及。

《羌村》第一首，「歸客千里至」五字，乃「鳥雀噪」之語，下轉入妻子，方爲警動。鳥雀知遠人之來，而妻子轉若出自不意者，妙絶！妙絶！若直作少陵自説千里歸家，不特本句太實太直，而下文亦都偪緊無復伸縮之理矣。此等處最是詩家關捩，而評杜者皆未及。○蘇詩「塔上一鈴獨自語，明日顛風當斷渡」，下七字即塔鈴之語也。乃少陵已先有之。

《四松詩》：「得愡千葉黄。」「愡」與悋同，亦慳惜之意。「得愡」者，不得愡也。或作「得愧」，非。○「足以送老姿」，亦錢刻之訛耳，本作「足爲送老資」，訛二字，即講不通矣。錢本之謬，類如此。他如「雨聲先以風」，「以」訛「已」《種萵苣》；「杜曲换耆舊」，「换」訛「晚」《壯遊》；「實唯親弟昆」，「實」訛「督」《别李義》；「汩吾隘世網」，「汩」訛「洎」《望嶽》；「雲雷屯不足」，「屯」訛「此」《三川觀水漲》之類，實不可枚舉。

杜之魄力聲音，皆萬古所不再有。其魄力既大，故能於正位卓立鋪寫，而愈覺其超出。其聲音既大，故能於尋常言語，皆作金鐘大鏞之響。此皆後人之必不能學，必不可學者。苟不揣分量，而妄思攀援，未有不顛躓者也。

杜五言古詩，活於大謝，深於鮑照，蓋盡有建安、黃初之實際，而并有王、孟諸公之虛神，不可執一以觀之。

漁洋以五平、五仄體，近於游戲，此特指有心爲之者言。若杜之「凌晨過驪山，御榻在嵽嵲」，「憂端齊終南，澒洞不可掇」，「前登寒山重，屢得飲馬窟」，「鴟梟鳴黃桑，野鼠拱亂穴」，「清暉回群鷗，暝色帶遠客」，至于「山形藏堂皇，壁色立積鐵」，于五平五仄之中，出以叠韵，並屬天成，非關游戲也。「乃是蒲城鬼神入」，阮亭抹之，豈虞其戇耶？然妙處固到極頂，看其上下銜接，是何等神理！不以阮亭之抹而稍減也。昔太倉王宫詹原祁嘗自言作畫「使筆如金剛杵」，此可以參杜詩。○阮亭先生意在輕行浮彈，不着邊際，見地自高。此所謂言各有當也。即如歐公《明妃曲》後篇，阮亭亦嘗譏之，而其妙自不可及。

歌屈鐵迴枝之雙松，故以「直幹」爲出路。而説者乃以直幹難畫，謂少陵以此戲之，不亦異乎？

杜公《相從歌》「銅盤繞蠟光吐日」一句，蘇長公因之作《日喻》，古人文章善于脱化如此。

《韋諷録事宅觀曹將軍畫馬》一篇，前云「蹴踏風沙」，後言「騰驤磊落」，而中間特着「顧視清高氣深穩」一句，此則矜重頓挫，相馬入微，所以苦心莫識，寥寥今古，僅得一支遁、一韋諷耳。韋諷只是借作影子，亦非僅僅此人眼力足配道林也。此一段全屬自喻，故不覺因而自慨，想到《三大禮》獻賦時矣。末段徵引「翠華」，並非尋路作收，此乃正完得「可憐」二字神理耳。

杜《古柏行》中間雖有「憶昨」一折，然「落落盤踞」以下，只是渾渾就古柏唱嘆。朱注分「上二句咏成都之柏，此二句咏夔府之柏」，殊可不必。要知此等處，不須十分板劃也。

東坡和張耒《高麗松扇》詩：「可憐堂上十八公，老死不入明光宫。萬牛不來難自獻，裁作團團手中扇。」「萬牛」句可作《古柏行》「誰能送」三字注脚。又東坡《木山》詩：「木生不願回萬牛，願終天年仆沙洲。」即從「不露文章」意脱化而出。古人之善用事如此。

唐之八分，自開元時已多趨肥碩。李潮于爾時，筆法能步武李、蔡。故《八分小篆歌》謂「書貴瘦硬」，而以《嶧山》傳刻之肥本反形之；及後又迴繞八分，乃却以「肉」字顯出之。至蘇文忠作《墨妙亭詩》，則因亭中石刻，自秦篆《嶧山》、褚摹《蘭亭》以迨顔、徐諸人，家數既多，體格不一，所云「短長肥瘠」，「飛燕玉環」，特總統隱括之詞，故借杜詩語側入，以見筆鋒耳。此所謂言各有當，不得因此二詩，而區别論書之旨，以爲杜、蘇殊嗜也。〇《苕溪漁隱叢話》云：「唐初書得晉、宋之風，故以勁健相尚，褚、薛尤極瘦硬。開元、天寶以後，變爲肥厚，至蘇靈芝輩，幾於重濁。杜詩云云，雖爲篆而發，亦似有激於當時也。」此論與鄙意相合。

漢人分隸古勁，至唐以後，乃漸以流麗勝。此詩之所謂「不流宕」者，不獨對草書言之也。漁洋論此歌有敗筆，不知指何句而言。蓋漁洋論詩，以格調撑架爲主，所以獨喜昌黎《石鼓歌》也。《石鼓歌》固卓然大篇，然較之此歌，則杜有停蓄抽放，而韓稍直下矣。但謂昌黎《石鼓歌》學杜此篇，則亦不然，韓又自有妙處。

杜公以「取樂喧呼」之重濁字眼放入「三更風起寒浪湧」之下，其手腕有萬鈞之力。如「取樂」之字眼抛出，如蜻蜓點水，一毫不覺其滯實，此誰能之？而後人不知，一味填實，即如作遊宴詩，將「取樂」一種字眼放入，有不令人聞而嘔噦者乎？○渠偏不怕，而下文又以「歡會」字放入。今人不知杜公有多大喉嚨，而以爲我輩亦可如此，所以紛如亂絲也。

《陪姚通泉宴東山》一首，即《渼陂行》也。更不用「湘妃漢女」等迷離之幻字，而直用真景，則晚年之境更大也。

《朱鳳行》：「願分竹實及螻蟻，盡使鴟梟相怒號。」盡，即忍切。《曲禮》：「虚坐盡後，食坐盡前。」《左傳》：「公子商人盡其家貸于公」，即此「盡」字也，猶儘教之儘。《白黑二鷹》詩「雪飛玉立盡清秋」之「盡」亦同此。又劉夢得「且盡薑芽斂手徒」，李義山「緑楊枝外盡汀洲」，亦皆此「盡」字。

杜五律亦有唐調，有杜調，不妨分看之，不妨合看之。如欲導上下之脈，溯初、盛、中之源流，則其一種唐調之作，自不可少。且如五古内《贈衛八處士》之類，何嘗非《選》調？亦不可但以杜法概乙之也。此如右軍臨鍾太傅《丙舍》、《力命》諸帖，未嘗不借以發右軍之妙處耳。

竊謂「花柳更無私」，却不如「欣欣物自私」更爲化工之筆，願與解人質之。

杜五律《所思》一首，當是與「地下蘇司業」一首同時而作，末句「無計斸龍泉」，指蘇也。解此方覺第六句頓挫之妙。「徒勞望牛斗」，乃倒因下句生耳。解者或以此二句仍作懷鄭，則不通矣。

杜五律《洞房》諸作、七律《秋興》諸作，皆一氣噴灑而出，風涌泉流，萬象吞吐，故轉有不避重複之處。其他諸什，大都類此。其巨細精粗，遠近出入，各自争量分寸之間，不必以略複爲疑也。七律到後來，實無可以變化處，不得不參以拗體。五律地窄，則不能也。此等處，微茫之至。

《贈張珀》詩：「無復隨高鳳」。蓋因上數聯叙張之寵遇，不啻朝陽翽羽，故此句落到自己，言不克追隨也。劉會孟謂用古人姓名，錢箋駁之，良是。但「高鳳」二字如此用，則另當記出。

《謁先主廟》一首，只「雜耕」二句跟上「仗老臣」來，指武侯説，其餘俱與武侯無涉。而説者必牽武侯，所以「關張」、「耿鄧」句不可通也。錢箋以爲公自叙，是矣。而亦不免粘着武侯，何也？近又有查初白評本，謂「孰與」四句，應移至「事酸辛」之下，此尤謬矣。〇「乘時」、「應天」皆指先主，所謂「有王者興，必有名世」也。「事酸辛」則正接下「欷」字，所謂「運移漢祚終難復，志決身殲軍務勞」也。劉夢得《蜀先主廟》詩「得相能開國」五字，可作此篇注脚。

杜公之學，所見直是峻絶。其自命稷、契，欲因文扶樹道教，全見於《偶題》一篇，所謂「法自儒家有」也。此乃羽翼經訓，爲《風》、《騷》之本，不但如後人第爲綺麗而已。無如飛騰而入者，已讓過前一輩人，不得不懷江左之逸、謝鄴中之奇；而緣情綺靡，斯已降一格以相從矣。又無奈所遇不偶，遷流羈泊，併所謂緣情者，只用以慰漂蕩，尤可慨也。故山不見，只作愁賦，别離之用，更何堪説。遠想《風》、《騷》，低徊堂構，牽連綴述，縷縷及之，豈僅以詩人自許者乎？

《宣政殿退朝》一首，五六二句烘染「出遲」，春容醖藉，而傾心戀君之意，亦復流溢筆墨。讀者但作寫景看，淺矣。

杜《晚出左掖》一詩，較之《春宿左省》篇，尤爲含蓄醖藉。評家或稱其退食之風度，或稱其得諫臣之體，皆未得其深處。蓋其曰「晚出左掖」，乃純是一片戀主之忱，融結而出，所以覺得「簇仗」齊班之際，「晝」漏殊「淺」也。「散」而「迷」者，非因身在「柳邊」，正因心在君側耳。末句「騎馬」二字，筆略宕開，「欲鷄栖」，乃正拍合，實自比於日夕鷄塒之暫安，而非如所謂出銀臺門上馬謂之大三昧者也。解此，則雖出而猶未出，雖栖而猶未栖，即雖晚而猶未晚也。解此，則五六句，濃染之筆，更有精神矣。

杜五律雖沉鬱頓挫，然此外尚有太白一種暨盛唐諸公在。至七律則雄闢萬古，前後無能步趨者，允爲此體中獨立之一人。

「不覺前賢畏後生」，此反語也。言今人嗤點昔人，則前賢應畏後生矣。嬉笑之詞，以此輩不必與莊論耳。〇《六絶句》皆戒後生之沿流而忘源也。其曰「今人嗤點」，曰「爾曹輕薄」，曰「今誰出群」，曰「未及前賢」，不惜痛詆今人者，蓋欲俾之考求古人源流，知以古人爲師耳。六首俱以師古爲主。盧、王較之近代，則盧、王爲今人之師矣；公有「近代惜盧王」之句。漢、魏，則又盧、王之師也；《風》、《騷》，則又漢、魏之師也。此所謂「轉益多師」，言其層累而上，師又有師，直到極頂，必須《風》、《雅》是親矣。此乃汝師，汝知之乎？蓋深嫉今人之依牆靠壁，目不見方隅者，而以此儆覺之也。盧、王亦且必祖述漢、魏，漢、魏亦且必祖述《風》、《騷》，知此中之誰先，則知今人之所以不古若矣，故曰「未及前賢更勿疑」也。第五首「不薄今人愛古人」句，皆作不肯薄待今人說。愚竊以爲不然。使如此説，則下三句俱接不去矣。其曰「輕薄爲文哂未休」，即指今人之好嗤點古人者。此句之「今人」，亦猶是也。「薄」乎云者，即上「輕薄」之「薄」，言今無出群之雄，而翻多嗤點前輩，則此風乃今時之薄也。故反言以醒之，曰：若不此之薄，而不古之愛，文法猶如「不有祝鮀之佞，而有宋朝之美」。則必逐逐于詞句之巧麗而已。吾知其不深求古人立言之意，而但惟是一詞之美、一聯之麗，必依附爲鄰而已耳。揣其意，亦豈不謂從此可以方駕屈、宋哉？然自我觀之，「恐與齊梁作後塵」也。如此則不流于僞體不止，與下章「未及前賢更勿疑」句，亦復針鋒相接也。「別裁僞體」，正是薄之也。「親風雅」，正是愛之也。杜陵薄今人嗤點之輩，至于如此。與「爾曹身名俱滅」之言，未免太刺骨矣。故題之曰「戲」也。皇甫持正嘗嘆「時人詩未有駱賓王一字，已駡宋玉爲罪人矣」，此語可作《六絶句》注脚。

杜《晚洲》詩：「危沙折花當。」注家或以爲花蒂，非是。

「李陵蘇武是吾師」，此七字乃孟雲卿平日論詩之語，觀下句可見。

「孰知二謝將能事，頗學陰何苦用心」，言欲以大小謝之性靈，而兼學陰、何之苦詣也。「二謝」只作性靈一邊人看，「陰何」只作苦心鍛鍊一邊人看，似乎公之自命，乃欲兼而有之，亦初非真欲學陰、何，亦初非真自許爲二謝也。正須善會。

杜詩「自在嬌鶯恰恰啼」，今解「恰恰」爲鳴聲矣。然王績詩「年光恰恰來」，白公《悟真寺》詩「恰恰金碧繁」，疑唐人類如此用之。又韓文公《華山女》詩「聽衆狎恰排浮萍」，白樂天《櫻桃》詩「洽恰舉頭千萬顆」，「狎恰」即「洽恰」。

杜詩有不待辨而知者，如「鼓角漏天東」之用大小漏天，「遺恨失吞吴」之爲失在吞吴，「筍根稚子」之指筍，皆灼然無疑。而説者必嘵嘵不已，何也？

近日有《讀杜心解》一書，如《送遠》、《九日崔氏莊》、「諸葛大名」等篇，所解誠有意味。然苦于索摘文句，太頭巾酸氣，蓋知文而不知詩也。不過較之《杜詩論文》、《杜詩詳注》等略爲有説耳，其實未成片段。

石洲詩話卷二

大興翁方綱

劉隨州《龍門八咏》，體清心遠。後之分題園亭諸景者，往往宗之。偶讀高季迪《吴越紀遊》詩《海昌城樓望海》之作，嘆其筆力優裕。因思劉文房《龍興寺望海》詩，似覺閒散，而乃更切實、更闊大。前人之不可及如此。然非心氣寧定之後，不知也。

杜公「不意書生耳，臨衰厭鼓鼙」，與劉隨州「跡遠親魚鳥，功成厭鼓鼙」不同。

隨州七律，漸入坦迤矣。坦迤則一往易盡，此所以啓中、晚之濫觴也。隨州只有五古可接武開、寶諸公耳。〇錢仲文七律，平雅不及隨州，而撑架處轉過之。

盛唐之後，中唐之初，一時雄俊，無過錢、劉。然五言秀絶，固足接武。至於七言歌行，則獨立萬古，已被杜公占盡，仲文、文房皆浥右丞餘波耳。然却亦漸於轉調伸縮處，微微小變。誠以熟到極處，不得不變，雖才力各有不同，而源委未嘗不從此導也。

王、孟諸公，雖極超詣，然其妙處，似猶可得以言語形容之。獨至韋蘇州，則其奇妙全在淡處，實無跡可求。不得已，則取徐迪功所謂「朦朧萌拆，渾沌貞粹」八字，或庶幾可仿象乎？〇柳州稍重，然妙處亦復不減。

儲得陶之質，韋得陶之雋。

班婕妤《怨歌行》云：「出入君懷袖，動摇微風發。」已自恰好。至江文通擬作，則有「畫作秦王女，乘鸞向烟霧」之句，斯爲刻意標新矣。迨劉夢得又演之曰：「上有乘鸞女，蒼蒼網蟲遍。」即此可悟詞場祖述之秘妙也。

劉賓客自稱其《平蔡州》詩「城中晨鷄喔喔鳴，城頭鼓角聲和平」云云，意欲駕於韓《碑》、柳《雅》。此詩誠集中高作也。首句「城中」一作「汝南」，古《鷄鳴歌》云：「東方欲明星爛爛，汝南晨鷄登壇喚。」蔡州，即汝南地。但曰「晨鷄」，自是用樂府語。而「城中」、「城頭」，兩兩唱起，不但於官軍入城事醒切，抑且深合樂府神理，似不必明出「汝南」，而後覺其用事也。末句「忽驚元和十二載」，更妙。此以《竹枝》歌謡之調，而造老杜詩史之地位，正與「大曆三年調玉燭」二句近似。此由神到，不可强也。○其第二首「漢家飛將下天來，馬箠一揮門洞開」，亦確是李愬夜半入蔡真情事。下轉入「從容鎮撫」，歸到「相公」，正復得體。叙淮西事，當以夢得此詩爲第一。

劉賓客《西塞山懷古》之作，極爲白公所賞，至于爲之罷唱。起四句洵是傑作，後四則不振矣。此中唐以後，所以氣力衰颯也。固無八句皆緊之理，然必鬆處正是緊處，方有意味。如此作結，毋乃飲滿時思滑之過耶？《荆州道懷古》一詩，實勝此作。

劉賓客之能事，全在《竹枝詞》。至于鋪陳排比，輒有傖俗之氣。山谷云：「夢得《竹枝》九章，詞意高妙，昔子瞻嘗聞余咏第一篇，嘆曰：『此奔軼絶塵，不可追也。』」又云：「夢得樂府小章，優於大篇。」極爲確論。山谷又賞其《淮陰行》，而疑「脱菜」二字，今刻本則是「晚來」耳。

東坡《峽山寺》詩：「山僧本幽獨，乞食況未還。雲碓水自春，松門風爲關。」語意全本皇甫孝常《送少微上人》詩，但令人不覺耳。又竇庠《金山行》「欻然風生波出没，瀖濩晶熒無定物。居人相顧非世間，如到日宫經月窟。信知靈境長有靈，住者不得無仙骨」。數語即東坡《金山》詩所脱胎也。在庠詩本非高作，而蘇公脱出實境來，神妙遂至不可測。古人之善于變化如此。

白公《天竺》詩，本皇甫孝常《秋夕寄懷契上人》詩，而出以連珠體，自令人不覺。此等處，皆足見古人之脱化。

自錢、劉以下，至韓君平輩，中唐諸子七古，皆右丞調也，全與杜無涉。

劉賓客詩品，無論錢、劉、柳，尚在郎君胄、韓君平之下。

韓君平「鳴磬夕陽盡，捲簾秋色來」，已漸開晚唐之調。蓋律體奇妙，已無可以争勝前人，故不得不於一二平仄間小爲變調，而骨力漸靡，則不可强爲也。

大曆十才子：盧綸、司空曙、耿湋、李端諸公一調；韓君平風致翩翩，尚覺右丞以來格韵，去人不遠；皇甫兄弟，其流亞也；郎君胄亦平雅；獨錢仲文當在十子之上。○江鄰幾所志乃十一人，有皇甫曾而無冉，無韓翃，不知何所據也。王應麟《玉海》所記，與《唐書·盧綸傳》同是十人，有韓，無兩皇甫。然兩皇甫爾時極負重望，不知何以不入十子之列？若有曾無冉，則尤不可解矣。且升盧于錢之上，亦不知何謂。

《古詩爲焦仲卿妻作》云：「新婦初來時，小姑始扶牀。今日被驅遣，小姑如我長。勤心養公姥，好自相扶將。初七及下九，嬉戲莫相忘。」顧況《棄婦詞》乃云：「憶昔初嫁君，小姑纔倚牀。今日辭君去，小姑如妾長。回頭語小姑，莫嫁如兄夫。」直致而又帶傖氣，可謂點金成鐵。

顧逋翁歌行，邪門外道，直不入格。

戎昱詩亦卑弱，《滄浪詩話》謂「昱在盛唐爲最下，已濫觴晚唐」，是也。然戎昱赴衞伯玉之辟，當是大曆初年，其爲刺史，乃在建中時，應入中唐，不應入盛唐。

戴容州《懷素上人草書歌》：「始從破體變風姿。」可證義山《韓碑》語。

容州七古，皮鬆肌軟，此又在錢、劉諸公下矣。

戴容州嘗拈「藍田日暖，良玉生烟」之語以論詩，而其所自作，殊平易淺薄，實不可解。

中唐六七十年之間，除韋、柳、韓三家古體當别論，其餘諸家，堪與盛唐方駕者，獨劉夢得、李君虞兩家之七絶，足以當之。

韓公《猗蘭操》：「雪霜貿貿，薺麥之茂。」按傅玄《董逃行歷九秋篇》：「薺與麥兮夏零，蘭桂踐霜逾馨。」董仲舒《雨雹對》：「薺麥始生，由陽升也。」薺麥正當寒冬所生，故曰「雪霜貿貿」，祇惟薺麥之是茂也。與傅玄同用以託蘭，而意有反正。〇「子如不傷」二句，在篇中爲最深語。蓋有不妨聽汝獨居之意，較「不採何傷」更進一層。然説着「不傷」，而傷意已深矣。此亦妙脱本詞也。前曰「何傷」，後曰「之傷」，迴環婉摯。評家或以子指夫子，我指蘭，非是。

韓文公《岳陽樓》詩「宜春口」未知在何處。注以爲宜春郡，非也。且上句云在袁州，而下句「夜纜巴陵洲」，注云「即岳州」，亦殊可笑。

「妥帖力排奡」，「奡」字，《五百家注本》内引《論語》：「奡盪舟」，甚是。宋末《月泉吟社送詩賞小劄》云：「語無排奡，體不效崑。」此可證也。舊以「奡」與「傲」同，作「排奡」兩字連説者，未然也。

文公《雙鳥詩》，即杜詩「春來花鳥莫深愁」、公詩「萬類困陵暴」之意而翻出之，其爲己與孟郊無疑。劉文成《二鬼詩》出於此。

唐詩似《騷》者，約言之有數種：韓文公《琴操》，在《騷》之上；王右丞《送迎神曲》諸歌，《騷》之匹也；劉夢得《竹枝》，亦《騷》之裔；盧鴻一《嵩山十志》詩最下。

文公《琴操》，前人以入七言古，蓋《琴操》，琴聲也。至蘇文忠《醉翁操》，則非特琴聲，乃水聲矣，故不近詩而近詞。

昌黎《劉生》詩，雖紀實之作，然實源本古樂府《横吹曲》。其通篇叙事，皆任俠豪放一流，其曰：「東走梁宋」，「南逾横嶺」，亦與古曲五陵、三秦之事相合。末以酬恩讐結之，仍還他俠少本色。不然，昌黎豈有教人以官爵酬恩讐者耶？不惟用樂府題，兼且用其意、用其事，而却自紀實，並非仿古，此脱化之妙也。

韓文公「約《六經》之旨而成文」，其詩亦每于極瑣碎、極質實處直接《六經》之脈。蓋爻象、繇占、典謨、誓命、筆削記載之法，悉醖入《風》、《雅》正旨，而具有其遺味。自東晳、韋孟以來，皆未有如此沉博也。

諫果雖苦，味美於回。孟東野詩則苦澀而無回味，正是不鳴其善鳴者。不知韓何以獨稱之？且至謂「横空盤硬語，妥帖力排奡」，亦太不相類。此真不可解也。蘇詩云：「那能將兩耳，聽此寒蟲號。」乃定評不可易。

李長吉驚才絶艷，鏘宫戛羽，下視東野，真乃蚯蚓竅中蒼蠅鳴耳。雖太露肉，然却直接《騷》賦。更不知其逸詩復當何如？此真天地奇彩，未易一洩者也。

長吉《惱公》一篇，直是徐、庾妙品，不知者乃編入律詩，誤矣。看其通用韵處自明。

韓門諸君子，除張文昌另一種，自當别論。皇甫持正、李習之、崔斯立皆不以詩名。惟孟東野、李長吉、賈閬仙、盧玉川四家，倚仗筆力，自樹旗幟。蓋自中唐諸公漸趨平易，勢不可無諸賢之撑起。然詩以温柔敦厚爲教，必不可直以粗硬爲之。此内惟長吉錦心繡口，上薄《風》、《騷》，不專以筆力支架爲能。其餘若玉川《月蝕》一篇，故自奇作，閬仙五律，亦多勝概。外此則如東野、玉川諸製，皆酸寒幽澀，令人不耐卒讀。劉叉《冰柱》、雪車二詩，尤爲粗直傖俚。而韓公獨謂孟東野「以其詩鳴」，則使人惑滋甚矣。

孟、盧皆硜硜小音，執定不化，安可接武韓詩？必欲求接韓者，定推歐陽子。

韓公效玉川《月蝕》之作，删之也。對讀之，最見古人心手相調之理。然玉川原作雄快，不可逾矣。

《摭言》稱賈島跨驢天街，吟「落葉滿長安」之句，唐突京尹。然此詩聯對處，極爲矯變，必非凑泊而成者也。

劉言史亦昌谷之流，但少弱耳。嚴滄浪《詩話》賞之，終未爲昌谷敵手也。張碧則更傖氣矣。

张、王樂府，天然清削，不取聲音之大，亦不求格調之高，此真善于紹古者。較之昌谷，奇艷不及，而真切過之。

歐陽《詩話》云：「王建《宫詞》，言唐禁中事，皆史傳小説所不載。」《唐詩紀事》乃謂建爲渭南尉，贈内官王樞密云云以解之。然其詩實多秘記，非當家告語所能悉也。其詞之妙，則自在委曲深摯處，别有頓挫，如僅以就事直寫觀之，淺矣。

元和間權、武二相，詞並清超，可接錢、劉。武公之死，有關疆埸，而文詞復清雋不羈，可稱中唐時之劉越石。嚴滄浪但舉權相，猶未盡也。

白公五古上接陶，下開蘇、陸。七古樂府，則獨闢町畦，其鈎心鬥角，接筍合縫處，殆於無法不備。

白公《官牛》樂府，從丙吉問喘事翻出。

白公之妙，亦在無意，此其似陶處也。即如宋人詩「有時俗物不稱意，無數好山俱上心」，稱爲佳句。而白公則云：「有山當枕上，無事到心中。」更爲自然。

白詩「巫山暮足霑花雨，隴水春多逆浪風」，語本杜詩「夜足霑沙雨，春多逆水風」。

《竹枝》泛咏風土，《柳枝》則咏柳，其大較也。然白公《楊柳枝詞》：「葉含濃露如啼眼，枝嫋輕風似舞腰。小樹不禁攀折苦，乞君留取兩三條。」于咏柳之中，寓取風情，此當爲《楊柳枝詞》本色。薛能乃欲搜難抉新，至謂劉、白「宫商不高」，亦妄矣。

唐人詩至白公，自不當盡以阮亭先生所講第一義繩之。蓋白公詩，格調聲音之皆不事也。阮亭力戒人看《長慶集》，但取其一二小詩。此在阮亭先生，固當如此。阮亭獨標神韵，言各有當耳。阮亭先生意中，却非抹煞白公之妙也。看《十選》中所取自見。尚恨胡孝轅《十籤》，阮亭未嘗全見耳。

白公之爲《長恨歌》、《霓裳羽衣曲》諸篇，自是不得不然。不但不蹈杜公、韓公之轍也，是乃「瀏灕頓挫，獨出冠時」，所以爲豪傑耳。始悟後之欲復古者，真强作解事。

張、王已不規規于格律聲音之似古矣，至元、白乃又伸縮抽换，至于不可思議，一層之外，又有一層。古人必無依樣臨摹，以爲近古者也。

元相《望雲騅歌》，賦而比也。玉川《月蝕詩》點逗恒州事，則亦賦而比也，而元則更切本事矣。詩至元、白，針線鈎貫，無乎不到，所以不及前人者，太露太盡耳。

徐昌國「燕歌易水動，劍舞白虹流」，本于鮑溶《秋思》詩「燕歌易水怨，劍舞蛟龍腥」也。徐之學古，能以神致發揮之，所以爲妙。

張祜《金山》詩：「樹影中流見，鐘聲兩岸聞。」只唐人常調耳。而譚藝家奉爲傑作，失之矣。

中唐之末，如吕温、鮑溶之流，概少神致。李涉、李紳，稍爲出類，然求之張、王、元、白數公，皆未能到，況前人耶？盛之後漸趨坦迤，中之後則漸入薄弱，所以秀異所結，不得不歸樊川、玉溪也。

張祜絶句，每如鮮葩颭灎，燄水泊浮，不特「故國三千里」一章見稱於小杜也。

徐凝《廬山瀑布》詩：「千古長如白練飛，一條界破青山色。」白公所稱，而蘇公以爲惡詩。《芥隱筆記》謂本《天台賦》「飛流界道」之句。然詩與賦，自不相同，蘇公固非深文之論也。至白公稱之，則所見又自不同。蓋白公不於骨格間相馬，惟以奔騰之勢論之耳。阮亭先生所以與白公異論者，其故亦在此。

李贊皇詩亦軼倫，雖不敵香山，亦權、武二相之亞也。

李廓樂府，視張、王大減。不知《才調集》何以捨仲初而獨取之？此自是好惡各別。而阮亭先生《十選》，以應付彼十家則有餘，不可以概三唐作者也。

周賀五律，頗有意味，在中末、晚初諸人五律之上，尚可頡頏温岐。

姚武功詩，恬淡近人，而太清弱，抑又太盡，此後所以漸靡靡不振也。然五律時有佳句，七律則庸軟耳。大抵此時諸賢七律，皆不能振起，所以不得不讓樊川、玉溪也。

小杜《感懷詩》，爲滄州用兵作，宜與《罪言》同讀。《郡齋獨酌》詩，意亦在此。王荆公云：「末世篇章有逸才。」其所見者深矣。

小杜「濃薰班馬香」，對屈、宋説，自指班固、馬相如，此二句謂詩賦也。上文已拈「史書閱興亡」，此不應復及馬史、班史。杜詩「以我似班揚」，班與揚可合稱，則馬亦可合稱，不必定指馬遷也。今人但因《班馬異同》書名，熟在人口，因以此句指二史，其實非也。

樊川真色真韵，殆欲吞吐中晚千萬篇，正亦何必效杜哉。小杜詩「自滴堦前大梧葉，干君何事動哀吟」，亦在南唐「吹皺一池春水」語之前，可證杜「黑白鷹」語。

小杜之才，自王右丞以後，未見其比。其筆力迴斡處，亦與王龍標、李東川相視而笑。「少陵無人謫仙死」，竟不意又見此人。只如「今日鬢絲禪榻畔，茶烟輕颺落花風」，「自説江湖不歸事，阻風中酒過年年」，直自開、寶以後百餘年無人能道，而五代、南北宋以後，亦更不能道矣。此真悟徹漢、魏、六朝之底藴者也。

詩不但因時，抑且因地。如杜牧之云：「南山與秋色，氣勢兩相高」，此必是陝西之終南山。若以咏江西之廬山，廣東之羅浮，便不是矣。即如「夜足霑沙雨，春多逆水風」，不可以入江、浙之舟景，「閶闔晴開詄蕩蕩，曲江翠幕排銀牓」，不可以咏吴地之曲江也，明矣。今教粤人學爲詩，而所習者，止是唐詩，只管蹈襲，勢必盡以西北方高明爽塏之時景，熟於口頭筆底，豈不重可笑歟？所以閩十子、吴四子、粤五子皆各操土音，不爲過也。○格調自要高雅，不以方隅自限，此則存乎其人耳。

玉溪五律，多是絶妙古樂府。蓋玉溪風流醖藉，尤在五律也。近時程午橋補注，以爲花鳥諸題，多是平康、北里之志，良然。

義山《碧城三首》，或謂咏其時貴主事，蓋以詩中用蕭史及董偃水精盤事。阮亭先生亦取其説。然竹垞跋《楊太真外傳》，則謂妃不由壽邸入宫，證以此三詩：一咏妃入道，一咏妃未歸壽邸，一咏明皇與妃定情係七月十六日。此説當爲定解。而注家罕有引之者。

《藥轉》一篇，程箋以爲如廁之義，亦謂出自竹垞。然此詩之境頗淺。

微婉頓挫，使人蕩氣迴腸者，李義山也。自劉隨州而後，漸就平坦，無從覩此丰韵。七律則遠合杜陵，五律七絶之妙，則更深探樂府。晚唐自小杜而外，惟有玉溪耳。温岐、韓偓，何足比哉？

歐公言平生作文，得自「三上」。予嘗戲謂義山詩殆兼有之：「鬱金堂北畫樓東」，廁上詩也；「天上真龍種」，馬上詩也；「卧後清宵細細長」，枕上詩也。

飛卿七古調子元好，即如《湖陰詞》等曲，即阮亭先生之音節所本也。然飛卿多作不可解語。且同一濃麗，而較之長吉，覺有傖氣，此非大雅之作也。

温詩五律在姚武功之上。蓋温詩短篇則近雅，如五古「欲出鴻都門」一篇，實高作也。

許丁卯五律，在杜牧之下，温岐之上，固知此事不盡關塗澤也。七律亦較温清迥矣。趙嘏五七律，亦皆清迥，許之匹也。

馬戴五律，又在許丁卯之上，此直可與盛唐諸賢儕伍，不當以晚唐論矣。然終覺樊川、義山之妙不可及。

司空表聖在晚唐中，卓然自命，且論詩亦入超詣。而其所自作，全無高韵，與其評詩之語，竟不相似。此誠不可解。○《二十四品》真有妙語，而其自編《一鳴集》，所謂「撑霆裂月」者，竟不知何在也。

曹鄴、劉駕，古詩皆無足取。李群玉五古，實勝司空表聖，不可以名譽而甲乙之也。表聖《秋思》詩，阮亭所選，然只得五六一聯耳。

陸魯望謂「張祜元和中作宫體小詩，辭曲艷發。及老大，稍窺建安風格，誦樂府録，知作者本意，短章大篇，往往間出，諫諷怨譎，時與六義相左右。善題目佳境，言不可刊置他處，此爲才子之最。」此段論詩極有見。而其所自作，未能擇雅。何也？○所謂「不可刊置别處」，非如今日八股體，曲曲鈎貫之謂也。乃言每一篇，各有安身立命處耳。如太白《遠别離》、《蜀道難》等篇，極其迷離，然各篇自有各篇之歸宿收拾。即如樂府各題，各自一種神氣。以此易彼，則毫釐千里矣。

皮、陸聯句詩，勝其自作。蓋兩賢相當，節短勢偪，則反掩其孱弱之狀也。○聯句體，自以韓、孟爲極致。然韓、孟太險，皮、陸一種，固是韓、孟後所不可少。

鄭嵎《津陽門詩》，只作明皇内苑事實看，不可以七古格調論之。

杜詩《公孫大娘弟子舞劍器行》但稱「公孫劍舞初第一」，《津陽門詩》云：「公孫劍伎方神奇。」其注則直云：「有公孫大娘舞劍，當時號爲雄妙。」「劍舞」、「劍伎」語尚可通，至云「舞劍」，則毋乃傳聞異詞耶？豈當時人即以《劍器曲》名呼爲「舞劍」歟？

晚唐人七律，只于聲調求變，而又實無可變，故不得不轉出三、五拗用之調。此亦是熟極求生之理，但苦其詞太淺俚耳。然大約出句拗第幾字，則對句亦拗第幾字，阮亭先生已言之。至方干「每見北辰思故園」，則單句三、五自拗。此又一格，蓋必在結句而後可耳。

胡曾《咏史》絶句，俗下令人不耐讀。

唐彦謙師温八叉，而頗得義山風致，但稍弱耳。

鄭都官以《鷓鴣》詩得名，今即指「煖戲烟蕪」云云之七律也。此詩殊非高作，何以得名于時？鄭又有《貽歌者》云：「座中亦有江南客，莫向春風唱鷓鴣。」此雖淺，然較彼咏鷓鴣之七律却勝。

吴融《李周彈筝歌》起句：「古人云絲不如竹竹不如肉，乃知此語未必然，李周彈筝聽不足。」此起法，已開元人門逕。

韓致堯《香奩》之體，遡自《玉臺》。雖風骨不及玉溪生，然致堯筆力清澈，過于皮、陸遠矣。何遜聯句，瘦盡東陽，固不應盡以脂粉語擅場也。

韓致堯《寒食日重遊李氏園亭》一篇，以七律作扇對格，此前人所少也。

咸通十哲，概乏風骨。方干、羅隱皆極負詩名，而一望荒蕪，實無足採。杜荀鶴至令嚴滄浪目爲一體，亦殊淺易。大約讀唐詩到此時，披沙揀金，甚爲不易。即追想錢、劉諸公，已爲高曾規矩，又毋論開、寶也。

阮亭先生「緑楊城郭是揚州」，爲時所稱，至形諸圖畫。然唐人韋莊已有「初日照揚州」之句，此尤自然可愛也。然韋集又有「緑楊城郭雨淒淒」之句，乃華下作，則似乎不類。

韋莊在晚唐之末，稍爲官樣，雖亦時形淺薄，自是風會使然，勝於咸通十哲多矣。

羅虬《比紅兒》詩，俚劣之甚，亦胡曾《咏史》、曹唐《遊仙》之類。乃以此得名于時，亦奇矣。

曹唐如巫婆念咒化齋，令人掩耳，欲其亟去。

楊誠齋謂「詩至晚唐益工」，蓋第挑摘于一聯一句間耳。以字句之細意刻鏤，固有極工者。然形在而氣不完，境得而神不遠，則亦何貴乎巧思哉。

杍山《觀王右丞維滄洲圖歌》云：「滄洲説近三湘口，誰知卷得在君手。披圖擁褐臨水時，翛然不異滄洲叟。」此篇在唐人本非傑出之作，而何仲默題吴偉畫，用此調法，遂成巨觀。此所貴乎相機布勢，脱胎换骨之妙也。今若取杜陵題畫膾炙人口之大篇，摹其韵句調法，有是理乎？

東坡十二《琴詩》「若言絃上有琴聲」云云，已爲禪偈子矣。而杍山《戞銅椀爲龍吟歌》云：「未必全由戞者功，聲生虚無非椀中。」則更在前。

詩話載唐僧齊己謁鄭谷獻詩：「自封修藥院，别下着僧床。」谷覽之云：「請改一字，方可相見。」經數日，再謁，改云「别掃着僧床」。谷嘉賞，結爲詩友。此一字，元本改本俱無好處，不知鄭谷何以賞之？唐詩僧多卑卑之格，惟皎然、靈一差勝。

釋子之詩，閨秀之詩，各自一種。隨其所到，皆可成名。獨于應制之作，非其所宜。此體自應求諸文學侍從之彦，豈可以此等當之。若唐詩内所載上官婉兒與貝州宋氏姊娣詩，皆是也。近日顧俠君撰《詩林韶濩》，多録釋子之詩，殊令人生厭。

晚唐之漸開鬆浮者，莫如皮、陸之可厭。此所謂「不揣其本而齊其末」也。後之不從事于大本大原，而專以撏撦鬬湊爲事者，實此一種啓之。楊誠齋所以不免也。

此事必要從源頭打出，方是真境，即聖人所謂言有物也。若「不揣其本而齊其末」，則安得有通之日哉？厥弊之滋，不能不追憾皮、陸一輩人。然有志者，竟當自立，奈何怨古人耶？甚矣廓除一切之難也。

漁洋《十選》，大意歸重在殷璠、元結二本，而以《文粹》爲備。《文粹》首載樂章、樂歌、琴操，蹕矣。然元次山之《補樂歌》，徒有幽深之韵，未爲古雅之則。至皮襲美《補九夏歌》，豈足與韓之《琴操》同日而語耶？

石洲詩話卷三

大興翁方綱

宋初柳仲塗以古文名家，遠紹韓、柳，其刻石湘妃廟詩，詞氣亦近樊宗師之徒，於風雅殊遠。騎省雖入宋初，尚沿晚唐靡弱之音。南唐後主詩亦然。騎省《挽吴王》二章，自是合作。

《小畜集》五言學杜，七言學白，然皆一望平弱，雖云獨開有宋風氣，但於其間接引而已。

《西崑酬唱》諸公，皆以楊、錢、劉三公爲之倡，其刻畫玉溪，可謂極工。

宋子京《筆記》：「晏丞相末年詩，見編集者乃過萬篇，唐人以來未有。」又云：「天聖初元以來，縉紳間爲詩者益少，唯丞相晏公殊、錢公惟演、翰林劉公筠數人而已。」按元獻有《臨川集》、《紫微集》，今所傳元獻詩，或未得其全耳。然亦去楊、劉未遠。

蘇文忠《金門寺跋李西臺與二錢唱和詩》云：「五季文章墮劫灰，昇平格力未全回。故知前輩宗徐庾，數首風流似《玉臺》。」蓋宋初諸公，習尚如此，至歐、蘇始挽正之。

宋初之西崑，猶唐初之齊、梁；宋初之館閣，猶唐初之沈、宋也。開啓大路，正要如此，然後篤生歐、蘇諸公耳。但較唐初，則少陳射洪一輩人，此後來所以漸薄也。

宋初司馬池《行色》詩，或謂范文正《野色》詩足以配之。然二詩皆一時佇興，故佳。不比後人某聲某影，連類成題也。

宋莒公兄弟，並出晏元獻之門，其詩格亦復相類，皆去楊、劉諸公不遠。漁洋云：「宋景文近體，無一字無來歷，而對仗精確，非讀萬卷者不能。」查初白云：「楊大年、宋子京輩，務爲艱澀隱僻，以誇其能。」二先生之論，可以互參。胡武平、王君玉皆堪與晏、宋方駕。大約宋初諸公，多自晚唐出耳。

宋元憲、景文、王君玉並遊晏元獻之門，其詩格皆不免楊、劉之遺。雖以文潞公、趙清獻，亦未嘗不與諸人同調。此在東都，雖非極盛之選，然實亦爲歐、蘇基地，未可以後有大匠，盡行抹却也。

石門吴孟舉鈔宋詩，略西崑而首取元之，意則高矣。然宋初真面目，自當存之。元之雖爲歐、蘇先聲，亦自接脈而已。至於林和靖之高逸，則猶之王無功之在唐初，不得徑以陶、韋嫡派誣之。若夫柳、种、穆、尹，學在師古，又不以詩擅長矣。

吴序云：「萬曆間李蓘選宋詩，取其遠宋而近唐者。曹學佺亦云：『選始萊公，以其近唐調也。以此義選宋詩，其所謂唐終不可近也，而宋詩則已亡矣。』」此對嘉、隆諸公吞剥唐調者言之，殊爲痛快。但一時自有一時神理，一家自有一家精液，吴選似專於硬直一路，而不知宋人之精腴，固亦不可執一而論也。且如入宋之初，楊文公輩雖主西崑，然亦自有神致，何可盡祧去之？而晏元獻、宋元憲、宋景文、胡文恭、王君玉、文潞公，皆繼往開來，肇起歐、王、蘇、黄盛大之漸，必以不取濃麗，專尚天然爲事，將明人之吞剥唐調以爲復古者，轉有辭矣。故知平心易氣者難也。

觀歐公《答劉廷評》詩，蓋嘗以《五代史》資原父訂證，不獨《集古録》與有功也。

歐公有《太白戲聖俞》一篇，蓋擬太白體也。然歐公與太白本不同調，此似非當家之作。《廬山高》亦然。

張子野《吴江》七律，於精神丰致，兩擅其奇，不獨《西溪無相院》之句膾炙人口也。《過和靖居》詩亦絶唱。

石守道《慶曆聖德詩》，仿韓《元和聖德詩》而作，顧其末段，音節頗欠調叶，未可以變化藉口。當是伉厲之氣，不受繩律耳。

蘇子美《淮中晚泊犢頭》、《初晴遊滄浪亭》諸絶句，妙處不減唐人。

歐公謂「蘇子美筆力豪雋，以超邁横絶爲奇」，劉後村亦謂「蘇子美歌行雄放」，今觀其詩殊不稱，似尚不免於孱氣傖氣，未可與梅詩例視。

山谷謂「荆公之詩，暮年方妙，然格高而體下」，此語甚當。又敖器之有「鄧艾縋兵入蜀」之喻，亦是妙語。

王荆公詩「强逐蕭騷水，遥看慘淡山」，李雁湖注云：「白傅『池殘寥落水，窗下悠颺風』。唐人多有此句法。」然唐太宗固已有「色含輕重霧，香引去來風」之語。

「繅成白雪桑重緑，割盡黄雲稻正青」二句，荆公集中再見。

荆公謂「用《漢書》語止可以《漢書》語對，若參以異代語，便不相類」。李雁湖又謂「公以梵語對梵語，如『阿蘭若』、『窣堵波』之類」。此理亦是神氣之謂。

「一鳥不鳴山更幽」，自不如「鳥鳴山更幽」。王介甫好争長短，如此類之小者亦然。

王半山「青山繚繞疑無路，忽見千帆隱映來」，秦少游「菰蒲深處疑無地，忽有人家笑語聲」所祖也。陸放翁「山重水複疑無路，柳暗花明又一村」，乃又變作對句耳。

王介甫《殘菊》詩：「黄昏風雨打園林，殘菊飄零滿地金。」小説載嘉祐中歐陽文忠見此詩，笑曰：「百花盡落，獨菊枝上枯耳。」因戲曰：「秋英不比春花落，爲報詩人子細看。」或又誤作王君玉詩。今世俗又傳作東坡笑之。介甫聞之曰：「是不知《楚辭》云『夕餐秋菊之落英』，歐陽九不學之過也。」李雁湖《王荆公詩注》云：「落英乃是『桑之未落』華落色衰之落，非必言花委於地也。」歐、王二巨公，豈不曉此，小説謬不可信也。又蔡絛《西清詩話》云：「落，始也。」今按始之義，乃落成之落，自與此「落」字不同。而詩既以「飄零滿地」爲言，則似亦不僅色衰之義矣。

王荆公詩「迢迢建業水，中有武昌魚」，如此鍊用古語，可謂入妙。

王岐公，君玉從弟也，其詩亦不減君玉。大抵真宗、仁宗朝諸鉅公，詩多精雅整麗。蓋自宋初楊、劉以降，其源漸宏肆，遂不得不放出歐、蘇矣。

陳襄述古，亦是妍好一路，而不及張子野。

《公是》、《公非》二集不傳，阮亭亦僅稱原父之「涼風響高樹」二句耳。厲太鴻乃輯得原父十四首，貢父十一首，内如原父《鐵漿館》、《檀州》五律、貢父《長蘆寺》七律、《自校書郎出倅秦州》七絶，皆傑作也。然李雁湖王詩注所載《金陵懷古》四詩，尚未採入。

朱子謂李泰伯文字得之經中，皆自大處起議論。范文正薦之，以爲著書立言，有孟軻、揚雄之風。

此不可以詩人論也。惟阮亭所採諸絶句有致，而吴鈔轉不具録。

蘇才翁與子美聯句《送梁子熙》四言一篇，句句奇壯，魏武「對酒當歌」後，應推此篇。《明道雜志》稱「才翁詩書，俱過子美也」。

宛陵以《河豚》詩得名，然此詩亦自起處有神耳。

都官詩天真藴藉，自非郊寒可比，然其直致處則相同，亦不免微帶酸苦意。唐、宋之有韓、歐，皆振起一代，而同時心交者，乃俱以刻苦出之若此，亦異矣。○敖器之謂「歐公若四瑚八璉，止可施之宗廟」。梅詩則正與相反，至謂「關河放溜，瞬息無聲」，比喻亦妙絶矣。

都官思筆皆從刻苦中逼極而出，所以得味反淺，不如歐公之敷愉矣。讀此方識荆公之高不可及也。刻苦正須從敷愉中出，然梅公之筆，殊於魚鳥洲渚有情，此則孟東野所不能也。

一篇之中，步步押險，此惟韓公雄中出勁，所以不露韵痕。然視自然渾成、不知有韵者，已有間矣。至若梅宛陵以清瘦之筆，每押險韵，無韓之豪，而肖韓之勁，恐未必然也。

李供奉雜言之體，乃壯浪者優爲之，豈可以清直之筆仿乎？而《宛陵集》亦有之，固無怪其擊賞歐公《廬山高》，至於傾倒若彼也。

蘇文忠《月華寺》詩自注：「寺鄰岑水場，施者皆坑户也，百年間蓋三焚矣。」語足儆頑，不特爲彼宗説法也。查初白注引余靖《大峒山記》有月華之名。按大峒山自在郡北五十里，所謂月華，當别一處。此月華寺在濛溳，去郡南百里，去曹溪三十里，正岑水場之地。乃梁天監二年丁未智藥三藏開創，今其真身在焉。予以正月十日晡時停舟訪之，虎跡滿岸，破茅三楹。寺僧出菩提樹葉以贈，并出近人所作《月華寺志》。詞之俚陋，固不足道，而其意大率爲檀施開説，正中蘇詩所訶也。

蘇詩云：「水香知是曹溪口。」按《韶志》載「智藥三藏至此水口，飲水香美，謂其徒曰：『此水與西天之水無異，源上必有勝地』」云云。予以盂準量其水，已較曹溪九龍井水加重一錢。而曹溪九龍井水，又不及峽山寺水。蓋「出山泉濁」之理，於兹益信。而彼宗之妄，不辨自明矣。

《舟中聽大人彈琴》一篇，對世人愛新曲説，必當時坐間或有所指，因感觸而云然。故一篇俱是「激昂」意，直到末句，始轉出正意也。○此篇阮亭亦第以格韻之高選之，其實在蘇詩，只是平正之作耳。

蘇《石鼓歌》，《鳳翔八觀》之一也。鳳翔，漢右扶風，周、秦遺迹皆在焉。昔劉原父出守長安，嘗集古簋、敦、鏡、甗、尊、彝之屬，著《先秦古器記》一編。是則其地秦蹟尤多，所以此篇後段，忽從嬴氏刻石頌功發出感慨，不特就地生發，兼復包括無數古蹟矣。非隨手泛泛作《過秦論》也。

蘇詩此歌，魄力雄大，不讓韓公，然至描寫正面處，以「古器」、「衆星」、「缺月」、「嘉禾」錯列於後，以「鬱律蛟蛇」、「指肚」、「箝口」渾舉於前，尤較韓爲斟酌動宕矣。而韓則「快劍斫蛟」一連五句，撑空而出，其氣魄横絶萬古，固非蘇所能及。方信鋪張實際，非易事也。

《王維吴道子畫》一篇，亦是描寫實際，且又是兩人筆墨，而浩瀚淋漓，生氣迴出。前篇尚有韓歌在前，此篇則古所未有，實蘇公獨立千古之作。○即如「亭亭雙林間」直到「頭如黿」一氣六句，方是箇

「筆所未到氣已吞」也。其神彩，固非一字一句之所能盡。而後人但舉其總挈一句，以爲得神，以下則以平叙視之，此固是作時文語，然亦不知其所謂得神者安在矣。○看其王維一段，又是何等神理。有此鍛冶之功，所以貴乎學蘇詩也。若只取其排場開闊，以爲嗣響杜、韓，則蒙吏所訶「貽五石之瓠」者耳。

《和子由記園中草木》第一首「煌煌帝王都」四句，乃左太沖、陳伯玉之遺，而却以起句揭過一層，此又一變。

第六首「喜見秋瓜老」，兼《國風》之妙義，而出入杜、韓，不獨語用杜也。言及韓者，蓋有會於「照壁喜見蝎」也。

《夜直秘閣呈王敏甫》云：「只有閒心對此君。」「此君」，施注引晉王子猷語，指竹，恐未必然。白香山《效陶詩》云：「乃知陰與晴，安可無此君？」「此君」，指酒也。蘇豈用白語耶？

《石蒼舒醉墨堂》詩末句云：「不用臨池更苦學，完取絹素充衾裯。」此與《答文與可》「願得此絹足矣」同意，而一勸人，一自謂，一意又可翻轉。

《和蔡準郎中見邀遊西湖三首》之一，首四句叙四時之景：一夏，二秋，三冬，四春。此即變化。

《次韵和王鞏六首》，其二「敲冰春搗紙，刈葦秋織箔，櫟林軒冬炭，竹塢收夏籜」。此又變。

《夜泛西湖五絶》，以真境大而能化。在絶句中，固已空絶古人矣。

神宗熙寧二年，議更貢舉法，王安石以爲古之取士，俱本於學，請興建學校以復古。其明經諸科，欲行廢罷，使兩制三館議之。直史館蘇軾上議，以爲不當廢。卒如安石議，罷詩賦帖經墨義，士各占治《易》、《詩》、《書》、《周禮》、《禮記》一經，兼《論語》、《孟子》。謂《春秋》有三傳難通，罷之。試分四場：初大經，次兼經大義凡十道，次論一道，次策三道。時齊、魯、河朔之士，往往守先儒訓詁，質厚不能爲文辭。東坡《試院煎茶》詩，作於熙寧壬子八月，時先生在錢唐試院，其曰「未識古人煎水意」，又曰「且學公家作茗飲」，蓋皆有爲而發。又有《呈諸試官》之作，末云「聊欲廢書眠，秋濤春午枕」，與此詩末二句正相同。但此篇化用盧仝詩句，乃更爲精切耳。

次韵用韵，至蘇公而極其變化。然不過長袖善舞，一波三折，又與韓公之用力真押者不同，未可概以化境目之。

《和章七出守湖州二首》，起句「方丈仙人出淼茫」，《揮麈録》以爲讖語。然次首則仍是「方丈仙人」之意，蓋亦演之使不覺耳。

《娱老堂詩話》謂詩有以法家史文語爲對者，如東坡《七月五日》作「避謗詩尋醫，畏病酒入務」之類。後來陸放翁亦時有之，然究非雅道也。

東坡集中《陽關曲三首》：一《贈張繼愿》，一《答李公擇》，一《中秋月》。《詩話總龜》謂：「坡作彭城守時，過齊州李公擇，中秋席上作絶句。其後山谷在黔南，以《小秦王》歌之。」初白《補注》云：「按玉局文及《風月堂詩話》云：東坡中秋詩，紹聖元年自題其後：『予十八年前中秋與子由觀月彭城時作。』此詩以《陽關》歌之，此段正與詩合。其在李公擇席上所賦，即前篇《答李公擇》者是也。《詩話總龜》混兩詩爲一時事，訛也。」據此，則三詩不必其一時所作，特以其調皆《陽關》之聲耳。《陽關》之聲，今無可考。第就此三詩繹之，與右丞《渭城》之作，若合符節。今録於此以記之：

渭城朝雨浥輕塵，客舍青青柳色新。勸君更盡一杯酒，西出陽關無故人。

受降城下紫髯郎，戲馬臺前古戰場。恨君不取契丹首，金甲牙旗歸故鄉。右《贈張繼愿》。

濟南春好雪初晴，行到龍山馬足輕。使君莫忘霅溪女，時作陽關腸斷聲。右《答李公擇》。

暮雲收盡溢清寒，銀漢無聲轉玉盤。此生此夜不長好，明月明年何處看？右《中秋月》。

其法以首句平起，次句仄起，三句又平起，四句又仄起，而第三句與四句之第五字，各以平仄互换。又第二句之第五字，第三句之第七字，皆用上聲，譬如填詞一般。漁洋先生謂「絶句乃唐樂府」，信不誣也。

《答任師中家漢公五古》長篇，中間句法，於不整齊中，幻出整齊。如「豈比陶淵明」一聯，與上「閒隨李丞相」一聯，錯落作對，此猶在人意想之中。至其下「蒼鷹十斤重」一聯，「我今四十二」一聯，與上「百頃稻」、「十年儲」一聯，乃錯落遥映，亦似作對，則筆勢之豪縱不羈，與其部伍之整閒不亂，相輔而行。蘇詩最得屬對之妙，而此尤奇特，試尋其上下音節，當知此説非妄也。

海寧查夏重酷愛蘇詩「僧卧一庵初白頭」之句，而并明人詩「花間啄食鳥紅尾，沙上浣衣僧白頭」，亦以爲極似子瞻。不知蘇詩「身行萬里半天下，僧卧一庵初白頭」，此何等神力。而「花間」、「沙上」一聯，只到皮、陸境界，安敢與蘇比倫哉？查精於蘇，奚乃以目皮相若此？若必以皮毛略似，輒入品藻，則空同之學杜，當爲第一義矣。

孟東野詩，寒削太甚，令人不歡。刻苦之至，歸於慘慄，不知何苦而如此。坡公《讀孟郊詩二首》，真善爲形容。尤妙在次首，忽云「復作孟郊語」，又摘其詞之可者而述之，乃以「感我羇旅」跋之，則益見其酸澀寒苦，而無復精華可挹也。其第一首目以「蟲號」，特是正面語，尚未極深致耳。

葛常之云：「坡貶孟郊詩亦太甚。」因舉孟詩「楚山相蔽虧，日月無全輝」。萬株古柳根，拏此磷磷溪」。以爲造語之工。下二句誠刻琢，至于「日月無全輝」，是何等言語乎？

詩人雖云「窮而益工」，然未有窮工而達轉不工者。若青蓮、浣花，使其立於廟朝，製爲雅頌，當復如何正大典雅，開闢萬古。而使孟東野當之，其可以爲訓乎？

坡公亦太不留分際，且如孟東野之詩，再以牛毛細字書之，再於寒夜昏燈看之，此何異所謂「醉來黑漆屏風上，草寫盧仝《月蝕詩》」耶？

《芙蓉城》篇，前半每六句略以頓歇，見其音節也。至「仙宫」句以下，則一氣不停者，又從「夢中」一句，用律句變轉而下，以轉换其音節也。此借仙家寓言，而渺然無迹，不落言詮。不知漁洋先生何以不入七言選本？或因復一「空」字乎？

《續麗人行》末句，何以忽帶腐氣？不似坡公神理。

《和子由送將官梁左藏仲通》一篇，前半寫睡景入神，然其語意，自有歸宿，須將後半談仙之意，挽轉看來，始得之。此與少陵聽「西方《止觀經》」而以「妻兒待米」收轉，同一理也。非少陵「桃花氣暖」

一聯可比。

玉川《月蝕詩》「星如撒沙出」云云，記異則可耳。若東坡《中秋見月懷子由》，欲顯月之明，而云「西南大星如彈丸，角尾奕奕蒼龍蟠。今宵注眼看不見，更許螢火爭清寒。」此則未免視玉川爲拙矣。尚賴「青螢明滅」以下轉得靈變，故不甚覺耳。

「舟中賈客莫漫狂，小姑前年嫁彭郎」，是題畫詩，所以並不犯呆。而劉須溪豈有不知，《歸田録》之譏，不必也。題畫則可，賦景則不可，可爲知者道耳。

譏此詩者，凡以爲事出俚語耳。不知此詩「沙平風軟」句，及「山與船低昂」句，則皆公詩所已有，此非複見語耶？奈何置之不論也？試即以《潁口見淮山》一首對看，而其妙畢出矣。彼云「青山久與船低昂」，故以「故人久立」結之。「故人」即「青山」也，初無故事可以打諢也。但既是即目真話，亦不須借語打諢，始能出場也。至此首，則「舟中賈客」，即上之「棹歌中流聲抑揚」者也；「小姑」，即上「與船低昂」之山也，不就俚語尋路打諢，何以出場乎？況又極現成，極自然，繚繞縈迴，神光離合，假而疑真，所以複而愈妙也。

「沙平風軟望不到」，用以題畫，真乃神妙不可思議，較之自咏望淮山不啻十倍增味也。昔唐人江爲題畫詩，至有「樵人負重難移步」之句，比之此句，真是下劣詩魔矣。而評者顧以引用小姑事，沾沾過計，蓋不記此爲題畫作也。

《容齋三筆》謂「蘇公《百步洪》詩，重複譬喻處，與韓《送石洪序》同」。此以文法論之，固似矣，而此詩之妙，不盡於此。今之選此詩者，但以《百步洪》原題爲題，而忘其每篇自有本題。此篇之本題，則序中所謂「追懷曩遊，已爲陳迹」也。試以此意讀之，則所謂「兔走隼落」、「駿馬注坡」、「絃離箭脱」、「電過珠翻」者，一層内又貫入前後兩層，此是何等神光，而僅僅以疊下譬喻之文法賞之耶？查初白評此詩，亦謂「連用比擬，古所未有」。予謂此蓋出自《金剛經》偈子耳。

《泗州僧伽塔》詩，看得透徹，説來可笑，此何必闢佛，乃能塞彼教之口耶？

《東坡八首》第一首用「刮毛」，第八首又用「刮毛」，愈見其大，而不覺其犯。遺山《移居》詩，從此八首出也。

《四時詞》，閨情之作也，當與《四時子夜》、《四時白紵》爲類。

《五禽言》，亦近《竹枝》之神致。梅詩《四禽言》，惟《泥滑滑》一首，爲歐公所賞，果然神到。其餘亦無甚佳致。蘇詩五首，亦不爲至者。

《姪安節遠來夜坐》詩第二句云：「殘年知汝遠來情。」既是用作對句，而題中又恰有「遠來」字，所以更有致也。雖同一姪事，尚不可苟且呑用也。

蘇詩内和人韵之詩，亦有只云和某人某題，而不寫出次韵者，亦有寫次韵者，其只云和，而不云次韵者，實多次韵之作。想蘇公詩題，固無一定之例也。

「半雜江聲作悲健」，改「悲壯」爲「悲健」，「壯」雖與「健」同意，而用法神氣，似乎不同。似未可以出自先生，而從爲之辭。

即《和秦太虚梅花》詩末句押「界昊」，「界昊」恐又是一種神氣，似乎不甚稱。在先生之大筆，固是不規規於尺度，然後學正未可藉口。

蘇公《石鼓歌》末一段，用秦事，亦本韋左司詩，而魄力雄大，勝之遠矣。且從鳳翔覽古意，包括秦蹟，則較諸左司爲尤切實也。

《王中甫哀辭》，自次前韵，結句云：「區區猶記刻舟痕。」固是收裹全篇之意，然於自次前韵，亦復即離闕合。蘇詩之妙，皆此類也。

太白仙才，獨缺七律，得東坡爲補作之，然已隔一塵矣。

《武昌西山》詩，不減少陵。而次篇再用前韵，尤爲超逸，真以雲英化水之妙，爲萬丈光燄者也。蘇公之詩，惟其自言「河聲便是廣長舌，山色豈非清浄身」二語，足以盡之。又云「始知真放本精微」，此一語殆亦可作全集評也。

《郭熙畫秋山平遠》題下注云：「文潞公爲跋尾。」此種注法，自非其人，不足當之。次亦須有關係題事。吾輩見古人題跋，宜知此。

《次韵米芾二王書跋尾二首》，其第一首，小小部位中，備極轉調之妙。換韵之中，略以平調句子，使之伸縮舒和，亦猶夫末句之有可放平者也。尤以平韵與仄韵相參錯，乃見其勢，却須以三平正調攙和之。

《題李伯時淵明東籬圖》：「悠然見南山，意與秋氣高。」本小杜詩句，而更加超脱。

《安州老人食蜜歌》結四句云：「因君寄與雙龍餅，鏡空一照雙龍影。三吴六月水如湯，老人心似雙龍井。」亦若韓《石鼓歌》起四句句法，此可見起結一樣音節也。然又各有抽放平仄之不同。

東坡《澄邁驛通潮閣》詩：「貪看白鷺横秋浦，不覺青林没晚潮。」真唐賢語也。僧仲殊即蜜殊《過潤州》絶句「北固樓前一笛風」一首，亦唐人佳境。此皆阮亭《池北偶談》採宋絶句所未之及者。

《送小本禪師歸法雲》：「是身如浮雲，安得限南北？」《過大庾嶺》詩：「仙人拊我頂，結髮受長生。」皆全用少陵、太白詩句，在東坡自有擺脱之道，然後學正不可學也。

潁州詩中《勸履常飲》一首結句：「他年《五君咏》，山王一時數。」《初貶英州》詩：「殷勤竹裏夢，猶自數山王。」「數」字應作上聲，而此詩七遇韵，蓋以義則從上，以音則從去也。

歐公咏雪，禁體物語，而用「象笏」字，蘇用「落屑」字，得非亦「銀」、「玉」之類乎？蘇詩又有「聚散行作風花瞥」之句，「花」字似亦當在禁例。

《洞庭春色》詩：「應呼釣詩鈎，亦號掃愁帚。」頗不雅，與「詩尋醫」、「酒入務」相類。此詩題内自謂「醉後信筆，頗有沓拖風氣」，良然。

《柏家渡》七古一首，阮亭所選。然此詩在蘇集中，非其至者。蓋此猶是渾渾唐詩氣象，而下四句，又似乎發洩不透，又不得以含蓄目之，亦不知其命意所在。查氏《補注》依外集編南遷卷中。但以盛唐格調爲詩，只可以範圍李空同一輩耳，豈可以範圍東坡哉？

坡公所云「游羅浮道院棲禪精舍」，棲禪寺與羅浮道院並在豐湖之上，見《江月五首引》中。今編

《羅浮志》者或以羅浮山中之道院實之，乃傅會之訛也。

東坡在儋州詩有云：「問點爾何如？不與聖同憂。」雖是偶爾撇脱語，却正道着春風沂水一段意思。蓋春風沂水一段，與聖人老安少懷，究有虚實不同，不過境象相似耳。用舍行藏，未可遽以許若人也。孰謂東坡僅詩人乎？

蘇公在惠州《真一酒》七律，是即賦其酒也。在儋州《真一酒歌》七古，則非賦其酒也。查初白既以爲取道家「三一還丹」之訣，借題作寓言矣，而又據本集《寄徐得之真一酒法》，以爲釀酒在惠州，此詩當亦在惠州作。或釀酒在惠，而作歌則在儋，未可知也。此言殊屬拘泥。本詩「細莖」云云，雖是借麥之字面，而其實與惠州所釀之酒，全無交涉，觀其序自明。

《汲江煎茶》七律，自是清新俊逸之作。而楊誠齋賞之，則謂「一篇之中，句句皆奇，一句之中，字字皆奇」。此等語，誠令人不解。如謂蘇詩字句皆不落凡近，則何篇不爾？如專於此篇八句刻求其奇處，則豈他篇皆凡近乎？且於數千篇中，獨以奇推此，實索之不得其説也。豈誠齋之於詩，竟未窺見深旨耶？此等議論，直似門外人所爲。

「前生自是盧行者，後學過呼韓退之」二句，蘇詩凡兩見。其後一處，用以贈術士，則更妙矣。

東坡《歸自嶺外再和許朝奉》詩「邂逅陪車馬」四句，用扇對格。胡元任謂本杜詩「得罪台州去」云云，是也。但此詩「邂逅」一聯乃第四韻，下「淒凉望鄉國」一聯乃第五韻，如此錯綜用之，則更變耳。

東坡《自嶺外歸次韵江晦叔》詩，苕溪漁隱極賞其「浮雲世事改，孤月此心明」，所謂語意高妙，吐露胸襟，無一毫窒礙者也。然予意則賞其結二語云：「二江争送客，木杪看橋横。」以爲言外有神也。

東坡《和蔡景繁海州石室》「後車仍載胡琴女」云云，施注引東坡在黄有《答景繁帖》云：「某當攜家一遊，時有胡琴婢，就室中作《濩索涼州》，凛然有冰車鐵馬之聲。婢去久矣，因公復起一念」云云。此與篇中「前年開閤」云云相合。而《中州集》載党承旨《弔石曼卿》詩，自注云：「曼卿嘗通守朐山，攜妓飲山石間，鳴琴爲冰車鐵馬聲。」則以此事爲曼卿，豈傳訛耶？

東坡與子由别詩，題中屢言「初别」。考嘉祐六年辛丑冬先生授大理評事，簽書鳳翔判官時，子由留京侍老蘇公，《十一月十九日與子由别於鄭州西門之外馬上賦詩》七言古一篇，此二公相别之始也。熙寧二年己酉服闋還朝，任開封推官，尋改杭州通判，子由自陳送至潁州而别，有《潁州初别子由》五言古二首，其詩云：「我生三度别，此别尤酸冷。」所謂「三度别」者，自鄭州一别西門之後，治本三年，先生自鳳翔還朝，子由出爲大名推官。此事詳《欒城集》，而先生集中無詩。熙寧十年丁巳，先生以四月赴徐州任，是秋子由至徐，留月餘赴南都，有《初别子由》五言古一首。其將赴南都也，與先生會宿逍遥堂，作兩絶句，先生有和作二首，時子由從張文定簽書南京判官也。元豐三年庚申，先生赴黄州過陳，子由自南都來别，有《子由自南都來陳三日而别》五言古一首，時正月十四日也。五月，子由將赴筠州，復至黄州，留半月乃去，先生有《迎子由》詩七律一首，又五言古一首，而相别時無詩。元豐七年甲子，先生授汝州團練副使，五月由九江至筠州與子由别，有《别子由三首兼别遲》，皆七言古詩，又有《初别子由至奉新作》五言古一首。元豐八年乙丑，先生自登州以禮部員外郎召還朝。明年爲元祐元年丙寅，先生除中書舍人、翰林學士、知制誥，而是年子由亦自績溪令召入爲秘書省校書郎。至元祐四年己巳，先生除龍圖閣學士左朝奉郎，出守杭州，子由代爲翰林學士。是年子由使契丹，先生自杭作七律一首送之。其出守杭時，相別無詩。元祐六年辛未，先生自杭召還朝，除翰林承旨，是時子由爲尚書右丞。五月入院，以弟嫌請郡。八月，以龍圖閣學士出知潁州。時先生寓居子由東府，在右掖門之前。數月而出知潁，乃作五言古一篇留別子由，題曰《感舊詩》。其序中記嘉祐中與子由同舉制策、寓居懷遠驛事，此事在《辛丑馬上》一篇之前，而本集無詩可攷也。元祐七年壬申，以兵部尚書召還，遷禮部尚書、端明殿學士兼翰林侍讀學士。明年癸酉八月，以龍圖、端明兩學士出知定州，九月十四日與子由別於東府，有《東府雨中別子由》五古一首。合前出知潁時，則東府之別，凡二次矣。此首敘及「對床夜雨」事，先生與子由詩凡屢用之。《感舊詩序》中所記：「元豐中謫居黄岡，而子由亦貶筠州，嘗作詩以記其事。」則指元豐六年癸亥初秋寄子由五古一首言之，非別詩也。紹聖四年丁丑，先生謫海南，子由亦貶雷州，五月十一日相遇於藤，同行至雷，六月十一日相別渡海，有《子由終夕不寐因誦淵明詩勸余止酒和元韵贈別》詩五古一首。以上考先生別子由詩次第，大略如此。中言「初別」者凡三，蓋皆一時合併，不忍遽以別言，而特加「初」字，以志驚目之筆也。迨其後，又變別而云「感舊」，則「初別」之義益明矣。

廣東有羊桃，一曰洋桃。其樹高五六丈，花紅色，一蒂數子。七八月間熟，色如蠟。一曰三斂，亦曰山斂，俗語訛「菱」爲「斂」也。有五稜者名五稜，以糯米水澆之則甜，名糯羊桃。粤人以爲蔬，能辟嵐瘴之毒。以白蜜漬之，持至北方，可已瘧。蘇詩「恣傾白蜜收五稜」，謂此也。或乃指廣南以田爲稜，白蜜以言酒，或又引《嶺表録》瀧州山中多紫石英，其大小皆五稜，皆謬説也。

七古平韻到底者，單句末一字忌用平聲，固已，然亦有文勢自然，遂成音節者。以蘇詩論之，即如「問今太守爲誰歟？雪眉老人朝扣門」，「潮陽太守南遷歸，山耶雪耶遠莫知」，「畫山何必山中人，汝應奴隸蔡少霞」之類，皆行乎其所不得不然者也。若「欲從稺川隱羅浮，故人日夜望我歸」，乃於一篇中有二句，要之非出自然，則固不可耳。

東坡《和蔡景繁海州石室》詩，阮亭不取入七言詩選，蓋以爲音節非正調也。然此間呼吸消納，自不得不略通其變，其于正調之理一也。○詩二十韵，單句以仄押句尾者凡十一句，單句第五字用仄者凡十七句，此則所以與對句第五字相爲吐翕，而可以不須皆用仄矣。蘇詩似此者尚多，可以類推。《古夫于亭問答》所載：「張蕭亭論單句住脚字，如以入爲韵，則第三句或用平，第五或用上，第七或用去，必錯綜用之，方有音節。」其言雖是，然猶未盡其竅郤也。

蘇詩「丹楓翻鴉伴水宿」，施注引「水禽曰宿」。但此句「宿」字，自指人説。

《宋詩鈔》之選，意在別裁衆説，獨存真際，而實有過於偏枯處，轉失古人之真。如論蘇詩，以使事富縟爲嫌。夫蘇之妙處，固不在多使事，而使事亦即其妙處。奈何轉欲汰之，而必如梅宛陵之枯淡、蘇子美之鬆膚者，乃爲真詩乎？且如開卷《鳳翔八觀》詩，尚欲加以芟削，何也？餘所去取，亦多未當。蘇爲宋一代詩人冠冕，而所鈔若此，則他更何論。

文定自是北宋一作家，而《鈔》亦不入。

漁洋云：「文定視文忠，郲、莒矣。」然實亦自在流出，無一毫掩飾，雖局面略小，然勝於子美多矣，抑且大於聖俞也。蓋自楊、劉首倡接踵玉溪，臺閣鉅公先以温麗爲主，其時布衣韋帶之士，何能孤鳴復古？而獨宛陵志在深遠，力滌浮濫，故其功不可没，而其所積則未厚也。昔人所云：「去浮靡之習於崑體極弊之際，存古淡之道於諸大家未起之先。」斯爲確評定論耳。

清江三孔，蓋皆學内充而才外肆者，然不能化其粗。正恐學爲此種，其弊必流於真率一路也。言詩於宋，可不擇諸。

平仲《題老杜集》云：「吏部徒能嘆光燄，翰林何敢望藩籬。」是亦以「吏部」爲韓對李翰林矣。何以誤會歐詩而沿用之耶？

吴鈔云：「元祐文人之盛，大都材致横闊，而氣魄剛直，故能振靡復古。」其論固是。然宋之元祐諸賢，正如唐之開元、天寶諸賢，自有精腴，非徒雄闊也。即東坡妙處，亦不在於豪横。吴鈔大意，總取浩浩落落之氣，不踐唐迹，與宋人大局未嘗不合，而其細密精深處，則正未之别擇。即如論蘇詩，首在去梅溪之餖飣，而并欲汰蘇之富縟。夫梅溪之餖飣，本不知蘇，不必與之較也。而蘇豈以富縟勝者？此未免以目皮相。觀吴孟舉所作序，對針嘉、隆人一種吞剥唐人之習，立言頗爲有見。而及觀其中間所選，則是目空一切、不顧涵養之一莽夫所爲，於風雅之旨殊遠。

節孝先生徐積，東坡比之玉川子。然其《月食詩》，蹊逕淺露，非玉川之比也。其中間雜言後忽四言，與所作《愛愛歌》後半忽夾四言《毛詩》成句，皆不調叶。

徐仲車《大河》一篇，一筆直寫，至二百韵，殊無紀律。詩自有篇法節制，若此則不如發書一通也。《李太白雜言》一首，亦空叫囂，尚在任華之下。

鄭介公人品本不以詩重，阮亭謂其《古交行》、《呈子京》等篇，在樂天、東野間，亦因人而重其言耳。《和王荆公何處難忘酒》一章，大言炎炎，遂令荆公無地可容矣。

雲巢詩勝於西谿。雲巢，西谿之弟也。其《和荆公土山韵》詩三首，雖乏警策，亦自不弱。

張舜民芸叟詩，頗有意議。《賜資治通鑑》一首甚佳，不獨情文兼到，抑亦可備故實也。

王逢原《題定州閲古堂詩叙》：「韓丞相作堂，而於堂之兩壁，畫歷任守相將帥。」又謂「請留中壁，搜國匠第一手寫韓公像」。此乃懸計之詞。其後果有作韓公像者，乃在魏公去定州之後。觀宋子京詩可見。

逢原詩學韓、孟，肌理亦粗，而吴鈔乃謂其高遠過於安石。大抵吴鈔不避粗獷，不分雅俗，不擇淺深耳。

文湖州詩，氣韵不俗，比之蘇、黄諸公，覺未能深造耳。

秦淮海思致緜麗，而氣體輕弱，非蘇、黄可比。

張文潛氣骨在少游之上，而不稱着色，一着濃絢，則反帶傖氣，故知蘇詩之體大也。

《侯鯖録》所載文潛《七夕歌》、《韓幹馬》之類，皆不見佳。《中興頌》詩亦不佳。

厲樊榭疑《聲畫集》劉叔贛即貢父。今觀所載題畫諸作，氣格亦不凡，當是貢父詩也。初白注蘇，於《韓幹馬》詩，竟未採入。

郭功父《金山》、《鳳凰臺》諸作，皆體氣豪壯。而阮亭以爲詩格不高，其旨微矣。

黄裳冕仲詩，格雖不高，而頗有疏奇處。此自不能深造。然亦可見各人各種之不同，豈必蹈常襲故哉？

情景脱化，亦俱從字句鍛鍊中出，古人到後來，只更無鍛鍊之迹耳。而《宋詩鈔》則惟取其蒼直之氣，其於詞場祖述之源流，概不之講，後人何自而含英咀華？勢必日襲成調，陳陳相因耳。此乃所謂腐也。何足以服嘉、隆諸公哉？

説部之書，至宋人而富，如姚令威、洪容齋、胡元任、葛常之、劉後村之屬，不可枚舉。此即宋人注宋詩也。不此之取，而師心自用，庸有當乎？

晁无咎《信州南巖》詩，起結純用杜公《望嶽》詩，可謂有形無神。

无咎才氣壯逸，遠出文潛、少游之上，而亦不免有邊幅單窘處。

李端叔詩，殊不爲工，東坡稱其工尺牘耳。

魏泰道輔《隱居詩話》云：「黄庭堅喜作詩得名，好用南朝人語，專求古人未使之一二奇字綴葺而成詩，自以爲工，其實所見之狹也。故句雖新奇，而氣乏渾厚。吾嘗作詩題編後云：『端求古人遺，琢抉手不停。方其得璣羽，往往失鵬鯨。』」此論雖切，然未盡山谷之意。後之但求渾厚者固有之矣，若李空同之流，殆所謂「鵬鯨」者乎？

俞紫芝秀老詩思清逸，當與林君復並稱。

石洲詩話卷四

大興翁方綱

山谷《竹枝詞序》云：「古樂府有『巴東三峽巫峽長，猿鳴三聲淚霑裳』。但以抑怨之音，和爲數疊，惜其聲今不傳。予自荆州上峽入黔中，備嘗山川險阻，因作三疊，傳與巴娘，令以《竹枝》歌之。」蓋每首後二句，疊一遍也。又云：「或各用四句入《陽關》、《小秦王》，亦可。」此則每句用疊也。按《苕溪漁隱叢話》：「唐初歌詞所存者，止《瑞鷓鴣》、《小秦王》二曲，是七言詩。《瑞鷓鴣》猶依字易歌，若《小秦王》必須雜以虚聲，乃可歌也。」查他山云：「《小秦王》一名《古陽關》，蓋《小秦王》與《陽關》音節相埒耳。」

後三首託太白，大約此皆《竹枝》中極着意者矣。當與劉夢得之作抄寫一編，而以楊鐵崖之屬繼之。

「露花倒影柳三變，桂子飄香張九成」，「山抹微雲秦學士，露花倒影柳屯田」，阮亭自謂其「月映清淮何水部，雲飛隴首柳吴興」勝於前句。至若山谷云：「閉門覓句陳無己，對客揮毫秦少游。」而後人有句云：「揮毫對客曹能始，閉閣焚香尹子求。」此不謂之襲舊乎？

阮亭所舉宋賢絶句可繼唐賢者凡數十首，然何以不舉山谷《廣陵早春》之作云：「春風十里珠簾捲，髣髴三生杜牧之。紅藥梢頭初繭栗，揚州風物鬢成絲。」

山谷於五古，亦用巧織，如古律然，特其氣骨高耳。

談理至宋人而精，説部至宋人而富，詩則至宋而益加細密，蓋刻抉入裏，實非唐人所能囿也。而其總萃處，則黄文節爲之提挈，非僅江西派以之爲祖，實乃南渡以後，筆虚筆實，俱從此導引而出。善夫劉後村之言曰：「國初詩人如潘閬、魏野，規規晚唐格調；楊、劉則又專爲崑體；蘇、梅二子，稍變以平澹豪傑，而和之者尚寡；至六一、〔坡〕公，巋然爲大家，學者宗焉。然各極其天才筆力之所至，非必綴鍊勤苦而成也。豫章稍後出，會粹百家句律之長，究極歷代體制之變，蒐討古書，穿穴異聞，作爲古律，自成一家，雖隻字半句不輕出，遂爲本朝詩家宗祖。」按此論不特深切豫章，抑且深切宋賢三昧。不然而山谷自爲江西派之祖，何得謂宋人皆祖之？且宋詩之大家無過東坡，而轉祧蘇祖黄者，正以蘇之大處，不當以南北宋風會論之，舍元祐諸賢外，宋人蓋莫能望其肩背，其何從而祖之乎？吕居仁作《江西宗派圖》，其時若陳後山、徐師川、韓子蒼輩，未必皆以爲銓定之公也。而山谷之高之大，亦豈僅與厭原一刻争勝毫釐！蓋繼往開來，源遠流長，所自任者，非一時一地事矣。論者不察，而于《宋詩鈔》品之曰「宋詩〔宋〕〔宗〕祖」，是殆必將全宋之詩境與後村立言之旨，一一研勘也。覼其所鈔，則又不然，專以平直豪放者爲宋詩，則山谷又何以爲之宗祖？蓋所鈔全集與其品山谷之言，初無照應，非知言之選也。

宋人精詣，全在刻抉入裏，而皆從各自讀書學古中來，所以不蹈襲唐人也。然此外亦更無留與後人再刻抉者，以故元人祇剩得一段丰致而已，明人則直從格調爲之。然而元人之丰致，非復唐人之丰致也；明人之格調，依然唐人之格調也。孰是孰非，自有能辨之者，又不消痛貶何、李始見真際矣。

漁洋先生所講神韻，則合丰致、格調爲一而渾化之。此道至于先生，謂之集大成可也。

漁洋先生則超明人而入唐者也，竹垞先生則由元人而入宋而入唐者也。然則二先生之路，今當奚從？曰吾敢議其甲乙耶？然而由竹垞之路爲穩實耳。

吴孟舉之鈔宋詩，若用其本領以鈔邵堯夫、陳白沙、莊定山諸公之詩，或可成一片段耳。

山谷詩，譬如榕樹自根生出千枝萬幹，又自枝幹上倒生出根來。若敖器之之論，只言其神味耳。

「不貪夜識金銀氣」，「手自與金銀」，是真事，故不礙。然阮亭尚以「手自與金銀」爲病。至後山云「莫辭行樂費金銀」，則不可矣。

後山贈魯直云：「陳詩傳筆意，願立弟子行。」又云：「人言我語勝黄語，扶竪夜燎齊朝光。」此其所以叙入紫微宗派之圖也。任天社云：「讀後山詩，似參曹洞禪，不犯正位，切忌死語，非冥搜旁引，莫窺其用意深處。」因爲作注。而敖器之亦謂「後山如九皋獨唳，深林孤芳，冲寂自研，不求賞識」。昔漁洋先生嘗疑天社之語未盡然，而謂「後山終落鈍根，視蘇、黄遠矣」。按《詩林廣記》云：「後山之詩，近于枯淡。」愚觀宋詩之枯淡者，惟梅聖俞可以當之，若後山則益無可回味處，豈得以枯淡爲辭耶？若黄詩之深之大，又豈後山所可比肩者。蓋元祐諸賢，皆才氣横溢，而一時獨有此一種，見者遂以爲高不可攀耳。

後山極意仿杜，固不得杜之精華，然與吞剥者終屬有間。即以中間有生用杜句者，亦不似元遺山之矯變，亦不似李空同之整齊，蓋此等處尚有朴拙之氣存焉。求之杜詩，如「吾宗老孫子」一篇，是其巔頂已。

後山所作《温公挽詞三首》，真有杜意，而吴不鈔。

唐詩妙境在虚處，宋詩妙境在實處。初唐之高者，如陳射洪、張曲江，皆開啓盛唐者也。中、晚之高者，如韋蘇州、柳柳州、韓文公、白香山、杜樊川，皆接武盛唐、變化盛唐者也。是有唐之作者，總歸盛唐。而盛唐諸公，全在境象超詣，所以司空表聖二十四品及嚴儀卿以禪喻詩之説，誠爲後人讀唐詩之凖的。若夫宋詩，則遲更二三百年，天地之精英，風月之態度，山川之氣象，物類之神致，俱已爲唐賢占盡，即有能者，不過次第翻新，無中生有，而其精詣，則固别有在者。宋人之學，全在研理日精，觀書日富，因而論事日密。如熙寧、元祐一切用人行政，往往有史傳所不及載，而于諸公贈答議論之章，略見其概。至如茶馬、鹽法、河渠、市貨，一一皆可推析。南渡而後，如武林之遺事，汴土之舊聞，故老名臣之言行、學術，師承之緒論、淵源，莫不借詩以資考據。而其言之是非得失，與其聲之貞淫正變，亦從可互按焉。今論者不察，而或以鋪寫實境者爲唐詩，吟咏性靈、掉弄虚機者爲宋詩。所以吴孟舉之《宋詩鈔》，舍其知人論世、闡幽表微之處，略不加省，而惟是早起晚坐、風花雪月、懷人對景之作，陳陳相因。如是以爲讀宋賢之詩，宋賢之精神其有存焉者乎？

徐俯師川詩亦清逸，在龜父、無逸之上。

韓子蒼詩，平匀中自有神味，目之曰江西派，宜其不樂。《游赤壁》七律，直到杜、蘇分際。

李商老彭之詩，後村謂其拘狹少變化，良然。晁具茨詩高逸，漁洋極賞之，然邊幅究不能闊大。至《送一上人還滁》一詩，則无咎不能爲也。漁洋所心賞當在此，而吴鈔乃獨不取之，蓋以爲涉禪耳。

劉後村謂具茨詩惟放翁可以繼之，然具茨五言詩殊非陸務觀所能髣髴。邢惇夫居實才氣横逸，其《明妃引》乃十四歲作，而奄有元祐諸公之氣勢。東坡、山谷皆深惜之。此宋時之李長吉也。

小斜川詩自注：「吴開府游隆中爲諸葛孔明賦詩，有『翻覆看俱好』之句，爲世稱誦。」此句可抵一篇孔明傳論，而簡質婉妙。蘇詩《哭刁景純》有「反覆看愈好」之句，又《留别叔通元弼坦夫》一首内亦有之。

米詩亦入《宋詩鈔》。其實米固有英靈氣，而自别一路人，其精力不專聚於詩也。其平生精力，大抵全在書畫，所與往還，則薛道祖、劉巨濟也。

「春光吴地減，山色上林深」，此江公望民表題艮嶽句。劉後村跋云：「比之鄧肅《花石綱詩》，彼刻露而此含蓄矣。」然《栟櫚集》中《花石詩》，氣格亦自遠大，不減少陵。

葉石林詩，深厚清雋，不失元祐諸賢矩矱。證以《避暑録話》，平生出處儵然，集中點次景物亦如之。然方虛谷《瀛奎律髓》有「黨蔡尊舒、陰抑蘇、黄」之論，甚矣知人論世之不易也。

王明清記李邯鄲孫亨仲言：「家有梅聖俞詩善本。世所傳，多爲歐陽公去其尤者，忌能名之壓己也。」明清辨其非實。梅之能名，本不足以壓歐陽，而邯鄲此説，以小人誣君子，其謬妄固不必言。然亦實因都官全集警策處差少，所以致來誣者之口。若蘇詩，則人雖欲爲此誣言，其可得乎？

漁洋先生舉「扁舟洞庭去，落日松江宿」，謂愚山鶩爲蘇州、文房之作，聞是聖俞，乃爽然自失。然予謂梅詩若以一句兩句高出衆流，尚不止此，如「淮南木葉驚，淮上使君行」，「春洲生荻芽，春岸飛楊花」，「南國易悲秋，西風起高樹」，「雨脚收不盡，斜陽半古城」之類，何嘗非廣德以前人語？但通篇氣到力到者，不可多得，此其所以不及歐、蘇諸大家耳。鄙意正非薄視梅詩，須知甫變崑體，其力量已不可當，初不必求全責備也。

《墨莊漫録》稱：「唐子西詩多新意，不沿襲前人語，當時有小東坡之目。同生眉山，同貶惠州。然格力雖新，而肌理粗疏，遜于蘇、黄遠矣。」吴鈔乃謂「後出固勝」，亦矯枉過正之言也。「養生主」、「齊物論」，並子西在惠所作酒名。其詩有「滿引一杯齊物論」之句，然新而帶傖氣矣。此較東坡「詩尋醫」、「酒入務」，更當何如？

汪彦章藻已有《漫興》絶句，此誤故不始於楊廉夫也。

汪浮溪詩，深厚麗密，非南渡諸人可及。

《詩人玉屑》云：「陸放翁詩本於茶山，茶山本于韓子蒼，三家句律，大概相同，至放翁則加豪矣。」然茶山詩較放翁渾成自然，固不可及。

拗律如杜公「城尖逕仄」一種，歷落蒼茫，然亦自有天然鬬筍處，非如七古專以三平爲正調也。曾文清幾《遊張公洞》一首，第二句及四六八句皆以三平煞尾，此昔所未見也，得毋執而不知變耶？

王履道安中，宣和七年《睿謨殿應制百韵》詩，鋪叙而已，未見作家之致，且有音節不諧處。其《題老杜畫像》一首云：「聲名乾坤破，生事歲月促。」二句頗有杜意。

孫仲益五歲屬對，爲東坡所賞。其詩思筆亦自清峻，但多生剥前人字句，則亦不能開拓無前也。孫仲益詩云：「解啼孤月如鷄口，堪笑窮郊作許悲。」此雖一時漫與之言，然亦見孟詩之苦太過也。

苕溪漁隱所舉其尊人汝明舜陟，號三山老人。《泛歙溪五首》，謂句法深得老杜意味。然中間如「舟疑天上坐」，則亦孫仲益《鴻慶集》之類也。豈後人則不可，而前人轉可乎？但其氣味究竟與何、李不同，所以後人不復議之。

簡齋《葆真宫避暑》詩，一時推爲擅場，人皆傳寫。然「清池不受暑」，「夜半嘯烟艇」，起結亦本杜句也。中間固自脱然。簡齋自言曰：「詩至老杜極矣，蘇、黄復振之，而正統不墜。東坡賦才大，故解縱繩墨之外，而用之不窮。山谷措意深，故游咏玩味之餘，而索之益遠。要必識蘇、黄之所不爲，然後可以涉老杜之涯涘。」

簡齋以《墨梅》詩擢置館閣，然唯「意足不求顔色似，前身相馬九方臯」句有生韵，餘亦不盡佳也。「京洛緇塵」尚有神致，「陳玄」則傖氣矣。

「平生老赤脚，每見生怒嗔」，「張子霜後鷹，眉骨非凡曹」，「覺來迹便掃」，「韓公真躁人，顧用憂懷抱」，「乾雲進酒杯」，「片雲無思極」，「我知丈人真」，「清池不受暑」，「惜無陶謝手」，「日動春浮木」。以上諸句,《簡齋集》中似此類者尚多,不可一一枚述。大約仿佛後山之學杜,而氣韵又不逮。蓋同一未得杜神,而後山尚有朴氣,簡齋則不免有傖氣矣。若以此爲杜嗣,則不若直舉李空同之堂堂旗鼓,明目張膽,上接指麾,何必瞞人哉。

後村舉簡齋「登臨吴蜀横分地,徙倚湖山欲暮時」,此其《岳陽樓》句也。又「樓頭客子杪秋後,日落君山元氣中」二語,亦不愧學杜。

胡邦衡謫新州,王盧溪獨作詩送行,盧溪以此得名。其詩亦多剥襲杜句,想爾時諸賢所得如此,尚不及後來李、何輩之雄力耶?

王荆公題惠崇畫,屢用「道人三昧力」之語。初以爲只摹寫其畫筆之精耳,及見王盧溪題崇畫詩自注云:「往年見趙德之説惠崇嘗自言:『我畫中年後有悟入處,豈非慧力中所得之圓熟故耶?』今觀此短軸,定非少年時筆也。」此可取以證荆公之詩,雖贊畫之語,亦有所據而云也。

朱新仲翌「此時老子興不淺,且日將軍幸早臨」,「何以報之青玉案,我姑酌彼黄金罍」,固是成語,然「黄金」尚露墨痕。若其《題顔魯公畫像》云:「千五百年如烈日,二十四州惟一人。朝衣視坎趨前死,羽服行山即此身。」則自出手眼,實爲奇特。

曹松隱勛《乾道聖德頌》,自謂擬《元和》之作,然平平無佳處。

知稼翁黄公度《悲秋》詩最有名,然只是形,不是神耳。其《題嵩臺》詩云:「四山如畫古端州,州在西江欲盡頭。」二語切肇慶,確不可易。

王瞻叔之望《中興頌》一詩，亦非高作，而其論頗有理。至云「次山之文可也簡」，亦平允之論也。次山詩亦然。

劉屏山《汴京紀事》諸作，精妙非常。此與鄧栟櫚《花石綱詩》，皆有關一代事迹，非僅嘲評花月之作也。宋人七絕，自以此種爲精詣。阮亭先生所舉四十首，蓋借作印證，欲學者超入唐人耳。

《梁溪集》詩亦平雅，其《遊張公洞》五古長篇，雖不及香山，尚較皮、陸有實際。竹垞云：「尤延之、范致能爲楊廷秀所服膺，而不入其流派。」

朱子《齋居感興二十首》，于陳伯玉採其菁華，剪其枝葉，更無論阮嗣宗矣。作詩必從正道，立定根基，方可印證千條萬派耳。

袁機仲《通鑑紀事本末》，徽國文公讀之，有詩云：「要將報答陛下聖，矯首北闕還潸然。屬辭比事有深意，憑愚護短驚群仙。」讀此，足見機仲此書意識遠矣。

朱子《山北紀行十二章》，并注觀之，可抵一篇《遊廬山記》。

「舊學商量加邃密，新知培養轉深沉」，朱子《次陸子静韵》詩也。朱子詩自以此種爲正脈，蓋從道中流露也。而吴鈔轉不之及。

周益公自謂「人以老杜相期」，惟童敏德謂「不合學東坡」，殆非知詩者矣。吴鈔亦謂「其由白傅而溯浣花」。今看其詩，未能免於傖俚，已入楊誠齋法門矣。惟《高宗挽詞》差佳，吴所不取。

少室山房《詩藪》及方萬里跋並云「尤、楊、范、陸」，或又稱「蕭、楊、范、陸」，爲南宋四大家。見漁洋

《香祖筆記》。誠齋答堯章詩，又云「尤蕭范陸四詩翁」。竹垞獨以此爲四家，云尤公之作，流傳者寡，蕭特僅見其數首。後之論者，遂易之曰尤、楊、范、陸。

白石學詩于千巖，同時有黄巖老亦號白石，亦學於千巖，時稱「雙白石」云。千巖學於曾幾吉甫。

阮亭云：「范石湖之視陸放翁，何啻霄壤。」蓋平熟之中，未能免俗也。

石湖於桑麻洲渚，一一有情，而其神不遠。其佳處，則白石所稱「温潤」二字盡之。《巫山圖》一篇，辨後世媟語之誣，而語不工。且云「玉色頳顔元不嫁」，此更傖父面目矣。其後入蜀，又作《巫山高》一篇，亦不佳。

石湖善作風景語，于《竹枝》頗宜。范、陸皆趨熟，而范尤平迤，故間以零雜景事綴之，然究未爲高格也。

竹垞云：「正者極於杜，奇者極於韓，此躋夫三峰者也。宋之作者，不過學唐人而變之耳，非能軼出唐人之上。若楊廷秀、鄭德源之流，鄙俚以爲文，詼笑嬉褻以爲尚，斯爲不善變矣。」又曰：「今之言詩者，每厭棄唐音，轉入宋人之流派，高者師法蘇、黄，下乃效及楊廷秀之體，叫囂以爲奇，俚鄙以爲正。譬之於樂，其變而不成方者與。」又曰：「自明萬曆以來，公安袁無學兄弟，矯嘉靖七子之弊，意主香山、眉山，降而楊、陸，其辭與志，未有大害也。竟陵鍾氏、譚氏，從而甚之。」阮亭亦有「楊、范佻巧取媚」之論。

秦檜賣奸誤國，當時目爲金人姦細。而楊誠齋以栘中儗之，獨不畏下筆之不倫耶？篇末用杜語，亦帶傖父氣。誠齋過楚州淮陰侯廟(一)〔二〕詩,《(柱)〔桯〕史》謂壁間無繼者。此篇屬辭比事,可謂極工,然亦不過祇到元人分際。

誠齋《讀罪己詔詩》極佳,此元從真際發露也。若但取其嬉肆之作,則失之矣。

誠齋之詩,巧處即其俚處。

《讀唐人及半山詩》云:「半山便遣能參透,猶有唐人是一關。」此與嚴滄浪論半山之語相合,豈滄浪用此耶?然誠齋之參透半山,殊似隔壁聽耳,又不知所謂唐人一關在何處也。

寫景事有筆酣時,此則楊、范、陸三家之所同也。

誠齋之詩,上規白傅,正自大遠,下視子畏,却可平衡。

吴孟舉之鈔宋詩,於大蘇則欲汰其富縟,於半山則病其議論,而以楊誠齋爲太白,以陳後山、簡齋爲少陵,以林君復之屬爲韋、柳。後來頹波日甚,至如祝枝山、唐伯虎之放肆,陳白沙、莊定山之流易,以及袁公安、鍾伯敬之佻薄,皆此一家之言浸淫灌注,而莫可復返,所謂率天下而禍仁義者。吴獨何心,乃習焉不察哉?

誠齋之《竹枝》,較石湖更俚矣。

誠齋《寄題儋耳東坡故居》詩云:「古來賢聖皆如此,身後功名屬阿誰?」此套用蘇詩「古來重九皆如此,别後西湖付與誰」也,可謂點金成鐵。

誠齋屢用轆轤進退格,實是可厭。至云:「尤蕭范陸四詩翁,此後誰當第一功?新拜南湖爲上將，更牽白石作先鋒。」叫囂傖俚之聲，令人掩耳不欲聞。

石湖、誠齋皆非高格，獨以同時筆墨皆極酣恣，故遂得抗顏與放翁並稱。而誠齋較之石湖，更有敢作敢爲之色，頤指氣使，似乎無不如意，所以其名尤重。其實石湖雖只平淺，尚有近雅之處，不過體不高、神不遠耳。若誠齋以輕儇佻巧之音，作劍拔弩張之態，閱至十首以外，輒令人厭不欲觀，此真詩家之魔障，而吴鈔鈔之獨多。「自有肺腸，俾民卒狂」，孟子所謂「放淫息邪」，少陵所謂「别裁僞體」，其指斯乎？

吴竹洲《送錢虞仲兄弟》云：「窮愁懶漫吾猶故，文采雍容子甚都。」句下自注云「借用」。然「車騎雍容子甚都」，用相如事，已見蘇詩，不知何以注云「借用」也。

宋人七律，精微無過王半山，至于東坡，則更作得出耳。阮亭嘗言東坡七律不可學，此專以盛唐格律言之，其實非通論也。

樓大防之詩，密於考證，蓋其夙學如此。至於氣格，則終自單窘，未能自樹一幟。

後村稱王義豐詩「高處逼陵陽、茶山」。今觀其詩，清切有味，遠出誠齋、石湖之上，而世不甚稱之。即以近體中《姑蘇龍塘》云：「浮玉北堂三萬頃，扁舟西子二千年。」此豈南渡諸公所能耶？其他如「山在斷霞明處碧，水從白鳥去邊流」，「倚松茅屋斜開逕，近水人家半賣魚」，亦皆佳句。

竹垞嘗摘劍南七律語作比體者，至三四十聯。然亦不僅七律爲然，放翁每遇摹寫正面，常用此以舒其筆勢，五古尤多。蓋才力到正面最難出神彩耳，讀此方知蘇之大也。

放翁《謁昭烈惠陵及諸葛祠》詩：「論高常近迂，才大本難用。」竟是全用蘇句，但有顛倒，以下句作上句耳。

七古末句放平，初無一定之式，只看上面下來如何耳，又看通體如何。

放翁《荆州歌》七古，儼然《竹枝》。

放翁詩「我得茶山一轉語，文章切忌參死句」二語，自道其得力處也。

放翁五言古詩，平揖石湖，下啓遺山。

直用杜句，陸每有之，然與遺山之超脱不同。

楊、范、陸極酣肆處，正是從平熟中出耳，天固不欲使南渡復爲東都也。

雖以陸公有杜之心事，有蘇之才分，而驅使得來，亦不離平熟之逕。氣運使然，豪傑亦無如何耳。

放翁詩善用「痕」字，如「窗痕月過西」、「水面痕生驗雨來」之類，皆精鍊所不能到也。

放翁《稽山行》五言一首，意擬《吴趨》、《燕歌》之製也。「何以共烹煮」，句法猶近。

放翁以寶章閣待制修《實録》訖即致仕，優游鏡湖、耶谿間，久領林泉之樂。筆墨之清曠，與心地之淡遠，夷然相得於無言之表，固有在葉石林之上者，無論他人之未忘世諦者也。

自後山、簡齋抗懷師杜，所以未造其域者，氣力不均耳。降至范石湖、楊誠齋，而平熟之逕，同輩一律，操牛耳者，則放翁也。平熟則氣力易均，故萬篇酣肆，迥非後山、簡齋可望。而又平生心力，全注國是，不覺暗以杜公之心爲心，于是乎言中有物，又迥出誠齋、石湖上矣。然在放翁，則自作放翁之詩，初非希杜作前身者，此豈後之空同、滄溟輩但取杜貌者，所可同日而語。

止齋贊讀嘉邸，於孝、光間過宮之事，最致懃拳，《癸丑冬》一詩，可覘其志矣。此極有關係詩，而吳不鈔。

陳止齋詩，吳鈔稱其「得少陵一體」。然氣力單窘，尚在後山、簡齋之下。

王晦叔炎《雙溪集》詩，力庸格窘。

《梅磵詩話》稱「雪巢林憲景思詩，尤、楊二公皆許之。近世三衢鄭景龍編《宋百家詩續選》，摘出『群花飛盡楊花飛，楊花飛盡無可飛』等句，謂其超出詩人準繩之外」云云。此句殆所謂「下劣詩魔」者，不知選者何以稱之也？

陳唐卿造《官務命書》諸作，自白樂天《秦中吟》出，亦風人之旨，足以感人善俗者也。

唐卿亦有打諢處，然傖俚矣。打諢最要精雅。

水心《永嘉橘枝詞》三首，記永嘉土風，而以永橘起義，其第一首則專咏橘也。

薛士龍七言，以南渡俚弱之質，而效盧玉川縱横排突之體，豈復更有風雅？而吳鈔乃稱之。

西山真文忠公帥潭州日，《會長沙十二縣宰》之作，可謂「仁義之人，其言藹如」。

姜白石《除夜自石湖歸苕溪》十絶句，極爲誠齋所賞。然白石詩風致，勝誠齋遠矣，誠齋顧以張功父比之耶？

周方泉氣味頗自不俗，當在姜堯章伯仲間。

高菊磵翥詩，亦有風致，不減白石、方泉。當時書坊陳起刻《江湖小集》，自是南渡詩人一段結構，正何必定求如東都大篇，反致力不逮耶？

陳起絶句，如《秋懷》、《夜過西湖》之類，皆工。

四靈皆晚唐體，大率不出姚合、賈島之緒餘，阮亭謂「如襪材窘于方幅」者也。吴鈔乃謂「唐詩由此復行」。

徐璣之言曰：「昔人以浮聲切響、單字雙句計巧拙，蓋風騷之至精也。近世乃連篇累牘，汗漫而無禁，豈能名家哉。」趙師秀亦云：「一篇幸止有四十字，更增一字，吾末如之何矣。」右皆深悉甘苦之語。然亦惜其知專一而不知變化，故能事止于琢句也。師秀所謂「飽喫梅花數斗，使胸次玲瓏」者，全在工於鍊句處耳。

戴石屏《白紵歌》託寄清高，與樂府《白紵詞》之旨不同。

石屏有《論詩十絶》，其論宋詩曰：「本朝詩出于經。」此人所未識，而復古獨心知之。又謂「胸中無千百卷書，如商賈乏貲，本不能致奇貨」。此皆務本之言。而其詩純任自然，則阮亭所謂「直率」者也。

自唐之司空表聖、宋之敖器之，皆精於評語，爲譚藝家所推，而所自作，皆未能與所評相稱。若嚴滄浪五言數篇，稍與所談微中，《閨怨》、《懊儂》諸小詩，亦不減唐賢風味，但惜不多見耳。

朱繼芳《静佳乙稿》，俞桂《漁溪稿》，皆有秀韵。杜旃《癖齋集》長句，亦有風格。

戴昺，石屏之從孫也。其《答妄論宋唐詩體》云：「性情元自無今古，格調何須辨宋唐。」語意自是，而直率逞快者，未必不因乎此。

後村《齊人少翁招魂歌》諸篇，得長吉韵致。

阮亭嘗謂：「後村詩專用宋事，畢竟欠雅。」蓋直作故事入聯中，非如《讀崇寧長篇》、《題繫年録》諸作，咏感時事之謂也。

文信國《亂離六歌》，迫切悲哀，又甚於杜陵矣。

黄希聲文雷《昭君行》一篇，序中辨從來作者沿襲之誤，甚與本事相合。按《漢書》：「郅支既誅，呼韓邪單于且喜且懼，上書願朝。竟寧元年，單于入朝，自言願壻漢氏以自親。元帝以後宫良家子王嫱字昭君賜單于。」此與贊語中所述「孝文妻以漢女，增厚其賂」云云，情形迥乎不同，不得以和親事一概而論也。

吴惟信中孚小詩極有意味，不獨吴下老儒爲之下拜而已。

何潛齋夢桂深於《易》，吴鈔謂其詩淳樸，阮亭則與王義山同評爲「酸腐庸下」者也。

梁隆吉嘗以《登大茅峰》詩繫獄，蓋宋末詩人一志士也。此種當與《天地間集》諸詩，同作知人論世之慨，不必盡以格律律之。

牟獻之《題淵明圖序》云：「江州刺史王茂弘諸孫，已荷朝寄，猶知有賦《歸去來》者。於此時遣白衣擔酒遠餉，邂逅一醉，大是奇事。集中九日詩僅兩首，而王弘所餉己酉九日，十有餘年略不見於詩。

此翁志節耿亮，與秋俱高，固不暇於歲歲皆詩。『此中有真意，欲辨已忘言』，正當求之言句之外可也。」此論固獻之以自寓耳，亦翻舊生新。《居易録》稱其《九日詩序》「發前人所未發」，倘指此耶？

皐羽諸樂府，慷慨飛動，《騷》之裔也。然帶巫覡氣，故非盛世之音。

皐羽《晞髮近稿》一卷，詩五十首，皆近體，即阮亭所謂「才盡」者。後附《天地間集》十餘首，即阮亭所謂「此太寥寥，當是不完之書」。

南渡自四靈以下，皆摹儗姚合、賈島之流，纖薄可厭。而《谷音》中數十人，乃慷慨頓挫，轉有阮、陳、杜少陵之遺意。此則激昂悲壯之氣節所勃發而成，非從細膩涵泳而出者也。

天台山人黄星甫，嘗於粤中詩社試《枕易》詩，推爲第一。考官李侍郎應祈批：「詩題莫難於《枕易》，蓋以其不涉風雲雨露、江山花鳥，此其所以爲難也。」然後四句，頗寓易代之感，此則文外寄託。元初之詩，亦宋一二遺民開之，況其詩半在入元後所作，似乎入元亦是。若另爲數卷以别於元人，其庶幾可乎。

林同《魏孝子》詩，以「陟屺」望母，不比狄參軍之望雲，亦前人所未道。

周草窗詩，肌理頗粗。

《許彦周詩話》云：「覺範《題李愬畫像》，當與黔安並驅。」然其他篇，亦有氣格近山谷處。

石洲詩話卷五

大興翁方綱

遺山撰録《中州集》云：「國初文士，如宇文太學、蔡丞相、吴深州等，不可不謂之豪傑之士。然皆宋儒，難以國初文派論之。故斷自正甫爲正傳之宗，党竹谿次之，禮部閒閒公又次之。」遺山之論如此，而顧俠君乃以遺山入元詩，何耶？

朱諫議之才《和東坡跋周昉欠伸美人》，用漢宫李夫人「轉面不顧」事，頗精。全篇合看，尚非高作耳。

朱葭州自牧句云：「寒天展碧供飛鳥，落日留紅與斷霞。」頗工。

党承旨《粉紅雙頭牡丹》詩，不爲高作。

屏山李先生純甫《赤壁風月笛圖》一詩，即遺山《赤壁圖》所本。

照了居士王彧《和二宋落花詩》，頗傖劣。

遺山舉李長源佳句，如「洛陽才子懷三策」之類凡數聯。阮亭則於中獨舉「烟波蒼蒼孟津戍，旌旗歷歷河陽城」一聯。愚謂長源《懷淮陰》詩「渭水波濤喧隴阪，散關形勢軋興元」，氣格亦不減古人也。大約以幽、并慷慨之氣出之，非盡追摹格調而成。

遺山金亡不仕，著《壬辰》之編，撰《中州》之詩，掩淚空山，殫心野史，此豈可以元人目之？顧俠君選《元百家詩》，既欲自附於《中州集》，知人論世之大義，而開卷先錯謬如此，此何説也？

當日程學盛於南，蘇學盛於北，如蔡松年、趙秉文之屬，蓋皆蘇氏之支流餘裔。遺山崛起党、趙之後，器識超拔，始不盡爲蘇氏餘波沾沾一得，是以開啓百年後文士之脈。則以有元一代之文，自先生倡導，未爲不可，第以入元人，則不可耳。

遺山以五言爲雅正，蓋其體氣較放翁渟静。然其鬱勃之氣，終不可掩，所以急發不及入細，仍是平放處多耳。但較放翁，則已多渟蓄矣。

遺山五古，每叠一韵，以振其勢，微與其七古相類。蓋肌理稍疏，而秀色清揚，却自露出本色耳。五言詩，自蘇、黄而後，放翁已不能脚踏實地。居此後者，欲復以平正自然，上追古人，其誰信之？雖以遺山秀筆，而執柯睨視，未之審也。甚矣取逕之難也。

遺山七言歌行，真有牢籠百代之意。而却亦自有間筆、對筆，又攙和以平調之筆，又突兀以叠韵之筆，此固有陸務觀所不能到者矣。

遺山七古，詞平則求之於氣，格平則求之於調。

合觀金源一代之詩，劉無黨之秀拔，李長源之俊爽，皆與遺山相近。而由遺山之心推之，則所奉爲一代文宗如歐陽六一者，趙閒閒也；所奉爲一代詩宗如杜陵野老者，辛敬之也。至於遺山所自處，則似乎在東坡，而東坡又若不足盡之。蓋所謂乾坤清氣，隱隱自負，居然有集大成之想。

《梁園春五首》，可與《西園詩》相印證。

遺山樂府，有似太白者，而非太白也；有似昌谷者，而非昌谷也。「切響浮聲發巧深」一篇，蓋以縛于聲律者，未必皆合天機也。然音節配對，如雙聲叠韵之類，皆天地自然之理，亦未可以「巧」字概抹之。

《論詩絶句》「奇外無奇」、「金入洪爐」二篇，即先生自任之旨也。此三十首，已開阮亭「神韵」二字之端矣，但未説出耳。

《梁園春》、《續小娘歌》、《雪香亭雜咏》，皆關係金源史事與遺山心事。

顧俠君所選元詩，凡三集，漁洋、竹垞並稱述之。然漁洋所稱，只初集之百家而已，或後兩集漁洋未及見耶？

李莊靖詩，肌理亦粗。説者乃合韓、蘇、黄、王以許之，殊爲過當。

爾時蘇學盛於北，金人之尊蘇，不獨文也，所以士大夫無不沾丐一得。然大約于氣概用事，未能深入底蘊。

遺山雖較之東坡，亦自不免肌理稍粗。然其秀骨天成，自是出群之姿。若無其秀骨，而但于氣概求之，則亦末矣。

顧俠君謂元人用韵，頗有淆譌，而入聲尤甚。或以北方土語，混入古音；或以閩、越方言，謬稱通用。如庚、青、蒸與真、文韵同押，再如魚、虞與支、齊同押，此豈非變而太過者，然其來已久矣。若劉静修《桃源行》：「漁舟載入人間世，却悔桃花露蹤跡。」此則竟是北方土音之偶相似者，未及檢審耳。

然竊疑遺山《虞坂行》「孫陽騏驥不並世」句亦是如此，雖上已有韵，而以文勢論之，此句似叠一韵者耳。

靜修全學遺山。遺山風力極大，而所受則小。若靜修之《桃源行》云：「小國寡民君所憐，賦役多慚負天子。」則傷於小巧矣。

宋人諺云：「江南若破，白雁來過。」靜修《白雁行》即賦此事也。靜修詩，純是遺山架局，而不及遺山之雅正，似覺加意酣放，而轉有傖氣處。即以調論，細按亦微有未合。以遺山之天骨開張，學之者自應別有化裁。如靜修之詩，第以雄奇磊落之氣賞之可耳，若以詩家上下源流之脈言之，殊未入於室也。

方虛谷《秋晚》詩云：「堂堂陳去非，中興以詩鳴。」又云：「恭惟陳無己，此事獨兼之。」看其意甚尊兩陳。

又云：「沈宋非不工，子昂獨高步。畫肉不畫骨，乃以帝閑故。」以此論詩，其旨隘矣。然末二句，可作東坡《韓幹馬》七古長篇注脚。

方虛谷論宋詩，如謂宋初諸公，李文正、徐常侍昆仲、王元之、王漢謀爲白體，楊、劉、二宋、張乖崖、錢僖公、丁崖州爲崑體，寇萊公、魯三交、林和靖、魏仲先父子、潘逍遥、趙清獻之徒爲晚唐體，皆是。獨以蘇子美與歐陽公稱「二難」，相爲頡頏，又謂梅聖俞爲唐體之出類者，此則未喻其旨。大約虛谷之意，以江西體裁，量後先諸家。於蘇門中，獨取張文潛，謂「自然有唐風，別成一宗」。

西崑之靡弱，江西以粗勁反之，四靈以清苦洗之，而又太狹淺。此馮定遠之言也。

虛谷自言七言決不爲許渾體，妄希黄、陳、老杜，力不逮，則退爲白樂天及張文潛體。五言慕後山苦心久矣，亦多退爲平易，蓋其職志如此。

戴帥初詩「寒起松鳴屋，吟圓月上身」，「老樹背風深拓地，野雲依海細分天」，「鄉山雲淡龍移久，湖市春寒鶴下遲」，皆佳句也。又如「甃塹水温初荇菜，粉墻風細欲梨花」，「六橋水暖初楊柳，三竺山深未杜鵑」，此二聯句法亦新。

耶律文正詩，阮亭評爲「質率」。《池北偶談》摘其《從軍西域》數詩，以爲頗有風味。今統觀之，大約總不出乎「質率」。

蘇子卿上林雁足書事，乃詭言以動單于，非實有其事也。至元郝伯常使宋，被留於真州，汴中民射雁金明池，得繫帛書云：『霜落風高恣所如，歸期回首是春初。上林天子援弓繳，窮海孤臣有帛書。』中統十五年九月一日放雁，獲者勿殺。國信大使郝經書於真州忠勇軍營新館。」是時南北隔絶，不知中統之爲至元也。中統十五年，即至元十一年也。明年乙亥四月，奉使還。

郝伯常《唐十臣像歌》，每人四句，平板實無義味。

子昂云：「作詩用虛字殊不佳，中兩聯填滿方好。」以此力矯時弊。此言雖近于有意，然初學正不可不知。

趙子昂《東陽八咏樓》詩，頗有風致。

袁伯長才氣，在趙子昂之上。

伯長《上京雜咏》，叙次風土極工，不減唐人。

馬伯庸詩，亦極展才氣。然較之袁伯長，覺邊幅稍單窘矣。

漁洋謂「仲章境地未能深造，歌行間工發端，而窘於邊幅。視同時虞伯生、范德機，亦諸侯之附庸也」。今觀其詩才，又在馬伯庸之下。子師泰有《玩齋集》，父子相繼，著述並傳，亦盛事也。

張中丞養浩《贈劉仲憲》一詩，七古至六十八韵，然殊平漫。

許有孚《泠然臺雪用東坡聚星堂韵》之作，並非禁體，詩亦不工。

有宋南渡以後，程學行於南，蘇學行於北，其一時才人俊筆，或未能深入古人腠理，而一二老師宿儒之傳，精義微言，專在講學，又與文家之妙，非可同條而語。至如南宋諸公之學，尤在精于考證，如鄭漁仲、馬貴與以逮王深寧，源遠流長，百年間亦須有所付受。入元之代，雖碩儒輩出，而菁華醞釀，合美爲難。虞文靖公承故相之世家，本草廬之理學，習朝廷之故事，擇文章之雅言，蓋自北宋歐、蘇以後，老于文學者，定推此一人，不特與一時文士争長也。

道園兼有六朝人醖藉，而全於含味不露中出之，所以其境高不可及。嘗有「少陵愛何遜，太白似陰鏗」之句，實亦自道。

虞伯生七律清深，自王荆公以後，無其匹敵。

虞伯生《竹枝歌》，不減劉夢得。

伯生七古，高妙深渾，所不待言。至其五古，於含蓄中吐藻韵，乃王龍標、杜牧之以後所未見也。至治、天曆之間，館閣諸公如虞伯生、袁伯長、王繼學、馬伯庸，每多唱和，如《代祀西嶽》、《上京雜咏》之類。

田汝成《西湖志餘》所載「順帝即位時，馬尾縫眼，由是兩目喪明」之事。顧氏但據史「寧宗殂時，曾召入議政，謝病歸」，以證其誣。然爲此説者，第因文靖晚年目疾而傅會耳。予前年得宋宣和畫猫卷，有文靖題云：「『御筆製猫毛毻奇，畫師雖巧亦難齊。中原麟鳳知多少，未得君王一品題。』至正五年夏仙井虞集。」按至正五年文靖已七十四矣，筆勢尤蒼逸，信乎前説之誣也。

文靖有一筆可當人數十筆處，而又于風流醖藉得之，並不枯直。

楊仲弘詩，骨力既孱，格調復平，設色賦韵，亦未能免俗，不解何以與虞齊名？仲弘格力，尚在袁伯長、馬伯庸之下。乃鐵崖《西湖竹枝序》云：「我朝詞人能變宋季之陋者，稱仲弘爲首，而范、虞次之。」此真不可解也。

范文白詩頗有格調，亦不能深入。此事有格調，則可以支架矣，亦較楊仲弘稍雅。

仲弘覺有盛氣，故有「百戰健兒」之稱。德機純就格調，故有「唐臨晉帖」之目。然而德機之格調，亦自不能堅實，與仲弘之盛氣等耳。

揭曼碩《曉出順承門有懷太虚》五言四句，全襲古詩，只改「東門」爲「南門」，其餘不易一字。此真不可解也。

虞伯生嘗謂揭曼碩詩如「三日新婦」，己詩如「漢庭老吏」。揭聞之不悦，故《憶昨》詩有「學士詩成每自誇」之句。虞得詩，謂門人曰：「揭公才力竭矣。」因答以詩云：「故人不肯宿山家，夜半驅車踏月華。寄語傍人休大笑，詩成端的向誰誇？」并題其後云：「今日新婦老矣。」按揭曼碩詩，格調固自不乏，然亦不能深入，雖間有秀色，而亦不爲新艷，不知所謂「三日新婦」與「美女簪花」者，何以肖也？總之，楊、范、揭三家，不應與虞齊名。其所以齊名者，或以袁伯常、馬伯庸輩，才筆太縱，轉不若此三人之矜持格調者，謂可以紹古乎？然以格調論之，范稍雅飭，揭稍有致，楊則平平，皆非可語於道園之「學古」也。

黄文獻爲有元制作大手，其詩亦具風骨，而入之不深，放之不大。若比楊仲弘，則固勝之遠矣。此究是讀書人詩也，只不能超然脱化耳。

以詩筆論之，黄文獻應在袁、馬之次。

柳道傳《觀趙使君所藏書畫古器物》詩，太平直無節族變化。試以梅都官《三館書畫》詩比之，則優劣見矣。

柳道傳詩有矩矱，亦未能含蓄變化，聲調亦不能開拓，大抵黄晉卿伯仲間耳。歐陽原功詩，所傳雖不甚多，而精神亦少，又在黄、柳之次。蓋學有本原，詞自規矩，初非必專精於詩也。

薩天錫《白翎雀》一首，學虞伯生作，可謂點金成鐵。

薩雁門《京城春暮》七律，太像小杜。雁門詩多如此者，然似此轉非善學小杜，不過大致似之耳。天錫《雀鎮阻風》云：「南人北人俱上塚，桃花杏花開滿城。」此是自然風致。天錫七律，故不深入，然其才情有餘，則亦有詞到而氣格俱到者矣。雁門自有才情，然句法有太似前人者，則以其中未嘗深入故耳。雁門風流跌宕，可謂才人之筆。使生許渾、趙嘏間，與之聯鑣並馳，有過之無不及也。

王子宣《宫詞》云：「南風吹斷采蓮歌，夜雨新添太液波。水殿雲廊三十六，不知何處月明多。」王龍標、杜樊川之流亞也。然昔人論此篇，却謂不及薩天錫之作。天錫云：「清夜宫車出建章，紫衣小隊兩三行。石闌干外銀燈過，照見芙蓉葉上霜。」此則才人之極筆矣。愚謂即此二詩，而元、明兩代與唐人離合遠近之故，已自判然，不待拈諸大篇而後知也。

薩天錫詩，宫詞絶句第一，五律次之，七古、七律又次之，五古又次之。再加含蓄深厚，杜牧之不是過也。

顧秀野《元百家詩》，體裁潔浄，勝于吴孟舉《宋詩鈔》遠矣，猶嫌未盡審别雅俗耳。如關係史事，及可備考證者，自不應概以文詞工拙相繩。若其言懷叙景之作，自當就各家各體，從其所長，而去其所短。一人有一人之菁華，豈必一例編載，陳陳相因哉？

宋子虚七言樂府諸篇，馮海粟所極賞者。藻力雖極横逸，然不無矯强處，非薩雁門天然清麗可比，似未可概以古錦囊中語目之。

宋子虛《李翰林墓》詩：「承恩金馬詔，失意玉環詞。」雖太白復生，亦當激賞。子虛《春別》云：「楊柳昏黄晚西月，梨花明白夜東風。」可謂清新未經人道。《西湖酒家壁畫枯木》云：「拗怒風雷龍虎氣，盤摺造化乾坤力。」「造化乾坤」，復見句中，可乎？宋子虛詩題中稱唐玄宗爲李三郎，此小説口角，烏可以入詩哉？元人文字，所以漸流於曲子也。宋子虛《西湖》詩云：「戀著銷金鍋子暖，龍沙忘了兩宫寒。」語雖直致，可當宋詩史。宋子虛《嘷囈集》咏古諸作，甚塵陋。《題龔翠巖中山出遊圖》七古亦劣。張蜕庵《范寬山水》一首中，忽插九言一句，似未盡叶。元人如宋子虛之類，才氣非不豪縱，然其音節，未必皆天然合拍者也。

張仲舉不爲孛羅帖木兒草詔，《自誓》一詩，足表千古矣。

蜕庵《小遊仙》詞八首，勝於曹堯賓。

蜕庵才調富有，兼以宕逸之氣出之，阮亭先生稱其有法度。阮亭所見，乃洪武三年錫山郎成鈔本，凡四卷，稱書法妍妙，逼真佛遺教經。此本秀野當未見也。

楊廉夫序《玩齋集》，論元一代之詩，有「郝、元初變，未拔於宋；范、楊再變，未幾于唐」之語，此似以遺山入元詩。然第一時稱述之詞，從流溯源之論耳，未可以爲據也。

當時之論，以虞、楊、范、揭齊名。或者又以子昂入之，稱虞、楊、趙、范、揭。楊廉夫序貢師泰《玩齋集》，又稱「延祐、泰定之際，虞、揭、馬、宋，下顧大曆與元祐，上踰六朝而薄《風》、《雅》」。金華戴叔能序陳學士基《夷白齋集》云：「我朝自天曆以來，以文章擅名海内者，並稱虞、揭、柳、黄。」鐵崖又序鄭九成曰：「虞詩爲宗，趙、范、楊、馬、陳、揭副之。」此言是矣，而不及袁伯長。由此觀之，可見諸公齊名，元無一定之稱。楊、范、揭與馬、宋等耳，皆非虞之匹。趙子昂亦馬伯庸伯仲。黄、柳雖皆著作手，而以詩論之，亦不敵虞。爾時論者，必援虞以重其名耳。

貢玩齋《黄河行》七古，中間及結處，忽然叠下《騷》句，又插以四言，似于音節太硬。昔阮亭嘗以雜言長句，爲英雄欺人，然亦看上下音節何如耳。

玩齋《題韓滉移居圖》詩，清勻有節。元人七古，多濃鋪金粉，似此者正不可多得。

玩齋《學圃吟》七古長篇中「水菘山芥菠薐笟」云云，一連排蔬果名目，至十句之多，亦前人所未有也。

玩齋力清勁而韵深秀，又非横逞才氣者可比。

玩齋《題蘇子瞻像》詩甚奇。其《題淵明小像》云：「呼童檢點門前柳，莫放飛花過石頭。」則細意之作也。一作袁敬所詩，恐誤。蓋敬所嘗書此詩耳。

玩齋《西湖竹枝》亦工。

張蜕庵、貢玩齋皆元末大家。玩齋元亡隱吴淞江上，其才致清逸，殆不讓雁門。

前輩有一篇名作，後人多效之。如虞道園《白翎雀》，迺易之《京城燕》詩效之，薩天錫又效之。易之《金臺集》，風格翹秀，多有關風化之言，不苟爲炳炳烺烺者也。

蜕庵、玩齋、易之諸什，皆具有風骨，非漫爲彩色者。置諸馬伯庸、揭曼碩諸公間，正自未肯多讓。鹿皮子陳樵《寒食詞》：「緜上火攻山鬼哭，霜華夜入桃花粥。重湖烟柳高插天，猶是咸淳賜火烟。」語濃意警。阮亭謂其有「麥秀、黍離之痛」。

陳居采詩，學温、李而有清奇之氣。

謝宗可咏物詩凡百篇，題既皆出雕鐫，詩亦刻意纖瑣，大率有形無神，所謂麗而無骨者也。然亦不能十分綺麗，以其都是平鋪耳。

吳淵穎《泰山高》，仿歐公《廬山高》也，奇氣似欲駕出其上。韓文公云：「横空盤硬語，妥帖力排奡。」此評孟東野，却不甚肖，若以評吳淵穎，却肯也。淵穎詩奇情異彩，都從生硬斫出，又以自己胸中鎔經鑄史之氣，而驅使一時才俊之字句，卓然豪宕，凌厲無前。視黄、柳諸公，不啻倍蓰過之。但細按之，未免出於有意耳。

吴正傳才藻凡弱，不能與黄、柳相抗，又勿論立夫也。

歐陽原功叙周衡之《此山集》云：「宋、金之季詩人，宋之習近骫骳，金之習尚號呼。南北混一之初，猶或守其故習，今則皆自刮劘而不爲矣。世道其日趨于盛矣乎。」此論特借《此山集》發之耳。

李長吉詞調藻韵，故自艷發。然至元人，不拘何題，不拘何人，千篇一律，千手一律，真是可厭。其一二體氣稍弱者，亦復效之，實無謂也。

朱德潤《德政碑》、無禄員諸詩，亦香山《秦中吟》之遺意，而語益切，至使聞者足以戒。此皆有用之文也。

長沙陳志同歌行，如《趙子昂畫馬歌》、《朔方歌》、《萬里行》諸篇，嶔崎磊落，在元人諸名家中，卓然有風骨，不徒以金粉競麗者。昔漁洋先生從人借宋、元人詩集數十種，獨手鈔《所安遺藁》一卷，良是具眼。又先生《居易録》云：「陳泰志同歌行，馳騁筆力，有太白之風。在元人諸名家中，當居道園之下，諸公之上。而名不甚著，豈名位卑耶？」今觀其詩，如《萬里行》之類，實有似太白處。然合一卷通看之，似尚未可遽躋諸道園之次。合看其一二近體，即知之矣。若較楊仲弘輩，則固勝之耳。至顧秀野乃以「清婉」評之，則殊屬違戾，此直似不知詩者之言。

杜清碧，即撰宋末遺民詩《谷音》者。漁洋先生評其自作殊庸膚，無足採者也。清碧嘗自謂得楊仲弘詩法。

余忠宣五言，卓有風骨，非同時諸家所可及。此與陳龍泉泰七言，並當拔萃者也。

歐公《廬山高》用江韵尚可，若胡儆軒《海棠給四江韵》一篇，則幾于有韵無詩矣。

周伯温《天馬行》，咏至正二年壬午七月西域拂郎國獻馬，詩語頗得應制之體。陸河南仁亦有歌，極爲楊鐵崖所稱。然平板無生氣，較伯温作，遜之遠矣。

張思廉《咏史》諸樂府，皆不如《代魏徵田舍翁詞》一篇。

張思廉驚才絶艷，然純是雄冠劍佩氣象。殆天所以位置斯人，故不爲春容和鳴耳。

鐵崖《湖龍姑曲》全與張思廉作相同，中只换數字。豈改而存之，未暇芟去耶？

《禽言》，亦樂府、《竹枝》之一類也。然廉夫《禽言》，亦自不能出奇。蓋《禽言》達意，元不能出奇，即都官《泥滑滑》一首，亦只神韻佳耳。

廉夫自負五言小樂府在七言絶句之上。然七言《竹枝》諸篇，當與小樂府俱爲絶唱，劉夢得以後，罕有倫比，而《竹枝》尤妙。至于七言長篇，則張思廉亦有之，仍是從李長吉打出耳。

楊廉夫詩：「夜半酒酣呼阿吉。」「吉」字注「平聲」。此與《日下舊聞》所載《賣驢券》中語同。小朱何以獨譏之？

《漫興七首》序云：「學杜者必先得其情性語言而後可，得其情性語言，必自《漫興》始。」朱竹垞嘗譏其不知「興」字本爲「與」字之訛。然姑無論此，即以學杜而論，亦豈可先自此等絶句入手？此廉夫自文其弔詭之習，而援儒入墨之論也。○若以此爲學杜入逕，則必專以《江上尋花》、《風雨看落花》等詩爲職志。此種在杜公原自有大處，而專目此爲杜公之情性語言所在，則謬矣。所謂情性，猶言脾氣，非性情之謂也。杜詩原有此二字。

《竹枝》本近鄙俚。杜公雖無《竹枝》，而《夔州歌》之類，即開其端。然其吞吐之大，則非但語《竹枝》者所敢望也。劉夢得風力遠不能躋杜、韓，而惟《竹枝》最工，可見其另屬一調矣。虞伯生竟以清遒得之，楊廉夫乃以浮艷得之，非可以一概與杜論也。

編録《竹枝》，竟須以劉、虞、楊三家爲主。

楊之妙處，自不可掩。而其他詩之靡，亦不可掩。

《小游仙》，以廉夫之艷彩爲之，自有奇情，迥非唐人之濫可比。

鐵崖《毘陵行》，結處以兩句叠作收場，此從來所未有也。

玉山主人云：「所謂嬉春體，即老杜以『江上誰家桃李枝，春寒細雨出疏籬』爲新體也。先生謂詩人多爲宋體所梏，故作此體變之云。廉夫嬉春體七律，一云《賦俏唐體遺錢塘詩人學杜》者，此猶之《漫興七首》意也。杜公七律中似此者自言『效吴體』、『戲爲俳偕體』，在杜律中拗平仄者已是變體，此則杜公之變而又變者。廉夫乃持此以告當世之學杜者，豈非『不揣其本，而齊其末』者哉？此種在杜公已屬俳偕，而在廉夫集内，則尚算拘謹者矣，固無怪其自負爲去杜不遠耳。」玉山與鐵崖情迹最密，此言必親受之。但不知所謂以此體變「宋體」之「所梏」者，是何機括？元音靡弱，正是太趨長吉一派，而中少骨力耳。南宋之弱，又與元之靡弱不同，烏可以宋體爲詞哉？

楊廉夫自命學杜，正如老旦扮外，上場道白，時露情態。廉夫於元末時事，洞在胸中，而沉酣聲伎，此達人之識，不待吟《老客婦》也。觀其在張士誠席上一絶，足見一斑矣。此詩在廉夫集中，却屬去杜不遠，正不必其摹杜之詞也。

張光弼《白翎雀歌》，竹垞取入《明詩綜》，亦是清直之作，非可與道園詩同論。但舉以證題，作本事詩可耳。

張光弼酒間爲瞿宗吉誦其《歌風臺》詩，以界尺擊案，淵淵作金石聲。然此詩只起二句豪邁稱題，以下亦不能酣恣也。

張光弼之詩，竹垞謂其派出西崑，未免過于濃縟。然其筆勢，却自平直。詩固不妨淺澹，然雲林則未能免俗。

元人之綺麗，恨其但以淺直出之耳，此所以氣格不逮前人也。

周石初霆震序張梅間集曰：「近時談者，糠粃前聞，或冠以虞邵庵之序，而名《唐音》，有所謂『始音』、『正始』、『遺響』者，孟郊、賈島、姚合、李賀悉在所黜。或託范德機之名，選《少陵集》，止取三百十一篇，以求合於夫子刪《詩》之數。承譌踵謬，轉相迷惑，而不自知。」蓋石初持論耿介，不苟隨時者也。石初多亂離紀事之作，有關史事。

王梧溪《夜何長》三疊，蓋寓亂極思治之意，不減甯越《扣角歌》。

王梧溪《白翎雀引》亦主石德閭，而其詞該括有元一代興亡之事，其旨則《書無題後》詩云：「莫識《白翎》終曲語，蛟龍雲雨發無時。」可以相證也。

王原吉才力富健，而抑揚頓挫，不盡如元人概塗金粉，至此而元人之境與宋人之境歸於一矣。

華彦清幼武詩，竹垞評其淺易。其《義兵行》一篇，雖從《兵車行》脱出，而質直潔浄，尚不同呑襲調子。

丁鶴年《題鳳浦方氏梧竹軒》七律，時作者俱爲斂衽。然末句「共負奇才」，似乎再一含蓄更妙。鶴年翿血葬母，忠孝性成。其《感夢》、《遷葬》諸什，悲痛沉鬱，《異鄉清明》一律，直到杜公。

顧仲瑛《次鐵崖天寶宮詞韵》云：「韓虢並騎官厩馬，醉攙丞相踏堤沙。」可謂翻新。

仲瑛小詩，極擅風致，《竹枝》固頡頏鐵崖，題畫亦足配雲林。崑山亭館三十六處，鐵崖《吴咏》所謂「三十六橋明月夜，姑蘇城裏有瓊花」也。按仲瑛有二妓，曰小璚花、南枝秀。其《花游曲》所謂「璚花起作回風杯」，蓋亦指此。

顧仲瑛《玉山璞藁》，雖皆一時飛觴按拍，豪興吐屬，然自具清奇之氣。其一段遐情逸韵，飄飄欲仙，乃有楊鐵崖所不能到者。

張伯雨《竹枝詞》「黄土築墻茅蓋屋，門前一樹紫荆花」，漁洋所極推賞也。其《西湖竹枝》云：「光堯内禪罷言兵，幾番御舟湖上行。東家鄰舍宋大嫂，就船猶得進魚羹。」可備故實。○漁洋極賞貞居絶句，謂有坡、谷遺風。

葉静齋《草木子》云：「趙仲穆，子昂之子，宋秀王後裔，能作蘭木竹石。道士張伯雨題其墨蘭云：『近日國香零落盡，王孫芳草徧天涯。』仲穆見而愧之，遂不復作。」然「王孫」之怨，以諷子昂可耳，又以諷仲穆，則太紛紛矣。

張伯雨方外畸人，其《遊仙詞》特爲奇麗。金相蔡松年跋東坡墨蹟所云「醉笑調歌，靈音相答，皆九霞空洞中語。後復有神遊八表者，傳誦而來，洗空萬古俗氣」數語，髣髴遇之。

仇山村《讀陳去非集》云：「莫道《墨梅》曾遇主，黄花一絶更堪悲。」其首句云：「簡齋吟册是吾師，句法能參杜拾遺。」山村之言曰：「近世集唐詩者，以不用事爲第一格。少陵無一字無來處，衆人固不識也。若不用事云者，正以文不讀書之過耳。」蓋其志杜如此。其詩則《興觀詩集》，止七言近體三十八首，因卷首有王修撰希範大書「興觀」二字，遂以名之。後有石嵓民瞻跋，稱其「手書筆筆無倦意，他日貴游子弟捐一石刻之，使吾輩皆得墨本，以刮目散懷，亦一奇事」。此本即漁洋所謂「格調靡靡，遠在趙子昂下」者也。《閻氏園池》、《春日田園雜興》、《遊石室洞》三首，漁洋稱其「差可觀，亦皆淺淺耳」。又漁洋所稱《輓陸右丞》「甘抱白日没，不知滄海深」二句，實警策語也。

龔子敬璛《咏史》有「文若縱存猶九錫，孔明雖死亦三分」之句，爲時傳誦。其咏《岳王孫縣尉復仇》、白宋末齊名，皆有小致耳，論者乃等諸元初之歐、虞，過矣。

楊文憲奂《録汴梁宫人語十九首》，即宫詞之遺意，而裁作五言，爲小變矣。文憲又嘗作《汴故宫記》。

七言歌行，以極長之句，雜以《騷》體，中插三言、四言，皆所不難，獨中間插入七言整句一聯，則頗難合拍，雖以歐公《廬山高》，尚未免以氣勝壓人也。求於此等處拍出正調之七言，而從容中節，毫無强拗，蓋洵所罕見。所以漁洋極不勸人爲此。

陳剛中孚《安南即事》五律長篇，可當《安南志略》。

鄧善之際元之盛，一時如范德機、高彦敬、趙子昂、鮮于伯機輩，皆相與往來，其詩亦名重一時。而今觀之，殊多膚率。

善之集中題畫詩極多，想一時所接，皆勝流鑒藏家也，而其詩皆不足觀。

高房山小詩，有勝於雲林處。

盧彦威亘《讀王維夷門歌》，雖意在懷古，而語頗直率。序云：「用其意作歌續其後。」不知所謂用其意者，用其何意也？

任松鄉士林《題翰墨十八輩封爵圖》，用事頗巧。

于紫巖以李長吉《金銅仙人辭漢歌》未能達意，因作《後歌》以廣之，此所謂畫蛇添足。

「山圍花柳春風地，水浸樓臺夜月天」，此紫巖所足西湖句也，雖平正而尚雅。然西湖詩以「樓臺」對「花柳」，不嫌稍熟乎？

傅汝礪詩有格調，其用小謝體詩，神貌俱似。《劍門圖》一首，直用杜韵，却無出路。

虞公極賞傅若金《古松圖歌》，由是名動京師。然末句仍回到首句之意，未免味薄。雖多一韵，以唱嘆出之，然此句似不必叠韵也。

《渾沌石行》，賦武侯八陣磧中小石也。其詩仿少陵《古柏行》，此固不爲化境，然與李景文一輩不同。至於《題劉伯希古木》、《雙劍圖歌》之類，則真得杜意，宜乎漁洋謂其「歌行得子美一鱗片甲」也。

《送鄧朝陽歸赴分寧州杉市巡檢》詩末句云：「我有家君欲寄將。」此上三、下四句法，自韓公以後，人罕爲之。然與礪筆雖清勁，而與韓派法自殊，似未叶合。

傅與礪歌行之學杜，自後山、簡齋不及也。然尚恨未能出脱變化，此亦邊幅之隘，難以相强者也。

宋誠夫本大都人，至治元年廷試第一人。其殿試詩云：「扶摇九萬風斯下，禮樂三千日未斜。」此真狀元語也。

誠夫《大都雜詩》，亦學樊川，可與薩雁門雁行。

歐陽元功謂：「宋顯夫詩，務去陳言，雖《大堤》之謠，《出塞》之曲，時或馳騁乎江文通、劉越石之間，而燕人淩雲不羈之氣，慷慨赴節之音，一轉而爲清新秀偉之作，齊、魯老生不能及也。」此可參證吾北平人詩脈。

宋顯夫襞才力在誠夫之下。

王繼學《題蘭亭定武本》五古，以周成顧命垂戈爲比，其意竟以《定武》爲昭陵玉匣之本上石者矣。詩不佳。

繼學《行路難》二首，調諧詞達。

繼學《竹枝》本灤陽所作，山川風景，雖與南國異，而《竹枝》之聲，則無不同。鐵崖《西湖竹枝詞序》云爾。

元時如傅與礪之似杜，李溉之之似李，皆有格調而無變化，未免出于有意耳。

鐵崖謂：「善作《琴操》，然後能作古樂府。和余操者李季和爲最，其次夏大志也。」今觀李季和《和鐵崖箕山操》，誠爲近古。金仁山作有「廣」字，自不同。

五峰五古，喜言仙家事。

五峰《鐵笛歌》：「具區下浸三萬六千頃之白銀浪，洞庭上立七十二朵之青瑶岑。」下一句調不合，須添一字。

李季和詩非一調，大約本之《詩》、《騷》，亦有似佛偈者、道籙者，時出叶韵，以爲近古，頗似英雄欺人。

元人專於風調擅場，而句每相犯，如「銀河倒挂青芙蓉」等類之句，殆幾于人人集中有之。其所謂枕藉膏腴者，不出太白，則出長吉，此唱彼和，摇鞞拊鐸，至于千篇一律，曾神氣之不辨，逕路之不分，其亦可厭也已。

黄子久嘗終日在荒山亂石叢木深篠中坐，意態忽忽。每往泖中通海處，看激流轟浪，雖風雨驟至，水怪悲咤，不顧也。作詩亦須如此用功，乃有得耳。

黄清老《送海東之》雜言古詩，竟是邪魔外道。

劉詵《桂隱集》，用韵亦多隨手牽就，蓋元人不甚精研韵學也。

丁仲容復《題畫馬》一篇，周旋「韓幹畫肉」，從「服轅病瘦」説來，雖是寄託，而無意味。

侍郎伯顔子中《七哀詩》七首，臨終之先一夕作。仿少陵《七歌》調，而沉痛鬱結，令人不忍卒讀。

元時諸畫家詩，如雲林、大癡、仲珪集中，多屬題畫之作。雲林最有清韵，而尚不能剔去金粉。至王元章，則純是十指清氣霏拂而成，如冷泉漱石，自成湍激，亦復不能中律。

竹垞先生本自元人打入，其《夢游天台歌》起句：「吾聞天台山高一萬八千丈，石梁遠挂藤蘿上。」元郭羲仲《天台行》云：「吾聞天台山一萬八千丈。」固在前矣。太白先有「天台四萬八千丈」之句，但非起句耳。李壁《王荆公詩注》謂太白「四萬」字誤。又貢南湖《送人歸天台》云：「天台山高四萬八千丈。」大約自元遺山而降，才氣化爲風調，逮乎楊廉夫、顧仲瑛之屬，一唱百和，殘膏賸馥，一撇一拂，幾于人人集中有之。即後來西泠、雲間諸派風調所沿，其源何嘗不出自唐賢，詎可以相承相似而廢之耶？但撑架視乎筆力，而變化能事，存乎其人，則不能以相强也。

郭羲仲《欸乃歌詞》，頗有風調。其序亦援杜之《夔州歌》、劉夢得之《竹枝》，蓋《竹枝》、《欸乃》，音節相同也。

鐵崖曰：「人呼老郭爲『五十六』，以其長於七言八句也。」然其擬杜《秋興八首》，肌理頗粗。蓋感事述懷，作此八詩，自無不可，而不當以擬杜《秋興》爲名耳。○看其第一首起句，猶似沿老鐵所論杜詩情性之説，未爲知杜者也。

元末詩人於七古聲調雜遝中，忽用「不有祝鮀之佞，宋朝之美，難乎免於今世矣」。又云：「甚矣吾衰也久矣」云云。太近隨手漫與，且經語尤不宜妄爾闌入。

徐舫《白雁》詩，亦在袁海叟、時大本之間。末句有寄託，而五六爲佳。

戴叔能《題何監丞畫山水歌》一篇，凡九句，似杜，亦太無變化矣。

《秋興五首》，亦郭羲仲《秋興八首》之類，而才力更不逮矣。其第四首中聯腰字，四句一樣，亦是一病。

昔竹垞嘗譏楊廉夫誤以「漫與」爲「漫興」，若杜之《咏懷古迹五首》，則是合五首皆是咏古蹟、懷古蹟，而撮四字爲題也。戴叔能《越遊稾》中，乃有「咏懷古迹」之題，則未然。

舒道原《適耕堂詩》，評者謂極似昌黎，殆是以目皮相。

劉仲修與劉子高、宋景濂爲友，其詩如《余仲楊山水古木幽篁圖》之類，妙逼古人，非元人侈爲富麗者可到也。竹垞編之明初，與青田、青丘諸公相映發，庶其合諸？

七古仄韵，一韵到底，苦難撐架得住。每於出句煞尾一字，以上去入三聲配轉，與平聲相間用之，到撐不住時，必以仄字硬撐也。

白雲子房希白《讀杜詩》，頗涉直致一流，宜其詩似邵堯夫也。

曹兑齋《讀唐詩鼓吹》云：「不經詩老遺山手，誰解披沙揀得金。」兑齋從遺山遊，而其言如此，則《鼓吹》之選，信是遺山用意處耶？

元初中州文獻，推詩專家，必以劉静修與盧疏齋摯爲首。虞文靖爲李仲淵源道作詩序，亦言：「五言之道，近世幾絶，數十年來，人稱涿郡盧公。」故仲淵自序，亦屬意盧公也。然疏齋五古，雖近質雅，而不能深造古人。

李雪庵溥嘗題息齋李衎墨竹云：「息齋畫竹，雖云規模與可，蓋其胸中自有悟處，故能振迅天真，落筆臻妙。簡齋賦《墨梅》有云：『意足不求顔色似，前身相馬九方皐。』余於此公墨竹亦云。」右一段不獨論畫，可以參作詩之法也。

南山先生汪珍《湖陰曲》，是效潁濱作法而襲其面貌也。「一虎六龍」語殊拙。

元人多尚風調，宫詞一體，推雁門爲最。若柯敬仲之作，亦爾時雅正者矣。《宫詞》多紀元時故事，蓋皆其親承典禮恩澤，不比王仲初閑説内邊事，所以當時推爲得體也。《宫詞》内，如世祖建大内，命移沙漠莎草于丹墀，示子孫毋忘草地，及陳祖宗大札撒以爲訓，諸條皆關史事，可誦可傳。至其後十首内，亦有説宫女事，蓋亦沿宫詞之體，偶及之耳。至其和人宫詞，又當别論。

柯敬仲《幹馬圖》一首，寫肥入妙，較東坡更深進一層。故非工畫者，不能得意至此也。

柯敬仲詩本不深，而緜邈處，時有醖釀，殆從畫家清境託來，非可以書生章句求也。較之王元章，則有極淺處；較之倪元鎮，則有極深處。想爾時入侍奎章，與虞伯生接近，筆札自當别有所得耳。元時書畫家之詩，以此人爲第一。

顧俠君所舉陳雷佳句，如「烟村白屋留孤樹，野水危橋蹋卧槎」，上句乃一半用杜，與下句相對，是何句法，徒形其支吾耳。顧豈未之知耶？

潘子素詩以才調勝，喜爲今樂府，而絶句多佳，如《題宋高宗二劉妃圖》，尤妙。

鄭杲齋東《題徽廟馬麟梅》一首，《題江貫道平遠圖》諸絶句，皆佳。元人自柯敬仲、王元章、倪元鎮、黄子久、吴仲珪每用小詩自題其畫，極多佳製。此外諸家題畫絶句之佳者，指不勝屈。蓋元人題畫，長篇雖多，未免限於李長吉之詞句，罕能變轉。而絶句境地差小，則清思妙語，層見叠出，易於發露本領。如就元人題畫小詩，選其尤者，彙鈔一編，以繼唐人之後，發揚風人六義之旨，庶有冀乎？

鄭曲全采，杲齋弟也，其子思先合寫爲《聯璧集》。曲全《題復古秋山對月圖》七絶一首，二十八字内，乃用「燚」字二，「朤」字二，「㗊」字二，「淼」字二，「森」字二，「𥳑」字二，「𣡕」字二，「鱻」字二，亦太好奇。

周履道與高季廸、徐幼文結社，其詩清迴有逸氣，非一時徒事長吉調者可比。許北郭恕，俊拔激昂處，較之王原吉才力差遜。

雲丘道人張簡，玉山以「陶、韋」稱之，鐵崖以「韋、柳」稱之。鐵崖最賞其《礐石篇》，以爲「飄飄有凌雲之氣」。然雲丘之詩在七客寮、白雲海間，不過才氣稍縮減耳，非遂能爲陶、韋、柳也。元季淮南行省參知政事臨川饒介之，分守吴中，自號醉樵。求諸作已，設宴酬欵，以詩工拙是坐。仲簡之歌最協意，居首席，酬黄金十兩。次高青丘，白金三斤。次張羽來儀，止一鎰，蓋詩有諷，略不滿快也。張羽《静居集》述其事云爾。然雲丘此歌，不過就醉樵詞頭打合主人耳，是應酬習氣，無甚可取。

陸河南仁《騷》體詩，句調不盡叶於音節。

陸河南《夫子去魯圖》一篇，可謂用意烹鍊，末句「周旋天下」，尤其用意鍊筆處也。然「津則有舟」四句，尚是幫襯。幫襯固不礙，而人之材力厚薄見焉矣。如昌黎《龜山》、《猗蘭》諸操，是何等魄力。

玉山諸客，一時多爲鐵厓和《花游之曲》，然獨玉山一篇爲佳。蓋諸公和作與鐵厓原唱，縱極妍麗，皆不免傖俗氣耳。

石洲詩話卷六

大興翁方綱

漁洋評杜摘記

曩輯漁洋《杜詩話》一卷，不盡評騭語也。而外間所傳漁洋評本，又多雜以僞作。今就海鹽張氏刻本摘記。

《贈李白》：「此詩語意，原不甚楚楚。」

方綱竊按：此評固謬，不待辨説矣。然愚所見評杜本，則此條是王西樵之筆，張刻誤爲漁洋也。漁洋幼學詩於西樵，或有傳録踵訛者，尚不止此。今姑就張刻記出。其西樵評本，直抹杜詩處極多，不能悉舉正矣。學者勿惑焉。

《陪李北海宴歷下亭》：「此首頗近《選》。」

按此評亦非漁洋之筆。

《同李太守登歷下古城員外新亭》：「以上二首並暫如臨邑詩，與公他詩不類，當是有意仿北海耳。」

按此亦西樵評。

《冬日有懷李白》：「『更尋嘉樹傳』二語，畢竟難通。」

按此亦西樵評也。愚所見漁洋評本，則獨圈此聯，信知僞本之不足信矣。〇以此二句爲難通，是乃真未通人之語。豈有漁洋作此評者乎？自此以下，皆依愚所舊鈔次序，不依張刻。

《送孔巢父歸江東》：「結句有深意。」

按此西樵評。

《飲中八仙歌》：「無首無尾，章法突兀，然非杜之至者。」

按此亦西樵評也。又有「無意味，于鱗誤選」云云。又抹「左相」句，皆謬之甚者。而張氏刻本録之，貽誤匪細。

《高都護驄馬行》：「此子美少壯時作，無一句不精悍。」

按此條是漁洋評。

《同諸公登慈恩寺塔》：「西樵云：此作不爲完美之篇，五句『方知』二字與『曠士』二句不相叶，末八句四截不相續，中間一段，則誠奇語耳。『秦山』五字，是憑高奇句。」

按此評愚所見本是西樵筆也，上無「西樵云」三字。今以張刻屬漁洋評，而有「西樵云」三字。即此一條推之，則外間所傳西樵評本，託名漁洋，不爲無因耳。蓋漁洋早年學詩於其兄，有手録西樵語，後遂誤傳爲漁洋評耶？第張刻此卷自識，謂未覩其全，則又非外間所傳以西樵評溷入之本矣。足見藝林多傳新城王氏評本，真贋雜淆久矣。愚此卷附記之，裨益良非淺也。〇愚所見漁洋評本，此篇評云：「與高適、薛據三篇，氣魄真勁敵。」此評勝此遠矣，其僞妄何待辨？〇此詩但以高、薛相擬，尚未爲極至也，已勝西樵之評遠矣。西樵語本不必與辨，然海鹽張氏既刻入《帶經堂詩話》卷中，誠恐有誤信者，豈可嘿而息乎？其謂此篇非完美之作，而但賞中段之奇，若果通篇非完美，而結處八句又四截不相屬，則豈可專賞其中間奇句？此非以目皮相者乎？第五句「方知」二字提起，正與「仰穿」、「始出」一氣銜接，其上句「自非」二字，先用反説，亦正與此第五句以下相應也。乃謂之「不相叶」，可乎？末八句筆筆正鋒，何以謂之「不相續」，豈欲於八句内用虚活字連繫，方謂之相續乎？此是三家村習八股者語耳。

《醉時歌》：「『相如』二句可删。結似律，不甚健。」

按此却是漁洋評，而實謬誤。「相如」、「子雲」一聯，在「高歌」一聯下，以伸其氣，乃覺「高歌」二句倍有力也。此猶之謝玄暉《新亭渚别范雲》詩「廣平」、「茂陵」一聯，必借用古事，以見兩人心事之實迹也。漁洋乃於玄暉詩亦欲删去「廣平」一聯，以爲超逸，正與評杜詩此二句之應删，其謬同也。愚嘗謂空同、滄溟以格調論詩，而漁洋變其説曰神韵，神韵者，格調之别名耳。漁洋意中，蓋純以脱化超逸爲主，而不知古作者各有實際，豈容一概相量乎？至此篇末「生前相遇且銜盃」一句，必如此乃健，而何以反云「似律不健」耶？且此句並不似律，試合上一句讀之，若上句第二字仄起，而此收句「生前」「前」字平聲，則似乎與律相近也。今上句「不須」「須」字亦是平聲，而此收句第二字又用平聲，則正與律不相似矣。何以云「似律」乎？況即使上句第二字用仄起，此收句第二字用平，亦必古詩内有音節逼到不得不然，而後以似律之句結之，亦必不可云「結似律」也。況又上下句第二字皆平耶？先生獨不讀杜公《人日寄高常侍》之七言古詩乎：「鼓瑟至今悲帝子，曳裾何處覓王門。文章曹植波瀾闊，服食劉安德業尊。長笛誰能亂愁思，昭州詞翰與招魂。」此結段一連六句，平仄粘連，竟與律詩無別，而更覺其古也。漁洋先生乃必篇篇結句皆以下三字純用平聲爲正調乎？○此篇結六句，「先生早賦歸去來」一句，既以第六字用仄矣，「儒術於我何有哉」句，又於第六字用仄，所以此下相間以二句之下三字皆平也。此二句下三字皆平，所以不能即結住者，一連二句之平仄平，與一連二句之平平平，正相齊押住，則其勢必不可即作結句矣。而此下結句，若又用三平之調，則又是直縱不收之音節矣。所以必用二四六相諧之調作一句結，乃可以結住也。此乃音節正變相乘一定之理，而漁洋轉以爲「似律」，此誠何說哉？

《麗人行》：「意在言外，《三百篇》之致也。」

按此評不謬。然是西樵評。

《渼陂行》：「末本漢武《秋風辭》，妙在絶不相似，古人之善學如此。」

按此是漁洋評。

《渼陂西南臺》：「『錯磨終南翠』二句，刻畫。」

按此是漁洋評。

《示從孫濟》：「『所來爲宗族』二句，笑柄。」

按此是漁洋評。其意以超逸語爲古雅，故見此等句若近質率者，輒笑之。其實論詩不應如此。

《沙苑行》：「結末喻。」

按此亦漁洋評。不知其意欲如何收束？此結句正不當深求也。

《戲簡鄭廣文兼呈蘇司業》：「偶爾妙謔，便成故實。」

按此漁洋評。

《天育驃騎歌》：「畫出神駿。」結處云：「無限感慨，一句盡之。」

按此西樵評。

《蘇端薛復筵簡薛華醉歌》：「賞其生造。」結處云：「忽然生色。」

按此西樵評，亦皆不知詩者之語。

《哀王孫》：「此等自是老杜獨絕，他人一字不能道矣。」

按此西樵評。

《哀江頭》：「亂離事只叙得兩句，『清渭』以下以唱嘆出之，筆力高不可攀。樂天《長恨歌》，便覺相去萬里。即兩句亦是唱嘆，不是實叙。」

按此西樵評，所説皆合，但不必以《長恨歌》相較量耳。

《大雲寺贊公房四首》：「其一『開懷無愧辭』，語似陶。其三『玉繩迴斷絶』，言殿宇之高，玉繩亦爲虧蔽而斷絶也。」

按此皆西樵評。然予見漁洋評本，其一「撞鐘齋及兹」，評云「拙句」，此則亦猶西樵評。其二「文義難通」云云。其三「夜深殿突兀」二句，評云：「三四果是名句。」然則漁洋之讀杜，如此等亦皆未造其至者。

《喜晴》：「『久旱雨亦好，既雨晴亦佳』，皆是人胸臆語，公先探而出之耳。」

按此西樵評。

《送樊二十三侍御赴漢中判官》：「『柱史晨征憩』，趁韵。『後漢更列帝』，唐雖遭亂，然非滅而更興，不得以後漢爲比。」

按此二條漁洋、西樵評本皆無。

《送韋十六評事充同谷郡防禦判官》：「結弱。」

按此西樵評。

《晦日尋崔戢李封》：「『上古葛天民』四句，得此一段生色。」

按此西樵評。

《徒步歸行》：「平正通達，尚嫌淺易。」

按此西樵評。真八股先生語。

《玉華宮》：「後亦弩末，竟删四句更警。」

按西樵評。其謬至此。

《前出塞》：「九首是一首。」

按西樵評。此亦時文先生語。

《春贈鮮于京兆二十韵》：「『計疏疑翰墨』一聯，西樵嗟賞此二語，每三復之。」

按此在予所見本，是西樵評。而張刻有「西樵云云」，是則漁洋評本，實有述西樵語者，無怪二本之偶有同異也。蓋漁洋每喜舉兄説耳，苟非大乖謬者，並存何害。

《鄭駙馬宅宴洞中》：「此詩過苦，無甚趣味。『秦樓』句，謔語也。」

按此西樵謬評。

《李監宅》：「意頗諷之。三四句俗。」

按此亦西樵評。

《假山》：「無味。」

按漁洋評云「可删。」

《暫如臨邑至嵓山湖亭懷李員外》：「語亦不佳。」

按此西樵評。

《巳上人茅齋》：「『岱宗夫如何』『夫』字，及此詩『可以』字，皆是少陵句法。」

按此是西樵謬評，然亦即録漁洋評者誤入之。正恐新城詩學，於「岱宗」句竟未之解耳。「岱宗夫如何」五字，是杜公出神之筆，「如何」二字虚，「夫」字實，從來皆誤解也。此一「夫」字，實指岱宗言之，即下七句全在此一「夫」字内。蓋少陵縱目遍齊、魯二大邦，而其「青未了」，所以不得不仰嘆之。此「夫」字，猶言「不圖爲樂之至於斯」，「斯」字神理，乃將「造化神秀」、「盪胸層雲」諸句，皆攝入此一「夫」字内，神光直叩真宰矣。豈得以虚活字妄擬之乎？

《房兵曹胡馬》：「落筆有一瞬千里之勢。『批』、『峻』字，今人以爲怪矣。」

按此亦西樵語。夫誰以爲怪哉？蓋先生自以爲怪乎？

《畫鷹》：「西樵云：命意精警，句句不脱『畫』字。」

按此西樵語。而張刻有「西樵云」三字，則是漁洋述之也。爾日未嘗聞新城王氏專以制舉義得名也，何以八股氣味深入至此。

《臨邑舍弟書至苦雨》：「『利涉』句太遠無涉。」

按此亦西樵語。

《過宋員外舊莊》：「五六句感慨跌宕，無所不包。」

按此亦西樵語。

《夜宴左氏莊》：「起甚有風趣，結遠。」

按此西樵語。

《送裴二虬尉永嘉》：「平。」

按此評未見。

《遊何將軍山林十首》：「『紅綻雨肥梅』，俗句。」

按此則是漁洋評也。漁洋以超逸立格，故應戒人看白香山詩也。

《得家書》：「此等事作一排律，自不能盡意。」

按此西樵謬説。

《行次昭陵》：「『玉衣』一聯，言神靈如在也。」

按此西樵評。

《端午日賜衣》：「何大復極贊此，吾所不知。」

按此評未見。

《送李校書》：「『老雁』句比也。」

此亦西樵。

《洗兵行》：「此杜集七古中極整麗可法者。」

亦西樵。

《病後過王倚飲贈歌》：「又一體。」

亦西樵。

《貽阮隱居》：「結説盡。」

亦西樵。

《遣興五首》：「達。」

亦西樵。

《鳳凰臺》：「似孟郊。」

亦西樵。

《劍門》：「高視見霸王」句抹「王」字：「王，平聲。」

按此亦西樵謬語。試問「以力假仁者霸，以德行仁者『王』」字，亦是平聲乎？

《戲爲雙松圖歌》：「起處便老放。『葉裏松子』句，看此老筆底畫意。」

亦皆西樵。

《光禄坂行》：「『暝色』句不如『暝色帶遠客』。」

亦西樵。

《陳拾遺故宅》：「『聖賢』、『日月』，太過。」

此亦西樵誤也。「所貴者聖賢」，「聖賢」二字，正用陳拾遺詩也。陳伯玉《懷古》詩：「賢聖幾凋枯。」此類慨慕古聖賢語，拾遺每多有之。若以「聖賢」指陳拾遺，則誤也。至於「日月」二字，承上句「揚馬」言之，亦豈可泥耶？

《謁文公上方》：「『庭前猛虎』，謂石也。」

亦西樵。

《山寺》：「老杜頻用『樹羽』字，皆未妥。」

亦西樵。

《桃竹杖引》：「酷似太白。」

亦西樵誤也。蓋以間用長句，遂妄謂似太白，不特不識杜，亦不識李矣。

《冬狩行》：「『有鳥名鸜鵒』三句比也。」

亦西樵謬語。不知何比？

《太子張舍人遺織成褥段》：「起處全是樂府意。」

亦西樵。

《八哀詩》：「《八哀詩》本非集中高作，世多稱之不敢議者，皆揣骨聽聲者耳。其中累句，須痛刊之方善。石林葉氏之言，其識勝崔德符多矣。余《居易録》中詳之。」

按此則漁洋評也。今以漁洋諸條，詳列於此。

《漁洋詩話》云：「杜《八哀詩》，最冗雜不成章，亦多啽囈語，而古今稱之，不可解也。」

《居易録》一條云：「杜《八哀詩》，鈍滯冗長，絶少剪裁。而前輩多推之，崔鶠至謂『可表裏《雅》、《頌》』，過矣。試摘其累句，如《汝陽王》云：『愛其謹潔極』，『上又回翠麟』，『天笑不爲新』，『手自與金銀』，『匪惟帝老大，皆是王忠勤』。《李邕》云：『眄睞皆已虛，跋涉曾不泥』，『衆歸賙給美，擺落多藏穢』，『是非張相國，相扼一危脆』。《蘇源明》云：『秘書茂松意』，『溟漲本末淺』。《文苑英華》本異，亦不可曉。《鄭虔》云：『地崇士大夫，況乃氣清爽』，『方朔諧太枉』，『寡鶴誤一響』。《張九齡》云：『骨驚畏曩哲，鬒變負人境』，『諷咏在務屏』，『用才文章境』，『散帙起翠螭』，『未闕隻字警』云云，率不可曉。披沙揀金，在慧眼自能辨之。未可爲群瞽語白黑也。」

又一條云：「予嘗議子美《八哀詩》，《後村詩話》先已言之，曰：『如《鄭虔》之類，每篇多蕪詞累句，或爲韵拘，殊欠條暢。不如《飲中八仙》之警策。蓋《八仙歌》每人止三兩句，《八哀詩》或累押二三十韵，以此知繁不如簡，大手筆亦然。』又云：『《八哀詩》，崔德符以爲表裏《雅》、《頌》，中古作者莫及。韓子蒼謂其筆力變化，與太史公諸贊方駕。惟葉石林謂長篇最難，魏、晉已前，不過十韵，常使人以意逆志，初不以敘事傾倒爲工。此八篇，本非集中高作，而世多尊稱，不敢議其病。蓋傷於多，如《李北海》、《蘇源明》篇中多累句，刮去其半方善。石林之論累句之病，爲長篇者，不可不知。』右皆確論，與予意脗合。」

并録予舊抄漁洋評本於後：

「《八哀詩》自是鉅篇，顧多鈍拙不可曉。何也？」

《贈司空王公思禮》：「物不隔」三字抹，「九曲」四句密圈，「自有適」三字抹，「爽氣」句密圈。

《故司徒李公光弼》：「零落」句密圈。

《贈左僕射鄭國公嚴公武》：「不知萬乘出」四句密圈，「終相并」三字抹：「多冗長之句。」

《贈太子太師汝陽郡王璡》：「虬髯」二句密圈，「愛其謹潔極」句抹，「上又回」句抹，「不爲新」三字抹，「聖聰」句抹，「匪惟帝」二句抹。

《贈秘書監江夏李公邕》：起二句密圈，「森然」句密圈，「多藏穢」三字抹，「竟掩」句却未抹。張刻此句全抹，評云「不倫」。以予所見，此是西樵評。此所云「不倫」者，又與漁洋所摘累句之説不同。「危脆」二字抹。

《故秘書少監武功蘇公源明》：「秘書茂松色」句抹。

《故著作郎貶台州司户滎陽鄭公虔》：「氣精爽」三字抹，「太枉」二字抹，「寡鶴」句抹，「百年」二句密圈。

《故右僕射相國曲江張公九齡》：「詩罷地有餘」二句密圈，「用才」句抹，「翠蟎」二字抹，「未闕」句抹。

按，漁洋以此八詩爲鉅篇，原自與前人贊賞略同。其所摘累句，則漁洋於詩，以妙悟超逸爲至，與杜之陰陽雷帥、利鈍並用者，本不可同語也。愚於《八哀詩附記》卷中，偶亦及此。今舉其一條云：「《汝陽王璡》篇中，專叙射雁一事，史遷法也。『上又迴翠麟』，乃插入之筆，若無此句，則『扣馬』、『諫獵』諸句，皆無根矣。此種健筆，豈得以漁洋之評議之？其餘漁洋所摘累句，又或以爲噂𠾑難曉，若然，則《三百篇》變雅中亦頗多似後人不可曉之句矣。善論詩者，豈可如此？且如『金銀』二字，以今日俗眼視之，似是俗字乎？然而『不貪夜識金銀氣』，又何嘗非『金銀』二字連用？亦將以爲累句乎，如以漁洋所抹累句，若『紅綻雨肥梅』，與上句『緑垂風折笋』等耳。『緑』不聞其俗，而『紅』獨俗乎？『笋』不聞其俗，而『梅』獨俗乎？『垂』不聞其俗，而『綻』獨俗乎？『折』不聞其俗，而『肥』獨俗乎？蓋漁洋爲詩，多擇樂府中清雋之字，不則年號、地名亦選其清雋悦目之字。如是則詩人止當用清揚、婉孌之字，而不當用『籧篨』、『戚施』之字矣。説詩正不當如此也。」

約而言之，葉石林可謂「以意逆志」，上溯魏、晉者，此原是漁洋論五言詩之大旨，其所鈔《三昧》、《十選》，皆此職志也。然漁洋於六朝則鈔及庾子山廿韵之作，而於唐則轉不取十韵外者，何也？故其於初唐亦止取短章以爲近古，而長篇則以爲近靡，又何論元、白諸篇矣。若杜公五言古詩，長篇如《北征》諸作，正復何減《雅》、《頌》，而可以長短較量乎？所以就學杜言之，人皆知其高古雄渾，而其用鈍筆處，不如其用利筆之適於諷誦也。即如「苗滿空山」一聯，更無人理會矣。觀古人墨蹟，遇秃毫處，則嗤爲敗筆者，人皆如是耳。然而杜詩初不以鈍筆見長，即漁洋之每摘杜公累句，固於學杜之理，非其至論，而亦於評杜之妙，初不相妨也。杜詩固不因漁洋之摘累句而稍有損，即漁洋之論詩，亦豈以其摘杜累句而有損乎？況愚所見漁洋評杜之真本，其所圈識，尤關精微之詣。愚方欲摘取漁洋圈識之句，以醒學者之目，又恐其近似時文八股之習，是以聊因張氏此刻内《八哀詩》評，而略具其概於此。愚豈敢以漁洋心眼，印定讀杜之指歸哉？

又張刻此内「事絶萬手搴」句、「正始」句、「不要懸黄金」二句，皆全抹，評云「多不可解」。此則漁洋本所未抹。蓋西樵亦多摘其累句，又不盡出漁洋也。又「百年見存没」二句，評云「十字悲甚」，亦非漁洋語。此皆無足詳辨者。

《奉酬薛十二丈判官見贈》：「卓氏近新寡」以下，西樵云：「忽入此一段，不倫不理，無端之甚。」「空中右白虎」二句抹：「如囈語。」「襄王薄行跡」以下：「此段又不倫。」

按此有「西樵云」三字，則亦漁洋述其兄語也。讀杜詩何苦於此等處尋鬧。

《醉歌行贈公安顔少府》：「『君不見』句，朴。」

亦西樵。

《上水遣懷》：「『窮迫』二句，真。」「回斡」以下：「『回斡』五字已足，不必下四句。鄭繼之謂『此等爲杜公滯處』，良是。」

按此亦西樵評也。「回斡明受授」一句，必得伸長以下四句，其氣乃足，何爲轉欲省下四句乎？

《早行》：「『前王』二句，亦是警語。『碧藻非不茂』，此句語勢不亮，下句覺接不倫。」

此亦西樵語，直不知詩理者。此詩圓至深厚，乃是以中鋒之筆出之，爲此評者，自不解耳。

《歲晏行》：「『歲云暮矣多北風』四句，喜其氣老，只在參錯中。」

亦西樵。

《題鄭縣亭子》：「『巢邊』句，比也。」

亦西樵。

《望岳》：「無一句與前人登華同。」

亦西樵。

《得舍弟消息二首》其一：「此等皆杜之可存者，不得以其平而忽之。『憐』、『存』語更悽。」

亦西樵也。誰言「平而忽之」哉？時文習氣，至於如此。

《憶弟》：「『兵在見何由』，朴。」

亦西樵。

《秦州雜詩二十首》其十七：「『簷雨亂淋幔』下三字，不成句。」

亦西樵謬語。

《蒹葭》：「句句太切。」

亦西樵。可笑。

《有客》：「作聲價，却有致。」

亦西樵。

《野老》：「『片雲』句，比也。」

亦西樵。

《少年行》：「直書所見，不求語工，但覺格老。」

亦西樵。

《贈王二十四侍御契四十韵》：「此詩自叙處大多，覺氣格亦散緩。」

亦西樵謬説。

《船下夔州郭宿雨濕不得上岸别王十二判官》：「末句『汝』俱指鷗，非也。余謂指王判官。」

亦西樵。此末句「汝」字，豈有指鷗之理？何須辨説。

《謁先主廟》：「包舉得大。」

亦西樵。

《偶題》：「此篇前半氣勢甚雄，惜後半多滯語。」

此評予所未見，不知是西樵，抑是漁洋？要是不知詩者語耳。不特所云「後半多滯」是謬語也，即所云「起處甚雄」亦是謬贊。《偶題》一篇，讀者或目爲前後二截，固謬矣，即以起二句，似是統挈全篇，而實非文家空冒之起句也。愚嘗與即墨張肖蘇論之，又與欽州馮魚山論之，詳具於《杜詩附記》卷内。

《秋日夔府咏懷寄鄭監李賓客一百韵》：「未免鋪叙，難此整贍。『霧雨』句自己，『馨香』句鄭、李。」

此評亦未見，不知是西樵，是漁洋？其以「霧雨」句爲杜自謂，亦未然。

《洞房》：「《洞房》、《宿昔》諸篇，俯仰盛衰，自是子美絶作。」

此漁洋評。

《酬韋韶州見寄》：「起老。」

亦西樵。

《千秋節有感》：「此等則李滄溟之濫觴也。」

亦西樵。

《舟中夜雪有懷盧十四侍御弟》：「『舟重』句遂爲咏雪粉本。」

亦西樵。

《對雪》：「『囊罄』不宜有『銀壺』。」

此評却是西樵。然漁洋亦抹「銀壺」二字。

方綱自束髮誦詩，所見杜詩古今注本已三十餘種。手録前人諸家之評，及自附評語，丹黄塗乙，亦三十三遍矣。大約注家於事實或有資以備考，於詩理則概未之有聞。評家本不易言，在杜公地分，既非後來學者所能仰窺，其謬誤擅筆者，固不必言矣。即或出於詩家，偶有所見，而就其稍近者，亦有二端：一則或出於初誦讀時，偶有未定之論；一則或爲學徒指點，有所爲而借發。此皆不足以言評杜也。即以近日王漁洋標舉神韵，於古作家，實有會心。然詩至於杜，則微之《係》説，尚不滿於遺山，後人更何從而措語乎？況漁洋於三唐雖通徹妙悟，而其精詣，實專在右丞、龍標間，若於杜則尚未敢以瓣香妄擬也。惟是詩理，古今無二，既知詩，豈有不知杜者？是以漁洋評杜之本，於詩理確亦得所津逮，非他家輕易下筆者比矣。愚幼而遊吾里黄崑圃之門，得遍識漁洋手定之説，既而於朋輩借閲，所稱漁洋評本者，大約非西樵之評本，則漁洋早年述西樵之評本。其後於同里趙香祖齋得漁洋評本，嘗以漁洋平日論杜語，逐條細較，實是其親筆無疑。昔在山東學使廨，刻拙作《小石帆亭著録》六卷，已載此本於《王氏遺書》目矣。海鹽張氏刻有《帶經堂詩話》一編，於漁洋論次古今詩，具得其概，學者頗皆問詩學於此書。而其末附有《評杜》一卷，細審之，則真贋混淆，有不得不辨析者。故因張刻此卷爲略記如右。若夫讀杜之法，愚自有《附記》二十卷，非可以評語盡之也。

石洲詩話卷七

大興翁方綱

元遺山論詩三十首丁丑歲三鄉作

金宣宗興定元年丁丑，先生年二十八歲。自貞祐三年乙亥，蒙古兵入金燕都，四年丙子，先生自秀容避亂河南，至是歲寓居三鄉，在其登進士第之前四年。

漢謡魏什久紛紜，正體無人與細論。誰是詩中疏鑿手，暫教涇渭各清渾？

「正體」云者，其發源長矣。由漢、魏以上推其源，實從《三百篇》得之。蓋自杜陵云「别裁僞體」、「法自儒家」，此後更無有能疏鑿河源者耳。

曹劉坐嘯虎生風，四海無人角兩雄。可惜并州劉越石，不教横槊建安中。

論詩從建安才子説起，此真詩中疏鑿手矣。李太白亦云：「蓬萊文章建安骨。」韓文公亦云：「建安能者七。」此於曹、劉後特舉一劉越石，亦詩家一大關捩。

鄴下風流在晉多，壯懷猶見缺壺歌。風雲若恨張華少，温李新聲奈爾何。鍾嶸評張華詩：「恨其兒女情多，風雲氣少。」

此首特舉晉人風格高出齊、梁也，非專以斥薄温、李也。後章「精純全失義山真」，豈此之謂乎？義山在晚唐時，與飛卿、柯古並稱「三十六體」，原自以綺麗名家，是又不能盡以義山得杜之精微而概例之也。即放翁論詩亦有「温李真自鄶」之句，蓋論晚唐格調，自不得不如此。遺山之論，前後非有異義耳。

一語天然萬古新，豪華落盡見真淳。南窗白日羲皇上，未害淵明是晉人。柳子厚，唐之謝靈運；陶淵明，晉之白樂天。

此章論陶詩也。而注先以柳繼謝者，後章「謝客風容」一詩具其義矣。蓋陶、謝體格，並高出六朝，而以天然閑適者歸之陶，以藴釀神秀者歸之謝，此所以爲「初日芙蓉」，他家莫及也。東坡謂柳在韋上，意亦如此，未可以後來王漁洋謂韋在柳上，輒能翻此案也。遺山於論杜不服元微之，而於繼謝者獨推柳州。四十年前，愚在粵東藥洲亭上與諸門人論詩，嘗有《韋柳詩話》一卷，意亦竊取於此。

慷慨歌謡絶不傳，穹廬一曲本天然。中州萬古英雄氣，也到陰山敕勒川。

遺山録金源一代之詩，題曰《中州集》。「中州」云者，蓋斥南宋爲偏安矣。虞道園嘗欲撰《南州集》而未果成，然而推此義也，適以在遺山籠罩中耳。「中州」二字，却於「慷慨歌謡」一首拈出，所謂文之心也。

沈宋横馳翰墨場，風流初不廢齊梁。論功若準平吴例，合著黄金鑄子昂。

此於論唐接六代之風會，最有關係，可與東坡「五代文章付劫灰」一首並讀之。於初唐獨推陳射洪，識力直接杜、韓矣。然而遺山詩集，初不斤斤效阮、陳作《咏懷》、《感寓》之篇也，豈其若李、何輩冒稱復古者得以藉口邪？

鬬靡誇多費覽觀，陸文猶恨冗於潘。心聲只要傳心了，布縠瀾翻可是難。「陸蕪而潘浄」，語見《世説》。

此首義與下一首論杜合觀之。

排比鋪張特一途，藩籬如此亦區區。少陵自有連城璧，争奈微之識碔砆。事見元稹《子美墓志》。

此首與上章一義，「排比鋪張」，即所云「布縠瀾翻」也。然正須合前後章推柳繼謝之義同善會之，然後知遺山之論杜，並非吐棄一切之謂耳。王漁洋嘗謂杜公與孟浩然不同調，而能知孟詩，此方是上下原流、表裏一貫之旨也。其實元微之所云「鋪陳終始」、「排比聲律」與所謂「渾涵汪茫」、「千彙萬狀」者，事同一揆。而漁洋顧欲删去「相如」、「子雲」一聯，與其論謝詩欲删「廣平」、「茂陵」一聯者正同。然則遺山雖若與元微之異説，而其識力則超出漁洋遠矣。

望帝春心託杜鵑，佳人錦瑟怨華年。詩家總愛西崑好，獨恨無人作鄭箋。

拈此二句，非第趁其韵也。正以先提唱「杜鵑」句於上，却押「華年」於下，乃是此篇迴復幽咽之旨也。遺山當日必有神會，惜未見其所述耳。漁洋以釋道安當之，豈其然乎？遺山於初唐舉射洪，於晚唐舉玉溪，識力高絶，知世傳《唐詩鼓吹》非出遺山也。然而遺山云「精純全失義山真」，拈出「精」、「真」分際。有此一語，豈不可抵得一部鄭氏《箋》耶？餘更於下卷詳之。○宋初楊大年、錢惟演諸人館閣之作，曰《西崑酬唱集》，其詩效温、李體，故曰西崑。西崑者，宋初翰苑也。是宋初館閣效温、李體，乃有西崑之目，而晚唐温、李時，初無西崑之目也。遺山沿習此稱之誤，不知始於何時耳。然遺山論詩既知義山之「精」、「真」，而又薄温、李爲「新聲」者，蓋義山之精微，自能上追杜法，而其以綺麗爲體者，則斥爲新聲，但以其聲言之，此亦所謂言各有當爾。

筆底銀河落九天，何曾顦顇飯山前？世間東抹西塗手，枉著書生待魯連。

此妙於借拈李詩以論杜詩，可作李、杜二家笎鑰，與義山「李杜操持」一首正相發也。與前章斥元微之意同。其不以鬼怪目玉川，意亦如此。

切響浮聲發巧深，研磨雖苦果何心？浪翁水樂無宫徵，自是雲山《韶》《濩》音。「水樂」，次山事。又其《欸乃曲》云：「停橈静聽曲中意，好是雲山《韶》《濩》音。」

此皆絃外之旨，亦須善會之。猶夫「排比鋪陳」一章，非必吐棄一切之謂也。

東野窮愁死不休，高天厚地一詩囚。江山萬古潮陽筆，合在元龍百尺樓。

韓門諸家，不斥賈而斥孟，亦與東坡意同。不論及李長吉者，遺山心眼抑自有屬矣。昔杜樊川爲《李長吉詩序》曰：「若使加以理，奴僕命《騷》可也。」未知遺山意中分際如何。

謝客風容映古今，發源誰似柳州深？朱絃一拂遺音在，却是當年寂寞心。

柳詩繼謝之注，至此發之。以白繼陶，以柳繼謝，與漁洋以韋繼陶不同，蓋漁洋不喜白詩耳。

奇外無奇更出奇，一波纔動萬波隨。只知詩到蘇黄盡，滄海横流却是誰？

遺山寄慨身世，屢致「滄海横流」之感，而於論蘇、黄發之。竇泉《述書賦》論褚河南正是此意，不知者以爲不滿褚書也。

讀至此首之論蘇詩，乃知遺山之力争上游，非語言筆墨所能盡傳者矣。

金人洪鑪不厭頻，精真那計受纖塵。蘇門果有忠臣在，肯放坡詩百態新。

此章收足論蘇詩之旨，即蘇詩「始知真放本精微」也。「百態新」者，即前章「更出奇」也。「蘇門忠臣」云者，非遺山以繼蘇自命也，又非指秦、晁諸君子也。

百年纔覺古風迴，元祐諸人次第來。諱學金陵猶有説，竟將何罪廢歐梅？

此「迴」字即坡公詩「昇平格力未全迴」之「迴」字，是遺山力争上游處也。亦何嘗有人「諱學金陵」？亦何嘗有人「欲廢歐梅」？觀此可以得文章風會氣脈矣。

古雅難將子美親，精純全失義山真。論詩寧下涪翁拜，未作江西社裏人。

唐之李義山，宋之黄涪翁，皆杜法也。先生撮在此一首中，真得其精微矣。放翁、道園皆未嘗有此等議論，即使不讀遺山詩集，已自可以獨有千古矣。

池塘春草謝家春，萬古千秋五字新。傳語閉門陳正字：可憐無補費精神。

前首並非不滿西江社也，此首亦並非斥陳後山也，此皆力争上游之語，讀者勿誤會。

王介甫《唐百家詩》所録多非大篇，故後人多疑之者。遺山詩「陶謝風流到百家，半山老眼淨無花。北人不拾江西唾，未要曾郎借齒牙。」蓋遺山之意，謂半山多取近古之作，不必多取其大篇歟？後二句，蓋指後人有議論半山此選者。今未詳其事，不能確定「曾郎」爲誰也。昔在館下，紀曉嵐與陸耳山同几，校遺山集，予未得檢視其籤處也。後一日進書，在直廬閒話，曉嵐語予曰：「遺山詩首句，一本作『王謝風流』，或謂『王』字是『三』之訛，然乎？」予曰：「自是『陶謝』，不聞作『王謝』也。」及到館下，未暇覆檢曉嵐所校是某家藏本，顧有此異耶？曉嵐又謂「曾郎」當是茶山，予亦以無實徵，未敢定耳。遺山集訖無精校之本，明弘治戊午，沁州李翰刻儲巏家藏本，前有李冶、徐世隆二序，後有王鶚、杜仁傑二跋，末有附録一卷。今所行無錫華氏刻本，即此本重刻，無後二跋，其中訛字極多，須訪得弘治沁州原刻本校正之。此前更不聞古刻本耳。若能校勘重刻，以拙撰先生年譜附後；又凌仲子亦嘗撰先生年譜，其手稿亦在予篋，可併採録也。凡三十首。附説者十八首。

石洲詩話卷八

王文簡戲仿元遺山論詩絶句三十五首

《漁洋詩話》：「余往在如皋，馬上成《論詩絶句》，從子浄名作注。」 大興翁方綱

此詩作於康熙元年壬寅之秋，先生年二十九歲，與遺山之作，皆在少壯。然二先生一生識力，皆具於此，未可僅以少作目之。

今所行《精華録》僅存三十二首。其謂從子某作注者，或即先生自注，猶夫《精華録》或云託名門人手也。

巾角彈棋妙五官，搔頭傅粉對邯鄲。風流濁世佳公子，復有才名壓建安。

論詩從建安説起，此二先生所同也，然漁洋則未加品騭也。此即所謂「不著一字」之旨，先生説詩每如此。

青蓮才筆九州横，六代淫哇總廢聲。白紵青山魂魄在，一生低首謝宣城。

挂席名山都未逢，潯陽喜見香爐峰。高情合受維摩詰，浣筆爲圖寫孟公。右丞愛襄陽「挂席幾千里，名山都未逢」之句，因爲寫《吟詩圖》。

或謂此詩只叙其事，而無論説，何也？予曰：先生《分甘餘話》一條云：「或問『不著一字，盡得風流』之説。答云：太白詩：『牛渚西江夜，青天無片雲。登高望明月，空憶謝將軍。余亦能高咏，斯人不可聞。明朝挂帆去，楓葉落紛紛。』襄陽詩：『挂席幾千里，名山都未逢。泊舟潯陽郭，始見香爐峰。常讀遠公傳，永懷塵外蹤。東林不可見，日暮空聞鐘。』詩至此，色相俱空，政如『羚羊挂角，無迹可求』，所謂逸品是也。」此前一首，借太白懷小謝説，意亦如此。其前五字「清晨登隴首」一篇，更不消詮釋耳。

杜家箋傳太紛拏，虞趙諸賢盡守株。苦爲南華求向郭，前惟山谷後錢盧。

此首則出議論矣。論杜而及於注家，論注杜而所斥者虞、趙，所主者錢、盧乎？虞伯生注之出於託名，夫人而知之矣，何不云魯訔、黄鶴諸家耶？山谷《大雅堂記》自是高識，然不能與後人注杜者並論也。盧氏《杜詩胥鈔》，其書不甚行於世，人罕知者。昔予在粤東，晤青州李南磵，語及此，南磵致書盧氏，屬其家以初印本見贈，始知其非定本。此蓋漁洋傅會其鄉人之詞，不可爲據也。杜詩千古詩家風會所關，豈可隨所見所傅會之？

風懷澄澹推韋柳，佳處多從五字求。解識無聲絃指妙，柳州那得並蘇州？

《許彦周詩話》：「東坡云：『柳子厚詩，在陶彭澤下，韋蘇州上。』」先生《分甘餘話》：「東坡此言誤矣。予更其語曰：『韋詩在陶彭澤下，柳柳州上。』」按弇州《藝苑卮言》曰：「韋左司平澹古雅，柳州刻削雖工，去之稍遠。」此論與漁洋相似。然而遺山《論詩絶句》自注曰：「柳子厚，唐之謝靈運；陶淵明，晉之白樂天。」此實上下古今之定品也。其不以柳與陶並言，而言其繼謝，不以陶與韋並言，而言其似白者，蓋陶與白皆蕭散閒適之品，謝與柳皆藴釀神秀之品也。漁洋先生不喜白詩，故獨取韋以繼陶也。獨取韋以繼陶，則竟云陶、韋可矣，奚其必取柳以居陶、韋之次乎？且以漁洋之意推之，則有孟浩然、祖咏一輩人皆可以繼陶者，奚必其及柳乎？則必曰但取中唐時人，不得不以柳並言耳。是則因言陶、韋而及之，猶若局於東坡之論矣。夫東坡之言陶、柳、韋也，以詩品定之也，非專以襟抱閒曠定之也。若專以襟抱閒曠定之，則以陶、韋並稱足矣，不必繫以柳矣。若以詩論，則詩教温柔敦厚之旨，自必以理味事境爲節制，即使以神興空曠爲至，亦必於實際出之也。風人最初爲送別之祖，其曰「瞻望弗及，泣涕如雨」，必衷之以「其心塞淵」，「淑慎其身」也。《雅》什至《東山》，曰「零雨其濛」，「我心西悲」，亦必實之以「鸛鳴於垤」，「有敦瓜苦」也。況至唐右丞、少陵，事境益實，理味益至，後有作者，豈得復空舉絃外之音，以爲高挹群言者乎？漁洋生於李、何一輩冒襲僞體之後，欲以沖淡矯之，此亦勢所不得不然。而究以詩家上下原委，核其實際，則斷以遺山之論爲定耳。

廣大居然太傅宜，沙中金屑苦難披。詩名流播鷄林遠，獨愧文章替左司。「敢有文章替左司」，白公刺蘇州時詩也。

先生不喜白詩，故特借白詩此句，以韋左司超出白詩上也。前章固以韋在柳上，此則以五言古詩類及之，猶爲有説也。若以韋在白上，則儗不於倫也。白詩所云「敢有文章替左司」，是因守蘇州而云爾，豈其關涉詩品耶？白公之爲廣大教化主，實其詩合賦、比、興之全體，合《風》、《雅》、《頌》之諸體，他家所不能奄有也。若以漁洋論詩之例例之，則所謂廣大教化主者，直是粗細雅俗之不擇，泥沙瓦礫之不揀耳。依此，以披沙得金，則何「金屑」之有哉？竟皆目爲沙焉而已。未知先生意中所謂「金屑」者何等「金」、何等「屑」也？若以白詩論之，則無論昆田、麗水皆金也，即一切恒河沙，皆得化爲金也。若以漁洋之揀金，則宋人刻玉以爲楮葉，必如此而後爲楮葉，則凡花草之得有葉者鮮矣。明朝李、何以訖王、李，皆僞詩也。漁洋先生豈惟於滄溟不免周旋鄉人，抑且於弘治七子沿襲信陽、北地之遺，是以神韻者即格調之改稱，自必覺白公詩皆粗俗膚淺矣。故以維摩一瓣香屬之錢、劉，而以「文章替左司」之語原出於白詩，只作引述，宛似不著議論者，轉使人乍看不覺其有意貶斥白詩之痕迹耳。

獺祭曾驚博奧殫，一篇《錦瑟》解人難。千年毛鄭功臣在，獨有彌天釋道安。琴川釋道源，字石林。

所謂「彌天釋道安」者，借《世説》之釋道安，以指明末琴川釋道源也。道源之注，朱長孺雖略採取之，何足當「毛鄭功臣」之目乎？且《錦瑟》一篇，遺山《論詩絶句》已有之。遺山詩曰「望帝春心託杜鵑，佳人《錦瑟》怨華年」，此二句雖拈舉義山原句，而義已明白矣。錦瑟本是五十絃，其絃五十，其柱如之，故曰「一絃一柱」也。此義山迴復幽咽之旨，在既破作二十五絃之後，而追説未破之初，「無端」二字，從空頓挫而出，言此瑟若本是二十五絃，則此恨無須追訴耳。無奈其本是五十絃，誰令其未破之先本自完全哉？「無端」者，若訴若怪，此善言幽怨者，正以其未破之時，不應當初完全致令破作二十五絃而懊惜也。所謂歡聚者，乃正是結此悲怨之根耳。五六句「珠」以「月明」而已先「含淚」，「玉」以「日暖」而已自「含烟」，所以末二句「此情可待成追憶，只是當時已惘然」，不待今已破而後感傷也。其情種全在當初未破時耳。以此迴抱三、四句之「曉夢蝴蝶」、「春心杜鵑」，乃得通體神理一片。所以遺山叙此二句，以「杜鵑」之「託」説在前，而以「華年」之「怨」收在後，大旨了然矣。何庸復覓鄭《箋》乎？漁洋此詩，先以「獺祭」之「博奥」，則似以藻麗爲主，又歸於琴川僧之注，則於虚實皆無所據。故雖同以《錦瑟》篇作《論詩絶句》，而其與遺山相較，去之千里矣。

涪翁掉臂自清新，未許傳衣躡後塵。却笑兒孫媚初祖，强將配食杜陵人。山谷詩得未曾有，宋人强以擬杜，反來後世彈射，要皆非文節知己。

先生鈔《七言詩凡例》云：「山谷雖脱胎於杜，顧其天姿之高，筆力之雄，自闢門庭。宋人作《江西宗派圖》以配食子美，要亦非山谷意也。」按此《凡例》數語，自是平心之論。其實山谷學杜，得其微意，非貌杜也。即或後人以配食杜陵，亦奚不可。而此詩以爲「未許傳衣」，則專以「清新」目黄詩，又與所作《七言詩凡例》之旨不合矣。遺山云：「論詩寧下涪翁拜，未作江西社裏人。」此不以山谷置《江西派圖》中論之也。漁洋云：「却笑兒孫媚初祖，强將配食杜陵人。」此專以山谷置《江西派圖》中論之也。山谷是江西派之祖，又何待言。然而因其作江西派之祖，即不許其繼杜，則非也。吾故曰：遺山詩初非斥薄江西派也，正以其在論杜一首中，與義山並推，其繼杜則即不作一方之音限之可矣。此不斥薄江西派，愈見山谷之超然上接杜公耳。近日如朱竹垞論詩，頗不愜於山谷。惟漁洋極推山谷，似是山谷知己矣，而此章却又必拘拘置之江西派，不許其嗣杜。揆之遺山論詩，孰爲知山谷者，明眼人必當辨之。先生他日讀黄詩絶句又曰：「一代高名孰主賓？中天坡谷兩嶙峋。瓣香只下涪翁拜，宗派江西第幾人？」此首則竟套襲遺山《論詩絶句》「論詩寧下涪翁拜，未作江西社裏人」之句調。愚從來不敢效近人騰口於漁洋先生，然讀至此詩，則先生竟隨口讀過，不能知遺山詩之意矣。遺山「寧」字，百鍊不能到也。其上句云「古雅難將子美親，精純全失義山真」，有一杜子美在其上，又有一李義山在其上，然後此句「寧」字，只以一半許山谷，而已超出所謂江西派方隅之見矣。只此一箇「寧」字，其心眼並不斥薄江西派，而其尊重山谷之意，與其置山谷於子美、義山之後之意，層層圓到，面面具足。有此一「寧」字，乃得上二句學杜之難，與學義山之失真，更加透徹也。若漁洋此作，云「瓣香只下涪翁拜」，换其「論詩」二字曰「瓣香」，則真不解也。夫遺山諸絶句，皆論詩也，何以此處忽出「論詩」二字乎？所以漁洋先生以「瓣香」二字换之。揆其意，似以爲「瓣香」二字近雅，而「論詩」二字近於通套乎？誰知遺山此句「論詩」二字，方見意匠，蓋正對其下一句言之，彼但以江西派目山谷者，特以一方之音限之，非通徹上下原流者也。若以論詩之脈，而不以方隅之見限之，乃能下涪翁之拜，知是子美門庭中人耳。此其位置古人分際，銖兩不差，真善於立言者也。若云「瓣香」，吾不知漁洋之意果其欲專學山谷詩乎？先生固未嘗專學山谷詩也。然即使欲專學山谷，則其意，以「只」字特見推崇山谷矣，乃其下接句却又不然，乃曰「宗派江西第幾人」，此又實不可解。夫山谷是《江西宗派圖》中之第一人也，所以云「兒孫媚初祖」，先生固明知其爲江西派之初祖也，何以此處又佯問曰：是江西派「第幾人」，不知其意欲顯其高出江西諸人乎？抑欲較量其與江西諸人之等級乎？實則不過隨手套襲遺山之句調，而改换其「社裏人」爲「第幾人」，是則近今鄉塾秀才套襲墨卷之手段耳。正與其《浯溪碑》七言古詩，襲用山谷「瓊琚詞」三字，笨滯相同，而更加語病矣。愚從來竊見近日言詩者薄視漁洋，心竊以爲未然，今日因附説《論詩絶句》至此，而不能默也。

鐵崖樂府氣淋漓，淵穎歌行格儘奇。耳食紛紛説開寶，幾人眼見宋元詩？

此首意若偏嗜吴立夫者，又不解末句「宋元詩」「宋」何指也？《七言凡例》亦謂「淵穎勝廉夫」，此在漁洋幼讀吴立夫詩故云爾。然吴立夫詩，頗帶粗獷之氣，先生遽以廁諸遺山、道園七古之後，似未稱也。

李杜光芒萬丈長，昌黎《石鼓》氣堂堂。吴萊蘇軾登廊廡，緩步空同獨擅場。

此首今《精華録》所删，然全集有之。恐讀者惑之，不可不辨也：既以韓《石鼓歌》接李、杜光燄，顧何以吴立夫繼之？且以吴居蘇前，可乎？且以李空同繼之，可乎？此則必不可以示後學者矣。

藐姑神人何大復，致兼《南》《雅》更《王風》。論交獨直江西獄，不獨文場角兩雄。

此以下十四首，皆論明朝詩，而其間讚美李、何者凡數首。此一首贊何大復亦太過。其云

「《王風》」，亦不可解，豈以十五國風中王國之風，近於《雅》耶？不思《黍離》降爲《國風》，正以其不能列於《雅》耳。而《中谷》、《大車》諸篇，豈能超出《干旄》、《淇澳》諸篇上乎？若以《詩》三百篇比喻明詩，則愚竊謂唐、宋已來皆真詩，惟至明人始尚僞體，至李、何一輩出，而真詩亡矣。則或以詩亡喻李、何，庶幾其可乎？揆先生之意，却又未必如此。而妄云「《王風》」，又以藐姑射之神人推何大復，何異塗抹粉黛，以爲仙姿者乎？

正德何如天寶年？寇侵三輔血成川。鄭公變雅非關杜，聽直應須辨古賢。

鄭善夫固不可云學杜，然亦不得云「變雅」也。末七字粗直，似非漁洋先生之詩。

十載鈐山冰雪情，青詞自媚可憐生。彦回不作中書死，更遣匆匆唱《渭城》。

惟此一首，婉約有致，罵嚴嵩有味，又不著迹，此即所謂「羚羊挂角」之妙也。但以愚意，如嚴嵩者，縱使其能詩，亦不直得措一詞以罵之。若果通加選輯明詩諸家而及之，或可云不以人廢言耳；今於上下古今作《論詩絶句》，乃有論嚴嵩一首耶？

中州何李並登壇，弘治文流競比肩。詎識蘇門高吏部，嘯臺鸞鳳獨逌然。

此首抑揚之間，歸重在高蘇門，大指不謬。獨不應以「中州登壇」推許何、李耳。

文章烟月語原卑，一見空同迥自奇。天馬行空脱羈靮，更憐《譚藝》是吾師。

漁洋有《徐高二家詩鈔》，此二首評高、徐皆當矣。此首論徐而推重空同，亦是實事如此，非前首論高而先推何、李者比也。二家究以高在徐上，徐詩不必皆真，而其古淡，究在李、何上。第以徐迪功直接古之作者，則實不敢附和，不過較空同爲近正耳。

漁洋有《題徐迪功集》詩，其首句今刊本云：「昭代嬋娟子。」昔在館下校其集至此，紀曉嵐云：「『昭』字應是『往』字之誤。」予無以應之。其後予視學山東，得見漁洋此詩手草，首句云「絶代嬋娟子」，乃豁然明白。蓋因其紙昏，左「糸」旁僅有一二横，觀者誤以爲「日」旁，右「色」下半不明白，誤以爲「召」字，遂誤刊作「昭代」。所關匪淺，亟致書曉嵐俾改正之。附記於此。

迪功《談藝録》二千餘言，實則菁英可採者，數語而已。迪功少負儁才，及見空同，然後一意師古。惜空同專以模仿爲能事，以其能事貺其良友，故以如此天挺之清奇，以如此能改之毅力，而所造僅僅如此，亦其時爲之耳。顧空同爲之序曰：「守而未化，蹊逕存焉。」豈空同果能化歟？夫迪功所少者，非化也，真也。真則積久能化矣，未有不真而可言詩者。漁洋論詩所少者，亦正在「真」字。

迪功五集内，未嘗無造詣處。今讀《迪功集》，自必以其師古者爲正矣。然如朱竹垞録其《效何遜之作》云：「簾櫳秋未晚，花霧夕偏佳。暗牖通新燭，虚堂聞落釵。淅淅烏驚樹，明明月墮懷。相思不可見，蘭生故繞階。」第四句竹垞作「響落釵」，然原本是「聞」字也。「聞」字實不可易，以音節言，對上句「通」字，似乎可仄。然此處用仄，則上四句純乎諧調矣，下四句之「淅淅」奚爲而變仄？「蘭生」奚爲而變平耶？惟其上四句之諧調，至第四句第三字忽以「聞」字變平咽住，所以後四句移宮換羽，乃天然節拍耳。即以詩理論，此通篇叙景，至第七句乃露情事，則第四句必作「聞」字，方與「不可見」相爲環合也。若作「響」，則是僅取字勢似乎陡健，字音似乎鏘脆，而不知其於詩理全失之矣。漁洋先生最善講音節，不知曾見竹垞所録迪功詩之本誤作「響」否？故又附説於此。

濟南文獻百年稀，白雪樓空宿草菲。未及尚書有邊習，猶傳林雨忽霑衣。

邊仲子詩稿手蹟，予嘗見之，前有徐東癡手題數行，漁洋以紅筆題其卷端。其詩皆漁洋紅筆圈點，或偶改一二字。此句「野風欲落帽，疏雨忽沾衣」，實是「疏」字。漁洋紅筆壓改「林」字，蓋以「林」與「野」相對也。不知此「野」字原不必定以「林」爲對，自以「疏」爲是，改「林」則滯矣。漁洋竟有偶失檢處。

凡三十五首。附説者十六首。

跋

《石洲詩話》八卷，大興翁覃谿先生視學粵東，與學侶論詩所條記也。前五卷草稿久已失去，葉雲素農部忽於都中書肆購得之，持歸求先生作跋。先生因命人鈔存，又增《評杜》一卷，及附説元遺山、王漁洋《論詩絶句》兩卷，共成八卷。會先生門人襄平蔣公來督兩粵，因寄至節署，屬爲開雕。公命維屏董校勘之役。維屏既以詩辱知於先生，憶丁卯、戊辰寓京師，每清曉過蘇齋，先生輒爲論古人詩源流異同，亹亹不倦。一日詢及是編，偏檢弗獲。不意是書失去，遲之又久復還，而維屏於七千里外，乃得取而細讀之，且距先生視學時已四十餘年矣。今展卷坐對，不啻追侍杖履於古榕曜石間。文字之緣，抑何紆而愜也。至先生聞見之博，考訂之精，用心之勤，持論之正，是編特全鼎之一臠耳。比年同人築雲泉山館於白雲、蒲澗之麓，先生作《雲泉》詩見寄。適是書剞劂甫竣，而《雲泉》詩亦已上石，此又一重翰墨緣，因連綴及之。嘉慶二十年四月八日，番禺後學張維屏謹跋。

石洲詩話卷九附

漁洋詩問附記

郎廷槐問：「愚意以爲學力深始能見性情。」答云：「此造微破的之論。司空表聖云：『不著一字，盡得風流。』此性情之說也。揚子雲：『讀千賦則能賦。』此學問之說也。」

方綱按，表聖此二語非專以性情言也。若誤執此二語以性情言，則必至蹈空疏以高談性靈矣。所謂「不著一字」者，正即含孕萬有之謂，正即讀破萬卷之謂。必知此義而後性情與學問合焉矣。漁洋拈神韵以言詩，神韵者豈空掉之謂乎？

問：「杜詩云：『熟精《文選》理。』請問其理安在？」答云：「『理』字似不必深求其解。」

按，此語非也。此「理」字乃徹上徹下之語。上而《三百篇》，此理也。迨至漢魏六朝，亦即此理也。唐宋已後詩，莫非此理也。理者，非必研析義理而後謂之理也。詩言志，志即理也。凡音之起，由人心生，心即理也。文理之理，即事理、條理、肌理之理也，未有外理而言文者也。韓文公云：「周詩三百篇，雅麗理訓誥。」是即《三百篇》之理也。杜云：「熟精《文選》理。」即漢魏六朝詩之理也。杜牧之序李長吉詩謂「加之以理，可以奴僕命騷」，即唐人詩之理也。杜詠麗人云：

「肌理細膩骨肉匀。」言骨肉必準於肌理也。若置「理」字不深求其解，必至於貌襲格調，撦取華藻，無弊不出矣。

漁洋蓋專執嚴滄浪所云「詩有别才，非關學也。詩有别趣，非關理也」二語，以爲神韻耳。嚴説固偶對滯迹者言之然也。漁洋同時已有張蕭亭云：「嚴滄浪此語是爲讀書者言之，非爲不讀書者言之。」斯言當矣。正以其入理，所以云趣不關理耳，豈可誤會？

問：「滄溟謂唐無五言古詩之説。」答云：「滄溟謂『唐無五言古詩，而有其古詩』，此定論也。或乃但截取上一句以爲滄溟罪案，滄溟不受也。」

按，此究是周旋其鄉人語耳。同時張歷友則云：「世無印板詩格，前與後原不必盡相襲也。滄溟五古，全仿《選》體，不肯規摹唐人，所以有唐無五言古詩之説。究唐五言古詩各成一家，正以不依傍古人爲妙，何嘗無五言古詩哉？」歷友名篤慶，與張蕭亭實居皆漁洋同時人，而其論如此，則公論自有定也。滄溟之論唐五言古詩極嚴矣，而其録唐人五言古詩寥寥數百，果足以爲讀唐五言之法耶？若謂其因執《選》體而謂唐無五古，則切中其弊矣。愚所以云詩不應專仿《選》體也。

問：「七言長短句之法。」答云：「長短句，唐人惟李太白多有之。滄溟謂其英雄欺人是也。或有句雜騷體者，總不必學，乃爲大雅。」

按，此條亦以歷友答云「行乎不得不行」爲正論。滄溟以太白長短句爲英雄欺人，非也。正要於此得伸縮相間，動合自然之理。其不知節奏而妄效長短句者，與不知其伸縮之所以然而概目爲欺人者，皆不知詩者之語。

問：「律古五七言中最不宜用字句，若何？」答云：「凡粗字、纖字、俗字皆不可用。如杜詩『紅綻雨肥梅』一句中，便有三字纖俗，不可以其大家而概法之。」

按，漁洋評杜詩於此句果用筆抹之，異哉。此一句中謂有三字纖俗。試問「綻」是開義，何纖俗之有？以開綻之「綻」爲纖俗，則花開之「開」字，亦纖俗矣。此處必不可用「開」字。若不云「綻」，則將換用何等字而後不纖俗乎？再則以「肥」爲纖俗。肥對瘦言，肥對未開之蕾言，肥對初開而未盛開者言。所以此花雖已開，若尚未經雨，未得以肥言，必經雨而後，其紅始綻，始肥也。若不用「肥」字，更當用何字而後不纖俗乎？再試問其第三俗字，則是「紅」字矣。紅是花之色，豈得以纖俗目之，紅俗則緑亦俗乎？白亦俗乎？然則五色皆不可以入詩，此乃真不通之論。

惟其如此，所以漁洋選録七言古詩，不録坡公《定慧院海棠》詩，惡其「朱唇得酒暈生臉」也。昌黎詩「炎官張火繖」數句詠柿葉之赤，必亦以爲俗也。即杜之《白絲行》「象床玉手亂殷紅」，亦以爲近俗也。如此以論古人之詩，是乃真俗眼耳。

前卷愚於漁洋評杜此句目爲俗句者，猶以爲先生取超逸之格，不取細切體物之語，所以每嫌白詩近俗，亦此意也。今試再詳説之。造物之生，必無專生梅梨水仙之淡白，而鄙棄乎桃杏海棠之紅色者。其在詩人各自即景佇興寫物，亦斷未有詠淡白之色則近於雅，詠丹赤之色則近於俗者。詩之雅俗，自在骨韻肌理，初非以字面分別雅俗也。即以詩之事境，亦未有必叩禪寮、坐定室、盆梅松月間而輒謂之雅，趨直官曹、應接倫物而輒謂之俗者。如是，則同一《國風》也，一言葭蒼露白即謂之雅音，一言厹矛鋈錞即所謂之俗乎？且如同一篇中，幽幽南山即謂之雅，其泣喤喤即謂之俗乎？且如先生所以嫌白詩者，如形容花之顏色比之如火，此則誠若未免於俗。然《春秋外傳》「望之如荼」、「望之如火」、「望之如墨」，未可區別以如荼、如墨爲雅，以如火爲俗也。又如擬歌曲之音，比其直如筆描，又豈不近於俚俗？然此自是百詩體段，如此亦斷不能盡天下後世作者，皆必效韋左司之禪定室中罄聲者也。若必盡欲剗除《八哀篇》中不甚了然之句，則「蜀江如線如針水」亦原無刊正之定本，《大食刀歌》即應先除去矣。如太白之長短句，則目爲欺人，少陵之《八哀》，又指摘累句，則將置《三百篇》中不甚易作箋疏之句，欲一舉而廢之耶？評杜之失言，未有若「紅綻」句之失言者爾。

問：「秦漢風味與三唐何如？」答云：「秦詩具於《詩》之《秦風》。漢人蘇武、李陵、枚乘、傅毅之作，去《國風》未遠。六代惟陶彭澤，三唐唯韋蘇州，可以企及。」

按，此條本不必問也，所答則未然。《秦風》，《三百篇》之體也。既以秦漢並言，則豈有舉《三百篇》之篇章與兩漢並言者乎？若言文，則豈可以秦漢並稱？若言詩，則岱嶧、之罘諸銘詞，豈得與二漢之作並言？是言詩不得以秦、漢並言也。若言晉唐之詩，以韋繼陶可也。若言漢唐之詩，以韋繼漢，可乎？

劉大勤問：「七言古用仄韵、用平韵，其法度不同，何如？」答云：「七言古一韵到底者，其法悉同。惟仄韵詩單句末一字可平仄間用，平韵詩單句末一字忌用平聲。若換韵者，則當別論。」

按，七古平韵者，其上一句末一字自以用仄爲常，然若必謂不可用平，則亦泥也。古人七古平韵之篇，其上句有末一字偶用平者，正是其音節逼到不得不然，乃以末用平之句，撑柱而起。熟味古人自知之，非可限例。

問：「明人詩可比何代？弇州可比東坡否？」答云：「明詩勝金元，才、識、學三者皆不逮宋。而弘正四傑在宋詩亦罕其匹，至嘉隆七子則有古今之分矣。弇州如何比得東坡？東坡千古一人而已。惟律詩不可學。」

按，此條内惟云「明詩才識學三者皆不逮宋」，又云「東坡千古一人」，此二語可也。然謂「明詩才識學三者不逮宋」雖是，已而謂其勝金元，可乎？豈明人才識學三者能勝於金元乎？詩至明朝，其前惟一高季迪，而其才不克終，中間惟一高子業，而其體不能備。舍此二家外，惟劉誠意、宋潛溪。若果，其中葉以後有真才實學足繼高季迪者，何不可上接宋金元？而無如前後七子競以貌襲格調爲之，使學者墮入摹擬剽竊之技。勿論宋也，以此接金元兩代，直是至明而詩亡耳。況經學既無根柢，史學亦不知考訂，徒恃空架以言詩文。若非我國朝以湛深經術之盛救其流弊，則明朝一代之學問文章盡壞於時藝之寡陋，尚何詩文之足云乎？漁洋生當文明大啓之日，宏獎衆流，扶樹大雅，宜敬慎以明詩爲規鑒，而乃謂其勝於金元。金名家輩出，即一元遺山已非明人所能到。元之虞道園，豈明人所能望見脚底乎？且明人之僞體，全在李何一輩煽其熾，使學者相率而爲僞。縱使其才力矯健，有能師古之處，正當代爲致惜，以如此才力而蹈於剽竊爲尤足懲鑒者，而乃轉揚其波，謂弘正四傑在宋亦無其匹，此非阿比李何以張僞體乎？平心而論，若欲通録有明一代之詩，則中間既有李、何一輩之恃其才力貌爲格調，雖云紙剪花鳥非真花鳥，然畢竟有人目之爲花鳥，豈可目之爲土苴糞壤乎？則選録明詩到此際，不選李、何一輩而誰選哉？不特李、何、徐、邊也，即王弇州、李滄溟輩，亦豈無可傳之篇？如弇州擬焦仲卿妻之作，自足傳後，豈可因其貌古而轉薄之？此原宜就地論才，明朝人之勝場原是如此，不能舉古人真詩以過繩之也。惟是漁洋先生標舉神韵，其意亦似有見於前明諸家矜言格調之非真，則其論上下詩家，必不應更侈言李、何一輩以誇壇坫之盛。且謂嘉隆七子有古今之别，是亦周旋李滄溟之語，非藝林公論耳。不特此也，即以論五言古詩，必謂徐、高諸家直接六代三唐作者，則將置杜、韓、蘇、黄諸大家於何地？此亦仍是其執李、何輩格調未化之見耳。夫五言古詩必以杜爲正宗，而非貌襲杜之五言古也。猶夫五七言律詩，亦必以杜爲正宗，而非貌襲杜之五七律也。若東坡初未嘗矜言學杜，然其集卷前《荆州》五律「朱檻成東角」一首，卻亦何嘗非踐杜之迹，至其後更變化不覺耳。東坡、山谷之七律，何以異於放翁七律，而必謂放翁是正矩，東坡非正矩？此則誤會唐人格調，而益滋流弊者也，故言不可不慎也。

即所推王右丞、李東川七律爲正宗，杜爲大家云者，亦是排場門面之見，仍即李、何輩格調之説耳。七律必虚實承乘，一綫清徹，而又渾淪圓足，無跡可求，乃爲成章，豈可貌唐人之格調以爲成章乎？如必貌唐人格調以爲章，則無怪其以東坡七律爲不可學矣。此即争詩之真與不真也，亦不但七律耳。

竊揆先生之意，欲代爲撰一語云：「蘇無七律而有其七律。」如此，則誠白雪樓之鄉後進矣。

又如所問「詩家鍊意，意如何鍊？」答云：「鍊意或謂安頓章法，慘淡經營處。」此答亦未明白文以意爲主，文之意即「詩言志」之志也。每一詩或贈答某人，或指説某事，或詠某物，或正言，或反言，或直言，或設逕婉言，此即意也。有其事其物難遽直説，而卻從對面或從逆取者。有其指似之原委不能遽申破，而必先縱筆或反映或旁襯，而後其正指乃得申破者。此皆臨文時匠心獨造，筆之所至有養息焉，有節制焉，有收裹焉，非一端可名。而其意如穿九曲之珠，如照重輪之鏡，此乃可云鍊意耳，豈能以安頓章法盡之。

又如《池北偶談》云：「學杜詩者，退之得其神，子瞻得其氣，魯直得其意，獻吉得其體，鄭繼之得其骨。鄭繼之得杜骨本王元美語。它如李義山、陳無己、陸務觀、袁海叟輩又其次也。陳簡齋最下。」按，此所論惟「獻吉得其體，繼之得其骨」二語，未爲允當。如以李獻吉得杜之體，則是專取貌襲矣。以貌襲爲得其體，則何以能知李義山、黄山谷二家之初不貌襲杜者，未能學杜哉？同出先生之言，未知何以忽真忽假，儗不於倫耶？至謂鄭繼之得其骨，鄭繼之於杜，專效其危苦之詞氣，以爲學杜，則更非真矣。若李義山之不似杜者，乃庶可云得杜骨耳。

又《香祖筆記》云：「韓《石鼓歌》或謂學杜《李潮八分小篆歌》，非也。此歌尚有敗筆，韓《石鼓歌》雄奇怪偉，不啻倍蓰過之，豈可謂後人不及前人耶？後子瞻《石鼓篇》别自出奇，乃是韓公勍敵。」愚按，此條非是。杜《八分小篆歌》何得云有敗筆？敗筆云者，近時書畫家俚俗之談，以不甚經意隨手塗抹之率筆目爲敗筆耳。詩家無此語也。此《歌》内可有某句不經意隨手塗抹之率筆乎？揆其意，蓋以韓《歌》筆筆撑柱雄峙，而杜《歌》若隨手跌宕者，故有敗筆之説，是乃不知詩者之言爾。試詳繹之。古人此等作原不應校其軒輊，其謂韓《石鼓歌》效杜此《歌》者，固所不必也。即謂蘇《石鼓》一篇與韓勍敵，亦所不必。蘇詩此作自不及韓之力量，即以蘇之正面摹寫，「勳勞」數句豈能及韓之「快劍」以下數句乎？蘇詩後半以暴秦演至數句，亦不及韓後半之直叙也。七言古詩有以格局開展筆勢撑柱見力量者，亦有以迴復頓跌見深致者，非必其專以開拓撑柱者爲主也。若謂韓、蘇此等七古，氣格、筆力足以接武杜陵，自是正論。但不必謂此歌必效此篇作耳。乃若欲翻其案，轉謂杜《歌》有敗筆，則貽誤之甚者矣。

石洲詩話卷十附

何端簡公《然燈紀聞》一卷原本，方綱附記。

此卷是端簡公所撰，方綱全録於此，附以管見，非若前卷偶節録也。

《然燈紀聞》，新城何世璂述。

漁洋夫子口授。

七月初四日晚，師云：「學詩須有根柢，如《三百篇》、《楚辭》、漢魏，細細熟玩，方可入古。」

「脱盡時人面孔，方可入古。」

「爲詩且勿計工拙，先辨雅俗。品之雅者，譬如女子靚妝，明服固雅，粗服亂頭亦雅。其俗者縱使用盡妝點，滿面脂粉，總是俗物。」

「古詩要辨音節，音節須響，萬不可入律句，且不可説盡，像書札語。」

謹按，古詩音節豈一端而已？姑勿論初唐四子體，張、王、元、白諸體，不能概以「不可用律句」繩之。即以杜、韓古體，其中險峻勁放之極，更必以諧和似律之句閒插其間，所謂筋搖脈轉處，正未可盡屏去似律之句也。此自在善於酌劑，豈得泥執曰「萬不可入律句」乎？此視其篇內上下音節相承，有必不可用諧句者，亦有其勢不得不用諧句者，非可一概論也。嘗見漁洋評杜詩《醉歌行》，末句「生前相遇且銜杯」，批云：「結似律，甚不健。」殊不知此篇末一段，「先生早賦歸去來」以下三平之調，疊唱作收場。若不束以相諧之句，則鼓聲疊拍，馬逸不能止之勢，將何以結束乎？此則必有平仄相諧之一聯拍節而住，方見收場之妙，必無此處復用三平之句者也。先生誤執，謂古詩必不可用律句，其弊遂至於誤評杜詩。且如元遺山《西園》詩，開首云「西園老樹搖清秋」，三平作起句矣。第二句「畫船載酒芳華游」又以三平之句承之，此下第三句似應五六七字有一換仄者間之，以起全篇之勢矣，乃其第三句「登山臨水銷煩憂」又用三平之句接之。此開篇一連三句皆末三字用三平，疊鼓之節，一往直前，試問此下何以轉身？乃其第四句「物色無端生暮愁」卻以相諧之律句，移宮換羽而出之，夫然後起下，通篇大章法也。此則著一相諧之律句而益加勁放也，豈得曰「似律不健」乎？總視全局上下銜接應如何耳。至若杜詩「東西南北更誰論，白首扁舟病獨存」以下一連七八句皆相諧似律句，而其氣縱横雄肆，較之末三字皆平者更加古健，是又須按拍細論者矣。總之，五言則對句之三四五字，七言則對句之五六七字，自必以純用三平爲正調，而亦視其上第四字（五言視其上第二字）之平仄如何，抑又視其通篇乘承變轉之勢如何，豈得盡以「不可入律句」一語概之？

「韵有陰陽，陽起者陰接，陰起者陽接，不可純陰純陽，令字句不亮。」

按，此合古體、近體言之，然亦言其概耳。所云「韵陰韵陽」者，即如平聲有清濁之類是也。文以意爲主，自必鍊意成章之後，偶有同一虚實字面，改其音之近啞者、犯複者，使之調和響戛耳。非別有秘訣、果若弦索宫商之按譜者也。恐學者執此，誤謂詩有音律定法，則亦實無此説。

「爲詩各有體格，不可泥一。如説田園之樂，自是陶、韋、摩詰；説山水之勝，自是二謝；若道一種艱苦流離之狀，自然老杜。不可云我學某一家，則勿論那一等題，只用此一家風味也。」

按，此亦非可一概而論。王右丞若與韋左司並論，亦豈僅田園之作？昔人於田家詩，並推王、儲，亦未聞言韋也。如必謂寫艱苦流離皆學杜詩，則必致目杜詩爲變風變雅矣。愚嘗謂周文公之《雅》、《頌》，非杜莫能爲也，豈得因其在天寶、至德之際而目爲亂離之作乎？先生論詩又一條云：「五言古有二體，田園丘壑當學陶、韋，鋪叙感慨當學杜。」此竟分二體，似亦未可。

「爲詩須有章法、句法、字法。章法有數首之章法，有一首之章法，總是起結血脈要通，不則痿痺不仁，且近攢湊也。句法老杜最妙。字法要鍊，不可如王覺斯之鍊字，反覺俗氣可厭。如『氣蒸雲夢澤，波撼岳陽城』，『蒸』字、『撼』字何等響，何等確，何等警拔也。」

竊按，詩之警切，全在原頭上辨之，非可專用力於句法、字法也。王覺斯亦豈可與杜詩並論？似太儗不于倫。此皆先生隨口偶舉之語，不必筆諸簡也。

「爲詩先從風致入手，久之要造於平淡。」

按，「風致」二字，似未可爲入手者言之。愚嘗笑近有論詩者以風致目漁洋，此不知漁洋者，不意先生先自誤言之。詩之情韵必由理出，必由骨節出也。若其不衷於肌理，不深求於骨節，而徒以風致取勝，必致流於俗艷，豈論詩之正乎？且云「久之要造於平淡」，平淡者，對絢爛而言，非對風致言也。若對初學言，或教以先馳騁筆力，馳騁才藻，而後久之歸於平淡，尚可言也。豈可云先從風致入乎？況其後工夫須言歸於節制，歸於收裹，乃能幾於成章耳，豈可言歸於平淡？平淡者，天然成就之境候，不可以人力勉爲之。詩至於平淡之境，誰能力造耶？昌黎云：「姦窮怪變得，往往造平淡。」正是馳騁才力之後之真境耳。

「爲詩總要古，吴梅村先生詩盡態極妍，然只是欠一古字。」

按，詩無貌古之理。古必天然神到，自然入古，亦猶平淡之不可以强爲也，豈可云詩必求其古哉？若學者相率而效爲貌古，則蹈襲之弊，競趨於僞體，是乃詩之大蠹。所以李空同、何大復輩之僞體，漁洋惟恐人譏議之，此則漁洋先生之好買假古董，實不能爲先生諱矣。吴梅村詩濃艷，是其本色。即濃艷之體，亦自有極至處，初何傷哉？梅村作古體，一有心仿杜，則傖氣畢露矣。人之造詣各有專長，奚其貌古之云耶？漁洋勸人勿學白詩，亦猶是此等貌古之見耳。

「論世詩要蘊藉，又要旁引曲喻，使人有諷詠不盡之意，不可只將舊事排説。」

「爲詩須博極群書。如十三經、廿一史，次及唐宋小説，皆不可不看。所謂取材於《選》，取法於唐者，盡善也。」

「律句正要辨一三五。俗云『一三五不論』，怪誕之極，決其終身必無通理。」

按，古體詩尚未必以一三五爲關捩，豈有律詩不講一三五字者？此特俗塾之俚談，所不消辨者。惟是每篇句中一三五字，實與二四六互相爲用，其乘承正變之所以然，在熟玩古大家之作，自善會之，非有印板可執也。

「爲詩結處最要健舉。如王維詩『回看射雕處，千里暮雲平』，何等氣概。」

按，「健舉」二字本於唐人品宋之問「晦日昆明池」之作也。所難者，意盡耳。不然同一題之作，何以沈不及宋乎？意盡則無可出路，須尋一出路之法，此則有餘意難終，或涉於添出者。黄山谷於收句偶有借一事類，借一語料襯托而出者，謂之「打諢」。此則亦在乎神到，非可强爲矣。

「詩要洗刷的浄，拖泥帶水，便令人厭觀。」

「爲詩用語要典，不可杜撰。」

「詩要清挺，纖巧、濃麗總無取焉。」

按，此條則可見前條「風致」二字非定論也。

「爲詩須要多讀書以養其氣，多歷名山大川以擴其眼界，多親明師益友以充其識見。」堪問曰：「是則然矣。但寒士僻處窮巷，無書可讀，而又無緣游歷名山大川，常恨不得好友與之切磋，則奈何？」曰：「只是當境處莫要放過，時時著意，事事留心，則自然有進步處。」説畢，歎曰：「吾鄉風雅衰極，澹庵汝當努力。」

「詩學要窮源溯流，先辨諸家之脈。如何者爲曹、劉，何者爲沈、謝，何者爲陶、謝，何者爲王、孟，何者爲高、岑，何者爲李、杜，何者爲錢、劉，何者爲元、白，何者爲昌黎，何者爲大曆十才子，何者爲賈、孟，何者爲温、李，何者爲唐季，何者爲北宋，何者爲南宋。析入毫芒，學焉而得其性之所近，不然胡引亂竄，必入魔道。」一日論及方山謝公詩曰：「方山清漪可愛，但少嫩些。」

「七律宜讀王右丞、李東川，尤宜熟玩劉文房諸作。宋人則陸務觀。若歐、蘇、黄三大家，只當讀其古詩、歌行、絶句，至於七律，必不可學。讀前諸家七律久而有所得，然後取杜詩讀之，譬如百川學海而至於海也。此是究竟歸宿處。若驟學之，鮮不躓矣。」

竊按，此條愚所未能愜服者。此一條蓋有二失，一則謂蘇、黄七律必不可學，此大誤也。歐陽集中七律名篇尚不甚多，且不必説，若蘇、黄二家七律與其古體之沉頓雄恣，何所分别乎？不過不曾如明朝李、何輩貌爲唐律之格調耳。正當舉此種七律如北宋自王半山半山人無足論，其詩則工，其七律尤見真際。及蘇、黄二家，實皆足以爲明朝李、何、王、李輩貌襲唐調之千金良藥。必知此是七律正宗，而後可以語唐七律也。陸放翁七律最圓足，足繼前賢，亦正與蘇、黄七律克嗣也。唐七律以右丞、東川、少陵、義山爲正宗，宋則半山、蘇、黄、陸也，金則遺山，元則道園耳。且漁洋先生專取唐人七律之格調，而於其後之效唐七律者，又嘗推許李空同、李滄溟矣。然則此條内既綜論古今七律，又何不並言學者當師法空同、滄溟耶？豈非先生亦覺其非真耶？再則云「先讀諸家久而有得，然後讀杜」，此又誤也。杜少陵之詩，即儒者聖經也。若以爲文例之，則在前馬遷之史也，在後昌黎之文也。以藝事例之，即王右軍之書也。今如讀書者且先誦法諸子史集，俟其有得，然後進而讀六經，有是理乎？爲文者且先習學柳子厚、李習之、孫可之諸家，俟其有所得，然後再進而讀韓文，有是理乎？學書者且先習學王獻之、蕭子雲、羊欣、薄紹之，俟其有得，然後再進而學右軍，有是理乎？正惟四書五經、布帛菽粟，人人日用飲食所亟需而不可須臾離者，未有以道高且美若登天然，而姑遠之，姑俟之者也。愚勸學者先從根柢下手。經史，根柢也，杜詩亦即根柢也。並非欲效其貌，效其渾古，效其沉雄激壯也。學古人詩，斷無效其貌者也。所云「驟學之，鮮不躓」者，正謂學其貌耳。正惟此中細肌密理，深研其虛實銜接、乘承伸縮之所以然，在諸家雖亦有之，而無若杜之正變開合、縱斂起伏，無處非規矩方圓之極則者也。且如右丞七律，亦豈非細肌密理，可以見規矩方圓之則者乎？然而有説焉。右丞、東川七律，其肌理即在格韵之中，淵然不露，爲難尋也。是以若劉文房七律，即右丞、東川七律，所不及右丞、東川者，味稍薄耳。中唐十子七律亦又何嘗非此種七律？不過味又較更薄耳。其味漸薄矣，而其肌理、格韵無以别於右丞、東川七律也。初無人敢以貌襲右丞、東川之僞體目之者，所以漁洋於右丞、東川外，必首舉文房，其勢然也。即使其學右丞七律，真到右丞分際者，亦只望之如是。即使其後中晚唐人學右丞，具體而非造真際者亦復望之如是。故曰右丞七律，其肌理即在格韵中，淵然不露，爲難尋也。杜則不然，杜之肌理於氣骨筋節出之，於章法頓宕出之。學者誠能造其深微，得其肌理運轉之所以然，則其外貌原不必斤斤杜詩之似也。既深得其肌理運轉，則其外貌之濃淡傅色，自各有取材制勝處，豈必自名爲學杜？此則義山、山谷、道園皆如是也。其不善學者，不知其内腠理密運之所以然，第以詞色聲音之末步趨而橅仿之，則其嗜僞者艷以爲近真也。其有識者則斥爲僞體，若李空同、何大復、李滄溟是也。所以仿右丞，其真贋猝不能辨也，仿杜則真贋立辨，何者？於骨節辨之，不能欺人者也。由是言之，則右丞非不具肌理骨節，而仿之者令人不覺孰真孰僞。杜則肌理骨節，箭在的中，能者從之，不能者無從著手。此所以漁洋教人尤在熟玩劉文房七律者，正是有唐一代學右丞者衆手一同也。唐人七律自李義山外，無人知杜法者，非其不欲學也，力不能也。漁洋心眼超絶，固亦覰見義山、山谷之得杜意矣，然其意中究未能脱去空同、滄溟之格調，故於右丞、東川外，必首舉劉文房。文房豈後來李、何僞體可比？而漁洋之意，欲學者步趨響往之處則同也。惟其如此，則誠似右丞、東川易效，而杜難效也。學者居今日經籍昌明之會，皆知通經學古，非復漁洋所承從前格調摹仿之派。愚則欲正告學者，既欲學詩，必先求其真際，必先講其縱斂起伏之所以然，必宜先探杜之原，而又必合右丞、東川以植基地。至唐人七律若劉文房以下，即大曆十子之倫，七律亦有佳篇，是宜隨其質地所近，皆資取益。而學杜七律之正軌，則香山、義山、樊川以及東坡、山谷、放翁、遺山、道園，皆適道之圭臬耳。

唐人七律皆效右丞，即如劉文房是已。文房稱「五言長城」，豈其七律非正矩乎？然只骨肉停匀，情景相稱耳。杜七律則章法節奏沉頓開宕，非僅一寫景言情所能限矣。況七律唐始啓之，至宋以後，事境漸增，人之所處與其諷諭贈處又萬有不同，又豈可概以一情一景盡之？所以東坡、山谷以後，乃無境不闢，其章法乘承接筍合縫，亦非唐人格律所能該悉也。而此條云「尤宜熟玩劉文房七律」，止一卷，纔數十首，其中名作九首而已。《送柳使君赴袁州》、《江州重別薛柳二員外》、《清溪口送人歸岳州》、《送耿拾遺歸上都》、《獻淮寧節度使李相公》、《漢陽獻李相公》、《長沙過盧鴻宅》、《登餘干古縣城》、《別嚴士元》。右丞、東川七律雖亦篇什不多，而其深厚在文房上遠矣，何以謂「尤宜熟玩文房」乎？此特偶對澹庵話及，此非通徹訂定之語，學者或勿泥執焉可耳。

七月初六日薄晚，乘涼院中，堪執古樂府中《江南可採蓮》一首進質曰：「如此詩寄託何在？」師曰：「此不可解，然但見其古。或者當時尚有闕文，亦未可知。」

按，此可不必問。且既曰「但見其古」，又曰「或有闕」，何也？後一條既援「蓬蓬白雲」之篇，而又謂中有缺處，此皆先生一時未定之論，無庸泥也。

「因言古樂府原有句有音，在當日句必大書，音必細注。後人相沿之久，並其細注之音誤認爲句，附會穿鑿，至於摹擬剽竊，毫無意義，而自命爲樂府，使人見之欲嘔。」

按，此爲剽竊者說，自是正論。至若「句必大書，音必細注」之說，亦未然也。請問「江南可採蓮，蓮葉何田田」，此二句初非東西南北之總挈語，而何以當時惟恐人不知蓮葉四旁有戲魚者，而必細注之？以此詮解樂府，愈增迷惑矣。

「如南中某公作樂府，有『妃來呼豨豨知之』之語。夫妃、呼、豨三字皆音也，今乃認妃作女，認豨作豕，一似豕真有知，豈非笑談？」

「唐人樂府惟有如太白《蜀道難》《烏夜啼》、子美《無家別》《垂老別》以及元、白、張、王諸作，不學前人樂府之貌而能得其神者，乃真樂府也。後人擬古諸篇，總是贋物。」

按，此條極當。樂府被之管絃者尚不可以貌襲，而詩之古今體自抒事境者，乃轉可以貌襲耶？若推此條之理以論定何、李諸僞體，則格調之見早應銷化矣。先生論詩固有舉一反三之説，何不舉此論樂府以遍證古今諸體詩乎？

瑆曰：「李、杜諸作固無假竊，然第未見其中有如古之所謂無字之音，不識被之管絃，其音將何如？」師曰：「恐亦未必可被之管絃。」瑆曰：「古樂府之所謂音節，如今之工上四尺乎？」師曰：「然。」

又曰：「如伯牙《水仙操》一序妙絶，然其詩則殊不可解，料是其中有缺訛處。此等處必欲以意求之，則鑿矣。又如『蓬蓬白雲，一東一西，一南一北』，此亦『魚戲蓮葉東，魚戲蓮葉西，魚戲蓮葉南，魚戲蓮葉北』之類，料是其中有缺處。然在今日，但見其古。如杜子美《杜鵑行》首四句，便是從此詩脱化得來。」

按，《杜鵑行》四語，注家亦有援古詩「江南採蓮」之説者，其實不必。

又曰：「學詩先要辨門庭，不可墮入魔道。」

七月初八日，登州李鑑湖來謁問曰：「某頗有志於詩，而未知何學，學盛唐乎？學中晚唐乎？」師曰：「此無論初盛中晚也。初盛有初盛之真精神、真面目，中晚亦有中晚之真精神、真面目，學者從其性之所近，伐毛洗髓，務得其神而不襲其貌，則勿論初盛中晚，皆可名家。不然學中晚而止得其尖新，學初盛而止得其膚廓，則又勿論初盛中晚，均之無當也。」瑾進曰：「然則《三昧》之選，前不及初，後不及中晚，是則何說？是非欲人但學盛唐而不及中晚之意乎？」師曰：「不然。吾蓋疾夫世之膚附盛唐者，但知學爲『九天閶闔』、『萬國衣冠』之語而自命爲高華，自矜爲壯麗，按之其中毫無生氣，故有《三昧集》之選。要在剔出盛唐真面目與世人看，以見盛唐之詩，原非空殼子、大帽子話，其中藴藉風流，包含萬象，自足以兼前後諸公之長。彼世之但知學爲『九天閶闔』、『萬國衣冠』等語者，果盛唐之真面目、真精神乎？抑亦優孟、叔敖也？苟知此意，思過半矣。」

按，先生論詩曰典、曰遠、曰諧、曰則。此四言者，「典則」之内有一「真」字，而先生未拈出也。言者心之聲，心者，誰之心乎？文以意爲主，意者，誰之意乎？其要惟在一真而已。真也者，切己之謂也。夫人所處有時有地，彼不可以代此，後不能以移前，老不可以爲少壯之言，貴不可以作貧賤之語，處乎今日，不可以説昨日之語。不論登臨詠物、論古贈友，惟其中間有我在，有我之時地在，所以真也。不深究此理而惟膚廓之是懲，九天萬國之雄麗，百年萬里之屬對，周禮漢官之屬對，固非必盡真矣。而其貌爲空澄淡遠，冒爲韋左司，冒爲《三昧》空中之音、水中之月，人人皆作僧房入定之禪偈者，其與假冒九天萬國之雄麗者等耳。愚是以竊舉遺山與先生《論詩絶句》並深繹之，既爲之説而復申析於此。

是編不著何年。何端簡公康熙己丑庶吉士，漁洋先生康熙甲申冬歸里，此編之録在乙酉、丙戌、丁亥之間，漁洋晚歲里居，端簡公未出仕時也。其後先大夫因端簡以受學於黄崑圃先生，端簡以漁洋詩集授先大夫。蓋黄、何二公皆受業於漁洋，而黄氏萬卷樓，惟有新城三十六種之書，未有手授説詩之帙也。方綱視學山東，始得見此刻本。又見端簡公手寫王季木《問山亭詩集》，其書無刻本，仍還之。而此編外間未有傳本，亦漁洋説詩之一種耳。

（附二卷張宇超點校）

復初齋王漁洋詩評

復初齋王漁洋詩評提要

《復初齋王漁洋詩評》一卷，據民國九年江陰繆氏刊《烟畫東堂小品》本點校。撰者翁方綱，生平見《漁洋杜詩話》提要。據自署年月，此是覃溪乾隆五十二年末至五十三年讀漁洋詩之批語。又欲選漁洋詩，故詩題下多標有一「選」字，約一百六十題二百五十餘首，可謂《精華録》之精華矣。其評漁洋，實陰承康熙間吴喬、趙執信等「清秀李于鱗」、「詩中無人」之議，而創爲「空調子」之新説，以爲「先生通集，前後皆空調子也」，「先生必期唐人之似焉，不惟形似，而神亦似之」，「典試蜀中詩，並不似主考神氣，只要格調似唐人耳」，諸語竟如修齡、秋谷之隔代轉聲矣。諸體中，「五古、五律、五絶皆似舊録，即七古亦多爲格調所牽，惟七律、七絶有神韻耳。」然即於七律，仍不免「空調」之憾，「既以諸七律之空調者尚爲不礙，則五古如《石景山》、《卧佛寺》諸作，自然亦應取矣。然七律自開元、天寶以後，其局派始大，而五古則遠追三謝，又在其前三百年矣，可不慎乎」，乃是比較五古之餘之恕辭耳。其許實甚有限，只到「大約從中唐諸家以問津右丞」之地步。又以「蚤歲妍潤勝於晚年之枯淡」，康熙二十三年《蠶尾》、《南海》以下竟一首未選。雖然，覃溪之評國朝詩人，概以老杜、蘇、黄三家爲準的，而不稍假藉。故嚴辭之下，而仍不失其「大」者，亦屬難能，如漁洋、蘀石皆是。如評《朱璧揭鉢圖》一首，「以厲樊榭詩對看，乃知先生真不可及」。評《元祐黨籍碑》「起筆飄然而來，真天仙化人焉。」又述此句之妙，某日曾使紀昀、錢載、陸錫熊、朱筠兄弟及覃溪本人嗟賞「古人信不可及」而相與罷筆。（見梁章鉅《讀漁洋詩隨筆》）其褒貶漁洋每如此，似兩極而實能貫一也。此評民國初始由繆荃孫刻出，收入其《烟畫東堂小品》叢書，故間有繆氏按語，今一併存之。原又羼入宋琬《觀音徧》一首，覃溪已自辨之，而仍未删除，今亦仍之。

復初齋王漁洋詩評

阮亭詩，如海估揀取明璣、紫貝，製作仙子五銖衣，隨手湊補，皆合五城十二樓中裝飾，但寒者不可以爲衣耳。

五古、五律、五絶皆似録舊，即七古亦多爲格調所牽，惟七律、七絶有神韵耳。丁未十一月二十日翁覃谿讀。

漁洋詩，必應按年次第看之。惠氏分古今體，非也。大約讀近人詩，總以按年爲是。或如杜詩之厚實，不妨分體，然亦只可施於家塾誦讀。若裒輯問世，則不若年之爲得也。

《慕容垂歌》「燕燕尾涎涎」。「涎涎」，非「涎涎」。按：出《漢書》。涎，七見反。

《謁志公像觀唐碑》「廬陵傲珠犀」。竟似碑版類套語。

《和窟室畫松歌》既云「誰作」，又云「吴生爲此」，卻又不似呼應。「昔者吴道子。」插入引古，層次亦欠清楚。

《蠡勺亭觀海》以上皆空調子耳。

《山蠶詞》比《蠶詞》稍有致矣。

《南唐宫詞》選二「簟錦鸞綾」、「御溝桃葉」。

《聞雁》 亦未嘗非空調，然不得不取之矣。

《和家兄蠡勺亭觀海》 是時，先生兄弟唱和，有《濤音集》，今雖濟南人亦無有知之者矣。《濤音》，十二卷，荃孫曾見之，皆登萊人。

《秋暮與家兄禮吉子側小飲有懷》 此有超逸之氣。

《秋柳詩四首》 自然亦不得不選。曹倦圃和云：「月斜樓角栖烏起，霜落河橋駐馬看。」西樵云：「折來玉手曾三月，種向金城定幾年。」皆佳。「他日差池春燕影」。「春」字已著筆墨痕矣。第三首有此一首之「東風」、「往日」，則愈見第一首之「他日」、「祇今」，斷乎不可者矣。第四首此首蛇足，竟不成意。「悲今日」、「憶往年」全無著落。

《慈仁寺雙松歌》 今寺中久無此松矣，愚尚見黃石齋先生畫之。

《洗象行》 「玉河波射珊瑚赤」。「珊瑚赤」，不知指何物。

《題趙雪江仿摩詰群峰飛雪圖》選

《讀史雜感八首》選 「不愁粉鏡匆匆去。」此二句近似宮詞。

《題徐迪功集》 「昭代嬋娟子」。「昭代」「昭」字必是出於傳寫之訛。

《淮安新城有感二首》 空際有神致。

《余澹心寄金陵懷古跡詩卻寄二首》選

《雨後觀音門渡江》選

《夜登燕子磯》　「知是專諸邑」。《精華録》本作「專諸色」，「色」字訛也，當以「邑」字爲是。即上「千里」句，亦不當用「色」字。

《曉雨復登燕子磯絶頂》選

《海門歌》　「我願此山障江海」。此等字，皆隨手，不關肌理。

庚子稿後：先生通集，前後皆空調子也。而蚤歲妍潤，勝於晚年之枯淡。戊申正月廿日，舟發大庾，午飯後，舟次大里塘門。丙申起，至庚子集止，北平翁方綱記。王弇州評文徵仲書，謂其晚年特一束枯柴耳。

《上方寺訪東坡先生石刻詩次韻》　予門人謝藴山，守揚州時重立此碑，刻諸和作於後，有《續禪智唱和集》。適寄來京師，裝成巨軸。而海鹽張文魚買得漁洋此詩舊蹟，復爲同裝。文魚以飛白題其首曰《蜀岡逸韵》。翁方綱記。

《丹徒行弔宋武帝》　「真神仙」、「真英雄」，未知算空調否？

《虎丘二首》選　先生律詩，在中唐分際間。

《姑蘇懷古三首》選

《雨夜宿聖恩寺還元閣》選　尚有氣以行之，雖是調子，不妨。

《山中寄子側時阻雨滸墅舟次》選　尚有逸氣。

《秦淮雜詩》選　「十里清淮水蔚藍。」《漁洋詩話》：「余辛丑客秦淮，作《雜詩》，多言舊院時事。内一篇云『十里清淮』云云。阿男名映淮，詩人伯紫之妹也，後適莒州杜氏，以節聞。伯紫與余書云：『公詩即史，乃以青鐙白髮之嫠婦，與莫愁、桃葉同列，後人其謂之何？』余謝之。後入爲儀郎，乃力主覆疏旌其閭。笑曰：『聊以懺悔少年綺語之過。』」

《登觀音閣眺望》選　後來遂成畫家題目。

《答趙友沂長沙書》選

《和吴淵穎題錢舜舉張麗華侍女汲井圖》　先生早年用功於《淵穎集》，此二首可見其概，然神采遜吴作遠矣。此頗有鮮縟色，然「水」亦何必云「銀河」，「歡未央」與「方競媚」相犯。

《和吴淵穎題袁子仁巴船出峽圖》　淵穎此詩是題袁子仁所藏圖，非袁子仁所畫也。此題中「袁子仁」三字當删。此詩卻饒秀色，當即後來使蜀之先兆耳。

《蔣修撰述天台之游》選　其沿中唐格律而氣宇清迥者，亦自可取。

《二月五日淮陰作》「淮南風物劇騣騣。」每遇「劇」字、「鎮」字，皆隨手爲之，此等字意須細講。

《送茗文之京二首》選　亦皆是空調而不妨。

《絶句》選。　所謂「一回拈起一回新」者。

《真州絶句》選三

《奉和李侍郎讀水經注懷洞庭之作》選

《同楊西印副使蔡谿若秀才夜登觀音山眺曲阿後湖放歌》「冰夷擊鼓百靈集」二句。如此，則李獻吉不足怪矣。「互鉤帶」、「争迢遥」，可以作對。

《蓉江寄牧翁先生》選

《題趙澄畫》　二十字一氣，不可湊泊。

《馬士英畫》　此畫幅併題，今在陸礐士齋。覃谿記。

《戲倣元遺山論詩絶句三十六首》選　「巾角」、「五字」、「青蓮」、「風懷」、「詩人」、「苦學」、「十載」、「接跡」、「濟南」、「楓落」、「來禽」、「溪水」。　「挂席名山教未忘」。此注當引先生《香祖筆記》。「杜家箋傳太紛拏」。盧德水《讀杜微言》，予未之見也。若《精華録注》所引《杜詩胥鈔》，則謬甚。「柳州那得並蘇州」。「柳州那得並蘇州」，此義愚十五年前嘗撰《韋柳詩話》一卷辨之。然此亦仁者見仁，智者見智之理耳，亦可以不必辨也。方綱記。「中興」一首先生早年讀唐詩，蓋其用力在此。「廣大」一首先生不喜白詩。《獺祭》一首此首第三句拓開，就玉谿全集言之耳，非指《錦瑟》篇也。「苦學」一首先生不喜歐公《廬山高》詩，此卻有理。「十載」一首，絶唱。「九歲詩名銅雀臺，三年留滯楚江限。不知解唱黄麞者，新自王戎墓下來。」聞是刺一巡按而作。此詩注家所不能知，既無自注，亦不必曲爲推尋矣。

《太液兄家舊藏倪元鎮畫有題云蕭蕭風雨麥秋寒把筆臨摹强自寛賴有余君相慰藉松肪筍脯勸加餐此詩甚佳而雲林集不載今年偶得松圓老人畫愛其風格不減雲林因用其韵於左方》選

壬寅稿　廿日夜，泊舟二塘，挑鐙閲「辛丑」至「癸卯」卷止。覃谿記。

甲〔寅〕〔辰〕稿　五律必由杜公參透其所以然，後來蘇、黄諸大家皆如此，先生尚未能也。然先生則曰：「吾得法於右丞。」静言思之，恐非《然鐙》授記之義。何制府世堪有《然鐙記聞》一卷，似猶未盡。何制府親受業於先生，得其緒論，方綱幼聞先君言之。

《甓湖舟夜讀渭南詩集偶題長句》「夜夜山南射虎還」。此先生勝場。

《冶春絶句二十首》選八「紅橋」、「三月」、「髯公」、「東風」、「海棠」、「笻杖」、「華林」、「故國」一首，漁洋先生平生職志，故在元裕之也，竟以「得髓」許吴天章，亦奇。

《陸放翁以太平庵硯歌》「攜渠歸去坐懷古」。「坐懷古」三字，可以結得住否？

《故中山西園》選

《臺城懷古二首》選 此種皆只是調子耳，然尚不妨。大約七律，從中唐諸家以問津右丞。

《登雞鳴寺》選

《題秦淮水榭》選

《題靈谷廢寺》選 此「爲愛」二字，真是爲愛，不比後人隨手充數也。

《蕭思話彈琴石》選 其宅心，全在此一路上。

《宿長干寺》 既云「夜」，又云「夕」，又云「中夜」，末又云「夕」。既云「開南軒」，又云「啓北牖」。

《瓦官寺》選

《六朝松石歌》選 小注：「石有温公題名。」此不妨有紹興一段字，但自注不應只説温公耳。先生古詩，於仄韵亦竟不講部分耶？

《夜登觀音巖弘濟寺贈終南融道人》　自是佳作，其第七句，則竟要改。既云「叩」，又云「問」，既云「導師」，又云「尊宿」。

《將往金陵辟疆攜歌兒見過同坦庵先生于皇邵村不雕文在小集作》選

《夜泊江口聞笛寄家兄四首》　第四首似不應仍用吹笛事作起句矣。

《江上讀韋詩作二首》選　此是先生五古正門面樣子，亦自不得不取之。

《蕭尺木楚詞圖畫歌》選　詳此題意，未必是墨蹟。尺木是鋟木之卷，似不得以丹粉言之。豈先生所見，乃石本耶？從來尺木此圖，有墨蹟流傳也。

《題弘濟寺方融道人壁》　「曾」字、「重」字、「尚」字、「仍」字，四句每句中有此一著眼之字，可乎？詩正不消如此分曉也。豈但已哉？第七句復著一「又」字。

《黄子久王叔明合作水山圖歌》　「空堂白晝生風霆。」此種句子，似乎先生七古篇篇有之。

《南將軍廟行》　亦自成章，然吾覺其太熟。

《人日登真州天寧寺浮圖懷李退庵侍郎》選

《送家兄西樵游黄鶴山》選

《焦山古鼎詩》　此鼎以二王詩著名。「敦」字，誤讀。竟似鐘鼎文字之「事類賦」矣，一字不切。「皇象」與此何涉。

《上巳辟疆招同潛夫其年亦史山濤修褉水繪園十首》　此十首是坐間立就者，實有興會，而肌理不密。「沅湘春水葡萄緑。」「葡萄」，據蹟改「鴨頭」。

《八册小景》　「八册西風曉鏡鋪」。「八册」二字，豈可以入詩。

荃孫按：八册，地名，又名八尺，在吴江、嘉興之間。詩云：「八册西風曉鏡鋪，家家網得四鰓鱸。水鄉風味江南思，何日扁舟鶯脰湖。」非畫册也。因編在《石谿》、《樊圻》等之前，故覃谿以爲八册畫藁耳。

《送陶季之潞州》選。　先生七古，每於不必插處插入一韻，蓋亦從其學元遺山來，而又與遺山不同。

《送朱秋厓歸安宜兼訊陳冰壑》選

《題胡玉昆南新水部署宋梅圖》選　「宋宫古梅圖」五字，題一字不可删也。若云「宋梅圖」，則不通矣。

《同年袁秋水僉事覲事畢將歸甘州索詩歌以送之》選

《瓶中荷花開偶成二首》選

《傳經堂歌》選

《宗定九畫紅橋小景於便面見寄》選二　「辛夷」、「紅梅」。

《朱錫鬯自代州至京》選

《爲念東先生題衡山畫二首》選

《送宋牧仲歸黄州》選

《三月晦日公醼招同曰緝玉虬茗文周量王隨翼蒼湘北子端集河樓得絶句六首》選

《送吴天章歸中條山》　先生七古之插入一韵，即所謂以音節爲頓挫者。

《送其年歸宜興二首》選

《再送吴雯歸中條二首》選　「堪」、「宜」二字皆平，亦自可通。此「宜讀書」三字，自然不及山谷贈妹婿之「宜讀書」矣。

《雙劍行吏部侍郎孫公席上作》　愚嘗見此銘拓本，後有孫退谷手跋，其字甚奇。夏商琱戈、鉤帶中間，有此類非款識所常有之字體耳。「句吴舊事足感激」，「足感激」三字太平，愚竟僭改云：「句吴舊事渺何許，忽爾清淚來潺湲。」下既云「吾悲焉」，則前句亦不應云「悲來」也。「句吴舊事」，「句」須作開宕之筆。事隔曠代，似可以不預我事，如此方可用「忽」字也。

《冬日讀唐宋金元諸家詩偶有所感各題一絶於後》選二　「射虎」、「載酒」。

辛亥稿　作詩必須透悟唐人之所以然，而不必其似唐人也。先生則必期唐人之似焉，不惟形似，而神亦似之。然則先生透悟唐人之所以然歟？曰：「正唯小子不能知耳。」詩學古人，總要合而能離，離而恰合。

《愚山至都門》選

《題施愚山少參賣船詩後》　先生五古，如此種稍有數韵者，亦不自甘居宋、元以下也。蓋真自位置在道州《舂陵行》之類歟。

壬子稿　典試蜀中詩，並不似主考神氣，只要格調似唐人耳。《蜀道集》之詩，聞多後來所補作。

《觀秘魔崖至龍潭作》選　先生五古真宗王、孟諸家，則竟須以右丞、龍標之作，深論其所以然耳。

《登石景山浮圖絶頂眺望》選　既以諸七律之空調者尚爲不礙，則五古如《石景山》、《卧佛寺》諸作，自然亦應取矣。然七律自開元、天寶以後，其局派始大，而五古則遠追三謝，又在其前三百年矣，可不慎乎！並非寬於彼，而獨嚴於此也。愚所以於先生五古，寧少取之。

《卧佛寺》選

《晚入退谷卻寄孫北海先生》選

《故明景帝廢陵懷古》選　此漁洋七古最整頓之作。

《謝方山舍人二首》選

《華陰道中》選

《漢武帝通天臺》選

《茂陵》選

《石鼓山》「寄情汧渭水」，詩人固不必拘拘考據也，然在此題，只當言汧水。

《寄家人》選

《雨度柴關嶺》「戎衣斜壓赫連刀」。不似典試人語。

《年來錢牧齋吴梅村周櫟園諸先生鄒訏士陳伯璣方爾止王亦世董文友榮洞門諸同人相繼徂謝棧

道感懷愴然有賦》選

《觀音碥》　荔裳名作也。其後半太涉應酬耳，然石本頗罕見。

《故宫曲》選

《廣元舟中聞棹歌》選

《山中有蟲聲如擊磬甚清越蜀人謂之山子又有花名龍爪甚艷偶成絶句》選

《新都縣題楊升庵先生故宅》選

壬子藁　《蜀道集》氣魄、格局、架子都好，而神味真者甚少。大約後來補作之説頗確。

《眉州謁三蘇祠》選

《入嘉州即問丁東院無知者過高望山趾廢寺鄭生曰丁東寺也訪方響洞尚在感而賦詩》選　臯臯清空之氣，故爲難得。

《叙州流杯池瀘州使君巖皆山谷先生舊游都不及訪悵然賦此》　漁洋先生山谷絶不同調，而能知山谷之妙，此所謂「滿院木犀香，吾無隱乎爾」。宋人敖器之云：「陶弘景祇召入宫，析理談玄，而松風之夢故在。」解此者蓋少矣。先生詩瓣香山谷，不知在何處。問之豫章人，固不知之，問之濟南人，更不知也。山谷詩境質實，漁洋則空中之味也。然同時朱竹垞學最博，全以博學入詩，宜其愛山谷矣。乃竹垞最不嗜山谷，而漁洋反最嗜之，其故何也。

《西涼神祠曲》選

《江津縣晚泊寄懷李綏陽公凱》選　詩境進矣。時時有閱歷所未及之境，所以妙也。如此詩「潮」字、「人」字是已。進境由於熟，不熟不能進也。

《題三忠傳》

《瀼西謁少陵先生祠》　句句格調，竟似集唐。

《登白帝城》選

《登蝦蟆碚》選

《荆州懷古》選　「白帝城邊醉放舟，夕陽荆楚此登樓」。「醉」字、「此」字墨圍，此等字皆佳。

《襄陽口號》選

《放鷹臺》選

《朱璧揭鉢圖》　以厲樊榭詩對看，乃知先生真不可及。

《送許何隱之紹興》　「懷古意無窮。」俱是此等語壞事也。學者所宜懸諸戒例。

《展子虔高歡歸晉陽圖》選

《送董樵歸成山舊隱》選

《仇英九成宫圖》選

《題昌黎詩後》選

《悼亡詩三十五首》選八　「門第」、「樵蘇」、「病中」、「肅肅」、「帖子」、「熒熒」、「陌上」、「宦情」。

《曹正子邀同家兄子側及諸君豐臺看芍藥晚過祖氏園亭八首》選六。「回首」、「依然」、「陂塘」、「宮錦」、「霑濕」、「水檻」。

《與董蒼水彭駿孫小飲子吉學士齋》選

《友人送白蓮花爲詠》選

《文姬歸漢圖》選　全靠樂府。

《西蜀》　何以此處忽有此題，且洋洋只「西蜀」二字，亦不言其詠古、詠史而作也。明明是此年補作，前卷《蜀道集》所（賸）材料不忍棄去，而存此一首耳。

《送洪昉思由大梁之武康》選

《送宋牧仲員外榷贛州》　「莫似賈胡留。」既用坡詩二句作起句，即不可復取其「賈胡留」三字作結語矣。況此句亦呆甚，與「浯溪碑詩」用黄詩「瓊琚詞」之謬同。

《同施愚山陳藹公集山史從兄昊天寺厲同觀唐子華水仙圖》選

《題陳其年填詞圖》　原作二首，題於畫幀内。此正諸賢應召試鴻博至京時也。

《題蘇臺楊柳枝詞後二首》　「白家半格詩曾見」。《精華録注》云：本謂半是格詩。此説是也。「半格詩」三字不成語氣。

《送吴天章歸中條山六首》　人之相别，必有因時、因地悲愉欣慼之殊，而詩之詞氣因之。即如吴天章此歸，乃其應召試不遇而歸也。雖與秀才下第不同，然與他時之歸自不可同語矣。乃漁洋先生之詩，則不問其何人、何時、何情、何事，率以八寸三分之帽子付之，尚復何詩之有。

荃孫按：六詩中，如「逢時仍未達，搔首向高空」，「雲中有孤鶴，一笑駭爰居」，「去去寡知己，悠悠誰與論。遥憐芳草路，霑灑爲王孫」，何嘗不惋惜，何嘗不淒感。即先生所云，究與秀才下第不同也。

《顔脩來寄孔廟碑十二種》「梁鵠書」者，謂《孔羨碑》也，此即十二碑之一種。然以漢隸論，則此碑爲十二碑之最下者，先生乃云「尤愛」之，何也。蓋漢碑皆無撰人、書人姓名，此十二碑中，惟《乙瑛碑》後題曰「鍾繇書」，《孔羨碑》後題曰「梁鵠書」。而梁鵠在漢末最爲著名，是以先生之尤愛之也。其實此二碑之果爲鍾繇、梁鵠所書與否，均無可攷。其題云鍾繇、梁鵠書者，特後人之詞，不足以爲確據。先生於此書，蓋亦並不加審也。

《讀馮圃芝餘事集因題天章還山詩卷》天章在燕市得古銅印，文曰「河聲嶽色」。此印今在其從子所。或以爲玉溪生物，亦未必然。

《跋彤臣侍御楊柳枝詞後》選

《送鄭郎赴粤西幕府》選　清夐一氣。

《東丹王射鹿圖》選

《瞿山畫松歌》選

《閨中秋夜不寐悼亡》選

《聞蜀警懷茂衍大參》選

《不得宋荔裳紀綱入蜀接取妻孥消息》選

《送陸辛齋歸海寧》選

《題王元照仿宋元人小畫爲牧仲比部作》　此乃字字咀吮吟哦而出之，非小可神通所能到。真是絶唱，可備故實。

《送李郎松客令高淳託訪詩人邢子貞遺集》　亦以備故實。

《初拜國子監祭酒釋菜》

《贈許生》　許君著《石鼓文鈔》二卷，亦不盡足據。

《送毛斧季歸常熟》選　此亦足以備故實。

《和徐健庵宫贊喜吴漢槎入關之作》選　昔與同年錢坤一共讀此詩，坤一云：「尚嫌『遷客』二字近於通套。」

《送葉井叔歸楚》

《贈蔣京少》　未知先生意中，視右丞五律與中唐十子之作，何以區别。吾知先生必曰：「氣韵之高，夐出其上也。」然則李、何之爲盛唐者，可以駕宋元諸家而上矣。

《多父敦》　未見此銘也。果是「多」字與否，尚未敢必。

《摩崖碑》　「平生」四句只數語可。「振筆大放瓊琚詞。」山谷此題詩，既押「瓊琚詞」三字矣，今日作此題詩，豈可復押此三字於句尾耶？即使不知山谷詩之所以然，亦不應如此。吾不能曲爲先生解矣。

山谷詩云：「安知忠臣痛至骨，世上但賞瓊琚詞。」此「瓊琚詞」三字，擲筆一笑，粉碎虚空。《定武蘭亭跋尾二首》收句語甚不倫。《定武蘭亭》雖亦世間瓌寶，然豈可與石鼓頡頏耶。假如蘭亭是夏、殷之物，尚在石鼓以前，則此句通矣。

《朱浙清明上河圖二首》選

《元祐黨籍碑》選　起筆飄然而來，真天仙化人也。

《送孫予立編修周星公禮部奉使安南二十四韵》　漁洋先生排律甚少，不及竹垞、初白二集中此體之可誦也。

《示鈍翁》「楞伽堆案已嫌遲。」官文書可云堆案，楞伽豈可堆案乎。「遲」字亦與「堆案」不合。似當云：「楞伽懺悔已嫌遲。」然「懺悔」二字，尚嫌太明白，尚須得渾含不露二字更妙。

《與趙秋水話鴨𩑶盟遺事感賦》選

（徐丹丹點校）

小石帆亭著録

小石帆亭著録提要

《小石帆亭著録》六卷，據乾隆五十七年刊本點校。編撰者翁方綱，生平見《漁洋杜詩話》提要。此書有乾隆五十七年自序，時正視學山東，應新城學官之請而編纂。其中王文簡、趙秋谷兩種聲調譜即作於此時；兩種《舉隅》則是舊作，云爲「二十年前」任粤東學使時作，則爲乾隆三十六年離粤前作，然觀其中屢引錢蘀石語，或後亦有所訂定；惟《七言詩三昧舉隅》一種作於兩年前之乾隆五十五年庚戌，末卷爲《漁洋先生書目》，蓋皆爲漁洋詩學而發也。「石帆亭」者，即漁洋昔年論詩之處，故取以爲總名。全書約分兩題，前四卷爲辨漁洋、秋谷之古詩聲調説，後一卷則欲爲漁洋之神韵三昧説正名。按古詩之聲調問題，首由趙秋谷著成譜式發佈，引來漁洋弟子相繼發明師説，時已在漁洋身後，故精粗之間，頓生聚訟。覃溪以漁洋後學兼精於漁洋詩學之身份斷此疑案，定此本爲「先生的筆」，然又細析「三平式」、「别律句」之爲非必，剔出過泥、「門弟子粗記一二大略」及「必非先生之言」種種情況，既爲鑒别真贋，亦使此説益趨精審矣。又區别趙譜與漁洋之異，以爲趙氏前譜所舉詩例不典，不足爲程式，僅得對句之三平而不及出句變化之妙，故知是秋谷自述而非漁洋原本，續譜、後譜則更無論矣。至其自著兩種，題不用「聲調」而用「平仄」，已較秋谷爲平允；所選詩例五言以六朝爲主，七言以杜、韓、蘇爲主，既爲大家名篇，亦各在兩體發展之峰段；又重在析出漁洋三平正調外之種種變化，以示古詩平仄法式「無一定而實有至定者」。其論可謂申漁洋、糾秋谷、出己説而達於持平。此題後雖不無更趨詳密之專作出現，要多偏爲譜式而弗屆覃溪論説之功矣。至於七古之「三昧」説，亦即其《神韻論》、《格調論》諸文欲擴「神韻」及於「格調」乃至「肌理」之思路，以爲漁洋三昧之説非不佳，惟自我設限於五言而未盡其義也。故精選六朝以來十四家詩二十六首，長、中、短篇皆備，一一析其「三昧」所在，而爲漁洋所不及見、不愿見者。此舉竟如其自爲《神韻論》諸文作詩注耳。然「擴容」之餘，又可見其「肌理説」何嘗不以漁洋神韻三昧之趣爲「心」、爲「髓」也。末卷《漁洋先生書目》亦極用心，定漁洋手著書四十二種，佚一種，又補《杜詩評》一種，此種又曾在《漁洋評杜摘記》中鄭重提及之。然此一卷，後世如《天壤閣叢書》、《清詩話》等叢書本多删之，頗負覃溪原意也。

小石帆亭著録序目

石帆亭者，漁洋先生論詩處，在新城里第池北書庫間。昔吾邑黄崑圃先生受學於漁洋，至視學山東役竣，猶親執經問業於此。方綱幼侍先大夫，及崑圃之門，輒心慕之。後四十餘年，而方綱視學於此。竊念漁洋先生以詩學沾溉後賢，顧受其膏馥者或往往厭薄先生，蓋始於趙秋谷，而後人所聞不逮秋谷，亦從而效之。實則先生言詩，窺見古作者不傳之秘，滌盡渣滓，獨存精液，所謂詞場祖述、江河萬古者歟？方綱既得承先生門墻緒論，又得與學人訓故齊魯之間，急以闡揚先生言詩大指爲要務，輒因此地新刻《古詩平仄論》而推廣沿溯，約爲六卷。使院廳事後四照樓前有石焉，旁有水亭三椽，因題以「小石帆」，而勉效著録之義，庶與吾學侣共質之。乾隆五十七年歲在壬子冬十月朔，文淵閣直閣事内閣學士兼禮部侍郎提督山東學政大興翁方綱。

小石帆亭著録卷第一

文淵閣直閣事内閣學士兼禮部侍郎提督江南學政大興翁方綱

新城縣新刊　王文簡古詩平仄論

方綱序曰：詩家爲古詩，無弗諧平仄者。無弗諧，則無所事論已。古詩平仄之有論也，自漁洋先生始也。夫詩有家數焉，有體格焉，有音節焉。是三者常相因也，而不可泥也，相通也，而不可紊也。先生之論古詩，蓋爲失諧者言之也。紊亦失也，泥亦失也，紊斯理之，泥斯通之，夫言豈一端而已？言固各有當也。方綱束髮學爲詩，得聞先生緒論於吾邑黄詹事，因得先生所爲《古詩聲調譜》者。既又見江南屢有刊本，或詳或略。又有所謂《詩問》、《詩則》者，其論間有揺拄，亦大同小異。今見新城此刻，抑又不同，或遂疑其有贋。方綱蓋嘗熟復先生言詩之旨，而知其不相悖也。夫張、王、元、白之雅操，不可以例杜、韓，山谷之逆筆，不可以概歐、梅。吾惡知先生當日有所爲而言之之爲桓司馬耶？爲南宫敬叔耶？其知者則曰舉一以反三也，其不知者則曰舉一而廢百也。今日高才嗜古者，稍有所得，輒往往訕薄先生，漸且加甚矣。其墨守先生之論者，尚知聞謦欬而愛慕之，得其片紙隻詞，以爲拱璧。方綱若不爲之剔抉原委，俾讀者知其立言之所以然，其於甘辛丹素經緯浮沈之界，所關非細。故因新城學官之請而爲之序如此。乾隆五十七年二月朔。

謝太傅問王子猷曰：「云何七言詩？」對曰：「『昂昂若千里之駒，泛泛若水中之鳧。』」此命名所自也。

七言古自有平仄。若平韵到底者，斷不可雜以律句。其要在第五字必平。如韓詩：

謁衡嶽廟遂宿嶽寺題門樓

五嶽祭秩皆三公，四方環鎮嵩當中。火維地荒足妖怪，天假神柄專其雄。噴雲泄霧藏半腹，雖有絶頂誰能窮？我來正逢秋雨節，陰氣晦昧無清風。潛心默禱若有應，豈非正直能感通？須臾静掃衆峰出，仰見突兀撐青空。紫蓋連延接天柱，石廩騰擲堆祝融。森然魄動下馬拜，松柏一逕趨靈宮。粉牆丹柱動光彩，鬼物圖畫填青紅。升階傴僂薦脯酒，欲以菲薄明其衷。廟令老人識神意，睢盱偵伺能鞠躬。手持盃珓導我擲，云此最吉餘難同。竄逐蠻荒幸不死，衣食纔足甘長終。侯王將相望久絶，神縱欲福難爲功。夜投佛寺上高閣，星月掩映雲朣朧。猿鳴鐘動不知曙，杲杲寒日生於東。

第五字既平，第四字又必仄。如歐陽詩：

啼鳥

窮山候至陽氣生，百物如與時節爭。官居荒涼草樹密，撩亂紅紫開繁英。花深葉暗耀朝日，日暖衆鳥皆嚶鳴。鳥言我豈解爾意，綿蠻但愛聲可聽。南窗睡多春正美，百舌未曉催天明。黄鸝顔色已可愛，舌端啞咤如嬌嬰。竹林静啼青竹笋，深處不見惟聞聲。陂田遶郭白水滿，戴勝穀穀催春耕。誰謂鳴鳩拙無用？雄雌各自知陰晴。雨聲蕭蕭泥滑滑，草深苔緑無人行。獨有花上提葫蘆，勸我沽酒花前傾。其餘百種各嘲哳，異鄉殊俗難知名。我遭讒口身落此，每聞巧舌宜可憎。春到山城苦寂寞，把盞常恨無娉婷。花開鳥語輒自醉，醉與花鳥爲交朋。花能嫣然顧我笑，鳥勸我飲非無情。身閒酒美惜光景，惟恐鳥散花飄零。可笑靈均楚澤畔，離騷憔悴愁獨醒。

第四字第五字平仄既合，第二字可平可仄，然不如平之諧也。古人多用平。如蘇詩：

武昌西山

春江渌漲蒲萄醅，武昌官柳知誰栽？憶從樊口載春酒，步上西山尋野梅。西山一上十五里，風駕兩腋飛崔嵬。同遊困卧九曲嶺，褰衣獨到吴王臺。中原北望在何許？但見落日低黄埃。歸來解劍亭前路，蒼崖半入雲濤堆。浪翁醉處今尚在，石臼抔飲無樽罍。爾來古意誰復嗣？公有妙語留山隈。至今好事除草棘，常恐野火燒蒼苔。當時相望不可見，玉堂正對金鑾開。豈知白首同夜直？卧看椽燭高花摧。江邊曉夢忽驚斷，銅環玉鎖鳴春雷。山人帳空猿鶴怨，江湖水生鴻雁來。請公作詩寄父老，往和萬壑松風哀。

右詩第二字用仄者，纔六句耳。

方綱按：此條云：「第二字用仄者，纔六句耳。」此語有誤。末句「往和」，「和」字去聲，非平聲也。今以〇記之，知非先生手稿原本也。即「卧看」「看」字可平可仄，然此處亦作仄，非作平也。必無一連四句第二字皆平之理耳。此首凡十四韵，而對句之第二字用平者六，用仄者八，則此條所云古人多用平者，失其實矣。借使先生當日偶爾援及此詩，亦不爲定論耳。

又按：此條所云第二字多用平者，指對句言耳。然對句第二字，古人初無多用平聲之説。即以此卷内先生所舉諸篇言之，如《衡嶽廟》一首，凡十六韵，而其對句第二字用平者纔三句，《石鼓》一首，凡三十三韵，而其對句第二字用平者纔八句。八句之内，「其年始改稱元和」句，「年」字則因上句第七字以平聲另提其勢，與他句不同。而末句「嗚呼」，「呼」字是正收通篇，音節亦與他句不同。除此二句外，其第二字用平者，纔六句耳。惡見有所謂第二字多用平者耶？蓋出句第五字多用仄，是以第二字多用平也。若對句則第五、六、七字既皆多用平，而第二字又多用平，毋乃不均乎？此條必非先生之言，所不得不辨者也。

至其出句第五字多用仄，如間有用平者，則第六字多仄。如蘇詩：

自金山放船至焦山

金山樓觀何眈眈，撞鐘擊鼓聞淮南。焦山何有有脩竹，採薪汲水僧兩三。雲霾浪打人迹絶，時有沙户祈春蠶。我來金山更留宿，而此不到心懷慙。同遊盡返決獨往，賦命窮薄輕江潭。清晨無風浪自湧，中流歌笑倚半酣。老僧下山驚客至，迎笑喜作巴人談。自言久客忘鄉井，只有彌勒爲同龕。困眠得就紙帳暖，飽食未厭山蔬甘。山林飢卧古亦有，無田不退寧非貪？展禽雖未三見黜，叔夜自知七不堪。行當投劾謝簪組，爲我佳處留茆庵。

至出句之第二字，又多用平。如蘇詩：

答吕梁仲屯田

亂山合沓圍彭門，官居獨在懸水村。居民蕭條雜麋鹿，小市冷落無鷄豚。黄河西來初不覺，但訝清泗奔流渾。夜聞沙岸鳴甕盎，曉看雪浪浮鵬鯤。吕梁自古喉吻地，萬頃一抹何由吞？坐觀入市卷閭井，吏民走盡餘王尊。計窮路斷欲安適？吟詩破屋愁鳶蹲。歲寒霜重水歸壑，但見屋瓦留沙痕。入城相對如夢寐，我亦僅免爲魚黿。旋呼歌舞雜詼笑，不惜飲釂空缾盆。念君官舍冰雪冷，新詩美酒聊相温。人生如寄何不樂？任使絳蠟燒黄昏。宣房未築淮泗滿，故道堙滅瘡痍存。明年勞苦應更甚，我當畚鍤先黥髡。付君萬指伐頑石，千鎚雷動蒼山根。高城如鐵洪口快，談笑却掃看崩奔。農夫掉臂免狼顧，秋穀布野如雲屯。還須更置軟脚酒，爲君擊鼓行金樽。

總之，出句第二字平，第五字仄，其餘四仄五仄亦諧。落句第五字平，第四字仄，上有三仄四仄，亦皆古句正式。如蘇詩：

遊徑山

衆峰來自天目山，勢若駿馬奔平川。中塗勒破千里足，金鞭玉鐙相回旋。人言山住水亦住，下有萬古蛟龍淵。道人天眼識王氣，結茅晏坐荒山巔。精誠貫山石爲裂，天女下試顏如蓮。寒窗暖足來樸渥，夜鉢咒水降蜿蜒。雪眉老人朝扣門，願爲弟子長參禪。爾來廢興三百載，奔走吴會輸金錢。飛樓湧殿壓山破，朝鐘暮鼓驚龍眠。晴空偶見浮海蜃，落日下數投村鳶。有生共處覆載內，擾擾膏火同烹煎。近來愈覺世議隘，每到寬處差安便。嗟余老矣百事廢，却尋舊學心茫然。問龍乞水歸洗眼，欲看細字銷殘年。

古大家亦有別律句者，方綱按：此句愚有説詳于後。然出句終以二五爲憑，落句終以三平爲式。間有雜律句者，行乎不得不行，究亦小疵也。方綱按：既云行乎不得不行，則不得云疵矣，何以又云究亦小疵哉？先生豈有如此自相矛盾之語，愚有説詳後卷。如蘇詩：

送劉道原歸覲南康

晏嬰不滿六尺長，別律句。高節萬仞陵首陽。青衫白髮不自歎，富貴在天那得忙。別律句。十年閉户樂幽獨，百金購書收散亡。別律句。揭來東觀弄丹墨，聊借舊史誅姦强。孔融不肯下曹操，汲黯本自輕張湯。雖無尺箠與寸刃，口吻排擊含風霜。自言靜中閲世俗，有似不飲觀酒狂。衣巾狼籍又屢舞，旁人大笑供千場。交朋翩翩去略盡，惟我與子猶徬徨。世人共去君獨厚，豈敢自愛恐子傷。別律句。朝來告別驚何速，律句。歸意已逐征鴻翔。匡廬先生古君子，挂冠兩紀鬢未蒼。別律句。定將文度置膝上，喜動鄰里烹猪羊。君歸爲我道姓字，幅巾他日容登堂。

方綱按：此首内注出云「別律句」者凡六句，其實古人並非有意與律句相別也。且推其本言之：古詩之興也，在律詩之前，雖七言古詩大家多出於唐後，而六朝以上，已具有之，豈其預知後世有律體而先爲此體以別之耶？是古詩體無「別律句」之説審矣。即此卷開首一條云「平韵到底者，斷不可雜以律句」，此語亦似過泥耳。

又如歐陽詩：

聖俞會飲時聖俞赴湖州

傾壺豈徒彊君飲？別律句。解帶且欲留君談。洛陽舊友一時散，十年會合無二三。京師旱久塵土熱，忽值晚雨涼纖纖。滑公井泉釀最美，赤泥印酒新開緘。更吟君句勝啖炙，杏花妍媚春酣酣。吾交豪俊天下選，誰得衆美如君兼。詩工鑱刻露天骨，將論縱横輕玉鈐。遺編最愛孫武説，往往曹杜遭夷芟。關西幕府不能辟，隴山敗將死可慚。別律句。嗟余身賤不敢薦，四十白髮猶青衫。吴興太守詩亦好，往奏玉琯和英咸。盃行到手莫辭醉，明日舉棹天東南。

方綱按：此首内注出「别律句」者凡二句，皆屬對之句也。既是對句，自應合二句同讀之，乃見音節也。不特此也，古人一篇之中，句句字字，皆是一片宫商，未有專舉其一句以見音節者，則焉有專於某句特有意「别律句」者乎？今即以此首論之，「關西幕府不能辟，隴山敗將死可慚」，此二句若依漁洋先生所講三平之法，則「隴山」句第四字既仄，自應五六皆平矣，今乃五六皆仄者何也？蓋此篇十二韵對句皆三平之調，只前半第四句「無二三」，略於第六字間入一仄字耳。至第七韵「詩工鑱刻露天骨，將論縱横輕玉鈐」，此聯對偶乃於對句第四字用平，第五字又用平，而第六字用仄，此在通篇中爲稍變矣。則此下豈得不再有一略變之句以配應之？所以「關西」二句又作對聯。「隴山」句第四字既仄，則疑於三平之不變者矣。故特將五六用仄，非以示其矯變，正以拍其諧合也。試取此上下對偶之數句，按節吟之，而後知愚説不妄也，而豈得專於「隴山」句注云「别律句」耶？至若此篇起句亦注云「别律句」，則更不然矣。此理甚微，請細論之。「傾壺豈徒强君飲，解帶且欲留君談。洛陽舊友一時散，十年會合無二三。京師旱久塵土熱，忽值晚雨涼纖纖。滑公井泉釀最美，赤泥印酒新開緘。更吟君句勝啖炙，杏花妍媚春酣酣。」昔年讀此詩時，有友人在旁，疑上下數句相去不遠，「涼纖纖」「春酣酣」似嫌複者。愚曰：不然。歐陽公自注云：「君詩有『春風酣酣杏正妍』之句。」蓋此句是引用梅聖俞詩語，與上句「涼纖纖」本不相犯，此一説也。尚有不盡此者，此篇「强君飲」一層，「留君談」又一層，「吟君句」又一層，此三層若參差鼎峙遥相配者。則「涼纖纖」之實景，與「春酣酣」之虚景，又豈不可參差若相配乎？在古人原出以無意，而其實天然之節奏，皆於無意中拍合之，未有特出有心，别乎律句，以爲古詩者也。即如下篇先生所舉之韓《石鼓歌》起首四句，第一句末三字「石鼓文」，第二句末三字「石鼓歌」，第四句末三字「石鼓何」，正是同聲相應之理。東坡《安州老人食蜜歌》結四句云：「因君寄與雙龍餅，鏡空一照雙龍影。三吴六月水如湯，老人心似雙龍井。」即是三疊相應之法也。歐陽詩之「强君飲」「留君談」「吟君句」則遥遥相盼，又是一種吸應之法。文章千變萬化，如碧空之雲，無一同者，無一複者，而無一處不自成章法，不可泥也。此下條於《石鼓歌》起句既注云「別律句」，又云「妙在石字入聲」，似尚未喻此理。愚謂此等處，恐是先生偶然語及，而門弟子輒筆之於册，似皆非先生定論耳。

又如韓詩：

石鼓歌

張生手持石鼓文，別律。勸我試作石鼓歌。別律句。少陵無人謫仙死，才薄將奈石鼓何。別律句，又妙在石字入聲。周綱陵遲四海沸，宣王憤起揮天戈，大開明堂受朝賀，諸侯劍佩鳴相磨。蒐于岐陽騁雄俊，萬里禽獸皆遮羅。鐫功勒成告萬世，鑿石作鼓隳嵯峨。從臣才藝咸第一，揀選撰刻留山阿。雨淋日炙野火燎，鬼物守護煩撝呵。公從何處得紙本，毫髮盡備無差訛。辭嚴義密讀難曉，字體不類隸與蝌。年深豈免有缺畫？快劍斫斷生蛟鼉。鸞翔鳳翥衆仙下，珊瑚碧樹交枝柯。金繩鐵索鎖紐壯，古鼎躍水龍騰梭。陋儒編詩不收入，二雅褊迫無委蛇。方綱按：委，平聲，音逶，今作誤。孔子西行不到秦，掎摭星宿遺羲娥。嗟余好古生苦晚，對此涕淚雙滂沱。憶昔初蒙博士徵，其年始改稱元和。別律句。方綱按：此句原刻有誤，今改正。故人從軍在右輔，爲我量度掘臼科。別律句。濯冠沐浴告祭酒，如此至寶存豈多？氈苞席裹可立致，十鼓祇載數駱駝。別律句。薦諸太廟比郜鼎，光價豈止百倍過？別律句。聖恩若許留太學，諸生講解得切磋。別律句。觀經鴻都尚填咽，坐見舉國來奔波。剜苔剔蘚露節角，安置妥帖平不頗。大厦深簷與蓋覆，經歷久遠期無他。中朝大官老於事，詎肯感激徒媕婀？方綱按：媕音諳，今作●誤。牧童敲火牛礪角，誰復著手爲摩挲？方綱按：此爲字去聲，今作○誤。趙飴山《續譜》於此字亦誤作平，説詳後卷。日銷月鑠就埋没，六年西顧空吟哦。羲之俗書趁姿媚，數紙尚可博白鵝。别律句。繼周八代争戰罷，無人收拾理則那。别律句。方今太平日無事，柄任儒術崇丘軻。别律句。安能以此上論列？願借辯口如縣河。石鼓之歌止於此，嗚呼吾意其蹉跎。

方綱按：此首内注出「别律句」者凡十一處，皆不必泥也。説已見前。

又如蘇詩：

和蔣夔寄茶

我生百事常隨緣，四方水陸無不便。扁舟渡江適吴越，三年飲食窮芳鮮。金虀玉鱠飯炊雪，海螯江柱初脱泉。臨風飽食甘寢罷，一甌花乳浮輕圓。自從捨舟入東武，沃野便到桑麻川。翦毛胡羊大如馬，誰記鹿角腥盤筵？廚中蒸粟埋飯甕，大杓更取酸生涎。柘羅銅碾棄不用，脂麻白土須盆研。故人猶作舊眼看，謂我好尚如當年。沙溪北苑强分别，水脚一線争誰先？清詩兩幅寄千里，紫金百餅費萬錢。别律句。吟哦烹噍兩奇絶，只恐偷乞煩封纏。老妻稚子不知愛，一半已入薑鹽煎。人生所遇無不可，南北嗜好知誰賢？死生禍福久不擇，更論甘苦争媸妍！知君窮旅不自釋，因詩寄謝聊相鐫。

方綱按：此首内注出「别律句」者只一句，實不必也。篇内○●皆是正式，但以爲有意别於律句，則非。

若仄韵到底，間似律句無妨。以用仄韵半非近體，其平仄抑揚，多以第二字第五字爲關捩。如蘇詩：

石鼓

冬十二月歲辛丑，我初從政見魯叟。舊聞石鼓今見之，文字鬱律蛟蛇走。細觀初以指畫肚，欲讀嗟如箝在口。韓公好古生已遲，我今況又百年後。强尋偏旁推點畫，時得一二遺八九。我車既攻馬亦同，其魚維鱮貫之柳。古器縱横猶識鼎，衆星錯落僅名斗。模糊半已似瘢胝，詰曲猶能辨跟肘。娟娟缺月隱雲霧，濯濯嘉禾秀莨莠。漂流百戰偶然存，獨立千載誰與友？上追軒頡相唯諾，下揖冰斯同鷇㲉。憶昔周宣歌鴻雁，當時籀史變蝌蚪。厭亂人方思聖賢，中興天爲生耆耇。東征徐夷闞鳩虎，北伐犬戎隨指嗾。象胥雜遝貢狼鹿，方召聯翩賜圭卣。遂因鼓鼙思將帥，豈爲考擊煩矇瞍。何人作頌比崧高？萬古斯文齊岣嶁。勳勞至大不矜伐，文武未遠猶忠厚。欲尋年歲無甲乙，豈有名字記誰某？自從周衰更七國，竟使秦人有九有。掃除詩書誦法律，投棄俎豆陳鞭杻。當年何人佐祖龍？上蔡公子牽黄狗。登山刻石頌功烈，後者無繼前無偶。皆云皇帝巡四國，烹滅强暴救黔首。六經既已委灰塵，此鼓亦當遭擊剖。傳聞九鼎淪泗上，欲使萬夫沉水取。暴君縱欲窮人力，神物義不汙秦垢。是時石鼓何處避？無乃天公令鬼守。興亡百變物自閑，富貴一朝名不朽。細思物理坐歎息，人生安得如汝壽？

又如韓詩：

寒食日出遊 贈張十一院長

李花初發君始病，我往看君花轉盛。走馬城西惆悵歸，不見千株雪相映。爾來又見桃與梨，交開紅白如争競。可憐物色阻攜手，空展霜縑吟九詠。紛紛落盡泥與塵，不共新粧比端正。桐華最晚今已繁，君不强起時難更。關山遠别固其理，寸步難見始知命。憶昔與君同貶官，夜渡洞庭看斗柄。豈料生還得一處，引袖拭淚悲且慶。各言生死兩追隨，直置心親無貌敬。念君又署南荒吏，路指鬼門幽且夐。三公盡是知音人，曷不薦賢陛下聖？囊空甑倒誰救之，我今一食日還併。自然憂氣損天和，安得康强保天性？斷鶴兩翅鳴何哀，縶驥四足氣空横。今朝寒食行野外，緑楊匝岸蒲生迸。宋玉亭邊不見人，輕浪參差魚動鏡。自嗟孤賤足瑕疵，特見放縱荷寬政。飲酒寧嫌醆底深，題詩尚倚筆鋒勁。明宵故欲相就醉，有月莫愁當火令。

又如歐陽詩：

讀張李二生文贈石先生

先生二十年東魯，能使魯人皆好學。其間張續與李常，剖琢珉石得天璞。大圭雖不假雕琢，但未磨礲出圭角。二生固是天下寶，豈與先生私褚橐？先生示我何矜誇，手攜文編謂新作。得之數日未暇讀，意欲百事先屏却。夜歸獨坐南窗下，寒燭青熒如熠爚。病眸昏澀乍開緘，燦若月星明錯落。辭嚴意正質非俚，古味雖淡醇不薄。千年佛老賊中國，禍福依憑群黨惡。拔根掘窟期必盡，有勇無前力何犖？乃知二子果可用，非獨詞堅由志確。朝廷清明天子聖，陽德彙進群陰剥。大烹養賢有列鼎，豈久師門共藜藿？予慚職諫未能薦，有酒且慰先生酌。

若換韵者，已非近體，用律句無妨。大約首尾腰腹須銖兩匀稱爲正。如王右丞詩：

桃源行

漁舟逐水愛山春，兩岸桃花夾去津。坐看紅樹不知遠，行盡青溪不見人。山口潛行始隈隩，山開曠望旋平陸。遥看一處攢雲樹，近入千家散花竹。樵客初傳漢姓名，居人未改秦衣服。居人共住武陵源，還從物外起田園。月明松下房櫳静，日出雲中雞犬喧。驚聞俗客争來集，競引還家問都邑。平明閭巷掃花開，薄暮漁樵乘水入。初因避地去人間，及至成仙遂不還。峽裹誰知有人事，世中遥望空雲山。不疑靈境難聞見，塵心未盡思鄉縣。出洞無論隔山水，辭家終擬長游衍。自謂經過舊不迷，安知峰壑今來變。當時只記入山深，青溪幾曲到雲林。春來遍是桃花水，不辨仙源何處尋。

方綱按：此篇凡七换韵，惟第二段第六段是六句，餘皆四句。若以第二字第四字上下粘聯之格論之，第一段「坐看」，第四段「平明」，第六段「塵心」「出洞」「自謂」凡五句皆不粘也。蓋至第五段「世中遥望空雲山」放出三平之調，所以第六段竟至全不用粘，此亦勢所必然，不假安排者也。末段仍用粘，則與前半亦略相配應。此則其時尚去初唐未遠，不比後來換韵者，多以不粘爲正格耳。

又如歐陽詩：

千葉紅梨花

紅梨千葉愛者誰？白髮郎官心好奇。徘徊繞樹不忍折，一日千匝看無時。夷陵寂寞千山裏，地遠氣偏時節異。愁烟苦霧少芳菲，野卉蠻花鬬紅紫。可憐此樹生此處，高枝絶艷無人顧。春風吹落復吹開，山鳥飛來自飛去。根盤樹老幾經春，真賞今纔遇使君。風輕絳雪鐏前舞，日暖繁香露下聞。從來奇物産天涯，安得移根植帝家。猶勝張騫爲漢使，辛勤西域徙榴花。

方綱按：此篇惟「一日千市看無時」一句是三平之調，餘皆不粘。末四句則用粘聯結之，此則非稍變不能結也。粘者，不粘之變也。〇大約唐、宋已後大家爲七古之正調，凡换韵者，總以不粘爲正，此一語可當發凡矣。

又如杜詩：

丹青引 贈曹將軍霸

將軍魏武之子孫，於今爲庶爲清門。英雄割據雖已矣，文彩風流猶尚存。學書初學衛夫人，但恨無過王右軍。丹青不知老將至，富貴於我如浮雲。開元之中常引見，承恩數上南薰殿。淩烟功臣少顏色，將軍下筆開生面。良相頭上進賢冠，猛將腰間大羽箭。褒公鄂公毛髮動，英姿颯爽來酣戰。先帝天馬玉花驄，畫工如山貌不同。是日牽來赤墀下，迥立閶闔生長風。詔謂將軍拂絹素，意匠慘淡經營中。斯須九重真龍出，一洗萬古凡馬空。玉花却在御榻上，榻上庭前屹相向。至尊含笑催賜金，圉人太僕皆惆悵。弟子韓幹早入室，亦能畫馬窮殊相。幹惟畫肉不畫骨，忍使驊騮氣凋喪。將軍畫善蓋有神，必逢佳士亦寫真。即今飄泊干戈際，屢貌尋常行路人。途窮反遭俗眼白，世上未有如公貧。但看古來盛名下，終日坎壈纏其身。

方綱按：此篇凡五段，中間雖亦有一二句近似粘聯者，然如此氣勢充盛之大篇，古今七言詩第一壓卷之作，豈復可以尋常粘調目之？直謂通首不粘可矣。

以愚意，若以換韵銖兩匀稱言之，則此篇五段，每段八句，似亦可以拈出作式，然第以換韵作式，則終覺崑崙、洞庭，元氣混茫，遽以位置於盆山溪沼之間，愚竊未敢也。

又如蘇詩：

往富陽新城李節推先行三日留風水洞見待

春山磔磔鳴春禽，此間不可無我吟。路長漫漫傍江浦，此間不可無君語。金鯽池邊不見君，追君直過定山村。路人皆言君未遠，騎馬少年清且婉。風巖水穴舊聞名，只隔山溪夜不行。溪橋曉溜浮梅萼，知君繫馬巖花落。出城三日尚逶遲，妻孥怪罵歸何時。世上小兒誇疾走，如君相待今安有？

方綱按：此篇八換韵。每段一句，皆作不粘論。

右詩換韵皆極匀稱，亦有不盡然者。如杜詩：

玄都壇歌

故人昔隱東蒙峰，已佩含景蒼精龍。故人今居子午谷，獨在陰崖結茅屋。屋前太古玄都壇，青石漠漠常風寒。子規夜啼山竹裂，王母晝下雲旗翻。知君此計成長往，芝草琅玕日應長。鐵鏁高垂不可攀，致身福地何蕭爽。

高都護驄馬行

安西都護胡青驄，聲價歘然來向東。此馬臨陣久無敵，與人一心成大功。功成惠養隨所致，飄飄遠自流沙至。雄姿未受伏櫪恩，猛氣猶思戰場利。腕促蹄高如踣鐵，交河幾蹴曾冰裂。五花散作雲滿身，萬里方看汗流血。長安壯兒不敢騎，走過掣電傾城知。青絲絡頭爲君老，何由却出横門道？

方綱按：以上二首皆换韵之正格，不知何以又於匀稱之外分別觀也。恐非先生定論。

石犀行

君不見秦時蜀太守，刻石立作三犀牛。自古雖有厭勝法，天生江水向東流。蜀人矜誇一千載，泛溢不近張儀樓。今年灌口損户口，此事或恐爲神羞。終藉隄防出衆力，高擁木石當清秋。先王作法皆正道，詭怪何得參人謀。嗟爾三犀不經濟，缺訛只與長川逝。但見元氣常調和，自免洪濤恣凋瘵。安得壯士提天綱，再平水土犀奔茫。

方綱按：此篇凡三換韵，前六韵十二句，中二韵四句，末二韵二句，似乎多寡參差矣。然合拍吟之，只是以四句收束十二句，以二句收束四句，此理易明，絶非參差也。

又如蘇詩：

吴中田婦歎

今年粳稻熟苦遲，庶見霜風來幾時。霜風來時雨如瀉，杷頭出菌鐮生衣。眼枯淚盡雨不盡，忍見黄穗卧青泥。茆苫一月壠上宿，天晴穫稻隨車歸。汗流肩頳載入市，價賤乞與如糠粞。賣牛納税拆屋炊，慮淺不及明年饑。官今要錢不要米，西北萬里招羌兒。龔黄滿朝人更苦，不如卻作河伯婦。

方綱按：此篇前一韵凡七韵十四句，後一韵凡二韵二句。（「苦」與「婦」不同部，蘇、黄諸家古詩往往如此，非正也,此又當别論。)而其前韵於第十一句插入一韵,以振其勢,此則一韵中隨手之變,其法與杜《石犀行》之中間换韵處相似而不同,要其以音節爲頓挫則一也,亦是正格,不得以參差異之。

武昌銅劍歌

雨餘江青風卷沙,雷公躡雲捕黄蛇。蛇行空中如枉矢,電光煜煜燒蛇尾。或投以塊鏗有聲,雷飛上天蛇入水。水上青山如削鐵,神物欲出山自裂。細看兩脅生碧花,猶是西江老蛟血。蘇子得之何所爲,蒯緱彈鋏咏新詩。君不見淩烟功臣長九尺,腰間玉具高拄頤。

方綱按:此篇换韵之格,乍看似參差,而實整齊之至也。末一韵多一長句,故第一韵少二句,以蓄其勢,第五句六句仍順承三四句之韵,則中間仍是四句一韵,前後伸縮,音節天然,豈得以參差異之?

右换韵多寡不一,雖是古法,不可爲常也。

方綱按:以上於换韵匀稱之外,又舉杜詩三首,蘇詩二首。其杜詩前二首仍與换韵匀稱者無異,不必言矣,其杜詩後一首及蘇詩二首,則皆變而不離於正,細論之亦元非變耳。右軍之書勢似欹而反正,焉有筆筆必取匀整以爲正格者哉?乃此刻本載先生手記,於後三詩止圈記其似律之二語,亦於换韵之法無所關繫。蓋此本直是先生當日偶對門弟子匆匆語次,以筆麤記一二之大略,又未知當日語次,口講指畫,更有何等微妙之談?今但存此手記之迹,後人遂以爲先生之定論而刊之,以印定學人眼目,其去刻舟膠柱者幾何矣?此方綱所以不得不詳辨也。

此刻諸詩内先生手圈處,亦尚有偶然隨筆略記一二而未及合前後審定者,今既因其爲先生手迹而具仍之,故附述於此。

又有長短句者，唐惟李太白多有之，然不必學。如：

蜀道難

噫吁嚱，危乎高哉！蜀道之難難於上青天。蠶叢及魚鳧，開國何茫然。爾來四萬八千歲，不與秦塞通人烟。西當太白有鳥道，可以横絶峨眉巔。地崩山摧壯士死，然後天梯石棧相鈎連。上有六龍迴日之高標，下有衝波逆折之迴川。黄鶴之飛尚不得過，猨猱欲度愁攀緣。青泥何盤盤，百步九折縈巖巒。捫參歷井仰脅息，以手撫膺坐長歎。問君西遊何時還，畏途巉巖不可攀。但見悲鳥號枯木，雄飛呼雌遶林間。又聞子規啼，夜月愁空山。蜀道之難難於上青天，使人聽此凋朱顔。連峰去天不盈尺，枯松倒挂倚絶壁。飛湍瀑流争喧豗，砯崖轉石萬壑雷。其險也如此，嗟爾遠道之人胡爲乎來哉！劍閣峥嶸而崔嵬，一夫當關，萬夫莫開。所守或匪親，化爲狼與豺。朝避猛虎，夕避長蛇。磨牙吮血，殺人如麻。錦城雖云樂，不如早還家。蜀道之難難於上青天，側身西望長咨嗟。

效之而無其才，洵難免滄溟英雄欺人之誚。

方綱按：漁洋先生答郎梅谿問云：「七言長短句，惟李太白多有之，滄溟謂其英雄欺人是也。或有句雜《騷》體者，總不必學，乃爲大雅。」今此本則云效之而無其才，難免斯誚，語較平允矣。然先生五七言詩鈔，於太白此等篇，皆已入選，則此云不必學者，究非定論也。

方綱按：古詩平仄是無一定而實有至定者。既經元、明以來，爲古體者，間有出入失諧之弊，今若不加剖説，則外間竟以爲古詩不論平仄矣。相傳漁洋先生論古詩平仄之書，蓋出於趙秋谷傳寫本，而此則先生裔孫新城縣學生王允熙出其家藏一册刊行，云是先生原稿，與秋谷所傳不同。秋谷之本，久已行於南北，此刻乍見必有疑者，況其中亦實有先生未定之論。方綱細加審訂，此本實在秋谷本之上，其爲先生的筆無疑。是以不得不稍加辨析，具列如右。

壬子九月二十五日記於小石帆亭。

小石帆亭著録卷第二

文淵閣直閣事内閣學士兼禮部侍郎提督山東學政大興翁方綱

趙秋谷所傳聲調前譜

方綱按：此卷或云《前譜》是漁洋著，《後譜》是秋谷著。以愚考之，前、後《譜》皆秋谷所爲也。今以新城所刻《平仄論》合觀之，愈見新城所刻，是漁洋真筆，而此爲秋谷無疑矣。故附録於此。

五言古詩

秦越人洞中詠　于鵠

扁鵲得拗字仙處，傳是西南峰。三平聲字。年年山下人，下句是律，上句第五字必平。○第三字平，亦拗以別律。長見騎白龍。上注言：凡下句是律之調如此，非謂此句，而此句亦非律也。洞門黑無底，拗句同律。日夜惟雷風。三平。清齋將入時，平。戴星兼抱松。拗律句，一本脱拗字誤。○拗在第一字仄，第三字平。石徑陰且寒，平。地響知遠鐘。古句。似行山林三平外，聞葉履聲重。上句不律，下句可律。○此句律。底礙更俯身。平。上四字仄。〇方綱按：此句底乃低字之訛也，何以謂上四字仄耶。漸遠晝夜四仄同。時時白蝙蝠，律句。飛入茅衣中。三平。行久路轉窄。四仄。靜聞平。〇不平則爲律矣。水淙平淙。但願逢一人，平。自得朝天宫。三平。間有律句，即以古句救之。總之兩句一聯中，不得全與律詩相亂也。

息舟荆溪入陽羡南山遊善權寺呈李功曹　羊士諤

結纜蘭渚曉，紫崿平上仄連平岡。晏温值初霽，二四平。〇起句二四仄，得此句調甚協。去逶山河長。三平。獻歲冰雪盡，細仄，在律詩則爲失調。泉在路傍。行披松杉入，四平。激瀾橫石梁。層閣表精廬，律。飛甍切雲翔。沖襟得高步，清眺極遠三仄方。潭嶂積仄佳氣，蒹英多平早芳。二句律中拗，救句可用。具觀澤仄國秀，重使春心傷。三平。念遵煩平促塗，與澤國句並拗律。榮利鶩隙光。勉君脱冠意，共匿無何鄉。三平。

方綱按：此所舉五言二首，内以「聞葉履聲重」、「時時白蝙蝠」、「層閣表精廬」皆目爲律句，非也。又所謂拗律句、古句者，亦皆非也。凡爲古詩，必無有意與律體相拗之理，其目爲似拗者，皆其極和諧處也。前卷已於七言詩具論其概矣。五言正變源流，則愚於下卷詳之。

又按：于、羊二家皆中唐時詩人。而五言之作，上自漢、魏，下及唐、宋，音節因乎格調，格調因乎家數，家數因乎風會，淵流品藻，萬有不同，烏可執一時之體製，賅萬世之繩墨乎？自漁洋先生論五七言詩，大約以對句末三字疊峙三平，以見蒼勁，是固然已。相傳秋谷得緒論於漁洋，及其筆之於書，抑又不屑墨守漁洋三平之式，故特於貞元之世，舉此三篇，稍於三平之調潤澤大略，以爲五言之則，具在此矣。然黄初以降，陶、謝擅其精能，王、孟以還，杜陵屹爲砥柱，多師以爲師，言豈一端已也？愚於此譜，信知是秋谷所自述，而非漁洋之原本爾。

七言古詩

西山詩和者三十餘人再次前韵爲謝 蘇軾

朱顔發過如春醅，胸中梨棗初未栽。丹砂未易埽白髮，赤松卻欲參黄梅。寒溪本自遠公社，拗律句。白蓮翠竹依崔嵬。當時石泉照金像，神光夜發如五臺。飲泉鑑面得真意，亦拗律。坐視萬物皆浮埃。欲收暮景返田里，亦拗律。遠溯江水窮離堆。還朝豈獨羞老病，自歎才盡傾空罍。諸公渠渠若夏屋，吞吐風月清隅隈。我如廢井久不食，古甃缺落生陰苔。數詩往復相感發，汲新除舊寒光開。遥知二月春江闊，律句。雪浪倒捲雲峰摧。石中無聲水亦静，云何解轉空山雷。欲就諸公評此句，律句。要識憂喜何從來。願求南宗一勺水，往與屈賈湔餘哀。

和蔣夔寄茶

我生百事常隨緣，四方水陸無不便。第五字平，第六字仄，便非律句。扁舟渡江適吴越，仄。此字不可輕用平聲。三年飲食窮芳鮮。此三字平，第四字必仄。如第四字平，則第六字必仄以救之。此法人多不知。金虀玉膾飯炊雪，拗律句。海螯江柱初脱泉。臨風飽食甘寢罷，一甌花乳浮輕圓。自從捨舟入東武，沃野便到桑麻川。翦毛胡羊大如馬，誰記鹿角腥盤筵。廚中烝粟埋飯甕，大杓更取酸生涎。柘羅銅碾棄不用，脂麻白土須盆研。故人猶作舊眼看，謂我好尚如當年。沙谿北苑强分別，拗律。水脚一線争誰先？清詩兩幅寄千里，上句雖不論，亦宜少拗乃健。○拗律句。此正謂第五字拗也。紫金百餅費萬錢。即六字仄，獨令末一字平，亦可。吟哦烹嘸兩奇絶，拗律。只恐偷乞煩封纏。老妻稚子不知愛，拗律。一半已入薑鹽煎。人生所遇無不可，南北嗜好知誰賢？死生禍福久不擇，更論甘苦争嬿妍！知君窮旅不自釋，因詩此二字不論寄謝聊相鐫。

方綱按：此條内云上句雖不論，又云此二字不論，此則顯然與漁洋之論不合。漁洋《平仄論》亦載此詩，每於第二字用平聲處，加以圈識，而此本則以出句爲不必論，徒然拈舉拗律等句而已。是則秋谷只記得漁洋所説對句末三字宜用三平之語，而於其他祕妙，概未及也。此惡可以冒爲漁洋手定之書乎？

又按：前卷新城所刻《平仄論》，雖亦只是漁洋偶然拈示人語，然於七言則已合杜、韓、歐、蘇諸家各體略具其概矣。今秋谷所述《前譜》，既稱得自漁洋，而於五言止載中唐二篇，自漢、魏以及三唐皆所不事研求也，於七言止載蘇詩二篇，於杜、韓已下諸家亦皆不復參擇也。試與學人平心翫之，孰果漁洋之真本乎？

樂詞

正月　李賀

上樓迎春新春歸，六字皆平。暗黄平著柳宫漏仄遲。薄薄淡靄弄野六字皆仄姿，第七字用平，下句可律。

寒緑幽風生平短絲。律句，第五字用平，少拗以叶之。錦牀曉卧玉拗字肌冷，露臉未開平對朝平暝。官街柳帶不拗字堪折，蚤晚菖蒲勝綰結。

三月

東方風來滿眼春，花城柳暗愁煞人。複宮深凝竹風起，新翠舞衿浄如水。光風轉蕙百拗餘里，暖霧驅雲撲天地。軍妝宮妓掃拗蛾淺，摇摇錦旗夾城暖。曲水飄香去不歸，梨花落盡成秋苑。此二句亦宜少拗乃健。○謂二句俱律也。

方綱按：此末二句自應諧和，方可收束。秋谷乃載此詩而議其不健，何也？嘗見漁洋手評杜詩《醉時歌》末句「生前相遇且銜盃」，云結似律甚不健。此蓋先生一時未定之説，而秋谷所專服膺者爾。

五月

雕玉押簾額，輕縠籠虚門。井汲鉛華水，律句。扇織鴛鴦紋。三平。迴雪舞涼殿，甘露洗空緑。第一句同，此二句皆拗律也。羅袖從徊翔，三平。香汗滴寶粟。

七月

星依雲渚冷，律句。露滴盤中圓。三平。好花生木末，律句。衰蕙愁空園。三平。○第三字不平，亦律句矣。夜天如玉砌，池葉極青錢。二句律。僅厭舞仄衫薄，稍知花平簟寒。二句拗律。曉風何拂拂，律。北斗光闌干。

九月

離宫散螢天似水，竹黄池冷芙蓉死。律句。月綴金鋪光脈脈，涼院虚庭空淡白。二句亦律。露華飛飛風草草，翠錦斑斕滿層道。拗律。雞人罷唱曉瓏璁，鴉啼金井下疎桐。二句亦律。

十月

玉壺銀箭稍難傾，律。釭花夜笑凝幽明。碎霜斜舞上羅幕，拗律。燭龍兩行照飛閣。珠幃怨卧不成眠，律。金鳳刺衣著體寒。第五字仄，與拗律少異。長眉對月鬬彎環。律。

方綱按：李長吉河南府試《十二月樂詞》，在《長吉集》中之一體，元自諧合《雲》《韶》。顧欲舉古今七言詩式，甫載東坡二篇而遽及於此。姑勿論杜、韓諸大家正聲正格皆未之及，即以張、王、元、白旁及諸作者，音節之繁不一，豈能遍悉舉隅，而僅載長吉之樂詞，是惡足以程式後學乎？即如其後卷《續譜》，於長短句雜言則先載任華一篇於《蜀道難》之前，於「《柏梁》體」則先載《陸渾山火》於《箜篌引》之前，亦可謂失倫矣。愚非敢妄議前人，第以古詩平仄，學人知者既少，今欲指陳以爲準式，則絲毫不可紊者也。今故於秋谷《前譜》全載其五七言數篇，略論其概；而於其《後譜》、《續譜》，第載其題目，亦爲略言其概。俾學人知其譜之不可爲據，而益潛心䂓索古人之作，庶幾實有心得也。

秋谷後譜

五言古詩

與高適薛據同登慈恩寺塔 岑參

無一聯是律者。平韵古體，以此爲式。

方綱按：此内所注出律句，皆可不必也。且所云無一聯是律，爲古體之式，抑又過泥之論耳。說見愚所撰後卷。

崔濮陽兄季重前山興 王維

末二句入律，盛唐人時有之。

方綱按：末二句諧者，亦視全篇音節到此不得不然耳，豈必僅盛唐有之哉？

青谿

近體有用仄韵者。仄韵古詩，卻自不同，只在粘聯及上句落字中細玩之。

方綱按：此條所論最合，學者宜熟復焉。

秋登萬山寄張五　孟浩然

平平仄平仄，爲拗律句，乃仄韵古詩下句正調也。

方綱按：此條亦極是。但於篇中注出律句，拗律句爲非是耳。故刪去其所圈記之詩，而獨存其評。

夏日南亭懷辛大

開元、天寶之間，鉅公大手，頗尚不循沈、宋之格。至中唐以後，詩賦試帖日嚴，古近體遂判不相入。然盛唐諸公詩，亦無四句純律者，今人不得藉口也。

方綱按：此條亦未嘗不是，但總是有心與律相異耳。有心與律相異，而不深求古詩所以抗墜抑揚之故，則終於不得其解也。故愚意惟欲講古詩音節上下合拍相生相應之所以然，則自然合節矣，不必注出律句、拗律句等式，致滋拘閡也。

七言古詩

同族弟金城尉叔卿燭照　通首在此二字著眼。山水壁畫歌　李白

末句亦是仄韵，七言古詩正調也，與五言同。

方綱按：此篇内注云：「九字句只以下七字爲主。」雖如此説，然究竟上二字「若」「如」亦相乘除。即如杜詩云：「皎如一段清冰出萬壑，置在迎風露寒之玉壺。」其上二字「如」「在」亦相乘除也。

夢遊天姥吟留别

方綱按：《扶風豪士歌》、《夢遊天姥吟》二篇，雖句法音節極其變化，然實皆自然入拍，非任意參錯也。秋谷於《豪士》篇但評其神變，於《天姥》篇則第云：「觀此知轉韵元無定格。」正恐難以示後學耳。

樂遊園歌 杜甫

方綱按：此篇内於「拂水」以下六句，注云：「純用律調六句，卻妙絶。」然實未言其所以然也。「卻憶」句轉調而下，乃是句句拍節出之，初不必目爲律耳，其法只在「皇天慈」句以三平峙其後，故八句皆第一字仄，而益見諧和也。顧乃第於「聖朝」句第一字云：「可平。」似尚未圓此旨。

渼陂行

轉韵格調，已盡於此。

方綱按：此首乃轉韵中之重規叠矩者，若謂轉韵之理盡在於此，固無不可。然古人轉韵之格，其變無方，豈可以一言概之？

丹青引

方綱按：此等大篇，豈可以律句拗句等語泥之？愚有説詳後卷。

寄韓諫議注

此平韵不轉格也，妙不板排。

方綱按：平韵不轉，即一韵到底之格也，第以不板排爲妙乎？元遺山云：「藩籬如此亦區區。」

陸渾山火和皇甫湜用其韵　韓愈

古詩平韵句法，盡於此中。《柏梁》句句用韵，雜律句其中，猶不用韵之句，偶入律調，以下句救之也。此篇各種句法俱備。然中有數句，雖是古體，止可用於《柏梁》。至於尋常古詩，斷不可用，轉韵尤不可用，用之則失調矣，當細辨之。如仄仄平平平平平、仄仄仄平平平平是也。又如平平平平平仄平平，亦當酌用之。轉韵中不宜，以其乖於音節耳。

方綱按：此二條所論皆是。但謂古詩不用韵之句偶入律調，下句救之，此説尚過泥。古人作詩無一字不諧宫商，即其偶然似律之句，皆係必應如此，並非不得已姑著此句，而尚煩下文出救兵以解之，則是上句已先自蹈於踰閑，而又自爲彌縫其闕，無此理也。蓋一云救，必已有病而後救之，苟上句之不愆，奚下句之待救？若然則無怪前卷新城刻本内阮亭先生云：「間有雜律句者，究亦小疵也。」即是此一種議論，秋谷所以有救之一説，不知此特漁洋偶然一時未定之論，不可以爲據也。

此内又云：「古詩平韵句法盡於此。」此亦尚未然。蓋若論平韵句法，未可但於「柏梁體」求之也。且即以一層言之，七言古詩多以上四下三爲句法，而此首卻有上三下四者，凡二句，「溺厥邑囚之崑崙」、「雖欲悔舌不可捫」是也。此則七言句法之變，而卻不注出，何也？

石鼓歌

方綱按：此篇愚有説，詳後卷。

雪後寄崔二十六丞公

押韵强穩，開宋人法門。

方綱按：韓詩如此者甚多，宋人自學此耳，豈必云開其門乎？

韓碑 李商隱

七言古不轉韵平聲格已盡矣，仄韵可推。

方綱按：此篇謂平韵之格已盡，似矣，然於「詠神聖功」「功」字平聲，則尚未論及也。愚有説，詳後卷。

齊梁體

和杜麟臺元志春情　沈佺期

嘉樹滿中園，氛氲羅秀色。不見不粘上句仙山雲，倚琴空太息。沉思若在夢，緘怨似無憶。青春不粘上句坐南移，白日忽西匿。峨眉不粘上句返清鏡，閨中不相識。末二句古體，亦與古詩相入。

方綱按：此篇所注出不粘者皆是也。其云：「末二句古體，亦與古詩相入。」則古體古詩奚别焉？

宿東亭曉興　白居易

温温土爐火，耿耿紗籠燭。獨抱一張琴，夜入東齋宿。折腰。窗聲度殘漏，此句卻粘不折腰，正調。簾影浮初旭。頭癢曉梳多，眼昏春睡足。負暄簷宇下，第五字用仄。散步池塘曲。南鴈去未迴，東風來何速。雪依瓦溝白，第五字仄。草繞墻根緑。何言不粘上句萬户州，太守常幽獨。

若上句末字平及下聯與上聯相粘，便是仄韵律詩矣。

方綱按：此首之論亦是，但前篇以「齊梁體」標目，卻不可以概此。

邊笳曲　温庭筠

朔管迎秋動，末字仄。雕陰鴈來早。上郡不粘隱黄雲，天山吹白草。嘶馬不粘渡寒磧，末字仄。朝陽照雪堡。江南戍客心，門外芙蓉老。

晴雲 李商隱

緩逐烟波起，如妬柳綿飄。故臨飛閣度，欲入迴波銷。三平。縈歌憐畫扇，敞景弄柔條。更奈天南位，牛渚宿殘宵。次句與末句上下不粘，只本句調。

方綱按：此二首所論俱是。

半格詩

方綱按：此三字標目非是，應删去。

小閣閒坐 白居易

閣前竹蕭蕭，第五字平。閣下水潺潺。律句。拂簟卷簾坐，清風生其間。五字平。静聞新蟬鳴，遠見飛鳥還。以上古體。但有巾挂壁，第五字仄。〇古句。而無客叩關。二疏返故里，第五字仄。〇惟此詩此字以獨仄見律。四老歸舊山。古句。吾亦適所願，第五字仄。求閒而得閒。後六句齊梁。〇第二字上下粘，末字上下諧。

方綱按：此篇所注出律句、古句、古體、齊梁體，皆拘泥不可據也。「遠見飛鳥還」「鳥」字必仄，斷無此字可平之理。秋谷但泥於所聞漁洋三平之説，而不知此句音節之不同也。此句若末三字三平，則以下音節皆轉不出矣。

又按：白香山集中所云半格詩者，謂此卷中半是格詩也。此乃以半格二字聯讀，作體格之標目者，誤也。

又按：秋谷此譜内附論律詩平仄，今本不應置論，惟是中間有不可不説者。杜《早梅》七律起句「東閣官梅動詩興」句，注云：起句即拗，今俗云必拗第三句者，非也。按此種句法，不過以第五第六兩字平仄互换，乃古人之正格，元不得云拗，且又何處有俗云必拗第三句之説？此皆不可爲據。杜「所思」七律下評云：此種詩不可不學，不可專學。不學則無格，專學則滑矣。此條實不可解。至其謂：絶句始於六朝，元非近體，後人誤以爲絶律。此自是正論，附識於此。

又有所謂《續譜》者，前載曹植《怨歌行》七解，謂：「樂府惟漢、魏中著解者多，大約不著解者通爲一章，意句不得重複，前後縮應森細，著解者詞意循環相生，宜檢郭茂倩《樂府詩集》。」此條之論皆是。次載任華寄杜拾遺一首，謂：「雜言只在末四字中尋筋節。」又云：「雜言既無定局，字句多寡長短，皆可任意。」按：任華此詩，本不可舉以爲式。而所謂末四字者，既無定則，又云皆可任意，此豈可以示後學乎？又載《蜀道難》一首、《箜篌引》一首，於《蜀道》篇既無所闡發，於《箜篌》篇則謂與《陸渾山火》句法相同，其假借處亦同。按：《箜篌》篇在《陸渾》篇之前，乃反載於《續譜》，已失先河後海之義。又謂其假借處亦同，此篇内句法，豈得目爲假借乎？愚於後卷詳之。

附録漁洋詩問 十三條

方綱按：此皆當日偶相答問之詞，後人遂刻之以爲定本。今姑就其論古詩平仄者附於卷内。其有愚所已辨於前卷者，茲亦不悉辨也。

郎廷槐問：七言平韵仄韵句法同否？

漁洋答：七言古平仄相間，换韵者多用對仗，間似律句無妨。若平韵到底者，斷不可雜以律句。大抵通篇平韵貴飛揚，通篇仄韵貴矯健，皆要頓挫，切忌平衍。

般陽張篤慶歷友答：七古平韵上句第五字，宜用仄字以抑之也，下句第五字，宜用平字以揚之也。仄韵上句第五字，宜用平字以揚之也，下句第五字，宜用仄字以抑之也。七言古大約以第五字爲關捩，猶五言古大約以第三字爲關捩。彼俗所云「一三五不論」，不惟不可以言近體，而亦不可以言古體也。安可謂古詩不拘平仄而任意用字乎？故愚謂古詩尤不可一字輕下也。

問：七古换韵法？

漁洋答：此法起于陳、隋，初唐四傑輩沿之，盛唐王右丞、高常侍、李東川尚然，李、杜始大變其格。大約首尾腰腹須銖兩匀稱，勿頭重脚輕、脚重頭輕乃善。

張歷友答：初唐或用八句一换韵，或用四句一换韵，然四句换韵其正也，此自從《三百篇》來，亦非始于唐人。若一韵到底，則盛唐以後駸多矣。四句换韵，更以四平四仄相間爲正，平韵换平，仄韵换仄，必不叶也。

鄒平張實居蕭亭答：或八句一韵，或四句一韵，或兩句一韵，必多寡匀停，平仄遞用，方爲得體。

亦有平仍换平,仄仍换仄者,古人實不盡拘。亦有通篇一韵,末二句獨换一韵者,雖是古法,宋人尤多。

問:五古亦可换韵否?如可换韵,其法何如?

漁洋答:五言古亦可换韵,如古《西洲曲》之類。唐李太白頗有之。

歷友答:五古换韵,《十九首》中已有,然四句一换韵者,當以《西洲曲》爲宗。此曲係梁祖蕭衍所作,而《詩歸》誤入晋無名氏,不知何據也。

蕭亭答:《十九首》「行行重行行」、「冉冉孤生竹」、「生年不滿百」皆换韵。魏文帝《雜詩》「棄置勿復陳,客子常畏人」,曹子建「去去勿復道,沈憂令人老」,皆末二句换韵,不勝屈指。一韵氣雖矯健,换韵意方委曲。有轉句即换者,有承句方换者,水到渠成,無定法也。要之,用過韵不宜重用,嫌韵不宜聯用也。

長山劉大勤問:「古詩以音節爲頓挫」,此語屢聞命矣,終未得其解。

漁洋答:此須神會,以轟迹求之,如一連二句皆用韵,則文勢排宕,即此可以類推。熟子美、子瞻二家,自了然矣。專爲七言而發。

問：蕭亭先生曰：「所云『以音節爲頓挫』者，此爲第三第五等句而言耳。蓋字有抑有揚，如平聲爲揚，入聲爲抑，去聲爲揚，上聲爲抑，凡單句住脚字，必錯綜用之，方有音節。如以入聲爲韵，第三句或用平聲，第五句或用上聲，第七句或用去聲，大約用平聲者多。然亦不可泥，須相其音節，變換用之，但不可於入聲韵單句中再用入聲字住脚耳。」此説足盡音節頓挫之旨否？

漁洋答：此説是也，然其義不盡於此，此亦其一端耳。且此語專爲七言古詩而發，當取唐杜、岑、韓三家，宋歐、蘇、黄、陸四家七古諸大篇，日吟諷之，自得其解。

問又曰：每句之間亦必平仄均勻，讀之始響亮。古詩既異於律，其用平仄之法，於無定式之中，亦有定式否？

漁洋答：毋論古、律、正體、拗體，皆有天然音節，所謂天籟也。唐、宋、元、明諸大家無一字不諧，明何、李、邊、徐、王、李輩亦然，袁中郎之流便不了了矣。

問：七言古用仄韵、用平韵，其法度不同何如？

漁洋答：七言古凡一韵到底者，其法度悉同。唯仄韵詩單句末一字可平仄間用，平韵詩單句末一字忌用平聲。若换韵者，則當别論。

方綱按：此條謂平韵七古上句末字忌平，此語亦不可泥。

問：古詩换韵之法應何如？

漁洋答：五言换韵，如「折梅下西洲」一篇可以爲法，李太白最長於此。七古則初唐王、楊、盧、駱是一體，杜子美又是一體。若仿初唐體，則用排偶律句不妨也。

小石帆亭著録卷第三

文淵閣直閣事内閣學士兼禮部侍郎提督山東學政大興翁方綱

五言詩平仄舉隅

二十年前，在粵東使院九曜池上，與學侶論詩，偶識此二卷，不足示人也。今因著録漁洋先生《平仄論》，不得已而附此於後，良用恧然！壬子十月二日方綱識。

阮嗣宗詠懷　録七

夜中不能寐，起坐彈鳴琴。薄帷鑒明月，清風吹我襟。孤鴻號外野，朔鳥鳴北林。徘徊將何見，憂思獨傷心。第四句「我」字，末句「獨」字，皆必須用仄者，清風「風」字則提起之健筆也。

平生少年時，輕薄好絃歌。西遊咸陽中，趙李相經過。娛樂未終極，白日忽蹉跎。驅車復來歸，反顧望三河。黄金百鎰盡，資用常苦多。北臨太行道，失路將如何。阮亭先生以五言出句第三字與對句第三字相乘。然對句第三字之平仄，亦必兼合上句煞尾一字節拍定之。其似變調而實非變調者以此。有謂五平之句，對必五仄，五仄之句，對必五平者。有謂對句全似律，則其出句必極拗，出句全似律，則其對句必極拗者。此皆閲歷之言，而究非平心定氣之論。若此篇「西遊咸陽中」五平句也，其對句反用二仄三平，何嘗五平必對五仄乎？「白日忽蹉跎」對句全似律也，其出句既用仄字煞尾，仍用第二字仄第四字平，與五律起句亦相似，何嘗對句似律，出句必拗乎？豈但已哉，其下又有「反顧望三河」一句全似律者，而其氣反勁，其節轉和，是何故哉？

昔聞東陵瓜，近在青門外。連畛距阡陌，子母相鉤帶。五色曜朝日，嘉賓四面會。膏火自煎熬，多財爲患害。布衣可終身，寵禄豈足賴？

灼灼西隤日，餘光照我衣。迴風吹四壁，寒鳥相因依。周周尚銜羽，蛩蛩亦念饑。此一亦字，十倍之勁。如何當路子，磬折忘所歸。豈爲夸譽名，憔悴使心悲。寧與燕雀翔，不隨黄鵠飛。黄鵠遊四海，中路將安歸？

步出上東門，北望首陽岑。下有采薇士，上有嘉樹林。良辰在何許，凝霜霑衣襟。霜字平聲，在第二字尤勁。寒風振山岡，玄雲起重陰。鳴雁飛南征，鶗鴂發哀音。素質游商聲，悽愴傷我心。即五平五仄之句，亦各自有變化歸宿，如前篇「西遊咸陽中」是出句，則筋脈在「咸」字「中」字，此篇「凝霜霑衣襟」是對句，則筋節全在一「霜」字，不可一概而論也。

湛湛長江水，上有楓樹林。皐蘭被徑路，青驪逝駸駸。遠望令人悲，春氣感我心。三楚多秀士，朝雲進荒淫。朱華振芬芳，高蔡相追尋。一爲黄雀哀，淚下誰能禁？平對仄，仄對平，此乘除闔闢之理也。平因平，仄因仄，此乘除變化之理也。

徘徊蓬池上，還顧望大梁。緑水揚洪波，曠野莽茫茫。走獸交横馳，飛鳥相隨翔。是時鶉火中，日月正相望。朔風厲嚴寒，陰氣下微霜。羈旅無儔匹，俛仰懷哀傷。小人計其功，君子道其常。豈惜終憔悴，詠言著斯章。

張景陽雜詩 録三

秋夜涼風起，清氣蕩暄濁。蜻蛚吟階下，飛蛾拂明燭。君子從遠役，佳人守煢獨。離居幾何時，鑽燧忽改木。房櫳無行跡，庭草萋以緑。青苔依空牆，蜘蛛網四屋。感物多所懷，沈憂結心曲。此則阮亭先生所講仄韵詩之正調也。然「萋」字必平，以上句仄在尾也。

述職投邊城，羈束戎旅間。下車如昨日，望舒四五圓。第三四字亦必上去相扭。借問此何時，胡蝶飛南園。流波戀舊浦，行雲思故山。閩越衣文虵，胡馬願度燕。風土安所習，由來有固然。

結宇窮岡曲，耦耕幽藪陰。荒庭寂以閒，幽岫峭且深。第三四字亦以上去互扭。淒風起東谷，有渰興南岑。雖無箕畢期，膚寸自成霖。澤雉登壟雊，寒猿擁條吟。溪壑無人跡，荒楚鬱蕭森。投耒循岸垂，時聞樵採音。重基可擬志，迴淵可比心。養真尚無爲，道勝貴陸沉。游思竹素園，寄辭翰墨林。

左太沖詠史 録二

弱冠弄柔翰，卓犖觀群書。著論準過秦，作賦擬子虛。邊城苦鳴鏑，羽檄飛京都。雖非甲冑士，疇昔覽穰苴。第三字變化排蕩。長嘯激清風，風字平聲排蕩。志若無東吳。鉛刀貴一割，夢想騁良圖。左眄澄江湘，右盼定羌胡。功成不受爵，長揖歸田廬。

鬱鬱澗底松，離離山上苗。以彼徑寸莖，蔭此百尺條。世胄躡高位，英俊沉下僚。地勢使之然，此極勁之筆，非律句也。由來非一朝。金張藉舊業，七葉珥漢貂。馮公豈不偉，白首不見招。徑以中間第三字一連四仄作收，其勢一往無前。

招隱二首

杖策招隱士，荒塗横古今。巖穴無結構，丘中有鳴琴。白雲一作雪。停陰岡，丹葩曜陽林。石泉漱瓊瑶，纖鱗或善作亦。浮沉。非必絲與竹，山水有清音。何事待嘯歌，灌木自悲吟。秋菊兼餱糧，幽蘭間重襟。躊躇足力煩，聊欲投吾簪。亦有樞紐轉在第四字者，如「非必絲與竹」四句是也。

經始東山廬，果下自成榛。前有寒泉井，聊可瑩心神。峭蒨青葱間，竹柏得其真。弱葉棲霜雪，飛榮流餘津。此五字皆平，則怡愉恬適之至矣。又與阮公篇中不同，其歸宿則仍在第三字，所以至和且平也。爵服無常玩，好惡有屈伸。結綬生纏牽，彈冠去埃塵。惠連非吾屈，首陽非吾仁。相與觀所尚，逍遥撰良辰。「飛榮流餘津」五字皆平，而彌諧和者，以其上七句第二字皆仄也。所以每句第二字，最爲音節關鍵。

劉越石重贈盧諶

握中有懸璧，本自荆山璆。惟彼太公望，昔在渭濱叟。此句「渭」字在第三字，間以一仄。鄧生何感激，千里來相求。白登幸曲逆，鴻門賴留侯。重耳任五賢，小白相射鈎。苟能隆二伯，安問黨與讐。中夜撫枕歎，想與數子遊。吾衰久矣夫，何其不夢周。此以下皆一氣捲掣而下，不復可以變化名之。誰云聖達節，知命故不憂。宣尼悲獲麟，西狩涕孔丘。功業未及建，夕陽忽西流。時哉不我與，去乎若雲浮。朱實隕勁風，繁英落素秋。狹路傾華蓋，駭駟摧雙輈。摧字平聲，亦略控制。何意百鍊剛，化爲繞指柔。性情之愉戚，事景之舒慘，聲調之正變，蓋各有當也。阮亭先生固亦云：山水閑適宜王、韋，叙述鋪張宜老杜。原非盡以楊夢山、皇甫兄弟概天下之作者。而今之論者或執其一以爲先生云爾，不亦誤乎？

陶靖節遊斜川

開歲倏五日，吾生行歸休。念之動中懷，及辰爲兹遊。氣和天惟澄，班坐依遠流。弱湍馳文魴，閑谷矯鳴鷗。迥澤散遊目，緬然睇曾丘。雖微九重秀，顧瞻無匹儔。提壺接賓侣，引滿更獻酬。未知從今去，當復如此不？中觴縱遥情，忘彼千載憂。且極今朝樂，明日非所求。陶詩，琴聲也。王、孟、韋、柳皆自此出，而原非句句三平耳，其筋摇脈動，轉以第四字生發之。

五月旦作和戴主簿

虛舟縱逸棹，回復遂無窮。「遂」字妙，仄。發歲始俛仰，星紀奄將中。南窗罕悴物，北林榮且豐。神淵寫時雨，晨色奏景風。三四字上去互扭。既來孰不去，人理固有終。居常待其盡，曲肱豈傷冲？遷化或夷險，肆志無窊隆。即事如已高，「高」字妙，平。何必升華嵩。

謝康樂於南山往北山經湖中瞻眺

朝旦發陽崖，景落憩陰峰。舍舟眺迴渚，停策倚茂松。側逕既窈窕，環洲亦玲瓏。俯視喬木杪，仰聆大壑淙。石橫水分流，林密蹊絶蹤。解作竟何感，升長皆丰容。初篁苞緑籜，新蒲含紫茸。海鷗戲春岸，天雞弄和風。撫化心無厭，覽物眷彌重。不惜去人遠，但恨莫與同。孤游非情歎，賞廢理誰通？謝詩密麗，其平仄皆於掩映顧盼出之。昔敖臞翁謂如「東海揚帆，風日流麗」，雖言天藻之工，亦備依永之理。而或者謂爲不肖，其亦不知審音者矣。

從斤竹澗越嶺溪行

猿鳴誠知曙，谷幽光未顯。巖下雲方合，花上露猶泫。逶迤傍隈隩，迢遞陟陘峴。過澗既厲急，登棧亦陵緬。川渚屢經復，乘流翫迴轉。蘋萍泛沈深，孤蒲冒清淺。企石挹飛泉，攀林摘葉卷。想見山阿人，薜蘿若在眼。握蘭勤徒結，折麻心莫展。情用賞爲美，事昧竟難辨。觀此遺物慮，一悟得所遣。

廬陵王墓下作

曉月發雲陽，落日次朱方。含淒泛廣川，灑淚眺連岡。眷言懷君子，沈痛切中腸。道消結憤懣，運開申悲涼。神期恒若存，德音初不忘。徂謝易永久，松柏森已行。延州協心許，楚老惜蘭芳。解劍竟何及，撫墳徒自傷。平生疑若人，通蔽互相妨。理感心情動，定非識所將。脆促良可哀，夭枉特兼常。一隨往化滅，安用空名揚？舉聲泣已灑，長歎不成章。「不」字必仄，乃可收也。此首入律者凡十三句，而純以正調開合頓挫，豈得謂之變哉？

魏徵述懷

中原還逐鹿，投筆事戎軒。縱横計不就，慷慨志猶存。杖策謁天子，驅馬出關門。請纓繫南越，憑軾下東藩。鬱紆陟高岫，出没望平原。古木鳴寒鳥，空山啼夜猿。既傷千里目，還驚九折魂。豈不憚艱險，深懷國士恩。季布無二諾，侯嬴重一言。人生感意氣，功名誰復論？對句一連五句，皆第二字仄，第四字平，又一連五句，皆第二字平，第四字仄，而卻崚嶒之極，又諧和之極。讀此一首，則上而六朝，下而三唐，正變源流，無法不備矣。豈其必於對句末用三平耶？愚故於唐人五言，特舉此篇以見法，不可泥乃真法耳。

杜少陵望岳

南岳配朱鳥，秩禮自百王。歘噏領地靈，澒洞半炎方。邦家用祀典，在德非馨香。巡狩何寂寥，有虞今則亡。洎吾隘世網，行邁越瀟湘。渴日絶壁出，漾舟清光旁。祝融五峰尊，峰峰次低昂。紫蓋獨不朝，争長嶫相望。恭惟魏夫人，群仙夾翱翔。有時五峰氣，散風如飛霜。牽迫限脩途，未暇杖崇岡。歸來覬命駕，沐浴休玉堂。三歎問府主，曷以贊我皇？牲璧忍衰俗，神其思降祥。

秋行官張望督促東渚刈稻向畢清晨遣女奴阿稽竪子阿段往問

東渚雨今足，佇聞粳稻香。上天無偏頗，蒲稗各自長。人情見非類，田家戒其荒。功夫競搰搰，除草置岸傍。穀者命之本，客居安可忘。青春具所務，勤墾免亂常。吴牛力容易，並驅動莫當。豐苗亦已概，雲水照方塘。有生固蔓延，静一資隄防。督領不無人，提挈頗在綱。荆揚風土煖，肅肅候微霜。尚恐主守疎，用心未甚臧。清朝遣婢僕，寄語踰崇岡。西成聚必散，不獨陵我倉。豈要仁里譽，感此亂世忙。北風吹蒹葭，蟋蟀近中堂。荏苒百工休，鬱紆遲暮傷。杜詩無一首非譜也，略舉二篇，以見其概。即《北征》、《南山》可推矣，即元、白、蘇、黄可推矣。

小石帆亭著録卷第四

文淵閣直閣事内閣學士兼禮部侍郎提督山東學政大興翁方綱

七言詩平仄舉隅

王龍標箜篌引

盧谿郡南夜泊舟，夜聞兩岸羌戎謳。其時月黑猿啾啾，微雨沾衣令人愁。有一遷客登高樓，不言不寐彈箜篌。彈作薊門桑葉秋，風沙颯颯青塚頭。將軍鐵驄汗血流，「汗」字妙，仄，若非此字之仄，則不得勢矣。深入匈奴戰未休。此以似律之句作開宕。黄旗一點兵馬收，亂殺胡人積如丘。瘡病驅來役邊州，仍披漠北羔羊裘。顔色飢枯掩面羞，此非律句。眼眶淚滴深兩眸。思還本鄉食犛牛，欲語不得指咽喉。或有强壯能咿嚘，意説被他邊將讎。五世屬蕃漢主留，碧毛氈帳河曲遊。橐駝五萬部落稠，敕賜飛鳥金兜鍪。爲君百戰如過籌，静掃陰山無鳥投。此非律句。家藏鐵券特承優，黄金千斤不稱求，九族分離作楚囚。深谿寂寞絃苦幽，草木悲感聲颼飀。僕本東山爲國憂，明光殿前論九疇。麤讀兵書盡冥搜，爲君掌上施權謀。洞曉山川無與儔，紫宸詔發遠懷柔。摇筆飛霜如奪鉤，此非律句。鬼神不得知其由。憐愛蒼生比蚍蜉，朔河屯兵須漸抽。盡遣降來拜御溝，便令海内休戈矛。何用班超定遠侯，史臣書之得已不？古詩音節以律句爲抽放，凡有長句叠句者皆然，而「柏梁體」尤不可不和轉筋脈，讀此可知其概。　揅石云：七言「柏梁體」，尤以第五字之仄見筆力。

杜少陵麗人行

三月三日天氣新，長安水邊多麗人。態濃意遠淑且真，五六字入上互扭，於中間作推宕。肌理細膩骨肉勻。繡羅衣裳照暮春，裳字平聲，開筆。蹙金孔雀銀麒麟。頭上何所有？翠微㔩葉垂鬢脣。背後何所見？珠壓腰衱穩稱身。五六字亦以上去互扭。就中雲幕椒房親，賜名大國虢與秦。五六入上互扭。紫駝之峰出翠釜，水精之盤行素鱗。犀筋厭飫久未下，鸞刀縷切空紛綸。黄門飛鞚不動塵，五六字之仄，皆因「塵」字叠入一句故也。下句「送八」二字亦然。御廚絡繹送八珍。簫鼓哀吟感鬼神，此亦非律句也，須細看其筋摇脈轉之妙。賓從雜遝實要津。應上「不動」「送八」兩句也。下句乃放出正聲。後來鞍馬何逡巡，當軒下馬入錦茵。五六用仄摇曳之，「入」上互扭。楊花雪落覆白蘋，青鳥飛去銜紅巾。炙手可熱勢絶倫，第五字用仄，又一勒。慎莫近前丞相嗔。

哀王孫

長安城頭頭白烏，夜飛延秋門上呼。又向人家啄大屋，屋底達官走避胡。金鞭斷折九馬死，骨肉不得同馳驅。腰下寶玦青珊瑚，可憐王孫泣路隅。問之不肯道姓名，但道困苦乞爲奴。已經百日竄荆棘，身上無有完肌膚。高帝子孫盡隆準，龍種自與常人殊。豺狼在邑龍在野，王孫善保千金軀。不敢長語臨交衢，且爲王孫立斯須。立字筋摇脈轉。昨夜東風吹血腥，東來橐駞滿舊都。朔方健兒好身手，昔何勇鋭今何愚。竊聞天子已傳位，聖德北服南單于。花門剺面請雪耻，慎勿出口他人狙。哀哉王孫慎勿疎，五陵佳氣無時無。篇中叠入一韻者凡三句。「青珊瑚」「臨交衢」二句，皆以三平正調叠入，所以下句緊接「泣路隅」「立斯須」句，皆以第五字微變，以承其勁勢，而第六字則「路」字仍仄，「斯」字乃漸放平，此則自有淺深次第之不同矣。至末句「慎勿疎」則必以仄字叠入，方可用三平正調作收，此一定之勢也。「問之不肯道姓名」、「昨夜東風吹血腥」二句，皆於出句用平字煞尾，然皆在三平叠韻極勁之勢方接之下，此可以悟其乘除轉變之理矣。阮亭先生謂七言平韻到底者，出句不可用平聲字煞尾。此蓋言其大略，而未及於潤澤爾。

韋諷録事宅觀曹將軍畫馬圖

國初已來畫鞍馬，神妙獨數江都王。將軍得名三十載，此定是「三」字，有作「四」字者不知音節者也。若作四字，則第一句「畫鞍馬」「畫」字既仄，而此第三句之第五字又用仄，則是印板文字矣。人間又見真乘黄。曾貌先帝照夜白，龍池十日飛霹靂。内府殷紅馬腦盤，婕妤傳詔才人索。盤賜將軍拜舞歸，輕紈細綺相追飛。貴戚權門得筆跡，始覺屏障生光輝。昔日太宗拳毛騧，近時郭家獅子花。今之新圖有二馬，復令識者久歎嗟。五六字上去互扭。此皆戰騎一敵萬，縞素漠漠開風沙。其餘七匹亦殊絶，迥若寒空動烟雪。霜蹄蹴踏長楸間，馬官廝養森成列。可憐九馬争神駿，顧視清高氣深穩。借問苦心愛者誰，後有韋諷前支遁。第四字用仄，第五字用平，此正調之互换處，皆必然之勢也。憶昔巡幸新豐宫，翠華拂天來向東。騰驤磊落三萬匹，皆與此圖筋骨同。自從獻寶朝河宗，無復射蛟江水中。「朝」字平，「江」字又平。蘀石云：「此兩句要得崚嶒之勢，然後結句放平來，超超然和而暢，有遠神矣。」君不見金粟堆前松柏裏，龍媒去盡鳥呼風。「内府殷紅馬腦盤，婕妤傳詔才人索。」雙律句也。「盤賜將軍拜舞歸」以單句律句承接之。「霜蹄蹴踏長楸間，馬官廝養森成列。」此二句亦以「可憐九馬争神駿」單句律句承接之。而「霜蹄」句卻已换一「長」字，蓋正當中間勁氣横空而來，風利不得泊也。至于「金粟堆前」二句，則「新豐宫」句以下堂堂之陣，壁壘精勁之極，勢不得不和以收之矣。益可見贈鄭虔《醉時歌》末二句有云「結似律甚不健者」是未定之論也。蘀石云：「初唐古詩多諧似律句，然不可以律句目之。盛唐諸公不肯諧，所以健，然其諧者亦是恰應如是。」「更聞臺閣求三語，遥想風流第一人。」「自惜蔡邕今已老，更將書籍與何人？」此皆對而諧以作結也。但通首諧者，結句之出句第二字，即與上句第二字相粘亦可，否則結句之第二字必要不與上句第二字相粘爲更妙。如此首「自從」「無復」二句，如駿馬騰踏而來。金粟之「粟」字與上句「復」字卻已粘矣，而妙在用「君不見」則粘而不粘。末二句之直放出更爲和暢也。

丹青引　贈曹將軍霸

將軍魏武之子孫，於今爲庶爲清門。英雄割據雖已矣，文彩風流猶尚存。學書初學衛夫人，但恨無過王右軍。丹青不知老將至，富貴於我如浮雲。開元之中常引見，承恩數上南薰殿。凌烟功臣少顔色，將軍下筆開生面。良相頭上進賢冠，猛將腰間大羽箭。褒公鄂公毛髮動，英姿颯爽來酣戰。先帝天馬玉花驄，畫工如山貌不同。是日牽來赤墀下，迥立閶闔生長風。詔謂將軍拂絹素，意匠慘淡經營中。斯須九重真龍出，一洗萬古凡馬空。玉花卻在御榻上，榻上庭前屹相向。至尊含笑催賜金，圉人太僕皆惆悵。弟子韓幹早入室，亦能畫馬窮殊相。幹惟畫肉不畫骨，忍使驊騮氣凋喪？將軍畫善蓋有神，必逢佳士亦寫真。即今飄泊干戈際，屢貌尋常行路人。「行」字必平，與「猶尚存」句同，並非律句。途窮反遭俗眼白，世上未有如公貧。但看古來盛名下，終日坎壈纏其身。此七古之名篇，杜集之傑作，而中間近律之句凡十餘句，此何説乎？則説者必曰：其氣格雄渾，令人不覺也。如是則必規摹其字句以爲氣格雄渾矣。故凡評杜公之氣格雄渾者，其必從事於字句之盛唐字句之杜無疑也，又安可以塞李、何輩之口耶？蓋杜公初不僅以句句必三平而後謂之正調，其换韻入仄者，亦初不僅以句句必仄平仄而後謂之正調爾。有神氣在第六字者，有神氣在第四字者，有神氣并在第二字者，有神氣并在上句者，有神氣并遥唱在前段者，句句勁放，實句句迴合，必無純以硬語盤空者也。蘀石云：「此篇乃杜之大篇而整飭者，四韻一轉，凡五韻，兩仄三平，蓋即四句之常調，而加一倍，遂乃大而整。《洗兵馬》六韻一轉，凡四韻，兩平兩仄，而《洗兵馬》篇一以諧句見排奡之力。」

冬狩行

君不見東川節度兵馬雄，校獵亦似觀成功。夜發猛士三千人，清晨合圍步驟同。禽獸已斃十七八，殺聲落日迴蒼穹。幕前生致九青兕，馲駝𡾰峞垂玄熊。東西南北百里間，髣髴蹴踏寒山空。有鳥名鸜鵒，力不能高飛逐走蓬。「逐走」入上互扭。肉味不足登鼎俎，此二句兩「不」字見音節。何爲見羈虞羅中？「羈虞」兩個平聲，此逼極無可轉身之字。春蒐冬狩候得同，使君五馬一馬驄。「五馬」下又着「一馬」字，音節之至妙也。況今攝行大將權，號令頗有前賢風。飄然時危一老翁，十年厭見旌旗紅。喜君士卒甚整肅，爲我迴轡擒西戎。草中狐兔盡何益，天子不在咸陽宮。朝廷雖無幽王禍，「幽」字逼極無可轉身，此平聲之極盡處。得不哀痛塵再蒙。嗚呼得不哀痛塵再蒙！雖有一直放出三平之正調處，而無垂不縮，無往不收。全以五六之抽掣變轉與上句之提空挺起相爲乘承，此等皆可當杜之七言平韵到底者。其《瘦馬行》末句「明年」二字既平，「春」字又平，亦正其撑拄不放處，與篇内「三軍」「毛暗」二句相爲激應收束，初非律句收平者比也。然杜公固未嘗以七言平韵到底之作，句句對用三平爲正耳。

觀公孫大娘弟子舞劍器行

昔有佳人公孫氏，一舞劍器動四方。觀者如山色沮喪，天地爲之久低昂。㸌音酷。如羿射九日落，矯如群帝驂龍翔。來如雷霆收震怒，罷如江海凝清光。絳脣珠袖兩寂寞，況有弟子傳芬芳。臨潁美人在白帝，妙舞此曲神揚揚。與余問答既有以，感時撫事增惋傷。此句第六字仄，即是節拍。先帝侍女八千人，公孫劍器初第一。五十年間似反掌，風塵傾動昏王室。梨園子弟散如烟，女樂餘姿映寒日。金粟堆南木已拱，此第五字又仄，如往而復。瞿唐石城草蕭瑟。玳筵急管曲復終，樂極哀來月東出。老夫不知其所往，足繭荒山轉愁疾。結處一氣不可收轉之音也。前半收處猶略用「惋」字變轉，以作節拍，至後半收處，更無復節拍之可言矣。此皆各因情景而生節奏，非可劃定此首爲上下兩半篇之式也。

韓文公八月十五夜贈張功曹

纖雲四卷天無河，清風吹空月舒波。沙平水息聲影絶，第五字平，爲轉韵地。一盃相屬君當歌。君歌聲酸辭且苦，不能聽終淚如雨。洞庭連天九疑高，蛟龍出沒猩鼯號。十生九死到官所，幽居默默如藏逃。下牀畏蛇食畏藥，海氣溼蟄熏腥臊。昨者州前搥大鼓，嗣皇繼聖登夔臯。赦書一日行萬里，罪從大辟皆除死。第五字平聲，開宕。遷者追迴流者還，滌瑕蕩垢朝清班。州家申名使家抑，坎軻祇得移荆蠻。判司卑官不堪説，未免捶楚塵埃間。同時輩流多上道，第五字平，爲轉韵地。天路幽險難追攀。君歌且休聽我歌，我歌今與君殊科。一年明月今宵多，人生由命非由他，有酒不飲奈明何。末句第五字必仄，方能收得住。

謁衡嶽廟遂宿嶽寺題門樓

五嶽祭秩皆三公，四方環鎮嵩當中。火維地荒足妖怪，天假神柄專其雄。噴雲泄霧藏半腹，雖有絶頂誰能窮？我來正逢秋雨節，陰氣晦昧無清風。潛心默禱若有應，豈非正直能感通。須臾凈掃衆峰出，仰見突兀撑青空。紫蓋連延接天柱，石廩騰擲堆祝融。森然魄動下馬拜，松柏一逕趨靈宫。粉墻丹柱動光彩，鬼物圖畫填青紅。升階傴僂薦脯酒，欲以菲薄明其衷。廟令老人識神意，睢盱偵伺能鞠躬。手持盃珓導我擲，云此最吉餘難同。竄逐蠻荒幸不死，衣食纔足甘長終。侯王將相望久絶，神縱欲福難爲功。夜投佛寺上高閣，星月揜映雲朣朧。猿鳴鐘動不知曙，杲杲寒日生於東。此始以句句第五字用平矣。是阮亭先生所講七言平韵到底之正調也。蓋七古之氣局，至韓、蘇而極其致爾。

石鼓歌

張生手持石鼓文，須此「文」字平聲撐空而起，所以三句「石」字皆仄。勸我試作石鼓歌。少陵無人謫仙死，才薄將奈石鼓何。周綱陵遲四海沸，宣王憤起揮天戈。大開明堂受朝賀，諸侯劍佩鳴相磨。蒐于岐陽騁雄俊，萬里禽獸皆遮羅。鐫功勒成告萬世，鑿石作鼓隳嵯峨。從臣才藝咸第一，揀選撰刻留山阿。雨淋日炙野火燎，鬼物守護煩撝呵。公從何處得紙本，毫髮盡備無差訛。辭嚴義密讀難曉，字體不類隸與蝌。此句五六上去互扭，是篇中小作推宕。年深豈免有缺畫，快劍斫斷生蛟鼉。鸞翔鳳翥衆仙下，珊瑚碧樹交枝柯。金繩鐵索鎖紐壯，古鼎躍水龍騰梭。陋儒編詩不收入，二雅褊迫無委蛇。孔子西行不到秦，此句末字用平聲峙起，此是中間頓宕，全以撐拄爲能。掎摭星宿遺羲娥。嗟余好古生苦晚，對此涕淚雙滂沱。憶昔初蒙博士徵，其年始改稱元和。故人從軍在右輔，爲我量度掘臼科。濯冠沐浴告祭酒，如此至寶存豈多。氈苞席裹可立致，十鼓祇載數駱駝。薦諸太廟比郜鼎，光價豈止百倍過。聖恩若許留太學，諸生講解得切磋。觀經鴻都尚填咽，坐見舉國來奔波。剜苔剔蘚露節角，安置妥帖平不頗。大廈深簷與蓋覆，經歷久遠期無他。中朝大官老於事，詎肯感激徒媕婀。牧童敲火牛礪角，此句乃雙層之句，在韓公最爲宛轉矣。所以下句僅換第五字，亦與篇中諸句之換仄者不同。誰復着手爲摩挲？日銷月鑠就埋没，六年西顧空吟哦。羲之俗書趁姿媚，數紙尚可博白鵝。繼周八代爭戰罷，無人收拾理則那。方今太平日無事，柄任儒術崇丘軻。安能以此上論列？願借辯口如懸河。石鼓之歌止於此，嗚呼吾意其蹉跎。平聲正調長篇一韵到底之正式。

李義山韓碑

元和天子神武姿，彼何人哉軒與羲。誓將上雪列聖恥，坐法宫中朝四夷。淮西有賊五十載，封狼生貙貙生羆。不據山河據平地，長戈利矛日可麾。帝得聖相相曰度，賊斫不死神扶持。腰懸相印作都統，陰風慘澹天王旗。愬武古通作牙爪，儀曹外郎載筆隨。行軍司馬智且勇，十四萬衆猶虎貔。入蔡縛賊獻太廟，功無與讓恩不訾。帝曰汝度功第一，中間頓宕紆迴，於此第五字用平處見之。汝從事愈宜爲辭。愈拜稽首蹈且舞，金石刻畫臣能爲。古者世稱大手筆，此事不係于職司。當仁自古有不讓，言訖屢頷天子頤。公退齋戒坐小閣，濡染大筆何淋漓。點竄堯典舜典字，塗改清廟生民詩。文成破體書在紙，清晨再拜鋪丹墀。表曰臣愈昧死上，咏神聖功書之碑。碑高三丈字如斗，負以靈鼇蟠以螭。句奇語重喻者少，讒之天子言其私。長繩百尺拽碑倒，麄砂大石相磨治。公之斯文若元氣，先時已入人肝脾。湯盤孔鼎有述作，今無其器存其詞。嗚呼聖王及聖相，相與烜赫流淳熙。公之斯文不示後，曷與三五相攀追？願書萬本誦萬遍，口角流沫右手胝。傳之七十有二代，以爲封禪玉檢明堂基。第四字變換者二句，皆極力摹仿韓公之撐拄也。而前句以二「貙」字相磨戛出之尚自不覺，後句以「功」字撐出又以「書」字硬接，則勁勢到二十分矣。此句内五平間以二仄，而其勢較前句之七平者更勁，是豈得以七仄七平之例泥之乎？

蘇文忠遊徑山

衆峰來自天目山，勢若駿馬奔平川。中塗勒破千里足，此「千」字所以不遽用仄者，以第一句「山」字之勢高起也，此所以和其氣。金鞭玉鐙相回旋。人言山住水亦住，下有萬古蛟龍淵。道人天眼識王氣，結茅晏坐荒山巔。精誠貫山石爲裂，天女下試顔如蓮。寒窻暖足來樸朔，夜鉢咒水降蜿蜒。雪眉老人朝扣門，此句末字平，以伸其氣，方不是呆板聲調。願爲弟子長參禪。爾來廢興三百載，此句第五字平，與前句「來」字皆因中間横插入「門」字一聲也。奔走吴會輸金錢。飛樓湧殿壓山破，朝鐘暮鼓驚龍眠。晴空仰見浮海蜃，落日下數投林鳶。有生共處覆載内，擾擾膏火同烹煎。近來愈覺世議隘，每到寛處差安便。嗟余老矣百事廢，卻尋舊學心茫然。問龍乞水歸洗眼，欲看細字銷殘年。在韓則勢愈挺勁者，在蘇則氣愈圓和，其舒散迴環，全於正調見之。則其他作之可以不句句正調者，及其知之一也。

和蔣夔寄茶

我生百事常隨緣，四方水陸無不便。第六字用仄小變，因第一句三平也。扁舟渡江適吴越，三年飲食窮芳鮮。金虀玉鱠飯炊雪，海螯江柱初脱泉。臨風飽食甘寢罷，第五字用平以舒和其氣，此在首段也。一甌花乳浮輕圓。自從捨舟入東武，沃野便到桑麻川。剪毛胡羊大如馬，誰記鹿角腥盤筵。廚中蒸粟埋飯甕，此第五字用平，以開展其氣，此在篇之中間也。大杓更取酸生涎。柘羅銅碾棄不用，脂麻白土須盆研。故人猶作舊眼看，謂我好尚如當年。沙溪北苑强分別，水脚一線争誰先？清詩兩幅寄千里，紫金百餅費萬錢。吟哦烹噍兩奇絶，只恐偷乞煩封纏。老妻稚子不知愛，一半已入薑鹽煎。人生所遇無不可，此第五字用平以舒和其氣，此在篇末也。南北嗜好知誰賢。死生禍福久不擇，更論甘苦争媸妍。知君窮旅不自釋，因詩寄謝聊相鐫。氣之舒和圓轉，必隨其段落之勢，亦不止於句法相應。

書韓幹牧馬圖

南山之下，汧渭之間，想見開元天寶年。此正調之領句也，全與律句不同。八坊分屯隘秦川，此句第二字第四字用平，最要緊。四十萬匹如雲烟。騅駓駰駱驪騮騵，白魚赤兔騂皇䮐。龍顱鳳頸獰且妍，奇姿逸態隱駑頑。此以似律之句駘宕。碧眼胡兒手足鮮，又以律句接轉，亦因「開元」句未成律句，所以釀出此等句。歲時翦刷供帝閑。柘袍臨池侍三千，此與「八坊」句同。紅妝照日光流淵。樓下玉螭吐清寒，往來蹙踏生飛湍。衆工舐筆和朱鉛，多少層重樓叠翠，方頓出「先生」句。先生曹霸弟子韓。「弟子」二字重按，氣緊。廐馬多肉尻脽圓，此第五字用平接開，以舒其氣。肉中畫骨誇尤難。金羈玉勒繡羅鞍，又以律句駘宕。鞭箠刻烙傷天全，不如此圖近自然。此句乃「八坊」句之變，也所以拍將結之勢。平沙細草荒芊綿，驚鴻脱兔争後先。王良挾策飛上天，何必俯首服短轅？此結一句之五六字入上互扭，所以緊拍一篇之音節。

書王定國所藏烟江疊嶂圖

江上愁心千疊山，浮空積翠如雲烟。山耶雲耶遠莫知，第一句既押平起，此句又裝平於尾，此通篇所以必用長句動蕩之也。烟空雲散山依然。但見兩崖蒼蒼暗絶谷，中有百道飛來泉。縈林絡石隱復見，下赴谷口爲奔川。川平山開林麓斷，林字必平，以舒緩其氣。小橋野店依山前。行人稍度喬木外，此句第五字再以平聲舒緩之，亦因實景到此二句束盡也，不然，則無可轉身矣。漁舟一葉江吞天。使君何從得此本，點綴毫末分清妍。不知人間何處有此境，徑欲往置二頃田。第五字仄，變換關紐之妙。君不見武昌樊口幽絶處，纔過關紐，所以要開之於此，第五字必平也。東坡先生留五年。春風摇江天漠漠，第五字平聲，再開，亦以對，不覺。暮雲捲雨山娟娟。丹楓翻鴉伴水宿，長松落雪驚醉眠。桃花流水在人世，武陵豈必皆神仙。江山清空我塵土，雖有去路尋無緣。還君此畫三歎息，山中故人應有招我歸來篇。此與七言到底者雖同一三平之正調，而微有不同。蓋有長句伸縮其間，則句句皆帶動轉之勢矣。

黄文節聽宋宗儒摘阮歌

翰林尚書宋公子，文采風流今尚爾。擇石云：「第二句『今』字平聲，空裏縮得好，下皆叠此音節也。」蓋此篇第一句是韵，而其下出句皆以平聲颺起，颺到「飛鴻」「鴻」字，聲音已大矣，又一「秋」字，又一「年」字，對對險峻之勢以撐拄之，不如是，不足以言絶技也。一路排壓到無可轉身，妙極矣，然後轉平韵，則自然不得不字字句句衝出去矣。自疑者域是前身，囊中探丸起人死。擇石云：「此句最見節奏。」貌如千歲枯松枝，落魄酒中無定止。擇石云：「此句即『囊中』句之音節而叠上去。」得錢百萬送酒家，一笑不問今餘幾。擇石云：「此句又叠上去。」手揮琵琶送飛鴻，促絃聒醉驚客起。寒蟲催織月籠秋，獨雁叫群天拍水。楚國羈臣放十年，漢宫佳人嫁千里。深閨洞房語恩怨，紫燕黄鸝韵桃李。楚狂行歌驚市人，漁父挐舟在葭葦。問君枯木著朱繩，何能道人意中事。君言此物傳數姓，元璧庚庚有横理。閉門三月傳國工，身今親見阮仲容。我有江南一丘壑，安得與君醉其中，曲肱聽君寫松風。此篇之「文彩風流今尚爾」、「自疑耆域是前身」、「落魄酒中無定止」、「寒蟲催織月籠秋，獨雁叫群天拍水」、「楚國羈臣放十年」、「問君枯木著朱繩」，皆不可以律句目之。蓋山谷之平仄，其似極順處，乃皆其極逆處。此於阮亭先生所講三平正調之理之外，别闢洞天。詩家音節，必到此乃極其矯變。而此篇乃其最平正通達之作。其於仄韵不肯輕放出仄平仄之正調，則拗怒之中，轉餘圓勁，故録此以見七言之體段音節，必至蘇、黄而極其致。而蘇之圓折如意與黄之變轉而不失其正，途雖殊而理則一也。然古詩中所插平仄適均之句，亦原是恰好應爾，原皆不可謂之律句，又不但山谷已也。擇石云：「『曲肱聽君寫松風』『寫』字必要仄，此一仄字，抵得百十個平聲字之響也。」有此一仄字之筆力聲響，而後上句「其中」二字之節奏始足，而前半仄韵之對句縮上去不放下來之神理，一齊於平韵償還矣。

小石帆亭著録卷第五

文淵閣直閣事内閣學士兼禮部侍郎提督山東學政大興翁方綱

七言詩三昧舉隅

漁洋於唐賢，撰《三昧集》矣。其爲《五七言詩鈔》，則皆三昧也。皆三昧，則皆舉隅也，奚又擇諸？曰：擇其最易見者，擇其隅之最易反者而已。客曰：然則子所不舉者，其皆三昧乎？非乎？曰：請循其本。夫漁洋先生，既不得不以杜、韓、蘇、黄爲七言之正矣，因於初唐諸作，僅取數篇，曰此其氣格高者。夫所謂氣格高者，以神乎？以貌乎？説者必曰以神，非以貌也。然則有明李、何之徒，文必西漢，詩必盛唐，必杜者，亦曰以神，非以貌也。吾安能必執以爲漁洋是而李、何非乎？吾故曰：神韵者，格調之别名耳。雖然，究竟言之，則格調實而神韵虚，格調呆而神韵活，格調有形而神韵無迹也。七言視五言，又開闊矣。是以學人才人，各有放筆騁氣處。氣盛則言之短長聲之高下皆宜。先生又惡能執一以裁之？夫是以不得已而姑取短章也，爲其騁之尚未極也。然而仁知見矣，浮沈判矣，真贋雜矣，微乎危乎，不可以不慎也。原先生之意，初不謂壯浪馳騁者，非三昧也，顧其所以拈示微妙之處，則在此不在彼也。

即先生述前人之言曰：「不著一字，盡得風流。」此豈僅言短章乎？曰：「羚羊挂角，無迹可求。」此豈僅言短章乎？知其不僅在此，而姑舉此以爲一隅先也，或有合於先生之意歟？凡録十四家詩二十六首，請吾學侶印證之。

所以必拈取七言者，五言多含蓄，七言則疑於縱矣，故不得不舉隅證之。且愚所爲舉隅者，直就漁洋先生所舉之隅言耳。若先生於五言兼取杜、韓以下也，則吾亦奚憚更拈取之乎？

鮑明遠代白紵舞歌辭 四首之第三

三星參差露霑溼，絃悲管清月將入，寒光蕭條候蟲急。荆王流歎楚妃泣，紅顔難長時易戢。凝華結藻久延立，非君之故豈安集。

附録李翰林《烏栖曲》：「姑蘇臺上烏棲時，吴王宫裏醉西施。吴歌楚舞歡未畢，青山欲銜半邊日。銀箭金壺漏水多，起看秋月墜江波。東方漸高奈樂何。」太白此篇亦漁洋所鈔，而云附者，正不欲求備之意也。古人各有極至，豈敢有所軒輊？然而言各有當，願吾學侣共質之。

後魏咸陽王歌

可憐咸陽王，奈何作事誤。金牀玉几不得眠，夜踏霜與露。洛水湛湛彌岸長，行人那得渡。

北齊敕勒歌

敕勒川，陰山下。天似穹廬，籠蓋四野。天蒼蒼，野茫茫，風吹草低見牛羊。

舉此一篇，則後來如坡公「大孤小孤江中央」等篇之類，何煩悉舉矣。

王右丞夷門歌

七國雄雌猶未分，攻城殺將何紛紛。秦兵益圍邯鄲急，魏王不救平原君。公子爲嬴停駟馬，執轡愈恭意愈下。亥爲屠肆鼓刀人，嬴乃夷門抱關者。非但慷慨獻奇謀，意氣兼將身命酬。向風刎頸送公子，七十老翁何所求。

所謂「羚羊挂角」「不着一字」者，舉此一篇足矣。此乃萬法歸原處也。

隴頭吟

長城少年遊俠客，夜上戍樓看太白。隴頭明月迥臨關，隴上行人夜吹笛。關西老將不勝愁，駐馬聽之雙淚流。身經大小百餘戰，麾下偏裨萬户侯。蘇武纔爲典屬國，節旄空盡海西頭。

此則空際振奇者矣，與前篇之平實叙事者不同也。愚所以説但舉前一篇已足也。平實叙事者，三昧也；空際振奇者，亦三昧也；渾涵汪茫千彙萬狀者，亦三昧也，此乃謂之萬法歸原也。若必專舉寂寥沖淡者以爲三昧，則何萬法之有哉？漁洋之識力，無所不包，漁洋之心眼，抑別有在？

即如後來空際振奇之作，無過元遺山。遺山奇情健筆，揮斥八極，處處可作三昧參也。然而漁洋平生所追摹者，只得「誰山寒食泰和年」一句耳。

右丞云：「來不語兮意不傳，作暮雨兮愁空山。」又云：「忽雲收兮雨散，山青青兮水潺潺。」此漁洋所未鈔也。就其所鈔者：「子午山裹杜鵑啼，嘉陵水頭行客飯」、「霧中遠樹刀州出，天際澄江巴字迴」、「平明閭巷掃花開，薄暮漁樵乘水入」、「春來遍是桃花水，不辨仙源何處尋」，則已舉之不勝舉矣。

王少伯城旁曲

秋風鳴桑條，草白狐兔驕。邯鄲飲來酒未消，城北原平掣皁雕。射殺空營兩騰虎，迴身卻月佩弓弰。

漁洋取韋蘇州詩云：「遥知郡齋夜，凍雪封松竹。時有山僧來，懸燈獨自宿。」又嘗取高赦曹詩云：「壠種千口牛，泉連百壺酒。朝朝圍山獵，夜夜迎新婦。」並非二理。學子參之。

李翰林金陵城西樓月下吟

金陵夜静涼風發，獨上江樓望吴越。白雲映水摇空城，白露垂珠滴秋月。月下沈吟久不歸，古來相接眼中稀。解道澄江淨如練，令人長憶謝玄暉。

太白詩無一首不可作三昧觀。獨舉此者，亦不求備之意。且如「大雅久不作，吾衰竟誰陳。正聲何微茫，哀怨起騷人」，此以爲五言之正，不必言矣。至於「前水復後水，古今相續流。新人非舊人，年年橋上遊」，至於「秦人相謂曰，吾屬可去矣。一往桃花源，千春隔流水」，而亦以爲五言之正。先生乃又云：「太白有古調，有唐調。」其實神來氣來，何古調、唐調之可分耶？而七言復何區別之有？

義山云：「李杜操持事略齊，三才萬象共端倪。」青蓮、少陵所以齊名千古者，此二語道盡矣。漁洋先生乃謂古今詩家齊名者，惟太白與子美不相似，豈猶未見及此乎？若義山之論，可謂真能知詩，真能知李、杜者矣。至於漁洋所謂三昧，其説出於嚴滄浪，雖以此義言李、杜，亦無不可，而實未足以盡李、杜耳。

漁洋極不喜人作《騷》體，然如太白之《遠別離》、《夢遊天姥吟》，亦未嘗不取之。此亦見先生之不滯於一見也。

先生論詩絶句，取太白懷謝脁及王維畫孟浩然二事。爲之注者，於孟浩然一首但敷衍本事而已，未知其意所在也。愚按先生《香祖筆記》云：或問：「不著一字，盡得風流」是如何？先生舉二詩答之曰：「牛渚西江夜，青天無片雲。登高望明月，空憶謝將軍。余亦能高詠，斯人不可聞。明朝挂帆去，楓葉落紛紛。」「挂席幾千里，名山都未逢。泊舟潯陽郭，始見香爐峰。常讀遠公傳，永懷塵外蹤。東林不可見，落日空聞鐘。」此前一首雖與謝脁事不同，然先生之意，大約如此。愚今爲補注此一條，直可作先生全部詩集之總注耳。

杜工部曲江 三章之第三。凡數首内選第幾首，皆當於題下注出，此書應重刊之體例也，今姑舉此一處。

自斷此生休問天，杜曲幸有桑麻田，故將移住南山邊。短衣匹馬隨李廣，看射猛虎終殘年。

此在杜只偶然耳，在先生則以爲三昧也。

丹青引 贈曹將軍霸

將軍魏武之子孫，於今爲庶爲清門。英雄割據雖已矣，文采風流猶尚存。學書初學衛夫人，但恨無過王右軍。丹青不知老將至，富貴於我如浮雲。開元之中常引見，承恩數上南薰殿。凌烟功臣少顔色，將軍下筆開生面。良相頭上進賢冠，猛將腰間大羽箭。褒公鄂公毛髮動，英姿颯爽來酣戰。先帝天馬玉花驄，畫工如山貌不同。是日牽來赤墀下，迥立閶闔生長風。詔謂將軍拂絹素，意匠慘澹經營中。斯須九重真龍出，一洗萬古凡馬空。玉花卻在御榻上，榻上庭前屹相向。至尊含笑催賜金，圉人太僕皆惆悵。弟子韓幹早入室，亦能畫馬窮殊相。幹惟畫肉不畫骨，忍使驊騮氣凋喪。將軍畫善蓋有神，必逢佳士亦寫真。即今飄泊干戈際，屢貌尋常行路人。途窮反遭俗眼白，世上未有如公貧。但看古來盛名下，終日坎壈纏其身。

此詩豈得僅以漁洋之三昧論者。然即以漁洋之三昧論之，則亦舉此一篇足矣，此乃萬法歸原處也。

漁洋選《唐賢三昧集》，不録李、杜，自云仿王介甫《百家詩選》之例，此言非也。先生平日極不喜介甫《百家詩選》，以爲好惡拂人之性，焉有仿其例之理？以愚竊窺之，蓋先生之意，有難以語人者，故不得已爲此託詞云爾。先生於唐賢獨推右丞、少伯以下諸家得三昧之旨，蓋專以沖和淡遠爲主，不欲以雄鷙奥博爲宗。若選李、杜而不取其雄鷙奥博之作，可乎？吾窺先生之意，固不得不以李、杜爲詩家正軌也，而其沈思獨往者，則獨在沖和淡遠一派，此固右丞之支裔，而非李、杜之嗣音矣。其論某體格當用某家也，曰：「亂離叙述，宜用老杜。」然則先生意中，豈不竟以變風變雅視杜矣？杜雖生於兵燹播遷之際，似竟一生言愁者，然此其面目耳，非其神髓也。設若杜公當周、召之遭逢，則《時邁》、《思文》之《頌》，《皇矣》、《旱麓》之《雅》，舍此其誰也？歐陽子論詩，亦曰：「窮而益工。」吾最不許此言。若依漁洋之論杜，準以歐陽子語，則必評杜曰變而不失其正乎？夫見其時勢之艱，則以爲詩之窮，見其叙述之苦，則以爲詩之變，此惡可與言詩也哉？經曰：「温柔敦厚，詩教也。」人之爲志，有不必繁言以含蓄爲正者，亦有必以發抒詳實爲正者，所謂言豈一端而已，達而已矣，各指其所之而已矣。今漁洋之論詩，以漢魏五言無過十韵者，恨後人言之太盡，遂以崔德符語，疑《八哀》之蕪累。充此類也，則《北征》、《奉先詠懷》與陶、謝、阮、陳竟劃然分界乎？其果孰爲温柔敦厚之正，則必推陶、謝、阮、陳，而杜公不得與焉矣。愚嘗論文章之正變，初不盡以繁簡濃淡之外貌求之，如「於穆清廟」、「維清緝熙」，《周頌》也，而篇章極簡古。「小球大球」、「來享來王」，《商頌》也，而篇章極暢達。夫值其當含蓄之時，而徒事繁縟者，非也。值其不能含蓄之時，而故爲斂抑者，亦非也。故曰：「行乎其所不得不行，止乎其所不得不止。」不求與古人離，而不能不離，不求與古人合，而不能不合，此古今文之總括也。不惟七言不能以此分界，即五言體尚質實，而《北征》、《奉先詠懷》實繼二《雅》而作，温柔敦厚之旨，所必歸之者也。七言則不但《悲陳陶》、《哀江頭》皆温柔敦厚也，即《長恨歌》、《連昌宫》、《望雲騅》，亦皆温柔敦厚之至者也，香山樂府，亦皆温柔敦厚之至者也。然而漁洋先生方且矜矜持擇於盛唐四十二家之間，焚香鼓琴於陶、韋之際，吾安敢旁贊一辭乎？昔唐文皇評右軍書，亦曰：「勢似欹而反正。」然後人學其欹乎？抑學其正乎？夫他書勿論已，《蘭亭》，篆勢也，豈其欹？夫他詩勿論已，《丹青引》，正聲也，豈其變？使漁洋選《三昧集》而專舉杜之一篇，固若乖其例也。吾則深測先生之意揣似焉而專舉此一篇，又奚不可之有？

漁洋先生不喜詩有龍虎鉛汞氣，其於太白此等處，亦微有別擇焉。是故「蓬萊織女」、「倒景瀟湘」之篇，吾未敢輒舉之。先生又不喜多作刻畫體物語，其於昌黎《青龍寺》前半，蓋因「炎官火傘」等句，微近色相而弗取也。是故《麗人行》後半之妙，真三昧神境矣，而前半有寫物比擬之語，吾亦未敢舉之。至於《公孫大娘弟子舞劍器行》後半一往不收之音，尤爲神妙。然而四如之調，吾尚未揆先生意中何如矣？

先生又不喜詩中用經語。如杜公《槐葉冷淘》篇之類，往往意弗善之。然至於「丹青不知老將至，富貴於我如浮雲」，則是水中着鹽，點化之妙，正三昧神理也。

此篇古今膾炙人口，其臨摹翻本，則李獻吉送劉大夏云：「九重移榻數召見，夾城日高未下殿。英謀祕語人不知，左右惟聞至尊羨。」此僅以貌非以神，不待辨矣。近日朱竹垞贈鄭簠云：「平山堂成蜀岡湧，百里照耀連雲榱。工師斲扁一丈六，觀者歎息相瞠眙。斯須望見簠來至，井水一斗研隃麋。由來能事在獨得，筆縱字大隨手爲。觀者但姤不敢訾，五加皮酒浮千鴟。」此段亦臨摹此篇而不襲貌者矣。然「由來」句既滑弱似時文語，「井水一斗」句最好，「五加皮酒」亦但旁襯而已，只剩得「斯須」二字有臨摹之迹，而相較何啻萬千也？又近日查初白《廬山五老峰海綿歌》云：「背負碧落蓋地圓，尺吴寸楚飛鳥邊。初看白縷生棲賢，樹杪薄罥兜羅綿。移時騰涌覆八埏，四旁六幕一氣連。滔滔滾滾浩浩然，混沌何處分坤乾？」此段並不仿此篇，而「移時」二字，可以彷彿「斯須」二字之勢矣。然又苦「六幕」與「八埏」究竟犯複而出之「柏梁體」，以捷急取勢，亦非可與此篇並論者也。甚矣，此事不得存一毫摹擬之見也。今由漁洋所講三昧之理，澄定觀之，原不使人稍存摹擬之見，而既經拈取，又誠恐學者執迹而尋也，故爲極言臨摹之不易，庶幾其深造而自得之乎？然則千古以來，此段神理，竟無繼踵者耶？曰：太史遷叙鉅鹿之戰，至「當是時楚兵冠諸侯」一段，後來實無第二，則或以「昆陽屋瓦皆震」一段，略可仿之。此篇中間一段是斷不能仿者，則或如東坡《鳳翔八觀》內《王維吴道子畫》一篇略可髣髴乎？此亦不求合而自合之一驗也。漁洋先生述其與友人論詩，似亦即是此理。但於此篇專取「一洗萬古凡馬空」一句，於坡詩專取「筆所未到氣已吞」一句，則似欲於此二處各挈其渾括一語，以爲居要，蓋猶是時文家言也。且以東坡才力之富健，於《石鼓》中間用力摹寫，亦何難直造昌黎堂室。然亦只得「勷勞至大不矜伐，文武未遠猶忠厚」爲昌黎未道，而已着議論矣。焉能有「快劍蛟鼉」「鸞翔鳳翥」一段光芒乎？此畫家所謂筆虚筆實二義，皆一毫勉强不得也。

歐陽文忠明妃曲和王介甫作

胡人以鞍馬爲家，射獵爲俗。泉甘草美無常處，鳥驚獸駭争馳逐。誰將漢女嫁胡兒，風沙無情面如玉。身行不遇中國人，馬上自作思歸曲。推手爲琵却手琶，胡人共聽亦咨嗟。玉顔流落死天涯，琵琶卻傳來漢家。漢宫争按新聲譜，遺恨已深聲更苦。纖纖女手生洞房，學得琵琶不下堂。不識黄雲出塞路，豈知此聲能斷腸？

再和明妃曲

漢宫有佳人，天子初未識。一朝隨漢使，遠嫁單于國。絶色天下無，一失難再得。雖能殺畫工，於事竟何益。耳目所及尚如此，萬里安能制夷狄？漢計誠已拙，女色難自誇。明妃去時淚，灑向枝上花。狂風日暮起，飄泊落誰家。紅顔勝人多薄命，莫怨東風當自嗟。

先生《香祖筆記》以「耳目所及」二句，議論近腐，與高季迪作同譏。而此篇卻鈔入《七言詩》者，何也？

自嚴儀卿以不落言詮爲詩家上乘，漁洋力宗其説，以爲三昧在此，此其所見固超矣，而亦有未可概論者，須相其氣體神理也。況此篇「耳目所及」二句，正是唱嘆節族耳，何嘗是議論乎？此乃真所謂不着一字之妙，而何以云近腐耶？蓋漁洋先生豈無一二未定之論，而後人一概奉爲圭臬，則失之矣。

歐陽公嘗自言吾詩《廬山高》，他人莫能，惟李白能之。《明妃曲》後篇則李白亦不能，惟杜甫能之。至《明妃曲》前篇，則杜甫亦不能，惟吾能之也。據此則歐公自以爲前篇勝後篇矣。然二篇之妙，皆非言詮所能及也。

蘇東坡王維吴道子畫 《鳳翔八觀》詩之第三

何處訪吴畫？普門與開元。開元有東塔，摩詰留手痕。吾觀畫品中，莫如二子尊。道子實雄放，浩如海波翻。當其下手風雨快，筆所未到氣已吞。亭亭雙林間，彩暈扶桑暾。中有至人談寂滅，悟者悲涕迷者手自捫。蠻君鬼伯千萬萬，相排競進頭如黿。摩詰本詩老，佩芷襲芳蓀。今觀此壁畫，亦若其詩清且敦。祇園弟子盡鶴骨，心如死灰不復温。門前兩叢竹，雪節貫霜根。交柯亂葉動無數，一一皆可尋其源。吴生雖妙絶，猶以畫工論。摩詰得之於象外，有如仙翮謝籠樊。吾觀二子皆神俊，又於維也斂衽無間言。

必合讀其全篇，而後「筆所未到氣已吞」一句之妙乃見也。若但舉此一句，似尚非知言者。

維摩像唐楊惠之塑在天柱寺 《鳳翔八觀》之第四

昔者子輿病且死，其友子祀往問之。跰𨇤鑒井自歎息，造物將安以我爲。今觀古塑維摩像，病骨磊嵬如枯龜。乃知至人外生死，此身變化浮雲隨。世人豈不碩且好，身雖未病心已疲。此叟神完中有恃，談笑可卻千熊羆。當其在時或問法，俛首無言心自知。至今遺像兀不語，與昔未死無增虧。田翁里婦那肯顧，時有野鼠銜其髭。見之使人每自失，誰能與詰無言師？

和子由送將官梁左藏仲通

雨足誰言春麥短，城堅不怕秋濤卷。日長惟有睡相宜，半脫紗巾落紈扇。芳草不動當户長，珍禽獨下無人見。覺來身世都是夢，坐久枕痕猶着面。城西忽報故人來，急掃風軒炊麥飯。徐州所出。伏波論兵初矍鑠，中散談仙更清遠。南都從事亦學道，不恤腸空誇腦滿。問羊他日到金華，應許相將遊閬苑。黄初平之兄尋其弟於金華山。

此詩轉以前半消納後半，是千古未有之奇格。

郭綸 綸本河西弓箭手，屢戰有功，不賞。自黎州都監官滿，貧不能歸。今權嘉州監税。

河西猛士無人識，日暮津亭閲過船。路人但覺驄馬瘦，不知鐵槊大如椽。因言西方久不戰，截髮願作萬騎先。我當憑軾與寓目，看君飛矢集蠻氈。

此在漁洋先生以爲「羚羊挂角」之妙，而東坡少年時特以無意偶然得之。陳思王云：「素服開金縢，感悟求其端。公旦事既顯，成王乃哀歎。」東坡亦云：「慷慨桓野王，哀歌和清彈。攬衣起流涕，始知使君賢。」然東坡却是無意中偶得之也。

黄山谷王充道送水仙花五十枝欣然會心爲之作詠

凌波仙子生塵襪，水上輕盈步微月。是誰招此斷腸魂，種作寒花寄愁絶。含香體素欲傾城，山礬是弟梅是兄。坐對真成被花惱，出門一笑大江横。

不特「山礬是弟梅是兄」是着色相語也，即「含香體素欲傾城」亦已是着色相語也。惟其用此等着色相語，所以末二語，更覺破空而行，點睛飛去耳。此淮陰侯背水陣，所謂「此在兵法，顧諸君不識」者也。或乃套襲其體物語以爲工麗，則笨伯矣。山谷《浯溪碑詩》：「臣結春秋二三策，臣甫杜鵑再拜詩。」此乃字字沈痛，不作珮玉瓊琚之詞觀也明矣。然而平生半世玩賞拓本，即一二文士亦孰不咀其詞句者？則於次山文字一段正面，究竟未能消卻也。故於此下用推宕之筆出之，曰：「安知忠臣痛至骨，世上但賞瓊琚詞。」此「瓊琚詞」三字，乃擲筆天外，粉碎虚空矣，正與此篇末句妙處相似，此即所謂不着一字盡得風流者也。漁洋先生深知「羚羊挂角」之旨，是以能賞此篇之妙。而其於《浯溪碑詩》亦云：「道州刺史昔漫叟，振筆大放瓊琚詞。」直以「瓊琚詞」三字作正面呆用，猶之其作《甘泉未央瓦詩》云：「兄視羽陽弟銅雀」，亦即將此詩語作正面用者，皆非先生之真境，學者所當分别觀之者也。

杜詩：「江上被花惱不徹，無處告訴只顛狂。」此在江畔步行，特爲尋花而出，所以顛狂被花惱也。今乃静中欣然會心，似無被花惱之譏矣，而孰知坐對乃真犯此病哉？此其所以捲卻前半，消納通身也。愈見前半之粘，愈見末句之脱。

簡履中南玉

鎖江亭上一樽酒，山自白雲江自横。李侯短褐有長處，不與俗物同條生。經術貂蟬續狗尾，文章瓦釜作雷鳴。古來寒士但守節，夜夜抱關聽五更。

凡山谷詩實處即其空處，粘處即其脱處，而此較之東坡《梁左藏》、《郭綸》等篇更爲易見耳。

凡詩取料處皆即其見神韵處也，亦不但山谷如此。

晁具茨送一上人還滁州瑯琊山

上人法一朝過我，問我作詩三昧門。我聞大士入詞海，不起宴坐澄心源。禪波洞澈百淵底，法水蕩滌諸塵根。迅流速度超鬼國，到岸捨筏登崑崙。無邊草木悉妙藥，一切禽鳥皆能言。化身八萬四千臂，神通轉物如乾坤。山河大地悉自説，是身口意初不喧。世間何事無妙理，悟處不獨非風旛。群鵝轉頸感王子，佳人舞劍驚公孫。風飄素練有飛勢，雨注破屋空留痕。惜哉數子枉元解，但令筆畫空騰騫。君看瑯琊釀泉上，醉翁妙語今猶存。向來溪壑不改色，青嶂尚屬僧家緣。集本此下云：「君行到此知此意，辨才第二文中尊。西江一口盡可吸，雲夢八九何勞吞。他年一瓣爐中香，此老與有法乳恩。」六句，蓋漁洋刪之。凡此書所選詩，原本某處尚有幾句經漁洋所刪者，皆應照此詳注於下，今舉此以當發凡。

此篇可作漁洋先生《三昧集》總序。

具茨詩自不能居无咎之上。漁洋乃謂一鱗片甲高出无咎者，專指此一篇言之耳。

大約漁洋所説三昧之理，不宜於道家鉛汞語，而宜於禪家語。然又不盡是如此，此所在乎善參活句者矣。

三昧有山水語，有禪悦語，有邊塞語，要之其理則一也。即如放翁「大梁二月杏花開」一篇，亦漁洋所謂三昧也。漁洋先生極不喜詩作大盡致語，所以於唐人不喜白公，甚至戒初學不可輕看白詩，此雖太過之言，亦實即其三昧之所以爲三昧也。若放翁則全以淋漓盡致爲能事，而漁洋未嘗不於放翁有取焉者，此義是也。

元遺山湘夫人詠

木蘭芙蓉滿芳洲，白雲飛來北渚游。千秋萬歲帝鄉遠，雲來雲去空悠悠。秋風秋月沅江渡，波上寒烟引輕素。九疑山高猿夜啼，竹枝無聲墮殘露。

蘇、黄之後，放翁、遺山二家並騁詞場，而遺山更爲高秀。若夫三昧之旨，則二家未免稍麤矣。然視後來之吴立夫、楊鐵厓、王梧溪諸家，則已爲深厚矣。略舉一篇以印證漁洋法乳，要亦於神骨辨之。

漁洋先生平生追摹元遺山，只在「誰山寒食泰和年」一句，此一三昧之發凡也。

漁洋嘗舉昔人所云「蕭蕭馬鳴，悠悠旆旌」不及「訏謨定命，遠猷辰告」，此理誰能喻之？

虞道園子昂畫馬

憶昔從公侍書殿，天閑過目如飛電。池邊儘有吮毫人，神駿誰能誇獨擅？公今騎鯨隘九州，人間空復看驊騮。惟應馭氣可相逐，黄竹雪深千萬秋。

杜詩：「天下何曾有山水，人間不解重驊騮。」此用其語而意更翻出下二句來，是從驊騮二字又得路也。

似是「馭氣」承「騎鯨」，「黄竹」承「驊騮」，而要之渾淪不可湊泊也。尋常故實，一入道園手，則深厚無際，蓋所關於讀書者深矣。南宋已後，程學、蘇學，百家融液，而歸於静深澄澹者，道園一人而已。

題柯敬仲畫

予先世居隆州州治之後山。石室翁守郡時，隆爲陵州。州事簡，時來就吾家，拾故紙背作茅蘭竹木之屬，所得頗多。吾幼時尚收得數紙，今亦亡之。丹丘生用法作竹木，而坡石過之。近又以新意作墨花，甚妙。從子悦有眉山學官之行，丘爲作此，予愛而賦之。

昔者老可守陵州，守居北山吾故丘。太守時來看山雨，每畫紙背成滄洲。老蒲松烟色過重，揮霍陰崖交劍矛。百年離亂亡故物，敝篋江南誰復收。新圖篔簹枝葉脩，使我不樂思昔侯。碧鷄祠前杜鵑叫，玉女井上叢篁幽。棠梨樹高青子落，碧花翠蔓縈牽牛。揚雄無家不歸老，蠨蛸蟋蟀寒相求。丹丘先生東海客，何以見我空山秋。蕭條破墨作清潤，殘質刊落精英留。陂陀重複分細草，山石縈紆生亂流。眉山學官莫厭冷，言歸故鄉非遠遊。石田茅屋儻可得，萬里欲上東吴舟。百花潭深濯新錦，持報以比珊瑚鉤。

漁洋讀道園詩，但舉「青山一髮是江南」一句，尚不若此篇句句是三昧也。

題灤陽胡氏雪溪卷

去年予與侍御史馬公同被召，出居庸未盡，東折入馬家瓮，望縉山，度龍門百折之水，登色澤嶺，過黑谷，至於沙嶺乃還。道中奇峰秀石，雜以嘉木香草，輦道行其中。予二人按轡徐行，相謂頗似越中，但非扁舟耳。適雨過流潦如奔泉，則亦不甚相遠。郭熙《畫記》言：「畫山水數百里間，必有精神聚處，乃足記，散地不足書。」此曲折有可觀，惜不令郭生見之。灤陽胡太祝乃以雪溪自號，豈所見與予二人同乎？然灤水未秋冰已堅，尋常已不可舟，況雪時耶？當具溪意云爾。因爲賦詩云：

平沙積雪陰山道，射虎殘年不知老。豈識船如天上坐，翠竹爲帷樹爲葆。昔乞鏡湖苦不早，白髮如絲照清潦。他年此地若相逢，應著漁蓑脱貂帽。

末句乃真雪溪也。「脱貂帽」卷卻前半，所以必合其序讀之，乃知詩之頓挫。

爲汪華玉題所藏長江萬鴉圖

雲巢幽人愛江渚，抽思揮毫寫横素。波瀾不驚潦水盡，秋氣晶明絶烟霧。征帆去棹不相襲，岸曲洲旋總堪賦。孤邨城市僅如蟻，百丈牽江直如縷。蕭蕭木葉洞庭波，歷歷晴川漢陽樹。蒹葭宿雁天欲霜，叢葦寒鴉日云莫。就中樓殿何王宫，想見華年貯歌舞。丹青倒景駭靈怪，粉黛含情怨幽阻。青春游子澹一作憺忘歸，白日冷風帳中語。人間遺迹何足留，最惜精思墮塵土。郭熙平遠無散地，小米蒼茫託天趣。銛鋒鉎戟不破墨，刻畫晶熒昔誰苦。渤海細書藝文草，精絶戈波絶回互。南唐後主萬鴉圖，點點晨光動毛羽。昔年曾見今目昏，雖復逢之亦難覩。汪侯此卷出故家，相示摩挲極愁予。香奩犀軸見者稀，漫録餘情示來許。

此乃真神韵也。嚴儀卿所謂：「空中之音，相中之色，水中之月。」卻何嘗不從實地托出？

題黄都事仲綱山居溪閣二首

出山作官十載餘，聊託筆墨懷幽居。連雲一一列眉黛，細雨往往逢樵漁。鄰家父老每載酒，隔屋弟兄皆讀書。我久居山不待畫，獨念稚子扶犁鉏。

閣前流水秋愈深，故人東來還見尋。方舟直過彭蠡澤，把釣坐對香爐岑。雲中烟樹差可辨，江上鄉關誰與吟。我欲芳蘭寄遠者，日莫天際多輕陰。

《在朝稾賦程以文竹雨山房》二首：「春雨過山竹，幽泉遶舍鳴。燕泥書帙晚，魚浪釣絲晴。奉席從孫子，連牀總弟兄。舊聞林下叟，讀易到天明。」「遊子聞春雨，思親望故園。竹間開几席，花底注山尊。累世書連屋，頻年稻滿邨。卜鄰淳樸地，絶學欲重論。」此雖近體，視此二首之神韵夐出者，似微有間然。附録之以見道園根柢，讀書深意。夫辭也者，各指其所之，要以樸學爲歸耳，豈僅於「羚羊挂角」之悟而已？方綱在江西日，與學侶研尋山谷、道園二先生得力之所以然，因以谷園名其書屋。舉山谷二言曰：「以古人爲師，以質厚爲本。」今雖僅爲漁洋偶拈三昧，仍日三復斯義云爾。庚戌九月十八日燈下記。漁洋先生拈取三昧，蓋專在王、孟一派，與道園之深詣本不同調，然其録道園詩，則能知道園者矣。即此具見漁洋詩眼之不可及。

吴淵穎次韵傅適道虎陂閘舟中

少年醉唱邯鄲曲，惟有垂楊夾堤緑。夜來誰弄焦尾琴，彈作東風雉登木。虎陂閘裏水生烟，荆門山頭星照船。争似揚州春十里，一雙鸞信待君傳。

淵穎集，漁洋少時所服膺者。取材極博，而肌理稍麄。其雄秀天然處，則亦漁洋所謂三昧者也。

附録方綱漁洋詩髓論

予來山東，亟與學人舉漁洋論詩精詣，而其間有不得不剖析者。蓋昔之推漁洋者太過，而今之譏漁洋者又太甚，二者相權，則無寧過推之矣。其過推者，蓋由未識漁洋心眼造微處，故稱引徒博而不衷於所安，其實漁洋固未嘗必以李、杜自任也。昨以《三昧集》不録韋、柳，而五言不鈔王、孟，欲觀齊、魯士人所得，乃竟有援趙秋谷語疑漁洋之選未當者，此則大不可也。詩者忠孝而已矣，温柔敦厚而已矣，性情之事也。秋谷之論詩，其與漁洋孰正孰畸，姑無辨，第其意在於齮齕漁洋而已，使學人由此長傲而啓矜焉。性情之謂何？温柔敦厚之謂何？愚所以不敢不辨也。客曰：「漁洋自言與海内論詩得髓者，惟一吴天章耳。所謂詩髓者，非太白耶？」予應之曰：「果如是，是以目論矣。蓮洋之詩，正在興象超詣，此亦三昧之真境也，豈必執以爲學李哉？漁洋平生於後起之秀，特取二人：曰蓮洋，曰丹壑。皆舉其興象言之，而深處抑更有在也。」客曰：「子言詩於齊、魯，則滄溟、華泉，其詩髓所系歟？」曰：「是有辨也。華泉專以絶句與信陽、北地争勝毫釐。而滄溟學杜，雖接何、李，然五言詩初不鈔及之，而特以徐、高並録者，此漁洋之深意也。」客曰：「子窺漁洋之意，於遺山、道園何如？」曰：「卓哉漁洋之識也！蓋平生職志在遺山，而於道園尤能得其微意。其論少陵曰：『子美與孟襄陽不同調，而能真知之。』故漁洋與道園不同調，而亦能真知之，與山谷亦不同調，而能真知之，視竹垞之譏黄詩者何如矣！」客曰：「所安、深裒若何？」曰：「先生於元不推楊而推吴者，猶之高視《長慶集》耳。陳所安之於道園，奚能並論乎？此則不必以初唐專取短章爲疑矣。」客曰：「然則於蘇若何？」曰：「蘇律可以補李之闕，而先生置之，然於《郭綸》一篇，遂以爲司空王官之遺也。是又先生别具神理云爾。」客曰：「然則推是以言杜可乎？」曰：「愚固嘗極言三昧不録李、杜之故矣，此愚所不敢質言者也。然而杜之神理，亦惟漁洋能識之。善夫玉溪之言詩也，曰：『李杜操持事略齊，三才萬象共端倪。』元相亦云：『鋪陳終始，排比聲律。』而遺山顧詆媆之者，此亦漁洋不求備之説也。至於嚴滄浪之論詩，上接王官遺意，先生蓋亦偶借拈之，非直以此概千載詩家也。而秋谷第援馮氏以爲辭者，豈非矜氣之過乎？二李言格調，而先生言神韵，格調化而爲神韵，則千彙萬狀，皆歸大冶，而豈傷於執一乎？漁洋於五言言陶、謝，言韋、柳，而於七言乃言《史》、《漢》。昔東坡亦教人熟讀《三百篇》及《楚騷》耳。然則由漁洋之精詣，可以理性情，可以窮經史，此正是讀書汲古之藴味。而所謂不涉理路，不落言詮者，乃專對貌爲唐賢之滞迹者言之。其鈔五七言，則《三百篇》之正路也。其選《萬首絶句》，則樂府之息壤也。其《三昧》、《十選》，則《十籤》之發凡也。學者及此時熟復先生言詩之所以然，而加以精密考訂之功，從此充實涵養，適於大道，殆庶幾矣。其僅執選本以爲學先生，與夫執一端以議先生者，厥失均也。愚將綜理池北、石帆卷目，析而究之。」

小石帆亭著録卷第六

文淵閣直閣事内閣學士兼禮部侍郎提督山東學政大興翁方綱

漁洋先生書目

新城見存三十六種
《漁洋詩集》二十二卷　丙申至己酉
《漁洋續集》十六卷　辛亥至癸亥
《隴蜀餘聞》一卷　康熙丙子
《居易録》三十四卷　康熙辛巳
《香祖筆記》十二卷　康熙壬午
《漁洋詩話》三卷　康熙乙酉
《古夫于亭雜録》五卷　康熙丙戌
《唐人萬首絶句選》凡例　康熙戊子
《分甘餘話》四卷　康熙己丑

按，此目内在今三十六種外者，《古詩選》凡例、《漁洋詩話》、《古夫于亭雜録》三種。

元和惠氏《精華録訓纂》採用書目一百九種

《丙申詩》　自序

《漁洋山人集》

《長白遊詩》　同徐東癡

《乙未以前逸詩》

《蠶尾集》十卷　甲子使粤以前及丁卯以後詩，庚午以後雜文

《蠶尾續集》二卷　乙亥至甲申先生官少司農至大司寇之作。其丙子一歲之作，别爲《雍益集》。

《蠶尾後集》二卷　戊子一歲里居之作。

《南海集》二卷　甲子至乙丑奉命祭告南海之作。

《雍益集》一卷　丙子奉命祭告西嶽西鎮江瀆之作。

《精華録》十二卷

《漁洋文略》十四卷

《唐賢三昧集》三卷　戊辰七夕自序

《唐詩十選》　丁卯

《河嶽英靈集選》一卷、《中興間氣集選》一卷、《國秀集選》一卷、《篋中集選》一卷、《搜玉集選》一

卷、《御覽集選》一卷、《極元集選》一卷、《又玄集選》一卷、《才調集選》三卷、《唐文粹選詩》六卷。

《唐人萬首絶句選》七卷　戊子

《池北偶談》二十六卷　己巳刻于閩

《居易録》三十四卷　辛巳刻於粤

《香祖筆記》十二卷　乙酉

《分甘餘話》四卷　己丑

《皇華紀聞》四卷　甲子

《粤行三志》三卷　甲子

《蜀道驛程記》二卷　壬子

《秦蜀驛程後記》二卷　丙子

《隴蜀餘聞》一卷　丙子

《長白山録》一卷

《浯溪考》二卷　辛巳自序

《載書圖》一卷、《賜沐紀程》　附朱檢討《池北書庫記》。　辛巳

《謚法考》一卷

《考功集選》四卷　西樵

《抱山詩選》一卷　禮吉

《古鉢集選》一卷　叔子

《徐高二家詩選》二卷

《華泉集選》四卷　附邊仲子詩一卷

《蕭亭詩選》六卷

《歷仕録》一卷　先生曾祖户部侍郎之垣

《隴首集》一卷　先生世父監察御史與允

《清痞齋心賞編》一卷　先生祖浙江布政使象晉

《翦桐載筆》一卷　象晉

《二如亭群芳譜》二十八卷　象晉

以上人計見存三十六種

海鹽張氏所刻《帶經堂詩話》彙纂書目十八種

《漁洋文》十四卷　順治庚子後

按此即《漁洋文略》。

《蜀道驛程記》二卷　康熙壬子

《古詩選》凡例　康熙癸亥

《皇華紀聞》四卷　康熙甲子

《南來志》一卷　康熙甲子

《北歸志》一卷　康熙甲子

《廣州遊覽小志》一卷　康熙甲子

《池北偶談》二十六卷　康熙己巳

《蠶尾文》八卷　康熙庚子

《蠶尾續文》二十卷　康熙乙亥

《秦蜀驛程後記》二卷　康熙丙子

《漁洋逸文》

《彭王倡和集》　同羨門、西樵

《秋柳詩》　屈復注

《過江集》　自序

《入吴集》　自序

《冶春絶句》

《紅橋倡和集》　同袁于令諸公

《鑾江倡和集》　同吴玉隨自序

《詠史小樂府》

《論詩絶句》　陳士業序山人猶子浄名注

《水繪園修禊詩》　陳其年序

《焦山古鼎詩》　同西樵程穆倩等跋

《金陵遊記》　杜于皇、冒辟疆諸公序

《白門集》　汪蛟門等序

《白門後集》　汪鈍翁序

《壬寅集》

《癸卯集》

《甲辰集》

《癸卯詩卷》　同西樵

《歲暮懷人絶句》

《衍波詞》　樂府

《禪智録別詩》　同碩揆上人、杜于皇諸公

《花草蒙拾》　論樂府

《禮部集》　朱竹垞序

《西山紀遊集》 嚴蓀友等序
《漁洋尺牘》
《蜀道集》
《蜀道驛程記》
《皇華紀聞》
《漁洋文略》
《召對録》 載由户部郎中改官翰林以後事
《池北偶談》
《居易録》
《長白山録》
《長白山録補遺》
《古懽録》
《漁洋合集》
《香祖筆記初藁》
《香祖筆記》
《南海集》

《粵行三志》
《蠶尾詩》
《蠶尾文》
《雍益集》
《秦蜀驛程後記》
《隴蜀餘聞》
《蠶尾續詩》
《蠶尾續文》
《魚子亭雜録》《古夫于亭雜録》初藁
《古夫于亭雜録》
《古夫于亭集》
《紀恩録》
《北征日記》
《載書圖》
《漁洋詩話》
《謚法考》

《分甘餘話》

《己丑庚寅近詩》

《帶經堂集》

《考功年譜》

《詩問》　按：此合郎氏廷槐、劉氏大勤二家所問，總刻爲一集。

《倚聲集》　同鄒程邨樂府詩文

以下漁洋山人選各種

《林茂之詩選》

《徐高二家詩》

《邊華泉集》　附仲子

《新安二布衣詩》

《神韻集》

《楊夢山詩》

《今文選》　同陳其年

《隴首集》　百斯先生

《考功詩選》　西樵先生

《抱山堂詩選》 禮吉先生
《古鉢山人詩選》 東亭先生
《古詩選》 按：此即《五七言詩鈔》。
《十種唐詩》
《三昧集》
《萬首絶句》
《張蕭亭詩》
《十子詩略》
《落箋堂初藁》 十五歲以前詩。著述未見書。
以下漁洋山人生平
《維揚信讞》
《感舊集》 選諸前輩及諸同人詩，以考功詩終焉。
《屏風集》
《五代詩話》
《齊州脞説》
《師友録》

《雪屋紀談》

《歷仕録》　見峰先生

以下王氏家集書目

《二如亭群芳譜》　康宇先生

《峼湖集》　季木先生

《籠鵝管集》　文玉先生

《然脂集》　西樵先生

《朱鳥逸史》

《辛甲集》

《上浮集》

《十笏草堂集》

《表餘堂集》　以上西樵先生

《抱山堂全集》　禮吉先生

《古鉢集》　東亭先生

《阮亭詩選》　詩共十七卷，《漁洋集》初稿也。

以下補採

《五代詩話》

《濤音集》　同西樵選東萊詩

《息廬詩》

《二仲詩》

《齊音》　季木先生

按此目内在今三十六種外者，《衍波詞》、《花草蒙拾》、《召對録》、《魚子亭雜録》、《古夫于亭集》、《紀恩録》、《漁洋詩話》、《考功年譜》、《詩問》、《倚聲集》、《林茂之詩選》、《新安二布衣詩》、《神韵集》、《楊夢山詩》、《今文選》、《十子詩略》、《落箋堂初稿》、《維揚信讞》、《感舊集》、《屏風集》、《五代詩話》、《齊州脞説》、《師友録》、《雪屋紀談》、《籠鵝管集》、《然脂集》、《朱鳥逸史》、《五代詩話》、《濤音集》、《息廬詩》、《二仲詩》、《齊音》三十二種。

方綱續補四種：

《然燈紀聞》

《聲調譜》　一作《詩則》。

《吴蓮洋集評》

《李丹壑集評》

按：以上四種，俱在今三十六種之外者。

合前後所聞見漁洋先生書目，最凡一百一十三種。内除《歷仕録》、《隴首集》、《清瘖齋心賞編》、《蒴桐載筆》、《二如亭群芳譜》五種非漁洋手著，應別録爲《王氏書目》外，就其實是漁洋手著者，删其繁複，今應定爲四十二種，具列於左。

《漁洋詩集》

《漁洋詩續集》

《蠶尾集》

《蠶尾續集》

《蠶尾後集》

《南海集》

《雍益集》

《古夫于亭藁》

按先生詩文，歙人程哲合刻《帶經堂全集》九十二卷。今仍依先生原刻卷次，編爲八種。

《精華録》

《漁洋文略》

《五七言詩鈔》

按先生所撰古今詩選，當以此書爲第一。但原板漸少，而新刻注本於此書體例，亦未精研。即如詩之原序，間有應補者數首，内録其幾首，亦應别識，及字句未校定者。急宜審正重梓，以爲古體詩圭臬也。

《神韵集》

按此書久佚，後人重刻者非其真也。

《唐賢三昧集》

《唐詩十選》

《唐人萬首絶句選》

先生《分甘餘話》云：「海鹽胡震亨孝轅輯《唐詩統籤》，自甲迄癸，凡千餘卷。卷帙浩汗，久未版行。余僅見《癸籤》一部耳。康熙四十□年，上命購其全書，令織造兼理鹽課通政使曹寅鳩工刻於廣陵，胡氏遺書幸不湮没。然版藏内府，人間亦無從而見之也。」方綱按：此條内□處蓋原稿闕字，屬筆時記憶不審也。先生於康熙四十三年九月罷歸田里，四十四年三月奉旨頒發内府所藏《全唐詩》，合《唐音統籤》諸編，命曹寅等刊刻，至四十五年十月一日書成，皆在先生里居時。然則《全唐詩》刻本，先生竟未嘗見之。而所選唐人詩，僅就所見舊選數種攟摭爲之耳。設使先生得遍讀全唐詩，其所得又當不止於此矣。今之學者，宜何如自勵也。

《徐高二家詩選》

《邊華泉集選》　附邊仲子詩

《張蕭亭詩選》

《考功集選》
《抱山堂詩選》
《古鉢集選》
《濤音集》
《感舊集》
《池北偶談》
《居易録》
《香祖筆記》
《分甘餘話》
《古夫于亭雜録》
《古懽録》
《漁洋詩話》
《五代詩話》
《詩問》
《平仄論》
《皇華紀聞》

《粤行三志》
《蜀道驛程記》
《秦蜀驛程後記》
《隴蜀餘聞》
《長白山録》
《浯溪考》
《謚法考》
《載書圖》 附朱檢討《池北書庫記》。
以上除《神韵集》一種今不可得見，凡著録者四十一種。

附録方綱題載書圖後

新城王氏，先世藏書多燬於兵火。至文簡兄弟宦遊南北，始次第收蓄。康熙乙巳，文簡自揚州歸，惟載書數十篋。及官京師，奉錢悉以買書。爲都御史時，秀水朱檢討爲作《池北書庫記》。至辛巳夏，請急遷葬，出都時命柴車載書以行，其門下士爲畫《載書圖》以紀之。後八十二年，而是圖歸於予。謹録先生著録所具卷第者，凡五百五十餘種於後，使學者知先生經史枕葄之勤如此，非僅空言神韵以爲不著一字者比也。然予竊有説者。先生於甲申十月罷歸里居，尚在此後三年，且其年十月即赴京師。計是時載書之行，家居財三四月耳。況以先生之詩考之，所謂鎔鑄經籍、貫串百家之作，多在蜀道、南海壯盛奉使之年。而其晚歲里居所謂《蠶尾續集》者，僅寂寥短章而已。雖不敢以才之盛衰輕量先生，要之其精華所聚，在此不在彼，章章明矣。夫士人少習舉業，非兼人之力，則往往不暇探討古籍。幸而獲第，則又牽於職事，公私酬應，復不暇窮極研覈，又往往爲晚歲歸讀之計。於是讀先生集者，莫不把是圖而艷羡之。説者率以爲此好學深思者所有託而作也。昔先聖之言曰：仕而優則學。夫人學古，入官惟典常作之師，動止啓處，何往而非經訓之腴、文章之實乎。乃必待晚年謝絶人事而爲之，非其藉口於高尚，則將開啓乎放誕，均之不衷於正也。吾每服董文敏論書云：「山中自恃多暇，往往不如吏牘之餘。」此真閱歷有得語也。況所謂真讀書者，元止在童而習之之諸經、正史，穿穴甄索，且終身不能竟矣。彼撥棄目前習見之書，而高談耳目之所未及者，本非讀書，直以邀名耳。少時所讀，既不得云讀也，因以待諸登第之後。壯年所讀，又不得云讀也，復以待諸歸田之日。人必舍目前得爲之光陰，而務矯爲好高沽譽之舉，究何益之有哉。即以漁洋先生一生精詣畢萃於詩，其不知先生而輕爲抨彈者勿論已，即其知愛先生者，必博取古今之能事、藝文之衆長，悉以歸諸先生，而於其詩之真實超逸，或反未有以盡知之。猶之言新城之學者，於其平日綜覽薈稡之實際皆不之詳，而獨舉是圖，以爲先生好學博古之一驗，是豈善學先生者乎。今去先生雖遠，而是圖猶在。因以想像爾日門墻景仰之餘韵，雖不敢謂私淑於先生，然先生必當聞而心許之。

附録方綱精華録序

昔任天社選山谷詩文曰「精華録」，而漁洋先生門人盛君仿其意以録先生詩，亦以其名名之。此録厭飫人口久矣。方綱按試來山東，新城學官以此書無專序，謂此土士人之意，欲方綱爲之序。方綱宜援計甫艸之例以謝之，而又不敢以空言謝者，何也？先生之詩，自《漁洋前後集》以訖《南海》、《雍益》、《蠶尾》諸集，可謂富矣。今約取之而目曰《精華》，其果先生精華所在耶？且先生詩之精華，當於何處覓之？在當時，有謂祧唐祖宋者固非矣，其謂專主唐音者亦有所未盡也。謂先生師韋、柳者，似矣，顧何以選《三昧集》而不及韋、柳？又謂具體右丞，似矣，然又何以鈔五言詩不及右丞？是皆未足以盡之也。或曰讀先生詩，當熟《史記》、《漢書》，故以惠氏、金氏、徐氏諸箋説，援據極博，而尚有補注者。然且又舉司空表聖、嚴滄浪言詩之旨，歸於妙悟，又若不假注釋者。此皆仁知各見。吾惡乎執一處以求之天社之於山谷也。其録取精華之義，蓋罕有知之者。即以盛君所謂山谷精華録者，愚嘗考之，乃後人僞託之本，而天社原書久佚。且山谷之詩，或云由崐體而入杜也，又或謂其善於使事，又或謂其純用逆筆也。此果皆山谷之精華乎？愚在江西三年，日與學人講求山谷詩文之所以然，第於中得二語，曰「以古人爲師」、「以質厚爲本」，尚未知於天社之意有合乎未也？而奚敢直舉所見，以序先生詩哉。願與善學者質之耳。

方綱又續補一種：

《杜詩評》

以上合前，凡著録四十二種。

此一條所以未列於前者，世所傳先生評杜非一本也，非一本而著録於前，則疑於贗本也。蓋有當時門弟子私述所聞，以爲出先生手評者，有先生早年未定本者，有西樵評誤指爲先生評本者，此諸本愚皆受而誦焉。及得先生手評真本，而後知諸本不能混也。蓋嘗以先生論杜諸條，一一印合，而後知之也。愚因輯先生論杜語百有餘條，分其門目，曰總論，曰論古體，曰論近體，曰論注家，曰論學人，曰雜論，曰語資，爲《漁洋杜詩話》一書，二十年前刻於粤東使院。其板漫漶久矣，然其大要，則已略見於海鹽張氏《帶經堂詩話》之「評杜類」矣。獨可疑者，一部杜集，只手評其半耳，不知係傳寫未全，抑原本闕也。此本得於山西崔南有先生之家，實係漁洋親筆，竟應刊板以惠後學。愚於杜詩注本所見已三十餘種，即前人手批本亦見十餘種，其妙喻入微，未有若此半部手批之透宗者。然此可爲知者道耳。詩至於杜，精微深厚，尚非但執漁洋一家之言所能畢其説者，故始因著録漁洋之書而附及之。

小石帆亭著録六卷刻成有述二首

班書魯齊故，皆立師學官。轅生到翼匡，閱百又廿年。發揮一家指，訓釋諸儒傳。郯承及下邳，並著東海間。及今闡六義，瀝液於群言。苟能溯所近，得不尋其端。與爾轅里人，服膺日拳拳。

峨嵋天半雪，古音高視唐。射洪曲江輩，遂區孟與王。未知汲古懷，奚以叩津梁。韋柳分扚間，豈敢空評量。方綱嘗撰《韋柳詩話》一卷。但誦書庫記，寤寐石帆旁。五百種著録，嘗舉漁洋所論次書目凡五百五十餘種。八萬卷頡頏。樸學爲本根，相勗勤就將。

壬子冬十二月望後二日方綱草藁。